KNAUR

Im Knaur Taschenbuch Verlag sind bereits folgende Bücher der Autorin erschienen:
Schandweib
Das Geheimnis des Scharlatans

Über die Autorin:
Claudia Weiss, Jahrgang 1967, ist promovierte Historikerin und Privatdozentin. Sie hat in Hamburg und Moskau Geschichte, Slawistik und Geographie studiert und im Anschluss zwölf Jahre als Osteuropa-Historikerin in Deutschland, Frankreich und Russland geforscht und gelehrt, bevor sie sich ganz dem Schreiben widmete. Neben wissenschaftlichen Fachpublikationen schrieb sie für »GEO Epoche« und veröffentlichte im März 2011 »Das Reich der Zaren«, einen Sachbildband. »Rattenfängerin« ist nach »Das Geheimnis des Scharlatans« und »Schandweib« ihr dritter Roman.
Weitere Informationen unter: www.claudia.weiss.com

CLAUDIA WEISS

Rattenfängerin

ROMAN

KNAUR

Besuchen Sie uns im Internet:
www.knaur.de

Papier aus verantwortungsvollen Quellen
FSC® C083411

Originalausgabe März 2016
Knaur Taschenbuch

Ein Imprint der Verlagsgruppe
Droemer Knaur GmbH & Co. KG, München

Redaktion: Regine Weisbrod
Umschlaggestaltung: ZERO Werbeagentur, München
Umschlagabbildung: akg-images; akg-images / Mondadori Portfolio / 1999 / Mondadori Portfolio; akg-images; FinePic®, München
Satz: Adobe InDesign im Verlag
Druck und Bindung: CPI books GmbH, Leck
ISBN 978-3-426-51485-6

2 4 5 3 1

PROLOG

»Eva, Geliebte, wach auf, wir müssen fliehen!«

Vorsichtig blinzelnd öffnete Eva von Buttlar ihre verquollenen Augen und blickte überrascht in das schmutzige, von Bartstoppeln beschattete Gesicht ihres Mannes, über das im Schein einer flackernden Kerze wilde Schatten zogen. Er hockte, mit einem schweren ledernen Wams bekleidet und einem dicken Wollumhang über dem Arm, vor ihrem Lager aus schmutzigem Stroh, auf dem sie sich in dieser feuchtkalten Märznacht des Jahres 1706 zusammenkauerte.

»Leander, Liebster, fliehen sollen wir? Wie kommst du überhaupt hier herein in meine Zelle? Haben sie dich nicht auch in Ketten gelegt?« Erst als sie die Füße bewegen wollte, bemerkte sie den zweiten Mann im Kerker, der sich an dem Schloss ihrer Fußschellen zu schaffen machte. Es war einer der Wärter. Ungläubig starrte sie ihren Mann an, der inzwischen die Kerze auf den Boden gestellt hatte und ihr half, sich aufzusetzen.

»Die Ketten bist du gleich los. Und hinter der Burg warten bereits zwei ausgeruhte Pferde auf uns. Leg den Umhang um und komm.«

»Aber wir sind doch drei! Was ist mit Justus geschehen?« Verwirrt schaute Eva in die dunklen Augen ihres Mannes, die sich betrübt senkten.

»Er kommt nicht mit uns.«

Eva schluckte. »Warum? Haben sie ihn etwa …, haben sie ihn schon …?«

»Nein, auch die Vollstreckung seines Urteils steht erst für morgen früh an, genau wie die unsrigen. Allerdings geht es ihm nicht gut. Ich war eben bei ihm. Die Henkersknechte haben ihm bei der Tortur ordentlich zugesetzt.«

Eva krallte sich in seinen Arm und schluchzte auf. »Warum tun sie uns das nur an, Leander? Was haben wir so Schlimmes angerichtet, dass sie uns derart verfolgen? Wir tun doch keinem Menschen etwas zuleide, wollen nur dem Herrn auf unsere Weise dienen. Wie kann man so grausam sein und uns dafür so furchtbar quälen?« Kräftig schneuzte sie sich in den Lumpen, der ihr als Decke gedient hatte. In dem Moment fielen die Ketten von ihren Füßen, und der Wärter drängte die beiden zur Eile.

»Jetzt ist nicht die Zeit, euer Schicksal zu bejammern. In Gottes Namen, seht zu, dass ihr möglichst weit von hier fortkommt, bevor jemand eure Flucht bemerkt.«

»Er hat recht, Eva, wir haben keine Zeit zu verlieren.«

»Aber was wird aus Justus?« Eva stemmte sich mit aller Kraft gegen den festen Griff ihres Mannes, der sie zur Zellentür zog. Sie durften Justus Gottfried Winter, ihren geliebten Freund und innigen Bruder im Glauben, nicht im Stich lassen. Nicht nach all dem, was er bereits für sie getan hatte.

»Justus geht seinen eigenen Weg. Das weißt du doch, Eva. Dafür hatte er sich bereits entschieden, als er uns seinen Segen für unsere Ehe gab.«

Die zierliche Frau mit kastanienbraunem Haar und auffallend weiblichen Rundungen nickte ergeben. Dass sie die Mitte dreißig bereits überschritten hatte, sah man ihr nicht an. Ihre jugendliche Aura und ihr herzensoffenes, von kindlich gutgläubiger Liebe erfülltes Wesen wirkten hilflos und verloren in dem dunklen, feuchten Kerker der Burg Dringenberg im Paderbornschen, wo man sie und mehr als ein Dutzend ihrer Brüder und Schwestern im Glauben seit Wochen wegen einer Kriminaluntersuchung gefangen gehalten hatte. Die meisten von ihnen hatte das Gericht wieder gehen lassen, nur mit den drei Köpfen der Buttlarschen Rotte, wie man ihre Glaubensgemeinschaft abfällig schimpfte, kannte der Bischof von Paderborn kein Erbarmen. Zumal Eva und ihre beiden Begleiter das Dreigestirn der Evischen Sozietät genannt wurden. Die Vorwürfe waren seit Jahren die gleichen: Hurerei, Ehebruch, Blutschande, Gotteslästerung und andere Übeltaten und Häresien. Doch tatsächlich hatte ihnen niemand auch nur einen einzigen dieser Vorwürfe nachweisen können. Und schon gar nicht Eva, die von ihren Brüdern und Schwestern im Glauben als die Mutter Eva verehrt wurde. Sie war ein offenherziger Mensch, der voller Liebe auf andere Menschen zuging und sie mit ihrer Frömmigkeit berührte. Aber fleischlich ließ sie sich bei weitem nicht mit jedem ein, wie die Anklage behauptete. Nur Justus Winter hatte ihr so nahekommen dürfen. Eva für ihr Handeln Ehebruch vorzuwerfen, war eine Bosheit der weltlichen Gerichtsbarkeit. Schließlich hatte ihr erster Ehemann, der Pagen-Hofmeister Jean de Vésias, sie verlassen und anderen Damen das Bett gewärmt, es mit der Scheidung aber nicht allzu eilig gehabt, weil er von Evas Vermögen zehren konnte.

Leander war als Liebhaber und zweiter Ehemann erst später in ihr Leben getreten. Im Herbst 1705 hatte sich Eva mit ihm, dessen Taufname Johann Appenfeller war, trauen lassen.

Der Wärter drängte das Paar durch die Kerkertür hinaus auf den dunklen Gang. Leander warf Eva den schweren Wollumhang über die Schultern, den sie dankbar um sich schlang, als ein schneidend kalter Hauch sie streifte. Rasch folgten sie dem Wärter durch den Gang, vorbei an schweren, verschlossenen Türen. Hinter einer drang ein Wimmern hervor. Eva schauderte. War das Justus? Sie griff nach Appenfellers Arm. Vor der Folterkammer blieb der Wärter stehen und schob einen Schlüssel in das Schloss. Eva erstarrte. Was ging hier vor sich? Sie war doch diesem Raum erst vor wenigen Tagen entronnen, hatte dort die schlimmsten Stunden ihres Lebens verbracht. Entblößt und in Ketten hatte sie alles gestanden, was man von ihr verlangte, solange man bloß nicht ihren Fuß in den grausigen spanischen Stiefel steckte, dessen Funktion der Henker ihr eindringlich vorgeführt hatte. Wieder stieg Übelkeit in ihr hoch, und sie klammerte sich an Appenfeller, der direkt hinter ihr stand.

»Warum … Was passiert hier…? Du sagtest doch, wir würden fliehen, und nun …«

Der Wärter öffnete behutsam die schwere Tür und drehte sich dann zu den beiden um. »Habt keine Angst. Euer Fluchtweg führt hier durch. Auf der anderen Seite der Kammer gibt es eine kleine Tür nach draußen. Sie ist von der Burgmauer nicht einzusehen und wird auch nicht bewacht. Beeilt euch!«

Er schob die beiden in die dunkle Folterkammer und verriegelte hinter ihnen die Tür. In der Kammer mischte sich der Geruch von grüner Seife und Essig mit dem von Angstschweiß und Exkrementen. Die Fackel des Wärters warf unheimliche Schatten auf den sauber gefegten Boden und die ordentlich an den Wänden befestigten Gerätschaften. Eilig durchquerten sie die Stätte des Grauens und der Erniedrigung. Am anderen Ende, versteckt hinter einem Vorsprung, gab es tatsächlich eine kleine Holztür. Der Wärter machte sich an dem Schloss zu schaffen. Mit einem lauten Quietschen, das die drei zusammenzucken ließ, öffnete sich die Tür. Sie hielten den Atem an und lauschten, bis das Knirschen in der Stille verhallte. Schnell schlüpften sie durch die Tür hinaus in die kalte Märznacht.

Der Wärter malte mit seiner Fackel ein Kreuz in die Luft, und kurz darauf sahen sie am nahen Waldrand dreimal hintereinander ein kleines Licht aufleuchten.

»Das ist das Zeichen«, wandte er sich an die beiden. »Los, lauft jetzt. Man wartet dort mit den Pferden auf euch.«

Eva rannte hinter Appenfeller her über die unebene Wiese. Ihre leichten Schuhe brachen durch die dünne Eisschicht, die der nächtliche Frost über die Pfützen gelegt hatte, und sogen sich voll eisigen Wassers. Die kalte Luft schlug ihr auf die Lungen, aber sie unterdrückte den Hustenreiz. Endlich hatten sie den nahen Wald erreicht und konnten die Umrisse von zwei Pferden erkennen. Ein junges Mädchen, eingehüllt in einen dunklen Umhang, hielt die Tiere am Zügel.

»Beeilt euch, ihr seid spät dran.«

Appenfeller schwang sich in den Sattel, während das Mädchen Eva den Steigbügel hielt. Als diese endlich ihre Röcke und den Umhang so geordnet hatte, dass sie reiten konnte, griff das Mädchen an Evas Wade. »Mutter Eva, ich bewundere Euch für Euren Glauben und den Mut, mit dem Ihr ihn verteidigt. Gebt nicht auf. Ich bete für Euer Wohl!«

Eva von Buttlar schluckte schwer. »Ich danke dir, mein Kind. Wie heißt du?«

»Friederike.«

»Ich werde auch für dich beten, Friederike.« Mit diesen Worten trieb sie ihr Pferd an und galoppierte Appenfeller auf dem schmalen Waldweg hinterher.

Nach einigen Meilen verlangsamten die beiden das Tempo, um die Pferde zu schonen.

»Wie ist dir das bloß gelungen, Leander?«

»Unter den Wärtern und ihren Familien sind Pietisten, Eva. Sie haben in ihrem geheimen Bibelkreis von uns und unserem harten Schicksal erzählt, und man entschied sich, uns zu helfen. Sie haben Geld gesammelt, um die Wachen zu bestechen.«

»Gottes Wege sind wunderbar. Wir erfahren so unerwartet und uneigennützig Hilfe von einfachen Menschen, dass es mich zutiefst bewegt und bestärkt, unseren Weg weiterzugehen.«

Appenfeller nickte ihr zu, verschwieg dabei wohlweislich das Säckchen mit zehn Reichstalern in Gold, dem sie die Hilfsbereitschaft außerdem zu verdanken hatten.

Langsam graute der Morgen, und der Himmel verfärbte sich dunkelviolett, zerschnitten von den nachtschwarzen Ästen der kahlen Bäume. Sie ließen ihre Pferde in den anbrechenden Tag hineintraben.

»Wohin reiten wir, Leander? Ja, wo können wir jetzt noch hin?«

»Wir müssen gen Osten, Eva, bis an die Weser, und dann auf dem Wasser weiter in den Norden.«

»In den Norden?«

»Es gibt nur eine Stadt, in der wir unbehelligt unserem Glauben nachgehen können, und das ist Altona.«

»Altona?«

»Die dänische Hafenstadt vor den Toren Hamburgs. Altona steht in dem Ruf, größte Toleranz gegenüber allen Glaubensgemeinschaften zu üben. Dort liegt unsere Zukunft, und dort werden wir uns auch wieder mit unseren Brüdern und Schwestern vereinigen. Vertrau mir, Geliebte.«

»Und Justus? Wird er auch nach Altona kommen?«

»Die Zeit des Dreigestirns ist vorüber, Eva. Von nun an stehen nur wir beide an der Spitze unserer Gemeinschaft. Du, die Mutter Eva, und ich, dein dich liebender und angetrauter Ehemann Leander. Justus hat geahnt, dass dieser Moment kommen musste. Darum trennte er sich von uns und machte so den Weg frei. Lass ihn ziehen, Eva, und vertraue mir und unserer Liebe.« Appenfeller griff über den Sattel nach Evas Hand und drückte sie zärtlich.

Sie schluckte. Sie liebte Leander aus tiefstem Herzen und mit grenzenlosem Vertrauen. Sein Weg sollte der ihre sein.

»So sei es, wie du es sagst, Geliebter. Gehen wir nach Altona.«

HAMBURG, IM JANUAR 1713

Warmes, festliches Licht drang aus den Fenstern des prunkvoll hergerichteten Stadthauses von Graf Vellingk am Zeughausmarkt, unweit des mächtigen Walls, der Hamburg als Schutz vor Eindringlingen umgab. Im September 1712 hatte Vellingk als Generalgouverneur der schwedischen Besitzungen im niedersächsischen Reichskreis seine Residenz hierher verlegt. Die Dänen, Schwedens Gegner im Großen Nordischen Krieg, der bereits seit über zwölf Jahren tobte, hatten sein Haus in der Hansestadt Stade dem Erdboden gleichgemacht, zusammen mit einem Viertel der gesamten Stadt. In solchem Elend, mitten im Kriegsgebiet, mochte Vellingk auf keinen Fall länger wohnen bleiben, zumal er aus den Ruinen heraus auch keine Gegenoffensive hätte vorbereiten können. Hamburg bot ihm da weitaus bessere Möglichkeiten. Eine wollte er an diesem Abend des 8. Januar 1713 zu seiner ganz besonderen Genugtuung wahr werden lassen. Um für gebührende Aufmerksamkeit zu sorgen, hatte der Hausherr andere Diplomaten und Freunde zu einem Bankett geladen. Zu den zahlreichen Gästen gehörte auch Louis Abensur, Gesandter des polnischen Königs Stanislaus in Hamburg.

Als Abensur mit der Mittagspost die Einladung in die Vellingksche Residenz erhielt, hatte er eine tiefe Befriedigung empfunden, die ihn jetzt erneut überkam. Leichtfüßig schritt er in seinem nach neuester französischer Mode geschneiderten, mit Fuchspelz gefütterten weinroten Mantel und einem Dreispitz auf der frisch gepuderten Allonge-Perücke die Treppen zur doppelflügeligen Eingangstür hinauf.

Kaum hatte er den schweren Türknauf betätigt, als sich auch schon zwei livrierte Diener seines Hutes und Mantels annahmen und den polnischen Gesandten in den festlich erleuchteten und mit Stimmengewirr gefüllten Bankettsaal führten.

Es war eine Ausnahme, dass Abensur, ein eher zierlicher, unscheinbarer – um nicht zu sagen, unansehnlicher – Mann, der das fünfzigste Lebensjahr bereits überschritten hatte, zu einer derart exklusiven Gesellschaft geladen war. Dabei war er bereits seit nahezu fünf Jahren polnischer Gesandter in der Hansestadt. Aber die Hamburger taten sich schwer mit ihm. Die einen verachteten ihn für seine Herkunft, die anderen für seine Bereitschaft, neue Wege zu gehen. Ursprünglich hieß Louis Abensur nämlich Jacob Abensur und war ein jüdischer Kaufmann aus Altona. Aber Fortuna hatte ihm so manchen Strich durch die Rechnung gemacht und ungehaltene Gläubiger ein Übriges getan, ihm das Leben schwerzumachen. Dann öffnete sich ihm eine Tür zum diplomatischen Parkett und damit ein neues Leben, das Abensur beim Schopfe packte. Dem Grafen Mauritz Vellingk, der schon damals, zu Beginn des neuen Jahrhunderts, ein bekannter Diplomat des schwedischen Königs Karl XII. gewesen war, hatte Abensur vorzügliche Kontakte zu verdanken, die ihn nach Versailles, an den Hof Ludwigs XIV., führten. Dort war er mit der katholischen Kirche und ihrer Pracht und Sinnlichkeit in Berührung gekommen. Da Abensur in der jüdischen Gemeinde jenen Rückhalt vermisste, den er sich wünschte, kam er bald zu dem Schluss, dass ihm die Konversion mehr brachte, als sie ihn kosten würde, und empfing vor den Augen des französischen Hofes im Dezember 1706 das heilige Sakrament der Taufe, und der Sonnenkönig persönlich schenkte ihm seinen Namen. Kaum dass Louis Abensur katholisch geworden war, wendete sich sein Schicksal. Im Sommer 1707 schon bestallte ihn König Stanislaus, der polnische König von Schwedens Gnaden, zum polnischen Gesandten in Hamburg.

Die stolzen Hanseaten jedoch ließen ihn ihre Ablehnung spüren. Zum Glück standen ihm zumindest einige alte Gönner im

Hamburger Patriziat zur Seite, und auf dem diplomatischen Parkett half Graf Vellingk. Da die Hamburger für einen guten Handel über ihren Schatten zu springen pflegen, entfachten die Friedensverhandlungen im Spanischen Erbfolgekrieg ein ganz neues Interesse an den Beziehungen, die Abensur zum französischen Hof unterhielt. Die ertragreichen Geschäfte, die sich nun wieder mit Frankreich tätigen ließen, öffneten Abensur nun endlich auch jene Türen, die ihm in den vergangenen Jahren verschlossen geblieben waren. Wie jene zu diesem exklusiven Bankett im Hause des Grafen Vellingk.

Die Gäste des Grafen standen in kleinen Gruppen beieinander, während Kanapees gereicht wurden und ein Kammerorchester gefällige italienische Stücke spielte. Abensur erblickte sogleich die hünenhafte Gestalt von Baron Görtz, welcher sich vertraulich zu dem schwedischen Gesandten Rothlieb vorbeugte und ihm mit nachdrücklichen Gesten etwas zuflüsterte. Görtz war wie immer auserlesen gekleidet, und seine üppige Perücke wallte über die kräftigen Schultern. Die Augenklappe, die den Verlust seines bei einem Duell verlorenen Auges kaschierte, verlieh ihm einen Hauch von Verwegenheit, der seine Männlichkeit noch unterstrich.

In Hamburg vertrat Baron Görtz die Interessen des Hauses Holstein-Gottorf, eines eher kleinen Herzogtums, das im Laufe des Nordischen Krieges in eine Zwickmühle zwischen Dänemark und Schweden geraten war, obwohl es als neutral galt. Aber Görtz, der mit einer dänischen Adligen aus dem Hause Reventlow verheiratet war, schien das Lavieren zwischen den beiden Kriegsparteien mehr zu liegen als die strikte Neutralität, wie auch hier an seiner Vertrautheit mit Rothlieb zu sehen war. Zweifelsfrei war das Kriegsglück jetzt wieder aufseiten der Schweden. Ihr erfolgreicher und mit Siegen verwöhnter General Stenbock hatte erst im Dezember bei Gadebusch im Mecklenburgischen einen beeindruckenden Sieg gegen die verbündeten dänisch-sächsischen Truppen errungen und stand in diesen Stunden mit seinem Heer vor Altona. Wobei man natürlich genauso gut sagen könnte vor Hamburg, denn keine tausend Schritte trennten die beiden Städte voneinander.

Abensur nickte Görtz und Rothlieb kurz zu, die seine Geste jedoch unerwidert ließen. Dann glitt sein Blick erneut durch den Festsaal in der Hoffnung, jemanden zu finden, der sich auf ein Gespräch mit ihm einlassen würde. So bunt und illuster die Gesellschaft auf den ersten Blick wirkte, erkannte Abensur doch schnell, dass die Gäste durchweg auf der schwedischen Seite standen oder zumindest eine wohlwollende Neutralität zu Schweden unterhielten. Von dem dänischen Gesandten oder dem sächsischen war keine Spur zu sehen. Den russischen Gesandten bekam man ohnehin kaum zu Gesicht. Aber der preußische Gesandte Burchard, der den Hamburgern in den letzten Monaten verstärkt gegen die Bedrängnis der Dänen zur Seite gestanden hatte, war anwesend, wie auch der Gesandte aus Hannover. Von den Hamburger Honorartoren konnte er lediglich den Syndikus Sillem und Ratsherr Faber entdecken. Die beiden Hamburger Unterhändler im Streit mit Dänemark standen eng beieinander und hielten sich abseits. Abensur griff nach einem Glas Champagner. Seit seiner Zeit in Frankreich wusste er das prickelnde Getränk zu schätzen, hatte man ihn doch dort ausführlich über dessen hervorragende Eigenschaften in Kenntnis gesetzt. Die Hamburger freilich verstanden nicht viel vom Wein. Auch waren sie zu knauserig, um für gute Qualität zu zahlen. Aber Graf Vellingk, ein Mann von Welt, ließ sich nicht lumpen, sondern kaufte direkt bei den besten Exporteuren von Reims ein. Den Kontakt hatte er über ihren gemeinsamen Freund, den französischen Gesandten Etienne Bidal, erhalten. Abensur sah sich erneut suchend um. Bidal wäre ein idealer Gesprächspartner für diesen Abend. Er hatte wenigstens Verständnis für Abensurs Frankophilie, war aber als Vertreter einer von Schweden umworbenen Macht ein gern gesehener Gast. An seiner Seite könnte der Abend für Abensur vielleicht doch erfolgreich werden.

Der polnische Gesandte entdeckte seinen französischen Kollegen im Gespräch mit dem Gastgeber und schlenderte zu den beiden herüber.

»Ah, guten Abend, Monsieur Abensur. Wie schön, dass Ihr meiner Einladung gefolgt seid. Wie ich schon gerade unserem verehrten Freund Monsieur Bidal erläuterte, naht heute Abend eine ganz besondere Stunde für all diejenigen unter uns, die mit den Dänen noch eine Rechnung offenhaben.«

Abensur erwiderte den Gruß mit einer wenig vollendeten Verbeugung.

»Es ist mir eine Ehre, verehrter Graf Vellingk, Eurer freundlichen Einladung gefolgt zu sein. Darf ich fragen, was der besondere Anlass für dieses Bankett ist?«

»Fragen dürft Ihr wohl, mein Lieber, aber für die Antwort müsst Ihr Euch noch etwas gedulden. Erzählt uns lieber, was Eure Geschäfte machen. Von Monsieur Bidal erfuhr ich gerade, dass Ihr kürzlich in den Handel mit französischen Pässen eingestiegen seid.«

Abensur schaute zu Bidal herüber, der freundlich die Schultern hob.

»Ja, da hat Monsieur Bidal Euch richtig informiert, Graf Vellingk. Die guten Fortschritte bei den Friedensverhandlungen im Krieg um die Erbfolge in Spanien haben das Interesse am Handel mit Frankreich enorm beflügelt. Mir als polnischem Gesandten hier in Hamburg bietet sich die nötige neutrale Position, als Makler der für den reibungslosen Handel benötigten Pässe zu dienen.« Abensur drückte mit unverhohlenem Stolz den schmalen Rücken durch. Sein weiches Kinn verlieh seinem sonst eher hageren Gesicht etwas Rundliches.

Vellingk nickte zustimmend, wobei ein herablassend wohlwollendes Grinsen seine Mundwinkel umspielte. »Chapeau, Abensur. Selbst wenn Euer Blatt nicht zum Besten gemischt ist, wisst Ihr doch immer, auch die kleinste Chance zur Eurem Vorteil zu nutzen. Die Hamburger Kaufleute werden wohl oder übel bei Euch Schlange stehen, um sich das französische Geschäft nicht entgehen zu lassen. Nun aber wird es Zeit für meine Ansprache, denn schließlich wollen wir nicht den Höhepunkt des heutigen Abends versäumen. Darum entschuldigen mich die Herren Gesandten bitte. Wir werden sicherlich noch später Gelegenheit finden, unser Gespräch fortzusetzen.«

Während Vellingk sich mit einer angedeuteten Verbeugung zurückzog, tauschten Abensur und Bidal noch einige Neuigkeiten über die schwedische Armee vor den Toren Hamburgs aus. Bidal wusste zu berichten, dass Vellingk sich erst an diesem Vormittag mit dem siegreichen schwedischen General Stenbock hier in Hamburg im Hause des schwedischen Gesandten Rothlieb getroffen hatte. Auch Baron Görtz sei dort gewesen. Abensur blickte verstohlen zu den beiden Männern hinüber, die immer noch angeregt ins Gespräch vertieft waren.

Görtz hatte sich nicht nur in Gottorf aller Gegenspieler entledigt und verfügte über die Finanzen des Herzogtums nach eigenem Gutdünken, sondern er war auch mit allen Wassern gewaschen und selbst auf dem glattesten diplomatischen Parkett absolut trittsicher. Das hatte Abensur schon öfter mit eigenen Augen erleben dürfen, wobei er seinen Neid kaum zu unterdrücken vermochte. Sein neues Stadthaus, das Görtz-Palais am Neuen Wall, das er für eine sündhafte Summe hatte herrichten lassen, führte allen Hamburgern täglich die Größe seines Vermögens vor Augen. Dass er nun auch noch mit dem wichtigsten schwedischen Feldherrn im engsten Kreise verkehrte, unterstrich, wie Görtz es verstand, sich im richtigen Moment auf die richtige Seite zu schlagen.

Eine helle Glocke rief die Gäste an die gedeckte Tafel. Abensur hielt sich dicht an Bidal, um seinen Platz neben dem französischen Gesandten zu finden. Kaum hatten die Lakaien die Gläser gefüllt, erhob sich der Hausherr und ergriff das Wort.

»Verehrte Gäste, liebe Freunde, es ist mir eine besondere Freude, dass Ihr so zahlreich meiner kurzfristigen Einladung gefolgt seid. Manche Ereignisse entwickeln sich derart schnell, dass es ebenso geschwind zu handeln gilt, will man nicht erleben, wie sie an einem vorbeiziehen, bevor man ihrer wahrhaftig werden konnte. Heute ist ein Tag, der einem solchen Ereignis harrt, das Geschichte schreiben wird.« Vellingk hielt für einen Augenblick inne und spürte der Wirkung seiner Worte nach. Die Augen seiner Gäste waren auf ihn gerichtet, nur das leise Hüsteln eines älteren Herrn störte die aufmerksame Stille. »Viele von euch haben in den letzten Tagen die Spannung gespürt, die über der Stadt lag, als das Heer meines hochverehrten Landsmannes, des Generals Stenbock, auf die Entscheidung seines Feldherrn über dessen weiteres Vorgehen wartete. Würde er die Hansestadt dafür zur Verantwortung ziehen, dass sie als neutrale Stadt den Dänen in deren unerhört hoher Geldforderung von zweihundertdreißigtausend Reichstalern nachgekommen ist?« Sein Blick wanderte zu den beiden Hamburger Unterhändlern, Syndikus Sillem und dem Ratsherrn Faber, die für den Ausgang der Verhandlung verantwortlich zeichneten. »Oder sollte sich der edle Zorn unseres Kriegshelden direkt dem Feind zuwenden und jene Schandtat rächen, die die Dänen unserer schwedischen Festungsstadt Stade antaten, als sie diese im vergangenen Herbst in Grund und Boden schossen? Nun, meine verehrten Gäste, die Entscheidung ist gefallen.« Wieder hielt Vellingk für einen Augenblick inne und ließ seinen Blick durch den Raum schweifen. Das letzte Räuspern war verhallt. Alle Augen richteten sich angespannt auf den schwedischen Generalgouverneur.

»Vielleicht mag der eine oder andere schon von dem Besuch des Generals Stenbock hier in Hamburg vernommen haben. Hamburg bereitete ihm einen würdigen Empfang und bedachte ihn und seine siegreichen Truppen großzügig mit Geschenken. In unserem Kreis haben wir, einmal von mir abgesehen, weitere ehrbare Zeugen dieses für Hamburg so wichtigen Moments, nämlich den schwedischen Gesandten Rothlieb und den Gesandten und Ersten Minister des Hauses Holstein-Gottorf, Baron Görtz.«

Alle Blicke richteten sich auf die beiden Männer, die rechts neben dem Grafen Vellingk saßen und zustimmend nickten.

»Auch Altona hat General Stenbock einen Besuch abgestattet. Aber die Altonaer Obersten zogen es vor, seinen berechtigten Forderungen nach einem Brandschutz in Höhe von fünfzigtausend Talern auszuweichen, und schlichen sich einfach fort ins Ausland, ins Hamburgische. Nur drei einfache Bürger und den Stadtsekretär ließen sie zu Verhandlungen zurück. Diese sogenannten Repräsentanten wurden ins schwedische Hauptquartier gebracht, ein jeder gefesselt an den Schweif eines Dragonerpferds. Und so, verehrte Gäste, ist die Entscheidung gefallen. Heute Nacht wird Altona im schwedischen Feuer lodern und damit die dänische Schandtat gegen Stade gerächt.«

Kaum waren die Worte heraus, als heftiges Gemurmel einsetzte und alle Gäste aufgeregt gestikulierten. Auch Abensur wandte sich erregt an Bidal. »*Mon Dieu*, Monsieur Bidal, das ist die gerechte Strafe für die Altonaer und ihre Schandtaten!«

»Wie kommt Ihr dazu, Monsieur Abensur?«, entgegnete Bidal erstaunt.

»Am eigenen Leib habe ich unter den üblen Machenschaften der Altonaer Kaufleute gelitten, über Jahre Prozesse gegen sie angestrengt, konnte mich jedoch nicht gegen dieses Schurkengesindel durchsetzen.«

Bidal setzte eine zweifelnde Miene auf. Aber Abensur fuhr unbeirrt fort. »Pflichtvergessen und dem Trunk ergeben sind sie fast alle. Selbst den Physikus trifft man selten nüchtern und hilfsbereit an. Ich könnte Euch Geschichten erzählen, verehrter Bidal, aber mein Anstand verbietet es mir, über Menschen herzuziehen, die kurz vor einem Gottesurteil stehen.« Mit vom Eifer geröteten Wangen griff Abensur nach seinem mit Rotwein gefüllten Glas, während Graf Vellingk erneut die Stimme erhob, einen schmetternden Toast auf Hamburg ausrief und sein Glas leerte.

Während des Essens gab es unter den Gästen kein anderes Thema als die Folgen dieser schwedischen Entscheidung für Altona. Diplomatische Konsequenzen wurden ebenso aufgeregt diskutiert wie die zu erwartenden Preisschwankungen im Handel und der unausweichliche Anstieg der Kosten für Baumaterial.

Kurz vor Mitternacht verschaffte sich Graf Vellingk erneut Gehör und forderte seine Gäste auf, ihm hinaus in den Garten zu folgen, der direkt an die westlichen Wallanlagen grenzte. Lakaien reichten Mäntel und Pelze an, andere bildeten ein Fackelspalier die Terrassenstufen hinab.

Es war eine kalte Nacht, und Abensur fröstelte trotz seines Fuchspelzes. Kein Lüftchen regte sich, doch drang der beißende Geruch von Rauch in den Garten. Die Schar der Gäste schritt von den Fackelträgern begleitet auf das Gartentor zu, das zum Stadtwall führte. Graf Vellingk bildete zusammen mit Rothlieb und Baron Görz die Spitze. Als die Gesellschaft über einen schmalen Weg den Wall erklommen hatte, bot sich ihr ein Anblick, der sie verstummen ließ. Über den Hamburger Berg, nur einige hundert Schritte von den Wallanlagen entfernt, zog eine wogende Menge von Menschen, die sich dicht aneinanderdrängten. Ihr Jammern und Klagen füllte die Luft und mischte sich mit dem beißenden

Geruch von verbranntem Holz. Einige stürmten auf das von Fackeln hell erleuchtete Millerntor zu, das nach Hamburg hineinführte. Aber die Stadtwache wehrte die Menschen mit langen Spießen ab. Jenseits des Hamburger Berges ragten die Häuser Altonas auf, aus deren Dächern die Flammen schlugen. Der Feuerschein der brennenden Dachstühle erleuchtete die Stadt, und schwarze Rauchsäulen stiegen senkrecht in den Himmel. Haus um Haus fraß sich das Feuer zum Elbstrom vor, loderten die Flammen und spien Funken in den Nachthimmel.

»*Parbleu!* Bei Gott, welch eine Rache.« Der französische Gesandte Bidal schüttelte entsetzt den Kopf und wandte sich an Abensur. »Wie viele Menschen leben in Altona, Monsieur Abensur?«

»An die zwölftausend mögen es sein«, erwiderte Abensur fast stimmlos. »Es ist nach Kopenhagen die zweitgrößte Stadt im Dänischen. Aber ich habe Altona schon lange den Rücken zugekehrt, Monsieur Bidal, so dass ich es nicht mit Sicherheit zu sagen vermag.«

Da ertönte erneut Vellingks kräftige Stimme und ließ das Raunen und Murmeln seiner Gäste verstummen.

»Das ist ein Tag, ein Anblick! Für den würden mir die alten Hamburger danken. So muss es allen dänischen Städten ergehen, wenn wir bald Frieden haben wollen.« Mit einer weit ausholenden Geste deutete er gen Westen in das Flammenmeer. Gleich neben Abensur standen die Hamburger Unterhändler Sillem und Faber. Betreten blickten sie in den orange-schwarzen Himmel. Faber schüttelte den Kopf und raunte Sillem zu: »Wenn die großen Herren sich raufen, müssen die Untertanen die Haare dafür hergeben.«

Sillem nickte zustimmend. »Ja, so sagt man. Seit Monaten agierte der Graf schon intensiv in diese Richtung. Doch wem nützt es? Vielleicht hätten ihm die alten Hamburger tatsächlich gedankt. Wir aber werden es kaum tun. Denn wer wird sich wohl um all die Opfer kümmern müssen, sie über Wochen verpflegen müssen, derweil die Ruinen noch rauchen?«

»Vergesst nicht die Geschäfte, lieber Sillem, die sich trotz allem aus dem Leid schlagen lassen. Der Handel muss weitergehen, Und wenn die Altonaer ihn nicht bedienen können, werden wir Hamburger ihn nur zu gern übernehmen.«

»Denkt nicht nur an das Geld, Faber. Denkt vielmehr an die zahlreichen Pestfälle in Altona während der vergangenen Monate, die den Hamburger Rat schon vor Wochen dazu veranlasst haben, das Millerntor wie auch das Dammtor am Sonntag geschlossen zu halten, damit kein unnötiger Verkehr und mit ihm womöglich die Seuche nach Hamburg vordringt.«

»Natürlich denke ich daran. Habe ich doch diese weise Entscheidung mitgetragen. Und der Rat wird seine Haltung dazu auch so bald nicht ändern.«

»Beim Anblick dieses Leides?«

»*Dira necessitas*[1], verehrter Syndikus.«

»*Homo homini lupus*[2], Senator Faber.«

Über Abensurs Gesicht, der den beiden Hamburgern aufmerksam gelauscht hatte, huschte ein kleines, böses Lächeln. Natürlich brachte so ein Feuer viel Leid mit sich. Aber die selbstgefälligen Altonaer Kaufleute hatten es nicht besser verdient. Und diesmal stand er, Louis Abensur, der einst aus Altona in Schimpf und Schande Vertriebene, auf der Seite des Siegers und würde daraus seinen Vorteil zu ziehen wissen.

✧ ✧ ✧

1 grausige Notwendigkeit

2 Der Mensch ist dem Menschen ein Wolf.

Entsetzt starrte Hinrich Wrangel von dem schmalen Balkon seines Hauses in der Kleinen Johannisstraße in den am Horizont orange leuchtenden Nachthimmel. Die Luft war geschwängert von Rauch und Ruß, aber keine der Hamburger Kirchenglocken läutete. Das Feuer tobte nicht in der Stadt, sondern jenseits der Wälle. Die Schweden hatten ihre Drohung also wahr gemacht und Altona in Brand gesteckt. Wrangel, Prokurator am Hamburger Niedergericht und hochgeschätzter Advocatus, hatte von dem drohenden Unheil bereits am frühen Abend gehört, als er sich noch einmal mit dem Prätor, dem Vorsteher des Niedergerichts, getroffen hatte, um sich in einem Fall über angeblich veruntreutes dänisches Handelsgut abzustimmen. Der Prätor, der auch Ratsherr war, hatte ihm unter dem Siegel der Verschwiegenheit vom Herannahen der Katastrophe berichtet. Dem Hamburger Rat hatte der schwedische General Stenbock bereits am Nachmittag in einer knappen Note seinen Entschluss mitgeteilt, Altona in Brand zu setzen, um die Stadtoberen auf die zu erwartenden Folgen vorzubereiten.

Wrangel, ein großer, schlanker Mann von sechsunddreißig Jahren, schauderte angesichts des Grauens, das in diesen Stunden auf die Menschen in Altona niederkam. Er strich sich die dunkelbraunen Locken aus dem Gesicht und zog den langen Morgenmantel aus dicht gewebtem englischem Flanell enger um seinen muskulösen Körper.

»Hinrich, was stehst du mitten in der Nacht hier draußen auf dem Balkon und … Oh Gott, was ist das?«

Wrangel drehte sich um und nahm seine zierliche, nur mit einem leichten Morgenmantel bekleidete Frau schützend in die Arme.

»Das, meine liebe Ruth, ist der Atem des Krieges. Nun tobt er vor dem Hamburger Wall.«

»Aber die Glocken unserer Kirchen läuten gar nicht!«

»Heute Nacht ist nicht Hamburg sein Opfer, sondern Altona. Die Schweden brennen die Stadt nieder als Vergeltung für das Bombardement auf Stade durch die Dänen im vergangenen September.«

»Aber Altona ist keine Festung! Es ist eine wehrlose und unbewaffnete Handelsstadt. Noch nicht einmal Soldaten sind dort fest stationiert. Wie können sie eine solche Stadt angreifen?« Ruth zitterte am ganzen Körper, und ihre Lippen bebten vor Entsetzen. »Wer kann so eine grauenhafte Tat befehlen?«

»Ihr General war es wohl, Graf Stenbock.«

Ruth schüttelte den Kopf und flüsterte: »Möge der Herr es diesem schwedischen Grafen heimzahlen! Und möge er den armen Menschen beistehen, denen das Dach über dem Kopf abgefackelt wird.«

Wrangel drückte seine Frau fester an sich, küsste sie zärtlich auf die Stirn und schob sie dann zurück ins Haus. »Es ist eisig hier draußen. Du wirst dich noch verkühlen, wenn wir hier länger herumstehen.«

»Es ist auch nicht die Zeit, um herumzustehen. Ich lasse sofort das Gesinde wecken, damit wir Vorbereitungen treffen können, den Armen zu helfen, die hierher nach Hamburg flüchten werden. Bei Gott, sie werden sonst erfrieren oder Opfer des Raubgesindels, das eine jede Armee hinter sich herzieht.«

Wrangel nickte, obwohl er nicht daran glaubte, dass die Stadt den Flüchtlingen ihre Tore öffnen würde. Letztlich waren die Dänen den Hamburgern feindlich gesinnt. Doch diesen Gedanken würde Ruth niemals nachvollziehen können, denn ihr war jegliche Form von Anfeindung zutiefst zuwider, und sie weigerte sich, in solchen Kategorien zu denken. Er schloss die Flügeltüren zum Balkon und zog die schweren Samtvorhänge zu.

Ruth strich sich eine schwarze Haarsträhne aus dem Gesicht und tauschte den leichten Morgenmantel gegen einen wärmeren aus wattierter Seide, ein Geschenk, das ihr Hinrich gemacht hatte, als sie im Winter letzten Jahres mit ihrem dritten Kind schwanger war.

»Sei so gut, Hinrich, und läute nach einer Magd.«

Wrangel nickte, trat zum Kamin und zog zweimal kräftig an einer dicken Seidenkordel, die mit einer Glocke in der Gesindestube verbunden war. Das Feuer im Kamin war erloschen, aber es glimmte noch. Er bückte sich und legte vorsichtig einen trockenen Scheit hinein, pustete sanft und entfachte erneut die Flamme. Als der Scheit kräftig brannte, legte er zwei weitere nach. Dann betrachtete er seine Frau, die sich an einen kleinen Frisiertisch gesetzt hatte und ihre Nachthaube neu zuband. Wie schön sie war. Seit nun bald elf Jahren war Hinrich Wrangel mit Ruth verheiratet, und keinen Augenblick hatte er es je bedauert. Er liebte sie noch wie am ersten Tag. Er stellte sich hinter Ruth, legte sanft seine Hände auf ihre zierlichen Schultern und küsste sie auf den Hinterkopf. Sie lächelte ihm aus ihren graphitgrauen Augen durch den Spiegel zu. »Wir sollten einen Leiterwagen mit Hilfsgütern zusammenstellen für die Menschen. Ich werde mich darum kümmern. Könntest du einen deiner Gehilfen zum Rathaus schicken, damit sie herausfinden, wo man die Flüchtlinge unterbringen will?«

Bevor Wrangel antworten konnte, klopfte es leise an der Tür, und eine Magd trat ein.

»Ah, Lisbeth, danke, dass du gekommen bist. Ich möchte, dass du das Gesinde weckst, denn heute Nacht geschieht ein Unglück, und wir haben viel zu tun, um den Betroffenen beizustehen.«

Die junge Magd sah ihre Herrin ängstlich an. »Was ist denn Schreckliches passiert, gnädige Frau?«

Wrangel kam Ruth zuvor. »Altona brennt, Lisbeth. Viele Menschen verlieren heute Nacht ihr Dach über dem Kopf, wenn nicht sogar ihr Leben. Wir wollen ihnen mit einem Wagen voll Hilfsgütern zur Seite stehen.«

Die Magd nickte mit weit aufgerissenen Augen, wagte aber nicht, weiter nachzufragen.

»Darum wecke bitte die Köchin, die anderen Mägde und die beiden Küchenjungen und schüre schon einmal das Feuer für den großen Ofen. Ich komme gleich hinunter in die Küche und bespreche mit euch, was es zu tun gilt«, fuhr Ruth in freundlichem, aber energischem Ton fort.

»Wecke auch Martin und Gerd«, schob Wrangel nach. »Sie sollen zu mir ins Kabinett kommen.«

Die Magd nickte erneut und verschwand dann zur Tür hinaus.

»Was für eine grauenhafte Katastrophe, Hinrich. Denk nur an die vielen Frauen und Kinder. Wo sollen sie hin bei dieser Kälte? Sie werden hungern und frieren, vielleicht sogar erfrieren. Ich kann die Menschen nicht verstehen, die so ein Leid mit einem Federstreich verhängen. Wer einmal selbst große Not erlitten hat, kann sie doch als Christenmensch mit reinem Herzen niemandem antun.«

»Es herrscht Krieg, Ruth, und der folgt seinen eigenen Gesetzen. Wir können sie nicht umschreiben.«

»Aber wir dürfen sie nicht akzeptieren. Wir können uns wehren und helfen, wo wir können.«

»Ja, da hast du recht. Und wir sollten Gott danken, dass dieser Feuerkelch an uns und unseren Kindern vorbeigezogen ist. General Stenbock hatte auch Hamburg mit einer Feuersbrunst gedroht, als Strafe für unser finanzielles Einlenken bei den Forderungen, die Dänemark gegen Hamburg erhob. Nur schien ihm das Vergehen der Dänen an den Schweden in der Schlacht um Stade wohl noch größer als unseres, und auch die Hamburger Wallanlagen sowie der Druck des Preußenkönigs mögen seine Entscheidung zu unseren Gunsten bewogen haben.«

»Was, dieser Unhold wollte das neutrale Hamburg angreifen? Und so einer nennt sich ein großer Kriegsherr! Aber lass uns nicht länger über Männer reden, deren Untaten wir nicht verhindern konnten. Lass uns lieber denen helfen, die unserer Aufmerksamkeit bedürfen. Nicht auszudenken, wenn es unsere Kinder wären, die jetzt in der eisigen Winternacht ohne ein Dach über dem Kopf ausharren müssten. Der kleine Christian ist erst zehn Monate alt und fängt gerade an zu krabbeln.«

Wrangel nahm Ruth in die Arme und drückte sie zärtlich. »Unsere Kinder sind in Sicherheit. Und ich verspreche dir, dass ich alles tun werde, damit sich daran nichts ändert. Ich liebe dich, Ruth, und ich liebe Marie, Lukas und Christian. Möge der Herr uns, unseren Kindern und unserem ganzen Haus beistehen, dass wir diese schweren Zeiten wohlbehalten überstehen.«

Wrangel spürte Ruths Körper eng an seinen geschmiegt, als ihre Arme seinen Hals umschlangen und ihre warmen Lippen ihn innig küssten.

Stunden bevor sich die Sonne am Horizont zeigte, waren ein Dutzend Mägde, Knechte, Küchenjungen und die Köchin in der großen Küche des Hauses eifrig mit Vorbereitungen beschäftigt. Brote mussten gebacken, ein großer Kessel mit kräftiger Grütze gekocht und Käse, Speck und Dauerwurst in handliche Stücke geschnitten werden, um sie an die Hungrigen verteilen zu können. Äpfel, Zwiebeln und zwei große Fässer Dünnbier, besser noch drei mussten ebenfalls herbeigeschafft werden. Auch gewürzter heißer Wein sollte bereitet werden und Honigkuchen für die Kinder. Aus alten Leinentüchern wurden Verbände geschnitten und aufgewickelt und zwei Dutzend Windeltücher zusammengetragen. Auch einige Arzneien, Kräuter, Salben und Tinkturen fügte Ruth aus ihrem Vorrat hinzu.

Der Backofen glühte, und über dem offenen Feuer hing ein gewaltiger Kupferkessel, in dem eine kräftige Grütze mit viel Butterschmalz köchelte. Trude, die Köchin, kommandierte ihre Kleinmädchen und Küchenjungen mit scharfem Ton und hielt sie trotz der Eile zur Sorgfalt an. Die füllten Säcke mit Äpfeln und Zwiebeln, rührten die Grütze, damit sie nicht anbrannte, und rollten die Bierfässer aus den Vorratsräumen hinaus auf den Hinterhof, um sie auf den Leiterwagen zu laden.

Hinrich Wrangel hatte sich inzwischen mit seinen beiden jungen Gehilfen, die ihm beim Schriftverkehr für das Niedergericht, seinen sonstigen anwaltlichen Tätigkeiten und der Buchhaltung des Hauses zur Seite standen, in sein Kabinett zurückgezogen. Eindringlich unterwies er sie, bei wem sie zu dieser frühen Stunde im Rathaus oder auch direkt beim Brookvogt Auskunft über die Flüchtlinge aus Altona einholen und die Hilfe des Wrangelschen Hauses ankündigen könnten. Wenig später verließen die Jungen das Haus in der Kleinen Johannisstraße und machten sich über die vereisten Gassen auf den Weg. Wrangel sah ihnen durch das Fenster seines Kabinetts hinterher. Er hatte wenig Hoffnung, dass sie mit ihrem Auftrag Erfolg haben würden. Zu häufig hatte er in den vergangenen Wochen in verschiedenen Erlassen die Angst des Rates zu spüren bekommen, dass Hamburg sich aus Altona die Pest holen könnte. Am liebsten hätte der Rat alle Tore für die Altonaer gesperrt. Aber das war angesichts der schon arg angespannten Lage zwischen Dänemark und Hamburg unmöglich. Die Dänen hätten dies sofort als weitere Anfeindung verstanden und womöglich mit Waffengewalt reagiert. Eine Situation, die Hamburg um jeden Preis zu vermeiden suchte. So hatte man sich darauf beschränkt, nur jene Tore, die in Richtung Altona führten, das Millerntor und das etwas weiter nördlich gelegene Dammtor, am Sonntag geschlossen zu halten, um unnötigen Verkehr zu unterbinden, ohne das Geschäftsleben arg in Mitleidenschaft zu ziehen. Heute war Sonntag. Da waren die Tore geschlossen. In der Nacht sowieso. Aber dass man sie bei Sonnenaufgang öffnen würde, war angesichts des zu erwartenden Menschenansturms unwahrscheinlich.

ALTONA, IM JANUAR 1713

»Aus dem Weg, Weib!« Drei schwedische Dragoner drängten Eva von der Straße an die kalte Hauswand. Das Fell ihrer Pferde glänzte vor Schweiß, Schaum quoll ihnen unter den Kandaren aus den Mäulern hervor und wurde von dem kräftigen Atem aus ihren Nüstern wie Funken versprüht. Eva fühlte ihn feuchtkalt auf der Haut. Sie schmiegte sich so eng wie möglich an das Fachwerk, aber ihr schwangerer Leib schien trotzdem noch immer im Weg der Reiter zu sein. Die beschlagenen Hufe der Pferde rutschten auf dem vereisten Boden aus, so dass sie umso nervöser tänzelten.

Direkt hinter ihnen folgte ein Wagen, der mit pechgetränkten Strohkränzen und Fässern voll Pech beladen war, in die Soldaten eifrig Fackeln tauchten. Auf einmal krachte es über Eva, und kurz darauf fielen neben ihr Glasscherben zu Boden. Sie zuckte zusammen und hielt sich instinktiv die Hände vors Gesicht. Wieder krachte und klirrte es.

»Fort hier, Weib. Du stehst im Weg!« Ein junger Soldat packte Evas Arm, zog sie von der Hauswand fort und schob sie wieder in Richtung der Dragoner. Dann drehte er sich unvermittelt um und legte ein Reisigbündel, das er unter den Arm geklemmt hatte, unter das Fenster an der Hauswand, an der die schwangere Frau soeben noch gestanden hatte.

Eva zitterte am ganzen Leib. »Aber ihr könnt doch nicht einfach das Haus anzünden! All mein Hab und Gut ist dort drinnen. Ich muss wenigstens noch mein Bündel holen!«

Die Soldaten beachteten sie nicht. Wieder krachte es, und Glassplitter flogen durch die Luft. Sie hatten die Fenster im Erdgeschoss eingeschlagen. Der Soldat, der eben noch das Reisig verteilt hatte, schwang nun eine hell lodernde Fackel und schleuderte sie mit aller Wucht durch das zerschlagene Fenster in das Haus. Ein anderer tat es ihm auf der anderen Seite der Haustür gleich. Der Geruch von brennendem Pech, Ruß, Pferdeschweiß und verbranntem Holz benebelte Eva. Aber sie musste noch einmal zurück ins Haus und ihr Bündel mit Proviant und warmer Kleidung holen. Sie hatte es neben der Eingangstür ihrer Wohnung liegengelassen, als sie nachsehen wollte, woher der Lärm kam, der plötzlich die Straße erfüllte. Welch ein Fehler. Sie hätte es besser wissen können. Denn was sollte der Lärm anderes bedeuten, als dass die schwedischen Soldaten inzwischen auch in ihrer Straße angekommen waren? Seit Stunden schon zogen sie systematisch von Straße zu Straße, von Haus zu Haus und legten mit erschreckender Akribie ein Feuer nach dem anderen.

Wie in Trance taumelte die schwangere Frau an den Soldaten vorbei auf die Haustür zu, als diese aufflog und ein kräftiger älterer Mann hinausstürmte, ein Tuch vor Mund und Nase haltend. Es war der alte Fischer, der unter dem Dach seine Kammer hatte. Ihre Blicke trafen sich, als Eva an ihm vorbei in den Hausflur wollte.

»Haltet ein, Frau Brachfeld! Ihr könnt nicht mehr hinauf. Der Dachstuhl brennt bereits.« Der kräftige Alte hielt sie an der Schulter. »Ihr müsst fort von hier, so schnell Ihr könnt.« Sein Blick glitt kurz über die Soldaten. »Welch eine Schande, einer schwangeren Frau, zumal einer Witwe, das Dach über dem Kopf anzuzünden! Ihr schwedischen Höllenhunde!« Wütend schwenkte er die Faust in Richtung des Leiterwagens, auf dem die Soldaten noch immer Fackeln in Pech tauchten. Einer der Dragoner stürmte mit gezücktem Säbel auf die beiden zu und schwang die Waffe zum Angriff durch die Luft. Schnell schob der Alte Eva fort von dem Reiter und dem Haus, aus dessen Fenstern bereits die Flammen schlugen. Sie stolperte auf die vereiste Straße hinaus. Auf einmal spürte sie einen scharfen Luftzug an ihrer Wange, und gleich darauf schrie der Alte neben ihr vor Schmerz auf. Er stockte, ließ Evas Schulter los und taumelte rückwärts. Der Säbel des Dragoners war ihm in den Oberarm gefahren. Das Blut verfärbte seine Jacke aus Wollfilz rotschwarz. Die schiere Angst packte Eva. Aber sie blieb stehen und drehte sich zu dem Fischer um.

»Nein, lauft weiter, Frau Brachfeld. Ihr müsst fort von hier. Hinunter zum Fluss. Beeilt Euch!«

»Aber Ihr braucht Hilfe …«

»Lauft schon … Lauft!«

In Evas Ohren dröhnte und summte es. Mitten auf der Straße sah sie um sich. Von überall rannten Menschen aus Häusern und Gassen heraus, drängten sich zu großen Pulks zusammen und eilten der Elbe entgegen. Männer mit schweren Säcken auf den Schultern hasteten durch die Menge, Frauen zerrten ihre Kinder an der Hand oder trugen sie auf dem Arm. Alt und Jung floh vor den Flammen, die aus den umliegenden Häusern schlugen und mit Funken gespickten, beißenden Rauch in die eisige Nachtluft bliesen. Ohne nachzudenken folgte Eva dem Menschenstrom.

Sie schlang den Mantel fester um sich. Als sie in das Revers griff, spürte sie einen harten, runden Gegenstand unter dem Stoff. Wie gut, dass sie noch am Nachmittag einige Goldstücke und ihren Schmuck unter das Revers und in den Saum des Mantels genäht hatte. So würde sie sich zumindest die allergrößte Not vom Leibe halten können.

Die vereiste Straße machte das Vorankommen beschwerlich, mit den glatten Sohlen ihrer viel zu dünnen Schuhe glitt sie immer wieder aus. Die ruckartigen Bewegungen waren mit ihrem schweren, gewölbten Leib nur mühsam auszugleichen, und ein schmerzhaftes Stechen im Unterleib bestrafte jeden falschen

Schritt sofort. Das Rauschen in ihren Ohren mischte sich mit dem Schreien und Weinen der Fliehenden, dem Gebrüll und den schrillen Pfiffen der Soldaten, dem Wiehern und Schnauben der Pferde, die im scharfen Galopp durch die Menge sprengten, während sich die Dragoner mit ihren Säbeln den Weg freischlugen und auf jeden losstürmten, der versuchte, die Fußsoldaten bei der Brandschatzung zu behindern oder auch nur die lodernden Flammen mit einer Decke zu löschen.

Die Menschenmenge wurde immer dichter. Die Leute schubsten und schoben einander, Ellbogen schlugen sich den Weg frei hin zur Königstraße, die den Geesthang hinab zur Reeperbahn führte, hinaus aus Altona, hinüber zum Millerntor, ins sichere Hamburg. Beißende Rauchschwaden nahmen Eva den Atem. Sie musste sich dringend ausruhen, aber wo nur? Ihre Blicke hasteten zwischen den Köpfen und Schultern der Menschen durch auf der Suche nach einem Ort, an dem sie verschnaufen konnte. Vor ihr war die lutherische Kirche, schräg gegenüber vom jüdischen Friedhof. Sie lag etwas abseits der Häuser und schien bisher von Brandschatzung und Feuer verschont zu werden. Ihre Glocken läuteten Sturm. Vielleicht könnte sie im Schatten der Kirchenmauer einen Moment verweilen.

Ihre ganze Kraft zusammenraffend, drängte sich Eva durch das Meer fliehender Körper zum Straßenrand, immer dem Glockengeläut nach. Zweimal rutschte sie auf dem vereisten Kopfsteinpflaster aus und wäre gestürzt, hätten die nacheilenden Menschen sie nicht aufgefangen. Hustend und um Atem ringend, erreichte sie endlich die Kirchentür. Sie war verschlossen. Einige Frauen pochten weinend gegen das schwere Holz. »So öffnet doch in Gottes Namen!«, schrien sie gegen das Läuten an. Durch eine kleine Luke in der Tür rief ihnen jemand entgegen: »Die Kirche ist überfüllt. Es kann niemand mehr hinein.«

Eva schob sich an den um Einlass bettelnden Frauen vorbei zu einem Mauervorsprung, hinter dem sie eine schützende Nische erwartete – doch saß bereits ein alter, in Lumpen gehüllter Mann darin und starrte auf die brennenden Häuser jenseits der Straße.

»Verzeiht, aber ich …« Ein Hustenanfall schnitt Eva die Worte ab, und sie sank erschöpft in die Hocke. Der Alte warf ihr einen Blick zu und rutschte kommentarlos ein Stück zur Seite.

Als Eva wieder zu Atem kam, hielt ihr der Mann einen mit Schnee gefüllten Lappen hin. »Knete den Schnee in das Tuch, Frau, und halte es dir vor Mund und Nase. Es hilft ein wenig gegen den verdammten Rauch.«

»Danke.« Eva zerdrückte den Schnee im Lappen. Der kalte Stoff machte ihre Finger klamm. Der alte Mann hatte seinen Blick wieder auf die brennenden Häuser gerichtet. Eva musterte ihn. Er trug einen verschlissenen Soldatenmantel und abgewetzte Lederstiefel. Um seine Hände hatte er Lappen gewickelt, den Kopf bedeckte eine Filzkappe, unter der graue Haarsträhnen heraushingen.

»Die Schweden sind bei der Zerstörung einer Stadt genauso diszipliniert wie in der Feldschlacht«, murmelte er bitter.

»Disziplin? Was sagst du da? Ich sehe überall nur zielloses Wüten«, antwortete Eva durch den feuchten Lappen hindurch, den sie bereits vor Mund und Nase hielt. Die Glocken hatten aufgehört zu läuten, aber das Geschrei der Leute gellte weiterhin in ihren Ohren.

»Nein, sie handeln in bester militärischer Ordnung. Du musst nur genau hinschauen. Sie kommen in drei Abteilungen. Die Ersten brechen in die Häuser ein, jagen die Bewohner hinaus, zerschlagen die Möbel und türmen allen Plunder zu einem riesigen Scheiterhaufen auf. Dann schlagen sie die Fenster ein und treten die Türen heraus, damit das Feuer genügend Luft bekommt.«

»Das Feuer?« Evas Stimme zitterte. Wovon redete der Alte?

»Das Feuer legt die zweite Abteilung. Sie kommen mit Pechkränzen und Fackeln. Sie zündeln so lange, bis die Flammen zur Decke schlagen.« Er spuckte verächtlich aus. »Und dann kommen die Dragoner. Die schlagen jeden nieder, der versucht, etwas gegen die Flammen zu unternehmen. Schau, da drüben kannst du sie noch am Werk sehen.«

Evas Blick folgte der ausgestreckten Hand des Alten. Tatsächlich, auf der anderen Straßenseite stürmten mehrere Dragoner auf eine Gruppe Männer zu, die verzweifelt versuchten, sich einem brennenden Haus zu nähern. Ihre Schreie konnte sie nicht aus dem allgemeinen Lärm heraushören, aber sie sah die Säbel der Dragoner auf sie niederfahren. Vor Entsetzen und Verzweiflung schloss sie die Augen.

»Wir waren auch nicht besser, damals, als ich noch jung und kräftig war.«

»Du bist Soldat?«

»Ich bin ein Wrack, Frau. Aber als ich jung war, war ich Söldner im Heer Wilhelms III. von Oranien und zog für ihn gegen die Franzosen. Plündern und Brandschatzen, darauf verstanden wir uns.« Er spuckte noch einmal aus. »Aber dass es mich nun selbst treffen muss, hier in Altona, wo es noch nicht einmal einen einzigen Soldaten gibt, der den Schweden entgegentritt, ist ein bitterer Hohn.« Der Alte musterte Eva zum ersten Mal mit blutunterlaufenen, müden Augen. »Du bist ein hübsches Ding. Bring dich lieber in Sicherheit, bevor die Kerle da drüben noch weiter gehen und nicht nur die Häuser in Brand setzen, sondern auch über die Weiber herfallen.«

Eva lief es kalt über den Rücken. Wie hatte sie nur in eine so furchtbare Lage geraten können? Witwe war sie und schwanger, mitten in einer Stadt, die sich in eine Hölle verwandelte. Sie musste weiter, sich und ihr Ungeborenes in Sicherheit bringen, bevor die Höllenfeuer sie verschlangen oder gar die Soldaten über sie herfielen. Der Alte hatte recht. Mühsam drückte sie sich an der eisigen Hauswand in die Höhe. Ihre Füße waren taub vor Kälte, ihr Rücken steif, und das Ziehen im Unterleib machte sich bei der ersten Bewegung wieder bemerkbar. Die Glocken der Kirche läuteten erneut. Kaum war sie hinter dem Mauervorsprung hervorgekommen, traf sie ihr Schall mit voller Wucht. Sie nickte dem alten Mann zum Abschied zu und stolperte zurück in den Menschenstrom, der sich in Richtung Reeperbahn ergoss. Von dort aus war es nicht mehr weit bis zum Hamburger Berg, und hinter dem lag das rettende Millerntor, das westliche Stadttor Hamburgs.

Wie in Trance trottete Eva in der Menge voran, das noch feuchte Tuch schützend vor Mund und Nase haltend, unentwegt Gott um Hilfe anflehend. Das Geschrei der Fliehenden mischte sich mit dem Krachen des brennenden Holzes und den Trompeten der schwedischen Soldaten. Endlich erreichte sie die Reeperbahn. Auch dort war alles voller Menschen. Nahe der Straße hatte ein Lagerschuppen für Reepseile Feuer gefangen. Die Seiler und Reepschläger versuchten verzweifelt, die Flammen mit Decken niederzuschlagen, um den Brand zu löschen. »So helft doch, Leute. Unsere Jahresarbeit geht sonst in Flammen auf!« Aber niemand blieb stehen, um den Männern beizuspringen. Zu groß war die Angst vor den Schweden. Auch Eva drehte sich ängstlich nach den Dragonern um. Aber es waren keine zu sehen, auch keine Fußsoldaten. Sie lauschte in das Getümmel hinein. Schreie und Rufe hallten von allen Seiten, doch es waren keine Trompeten mehr zu hören. Offenbar hatte sie den von den Schweden um Altona gezogenen Ring verlassen. Erschöpft lehnte sie sich an einen Laternenpfahl, um zu verschnaufen. Tränen der Erleichterung rannen ihr über die mit Ruß verschmierten Wangen. Gott hatte sie erhört. Wieder einmal hatte er ihr in größter Not beigestanden, hatte sie aus dem Höllenfeuer herausgeführt. Aber noch war sie nicht gerettet. Sie musste weiter, sich und ihr ungeborenes Kind in Sicherheit bringen.

»Mein geliebter Gott, ich danke dir für deine unendliche Liebe und Gnade. Beschütze mich und mein Kind auch weiterhin und weise uns den Weg an einen sicheren Ort.«

Noch während sie betete, spürte Eva die zarten Bewegungen des Kindes in ihrem Leib, und ein warmes Gefühl der Liebe verdrängte die Angst, die sie in den letzten Stunden beherrscht hatte. Auf dem Hamburger Berg lebten mehrere Brüder und Schwestern im Glauben. Irgendjemand von ihnen würde sie schon aufnehmen und ihr Obdach gewähren. Denn Gott war bei ihr. Eva zog ihren Mantel fest um die Schultern und machte sich wieder auf den Weg.

HAMBURG, IM JANUAR 1713

Der Wrangelsche Leiterwagen holperte den vereisten Fahrweg entlang, der jenseits des Millerntors über den Hamburger Berg in Richtung Altona führte. Die Sonne war bereits vor einer Stunde als blutroter Ball über Hamburg aufgegangen, und fahles Winterlicht offenbarte das Elend am Morgen nach dem Brand. Immer noch rauchte und qualmte es im Westen, auch einige Feuer stoben immer wieder auf. Die Luft war voll Ruß und Rauch, der in den Augen brannte. Links und rechts des Fahrwegs drängten sich unweit des Stadtwalls enge Siedlungen mit Wohnhäusern, die durchsetzt waren von kleinen Gewerben, Glashütten, Ölmühlen, Tranbrennereien. Waren die Gassen an gewöhnlichen Tagen schon voller Menschen, so war an diesem Morgen kaum ein Durchkommen. Die Leute standen dicht beieinander vor kleinen, wärmenden Feuern, viele hockten müde an den schmutzigen Hauswänden, eingehüllt in Decken. Hier und da grunzte ein Schwein, weinte ein Kind.

Ruth saß eingehüllt in einem dicken Wollumhang mit großer Kapuze gemeinsam mit Hanne, der Frau von Hinrich Wrangels bestem Freund Matthias Claussen, neben dem Kutscher auf dem Bock des Leiterwagens. Ihr trauriger Blick folgte einer Katze, die an den Fenstersimsen entlangzubalancieren versuchte, wohl um das Gedränge auf der Straße zu meiden. Aber das Tier rutschte ab und landete mit einem kläglichen Miauen auf der Schulter eines alten Mannes, der sich erschrocken umwandte und nach ihm trat.

Auch Hanne war schweigsam. Eine Magd der Wrangels hatte sie in der Frühe im Pastorat von Sankt Katharinen aufgesucht, von Ruths Vorbereitungen berichtet und um ihre Unterstützung bei der Verteilung der Lebensmittel gebeten.

Noch bevor die Sonne aufgegangen war, waren Wrangels Gehilfen mit der Nachricht zurückgekehrt, dass die Stadttore gen Westen zunächst geschlossen bleiben und keine Flüchtlinge in die Stadt gelassen werden sollten, sofern sie kein aktuelles Gesundheitszeugnis vorzuweisen hatten, dass sie frei von ansteckenden Krankheiten seien. Wrangel nahm die Nachricht mit einem grimmigen Nicken auf, hatte er sie doch vorausgeahnt. Ruth hingegen konnte ihre Wut und ihren Ärger nur schwer im Zaum halten. Kaum war Hanne Claussen in der Kleinen Johannisstraße eingetroffen, entschieden die beiden Frauen, die Güter vor die Stadttore auf den Hamburger Berg zu bringen, wo die Flüchtlinge zu Tausenden ausharrten. Wrangel, der nur zu gut wusste, dass er Ruth nicht ohne einen gehörigen Streit von ihrem Vorhaben abbringen konnte, ließ die beiden gewähren und zog inzwischen im Rathaus Erkundigungen über das weitere Vorgehen der Stadtväter ein.

Die Menschen am Wegrand sahen dem Leiterwagen neugierig hinterher. Einige, die ahnten, was unter den Decken verstaut war, folgten ihm sogleich, denn es war offensichtlich, dass er nicht auf dem engen Fahrweg halten konnte, um Hilfsgüter zu verteilen, sondern noch bis zum freien Feld hinter den Häusern weiterfahren würde.

Am Ende der Ladefläche des Leiterwagens hockten ein kräftiger Knecht, die beiden Küchenjungen sowie Ruths Tochter Marie und Greta, die älteste Tochter der Claussens. Die Mädchen waren in eine Decke eingewickelt und schauten schüchtern, aber neugierig in die schmutzigen, rußverschmierten Gesichter der Leute. Während für Marie diese Fahrt ein ganz neues Abenteuer versprach, hatte die zehnjährige Greta, ein hübsches Mädchen mit seidig blonden Zöpfen, schon öfter ihrer Mutter bei Armenspeisungen oder anderen wohltätigen Unternehmungen im Kirchspiel Sankt Katharinen geholfen. Vor die Tore der Stadt war sie dabei aber nur selten gekommen – und noch nie zum Hamburger Berg. Ihre Mutter hatte Vorbehalte gegen diese Gegend, in deren Nähe sich auch der Pesthof, einige Müllhalden sowie unzüchtige Etablissements befanden. Auch unterstand das Gebiet der Oberhoheit des Kirchspiels Sankt Michaelis, so dass es für eine Pastorenfrau von Sankt Katharinen kaum einen Grund gab, hier tätig zu sein. Doch die durch den Brand ausgelöste Not relativierte solche Kleinlichkeiten.

Der Kutscher schwenkte das Gefährt nach rechts auf einen Platz, an dem an gewöhnlichen Tagen zahlreiche Händler ihre Waren anboten. An diesem Morgen drängten sich dort zitternde, frierende Menschen um kleine Feuer. Zögernd machten sie dem Wagen gerade so viel Platz, dass er ein paar Schritte Abstand zum Fahrweg hatte. Der Kutscher sicherte die schwere Bremse, sprang vom Bock und half den beiden Damen herunter. Von der hinteren Lade war bereits der Knecht heruntergesprungen und drängte die Menschen ein Stück zurück.

»Macht Platz, Leute, damit wir unser Gut gerecht verteilen können.«

Die beiden Küchenjungen und die Mädchen schlugen die Decken von der Ladung. Ein Raunen ging durch die Menge, und der Menschenring schloss sich erneut dichter um den Leiterwagen.

Ruth schob sich durch zu ihrem Knecht.

»Wir müssen versuchen, die Leute in Reihen zu ordnen, John, damit jeder das bekommt, was er braucht.«

»Das wird schwer werden, Frau Wrangel. Die Menschen sind hungrig, müde und verzweifelt. Da bringt kaum einer noch Geduld mit.«

»Steig auf den Leiterwagen und versuch es trotzdem.«

»Nein, lass mich das machen, Ruth. Ich habe mit solchen Dingen Erfahrung«, mischte sich Hanne Claussen ein und bat den Kutscher, ihr auf die Laderampe zu helfen.

»Ihr guten Leute, hört zu. Wir haben euch mit Gottes Hilfe und seinem Segen einiges einfaches Gut gegen die gröbste Not hierhergeschafft. Damit jeder bekommt, was er braucht, stellt euch in drei Reihen auf. In die erste sollen sich Frauen mit Kindern stellen, die vor allem einen warmen Brei und Windeln benötigen. In die zweite stellen sich Alte und Versehrte, die einen kräftigen Schluck gewürzten Wein vertragen sowie einen Kanten Brot, der sich darin einweichen lässt. In die dritte stellen sich die Jungen und Kräftigen von euch, denen ein Krug Dünnbier und ein Stück Käse oder Speck weiterhelfen.«

Sofort drängten die Menschen dichter an den Wagen heran und riefen laut nach Brot, Grütze, einer Kelle Wasser. Der schwere Kaltblüter wurde unruhig und scharrte mit den Hufen. Der Kutscher zögerte nicht lange, sondern sprang behende auf den Kutschbock, griff nach der langen Peitsche und ließ sie einmal kräftig in der Luft knallen.

»Wenn ihr nicht hört und tut, worum die Frau Pastorin Claussen euch gebeten hat, machen wir kehrt, bevor nur ein Einziger von euch einen Bissen bekommen hat. Nun macht schon.«

Unter Murren formten sich drei Reihen, und der Knecht sowie der Kutscher, der immer noch drohend die lange Peitsche in der Hand hielt, staksten durch den vollbepackten Leiterwagen zu den Bierfässern und Kisten mit handlichen Stücken Käse und Speck auf der linken Seite. Ruth kletterte ebenfalls auf die Rampe, griff die große Kelle, die an den Kessel gebunden war, und tauchte sie in den noch warmen Brei. Dabei blickte sie auf die Mütter herunter, die sie mit hungrigen Augen ansahen und ihr Schüsseln, Becher und Eimer entgegenstreckten. »Ich habe drei kleine Kinder, die seit Stunden schreien. Gebt mir eine Kelle mehr, edle Frau.«

»Auch meine Kleinen jammern schon die ganze Nacht und zittern vor Kälte. Habt Ihr nicht auch ein Schlückchen gewürzten Wein für sie, damit ihnen wieder warm wird?«

»Mein Sohn hat Fieber. Er glüht förmlich. Habt Ihr auch Arzneien bei Euch, gute Frau?«

»Der Herr vergelte Euch Eure Mühe. Ihr kommt gerade zur rechten Zeit. Die Nacht war furchtbar kalt. So mancher Alte ist wohl eingeschlafen, um nimmer aufzuwachen. Gebt mir bitte auch noch einen Kanten Brot. Ich habe noch einen größeren Sohn, der hinten beim Feuer auf seine kleine Schwester aufpasst.«

Keine halbe Stunde war vergangen, und der Kessel wie auch die Fässer mit Bier und Wein waren leer. Nun gab es nur noch Wasser, Äpfel und Zwiebeln, und auch die gingen schnell zur Neige. Je weniger es zu verteilen gab, desto dichter drängten sich die Menschen, um wenigstens einen kleinen Rest zu ergattern.

»Nur Geduld, ihr Leute, gleich kommt der nächste Wagen mit Viktualien. Viele gut bepackte Wagen standen bereits am Tor, als wir aus Hamburg hinausfuhren.«

Als die letzten Reste verteilt waren, schoben die Küchenjungen und der Knecht die leeren Fässer und Kisten zusammen, während Ruth und Hanne mit ihren Töchtern vom Wagen kletterten und sich einen Weg durch die Menge bahnten.

Ein bedrückendes Gefühl legte sich wie eine eiserne Klammer um Ruths Brust, als sie in die leidenden Gesichter sah. So wenigen hatten sie nur eine kleine Hilfe leisten können. So viele hockten hier oder standen dicht aneinandergedrängt, frierend und hungrig, die Verzweiflung ins Gesicht geschrieben. Ihre Häuser waren niedergebrannt, der schwere Rauch hing noch in der Luft. Aber nicht nur ihre Häuser waren fort, sondern mit ihnen all ihr Hab und Gut, ihre Vorräte für den Winter, der gerade erst begonnen hatte und das Land noch Wochen und Monate im festen Griff halten würde. Zum Glück war Dänemark ein wohlhabendes Land, so dass der König seinen Untertanen in Not wohl bald zu Hilfe kommen würde. Aber bis dahin galt es erst einmal zu überleben in dieser Kälte. Und zumindest so lange war es die christliche Pflicht und Schuldigkeit der Hamburger Nachbarn, den Bedürftigen aus dem Gröbsten zu helfen. Hoffentlich würde Hinrich bis zum Mittag gute Neuigkeiten zu berichten haben. Und morgen früh könnte das Wrangelsche Haus einen weiteren mit Viktualien gefüllten Wagen für die Ausgebrannten losschicken. Entweder erneut vor die Tore der Stadt oder schon in ein Notlager innerhalb der Hamburger Stadtmauern, sollte der Rat die Tore öffnen.

Ein grauer Schatten huschte an Ruths Rocksaum entlang. Erschrocken wich sie ein kleines Stück zurück und sah auf den schmutzigen, vereisten Boden. Eine Ratte. Nein, mehrere Ratten, die zwischen den Beinen der Menschen hindurchhuschten und gierig nach Essbarem suchten. Auch ihre Unterschlupfe waren abgefackelt worden, lebten sie doch am liebsten in den Vorratskammern der mit Lehm verputzten Fachwerkhäuser. Ruths Blick folgte den schlauen Nagern. Sie würden gewiss nicht lange brauchen, um neue Behausungen zu finden. Kein noch so schweres Stadttor würde sie davon abhalten, nach Hamburg einzudringen und die gut gefüllten Vorratskammern der Hanseaten zu plündern, ganz gleich, was der Rat davon hielt.

Sie ging weiter, um letzte kleine Gaben unter den Leuten zu verteilen. Da fiel ihr Blick auf eine auffallend schöne, aber nicht mehr junge Frau, die ihren schwangeren Leib in eine Pferdedecke gehüllt hatte. Obwohl sie vor Kälte zitterte, leuchteten ihre hellbraunen Augen, um die sich bereits erste kleine Fältchen bildeten, hoffnungsvoll.

»Gute Frau, Ihr seid in anderen Umständen, wie ich sehe«, sprach Ruth die Schwangere an. »Braucht Ihr Hilfe? In Eurem Zustand ist der Aufenthalt hier draußen besonders beschwerlich.« Ruth zog aus ihrer Schürzentasche ein großes Stück Speck heraus und reichte es ihr.

»Habt Dank für Eure Hilfe, edle Frau.« Die Schwangere blickte Ruth ohne Scheu in die Augen, wie es nur eine Frau von Stand wagen würde. »Ich habe Euch beobachtet, wie Ihr und die Euren die Menschen mit dem Nötigsten versorgtet. Der Herr möge es Euch vergelten. Er erkennt die Guten und Barmherzigen im Meer der Gleichgültigen.«

Ruth hielt ihrem festen und durchdringenden Blick stand. »Das ist doch das mindeste an Christenpflicht, das ein jeder Mensch erwarten kann. Aber Ihr solltet in Eurem Zustand nicht zu lange hier draußen verweilen. Gibt es einen Ort, wo Ihr unterkommen könntet? Kann Euch Euer Mann zur Seite stehen?«

Die Frau stieß einen tiefen Seufzer aus. »Ich bin Witwe, edle Frau. Mein Mann starb vor nicht allzu langer Zeit, so dass ich nun unser erstes Kind allein durch dieses grausame Unglück bringen muss.«

»Ihr Arme, Ihr habt mein Beileid.« Ruth schluckte. Zärtlich drückte sie die kleine Hand ihrer Tochter Marie, die neben ihr stand und dem Gespräch aufmerksam lauschte.

Die Schwangere schlug ihren Blick nieder. »Ich danke Euch. Zum Glück habe ich einige gute Bekannte hier auf dem Hamburger Berg. Ich hoffe, dass ich bei ihnen unterkommen kann.«

»Das wünsche ich Euch.« Ruth griff erneut in ihre Tasche und zog noch ein Stück Käse heraus. »Hier, nehmt das noch mit zur Stärkung. Ein Kind fordert viel Kraft von einer Schwangeren.«

»Ich danke Euch von Herzen. Wie heißt Ihr, edle Frau? Ich möchte Euch gerne in meine Gebete einschließen.«

»Mein Name ist Ruth Wrangel. Ich komme aus Hamburg. Und wie heißt Ihr, wenn ich fragen darf?«

»Mein Name ist Eva. Eva Brachfeld. Mein verstorbener Mann war Arzt in Altona. Aber nun ist unser Haus wohl nur noch ein Haufen Asche. Die schwedischen Soldaten kamen in der Nacht mit ihren Fackeln auch in unsere Straße. Ich floh, wie die vielen anderen Menschen hier auch. Aber das Gehen fällt mir schon schwer, und oft verhärtet sich mein Leib, so dass ich Sorge habe, das Kind möchte vor der Zeit heraus.«

Ruth nickte verständnisvoll, während die kleine Marie vorsichtig an ihrem Ärmel zerrte.

»Warte, Marie, nur noch einen Augenblick.« Ruth wandte sich wieder Eva Brachfeld zu und zog einen Beutel hervor, den sie unter ihrem Umhang verborgen getragen hatte. Geschäftig suchte sie darin und holte schließlich ein kleines Säckchen heraus, an dem sie sogleich konzentriert roch. »Ja, das ist es. Nehmt diese Kräuter mit, Frau Brachfeld. Es ist eine Mischung, die das Kind in Eurem Leib beruhigen wird, wenn Ihr einen kräftigen Aufguss daraus kocht. Trinkt ihn warm, jedoch nicht zu heiß. Aber zunächst seht zu, dass Ihr ins Warme kommt und ruhen könnt.«

»Seid Ihr eine Hebamme? Vergelt's Euch Gott. Ich werde für Euch beten, Ruth Wrangel.«

Ruth nickte. Eine besondere Ausstrahlung ging von dieser Frau aus. Schließlich wandte sie sich ab und folgte der zerrenden kleinen Hand von Marie. Auch wollte sie der Unbekannten nicht genauer erklären, woher sie ihre medizinischen Kenntnisse hatte, zumal sie nicht glaubte, die Schwangere jemals wiederzusehen. Doch darin sollte sie sich irren.

✧ ✧ ✧

Mit festem Schritt ging Hinrich Wrangel auf das Rathaus zu. In aller Frühe schon hatte ihn ein Schreiben des Syndikus Sillem erreicht, in dem jener im Namen des Hamburger Rates Wrangel zu einem vertraulichen Gespräch zur zehnten Stunde ins Rathaus bat. Den ganzen Morgen hatte Wrangel gegrübelt, was die Ratsherren von ihm wollen könnten. Das schwedische Heer war inzwischen nach Pinneberg weitergezogen, die Hamburger hielten ihre Stadttore auch drei Tage nach dem Brand noch streng verschlossen, schickten aber täglich Notgüter hinaus auf den Hamburger Berg, um dem schlimmsten Elend abzuhelfen. Natürlich war das bei weitem nicht genug, und Wrangel hatte bereits mehrfach die Stimme erhoben und mehr christlichen Beistand eingefordert. Aber die hohen Herren hatten ihre Köpfe nur tief in ihre großen, weißen Halskrausen eingezogen und sein Ersuchen abgelehnt.

Der harsche Schnee knirschte unter Wrangels Stiefeln. Als er sich der schweren Holztür des Rathauses näherte, erkannten die Wachen ihn schon von weitem und gaben ihm sofort den Weg frei.

In der dämmrigen Eingangshalle machte Wrangel den Syndikus Sillem aus, der einem Schreiber in leisem, eindringlichem Ton Anweisungen erteilte. Wrangel blieb stehen und räusperte sich.

Kaum hatte Sillem ihn bemerkt, schickte er den Schreiber fort und eilte auf ihn zu. »Verehrter Prokurator Wrangel. Habt Dank, dass Ihr meinem Schreiben sofort Folge geleistet habt. Folgt mir bitte, ich möchte Euch auf die Schnelle in die Umstände einführen, die den Rat veranlasst haben, Euch zu der gleich beginnenden Sondersitzung hinzuzubitten.« Er ergriff Wrangels Arm und führte ihn zu einer unscheinbaren Tür, die in ein winziges Kabinett führte. »Nehmt Platz, Prokurator.«

»Danke, Syndikus Sillem. Doch nun lasst mich nicht länger im Unklaren über den Grund unseres Treffens.«

»Nein, keineswegs.« Der Syndikus räusperte sich kurz und fuhr dann mit leiser Stimme fort. »Unsere Stadt wird erneut bedroht, Prokurator.«

»Von wem? Sind die Schweden etwa zurückgekehrt?«

»Nein, Stenbock weilt mit seinem Heer bei Pinneberg. Aber ein gewaltiges russisches Heer unter der Führung des Generals Menschikow nähert sich auf den Spuren der Schweden Hamburg in Eilmärschen. Schon morgen könnte es die Stadtgrenze erreichen.«

Bei dem Namen Menschikow schauderte es Wrangel, schmerzliche Erinnerungen an die dunkelste Zeit seines Lebens stiegen in ihm auf. »Was treibt die Russen vor die Wälle Hamburgs, Sillem?«

Der Syndikus schluckte. »Das, was die Schweden weiterziehen ließ, Prokurator. Unser Geld, mit dem wir mühsam unsere Neutralität und Unabhängigkeit in diesem furchtbaren Krieg zu wahren suchen.«

»Aber was hat das mit mir zu tun?«

»Ihr, Prokurator Wrangel, habt schließlich mehrere Monate in Russland verbracht, sprecht leidlich die Sprache, kennt Euch aus in den moskowitischen Sitten und Gebräuchen und könntet dem Rat somit bei den zu erwartenden schweren Verhandlungen mit Rat und Tat zur Seite stehen.«

Wrangel bemühte sich um ein Lächeln. Noch keine sieben Jahre war es her, dass er auf einer Reise nach Königsberg überfallen, niedergeschlagen und als Arbeitssklave nach Sankt Petersburg verkauft worden war. Die Sitten und Gebräuche, die er damals bei den Russen kennengelernt hatte, dürften wohl kaum für Verhandlungen auf höchster politischer Ebene geeignet sein.

»Schließlich habt Ihr, Prokurator Wrangel, schon früher erfolgreich mit russischen Amtsträgern verhandelt und Schaden von Hamburg abhalten können«, fuhr Sillem fort. »Niemand in der Stadt ist geeigneter als Ihr, Hamburg und seinem Rat in dieser schweren Stunde beizustehen und Verhandlungen mit dem General Menschikow zu führen.«

Wrangel saß starr auf dem großen Stuhl und blickte auf seine Hände. Damals in Russland war Menschikow Generalgouverneur von Sankt Petersburg gewesen. Wrangel kannte ihn als ebenso schlauen wie korrupten Mann, wobei er ihn nie persönlich getroffen hatte und nach allem, was er über ihn wusste, auch nicht wünschte, dies nachzuholen.

»Helft uns in dieser schweren Stunde, Prokurator. Der Rat und die Stadt brauchen Euch.«

Es klopfte leise an der Tür, eine Wache erschien, um die beiden Männer in den Sitzungssaal des Rates zu rufen. Wortlos folgten sie.

Wrangel kannte den Sitzungssaal gut von den Gerichtsverhandlungen. Über die großen Fälle sprach der Rat als Obergericht die Urteile. Im Gegensatz zum Niedergericht, für das Wrangel arbeitete, stand dem Obergericht das Recht zu, Blut- und Lebensstrafen zu verhängen. Als Wrangel nun aber den großen Saal betrat, saßen die Ratsherren nicht mit ihren spitzen spanischen Hüten in Reih und Glied hinter den Bürgermeistern, wie bei den Gerichtssitzungen üblich. Stattdessen hatten sie sich an einem langen Tisch niedergelassen, an dessen Kopfende die beiden Bürgermeister saßen und an dessen Fußende zwei freie Plätze auf sie warteten. Kaum hatten sich die beiden Männer gesetzt, ergriff Bürgermeister von Bostel das Wort. Er war ein feingeistiger Mann von Mitte sechzig und der unumstrittene Senior der beiden Bürgermeister. »Prokurator Wrangel, ich begrüße Euch im Namen des Rates und freue mich, dass Ihr unserer kurzfristigen Einladung so schnell Folge geleistet habt. Wie ich annehme, hat Euch Syndikus Sillem bereits in die uns Sorgen bereitende Materie eingeführt, so dass ich Euch ohne große Umschweife von den neuesten Entwicklungen in diesem Fall in Kenntnis setzen kann.«

Wrangel erwiderte den Gruß förmlich und lauschte aufmerksam von Bostels Ausführungen.

»Vor kurzem erhielten wir Nachricht, dass das russische Heer, das an die fünfundzwanzigtausend Mann zählt, morgen Nachmittag im Osten Hamburgs zu erwarten ist. Auch erfuhren wir, dass der russische Zar persönlich bei seinen Truppen weilt. So haben wir uns entschieden, Zar Peter einen ehrwürdigen und prachtvollen Empfang hier in der Stadt zu bereiten. Zwar sind wir eine neutrale Macht in diesem Krieg, aber da wir auch General Stenbock begrüßt und beschenkt haben, möchten wir bei dem russischen Zaren keinen Groll erwecken, sondern ihm alle Ehren erweisen, die einem gekrönten Haupt zustehen.«

Wrangel nickte nachdenklich. Der Zar persönlich war also auf dem Weg hierher. Und mit ihm Menschikow, sein oberster Feldherr und zugleich sein bester und intimster Freund. Wenigstens blieb so zu hoffen, dass der Zar Menschikow in dessen Gier nach Geld zügelte, denn Peter war bekannt als Mann, der persönlich den Luxus verschmähte.

»Euch, verehrter Prokurator Wrangel, bitten wir im Namen der Stadt, dem Begrüßungs- und Verhandlungskomitee Hamburgs anzugehören und Eure Kenntnisse um Russland in die Dienste der Hansestadt zu stellen.«

Wrangel atmete tief durch, bevor er antwortete. »Es wird mir eine Ehre sein, Hamburg in dieser schweren Stunde meinen Dienst zu erweisen. Doch mache ich den Rat noch einmal dringlich darauf aufmerksam, dass er nicht länger zögern und die Augen vor dem Leid der Bevölkerung von Altona verschließen darf. Vergesst nicht, dass Dänemark ein Verbündeter Russlands ist und sich das unbarmherzige Verhalten der Hamburger gegen die von Schweden attackierten Altonaer zum Nachteil der Stadt wenden kann.«

Ein Raunen ging durch den Saal, und die Ratsherren verstrickten sich augenblicklich in diverse Erörterungen. »Wir können die Tore beim besten Willen nicht einfach öffnen. Denkt nur daran, wie schlimm die Pest bereits im Herbst in Altona gewütet hat. Wenn die Kranken herüber zu uns kommen, wird es Hamburg womöglich genauso treffen.«

»Doch können wir nicht einfach mit ansehen, wie die Menschen vor unseren Toren verenden. Dann wird Gott uns erst recht für unseren Hochmut strafen.«

»Wo sollen wir all die Menschen denn unterbringen? Wir haben schon genug Armut in der Stadt und brauchen davon nicht mehr.«

»Arm werden wir werden, wenn der Zar uns ausplündert. Er führt ein großes, schlagkräftiges Heer mit sich!«

Wrangel folgte schweigend dem Für und Wider. Die kaufmännische Sorge vor zu hohen Entschädigungszahlungen an die Russen siegte schließlich über die Angst vor den Flüchtlingen und ihren Krankheiten. So wurde beschlossen, die Zuflucht Suchenden in die Stadt zu lassen, sofern sie sich zuvor einer gründlichen medizinischen Untersuchung unterzogen hatten.

Von Sankt Nikolai läutete bereits die zwölfte Stunde, als der Schreiber endlich die gefassten Beschlüsse zur Unterzeichnung vorlegte. Wrangel gehörte nun zusammen mit Syndikus Sillem einem sechsköpfigen Verhandlungskomitee an, das sich umgehend um sämtliche Belange der Russen vor und in Hamburg zu kümmern hatte. Für Samstag, den 14. Januar, plante man ein großes und würdiges Bankett für den Zaren und sein Gefolge, bei dem es nicht an Geschenken für die Gäste mangeln durfte.

Als Wrangel mit den anderen Komiteemitgliedern hinüber in den Ratskeller ging, um sich beim Mittagessen weiter besprechen zu können, spürte er eine Last auf den Schultern, die schwerer schien als damals die Baumstämme in den Sümpfen vor Sankt Petersburg.

✧ ✧ ✧

An der Seite ihres Mannes betrat Ruth Wrangel in einem eng taillierten Kleid mit weit ausgestelltem Rock aus dunkelblauem Seidentaft neugierig und angespannt den festlich geschmückten Saal in der Residenz des russischen Gesandten Böttger am Jungfernstieg, in der das Bankett zu Ehren des russischen Zaren Peter I. stattfand. Die Stadtväter hatten die prunkvollsten Stücke des Ratssilbers herbeischaffen lassen, das auf einem länglichen, mit rotem Samt verhüllten Tisch an der Seite des Saales drapiert war.

Ähnlich wie Hinrich Wrangel hatte auch Ruth bei dem Gedanken an Sankt Petersburg ein klammes Gefühl beschlichen. Doch auch angenehme Erinnerungen stiegen in ihm auf, vor allem an Jekatarina Alexejewna, die damalige Mätresse des Zaren. Mit großer Herzensgüte hatte sie Ruth in jenen schweren Tagen beigestanden. So hegte Ruth an diesem Abend die leise Hoffnung, dass ihre Freundin, sollte sie noch die Mätresse des Zaren sein, vielleicht mit nach Hamburg gekommen war.

In dem von einem Kerzenmeer erhellten Saal hatten sich die wichtigsten Patrizierfamilien Hamburgs eingefunden, standen in kleinen Gruppen zusammen und tauschten Neuigkeiten aus. Ruths Blick fiel auf Hanne Claussen, die mit ihrem Mann Matthias und dem Pastorenpaar vom Kirchspiel Sankt Jakobi plauderte. Sie tauschten ein kurzes Lächeln. Für mehr würde später, nach dem offiziellen Teil, Zeit sein.

An Hinrichs Arm durchquerte Ruth den Saal hin zu Bürgermeister von Bostel, der mit Syndikus Sillem im Gespräch war. Kaum hatten sich die Wrangels genähert, als sich der Bürgermeister mit freundlicher Geste zu ihnen wandte und sich Ruth vorstellen ließ.

»Es ist mir eine besondere Ehre, Frau Wrangel, Euch persönlich kennenzulernen. Dazu ist es mir ein Vergnügen, eine so edle wie schöne Dame heute Abend als Gast zu haben. Doch so gern ich den Abend mit Euch verplaudern würde, habe ich diesen Vorzug – natürlich in Absprache mit Eurem verehrten Mann –«, dabei zwinkerte er Wrangel zu, »unserem heutigen Ehrengast überlassen.«

Ruth spürte, wie ihr das Blut in die Wangen schoss. Darauf war sie nicht vorbereitet. Doch bevor sie eine freundliche Replik geben konnte, ertönte von draußen ein Trompetensignal, das die Ankunft des Zaren meldete. Von Bostel räusperte sich sogleich und streifte sachte Wrangels Arm. »Nun geht es aufs Ganze, Prokurator. Hoffen wir auf das Beste.«

Gerahmt von Offizieren seines Garderegiments, betrat der Zar in einem schlichten dunkelgrünen Uniformrock und hohen schwarzen Stiefeln den Saal. Tatsächlich schien er Ruth noch größer, als ihr berichtet worden war. Um einen ganzen Kopf überragte er seine Offiziere, wobei ihm das dunkle Haar in sanften Wellen auf die Schultern fiel. So groß und stattlich seine Erscheinung war, so feinzügig, nahezu sinnlich wirkte sein Gesicht. Ihr fielen Jekatarinas Worte ein: »Nichts an ihm ist gewöhnlich. Alles neigt zum Übermaß.«

Mit zwei Schritten Abstand und gut einen Kopf kleiner, denselben dafür umso gerader in die Höhe gestreckt, folgte ein Mann mit spitzem Kinn und scharfem Blick in der Uniform eines russischen Generals, den Rock mit zahlreichen Orden und Bändern geschmückt. Menschikow.

Ruth drückte sanft Wrangels Arm, ahnend, dass dieser Moment ihrem Mann viel abverlangte. Lange hatten sie in der vergangenen Nacht im kleinen Salon ihres Hauses zusammengesessen und über den Besuch des Zaren in Hamburg gesprochen. Es war eine Herausforderung für Hinrich, diesen Männern gegenüberzutreten – vor allem Menschikow, für den er nicht den Hauch von Achtung verspürte, es ihn aber auf keinen Fall spüren lassen durfte, wollte er Hamburg und damit ihnen allen helfen. Im Gegenzug für seine Hilfe – so sah es Ruth zumindest – hatte der Rat die Hilfe und Unterstützung für die notleidenden Altonaer ausgeweitet. Nun waren am Millerntor und am Dammtor Zelte eingerichtet, in denen Mitglieder des städtischen Sanitätskollegiums die in die Stadt drängenden Flüchtlinge untersuchten und ihnen bei entsprechender Gesundheit Passierscheine ausstellten. So konnte man vor allem den zahlreichen Waisenkindern helfen, die entkräftet und verzweifelt durch die Vorstadt irrten.

Ruth musterte Menschikow erneut. Nicht die Spur eines Selbstzweifels ging von diesem Mann aus. Sein Blick war taxierend, sein Schritt fest und sicher. Ein Anflug von Bitterkeit ergriff Ruth. Ausgerechnet dieser Mann, der keine Skrupel hatte, Menschen ins Elend zu schicken, würde in ihrem Mann einen Verhandlungspartner vorfinden, der aus Skrupel vor dem Elend anderer sich selbst überwand, um jenen zu helfen.

Als die langwierige Empfangszeremonie beendet war, nahmen alle ihre Plätze an der Tafel ein. Von Bostel hatte nicht gescherzt. Ruth saß tatsächlich an der Seite des Zaren. Sie schluckte, straffte den Rücken und legte ein Lächeln auf ihre Lippen, als sie neben ihm Platz nahm. Der Zar musterte sie wohlwollend und raunte in gutem Niederländisch: »Zwar sagte man mir, meine Tischdame sei des Niederländischen mächtig, verschwieg mir aber, dass sie auch die schönste Dame der Stadt ist.«

»Dank je wel, Eure Majestät.«

»Wie kommt es, dass eine Hamburgerin das Niederländische spricht?«

»Ich bin in meiner Jugend viel gereist, Eure Majestät. Amsterdam war ein oft besuchtes Ziel.«

»Auch ich kenne und schätze Amsterdam sehr. Wenn Ihr aber von Eurer Jugend sprecht, so seid Ihr wohl auch jetzt noch viel auf Reisen, und es ist reines Glück, dass ich Euch hier treffe.«

Ruth senkte verlegen den Blick.

Der Zar nahm einen Schluck Rotwein und lächelte ihr aufmunternd zu. »Wie ich hörte, seid Ihr auch schon einmal nach Russland gereist. Wie hat es Euch gefallen in meinem Reich?«

Ruth befeuchtete vorsichtig die Lippen, bevor sie antwortete. »Ja, es stimmt, ich war vor einigen Jahren in Sankt Petersburg. Dort lernte ich interessante Menschen kennen. Vor allem eine Dame, Jekatarina Alexejewna, hat mir als aufrichtige Freundin damals sehr geholfen.«

Der Zar legte das Besteck beiseite und musterte Ruth erneut. »Ihr kennt Jekatarina Alexejewna?«

Ruth schluckte. »Ja, Majestät. Sie half mir damals sehr, denn ich war mit meinem ersten Kind schwanger und ganz allein in Eurer damals noch im Aufbau befindlichen neuen Stadt. Sicherlich wird sie eines Tages eine reine Pracht sein.«

Der Zar ging nicht auf ihre Schmeichelei ein. »Wie habt Ihr Jekatarina Alexejewna kennengelernt?«, hakte er nach.

»Wir haben uns in der Banja des Gasthauses getroffen, in dem ich abgestiegen war. Mir wurde schwindlig, und Jekatarina Alexejewna stand mir bei.« Ruth hielt inne und musterte nun ihrerseits den Zaren. »Sie weilte damals in Sankt Petersburg, weil sie auf den Mann ihres Herzens wartete. Ich hoffe sehr, dass er noch eintraf, denn bis zu meiner Abreise tat er es nicht.«

Ein Schmunzeln umspielte die Lippen des Zaren. »Er traf ein.«

Ruth blickte lächelnd auf ihre Hände. »Ich hoffe doch sehr, dass es Jekatarina Alexejewna gutgeht. Leider habe ich mich nicht wieder bei ihr melden können, da wohl auch sie viel auf Reisen ist. Gerne würde ich sie wissen lassen, dass meine Tochter wohlbehalten zur Welt kam.«

»Sie wird es erfahren. Und seid gewiss, es geht ihr gut. Auch hätte sie wohl jetzt den Mann ihres Herzens begleitet, zwänge sie nicht die nahende Geburt ihres dritten Kindes dazu, in Moskau zu verweilen.«

»Ihres dritten Kindes! Welch ein Freude, Majestät!«, platzte Ruth heraus, so dass sich die Blicke der anderen Damen und Herren auf sie richteten. Beschämt hüstelte sie in ihre kleine Faust. »Auch ich habe inzwischen drei Kinder. Das würde ich sie ebenfalls gerne wissen lassen.«

»Sie wird es erfahren. Doch nun erzählt mir von Hamburg.«

Ruth nickte lächelnd und berichtete dem Zaren ausführlich von der Stadt und ihren gegenwärtigen Sorgen, die durch den verheerenden Brand von Altona entstanden waren. Ohne Scheu erzählte sie von all den furchtbaren Dingen, die auch sie in den vergangenen Tagen mit den Flüchtlingen erlebt hatte, schilderte deren Not und die vielfältige Hilfe, die die Hamburger Bürger ihnen angedeihen ließen. Allein der Rat der Stadt versorgte die seit der Brandnacht auf dem Hamburger Berg vor den Toren Hamburgs zusammengedrängten Obdachlosen mit Bier, Brot und Käse im Wert von gut und gerne fünfzig Talern pro Tag. Hinzu kamen die zahlreichen privaten Spenden, die zum großen Teil über die Kirchspiele organisiert wurden. Eindringlich schilderte Ruth die Kälte, den Hunger und die allgegenwärtige Angst, dass sich Fieber unter den Flüchtlingen ausbreiten könnte. Das Wort Pest vermied sie jedoch.

Zar Peter lauschte ihr aufmerksam. Nur manchmal unterbrach er sie, fragte nach oder ermunterte sie, ihm ausführlicher zu berichten. Knapp tausend Häuser und über zweihundertfünfzig Buden waren niedergebrannt. Nur ein Drittel der Altonaer Gebäude hatte das Feuer überstanden. Inwieweit diese wieder bewohnbar sein würden, war noch nicht abzusehen. Auch all die Toten hatte man noch nicht gezählt, rechnete aber mit einer großen Anzahl, die sich noch in den Trümmern finden würden. Als Ruth geendet hatte, nickte der Zar und wandte sich auf Russisch an Menschikow, der nur drei Plätze von ihm entfernt saß.

Ruth verstand kein Wort, spürte aber, dass Menschikow sie nun mit scharfem Blick musterte. Sie wandte sich ab und suchte Hinrichs Blick. Der saß stocksteif zwischen Bürgermeister von Bostel, Syndikus Sillem und Menschikow. Als sich ihre Blicke trafen, nickte er ihr kaum merklich zu.

Nach dem Essen lockerte sich die Ordnung, und Ruth gesellte sich zu ihrem Mann. »Was hat er gesagt, Hinrich?«

Wrangel lächelte. »Er hat Menschikow angewiesen, tausend Goldrubel für die Flüchtlinge aus Altona zu spenden.«

HAMBURG, IM APRIL 1713

Missmutig ging Louis Abensur in einem schillernd hellblauen Rock und frisch gebürstetem Dreispitz bei schönstem sonnigem Aprilwetter den Jungfernstieg entlang. Weder das ausgelassene Gezwitscher der Vögel noch der angenehme Duft der Frühlingsblüten vermochte ihn aufzuheitern. Täuschte all dieses Frühlingsjubilieren doch nur über die unangenehmen Realitäten in Hamburg hinweg. Seit dem Brand von Altona ging es weder mit der Wirtschaft noch mit dem Handel so voran, wie man es sich erhofft hatte. Vor allem mit dem Handel von französischen Pässen nicht. Abensur hatte seine letzten Reserven in die Lizenz für die Vergabe dieser Papiere gesteckt. Tatsächlich hatte sich die Lage in Frankreich in Bezug auf den Spanischen Erbfolgekrieg derart verbessert, dass einem Aufblühen des Handels nichts im Wege stand. Wäre da nicht die überall grassierende Angst vor der Pest gewesen, die bereits in den vom Nordischen Krieg verheerten Ostseegebieten reiche Ernte hielt. In Hamburg war es dank des harten Durchgreifens der Stadt zwar bei Einzelfällen geblieben, doch die Angst vor der Pest bekam man nicht so leicht in den Griff. Und so kauften die Kaufleute keine Pässe für Frankreich, weil sie sich nicht sicher sein konnten, ob sich die Investition lohnte. Denn brach die Pest – so Gott bewahre! – wirklich aus, würde die Stadt binnen weniger Tage komplett abgeriegelt werden, und niemand, weder Mann noch Maus und schon gar kein Handelsschiff, käme dann heraus oder herein.

Abensur schniefte unauffällig in sein kleines weißes Taschentuch, das er in seinem Ärmel versteckt hielt. Seine Rücklagen gingen langsam, aber sicher zur Neige. Wenn er nicht bald aus seiner Investition in die Passlizenz Gewinn zog, würde er Schulden machen müssen. Undenkbar, da sein Ruf als Gesandter nicht der beste war. Er gehörte ohnehin nicht zu den gut alimentierten Diplomaten. Der polnische König hatte sein Säckel bei Abensurs Bestallung kaum geöffnet, noch nicht einmal für eine repräsentative Unterbringung hatte es gereicht. Abensur bewohnte eine Wohnung mit drei Zimmern im ersten Stock eines einigermaßen vorzeigbaren Hauses am Herrengraben. Sein Diener besorgte alles Nötige, und die Wirtin sorgte für angemessene Reinlichkeit. Aber würdig empfangen ließ sich dort niemand. So durchstreifte er regelmäßig die Stadt, um zu sehen und gesehen zu werden. Auch die wichtigen Gasthäuser und Kaffeehäuser besuchte er im steten Wechsel, um Neuigkeiten zu erfahren und Kontakte zu pflegen. Doch so sehr er sich auch mühte und den Handel mit Frankreich pries, kaum jemand begehrte einen französischen Pass. Vielleicht hätte er sein Geld lieber ins Diamantengeschäft fließen lassen sollen. Denn wenn die Angst vor der Pest stieg, so kaufte jeder, der es sich leisten konnte, einen Diamanten als Schutz vor der Ansteckung. Aber um in dieses kostspielige Geschäft einzusteigen, hätte er Bendix Goldschmidt oder Israel Fürst, die in Hamburg ansässigen Hofjuweliere des Hauses Holstein-Gottorf, um Hilfe bitten müssen. Das wiederum war undenkbar. Denn wie die meisten Juden verachteten sie Abensur für seinen Übertritt zum Katholizismus.

Ungeduldig steckte der polnische Gesandte das Taschentuch zurück in den Ärmel. Nein, an jenem Schritt gab es nichts auszusetzen. Der französische König persönlich hatte ihm als Pate seinen Taufnamen gegeben. Wer konnte das schon von sich behaupten? Harte finanzielle Zeiten kannte Abensur. Und die Erfahrung lehrte, dass sie vorübergingen. Man durfte nur den Mut nicht verlieren und musste die Augen offen halten.

Jenseits der Reesendammbrücke ließ er den Blick über die Wassermühlen entlang des Jungfernstiegs schweifen. Da erspähte er nur wenige Schritte voraus den Baron Görtz. Er stand allein am Ufer und blickte nachdenklich auf die still daliegende Alster hinaus. Die Gelegenheit, mit diesem wichtigen Mann ins Gespräch zu kommen, besserte Abensurs Laune augenblicklich.

»Seid gegrüßt, verehrter Baron Görtz, an diesem wunderbaren Frühlingstag. Ich hoffe, es geht Euch gut und Ihr genießt das herrliche Wetter.«

Görtz drehte sich langsam um, erblickte Abensur und nickte ihm beiläufig zu.

Fieberhaft überlegte Abensur, wie er ein Gespräch mit dem Gesandten in Gang halten konnte, ohne dass sich dieser bedrängt fühlte. »Man sieht Euch dieser Tage nur selten in Hamburg, verehrter Kollege. Ihr seid wohl viel auf Reisen?«

»Das diplomatische Geschäft bringt es mit sich, Herr Abensur, dass ich öfter am Gottorfschen Hof weile.«

»So habt Ihr keine Sorge, bald vor verschlossenen Toren zu stehen, weil die Hamburger aus Angst vor der Seuche die Stadt abriegeln?«

»Ihr wisst doch selbst, Abensur, dass für Gesandte die Tore niemals verschlossen sind. Wie sollte auch Diplomatie funktionieren, ließe man ihre Akteure nicht frei reisen.«

Abensur nickte lächelnd. Insgeheim ärgerte er sich aber über die Blöße, die er sich als polnischer Gesandter, der noch nie nach Warschau gereist war, gegeben hatte.

Görtz wollte sich schon abwenden, entschied sich dann aber anders. »Wie geht es Euch, Herr Abensur? Wie läuft das Passgeschäft? Erst kürzlich wurdet Ihr mir von dem Gesandten Bidal empfohlen.«

»Oh, danke der Nachfrage, verehrter Baron. Das Geschäft könnte wohl besser laufen, aber welches Geschäft könnte das nicht? Die Klage ist der Gruß des Kaufmanns.« Abensur lachte gekünstelt.

Görtz musterte ihn. »So habt Ihr trotz all Eurer vielfältigen Beschäftigungen vielleicht noch Zeit für andere Makeleien?«

Abensur spürte sein Herz hüpfen. Man musste eben nur die Augen offen halten. »Für eine gute Makelei finde ich gerne etwas Zeit, verehrter Baron, vor allem, wenn ich Euch damit behilflich sein kann.«

Görtz nickte und lächelte vielsagend.

»Um welche Art von Makelei handelt es sich?«

»Es geht um eine auserlesene Angelegenheit, Herr Abensur. Ich möchte sogar sagen, so exquisit, dass ich sie Euch nicht auf der Straße erläutern mag. Hättet Ihr vielleicht einen Augenblick Zeit, mich in mein Palais zu begleiten? Dann könnte ich Euch die Angelegenheit bei einem Glas Wein erläutern.«

»Es wäre mir ein Vergnügen, verehrter Baron.«

Abensur hatte noch nie einen Fuß in das erst vor kurzem hergerichtete Görtz-Palais auf dem Neuen Wall gesetzt. Mit hochgerecktem Kinn schritt er neben dem großgewachsenen Görtz her, stets darauf achtend, von wem er in dessen Begleitung gesehen wurde.

Keine halbe Stunde später saßen die beiden Männer bei einem Glas Wein in einem kleinen, mit antiken Motiven dekorierten Empfangszimmer des großzügigen Stadtpalais des Gottorfschen Gesandten.

»Wie Ihr wisst, Herr Abensur, bedrückt die Angst vor der Seuche die Gemüter der Menschen in Hamburg. Die Furcht vor dem Niedergang von Handel und Kaufmannschaft greift ebenso um sich wie die Sorge vor der Ansteckung.«

Abensur nickte beflissen.

»Gerade aber dieser Bedrohung will sich ein kleiner, sehr privater Zirkel widersetzen. Denn wie soll diese Stadt noch zu halten sein, wenn ihre besten Vertreter sich von der Unruhe ergreifen lassen oder gar vom Fieber dahingerafft werden? Auch in schweren Zeiten, ja selbst in den schwersten, muss das Leben weitergehen, muss es Männer geben, die unbeirrt das Ruder halten. Solche Männer vor den Gefahren einer drohenden Seuche um jeden Preis zu schützen, ist das Anliegen jenes kleinen und geheimen Zirkels.«

»Das ist ein gutes Anliegen, verehrter Baron, das meine Unterstützung verdient.«

Görtz nahm bedächtig einen Schluck Wein und musterte Abensur erneut über den Rand des Glases hinweg, so als wollte er noch einmal prüfen, ob er ihn in sein Geheimnis einweihen könne. Dann setzte er sich auf dem fein gedrechselten Sessel zurück und verschränkte die Hände wie zum Gebet.

»Auf meinen Reisen habe ich kürzlich einen Mann kennengelernt, der über hervorragende Kenntnisse in Bezug auf die Pestilenz und die medizinischen Aspekte ihrer Vorbeugung verfügt.«

»Und diese möchtet Ihr nun über mich vermakeln?«

Görtz schloss missmutig sein verbliebenes Auge, fasste sich aber sofort wieder. »Nein, Herr Abensur. Sehe ich etwa aus wie ein Arzeneienhöker? Es geht hier nicht um irgendeine Tinktur, die man einnimmt, und schon ist man gegen die Pestilenz gefeit. Wäre das alles so einfach, gäbe es diese Plage schon lange nicht mehr, und wir alle wären unsere Sorgen um sie los.«

Görtz beugte sich leicht nach vorne und sprach im Flüsterton weiter. »Es geht hier um ein ganzes Kompendium an Verrichtungen, die in einer hochkomplexen Séance an den Mitgliedern des Zirkels vollzogen werden. Und nur, wer gesund ist und über genügend Manneskraft verfügt, um seinen Geist wie seinen Körper zu beherrschen, dem kann eine solche Séance zugemutet werden. Außerdem muss ein möglicher Teilnehmer über Vermögen verfügen, da die Séancen kostspielig sind. Und er muss ebenso vertrauenswürdig wie verschwiegen sein, denn kein Wort über den Zirkel und seine Aktivitäten darf je über seine Lippen kommen.«

Abensur nickte gehorsam, vermied aber eingeschüchtert einen weiteren Kommentar.

»Ihr, Abensur, kämet genau hier als Makler ins Spiel. Ihr könntet das Verbindungsglied zwischen dem Meister und Interessenten für den geheimen Zirkel sein. Denn Ihr kennt Euch bestens in den entsprechenden Hamburger und auch Altonaer Kreisen aus, seid aber selbst noch nicht eingeführt in die Lehren des Meisters, so dass Ihr nichts verraten könntet.«

Görtz lehnte sich zurück und ließ seine Worte auf Abensur wirken.

Der nickte und schwieg noch eine Weile, um der Größe dieses Angebots Raum zu geben. Ablehnen würde er es nicht, könnte es bei seiner derzeitigen Lage auch gar nicht. Und war es nicht ein Wink Gottes, dass genau jetzt, da ihm das Wasser bis zum Halse stand, ein solches Angebot an ihn herangetragen wurde?

»Aus dem, was Ihr sagtet, schließe ich, dass ich auch nicht weiter mit Euch über das Geschäft der Makelei sprechen werde, sondern mit jenem Mann, den Ihr Meister genannt habt?«

Görtz runzelte die Stirn und nickte. »Ich sehe, Ihr habt die wesentlichen Punkte dieses Handels bereits verstanden, Herr Abensur. Das bestätigt mir, dass mein Gefühl richtig war und Ihr der rechte Mann für dieses Geschäft seid.«

Abensur nahm das Lob dankbar zur Kenntnis.

»Wenn Ihr mir die Hand darauf geben mögt, dass Euch ernsthaft an diesem ebenso wichtigen wie geheimen Handel liegt, so werde ich umgehend alles Weitere veranlassen.«

Abensur erhob sich mit steifer Förmlichkeit, strich seinen Rock glatt und streckte Baron Görtz die Hand entgegen. »So wahr mir Gott helfe, will ich mit bestem Wissen und Gewissen in dieser Sache meine Fähigkeiten zur Makelei einsetzen.«

Görtz erhob sich ebenfalls und ergriff Abensurs Hand. »Auf Euer Wort, Herr Abensur. So kommt heute Abend um zehn Uhr wieder her, dann stelle ich Euch Meister Rednael persönlich vor und gebe Euch in meinem Haus Gelegenheit, alle wichtigen Dinge dieses Handels mit ihm unter vier Augen zu besprechen.«

✧ ✧ ✧

»Ach, Kinder, wenn ihr wüsstet, was da draußen los ist, dann würdet ihr gar nicht mehr von der Ofenbank aufstehen und hinausgehen mögen.« Trude, die stämmige Köchin der Wrangels, knetete mit kräftigen Bewegungen den großen Klumpen Teig durch, der vor ihr auf dem breiten Holztisch lag, und schaute dabei zu den Kindern hinüber, die wie eine Perlenkette aufgereiht auf der langen, dunklen Bank neben dem Backofen saßen und sich die kleinen Rücken wärmten. Zuvorderst Lukas und Marie, neben ihnen die drei Töchter der Claussens, Mate, Inga und Greta.

Greta war mit ihren Schwestern schon kurz nach dem Frühstück hergekommen, denn ihr jüngster, gerade sechs Monate alter Bruder Peter kränkelte, und die Mutter hatte sie zu den Wrangels geschickt, damit sie sich nicht noch ansteckten. Womöglich auch, damit sie ihr nicht ständig im Weg herumstanden oder sich gar lauthals stritten. Das glaubte zumindest Greta, denn Mate zeterte seit Peters Geburt andauernd herum, woraufhin ihr die beiden Großen regelmäßig Vorhaltungen machten. Aber hier in der Wrangelschen Küche, in der die dicke Köchin beim Kneten des Teiges spannende Geschichten erzählte und den Kindern immer wieder ein paar Rosinen oder Korinthen zusteckte, gab selbst Mate Ruhe.

»Ach, bitte, erzähl uns doch, was da draußen los ist«, quengelte Lukas und nahm dafür sogar den Daumen aus dem Mund.

»Da draußen«, fuhr die Köchin mit dunkler Stimme fort und fixierte den kleinen Lukas mit zusammengezogenen Augenbrauen, »treiben sich nicht nur Strolche und Diebe herum, sobald es dunkel geworden ist, sondern auch Spitzbuben, die sogar Kinder einfangen. Und die verschwinden dann auf Nimmerwiedersehen.«

Lukas riss vor Schreck die Augen auf und drängte sich an seine große Schwester Marie, die die Köchin genauso ungläubig anschaute wie Greta.

»Ihr glaubt mir wohl nicht, was?« Die Köchin wischte sich die Hände an einem großen Tuch ab und griff mit einem Augenzwinkern zu der Dose mit den Rosinen. Nachdem sich die Kinder der Reihe nach ein paar der kleinen süßen, getrockneten Früchte genommen hatten, blickte sie alle noch einmal bedeutungsvoll an und begann mit einer neuen Geschichte.

»Wer von euch hat schon einmal von dem Rattenfänger von Hameln gehört? Niemand?«

Die Kinder schüttelten allesamt den Kopf.

»Dann hört zu.«

Mit großen Gesten erzählte die Köchin die Sage von dem Flötenspieler und den verschwundenen Kindern.

Lukas vergrub dabei den kleinen Kopf mit dem Daumen im Mund immer tiefer in Maries Schürze. Mate fragte schließlich, ob er auch Säuglinge mitnähme, worauf Inga sie so kräftig an den Zöpfen zog, dass sie in Tränen ausbrach.

»Hört auf, euch zu streiten«, ging Greta zwischen ihre Geschwister. »Das ist doch nur ein Märchen.«

»Die Geschichte vom Rattenfänger von Hameln vielleicht, Greta«, raunte die Köchin. »Aber hier in Hamburg haben wir inzwischen dank all der Flüchtlinge in ihren Lumpen bald auch schon so viele Ratten, dass hier ebenfalls ein Rattenfänger vonnöten wäre. Und wird jemand wirklich gebraucht, so findet er sich auch ein. Aber glaub mir«, fuhr sie mit dunkler Stimme fort, »kein Rattenfänger versteht sich nur auf Ratten.«

Greta spürte einen Schauer über ihren Rücken huschen, setzte sich aber sogleich gerade auf. Schließlich war sie mit ihren zehn Jahren die Älteste von den Kindern und wollte sich keine Blöße geben.

»Vielleicht kann er der Stadt ja dann helfen, die vielen Flüchtlinge wieder loszuwerden. Mein Vater sagt, dass sie uns langsam über den Kopf wachsen.«

Die Köchin nickte. »Aber vorher verschwinden die Kinder. Denn die Schwachen sind immer die Ersten. Und die Kinder sind ja meist die Schwächsten, Greta. Erst heute früh auf dem Markt habe ich gesehen, wie eine Mutter verzweifelt ihr Kind suchte.«

»Das hatte sich bestimmt nur verlaufen«, mischte sich Marie abgeklärt ein.

»Das dachten die Leute auch, Marie. Aber als sie die Frau danach fragten, sagte sie unter Tränen, ihr Töchterchen sei schon einen ganzen Tag und eine Nacht lang verschwunden und keiner habe es seitdem mehr gesehen.«

Mate bekam große Augen und griff nach Gretas Hand. Die streichelte sie und warf ihrer kleinen Schwester ein aufmunterndes Lächeln zu.

»Und erst vor ein paar Tagen redete man davon, dass beim Heumarkt ein Junge verschwunden sei. Keine acht Jahre war er alt. Sein Vater suchte ihn überall. Bis heute hat er ihn nicht gefunden. Sonst hätte ich es bestimmt gehört.«

»Jag den Kindern keine Angst ein, Trude«, unterbrach Ruth Wrangel mit strengem Ton die Schauergeschichten ihrer Köchin, als sie mit einem prall gefüllten Korb die Küche betrat. »Sonst bekommt heute Abend niemand ein Auge zu. Am wenigsten ich.«

Lukas sprang sogleich von der Bank auf und umfing mit seinen kleinen Armen die Rockschöße seiner Mutter. Nur mühsam gelang es ihr mit dem Jungen an der Schürze zur Anrichte zu gelangen, um den Korb abzustellen.

»Ich habe ein Stück Fleisch für einen ordentlichen Braten mitgebracht. Spüle es noch einmal gründlich mit Salzwasser.«

Hin und wieder, vor allem vor den großen jüdischen Festen, neigte Ruth dazu, den Bräuchen ihrer Väter nachzugeben und koscheres Fleisch vom jüdischen Schächter mitzubringen. Das Osterfest stand vor der Tür, genauso wie Pessach.

»Sehr wohl, Frau Wrangel, die Kleinmädchen kümmern sich sogleich darum«, beeilte sich die Köchin zu antworten und widmete sich dann wieder ausgiebig ihrem Teigklumpen. Zwar hatte sie es im Allgemeinen gar nicht gerne, wenn man sich in ihre Küchenplanungen einmischte, aber an diese kleine Angewohnheit ihrer Herrin hatte sie sich mit den Jahren gewöhnt und auch die gute Qualität des Fleisches zu schätzen gelernt.

Ruth beugte sich zu Lukas hinab, gab ihm einen Kuss auf die Stirn und wandte sich dann an die Mädchen der Claussens.

»Ich komme gerade von eurer Mutter, Kinder. Eurem Bruder geht es etwas besser. Er schläft jetzt endlich. Eure Mutter bittet euch, noch bis zum Abend bei uns zu bleiben, damit sie sich selbst auch ein wenig ausruhen kann. Nach dem Abendessen bringe ich euch zurück nach Hause und schaue noch mal nach eurem Bruder.«

Die Glocke am Gesindeeingang läutete kräftig, und Lisbeth, die Magd, öffnete die Tür. Ein Junge von vielleicht vierzehn Jahren in einem schmutzigen weißen Hemd, zerschlissenen Hosen und Holzpantinen stand davor und knetete verlegen seine Finger.

»Gott zum Gruße, bin ich hier recht im Hause der Wrangels?«

»Ja, das bist du, Junge. Was ist dein Begehr?«

Der Junge spähte unsicher in die große, wohl eingerichtete Küche.

»Wohnt hier die Hebamme Wrangel?«

»Hebamme? Nein, mein Junge. Dann bist du wohl doch nicht richtig. Dies ist das Haus des Prokurators Wrangel.« Die Magd wollte die Tür schon wieder schließen, als Ruth ihr zuvorkam.

»Warte, Lisbeth.« Ruth wandte sich dem Jungen zu, der bei dem Anblick einer vornehmen Dame noch unsicherer wurde. »Wer schickt dich?«

»Ich komme aus der Vorstadt, vom Hamburger Berg. Eine Schwangere schickt mich. Ich soll die Hebamme Ruth Wrangel finden und zu ihr bringen.«

»Hebamme bin ich nicht, aber Ruth Wrangel bin ich schon. Wie heißt die Frau, die dich schickt?«

»Eva Brachfeld ist ihr Name. Sie sagte, Ihr hättet ihr am Morgen nach dem Brand mit Kräutern geholfen und seid eine gute Frau. Nun liegt sie in den Wehen, und das Kind will nicht heraus. Nirgends ist eine Hebamme zu finden, die ihr helfen kann. Darum bat sie mich, Euch zu suchen, damit Ihr helft, das Kind auf die Welt zu bringen.«

Ruth erinnerte sich sogleich an die Schwangere, mit der sie am Morgen nach dem Brand in der Vorstadt gesprochen hatte. »Nun, wie ich schon sagte, mein Junge, bin ich keine Hebamme, verstehe mich aber wohl ein wenig auf Heilkunde. Eva Brachfeld ist in den Wehen und braucht Hilfe? Das wäre wahrlich nicht die erste Geburt, die ich erlebe. Komm erst einmal herein und stärke dich, bevor wir aufbrechen.«

✧ ✧ ✧

Hinrich Wrangel rührte mit einem kleinen Löffel etwas Zucker in seinen Kaffee und lauschte den Ausführungen seines Freundes Matthias Claussen, der ihm von den täglichen Sorgen eines Pastors von Sankt Katharinen berichtete. Schon seit Beginn ihrer Freundschaft vor nunmehr zwölf Jahren trafen sich die beiden Männer jeden Mittwochnachmittag in einem kleinen Kaffeehaus am Kattrepel und sprachen über die Dinge, die sie bewegten. In den letzten Monaten kreisten ihre Gespräche oft um die Bedrohungen, denen Hamburg ausgesetzt war. Eine stellte das noch immer im Umland lagernde russische Heer dar. Mitte Januar war es den schwedischen Soldaten unter General Stenbock in Richtung Friesland gefolgt und belagerte seitdem die Festung Tönning. Bisher hatte General Menschikow die Verhandlungen um die Hamburger Entschädigungszahlungen an die Russen immer wieder vertagt, hatte er doch genug mit Stenbock zu tun. Umso dringlicher schienen darum die inneren Sorgen der Stadt, die vor allem Claussen als Pastor zu spüren bekam. Die vielen Flüchtlinge aus Altona hatten einen Großteil der Almosen, die die Kirchspiele zu verteilen hatten, aufgezehrt, so dass es nun auch für die Armen unter den Hamburgern knapp wurde. Das schürte Missgunst und Spannungen. Zudem stiegen seit Monaten die Lebensmittelpreise, denn die Altonaer Vorräte waren vernichtet, und Hamburg verkaufte entsprechend viel an die Nachbarn. Profit zogen daraus aber nur einige Händler, nicht jedoch die Einwohner der Stadt, die hungrige Mäuler zu stopfen hatten. Und als sei dies nicht schon genug der Sorge, überschattete die Angst vor einer drohenden Pest die Menschen. Claussen war erschöpft.

Wrangel blickte in die müden Augen seines Freundes. »Ich versteh dich gut, Matthias. Auch im Niedergericht und im Rathaus, wie der Prätor zu berichten weiß, mehren sich Beschwerden aller Art, die doch immer wieder nur auf eine Ursache zurückzuführen sind, nämlich die Verwüstungen, die der Krieg rings um die Stadt angerichtet hat. Nicht nur Altona ist ja betroffen. Im Pinnebergischen stehen mehrere tausend dänische Soldaten auf Abruf bereit. Und immer wieder fallen dänische Soldaten ins Hamburger Umland ein und plündern die Vorräte der Eppendorfer, Hammer und auch der Bauern in den Vierlanden.«

»Dabei hat die Stadt dem dänischen König doch reichlich dafür bezahlt, damit er Hamburgs Neutralität weiterhin respektiert«, entgegnete Claussen.

»Ja, und genau deshalb wollen die Russen jetzt auch ihren Teil.« Wrangel schüttelte resigniert den Kopf. »Erst letztens gab es wieder eine Auseinandersetzung mit einem Russen, der sich über die Anordnungen des Stadtrats hinwegsetzen wollte und der Schildwache den Einblick in seine Kutsche verwehrte. Der Streit eskalierte und wurde sogar bis zu Menschikow nach Tönning getragen. Jetzt liegen die Akten auf meinem Schreibtisch und warten auf eine für alle befriedigende Lösung.«

Claussen nickte teilnehmend. »Zu all dem, was du beschreibst, Hinrich, kommt noch das Gerede der Leute über die Pestilenz. Immer wieder tauchen Gerüchte auf, dass Menschen an einem ungewöhnlichen Fieber sterben. Und die Mitglieder des Sanitätskollegiums schweigen, wenn man sie dazu befragt.«

»Darum weiß ich wohl. Syndikus Sillem, mit dem ich im Verhandlungskomitee wegen der Russen zusammenarbeite, leitet das Sanitätskollegium. Er hat wenig Erfreuliches von dessen Arbeit zu berichten. Doch für die Stadt ist es überlebenswichtig, dass sich keine falschen Gerüchte ausbreiten. Die Dänen warten nur darauf, uns die Luft abzuschnüren. Glaube bloß nicht, dass die zögern würden, Hamburg wie ein Grab zu verschließen, sobald es Beweise für ein Erstarken der Seuche gibt.« Wrangel hatte seine Stimme gesenkt und sah nun prüfend um sich, ob irgendjemand seinen Worten gelauscht hatte. Aber kein anderer Gast im Kaffeehaus war in Hörweite. Die beiden Freunde saßen in einer Ecke am Fenster, und der Tisch neben ihnen war frei.

»Auch ich halte all das Gerede für sehr gefährlich. Die Leute steigern sich so schnell in etwas hinein. Natürlich ist die Gefahr nicht zu unterschätzen. Aber inzwischen zieht die Pest schon seit über einem Jahr ihre Kreise rund um Hamburg, hat Stade, Bremen, Altona und auch Lübeck angegriffen. Uns aber schützen die guten Sicherheitsvorkehrungen des Rates und das konsequente Durchgreifen des Sanitätskollegiums.«

Wrangel verzog das Gesicht. »Gib darauf nicht zu viel, mein Freund. Oft höre ich von Ruth, mit welchen Schwierigkeiten das Sanitätskollegium zu ringen hat. Es kann längst nicht alles durchsetzen, wie es das eigentlich müsste. Ruth unterstützt den Stadtphysikus Doktor Biester hin und wieder bei seiner Arbeit im Kollegium und sieht dabei vieles, aber wenig Erfreuliches.«

Claussen lehnte sich zurück und verschränkte die Arme.

Wrangel fuhr unbeirrt fort. »Sie berichtet davon, dass bei Todesfällen oftmals der Ursache gar nicht nachgegangen wird. Damit unterbleibt dann auch die bei Seuchengefahr zwingend notwendig festgesetzte Ausräucherung. Kaum eine Woche später inspiziert das Kollegium zwei Häuser weiter einen ganz ähnlichen Fall. Und zu oft unterbleibt auch dann wieder eine genauere Untersuchung. Und so weiter und so fort. Ruth hat sich schon öfter mit den Mitgliedern des Sanitätskollegiums darüber auseinandergesetzt, dass man konsequenter vorgehen muss, aber man fürchtet das Gerede, wenn ein Haus erst einmal ausgeräuchert wird.«

»Die Männer wissen, was sie tun, Hinrich. Bricht sich die Angst erst Bahn, reißt sie alle und alles mit. Ich kenne ja deine Frau. Ruth hat dafür kein Gespür. Sie denkt zu sehr im Einzelfall.«

Wrangel stutzte. »Ich möchte eher behaupten, sie denkt medizinisch beseelt.«

»Das mag ja sein. Aber manchmal ist es wichtiger, das große Ganze im Auge zu behalten und sich nicht mit medizinischen Kleinigkeiten aufzuhalten. Wie schnell ist sonst die öffentliche Ordnung gefährdet, wenn ein Gerücht erst einmal in der Welt ist.« Claussen nahm noch einen Schluck Kaffee. »Auch bei uns zu Hause verlieren die Frauen ein vernünftiges Maß und geben sich zu leicht der Angst hin. Seit der Jüngste Fieber hat, ist mit Hanne kaum noch ein vernünftiges Wort zu reden. Die Sorge, dass das Fieber mehr bedeuten könnte als die Ankunft des ersten Zahns, macht sie ganz verrückt. Früher, bei den drei größeren Kindern, hat sie sich nie so angestellt. Wenn bei ihr nicht bald wieder die Besonnenheit Einzug hält, werden die Nachbarn noch glauben, unser Sohn sei ernsthaft erkrankt und erwarte nicht nur seinen ersten Zahn.«

Wrangel nickte, enthielt sich aber einer weiteren Bemerkung. Claussen steigerte sich langsam in seinen Ärger. »Ruth aber, anstatt Hanne zur Vernunft zu bringen, unterstützt sie noch in ihrer übertriebenen Angst, indem sie die Stirn in Falten legt, mit dem Kopf schüttelt und einen Wadenwickel nach dem anderen um die Kinderbeine legt.« Claussen richtete sich auf. »Tu mir einen Gefallen, Hinrich, und rede mit Ruth. Als Ehemann musst du deine Frau auf dem rechten Weg halten. Auch ihr steht es gut an, trotz ihres medizinischen Wissens nicht den Blick für das Gesamtbild zu verlieren. In ihrer Position hat sie ihre gesellschaftliche Verantwortung ernst zu nehmen. Mit ihrem ständigen Hinterfragen der medizinischen Autoritäten redet sie sonst noch das Unglück herbei, das alle zu vermeiden suchen.«

✧ ✧ ✧

Mit großen Augen starrte Greta Claussen auf den gewölbten Leib der schwangeren Eva Brachfeld, der sich mit jedem ihrer Atemzüge hob und senkte. Zusammen mit Marie hatte sie so lange gebettelt und erklärt, dass sie schon ernsthaft helfen könne, bis Ruth Wrangel die beiden Mädchen schließlich mitgenommen hatte, damit sie ihr zur Hand gingen.

Der Junge hatte sie quer durch die Vorstadt am Hamburger Berg zu einer Dreherwerkstatt geführt. Im Hinterhaus, dem Altenteil, war Eva Brachfeld nach dem Brand untergekommen. Der Formdreher Meister Jürgen Hartwig und seine Frau waren Freunde von ihr. Die Frau hatte reichlich Wasser gekocht und viele Laken herbeigeschafft. Aber die Geburt kam seit Stunden nicht voran.

Um nicht länger auf den schweißnassen Leib zu starren, sah sich Greta im Zimmer um. Es war karg, aber solide eingerichtet. Ein großer hölzerner Tisch, zwei Stühle und eine Bank, in der Ecke der Alkoven, in dem die Schwangere lag. Zwei kleine Fenster erlaubten einen Blick auf den engen Hinterhof, in dem sich Bretter und Holzblöcke stapelten. Das laute Atmen der Schwangeren verwandelte sich mehr und mehr zu einem Stöhnen, das Stöhnen zu einem Schreien. Mit Schaudern erinnerte sich Greta an die Geburt ihres kleinen Bruders. Ihre Mutter hatte auch so gestöhnt, irgendwann geschrien, aber dann war das Kind auch gekommen. Allerdings war sie da schon nicht mehr im Raum gewesen. Die Hebamme hatte sie rechtzeitig hinausgeschickt. Greta schaute sich nach Marie um. Sie stand an der Wand und war ganz bleich. Nein, es war keine gute Idee gewesen, so lange zu betteln, bis sie mitdurften.

»Sie darf nicht so liegen bleiben. Wir müssen sie aufrichten.«

»Ach nein, ich bin so schwach, aaahh …«

Ohne auf das Stöhnen der Schwangeren zu achten, packte Ruth ihren Arm und zog ihn sich über die Schulter. Frau Hartwig tat es ihr mit dem anderen Arm gleich. Mühsam zogen sie die Frau aus dem Alkoven und schoben sie dann vor, damit sie sich hinstellte. Mit unsicheren Schritten, von beiden Seiten von den beiden Frauen gestützt, tapste Eva Brachfeld bis zum Tisch.

»Ich kann nicht mehr stehen, ich hab keine Kraft, ich … aahhhh!«

»Kann ich helfen, Tante Ruth?«

»Ja, mein Kind, du und Marie, ihr lauft nach vorne in die Dreherwerkstatt. Wir brauchen einen Schemel.« Ruth blickte zur Decke und musterte die Balken. »Und bringt auch ein kräftiges Seil mit. Beeilt euch.«

Greta griff nach Maries Hand und zog sie hinter sich her hinaus auf den Hof. Hinter ihnen erscholl ein erneutes Stöhnen, das sich zu einem Schrei steigerte.

»Ist das furchtbar, Greta. Ich möchte niemals Kinder bekommen.«

»Es wird schon nicht immer so schlimm sein, Marie«, entgegnete Greta, obwohl sie es selbst kaum glaubte. »Komm, da ist die Werkstatt.«

Wenige Minuten später kehrten die beiden Mädchen mit dem Lehrling im Gefolge zurück zum Hinterhaus. Er schleppte den Schemel und das Seil. Als sie die Tür öffneten, sprang sogleich Frau Hartwich herbei. »Das ist nichts für Männer, und für Jungs schon gar nicht. Hab Dank für die Sachen, und nun zurück in die Werkstatt.«

Am liebsten wäre Greta gleich mit zurückgelaufen, aber Ruth rief nach den Mädchen.

»Greta, Marie, kommt her und fasst mit an.«

Die Drehersfrau hatte inzwischen den Schemel vor den Tisch gestellt und half nun Ruth, die Schwangere mit breit auseinandergespreizten Beinen darauf zu plazieren.

»So ist es gut, Frau Brachfeld. Schön tief atmen. So ist es gut.« Ruth drehte sich zu den Mädchen. »Kommt her, ihr beiden, und stützt Frau Brachfeld. Wir müssen das Seil befestigen.«

Greta griff nach dem Arm der Schwangeren. Sie hatte ihre Hände auf die Oberschenkel gedrückt und den Kopf nach vorne fallen lassen. Die langen kastanienbraunen Haare hatten sich aus dem Zopf gelöst und fielen ihr ins Gesicht.

»So geht es schon etwas besser, danke.« Nach einem guten Dutzend ruhiger, tiefer Atemzüge drehte sie den Kopf und schaute die beiden Mädchen an. Ihr Blick blieb auf Greta haften.

»Was bist du für ein schönes Geschöpf mit Haaren wie gesponnenes Gold und Augen so blau wie der Himmel. Ein richtiges Engelskind bist du.« Sie richtete sich etwas auf und tätschelte Gretas Hand.

Ein warmer Schauer erfasste Greta bei der Berührung, und sie spürte den Blick von Eva Brachfelds hellbraunen Augen auf sich. Sie waren voller Güte und Liebe. Dabei litt die Frau solche Qualen. Wie konnte sie da noch so sanft blicken? Greta lächelte unwillkürlich, und sogleich spiegelte sich ihr Lächeln auf dem Gesicht der Schwangeren. Auf unerklärliche Weise fühlte sich Greta dieser Frau nah, spürte ein tiefes Vertrauen zu ihr, für das es keinen vernünftigen Grund gab. Wie verzaubert stand sie neben Eva Brachfeld.

»Greta, was ist los, hörst du mich nicht? Ihr sollt Frau Brachfeld helfen aufzustehen, damit sie hierherkommt.«

Wie aus einem Traum aufgerüttelt, wandte Greta den Kopf und blickte direkt in Maries Gesicht, die sie erstaunt musterte.

»Ist alles in Ordnung, Greta?«

»Ja, lass uns Frau Brachfeld aufhelfen.«

Ruth hatte mit der Hilfe der Drehersfrau das Seil über einen Querbalken unter der Decke geworfen und mit einer Schlinge festgezurrt. Die beiden Mädchen führten die Schwangere zu Ruth, die ihr half, das Seil fest zu packen.

»Das Kind muss sacken, Frau Brachfeld, und dabei müsst Ihr ihm helfen.« Ruth wandte sich zu Greta und Marie. »So, ihr beiden, jetzt lasst ihr uns allein und geht hinüber in die Küche. Wir brauchen frisches, heißes Wasser. Das hier in der Schüssel ist schon ganz kalt. Dann ruht euch ein bisschen aus.«

Frau Hartwich tauschte einen kurzen Blick mit Ruth. »Ich

bringe die Mädchen in die Küche. Dort gibt es auch noch etwas Suppe.«

Greta und Marie folgten ihr.

»Kennt Ihr Frau Brachfeld schon lange?«, fragte Greta unvermittelt Frau Hartwich, als sie ihr einen Teller mit warmer Hühnersuppe vorsetzte.

»Ja, schon einige Jahre. Ein schweres Schicksal hat sie getroffen. Zuerst starb ihr Mann, dann brannte ihr Haus ab. Darum wohnt sie vorerst bei uns.«

Greta nickte. »Wird sie das Kind allein großziehen müssen?«

»Eva hat viele Freunde. Sicherlich wird ihr von vielerlei Seiten Hilfe zuteilwerden. Aber zunächst muss das Kind einmal auf die Welt kommen. Damit tut es sich schon sehr schwer.«

Als die Frau mit dem heißen Wasser gegangen war, schielte Marie über ihren Suppenteller hinüber zu Greta.

»Ich finde es hier unheimlich, und du?«

»Ein bisschen schon.«

»Die Schwangere macht mir Angst. Sie ist so … gewaltig.«

Maries Worte, vor allem ihr Ton, versetzten Greta unwillkürlich einen Schauer, doch sie schüttelte den Kopf. »Nein. Sie ist nur gewaltig dick, weil sie ein Kind in ihrem Bauch hat. Aber wenn es erst einmal heraus ist, dann ist sie nicht mehr so.«

Marie löffelte stumm ihre Suppe weiter, doch Greta konnte auf ihrem Gesicht ablesen, dass ihr ihre Erklärung nicht reichte. Auch ahnte Greta, dass Marie nicht die körperlichen Ausmaße gemeint hatte. Doch beide ließen es auf sich beruhen.

Der Nachmittag war schon weit fortgeschritten, als endlich Ruth mit der Frau des Drehers zusammen in die Küche im Vorderhaus kam.

»Na, ihr beiden, das Kind ist da. Es ist ein kleiner Junge.«

»Wie wunderbar!«, freuten sich die Mädchen. »Dürfen wir ihn sehen?«

»Ja, aber nur kurz. Mutter und Kind sind sehr erschöpft und müssen sich jetzt ausruhen. Und auf uns wartet der Rückweg.«

Aufgeregt spähten Greta und Marie in das Zimmer. Nun war es ganz ruhig darin und sogar schon aufgeräumt. Auch das Seil hing nicht mehr von dem Deckenbalken. Eva Brachfeld lag mit einem frischen, weißen Nachthemd bekleidet im Bett. Ihr kastanienbraunes Haar war zu einem Zopf geflochten, ihr Gesicht noch recht bleich, dafür aber von einem innigen Lächeln umspielt. Neben ihr lag in eine kleine Decke gewickelt das Kind. Es sah zerknautscht und ziemlich rot aus. Genauso wie Gretas Bruder Peter vor einem halben Jahr, als sie ihn, noch keine Stunde alt, zum ersten Mal gesehen hatte.

»Seht ihn euch ruhig an, Kinder. Ohne eure Mutter hätte ich ihn wohl nicht auf die Welt gebracht. Habt nochmals meinen herzlichen Dank. Möge der Herr euch behüten.«

»Sie ist meine Mutter«, platzte es leise flüsternd aus Marie heraus.

»Und sie ist erst sechs«, konterte Greta und stupste Marie in die Seite.

Eva Brachfeld lächelte ihr sanft zu, und Greta spürte erneut jenen warmen Schauer, von dem sie sich liebevoll umhüllt fühlte.

✧ ✧ ✧

»Begreifst du, was du da von mir verlangst, Ruth?« Matthias Claussen hatte die Hände gefaltet vor sich auf den Schreibtisch gelegt und blickte Ruth Wrangel, die ihm gegenübersaß, ungehalten an.

»Du hast es mir versprochen, Matthias.«

Das stimmte. Vor zwei Tagen war Ruth zu Claussen in das Pastorat gekommen und hatte ihn darum gebeten, draußen auf dem Hamburger Berg das neugeborene Kind einer Witwe aus Altona zu taufen.

»Aber ich habe nicht gewusst, was ich dir versprach, Ruth. Weißt du überhaupt, wer diese Frau ist?«

»Eva Brachfeld ist eine arme Frau. Sie hat ihren Mann verloren, ihr Haus ist abgebrannt, und nun will noch nicht einmal der Pastor von Sankt Michaelis ihr Kind taufen, weil ihr die nötigen Papiere fehlen.«

»Ach, wenn es nur das wäre. Ich habe gestern mit Pastor Fischer gesprochen. Diese Frau Brachfeld ist kein unbeschriebenes Blatt. Sie sei eine Sektiererin und Abspalterin, sagte er, eine pietistische Schwärmerin sogar. Sie gehe nicht in die Kirche, heißt es weiter.«

»Pietistin … geht nicht in die Kirche … Sie ist ein Flüchtling, Matthias, ausgebrannt. Wie willst du da in die Kirche gehen.«

»Nun, seit Januar hatte sie doch wohl reichlich Gelegenheit, sich beim Gottesdienst in Sankt Michaelis zu zeigen. Aber das ist gar nicht der Punkt, Ruth. Der Punkt ist, dass ihr Mann bereits seit vergangenem März tot ist. Seit dreizehn Monaten, um genau zu sein.«

Ruth sieht Claussen verwundert an. »Ja, und?«

»Und! Und das heißt, dass ihr Mann nicht der Vater ihres Kindes sein kann.«

»Und deshalb willst du es nun nicht taufen? Nimmt dein Gott nur eheliche Kinder in sein Reich auf?«

»Hüte deine Zunge, Ruth, und versündige dich nicht am Herrn.«

»Hat Jesus nicht gesagt: ›Lasset die Kindlein zu mir kommen‹? Sei nicht so kleinlich, Matthias, sondern ebne diesem Kind den Weg in unsere christliche Gemeinschaft.«

»Das ist ja gerade das, was ich bezweifle, liebe Ruth, dass nämlich der Weg dieses Kindes bei dieser Mutter in unsere christliche Gemeinschaft führen wird. Diese pietistischen Sektierer geben nämlich nichts auf unsere Gemeinschaft.«

»Wenn Eva Brachfeld so radikal wäre, warum sollte sie dann ihr Kind überhaupt taufen lassen wollen? Und was den Vater angeht, so wird sie dir vielleicht eher verraten als Pastor Fischer, wer er ist. Matthias, ich bitte dich, die Frau ist in Not. Hilf ihr!«

Claussen verdrehte die Augen und atmete laut aus. »Langsam verstehe ich, warum Hinrich sich so ungern mit dir streitet. Sei's drum. Ich habe es versprochen, und einen aufrichtigen Hilferuf kann ich als Pastor nicht abschlagen. Dann bring mich zu dieser Eva Brachfeld.«

»Danke, Matthias. Du bist ein guter Mensch.«

Eine knappe Stunde später hielt die Kutsche der Wrangels vor der Werkstatt des Formdrehers Hartwich auf dem Hamburger Berg. Die Eingangstür war mit Frühlingsblumen geschmückt, und noch bevor Pastor Claussen den Türklopfer greifen konnte, wurde die Tür bereits geöffnet, und Frau Hartwich lächelte den beiden entgegen.

»Frau Wrangel, wie schön, dass Ihr kommt und den Herrn Pastor mitbringt. Tretet doch bitte ein.«

Ruth folgte Claussen durch eine schmale Diele in die gute Stube, die ebenfalls mit Blumen geschmückt war. Hier kam ihnen Meister Hartwich in seiner schönsten Zunftjacke entgegen, die Haare ordentlich gekämmt und die Schuhe frisch poliert. Hinter ihm, in einem schweren Holzstuhl, saß Eva Brachfeld in einem sittsamen dunklen Kleid, mit einer frischen weißen Haube auf dem Haar, das Kind in eine gehäkelte Wolldecke gehüllt auf dem Arm.

Hartwich lächelte. »Es freut mich sehr, Pastor Claussen, Euch in meinem bescheidenen Haus begrüßen zu dürfen. Habt meinen herzlichen Dank, dass Ihr den Weg auf Euch genommen habt, um unserer Freundin Eva zu helfen und ihr Kind in die christliche Gemeinschaft aufzunehmen.«

Claussen nickte kurz und erwiderte den höflichen Gruß. »Gott zum Gruße, Meister Hartwich. Gott zum Gruße, Frau Brachfeld. Gottes Segen zu der Geburt Eures Kindes. Doch bevor ich es taufen kann, habe ich noch einige wichtige Fragen an Euch.«

Ruth biss die Lippen aufeinander. Es war zu erwarten gewesen, dass Matthias Claussen nicht ohne weitere Nachfragen das heilige Sakrament der Taufe erteilen würde. Ruth kannte ihn außerdem lange genug, um zu wissen, dass seine Fragen nicht nur pro forma sein würden.

»Wie ich hörte, hat sich keiner der Pastoren von Sankt Michaelis bereit erklärt, Euer Kind zu taufen, da es noch einige ungeklärte Umstände gibt.«

Ein Schatten huschte über Eva Brachfelds Gesicht und verdunkelte ihre braunen Augen.

»Ich bin mir aber sicher, dass wir diese hier und jetzt gemeinsam klären können, wenn Ihr mir dabei helfen wollt.«

»Gerne, Pastor Claussen. Ich helfe Euch, so gut ich es vermag, ist es doch mein inniger Wunsch, meinen Sohn als Lutheraner taufen zu lassen.«

»Gut. Ihr selbst bekennt Euch zur lutherischen Konfession, Frau Brachfeld?«

Eva Brachfeld zögerte. »Ich bin ein Kind Gottes und fest im Glauben, Pastor Claussen. Getauft und erzogen wurde ich nach dem evangelisch-lutherischen Bekenntnis.«

Claussen nickte, ohne eine Miene zu verziehen.

»Wer ist der Vater Eures Kindes, und welchem Glauben gehört er an?«

»Ich bin Witwe, Pastor Claussen. Mein verstorbener Mann, Doktor Johann Brachfeld, ist der Vater meines Kindes.«

»Das tut mir sehr leid, Frau Brachfeld«, erwiderte Claussen mitfühlend. »Wann starb Euer Mann, und wo liegt er begraben?«

Eva Brachfeld holte tief Luft, hielt dann aber einen Moment inne, bevor sie antwortete. »Im vergangenen Jahr verstarb mein Mann. Sein Leichnam wurde in Altona beigesetzt.«

»Wann starb er genau, und auf welchem der Altonaer Friedhöfe befindet sich sein Grab?«

Eva Brachfelds Gesicht nahm einen verklärten Ausdruck an. »Johann Brachfeld starb im vergangenen Frühjahr. Seine sterblichen Überreste wurden auf dem Mennonitenfriedhof zu Altona zu Grabe getragen.«

Claussen schüttelte den Kopf, und Ruth hielt den Atem an.

»Dann ist Euer Mann bereits seit einem guten Jahr tot, Frau Brachfeld. Auch war er wohl kein Lutheraner.« Gespannte Stille füllte die kleine Stube. Nur das Schmatzen des schlafenden Säuglings war zu hören.

»So ist es, Pastor Claussen. Doch ich schwöre bei Gott und allem, was mir heilig ist, dass mein Ehemann der Vater meines Kindes ist.«

»Mit Verlaub, Frau Brachfeld, die Schwangerschaft einer Frau dauert nur zehn Monde. Reicht sie deutlich darüber hinaus, so endet sie für gewöhnlich tödlich. Entweder für die Mutter oder für das Kind. Ihr aber wollt behaupten, dass Ihr mindestens zwölf, wenn nicht sogar dreizehn Monde dieses Kind ausgetragen habt?«

»Ja, das will ich«, erwiderte die Wöchnerin mit einer Sicherheit, die Claussen in Erstaunen versetzte.

»Wie mir scheint, komme auch ich bei Euch nicht weiter als der verehrte Pastor Fischer von Sankt Michaelis. Unter diesen Umständen fürchte ich, dass ich Euch das Sakrament der Taufe verweigern muss.«

»Das könnt Ihr nicht tun! Nicht mir verweigert Ihr die Taufe, sondern meinem Kind! Mein Sohn ist ein Kind Gottes! In Gottes Liebe empfangen. Von Gottes Liebe umhüllt. Die Verkündung der Liebe Gottes. Mein Sohn ist der neue Messias! Ihr müsst ihn taufen und aufnehmen in die christliche Gemeinschaft. Er ist den Christen verheißen worden, sie erwarten und ersehnen seine Wiederkehr.« Eva Brachfelds Stimme war von religiöser Gewissheit getragen, die keinen Widerspruch erlaubte. Claussen wich einen Schritt zurück. »Ihr seid von Sinnen, Frau Brachfeld.«

»Nein, Pastor, nicht von Sinnen, sondern beseelt von der Liebe Gottes bin ich. Durchdrungen von ihr bis ins Mark, bis in die dunkelsten Winkel meiner Seele. Ich habe das Zeichen von Gottes Liebe geboren. Mein Sohn ist Gottes Zeichen. Ein wahres Engelskind! Der Messias, der Leib Gottes!« Eva Brachfeld war aufgesprungen und hielt Pastor Claussen das kleine Bündel auf ihrem Arm entgegen, als könne das Kind jedes ihrer Worte bestätigen.

Claussen hob abwehrend die Hände und wich einen Schritt zurück. »Ihr verhöhnt uns, lästert die Göttlichkeit unseres Erlösers Jesus Christus und macht Euch der Blasphemie schuldig!«

Ruth ergriff Claussens Arm und flüsterte ihm ins Ohr. »Sie muss von einem Fieber befallen sein, Matthias. So etwas kommt nach einer schweren Geburt vor. Verlier nicht die Nerven. Sie wird sich gleich wieder beruhigen. Geh mit dem Meister für einen Augenblick vor die Tür, Frau Hartwich und ich versuchen, sie zur Vernunft zu bringen.«

Bevor Claussen etwas erwidern konnte, führte ihn Meister Hartwich hinaus in die Diele. »Kommt, Pastor Claussen. Das hier ist nichts für Männer. Auf so etwas verstehen sich die Frauen besser. Lasst uns in meine Werkstatt gehen«, raunte er beschwichtigend, »dort habe ich einen wunderbaren Branntwein.

Nach dieser Aufregung ist wohl ein Gläschen erlaubt, was meint Ihr?«

Kaum war die Stubentür ins Schloss gefallen, packte Ruth Eva Brachfeld bei den Schultern. »Seid Ihr von Sinnen? Was immer Ihr in Eurem Innersten auch glauben mögt, so könnt Ihr doch nicht einem Pastor solche Dinge ins Gesicht sagen. Ich hatte Euch für klüger gehalten.«

»Aber mein Kind ist der Messias, ich weiß es!«

»Jetzt hör aber auf, Eva«, ging Frau Hartwich dazwischen, »und reiß dich zusammen. Wir wollen dir doch helfen. Du hast jetzt die Verantwortung für dein Kind. Aber du hast keinen Mann, der dir beisteht. Dein Kind braucht einen Platz in der Gesellschaft.«

Ruth blickte erstaunt auf die ungewohnt resolute Drehersfrau. So entschlossen hatte sie diese während der ganzen Geburt nicht erlebt.

»Wer oder was auch immer Euer Kind ist, spielt im Augenblick keine Rolle«, wandte sich Ruth erneut an die Wöchnerin. »Vorgestern noch sagtet Ihr mir unter Tränen, dass Pastor Fischer Euch die Taufe Eures Kindes verweigert, obwohl Ihr eine gläubige Lutheranerin seid. Und heute, kaum bringe ich Euch einen wohlwollenden Pastor, der dazu noch ein Freund meines Mannes ist, verschreckt Ihr ihn mit wirren Worten.«

»Meine Worte sind nicht wirr«, entgegnete Eva Brachfeld gefasst. »Ich spüre die Wahrheit dessen, was ich gesagt habe, tief in mir.«

Ruth schluckte eine Entgegnung hinunter. Auch sie kannte das Gefühl absoluter Überzeugung, ja tiefen Wissens, obwohl ihr die ganze Welt und alle Fakten widersprachen. Damals, als ihr Mann Hinrich verschwunden war und alle ihn für tot erklärten. Sie ließ die Schultern hängen und holte tief Luft. »Nun gut, lassen wir einmal dahingestellt, wer der Vater des Kindes ist und ob es der Messias sei. Wenn ich Euch recht verstanden habe, ist Euch sehr viel daran gelegen, dass Euer Kind getauft wird.«

»Ja.«

»Wäret Ihr auch bereit, Euch vor den Augen des Pastors zur lutherischen Konfession zu bekennen? So muss er wenigstens keinen Zweifel mehr an Eurer Glaubenszugehörigkeit haben.«

Eva Brachfeld holte ebenfalls tief Luft. »Ja, ich will es tun.«

»Gut. Was die Vaterschaft angeht, so werden wir ihn bitten, diesen Punkt offenzulassen. Schließlich ist der Vater – so oder so – nicht anwesend.«

»Aber ich weiß doch …«

»Eva!«, ging Frau Hartwich erneut dazwischen. »Hör einfach auf Frau Wrangel. Manchmal gilt es Zugeständnisse zu machen und Dinge für sich zu behalten. Das wissen alle von uns, auch du.«

Die Wöchnerin schluchzte leise auf und drückte das schlafende Bündel Kind an ihr Herz. »So sei es denn«, flüsterte sie.

Ruth nickte und gab Frau Hartwich ein Zeichen, die Männer wieder hereinzuholen.

Eine Viertelstunde später, nachdem sich Eva Brachfeld förmlich für ihr Betragen entschuldigt und ihren evangelisch-lutherischen Glauben mit einer Hand auf der Bibel und der anderen auf dem Herzen bekannt hatte, taufte Pastor Claussen das Kind auf den Namen Johann Georg Gottfried und benannte den Formdreher Meister Jürgen Hartwich als seinen Paten.

Anschließend füllte Claussen die Taufurkunde aus, ohne den Namen des Vaters zu erwähnen. Frau Hartwich reichte mit Tränen in den Augen einen Punsch und etwas feines Gebäck. Als es von Sankt Michaelis die fünfte Stunde des Nachmittags schlug, bestiegen der Pastor und Ruth Wrangel die Kutsche und kehrten nach Hamburg zurück.

✧ ✧ ✧

Erschöpft lehnte sich Eva zurück in den schweren Stuhl. Zwar war nun der kleine Johann getauft. Aber der Preis war hoch gewesen. Für ihn hatte sie ihren wahren Glauben leugnen müssen. Mit bereits dreiundvierzig Jahren war sie endlich Mutter geworden. Zwei Ehen hatte sie kinderlos durchlebt, die erste sogar frei von Liebe.

Sie trank einen Schluck Tee und sah aus dem Fenster. Der Frühling zeigte sich in vollen Zügen. Die Bäume schmückte das erste Grün, und sicherlich fand man in den Marschwiesen bereits kleine bunte Blumen. So wie damals, 1687, als sie mit gerade einmal siebzehn Jahren am Hof zu Eisenach mit Jean de Vésias verheiratet wurde. Ihre Freundinnen hatten ihr einen kleinen Kranz aus Schneeglöckchen ins Haar geflochten. Einige von ihnen beneideten sie sogar um ihren Ehemann, den Pagen-Hofmeister, einen glänzenden Tänzer und allseits geschätzten Lehrer und Erzieher. Aber Jean, ein aus Frankreich geflohener Protestant, war wesentlich älter als sie und verhielt sich ihr gegenüber eher wie ein Vater als ein Ehemann. Dabei wusste sie gar nicht so genau, wie sich ein Vater verhielt, denn ihrer war früh gestorben. Darum hatte die Mutter sie auch so jung als Zofe an den Hof von Eisenach gegeben. Und der Pagen-Hofmeister fand Gefallen an ihr, dem hübschen, fröhlichen Mädchen. Zehn Jahre führte sie ihm den Haushalt, beherbergte seine Schüler in Logis und als Tischgenossen, um ihren Lebensunterhalt aufzubessern und das kostspielige Leben in den Kreisen der Hofleute zu finanzieren. Jean war gut zu ihr gewesen, aber Liebe, so wie sie diese später kennenlernte, hatte sie für ihn nie empfunden. Die Liebe trat erst in ihr Leben, als sie Gott im wahren Glauben begegnete. 1698 war das, in Gotha. Dort hatte sie an Hausversammlungen von Anhängern der Londoner Sozietät der Jane Leade teilgenommen. Sie waren beseelt von einer wahren und wunderbaren Frömmigkeit, die noch die der Pietisten unter den

Lutheranern in den Schatten stellte. In jenem Kreis von Gleichgesinnten offenbarte sich ihr Gott, und sie begriff mit einem Mal, fühlte es mit jeder Faser ihres Körpers, dass sich ihr Leben radikal verändern müsste. Von einem Tag auf den anderen verwarf sie allen Hofstaat und kleidete sich schlicht. Und so wie sie ihre Kleider änderte, änderte sie ihr Verhalten. Seit jenen Tagen ging sie offen und voll Liebe mit geringeren, mit von der Welt verachteten Menschen um. Seit jenen Tagen hatte sie auch dem lutherischen Gottesdienst und dem Abendmahl nicht mehr beigewohnt. Jean verstand sie nicht. Dabei hätte er, der verfolgte Hugenotte, doch wissen müssen, wie wichtig es war, mit seinem Gott im Reinen zu sein. Aber ihm waren ein reines Hemd und reiner Wein lieber als die Reinheit des Glaubens. Die ersten Wochen noch entschuldigte er Eva, als sie beim Gottesdienst fehlte. Aber als sie ihm nicht mehr ehelich gefügig sein und seinen Wünschen nachkommen wollte, wandte er sich ganz von ihr ab. Nicht jedoch von ihrem Geld, das sie mit in die Ehe gebracht hatte. Bald geriet sie bei Hof als Sektiererin in Verruf, und kurz darauf verwies man sie des Landes. Eva musste Eisenach verlassen und alle ihre Habseligkeiten zurücklassen. Auch Jean blieb zurück. Und lebte weiter von ihrem Geld. Schon bald zusammen mit einer anderen Frau, wie Freunde sie wissen ließen. Achtundzwanzig Jahre war sie gewesen, ohne Mann, ohne Kind, ohne Haus und ohne Geld. Aber sie wusste schon damals, dass sie richtig gehandelt hatte und dass Gott sie weiter leiten würde.

Das Kind in der Wiege wimmerte. Behutsam hob Eva es unter seiner Decke hervor, streichelte ihm die zarte Wange, öffnete ihre Bluse und legte sich das Kind an die Brust, so wie es ihr Ruth Wrangel gezeigt hatte. Kaum begann der Kleine gierig zu saugen und zu trinken, breitete sich ein Gefühl inniger Wonne in Eva aus. Sie streichelte ihrem kleinen Sohn das Köpfchen und genoss die sinnliche Vereinigung mit ihm. Nicht ein einziges

Mal hatte sie sich in ihrer Ehe mit Jean de Vésias so erfüllt gefühlt wie in diesem Moment mit ihrem Sohn. Erst 1703, nachdem er ihr Geld weitgehend durchgebracht hatte, hatte Jean die Scheidung eingereicht. Als Grund nannte er seine »öfters baufällige Geistes-Konstitution«. Die Schuld für die Scheidung aber gab er Eva. Sie hätte ihm die letzten Jahre die eheliche Beiwohnung versagt und ihn »ohne Ursache gänzlich verlassen«. Die Landesverweisung, die man über sie verhängt hatte, erwähnte er nicht. Wohl aber behauptete er, sie habe eine unanständige Lebensart ergriffen, ziehe mit anderen Mannsbildern umher und halte sich mit denen im Wald auf. Seine neue Buhlschaft erwähnte er nicht. Zwei Jahre später erst, 1705, wurde die Scheidung vollzogen. Da war Eva schon weit fort von Eisenach und ihrem früheren Leben, hatte ihren Mädchennamen von Buttlar wieder angenommen und eine neue Gemeinschaft gefunden, die in Allendorf ihr Leben nach Gottes Geboten einzurichten gedachte.

Leise öffnete sich die Tür, und Frau Hartwich trat in die Stube.

»Es wird Zeit, liebe Eva, dass wir eine Amme für dein Kind finden. Als Frau von Stand kannst du es nicht selbst stillen, das schickt sich nicht.«

»Arm, wie ich zurzeit bin, kann ich mir keine Amme leisten.«

»Kommt Zeit, kommt Rat, meine Liebe. Der Herrgott wird dir beistehen, wie er es bisher immer getan hat.«

Eva nickte und blickte von der Drehersfrau zurück zu ihrem Sohn, der beim Trinken eingeschlafen war.

HAMBURG, IM MAI 1713

Der letzte der zwölf Glockenschläge von Sankt Nikolai war bereits verklungen, als Hinrich Wrangel immer noch die Feder über das Blatt Papier fliegen ließ, um seine letzten Beurteilungen zu dem am Morgen verhandelten Fall festzuhalten. Er war der Einzige in der kleinen Schreibstube des Niedergerichts. Der Prätor war schon vorausgegangen ins Eimbecksche Haus, wohin der Rat eine Auswahl bedeutender Kaufleute und Honoratioren der Stadt gebeten hatte. Ebenfalls geladen waren die Mitglieder des Verhandlungskomitees um die russischen Ansprüche sowie die ausländischen Gesandten in der Hansestadt. Bei einem Mittagessen wollte man sich über die aktuellen Entwicklungen beraten. Wrangel beeilte sich, zum Ende seiner Ausführungen zu kommen, um nicht allzu spät zu erscheinen. Endlich setzte er den letzten Punkt, stellte die Feder zurück in ihre Schreibhalterung und verschloss das Tintenfass, als es an die Tür klopfte.

»Herein«, rief er unwirsch.

Der Brookvogt mit seinem Dreispitz in der Hand betrat die Schreibstube.

»Guten Tag, Prokurator Wrangel. Entschuldigt die Störung, aber ich suche den Prätor. Ist er hier?«

»Seid gegrüßt, Brookvogt. Der Prätor ist schon fort.«

Der Brookvogt, ein älterer, untersetzter Mann von kräftigem Körperbau, seufzte auf. »Das ist ärgerlich, Prokurator, denn nicht ohne Grund bin ich hierhergeeilt. Vielleicht könnt Ihr mir helfen? Bis zu meinem nächsten Treffen mit dem Prätor mag ich mit meinem Anliegen nicht warten.«

Wrangel seufzte. Er hatte weder Zeit noch Lust, sich die Sorgen des Brookvogts anzuhören. Dieser war für die Wach- und Schutzmaßnahmen in der Stadt verantwortlich und unterstand direkt dem Prätor. Die beiden trafen sich für gewöhnlich einmal in der Woche, um alle das Brookvogtamt betreffenden Angelegenheiten zu besprechen. Wrangel suchte bereits nach Worten, um den Brookvogt zu vertrösten, aber der, als ob er dies ahnte, sprach einfach drauflos.

»Es ist bestimmt bereits der vierte Fall innerhalb von drei Tagen, der mir zugetragen wird, und langsam fällt es mir schwer, darüber hinwegzusehen. Schließlich habe ich selbst schon Enkelkinder. Ihr habt doch auch Kinder, Prokurator, nicht wahr?«

»Ja, Brookvogt. Worum geht es denn?«

»Um die verschwundenen Kinder geht es, Prokurator Wrangel. Vor zwei Tagen kam eine alte Frau zu mir. Ihre Enkeltochter sei verschwunden. Sie suche sie bereits einen ganzen Tag lang. Ich habe mir ihre Geschichte angehört und sie damit beruhigt, dass es öfter vorkommt, dass ein Kind sich verläuft. Meist findet es bis zum Abend wieder nach Hause.«

»Recht habt Ihr damit getan, Brookvogt.« Wrangel griff nach seinem Rock, der am Türhaken hing.

»Das hab ich auch gedacht, Prokurator. Und ich dachte es auch noch, als meine Röper mir vom Hamburger Berg Bericht erstatteten. Dort hatte ihnen am Vortag eine junge Mutter zugesetzt, weil sie ihre Tochter verloren hatte. Sie wollte Hilfe bei der Suche, aber die Röper waren vollauf damit beschäftigt, für Ordnung in den Notbehausungen der vielen Flüchtlinge zu sorgen. Dort kommt es ja immer wieder zu Streitereien um Viktualien und Brennholz.«

Wrangel nickte ungeduldig und schlüpfte in den Ärmel seines dunklen Rocks.

»Ins Zweifeln kam ich, als mich gestern Abend ein Bursche aufsuchte, der nach seiner kleinen Schwester suchte. Er war mit ihr auf dem Fischmarkt gewesen, hatte dort den Fang seines Onkels verkauft und sie, als eine Kundin ihn bat, ihr den Einkauf zwei Straßen weiter nach Hause zu tragen, auf eine Kiste gesetzt, damit das Kind dort auf ihn wartete. Als er kurz darauf zurückkam, war das Mädchen verschwunden. Keiner hatte gesehen, wohin es gegangen war. Nach Hause war es nicht gelaufen, dort hatte der Bursche schon nachgefragt. Nun suchte er seit Stunden die Stadt ab, doch ohne Erfolg.«

Wrangel knöpfte den Rock zu und strich ihn glatt. »Vielleicht hatte das Mädchen etwas zu essen stibitzt und sich damit in irgendeiner Gasse versteckt. Inzwischen ist es gewiss wieder zu Hause, Brookvogt. Und ich muss jetzt los, sonst bekomme ich nichts mehr zu essen.«

Der Brookvogt verschränkte die Arme vor der Brust. »Ist das Mädchen eben nicht. Der Bursche war heute Vormittag wieder bei mir. Er hatte seine Schwester bereits den ganzen Morgen auf allen Märkten der Stadt gesucht, ohne Erfolg. Und jetzt kamen gerade zwei Röper aus Eppendorf zurück, die dort eine Streitigkeit zwischen zwei Bauern klären sollten. Stellt Euch vor, auch dort ist ein Kind verschwunden. Ein achtjähriger Junge wird seit fünf Tagen schon vermisst. Er hatte die Gänse vom Teich zur Wiese getrieben. Als er zum Abendbrot nicht nach Hause kam, suchten die Alten ihn. Man fand sein Schnupftüchlein auf der Gänsewiese, eine Gans hatte es halb zerfetzt.«

»Brookvogt«, setzte Wrangel ungeduldig an, »das sind keine guten Neuigkeiten, die Ihr zu berichten habt. Aber seid ehrlich: Ungewöhnlich ist es nicht, dass Kinder eine Zeitlang verschwinden. Sie verlaufen sich, verspielen sich, haben etwas angestellt und verstecken sich dann voller Gewissensbisse oder Angst vor den strafenden Prügeln. Doch zu guter Letzt finden sie sich in den allermeisten Fällen bald wieder. Gewiss werden sich auch die Fälle, die Ihr mir soeben geschildert habt, bald aufklären. Gebt den Kindern etwas Zeit, sich auszuspielen. Es ist schließlich Frühling. Der Winter war lang und hart. Wenn der Hunger sie treibt, kommen sie wieder nach Hause. Und wenn nicht, dann sprecht nächste Woche noch einmal mit dem Prätor darüber. Ich für meinen Teil muss jetzt los.«

Der Brookvogt drehte seinen Hut in der Hand. »Nun gut, Prokurator. Aber wohl fühl ich mich nicht dabei, das dürft Ihr mir glauben.«

Wrangel verspürte einen Stich im Magen, der eindeutig nicht von seinem Hunger herrührte. Aber er schluckte den in ihm aufsteigenden Zweifel hinunter. Er musste los. Das vom Rat anberaumte Mittagessen war von großer Wichtigkeit. Es hieß, Stenbock habe sich Menschikow ergeben, so dass das russische Heer nicht länger vor Tönning gebunden war. Und Hamburg war für hungrige Soldaten eine lohnende Beute.

»Manchmal muss man Prioritäten setzen, Brookvogt. Ihr seid ein in den polizeilichen Dingen der Stadt bestens bewanderter Mann. Entscheidet selbst, welche Prioritäten Ihr hier setzt.«

»Das werde ich tun, Prokurator. Habt Dank für Euer Ohr und Euren Rat.«

Der Festsaal im Eimbeckschen Haus war bereits gut gefüllt, als Wrangel endlich vom Niedergericht herüberkam, um an dem Mittagessen mit den ausländischen Gesandten teilzunehmen. Die Vertreter von Preußen, Sachsen, Hannover und dem Hause Holstein-Gottorf standen vor dem großen Fenster, das hinaus zum Rathausplatz zeigte, der schwedische, polnische und der französische Gesandte hatten sich in der Mitte des Raumes postiert. Der dänische Repräsentant unterhielt sich angeregt mit Bürgermeister von Bostel und Syndikus Sillem. Bei ihm stand der für seine Streitsucht und Zügellosigkeit bekannte Graf Rantzau, dem man nachsagte, sich Lustknaben zu halten. Ratsherr Faber sprach leise mit einigen Kaufleuten, die im Archangelsk-Handel mit Russland tätig waren, und Wrangel glaubte auch Vertreter des Waffen- und

Pulverhandels sowie die Obersten der Stadtwache auszumachen. Im hinteren Teil des Saales sah er Claussen mit Pastoren der anderen Kirchspiele zusammenstehen. Höflich grüßend gesellte Wrangel sich schließlich zu Sillem, während der dänische Gesandte mit einer Mischung aus Lob und Mahnung die Hamburger Unterstützung für die notleidenden Altonaer kommentierte. Graf Rantzau schaute gelangweilt durch den Raum, bis sein Blick an jemandem hängenblieb. Offenbar hatte er den polnischen Gesandten von schwedischen Gnaden, Louis Abensur, ins Visier genommen. Bürgermeister von Bostel erhob nun die Stimme und bat seine Gäste zu Tisch. Als Wrangel sich umdrehte, um der Aufforderung nachzukommen, bemerkte er, dass Abensur Rantzaus Blick erwiderte und kaum merklich nickte.

Nachdem alle Gäste ihre Plätze gefunden und ausgiebig bewirtet worden waren, ergriff der Bürgermeister das Wort.

»Edle Herren Exzellenzen, Hochwohlgeborene, ich danke allen für ihr Erscheinen. Im Namen des Hamburger Rates sprach ich diese Einladung aus, weil sich kürzlich Dinge ereignet haben, die seitens der Hamburger wohl bedacht sein wollen. Und um etwas wohl und ausgewogen zu bedenken, ist die Meinung verschiedener beschlagener Männer stets ein Gewinn.« Von Bostel hielt inne und holte Luft. »Gestern Nachmittag erreichte uns die Nachricht, dass der schwedische General Stenbock bei Oldensworth die Kapitulation vor dem russischen Heer unter der Führung des Generals Menschikow unterzeichnet hat. Somit übergibt er nun die zu Unrecht von den Schweden besetzte Gottorfsche Festung Tönning ohne Verzug den moskowitischen und dänischen Truppen.«

Ein Raunen und Flüstern ging durch den Saal, einige Gäste schauten sich nach dem Gottorfschen Gesandten Baron Görtz um. Der hielt mit gespielter Gleichgültigkeit den Blicken der Umstehenden stand.

»Hamburg als neutrale Stadt enthält sich jeden Kommentars zu dieser militärischen Entwicklung«, fuhr von Bostel in staatsmännischem Tonfall fort. »Trotzdem stehen wir ihr keineswegs gleichmütig gegenüber, da diese Wende im Kriegsverlauf ein gut und gerne fünfundzwanzigtausend Mann starkes Heer nur wenige Tagesmärsche von den Toren der Stadt ohne konkrete Aufgabe, jedoch mit einem hohen Versorgungsbedarf freisetzt.«

Der dänische Gesandte nickte und blickte zu seinem sächsischen Kollegen hinüber. Dänemark und Polen-Sachsen waren Verbündete Russlands im Nordischen Krieg.

»Nun schwelen schon seit Monaten einige ungeklärte Fragen, um nicht zu sagen Streitpunkte, zwischen Hamburg und dem russischen Heerführer Menschikow, der unserer Stadt ja in diesem Januar einen Besuch abgestattet und dabei finanzielle Forderungen aufgrund dieser Streitpunkte erhoben hat.«

Wrangel rutschte auf seinem Stuhl hin und her. Diese Konflikte hatten ihn nun auch schon einige Monate als Anwalt beschäftigt, ohne dass ein ersichtlicher Fortschritt zu ihrer Beilegung erreicht worden war.

»Im Wesentlichen handelt es sich bei den Forderungen des Fürsten Menschikow um teilweise bereits Jahre zurückliegende Vorfälle, bei denen Untertanen des russischen Zaren nicht mit dem ihnen ihrer Meinung nach zustehenden Respekt behandelt worden seien. Ein weiterer Punkt, der das Missfallen des Fürsten Menschikow erweckt hat, sind die seines Erachtens sehr hohen Entschädigungszahlungen, die Hamburg den Dänen gewisser Streitpunkte wegen geleistet hat. Der Fürst machte bereits mehrfach deutlich, dass auch er wegen der Unannehmlichkeiten, die russische Untertanen in Hamburg oder aber durch Hamburger erdulden mussten, entsprechend hohe Entschädigungszahlungen erwartet.«

»Das entbehrt ja wohl jeglicher Grundlage!«, ließ sich nun Graf Schönborn, der Gesandte des Kaisers aus Wien, vernehmen. »Hamburg ist schließlich eine freie Reichsstadt und nicht die Melkkuh vorbeiziehender Heere!«

»Es wäre schön, wenn Ihr diese Ansicht noch einmal deutlich am Wiener Hof vertreten könntet, Graf Schönborn«, kommentierte Ratsherr Faber bissig. »Als es nämlich um die Einigung mit Dänemark ging, hielt man sich in Wien doch arg zurück, wenn ich mich recht entsinne.«

»Die Einigung mit Dänemark ist in keiner Weise mit den hier erwähnten Forderungen des Fürsten Menschikow zu vergleichen, Herr Faber«, parierte der dänische Gesandte augenblicklich den Seitenhieb.

»Ich bitte um Ruhe und Aufmerksamkeit, meine Herren«, ließ sich von Bostel wieder vernehmen. »Wir sollten unser Augenmerk nicht nur darauf richten, wie gerechtfertigt die russischen Forderungen sind, sondern vor allem auf die russische Macht, sie auch durchzusetzen. Mehrfach drohte Fürst Menschikow in den vergangenen Monaten mit militärischer Gewalt, sollte die Stadt nicht wenigstens seine Forderungen, die sich aus dem Vorfall am Zollenspieker Ende Januar dieses Jahres ergeben, erfüllen.«

Die Hamburger unter den Gästen nickten, einige Gesandte schauten fragend zu von Bostel. Der wandte sich an Wrangel. »Verehrter Prokurator Wrangel, Ihr seid Mitglied des Verhandlungskomitees. Bitte erklärt doch in wenigen Worten noch einmal die Umstände des Zollenspieker Vorfalls.«

Wrangel erhob sich. »Gerne, Herr Bürgermeister. Ende Januar wurden einige moskowitische Reisende am Zollenspieker, als sie dort die Elbe überqueren wollten, unter den untätigen und sogar schadenfrohen Augen der Hamburger Wache von einer schwedischen Abteilung überfallen. Die schwedischen Soldaten stahlen das gesamte Gepäck der Russen sowie angeblich hundertzwanzigtausend Dukaten in Wechselbriefen und Barschaften. Sobald dieser Vorfall auf höherer Ebene bekannt wurde, hat die Hamburgische Obrigkeit selbstverständlich Strafmaßnahmen gegen die damals Wachhabenden ergriffen und sich in aller Form bei den Russen entschuldigt. Aber dem Fürsten Menschikow gereichte dies nicht zur Besänftigung. Er erwartet nun von der Stadt einen Schadensersatz in Höhe von hunderttausend Reichstalern, die er persönlich angeblich durch die gestohlenen Wechselbriefe eingebüßt hat. Beweisen kann er diesen Verlust nicht. Aber fünfundzwanzigtausend russische Soldaten unter seinem Befehl, die sich nur wenige Tagesmärsche von Hamburg entfernt aufhalten, sind ein starkes Argument.«

Kaum hatte Wrangel geendet, erhob sich ein Stimmengewirr. Er hörte nur mit halbem Ohr zu, kannte er doch bereits alle Fakten und Erwägungen zur Genüge, und ließ den Blick schweifen. Hinten am Fenster standen Rantzau, Görtz und Abensur zusammen. Welch eine ausgesuchte Konstellation, fuhr es ihm durch den Kopf: Ein verkommener Graf in dänischen Diensten, ein geldgieriger Baron mit einer Neigung zu Schweden in Gottorfschen Diensten und ein zum Katholizismus konvertierter Altonaer Jude in Diensten des von schwedischen Gnaden eingesetzten polnischen Gegenkönigs. Was für diplomatische Ränke mochten die wohl spinnen?

✧ ✧ ✧

Geschäftig eilte Louis Abensur den Neuen Wall entlang, direkt auf das Görtz-Palais zu. Es war noch hell, die Tage wurden zusehends länger, und die Frühlingssonne schickte noch wärmende Strahlen in die Gassen. Die Glocken von Sankt Petri läuteten bereits die siebte Stunde. Während des Mittagessens, zu dem die ausländischen Gesandten vom Hamburger Rat geladen worden waren, hatte der Baron ihm in einem ruhigen Moment zu verstehen gegeben, dass an diesem Abend Abensur endlich Meister Rednael persönlich treffen könne. Der erste Versuch einer Zusammenkunft im April war gescheitert, da der Meister aufgehalten worden war.

Nur wenige Schritte vom Eingang des Palais entfernt erblickte Abensur einige Kaufleute, unverkennbar in ihrem edlen, dunklen Tuch. Als er näher kam, zerstreuten sie sich, ohne ihn eines Blickes zu würdigen. Abensur schluckte grimmig. So war es häufig in Hamburg. Man schnitt ihn, man mied ihn, man ging ihm aus dem Weg. Und je mehr Ansehen ein Herr hatte, desto weniger beachtete er Abensur. Aber von nun an würde sich das ändern. Schließlich hatte der Baron von Görtz ihn bereits zum zweiten Mal in sein Palais geladen. Das sollten sie ruhig alle sehen. Neideten doch viele Hamburger dem Baron sein Fortune, das nicht zuletzt in seinem Palais auf dem Neuen Wall Ausdruck fand. Abensur betätigte den gewaltigen Türklopfer der Eingangstür. Augenblicklich öffnete sich die Tür, und ein livrierter Diener bat ihn mit einer höflichen Verbeugung in die Eingangshalle.

Baron Görtz empfing Abensur in einem kleinen Salon, durch dessen Fenster man in den Garten blickte.

»Herr Abensur, es freut mich, dass Ihr meiner Einladung gefolgt seid. Gestattet mir, dass ich Euch wie versprochen meinen Gast, Meister Rednael, vorstelle.«

Erst in diesem Moment bemerkte Abensur den Mann in einem strengen schwarzen Rock und engen schwarzen Beinkleidern mit flachsfarbenen Strümpfen, der aus der hinteren Ecke des Raumes auf die beiden Gesandten zutrat. Er war kräftig und hochgewachsen, sein dunkles, fast schwarzes Haar trug er in einem strengen Zopf gebunden. Die blauen Augen wurden beschattet von den kräftigen Augenbrauen, die einen starken Kontrast zu seiner hellen Haut bildeten.

Zwei Schritte vor ihm blieb der Mann stehen und deutete eine Verbeugung an. »Seid gegrüßt, Herr Abensur. Der Baron berichtete mir, dass Ihr der rechte Mann seid für ein Geschäft, das äußerstes Geschick und absolute Verschwiegenheit verlangt.«

»Ich erwidere Euren Gruß, Meister Rednael, und freue mich, mit Euch ins Geschäft zu kommen«, entgegnete Abensur, sich ebenfalls vor dem Fremden verbeugend. Baron Görtz trat einen Schritt auf die beiden zu.

»Meine Herren, ich werde mich zurückziehen, denn was immer hier gleich besprochen wird, soll nicht für meine Ohren bestimmt sein. So will es die Regel. Wir sehen uns später, Meister.« Er deutete eine knappe Verbeugung an und verließ den Salon.

Meister Rednael wies auf eine kleine Sitzgruppe in der Ecke, aus der er zuvor hervorgetreten war. Sie setzten sich einander gegenüber, und der Meister ergriff das Wort.

»Wie ich hörte, Herr Abensur, hat Euch Baron von Görtz schon von den wichtigsten Dingen, um die es gehen soll, berichtet.«

»Er sprach davon, Meister, dass Ihr Männer von großer Bedeutung sucht, die sich in einem kleinen, privaten Zirkel zusammenfinden sollen, um sich dank Eurer Heilkünste vor der die Stadt bedrohenden Seuche zu schützen.«

Der Meister nickte langsam, ohne eine Miene zu verziehen. »So lässt es sich zusammenfassen.« Dann ließ er seinen Blick durch den Raum schweifen, bevor er Abensur erneut fixierte. »Ihr seid Katholik, Herr Abensur?«

»Sehr wohl. In Frankreich fand ich zu meinem wahren Glauben.«

»Auch mir ist der katholische Glaube nahe. Ich schätze seine Fülle an Heiligen und Märtyrern, an Wundern und Offenbarungen, die erst die Vielfalt der göttlichen Herrlichkeit zum Ausdruck bringen.«

»Ich könnte es nicht besser zum Ausdruck bringen, Meister Rednael. Diese Herrlichkeit war es, die mich am Hofe Ludwig XIV. das heilige Sakrament der Taufe annehmen ließ.«

Ein Zucken, das entfernt an ein Lächeln erinnerte, umspielte des Meisters Mundwinkel. »Nur wer bereit ist, der mystischen Entfaltung Raum zu geben, Herr Abensur, wird in der Lage sein, sich dem, was Ihr meine Heilkünste nennt, zu öffnen.«

Abensur starrte Meister Rednael mit großen Augen an, und es schien ihm, als entfalte schon allein die Stimme des Meisters eine seltsame Wirkung auf ihn, die er nicht recht zu deuten wusste.

»Darum sucht Ihr also nicht nur Männer von Rang und Vermögen, sondern auch solche, welche die Kraft haben, sich der mystischen Entfaltung zu öffnen, von der Ihr sprecht? Männer des Glaubens also?«

»Des wahren Glaubens, Herr Abensur. Eines Glaubens, der erst jenseits der kirchlichen Ordnungen zur Entfaltung kommt.«

Abensur überlief ein Schauer.

»Zudem müssen die Männer, die ich suche, über eine innere Stärke verfügen und bereit sein, sich über Konventionen hinwegzusetzen, um das Mysterium zu stärken und zu schützen. Kennt Ihr solche Männer hier in Hamburg, Herr Abensur?«

»Ihr meint solche Männer, wie zweifelsohne der Baron Görtz einer ist?«

Meister Rednael nickte, behielt aber Abensur weiter fest im Blick, dem der Schweiß ausbrach.

»Ja, Meister, solche Männer kenne ich wohl.« Abensur spürte, dass nun der Augenblick gekommen war, um über den finanziellen Aspekt seiner Dienste zu sprechen. »Baron Görtz sprach auch davon, dass die Teilnahme am Mysterium eine kostspielige Angelegenheit sei.«

»So ist es.« Der Meister lehnte sich auf dem kleinen Stuhl zurück und musterte Abensur noch einmal von oben bis unten. »Ein für den Zirkel geeigneter Mann sollte in der Lage sein, für eine Séance fünfzig Reichstaler aufzubringen.«

Abensur schluckte. Das war deutlich mehr als ein Jahresgehalt eines ordentlichen Handwerkers. Dafür musste der Meister etwas Besonderes zu bieten haben. »Verzeiht meine so mangelhafte Auffassungsgabe, Meister Rednael, aber wie vermögt Ihr diese Männer vor der Seuche zu schützen? Wofür bezahlt man eine solche Summe?«

»Für den Eintritt in die reine Sphäre der Engel.«

In Abensur wallte eine innere Hitze auf, als ob er sich selbst vor diesem Eintritt befände. »Und …?«

»Und hier, Herr Abensur, ist genau der Punkt, von dem Baron Görtz sprach, als er den Zirkel als geheim bezeichnete.«

Abensur hatte das Gefühl, als durchdringe ihn der Blick aus den blauen Augen des Meisters bis in sein tiefstes Inneres.

»Eure Aufgabe, Herr Abensur, soll lediglich darin bestehen, geeignete Herren unter dem Siegel der Verschwiegenheit anzusprechen und mit mir in Kontakt zu bringen. Ich biete Euch für jedes neu geworbene Mitglied des Zirkels ein Honorar von vier Reichstalern.«

»Für sechs Taler pro Kopf bin ich Euer Mann.«

»Auf fünf schlagt ein.«

Mit einem zufriedenen Lächeln reichte Abensur Meister Rednael die Hand.

✧ ✧ ✧

»Ich danke Euch für Eure Hilfe und Unterstützung, verehrte Frau Wrangel.« Doktor Biester, der erste Physikus der Stadt, ging mit festem Schritt neben Ruth Wrangel den schmalen Fußgängersteig Hinter den Bleichen entlang. Seinen beleibten Körper hatte er mit einem weit fallenden Rock aus dunkelbraunem Samt verhüllt, das lange, graue Haar, das er offen trug, bedeckte eine große, dunkelbraune Samtmütze, die ihn schon von weitem als Physikus zu erkennen gab. Ruth hatte sich ein Schultertuch um das dunkle Kleid gelegt, denn es war ungewöhnlich frisch. Die Eisheiligen waren zwar schon vorbei, aber die Sonne hielt sich hartnäckig hinter dicken Wolken verborgen, und ein kalter Westwind fegte durch die Straßen der Stadt. Wie jeden Freitag begleitete sie den Physikus auf seiner Visite, die den ganzen Nachmittag in Anspruch nahm, seit die zahlreichen Altonaer Flüchtlinge in der Stadt waren und mit ihnen der Krankenstand enorm gestiegen war. Für Ruth war es die beste Möglichkeit, ihre über Jahre erworbenen medizinischen Kenntnisse mit praktischen Erfahrungen anzureichern. Als sie frisch verheiratet war, hatte sie ihren Mann für zwei Jahre nach Halle begleitet, wo er seine Dissertation in der Juristerei verfasste. Die Zeit hatte sie genutzt, um als stillschweigende und teuer zahlende Gasthörerin den Vorlesungen an der medizinischen Fakultät zu lauschen. Frauen war es zwar verboten, ordentlich zu studieren und einen Abschluss zu erwerben, aber Hinrichs gute Kontakte zur Halleschen Professorenschaft und Ruths Vermögen hatten es möglich gemacht, dass man sie schweigend in der letzten Reihe des Hörsaals duldete.

Doktor Biester schätzte Ruths fundiertes Wissen und war sicherlich auch ein wenig geschmeichelt, in so charmanter Begleitung seinen Visitenpflichten nachzukommen. So hatte er sie als inoffizielle Unterstützung des Sanitätskollegiums hinzugezogen, für das die beiden an diesem Nachmittag unterwegs waren.

Denn die unerfreulichen Meldungen über schwere Fieber, vor allem unter den Ärmsten der Bevölkerung, rissen nicht ab.

Ein älterer Mann kam ihnen entgegen, der eine mit einem Sack verdeckte Kiepe auf dem Rücken trug. Als er den Physikus als solchen erkannte, wandte er sich schnell ab und wechselte die Straßenseite. Doktor Biester schüttelte den Kopf.

»Sicherlich verbirgt er in der Kiepe irgendein Gut, das mir nicht unter die Augen kommen soll. Womöglich alte Kleider oder Lumpen.«

Der Handel mit alten Kleidern war seit dem vergangenen Herbst in der gesamten Stadt verboten. Das war eine der vierzehn Verfügungen, die das Sanitätskollegium zum Schutz der Stadt gegen ein Ausbrechen der Pest erlassen hatte. Für die Ärmsten waren Kleider so wertvoll, dass man sie den Toten abnahm und weiterverkaufte, ungeachtet der Todesursache ihres früheren Besitzers. So aber konnten sich die Krankheitsgifte, die sich im Stoff verfangen hatten, leicht auf gesunde Menschen übertragen.

»Die Menschen verstehen einfach nicht, wie wichtig es ist, unseren Vorgaben zu folgen.« Biester deutete auf einen Haufen von Abfällen, Kot und durchweichtem Stroh, der an einer Gassenecke aufgetürmt war. »Schaut Euch nur diesen Unrat an, Frau Wrangel. Ausdrücklich haben wir vorgeschrieben, dass täglich die Märkte und Gassen von allem Unrat gereinigt werden müssen. Das heißt jedoch nicht, dass man ihn am Ende der Gasse zu einem Turm aufhäuft, wie die einfältigen Tröpfe es hier getan haben. Noch immer wissen wir nicht mit Sicherheit, wie sich die Pest verbreitet. Augenscheinlich ist jedoch, dass sie an Orten, an denen Reinlichkeit aufs äußerste gepflegt wird, weniger auftritt. Daraus dürfen wir wohl schließen, dass Schmutz ein Keimherd für die Krankheitsgifte ist.«

Ruth nickte. »Darum wurde doch auch der Schweinemarkt vor die Tore der Stadt verlegt.«

»So ist es. Die Tiere tragen nämlich nicht nur Dreck, sondern auch allerlei Ungeziefer in die Stadt. Da ist es besser, man hält den Markt mit ihnen vor den Toren ab. So oder so ist es in dieser gefährlichen Zeit untersagt, Schweine innerhalb der Stadtmauern zu halten. Bedenkt nur, wie die Seuche in den letzten Jahren an anderen Orten gewütet hat. Danzig, Stralsund und Stettin waren aufs härteste betroffen. Selbst unweit von Hamburg tobte sie. In Rendsburg, Itzehoe, Glückstadt und im vergangenen Winter schließlich in Altona hat sie ungezählte Opfer gefordert.«

»Ich hörte, auch Kiel soll betroffen gewesen sein.«

Biester schüttelte den Kopf. »Die Stadt hat großes Glück gehabt, Frau Wrangel. Nur im Kieler Schloss gab es eine Reihe von Pestfällen, die Stadt selbst blieb verschont.«

»Welch ein Segen.«

»Ja. Aber neben dem Segen ist es gewiss der streng durchgeführten Isolierung der Kranken zu verdanken, die sich im Schloss recht ordentlich bewerkstelligen ließ. Bei Leib und Leben durfte niemand das Schloss verlassen, bis auch der letzte Küchenjunge die Quarantäne überstanden hatte. Solch konsequente Maßnahmen lassen sich hier in der Stadt nicht so einfach durchsetzen.«

»Aber der Befall des Schlosses spricht doch andererseits gegen die Annahme, dass Unrat und üble Gerüche der Seuche Vorschub leisten. Schließlich wird ein solches Schloss sauber und ordentlich geführt.«

Biester lachte auf. »Wohl in der Beletage, Frau Wrangel, nicht aber in den Ecken und Winkeln, in denen die Knechte und Mägde hausen. Oben wird das Silberzeug natürlich täglich poliert, aber unten in den Vorratskammern tummeln sich so viele Mäuse und Ratten, dass sie den Katzen schon beinahe ins Maul springen.«

Ruth sah ihn aufmerksam an. »Über Mäuse und Ratten habe ich in diesem Zusammenhang schon öfter nachgedacht. Aus der Familie meines Mannes wurde uns eine alte Lübecker Bibel aus dem Jahre 1494 vererbt, die mit wunderschönen Holzschnitten illustriert ist. Einer davon zeigt die Pest der Philister, von der im Ersten Buch der Könige erzählt wird. Es ist eine Darstellung, die einen das Grausen lehrt. Und überall auf dem Bild sieht man Ratten.«

»Ja, Ratten sind ein schmutziges Getier. Sie fühlen sich dort am wohlsten, wo die Pestilenz entsteht.« Biester schüttelte sich angewidert.

»Als im Januar Altona niederbrannte, schickten wir sogleich einen Wagen mit den nötigsten Viktualien vor das Millerntor. Zwar blieb das Tor den armen Flüchtlingen zunächst verschlossen, aber die Ratten sah ich ungehindert unter dem Tor hindurch in die Stadt dringen.«

»Gut vier Wochen später hatten wir den ersten Pesttoten in der Stadt«, murmelte Biester. »Niemand hat es damals mitbekommen. Wir fanden ihn in einem dunklen Winkel liegen mit widerlichen Karbunkeln übersät. Sofort ließen wir ihn von des Henkers Knechten hinaus vor die Tore in ein tiefes Grab schaffen und seine Kleider verbrennen. Woher er kam und wo er hauste, konnten wir nicht mehr feststellen und somit auch keine weiteren Schutzmaßnahmen ergreifen. Es ist eine dunkle Zeit, in der wir leben, Frau Wrangel.«

Schweigend, ihren eigenen Gedanken nachhängend, gingen sie weiter Hinter den Bleichen entlang, als plötzlich einer der vom Sanitätskollegium bestellten Pestärzte auf den Physikus zueilte.

»Doktor Biester, wie gut, dass ich Euch hier antreffe, seid gegrüßt.« Der Pestarzt, ein noch junger Mann, dessen blondes Haar zu einem lockeren Zopf gebunden und von einer dunklen

Mütze bedeckt war, verbeugte sich vor dem Physikus, wobei die Mütze ihm ins Gesicht rutschte. Schnell rückte er sie zurecht, bevor er Biester sein Anliegen vortrug. »Gerade komme ich von einem Patienten, einem kleinen Jungen, noch keine drei Jahre alt, der an hohem Fieber leidet und schon nicht mehr bei Besinnung zu sein scheint. Ich bin noch jung und leidlich unerfahren in meinem Handwerk, darum ersuche ich Euren Rat und Eure Hilfe in diesem Fall, denn ich vermag nicht zu beurteilen, ob es sich nur um ein arges kindliches Fieber handelt, wie die Mutter jammernd beteuert, oder …«, der Pestarzt senkte seine Stimme, »… gar um Pestilenz.«

»Wo befindet sich denn Euer junger Patient, den es zu begutachten gilt?«, fragte der Physikus mit ernstem Ton.

»Nicht weit von hier wohnt die Familie in einem Gang, der von der Fuhltwiete abgeht. Ich führe Euch hin, wenn es Euch recht ist.«

Biester und Ruth tauschten einen kurzen Blick, bevor der Physikus nickte. »Bringt uns hin, junger Mann, unsere Patienten können noch ein Weilchen warten.«

Die vielen zusätzlichen Pestärzte, welche die Stadt zur intensiven Betreuung der Kranken angestellt und dafür auch einen ordentlichen Batzen Geld ausgegeben hatte, waren schon jetzt eine wertvolle Unterstützung für die Arbeit des Sanitätskollegiums. Aber sollte die Seuche erst richtig ausbrechen, würde es ohne sie kaum noch möglich sein, die Kranken tatsächlich von den Gesunden zu isolieren.

Durch einen gerade einmal zwei Armlängen breiten Spalt zwischen zwei ansehnlichen Bürgerhäusern betraten die drei die Gänge, die sich wie Wurmlöcher auf der Rückseite der Grundstücke ausbreiteten. So eng standen sich hier die Häuser gegenüber, dass kaum ein Strahl Tageslicht bis hinunter zum schmutzigen Pflaster der Gasse gelangte. Vorsichtig stiegen sie im Dämmerlicht über den Unrat, bis der Pestarzt schließlich an eine kleine Holztür der heruntergekommenen Hinterhäuser klopfte. Zögerlich öffnete sich die Tür, und eine junge Frau, die eine fleckige helle Haube trug, musterte die drei Ankömmlinge ängstlich.

»Wie ich dir versprochen habe, gute Frau, bin ich zurückgekehrt, um den erfahrenen Physikus dein Kind untersuchen zu lassen«, wandte sich der Pestarzt in freundlichem Ton an die Frau, die die Tür nur langsam weiter für die Besucher öffnete. Als sie eintraten, schlug ihnen ein fauliger, abgestandener Geruch entgegen. Die Kammer war so dunkel, dass sie kaum etwas sehen konnten. Das einzige Fenster zur Gasse hinaus war mit einem Sack verhängt. Ruth hielt sich unwillkürlich ihr Schultertuch vor den Mund und senkte den Blick. In der hinteren Ecke der Kammer stand eine einfache, mit Stroh ausgepolsterte Holzkiste, in der ein in ein Leinenhemdchen gewickeltes kleines Kind lag und jämmerlich wimmerte. Doktor Biester schritt auf den Jungen zu und betrachtete ihn eindringlich. Dann ergriff er dessen kleine Hand und fühlte den Puls. Ruth krampfte sich das Herz zusammen.

»Das Fieber ist hoch.« Biester drehte sich zu der Mutter um. »Sei so gut, Frau, und öffne ihm das Hemd, damit ich seinen Körper begutachten kann.«

Zögerlich trat die Frau näher, räusperte sich und wickelte schließlich das Hemdchen auf, so dass die kalkweiße Brust zum Vorschein kam. Das Wimmern des Kleinen nahm zu. Mit geschickten Griffen tastete Biester schweigend den Jungen am Nacken, unter den Achseln, an den Lenden und in den Kniekehlen ab und musterte seine Haut. Dann nickte er der Frau zu, damit sie ihn wieder bedeckte. Während sie das Hemdchen zuknüpfte, wandte sich Biester an den jungen Pestarzt.

»Es ist so, wie Ihr gesagt habt. Ein hohes Fieber zwar, aber keine Anzeichen, die auf Schlimmeres schließen ließen. Weder

Petechien noch Karbunkel oder gar Bubonen. Kleine Kinder leiden leicht an Fieber, vor allem, wenn die Luft so übel ist wie in dieser Kammer.« Biester wandte sich an die junge Mutter. »Dein Kind hat ein starkes Fieber. Mach ihm so lange kühlende Wadenwinkel, bis seine Stirn auch kühler geworden ist. Gib ihm reichlich frisches, sauberes Wasser zu trinken und halte es trocken, wechsle das Hemd, wenn es durchgeschwitzt ist. Mein junger Kollege wird in zwei Tagen wieder bei dir vorbeischauen und sehen, wie es dem Kleinen geht.« Biester drehte sich schon zur Tür und winkte Ruth zu, ihm zu folgen, als das Kind nach dem Haubenband der Mutter griff, sich so die Haube löste und der Frau vom Kopf rutschte. Unwillkürlich blickte Ruth zu ihr hinüber. Da fiel ihr eine dicke, dunkle Beule direkt unter dem Ohr auf. »Doktor Biester, schaut einmal her«, flüsterte sie dem Physikus zu. Der wandte sich um, während die Frau eilig mit einer Hand versuchte, ihre Haube über die Beule zu decken, während sie mit der anderen ihr Kind hielt.

»Was gibt es denn, Frau Wrangel?«

»Die Frau … Seht Euch bitte ihren Hals an.«

Biester trat einen Schritt auf die Frau zu, die sich beschämt und schluchzend abwandte. »Ach bitte, lasst mich …«

Aber der Physikus war schon an sie herangetreten, murmelte: »Du erlaubst«, und streifte die Haube zurück.

»Hast du die Beule schon länger, Frau?«

»Welche Beule?«, flüsterte die junge Frau.

»Die unter deinem Ohr. Hast du noch mehr davon am Körper? Hast du auch Fieber?«

Entschlossen ergriff der Physikus die Hand der Frau und fühlte ihren Puls.

»Nein, ich habe kein Fieber. Mir geht es gut, ich bin gesund. Nur mein Kind fiebert. Aber ich, ich habe nichts. Lasst mich doch, bitte.«

»Du brauchst keine Angst zu haben, gute Frau, der Physikus will dir helfen«, versuchte Ruth die nun Zitternde zu beruhigen.

»Helfen? Wie soll es mir helfen, wenn man mich einsperrt ins Haus? Nichts zu essen ist da und kein Pfennig, etwas zu kaufen. Verhungern werden wir, wenn ich nicht arbeiten gehen kann.«

»Du hast kein Fieber, Frau, das ist schon einmal gut. Seit wann hast du diese Beule? Und hast du noch mehr davon am Körper? Lass mich dich untersuchen. Wir wollen dir wirklich helfen.«

Schluchzend gab die Frau schließlich nach, legte ihr Kind zurück in seine Kiste und öffnete ihr Kleid.

»Vor drei Tagen kam die Beule. Am Morgen nach dem Aufwachen habe ich sie bemerkt.«

Ruth wich zwei Schritte zurück und machte so dem jungen Pestarzt Platz, damit der dem Physikus bei der Untersuchung half. Unter dem Arm der jungen Frau fanden sie zwei weitere kleine Beulen, allerdings noch nicht so dunkel verfärbt wie die am Hals. Die Mediziner tauschten sich in knappen Worten auf Latein aus und bedeuteten dann der Frau, sich wieder anzuziehen.

»Diese Beulen sind eine ernsthafte Angelegenheit, Frau. Sie müssen dringend behandelt werden. Denn wenn sie weiter anschwellen, können sie dich das Leben kosten.«

Die Frau fing bitterlich an zu weinen.

»Beruhige dich«, mischte sich der Pestarzt ein, »wir sind als Beauftragte der Stadt hier, um dir und deinem Kind zu helfen. Wir werden diese Beulen aufschneiden und den giftigen Eiter auslaufen lassen. Wir werden dir auf Kosten der Stadt Arznei bringen, damit die Wunden abschwellen und heilen. Und für den Kleinen bringen wir Arznei gegen das Fieber.«

»Du darfst allerdings die nächsten Wochen dein Haus nicht verlassen, und niemand darf zu dir kommen. Schildwachen werden kommen und dein Haus absperren, bis du die Krankheit überwunden hast. Wenn du dich widersetzt, werden wir den ganzen Gang sperren lassen.«

»Aber wir werden verhungern!«

»Nein«, mischte sich Ruth ins Gespräch, »du wirst von der Stadt versorgt werden. Die Stadtwache wird dir alles bringen, was du brauchst. Frisches Brot, Wasser, Gemüse, Milch und Brei für das Kind. Mach dir keine Sorgen.«

Die Frau schaute ungläubig zu Ruth hinüber, aber der Physikus bestätigte Ruths Worte. »So ist es, Frau. Die Bedingung dafür ist jedoch, dass du wirklich hierbleibst, bis ein Pestarzt dir bestätigt, dass du wieder gesund bist. Vorher darfst du dieses Quartier nicht verlassen.«

Die Frau sah verzweifelt von einem zum anderen. »Aber was wird mit meinem Mann geschehen?«

»Wo ist dein Mann?«, fragte Ruth.

»Er arbeitet als Tagelöhner auf dem Kohlmarkt. Und wenn er heute Abend zurückkommt, muss ich hinüber zur Bleiche, dort arbeite ich am Abend als Wäscherin.«

»Du wirst nirgendwo hingehen, Frau, bis du die Erlaubnis dazu vom Sanitätskollegium der Stadt erhältst. Deinen Mann werden wir untersuchen. Ist er gesund, so soll er die nächste Zeit bei Nachbarn unterkommen. Am besten wäre es jedoch, er bliebe hier bei dir, bis alle hier wieder ganz gesund sind.« Dann wandte sich Biester an den jungen Pestarzt. »Ihr habt Euer Werkzeug bei Euch. So könnt Ihr sogleich mit der *incisio* der Bubonen bei der Frau beginnen. Wir werden derweil den Brookvogt informieren und Männer von der Schildwache herschicken lassen. Auch Arznei aus der Apotheke werden wir besorgen.«

Während der Pestarzt zustimmend nickte, griff Doktor Biester Ruths Arm und schob sie bestimmt zur kleinen Tür hin, ohne sich noch einmal nach der Frau oder ihrem Kind umzudrehen.

Kaum hatten die beiden die Gänge hinter sich gelassen und waren wieder auf der Fuhltwiete angelangt, brach es aus Ruth heraus. »Sagt, Doktor Biester, diese Beulen, das waren doch Bubonen, wie Pestkranke sie haben, nicht wahr?«

Der Physikus deutete schweigend ein Nicken an.

»Dann hat diese Frau also … die Pestilenz.«

»Es steht zu befürchten, dass es so ist. Allerdings hat sie kein Fieber. So ist der Verlauf der Krankheit vielleicht nicht so schlimm. Wenn sie die ersten sieben Tage übersteht, dürfte die größte Gefahr für sie vorüber sein. Aber wir müssen uns dringend reinigen, Frau Wrangel. Das Pestgift haftet an allem, womit die Kranken in Berührung kommen. Ihr müsst sofort nach Hause, Eure Kleider wechseln. Wascht die Kleider, spült sie in Fliederessig. Auch Euch wascht gründlich, vergesst die Haare nicht – und reibt Haut und Haar mit Fliederessig ab.«

»Aber das Kind. Es hatte keine Bubonen, noch nicht einmal Karbunkel. So hat es sich womöglich noch gar nicht angesteckt. Es muss doch dort herausgeholt werden, bevor es ebenfalls …«

»Nein, dafür ist es zu spät. Auch zeigt sich die Seuche in verschiedenen Gesichtern. Manchmal nimmt sie einen so schnellen Verlauf, dass die Menschen schon am hohen Fieber sterben, bevor sich auch nur eine einzige Beule bilden kann.«

»So wird der kleine Junge sterben?«

»Das ist nicht gesagt. Glaubt mir, die strenge Quarantäne wird dem Kind helfen. Die Leute haben kaum etwas zu essen. Die gute Kost, die der Kleine von nun an bekommen wird, wird ihn stärken. Auch die Arzneien werden gegen das hohe Fieber helfen.«

»Und gegen die Pest, gibt es denn keine Arzneien gegen die Pest?« Ruth kannte die Antwort nur zu gut. Aber die Angst und Verzweiflung, die sie tief in sich spürte, trieb die Frage heraus.

»Specifica haben wir gegen die Seuche leider keine. Wir können nur das Fieber versuchen zu senken und die Bubonen öffnen, damit der Eiter abfließt. Anschließend können wir deren Heilung mit Salben und Kräuterumschlägen fördern. Den Rest muss der Patient allein schaffen. Nicht jeder stirbt an der Pest, wie Ihr wisst.«

Ruth nickte ergeben. Die ersten Pestfälle hatte es bereits im vergangenen Herbst in Hamburg gegeben. Den ganzen Gerkenshof hatte man damals abgeriegelt, dreiundfünfzig Menschen in ihren Behausungen eingesperrt. Fünfunddreißig von ihnen erkrankten während der zwei Monate der Abriegelung, achtzehn starben.

»Aber nun beeilt Euch, liebe Frau Wrangel, und geht nach Hause, um Euch zu waschen. Sauberkeit ist die beste und wichtigste Vorsorge.«

Ruth sah den Physikus verunsichert an. »Sagt mir, Doktor Biester, was kann ich sonst noch tun, um meine Familie zu schützen?«

»Lasst Eure Mägde das Haus gründlich reinigen, die Böden mit Essig schrubben und alle Räume mit wohlriechenden Hölzern beräuchern. Beim Essen haltet alle Maß und salzt Eure Speisen gut. Reicht Angelika, Wermutsöl, Meerrettich und Senf. Meidet Schweinefleisch, schnell faulende Speisen wie Milch, Obst und abgestandenen Fisch. Auch auf starken Wein solltet Ihr verzichten. Er schwächt Körper und Geist zu sehr.«

»Habt vielen Dank für Euren Rat.«

Der Physikus nickte ihr aufmunternd zu, griff in seine Rocktasche und holte ein kleines Säckchen hervor. »Nehmt das und hängt es Euch von nun an um den Hals, wenn Ihr mit mir auf Visite kommt.«

»Was ist das?«, fragte Ruth neugierig und befühlte das Säckchen.

»Bisamapfel. Eine Mischung aus Ambra, Nelken, Safran, Moschus und anderen wertvollen Ingredienzien. Ihr starker Duft steht in dem Ruf, die Pestgifte zu vertreiben.«

»Ich danke Euch sehr, Doktor Biester«, flüsterte Ruth und hielt sich das kleine Säckchen unter die Nase, um seinen Duft einzuatmen. Es roch nach warmen Sommernächten in fernen südlichen Ländern, wie Ruth sie in ihrer Jugend mit ihrem Vater bereist hatte.

»Aber nun eilt Euch, denn auch ich muss weiter zum Brookvogt, damit er seine Männer schickt und das Haus abriegeln lässt.«

✧ ✧ ✧

Die Sonne war schon untergegangen, als Hinrich Wrangel endlich bei sich zu Hause eintraf. Die Sitzungen bei Gericht hatten einfach nicht enden wollen. Täglich entstanden neue Konflikte zwischen den Kaufleuten um minderwertige Waren, da fast alles, was inzwischen in den Hamburger Hafen einlaufen wollte, zuvor von den Dänen aufs gründlichste untersucht wurde. Und dann kam am Ende noch der Brookvogt. Die Anzeigen wegen vermisster Kinder rissen nicht ab. Über zehn Fälle wusste er zu berichten. Allerdings galt es dabei zu bedenken, dass die Leute wohl zu ihm kamen, um den Verlust der Kinder anzuzeigen, kaum aber, um Entwarnung zu geben, wenn sich ein Kind wiedergefunden hatte. Der Prätor hatte sich das Anliegen des Brookvogts mit müder Miene angehört, verständnisvoll genickt, aber erneut darauf hingewiesen, dass die Stadt derzeit andere Sorgen hatte, als sich um Kinder zu kümmern, die sich höchstwahrscheinlich bald wieder einfinden würden. Wrangel war insgeheim froh und dankbar, als der Prätor den Brookvogt damit vertröstete, sich die Fälle in der nächsten Woche noch einmal anzuschauen, sollten bis dahin weitere Vermisstenmeldungen hinzugekommen sein.

Im Haus in der Kleinen Johannisstraße herrschte noch geschäftiges Treiben. Kaum hatte Wrangel die Diele betreten, stieg ihm der kräftige Geruch von Kampfer in die Nase. Bevor er sich noch weitere Gedanken darüber machen konnte, kamen schon seine Gehilfen auf ihn zu, um ihm die Akten abzunehmen und nach Aufgaben zu fragen, die sie für ihn übernehmen konnten. Während er ihnen einige Anweisungen gab, öffnete sich die Tür des kleinen Salons, und Ruth trat heraus. Sie war ungewöhnlich blass, ergriff seine Hände und küsste Wrangel innig auf den Mund.

»Wie gut, dass du endlich nach Hause kommst.«

Wrangel gab den Gehilfen noch letzte Aufgaben mit auf den Weg und setzte sich dann zu Ruth in den kleinen Salon.

Im Kamin brannte ein Feuer, und auf dem Tisch zwischen den beiden hohen Stühlen standen ein Krug Rotwein und zwei Gläser. Kaum hatte Wrangel sich gesetzt, schenkte Ruth ihm und sich ein Glas ein und nahm ihm gegenüber Platz.

»Du siehst blass und müde aus, meine Liebe.«

»Ich habe einen anstrengenden Tag hinter mir, Hinrich.« Ruth hob ihr Glas, nickte Wrangel zu und trank einen Schluck Rotwein.

»Auch mein Tag war anstrengend. Die Streitereien in der Stadt nehmen kein Ende. Und die dänischen Kontrollen machen alles noch schwieriger. Ständig werden Waren als beschädigt oder unvollständig deklariert, doch keiner will dafür die Verantwortung übernehmen. Ach, es ist ein ewiges Hin und Her.« Wrangel bemerkte, dass Ruth ihm kaum zuhörte. »Erzähl mir, was dich bewegt, Ruth.«

»Während der Visite mussten wir heute eine Quarantäne verhängen. Es war eine Frau, eine junge Mutter. Sie hatte … sie hatte dunkle Beulen am Körper.« Ruth schluckte und schaute auf ihre Hände. »Sie hat die Pest, Hinrich. Es war das erste Mal, dass ich eine Pestkranke mit eigenen Augen gesehen habe. Es war furchtbar. Ihr Kind, ein kleiner Junge, hatte hohes Fieber …« Ein Schluchzen schüttelte sie.

Wrangel stellte sein Glas ab und nahm Ruth in die Arme. »Beruhige dich. Du siehst hoffentlich ein, dass du jetzt damit aufhören musst. Du bist eine Frau und kein Arzt. Du darfst dich diesen Gefahren nicht länger aussetzen.«

»Ich kann mich dem nicht entziehen, Hinrich. In einer solchen Not muss man helfen.« Sie schluckte. »Aber ich habe Angst. Angst um uns und unsere Kinder. Diese grausame Seuche ist tückisch. Wir müssen aufpassen, dass wir alle Schutzmaßnahmen peinlichst genau beachten. Ich habe den Mägden heute schon Anweisung gegeben, das ganze Haus von nun an täglich gründlich zu reinigen, die Böden mit Essigwasser zu schrubben und alle Räume mit wohlriechenden Hölzern auszuräuchern. Auch uns und die Kinder sollten wir regelmäßig mit Lavendelessig waschen. Ich habe noch einige Flaschen aus der Ratsapotheke geholt. Dort stehen die Leute Schlange, kaufen dem guten Apotheker Kirchhoff die Vorratsschränke leer. Theriak führt er schon gar nicht mehr. Erst nächste Woche wird er wieder liefern können, vorausgesetzt, das Schiff, das den Nachschub an Gewürzen aus der Levante bringen soll, ist bis dahin eingetroffen.«

Wrangel streichelte Ruths Hand, um sie zu beruhigen, denn trotz ihrer wohlabgewogenen Worte zitterte ihre Stimme. »Ja, meine Liebe, wir und das ganze Haus werden alle Maßnahmen streng einhalten. Bisher sind es ja auch nur vereinzelte Fälle. Solche gab es in den letzten Jahren immer wieder. Deshalb dürfen wir, darf die Bevölkerung nicht den Kopf verlieren. Denn das Schlimmste, was uns passieren könnte, ist, dass die Dänen uns wegen der Pest komplett abriegeln. Dann werden wir nicht nur gegen die Krankheit, sondern auch gegen den Hunger zu kämpfen haben. Gleich morgen früh soll das Gesinde unsere Vorräte prüfen und alle Lager auffüllen. Wir müssen auch für einen solchen Fall gerüstet sein.«

Ruth zitterte noch immer. »Aber was machen die armen Leute? Hinrich, nutze deine Stellung und setze dich vor dem Rat dafür ein, dass ihnen besser geholfen wird. Dort schlägt die Seuche meist zuerst zu. Und zu viele von ihnen leiden jetzt schon solche Not, dass sie das Übel zu verschweigen suchen wie heute die arme Frau. Wir mussten lange auf sie einreden und ihr versichern, dass die Stadt sie und ihr Kind gut versorgen wird, wenn sie zu Hause unter Quarantäne bleibt.«

»Die Stadt tut, was sie kann, Ruth.«

»Das bezweifle ich. Immer mehr Kinder sehe ich durch die Straßen irren, in Lumpen, mit hungrigen Augen und hohlen Wangen. Sie werden die ersten Opfer sein.«

Wrangel musste an die Vermisstenanzeigen denken, die beim Niedergericht aufgelaufen waren. Wahrscheinlich hatte auch sie der Hunger von zu Hause fortgetrieben. Es war eine schwierige Zeit. »Ruth, meine Liebe, du weißt doch, wie es um Hamburg steht. Zu häufig wird hier der Krämergeist gepflegt. Die, die haben, geben nicht gern. Und die, die geben, haben kaum noch etwas.«

»Dann muss man stärker an die heran, die haben. Sprich mit Matthias. Er ist Pastor, er hat Einfluss. Er soll die Leute von der Kanzel herab auffordern, ihrer Gottespflicht nachzukommen.«

Wrangel nickte, aber ohne viel Hoffnung, dass sich so etwas bewegen ließ. Da fühlte er in seiner Tasche das Schmuckkästchen, das er am Mittag vom Goldschmied in der Großen Reichenstraße für Ruth geholt hatte. Er griff in seine Rocktasche und zog es heraus.

»Ich habe dir etwas mitgebracht.« Er reichte ihr das kleine Kästchen.

Ruth betrachtete es und warf Wrangel einen fragenden Blick zu. »Aber welchen Anlass gibt es denn?«

Wrangel lächelte ihr aufmunternd zu, und so öffnete sie es vorsichtig. Auf rotem Samt lag ein kleiner, filigran geschmiedeter goldener Ring, in dessen Mitte ein strahlend klarer Diamant gefasst war.

»Aber Hinrich … Wie kommst du dazu …?«

Wrangel stand auf, nahm Ruth in die Arme und küsste sie zärtlich. »Ich möchte, dass du ihn von nun an trägst. Und zwar Tag und Nacht, immer.«

»Ja, aber …«

»Diamanten gelten als der beste und sicherste Schutz vor der Pest, Ruth. In den wichtigsten Pestberichten wird es immer wieder betont. Der Stein hält die Pestilenz fern. Niemand von uns kommt so dicht mit Kranken in Berührung wie du, Ruth. Trag ihn, bitte. Mir zuliebe.«

Ruth seufzte. Dann streifte sie den Ring über ihren Finger. Er passte perfekt. Sie warf Wrangel einen dankbaren Blick zu.

»Der Goldschmied kennt deine Maße«, lächelte Wrangel.

»Glaubst du wirklich, dass ein Stein eine Krankheit fernhalten kann? Wie soll er das tun? Ist das nicht einfach dummer Aberglaube, so wie ihn Matthias von der Kanzel herab geißelt?«

»Und wenn schon. Schaden wird er dir nicht. Und wenn er dich dennoch schützt, so ist es umso besser.«

»Ach, Hinrich … Was nützt es, wenn ich geschützt bin, du und die Kinder aber nicht?«

»Für die Kinder habe ich kleine Ketten fertigen lassen, die sie um den Hals unter ihren Hemden tragen sollen. Morgen hole ich sie ab.«

Ruth schüttelte sanft den Kopf, schluckte aber jede weitere Entgegnung hinunter.

✧ ✧ ✧

Ein leises Klopfen weckte Eva auf. Erschrocken starrte sie zum Fenster hinüber. Es war mit hölzernen Läden verschlossen, und der Regen klopfte dagegen. Das musste sie geweckt haben. Langsam ließ sie sich zurück auf ihr Kissen sinken. Das Kind atmete ruhig und gleichmäßig in seiner Krippe. Da hörte sie wieder das Klopfen. Es war nicht der Regen. Vorsichtig schlug Eva die Decke zurück, glitt in ihre Pantoffeln und streifte sich den Morgenmantel über, der am Fußende ihres Alkovens lag. Lautlos huschte sie hinüber zum Fenster und lauschte erneut. Jemand klopfte mit dem Fingerknöchel gegen das Holz des Fensterladens. Behutsam schob Eva den Riegel vor dem Fenster zurück und öffnete es. Durch den Spalt im geschlossenen Fensterladen konnte sie im Dunkeln nichts erkennen. »Wer klopft da?«, flüsterte sie in die Nacht hinaus.

»Ich bin es, Eva, Geliebte, öffne mir.«

Evas Herz pochte heftig. Endlich war er zu ihr gekommen. Wochen schon hatte sie auf ihn gewartet, um ihn gebangt. Schnell schob sie auch den Riegel des Fensterladens zurück und öffnete ihn. Ein großer Mann stand in dunklem Umhang und dunklem Hut mit breiter Krempe neben dem Fenster und lächelte sie an. Der Regen pladderte auf ihn nieder und tropfte bereits von der Hutkrempe auf den Boden.

»Leander, Geliebter, du bist es, endlich! Komm zur Tür, ich öffne dir.«

Wenige Augenblicke später betrat der nächtliche Gast die kleine Kammer und schloss Eva innig in die Arme. Hut, Umhang und Stiefel hatte er im Vorraum gelassen, wo sie eine Pfütze hinterließen. Eva rannen Tränen der Erleichterung über die Wangen. Endlich löste sie sich aus der Umarmung, nahm die Hand ihres Mannes und führte ihn zum Tisch. »Setz dich und ruh dich aus. Du bist bestimmt ganz durchgefroren.«

»Ich bin froh, endlich bei dir zu sein, meine liebe Eva. Es war nicht leicht, hierherzukommen. Die Nachtwächter gehen verstärkt Patrouille, auch die Bewohner selbst sind wachsam.«

Eva nickte. »Doch nun bist du endlich da. Ich habe so auf dich gewartet. Komm, ich zeige dir deinen Sohn.« Sie erhob sich und zog Leander mit zur Krippe, die neben ihrem Alkoven stand. Der kleine Junge schlief tief und fest. Sein Häubchen war ihm etwas ins Gesicht gerutscht. Eva schob es behutsam zur Seite. Sie wollte den Kleinen schon hochheben, doch Leander hielt sie zurück. »Lass ihn schlafen, meine Liebe. Wir haben viel zu bereden, und wenn er aufwacht, kommen wir vielleicht nicht mehr dazu.«

Sie nickte, und die beiden setzten sich wieder an den Tisch. Der Schein der Kerze warf ein mildes Licht auf Leanders Gesicht. Er sah immer noch so jung und schön aus wie damals, als er in Allendorf zu ihnen gestoßen war. Sie hatte sogleich gespürt, dass er ein besonderer Mensch war. Einer, der die Liebe Gottes nicht nur verinnerlicht hatte, sondern auch anderen erfahrbar zu machen wusste. Damals, im Frühjahr 1700, war sie von Justus Gottfried Winter dazu bekehrt worden, ihrem Glauben eine Form zu verleihen, in der er verwurzeln und Blüten austreiben konnte. Gemeinsam hatten Winter und sie mit zwanzig treuen Brüdern und Schwestern im Glauben die Christliche und Philadelphische Sozietät gegründet. Leander, der damals noch seinen Taufnahmen Johann Appenfeller führte, stellte seine Jugend und seinen Eifer ganz in Winters Dienste.

Eva hatte von Anfang an eine starke Anziehung zu dem jungen Mann gespürt. Er war nicht wie Winter, der sanfte Denker. Er war wie ein Sommergewitter. Er brach über einen herein und fegte alle Zweifel fort, wie das Gewitter den Blütenstaub aus der Luft.

Obwohl der junge Mann damals schon ihr Herz so heftig berührt hatte, hatte sie es ihn nicht spüren lassen. Schließlich war er zwölf Jahre jünger als sie. Auch jetzt berührte er ihr Herz noch genauso wie damals. Aber wieder hielt sie sich zurück, griff nur seine Hand und streichelte die schönen, langen Finger, anstatt ihrem Inneren nachzugeben, ihn in die Arme zu schließen und sich ihm hinzugeben. Denn er war für alle Welt tot und sie seine Witwe. Und dieser Einschnitt, den er vollzogen hatte, wirkte auf unerklärliche Weise in ihr nach, gleich so, als lockere sich langsam das Band ihrer Vertrautheit. Ein Schauer durchfuhr Eva bei diesem Gedanken.

»Eva, du zitterst. Pass auf, dass du dich nicht erkältest. Du hast jetzt die größte Aufgabe deines Lebens vor dir. Du hast unseren Sohn, den Messias unseres Glaubens, auf die Welt gebracht, und es liegt an dir, ihn zu nähren und aufzuziehen.«

Eva streichelte immer noch Leanders Hand. »Aber du, mein Liebster, du wirst mir doch dabei zur Seite stehen. Du hast es versprochen.«

»Natürlich stehe ich dir zur Seite. Aber nur im Verborgenen, um unseren Plan nicht zu gefährden, an einem besseren Ort auf dieser Welt eine neue Gemeinschaft der Brüder und Schwestern im Glauben an den einen wahren Gott ins Leben zu rufen.«

Eva nickte ergeben. Seit nunmehr zwei Jahren war Leander wie besessen von der Idee, für ihre Gemeinschaft ein neues Zuhause zu schaffen. Er träumte davon, dass sie von hier fortgingen, auswanderten in einen anderen Teil von Gottes Erde, wo sie in Frieden und Freiheit Gott würden lieben und ehren können, wie sie es als einzig wahr erachteten. In Altona hatte er zu verschiedenen Glaubensgemeinschaften Kontakt gesucht, zu Mennoniten, Quäkern, auch zu Juden, um sich mit ihnen darüber auszutauschen, wohin man ziehen könnte und welche Vorbereitungen es dafür zu treffen gelte. Die Quäker und auch einige Mennoniten lockte die Neue Welt. Denn dort herrschte keine Religion, und jeder konnte seinem wahren Glauben folgen. Andere Mennoniten zog es eher in das Königreich Preußen, das Siedlern am Weichsel-Nogat-Delta Land und Glaubensfreiheit bot, wenn sie das Gebiet mit Deichen und Kanälen trockenlegten. Unter den Juden wiederum fanden sich Gruppierungen, die ins Osmanische Reich wollten, denn der Sultan gestattete jedem, seinen Glauben zu pflegen, sofern er ordentlich Steuern zahlte. Allerdings gingen immer wieder Gerüchte von Schikanen durch die Türken um. So wurde angeblich 1702 ein Gesetz erlassen, das Juden zwang, gelbe Pantoffeln zu tragen.

Je länger Leander sich umgehorcht hatte, umso mehr wuchsen die Hindernisse bei den Vorbereitungen für die Auswanderung ihrer Gemeinschaft. Hinzu kam, dass die Altonaer Obrigkeit auf ihn und sein Treiben in diesen Dingen aufmerksam geworden war. So hatte er eines Tages nach einem langen Gespräch mit einem mennonitischen Prediger den Entschluss gefasst, sich für tot erklären zu lassen und die Vorbereitungen für den Neuanfang der Evischen Sozietät im Geheimen zu treffen.

Bald fünfzehn Monate war es nun her, dass Eva als die Witwe Brachfeld lebte. Ihr Sohn war als Halbwaise auf die Welt gekommen, ihr selbst das Haus über dem Kopf abgebrannt. Seit Monaten lebte sie als Flüchtling und in Sorge, was aus Leander geworden war. Seit dem Brand von Altona hatte sie ihn nicht mehr gesehen, nur heimliche Nachrichten erhalten, die wenigstens ihre größte Angst, ihm wäre womöglich etwas zugestoßen, vertrieben hatten. Aber nun saß er endlich vor ihr, ergriff ihre Hand und küsste sie zärtlich.

»Meine geliebte Eva. Ich bin so froh, dich wohlauf zu sehen. Du bist so schön, so zart.« Er legte ihre Hände um seinen Hals, zog sie an sich und küsste sie innig.

Ein heißer Strom durchfuhr ihren Körper. Wie lange hatte sie sich nach ihm gesehnt. Nach seiner Nähe, seiner Berührung. Sie spürte seine Hände in ihrem Haar, ihre Brüste an seinem Herzen. Sie fühlte es schlagen. Endlich war er zu ihr zurückgekehrt. Nun würde alles besser werden. Nach einer Ewigkeit, die ihr wie ein Wimpernschlag erschien, löste er sich von ihr, setzte sich wieder auf den Stuhl und hielt ihre Hände.

»Meine Liebe, du hast den Messias geboren. Der Junge ist wunderschön. Sein Leben wird diese Welt verändern.«

Sie schluckte. »Er heißt Johann Georg. Ich habe ihn nach dir taufen lassen.«

»Du hast ihn taufen lassen?« Leanders Stimme wurde hart, und seine blauen Augen funkelten verärgert. »Warum? Er ist kein Kind dieser Kirche. Er ist ein Kind Gottes. Du hättest das nicht tun dürfen.«

Eva verspürte einen Stich. Sie hatte befürchtet, dass Leander ihren Schritt nicht gutheißen würde. »Ich hatte keine Wahl, Geliebter. Die Leute fingen schon an zu reden. Ich bin allein hier, vergiss das nicht. Du warst nicht da, um uns zu beschützen, und auch jetzt bist du nur ein Schatten der Nacht, der bald schon genauso leise verschwinden wird, wie er kam. Aber ich muss hier ausharren, bis du uns endlich holst und wir an einem besseren Ort wieder zusammenleben.« Tränen rannen ihr über die Wangen.

»Schsch. Beruhige dich. Ich weiß, dass es schwer für dich ist. Aber ich muss dich trotzdem bitten, mehr für uns, für unsere Sache zu tun. Ich brauche deine Hilfe. Ich habe endlich einen Ort gefunden, wo wir unsere Brüder und Schwestern im Glauben sammeln können, bis wir aufbrechen über das große Meer in die Neue Welt.«

»Nach Amerika? Wir sollen nach Amerika, Leander?«

»Ja. In Amerika wartet unsere Zukunft. Ich habe mich lange erkundigt und viel bedacht. Amerika ist groß. Dort gibt es endlos viel Land, in dem kein König, kein Fürst herrscht. Dort werden wir hingehen, in ein neues Jerusalem, wo wir ungehindert nach unserem Glauben leben können.«

»Und wann werden wir aufbrechen?«

»So schnell geht es leider nicht. Wir müssen uns zuerst sammeln und unsere Schar vergrößern. Wir müssen zu einer Heerschar heranwachsen, die unseren Sohn, den Messias, stützen möge durch alle Prüfungen, die Gott ihm auferlegen wird. Darum musst du Kinder finden, Eva, Engelskinder, die mit dem Messias zusammen eine bessere Zukunft in der Liebe zu Gott errichten werden.«

»Aber wie soll ich Kinder finden?«

»Draußen auf den Straßen findest du sie. Sieh dich nur um, das Leid ist überall sichtbar. So viele verlassene Kinder irren umher, suchen eine Bleibe, etwas zu essen, suchen Liebe.«

»Ja, aber wie …«

»Die Katholiken machen es vor. Erinnerst du dich an die Gräfin Reventlow? Wir haben sie vor Jahren in Altona auf einem Fest des Bürgermeisters kennengelernt.«

»Ja, ich erinnere mich. Sie ist eine schöne Frau.«

»Sie hat ein katholisches Waisenkind adoptiert, das in keinem Waisenhaus aufgenommen werden sollte, da es nicht lutherisch werden wollte. Nun eilen sich andere adelige Damen und tun es ihr gleich, angespornt durch die Kaiserin in Wien selbst. Man adoptiert die Waisenkinder oder aber wird ihr Pate und kommt für ihren Unterhalt und ihre Erziehung in Wien auf. Die Kinder werden hier auf den Straßen aufgelesen und reisen dann gemeinsam nach Wien.«

»Ja, aber ich kann doch keine Kinder adoptieren, Leander. Ich bin mittellos, ich habe noch nicht einmal ein eigenes Dach über dem Kopf.«

»Du bist nicht mittellos, Geliebte.« Leander stand auf, ging zu seinem nassen Umhang und zog eine große, prall gefüllte Börse aus ihm hervor. »Hier hast du fünfzig Reichstaler in Gold. Davon kannst du für dich und unseren Sohn eine Wohnung nehmen, euch neu einkleiden und die Ausgaben bestreiten, die auf dich zukommen, wenn du ein Engelskind gefunden hast, das bei uns behütet und in Gottes Liebe aufwachsen soll. Wie ich dir schon sagte, habe ich einen Ort gefunden, an dem wir uns sammeln können, bis wir zum Auszug aus dieser Babylonischen Gefangenschaft bereit sind. Du wirst mir ein Zeichen geben, und ich werde die Kinder abholen und dorthin bringen.«

»Wo ist der Ort, Geliebter? Und warum kann ich nicht auch dorthin? Ich möchte bei dir sein, ich ertrage die Trennung von dir nicht, ich …« Ein Schluchzen unterbrach Evas Wortschwall.

»Die Zeit für unsere erneute Vereinigung ist noch nicht gekommen, Geliebte. Zunächst muss sich die Heerschar für den Messias sammeln. Und niemand sammelt die Menschen so um sich wie du, die Mutter Eva. Erinnere dich, du bist die bindende Kraft, der Heilige Geist, die Sophia unserer Gemeinschaft.« Er hatte Eva erneut in die Arme geschlossen, drückte ihren Kopf an seine Schulter und küsste sanft ihre Stirn. »Vertraue mir, Eva. Wir sind auf dem richtigen Weg, den Gott uns weist. Schon bald werden wir alle vereint in unserer neuen Heimstatt leben.«

Eva sah Leander mit tränennassen Augen an. Er war so stark, trat auch in dieser Nacht wieder so bestimmt, ja, bestimmend auf wie damals, als er sich ihr und Winter anschloss. Er war der Fels, den Gott ihr gesandt hatte, damit sie sich von ihm stützen lassen konnte. Seit er bei ihr war, hatte er in allen schwierigen Lagen, in die sie und die Evische Sozietät geraten waren, einen Ausweg für sie gefunden. Auch diesmal würde er um den Weg wissen, den sie zu gehen hatten.

»Ich werde dir folgen, Leander, Geliebter. Ich werde dir helfen, wie ich nur kann. Doch noch etwas bereitet mir Sorge. Man hört überall die Leute ängstlich von der Pest sprechen. Die Seuche scheint sich weiter und weiter auszubreiten. Wie soll ich wissen, dass ich kein verseuchtes Kind ins Haus hole? Wie soll ich sicher sein, dass ich nicht den Tod an die Krippe unseres Sohnes führe?«

»Gott wird dich behüten, Geliebte.« Er griff in seine Rocktasche und holte ein kleines Säckchen heraus, aus dem er zwei feine, goldene Ketten zog, an denen jeweils ein kleiner Diamant hing. »Hier, trage diese Kette stets auf deiner Haut und lege auch unserem Sohn eine Kette um. So wie Gott dich behüten wird, wird der Diamant dich schützen gegen das Pestgift. Glaub mir, es gibt kein besseres Mittel. Noch nie fand sich unter den Opfern der Seuche einer, der einen Diamanten trug.«

Eva bewunderte den im Kerzenlicht funkelnden Stein und ließ es geschehen, dass Leander ihr die Kette um den Hals hängte. Dann hob sie behutsam das Kind aus seinem Bett, damit es der Vater hielte, segnete und ihm ebenfalls die Kette umhängte. Der Kleine öffnete einmal kurz die Augen, gähnte und steckte sich dann den winzigen Daumen in den Mund.

HAMBURG, IM JUNI 1713

Es war still im Pastorat von Sankt Katharinen. Ungewöhnlich still, nachdem der kleine Peter die ganze Nacht über geweint und die Eltern sich gestritten hatten, was zu tun sei. Am frühen Morgen endlich hatten sie eine Magd zu den Wrangels geschickt, damit Ruth Wrangel der Pastorenfrau beistand an diesem Tag, denn der Vater musste seinen vielfältigen Aufgaben im Kirchspiel nachkommen.

Greta drückte ihr Ohr an die Tür und bedeutete Marie mit dem Finger auf den Lippen, leise zu sein. Seit einer halben Stunde verharrten die beiden Mädchen nun schon an der Kammertür, um herauszufinden, worüber ihre Mütter sprachen, während sie den kleinen Peter versorgten. Ihre beiden jüngeren Schwestern hatte Greta mit einer Aufgabe in die Küche schicken können. Dort waren sie sowieso am liebsten, weil die Köchin ihnen immer gerne eine Nascherei zusteckte. Aber Marie war sie nicht losgeworden. Sie hatte ihre Mutter hierherbegleitet, an deren Rockzipfel sie trotz ihrer sechs Jahre noch sehr hing. Aber Maries Anwesenheit war Greta lieb, denn sie schätzte Maries ruhige Art. Sie schaute sich die Dinge genau an, bevor sie handelte, redete nicht dazwischen, fast nie dagegen und akzeptierte freiheraus, dass Greta als Älteste hier das Sagen hatte. Wenn ihre eigene Schwester Inga nur so vernünftig sein könnte. Die aber hatte immer an allem etwas auszusetzen. Und bekam sie ihren Willen nicht, jammerte sie der Mutter die Ohren voll. Nun konnte sie wenigstens in der Küche die kleine Mate herumkommandieren und somit hier keine Unruhe stiften. Greta spürte Maries Hand auf ihrer Schulter.

»Ich glaube, dein Vater kommt nach Hause. Ich habe eure Haustür ins Schloss fallen gehört.«

Greta schüttelte den Kopf. Ihr Vater war auf einer Versammlung der Oberalten. Er würde nicht vor der Abendsuppe nach Hause kommen.

Ein Wimmern drang durch die Tür. Der arme, kleine Peter. Gerade einmal acht Monate war er alt, konnte noch nicht einmal sitzen, geschweige denn krabbeln, hatte noch keinen einzigen Zahn, dafür aber schon zum vierten Mal so heftiges Fieber, dass sie alle um sein Leben bangten. Greta fröstelte. Sie hatte ihren kleinen Bruder so lieb. Er lächelte sie ständig an und griff nach ihren langen Zöpfen, wenn sie ihn auf dem Arm hatte. Aber seit zwei Tagen ging es ihm nun wieder schlecht. Richtig schlimm war das Fieber in der letzten Nacht geworden. Sie war von seinem Geschrei aufgewacht und hatte der Mutter mit den Wadenwickeln geholfen, da die Amme ihren freien Tag hatte.

»Was treibt ihr da, Kinder?« Matthias Claussen stand mit finsterer Miene am anderen Ende des Flurs.

»Verzeiht, Vater, aber wir machen uns solche Sorgen, wir wollten nur wissen, ob …«

»Es ist unredlich, vor verschlossener Tür zu lauschen. Was für eure Ohren bestimmt ist, werdet ihr hören. Alles heimlich und im Verborgenen Aufgegriffene sät nur bösen Klatsch und Tratsch. Ihr solltet euch schämen!«

Greta trat von der Kammertür zurück und senkte betroffen den Kopf. Nicht aus Neugier hatte sie gelauscht, sondern aus Angst und Sorge um ihren kleinen Bruder. Doch sie wusste, dass ihr Vater keine Rechtfertigung für ihr Fehlverhalten duldete, da er es als Aufsässigkeit ansah, ihm in der Rüge zu widersprechen.

»Verzeiht uns bitte, lieber Onkel Matthias. Es war kein böser Wille, der uns zum Lauschen trieb, sondern wir wollten wissen, was mit Peter ist.«

Greta schielte zu Marie hinüber. Das gut einen Kopf kleinere Mädchen schaute Gretas Vater ohne Furcht in die Augen.

Pastor Claussen seufzte leise. »Ihr habt ja recht, dass auch euch die Sorge quält. Aber lauscht nicht länger an der Tür, sondern folgt mir hinein und hört mit ganzem Ohr, wie es unserem kleinen Peter geht.« Claussen strich seiner Tochter liebevoll über den Kopf, öffnete die Kammertür und trat ein.

Greta und Marie folgten ihm vorsichtig.

Hanne Claussen und Ruth Wrangel standen am Fußende der Wiege, die Hanne sanft schaukelte. Ruth hatte ihrer Freundin die Hand auf die Schulter gelegt und streichelte sie. Die Luft in der Kammer war stickig. Es roch nach Kampfer. Das kleine Fenster war mit einem dünnen Tuch verhangen, so dass es zwar licht war, aber keine direkte Sonne einfiel.

Auf einmal spürte Greta die kleine Hand Maries in ihrer Hand. Zwar musste sie sich eingestehen, dass sie sich im ersten Moment über Maries Antwort geärgert hatte, aber der Ärger hatte sich sogleich in Anerkennung gewandelt. Denn Marie hatte genau den Ton gefunden, der Gretas Vater milde gestimmt hatte. Auch das war besonders an ihr. Sie konnte entwaffnend ehrlich sein. Noch wichtiger aber war, dass sie Greta beigesprungen war. Keine ihrer Schwestern hätte das getan, sondern vielmehr versucht, ihr die Schuld in die Schuhe zu schieben. Greta schloss die Finger um Maries kleine Hand und drückte sie sanft als Zeichen der Freundschaft.

»Danke, Ruth, dass du gekommen bist, um Hanne beizustehen. Wie geht es dem Kleinen?« Claussen beugte sich vorsichtig über die Wiege. Das Kind schlief, aber seine Wangen glühten immer noch rot vom Fieber. Die kleinen Waden waren in feuchte Tücher gewickelt.

»Das Fieber ist hartnäckig, Matthias. Zum Glück habe ich weder Flecken noch gar Bubonen an seinem Körper finden können.«

»Wovon redest du! Es ist ein einfaches Kinderfieber und nichts weiter. Vielleicht bekommt er seinen ersten Zahn.«

Ruth sah Claussen lange an, bevor sie antwortete. »Das Fieber ist sehr hoch und hält schon recht lange an, Matthias. Der Kleine ist entkräftet und hat viel Flüssigkeit verloren. Wir haben ihm eben etwas Honigwasser einflößen können. Sobald er aufwacht, müsst ihr ihm erneut welches geben. Die Wadenwickel solltet ihr alle halbe Stunde wechseln und nach jedem dritten Wickel die Brust und den Rücken mit Essigwasser waschen. Dabei kontrolliert jedes Mal aufs genaueste, ob er Flecken bekommt.«

Hanne Claussen schluchzte leise, nickte aber tapfer.

Matthias Claussen war bleich geworden. »Willst du damit sagen … Hat er etwa …?«

»Ich will gar nichts sagen, Matthias. Aber wir müssen uns in diesen dunklen Tagen auf alles gefasst machen.«

»Gibt es denn gar kein Mittel, keine Arznei, die gegen die Seuche helfen kann?« Claussens Stimme war ganz leise, flehentlich geworden.

»Ich fürchte nicht, Matthias. Einige vertrauen zwar auf Theriak oder Mithridat, andere schlucken Pestpillen, die aus Aloe, Myrrhe und Safran gefertigt werden. Wer sich das nicht leisten kann, kaut Angelikawurzeln. Einen Heilerfolg mag aber keiner der Physiki bestätigen. Wichtig ist jedoch, dass ihr Sauberkeit walten lasst. Lasst das ganze Haus gründlich reinigen und mit Essigwasser schrubben. Räuchert die Zimmer aus und wascht euch alle gründlich, reibt euch mit Essigwasser ab. Wechselt eure Kleider und kocht die Wäsche aus. Lasst niemanden unnötig in diesen Raum. Denn sollte es zum Schlimmsten kommen, so wird, wie ihr wisst, das ganze Haus abgeriegelt, und niemand, der seit dem Fieberausbruch mit dem kleinen Peter Kontakt hatte, darf das Haus verlassen, bis die Quarantäne um ist.«

»Aber … die Kinder … sie können doch nicht …« Tränen rannen über Hanne Claussens Wangen.

»Das Haus kann nicht gesperrt werden, Ruth, es ist das Pastorat von Sankt Katharinen. Täglich kommen Menschen hierher, die Beistand und Hilfe bei mir suchen.«

»Umso schlimmer, Matthias. Wir wollen hoffen und beten, dass Peter nur ein einfaches Sommerfieber hat und dies bald abklingt.« Ruth wandte sich ab, um sich ihre Sorge nicht anmerken zu lassen. Da fiel ihr Blick auf die beiden Mädchen. »Was macht ihr denn hier? Ihr solltet doch draußen bleiben. Könnt ihr nicht hören, was man euch sagt? Jetzt geht hinunter in die Waschküche und schrubbt euch die Hände. Na los, los!« Ohne eine Antwort abzuwarten, schob Ruth die beiden Mädchen aus der Kammer und schloss die Tür hinter ihnen.

Greta spürte, wie ihr die Tränen die Wangen hinabliefen. Sie kitzelten auf der Haut, verfingen sich in den zarten Härchen auf ihren Wangen und wichen ihnen schließlich in einem kleinen Bogen aus.

»Komm, Greta. Mutter weiß schon, was zu tun ist. Zu Hause müssen wir uns auch täglich zweimal mit Essigwasser abreiben. Ich zeig dir, wie man es macht.«

Greta spürte einen wilden Stich im Magen. »Was weiß deine Mutter schon. Auch sie hat kein Mittel gegen diese böse Krankheit. Dabei gibt es welche, das weiß ich ganz genau!«

Marie schaute Greta aus ihren dunkelblauen Augen ruhig und fragend an.

»Die Leute reden darüber, Marie. Es gibt in der Stadt einen Heiler. Er ist der Einzige, der eine Arznei gegen die Pest hat, die wirklich hilft.«

»Das glaub ich nicht, Greta. Denn dann würde meine Mutter davon wissen.«

»Deine Mutter weiß nicht alles, Marie. Sie tut nur so.« Greta sah Marie trotzig an, ihre hellblauen Augen funkelten entschlossen. »Ich weiß aber, dass es ihn gibt. Und ich werde ihn finden, damit er meinem kleinen Bruder hilft. Das Peterchen darf noch nicht zu den Engeln. Ich hab ihn so lieb.« Gretas Schluchzen erstickte ihre Worte. Marie nahm sie bei der Hand und zog sie hinter sich her den langen Flur entlang. Bevor sie den Riegel der schweren Holztür zur Waschküche ergreifen konnte, hielt Greta sie zurück. »Ich werde den Heiler finden, Marie. Wirst du mir dabei helfen?«

In Maries Augen sah Greta unverhohlene Angst.

»Wenn du nicht mitkommst, dann gehe ich eben allein.«

BORSTEL, IM JUNI 1713

Die Wrangelsche Kutsche rollte im zügigen Trab über den Heerweg durch Harvestehude auf Eppendorf zu. Die Felder links und rechts des gut ausgebauten Weges waren bestellt, die Bäume und Büsche standen in sattem Grün. Der Himmel wölbte sich in einem tiefen Blau, das weit und breit keine Wolke trübte.

Ruth hatte sich entspannt in die Polster zurückgelehnt und blickte durch das Wagenfenster hinaus in die Landschaft mit ihren Gehöften und Feldern. Der kleine Lukas saß neben ihr und hielt ihre Hand, während er mit der anderen ein Fingerspiel mit seiner älteren Schwester Marie spielte. Auf der Bank gegenüber saß die Amme und hielt den inzwischen fünfzehn Monate alten Christian auf dem Schoß, der unter leisem Gezeter sich loszumachen versuchte, um auf eigene Faust die Kutsche zu erkunden.

In aller Frühe schon war Jurek aus Borstel losgefahren, um die Familie über das Pfingstfest auf ihren Landsitz zu bringen, den sie vor einigen Jahren in dem kleinen Dorf nördlich von Eppendorf erworben hatten. Ruth war froh, die Stadt für ein paar Tage hinter sich lassen zu können. Die anstrengende Arbeit mit den immer zahlreicheren Kranken setzte ihr zu, und auch Hinrich war inzwischen nahezu jeden Tag mit den Unterhandlungen mit General Menschikow beschäftigt. So fuhr er auch jetzt nicht mit ihnen zusammen hinaus, sondern wollte am Nachmittag zu Pferd nachkommen.

Borstel war ein abgelegenes, von Mooren und Sümpfen umgebenes Dorf nördlich von Hamburg, das zum Kloster Sankt Johannis gehörte, direkt an der Grenze zu Dänemark. Ruth und Hinrich Wrangel hatte es auf Anhieb gefallen, als sie einmal von dem Hamburger Plattwerker und Tuchhändler Eibert Tieffbrun zu einem Sommerfest auf seinem Landsitz auf dem Frustberg eingeladen worden waren. Um dem anstrengenden städtischen Leben zu entfliehen, hatte er eine ehemalige Bauernkate gekauft, zu einem prächtigen Landhaus ausgebaut und eine wunderschöne Parkanlage errichtet. Als Ruth ihm ihren Wunsch nach einem erholsamen Landsitz für ihre Familie anvertraute, hatte er sich erboten, den Wrangels bei der Suche behilflich zu sein, und schon wenige Monate später hatten sie der Witwe Keten ihren kleinen Hof in der Marsch abkaufen können. Die Frau bat sich aus, eine alte Schäferhütte am Rande des Gehöfts als Altenteil bewohnen zu dürfen, was den Wrangels nur recht und billig erschien, zumal sich bald zeigte, dass Jurek, ihr alter treuer Diener, Gefallen an der patenten Witwe fand.

Ruth schmunzelte bei dem Gedanken an Jurek und die Witwe Keten. Es war eine schöne Fügung, dass Jurek auf seine alten Tage – er hatte die Mitte fünfzig wohl überschritten – noch einmal eine Frau gefunden hatte, die sein Herz erwärmte. Die Wrangels hatten Jurek zum Verwalter ihres Sommersitzes bestellt. Mit viel Sorgfalt kümmerte er sich seither um Haus und Hof, hatte eine schöne Koppel für die Pferde hergerichtet, die sich hier vom städtischen Stall ausruhen konnten, hatte den Ententeich vom überflüssigen Bewuchs befreit und der inzwischen recht stattlichen Schar an Enten und Gänsen gut verschließbare Ställe gebaut, in denen sie nachts Schutz vor Füchsen und Mardern fanden. Mit dem Verkauf der Tiere zu Sankt Martin verdiente er sich ein kleines Handgeld hinzu, das, wie Ruth schien, in die Verschönerung des alten Schafstalls floss. Die Witwe Keten hatte indessen die Pflege des Gemüsegartens übernommen und hielt auch ein Auge auf Ruths großen Kräuter- und Blumengarten.

Für Ruth war es stets eine große Freude, hinaus nach Borstel zu fahren und mit der Familie das von vielen der in der Stadt herrschenden gesellschaftlichen Zwängen befreite Landleben zu genießen. Daher hatten sie das Haus noch nicht zu einem repräsentativen Sitz ausgebaut, sondern verstanden es als ihr privates Refugium.

Vor ihnen tauchte die Eppendorfer Johanniskirche auf, ein hübscher, in Backstein ausgeführter Fachwerkbau. Dort würden sie am Sonntag den Gottesdienst feiern. Am liebsten hätte Ruth die Familie Claussen eingeladen, mit ihnen hinauszukommen und sich von all den Strapazen in der Stadt zu erholen. Aber über Pfingsten war daran für Pastor Claussen nicht zu denken. Festgottesdienste mit vielen gesellschaftlichen Verpflichtungen standen an. Auch fieberte der kleine Peter immer noch, wenn auch nicht mehr so stark. Hanne Claussen, die ihrem Mann an einem so großen Festtag beizustehen hatte, hatte kurz überlegt, die größeren Kinder mit aufs Land zu schicken, sich dann aber anders besonnen, da ihr vor allem die beiden großen Mädchen Greta und Inga zur Hand gehen sollten.

Die Straße machte eine kräftige Biegung nach links und führte eine Anhöhe hinauf in Richtung Niendorf, einem im Dänischen gelegenen Dorf. Denn wollte man mit der Kutsche nach Borstel gelangen, so hatte man das Hamburger Land zu verlassen, um auf dem gut ausgebauten Heerweg trocken und sicher die Moore und Auen zu umfahren. Durch die führte nur in trockenen Zeiten ein kleiner Weg, der Kargstieg, auf dem die Borsteler sonntags zur Eppendorfer Kirche gelangten. Ruth hörte Jurek ein fröhliches Lied pfeifen, und sogleich stimmte die Magd, die sie zur Hilfe mitgenommen hatten, mit ihrer schönen, hellen Stimme ein.

Fünf Lieder später erreichten sie die Borsteler Brücke über die Borsteler Aue, die die Grenze zurück nach Hamburg markierte. Mit einem Ruck kam die Kutsche zum Stehen, und Ruth sah zwei dänische Soldaten auf sie zukommen. In scharfem Ton gingen sie Jurek nach gültigen Reisepapieren an. Es war Schikane, denn die Hamburger kontrollierten das kurzweilige Überschreiten der dänischen Grenze bei einer Fahrt von Eppendorf nach Borstel nicht, und so führten die Reisenden für diese kurze Strecke nur selten Papiere mit sich. Die dänischen Grenzsoldaten nutzten den kleinen Übergang an der Borsteler Brücke aber, um ihre Kasse zu füllen, besonders, wenn die Kutschen der wohlhabenden Sommerresidenzler heranrollten. Jurek blieb ruhig und zeigte die von den Soldaten geforderten Papiere vor. Die Soldaten blätterten sie durch und forderten dann, die Kutsche zu öffnen, um zu prüfen, ob auch die richtigen Personen in der Kutsche säßen. Ruth enthielt sich jeden Kommentars. Schließlich plagte sich ihr Mann Hinrich seit Wochen wegen eines ähnlichen Vorfalls mit Forderungen gegen die Stadt Hamburg herum. Ein hoher Herr hatte sich geweigert, der Hamburger Stadtwache einen Blick in seine Kutsche zu gewähren, woraufhin es zu einem handgreiflichen Eklat gekommen war.

Die dänischen Soldaten ließen ihren Blick kurz durch das Kutscheninnere streifen, nickten und geboten Jurek weiterzufahren.

Die Kutsche holperte über die alte Holzbrücke und weiter durch einen schmalen Waldstreifen, der die Borsteler Aue säumte. Als sie den Frustberg erreichten und an der Auffahrt zu Tieffbruns Sommersitz vorüberfuhren, fiel Ruth auf, dass alle Fensterläden geschlossen waren und auch der Garten wohl viele Wochen schon keine Pflege mehr genossen hatte. Seit der alte Tieffbrun im vergangenen Jahr gestorben war, schien sich keines seiner Kinder um das Anwesen zu kümmern. Dankbar dachte Ruth an Jurek, der sich so sorgsam ihrer Angelegenheiten hier draußen annahm.

Wenig später rollte die Kutsche in der Marsch ein, und eine strahlend weiß getünchte Kate, gesäumt von zwei gewaltigen

Büschen Pfingstrosen empfing die Ankommenden. Kaum hatte Jurek die Tür der Kutsche geöffnet, stürmten Marie und Lukas hinaus und rannten lachend über den weißen Kiesweg auf die Kate zu. Ruth folgte ihnen lächelnd und erblickte neben der Tür die Witwe Keten mit einem Strauß Flieder in der Hand.

»Frau Wrangel, seid herzlich gegrüßt und willkommen. Wir freuen uns sehr, dass nun endlich wieder die schöne Zeit beginnt, in der Ihr hier oft weilen werdet.«

»Danke, Frau Keten. Ich freue mich auch, Euch zu sehen, dazu noch bei so guter Gesundheit. Jurek scheint sich gut um Euch zu kümmern.«

Die Witwe Keten lächelte verlegen und überreichte Ruth den Flieder. »Er ist ein braver Mann, der es versteht, einer alten Frau wie mir die schwere Arbeit zu erleichtern, so dass die Knochen nicht zu sehr ermüden. Ich habe mir erlaubt, Euch zur Begrüßung eine frische Kräutersuppe zu bereiten, und auch Brot habe ich gebacken. Der große Tisch im Garten ist bereits gedeckt.«

»Das ist sehr freundlich von Euch, Frau Keten. Lisbeth soll Euch helfen. Sie hat auch ein paar gute Dinge aus unserer Hamburger Vorratskammer mitgebracht. Zunächst möchte ich mich aber einmal umschauen. So lange ist es her, seit ich das letzte Mal hier draußen war. Ich sehe auch, dass die Kate frisch getüncht ist.«

»Ja, Jurek hat es sich nicht nehmen lassen, alles so schön wie möglich für Euch herzurichten, gnädige Frau. Mich entschuldigt jetzt bitte, ich werde Lisbeth in die Küche einführen. Jurek hat nämlich auch den Ofen neu gemauert und eine Rinne für den Handstein angelegt, damit das schmutzige Wasser gleich hinaus ins Freie fließt.«

Nach dem Mittagessen machte sich Ruth mit einem Korb mit kleinen Lavendelpflanzen, die sie auf dem Hopfenmarkt in Hamburg entdeckt hatte, auf in ihren Kräutergarten. Auch hier hatte die Witwe Keten schon gute Arbeit geleistet. Das üppige Grün der Petersilie spross aus dem frisch gelockerten Boden, die Reihen waren ordentlich gejätet und die Kräuter je nach ihren Vorlieben in sonniger bis schattiger Lage gesetzt. Bienen und Hummeln tummelten sich in den zarten gelben Blüten des Blutwurz, in den violetten Blüten der Gundelrebe und im Eisenkraut, andere umschwärmten den Klee und die Gänseblümchen. Von ferne hörte Ruth das Jauchzen ihrer Kinder. Jurek hatte sie mit zu den Gänsen genommen, bei denen bereits die ersten Küken geschlüpft waren, die nun eifrig ihren Müttern auf dem kleinen Teich hinterherschwammen.

Am späten Nachmittag traf Hinrich Wrangel in Begleitung eines seiner Gehilfen in der Marsch ein. Ihre Pferde waren schweißgetränkt, die Gesichter der Männer ernst. Nach einem kurzen, höflichen Gruß zog sich der junge Gehilfe sogleich in das kleine Kabinett Wrangels zurück, um die mitgebrachten Unterlagen zu bearbeiten. Ruth begrüßte ihren Mann zärtlich und drängte ihn, sich zunächst in den Garten zu setzen und eine Erfrischung zu sich zu nehmen. Schließlich war der Ritt lang und scharf gewesen. Wrangel nickte ihr lächelnd zu, seine Augen aber blieben ernst.

»Was hast du, Hinrich? Was ist passiert?«

»Menschikow hat uns heute früh seine endgültigen Forderungen überreichen lassen.«

»Und?«

»Sie sind genauso unverschämt überzogen, wie ich es befürchtet habe. Was sollte man von diesem … diesem … Schurken auch anderes erwarten.« Wrangel setzte sich an den Gartentisch, und Ruth goss ihm einen Becher Waldmeisterlimonade ein. Er trank ihn in einem Zug leer.

Ruth schenkte nach und schaute ihren Mann erwartungsvoll an.

»Er verlangt vierhunderttausend Taler von der Stadt, oder seine Truppen nehmen sich, was ihnen recht erscheint.«

»Was für ein Halunke! Vierhunderttausend Taler! Was werdet ihr unternehmen?«

Wrangel seufzte. »Wir werden weiter verhandeln und ihn umzustimmen versuchen.« Er trank noch einen Schluck. »Eibert, der älteste Sohn von Tieffbrun, wurde schon vor Wochen mit neun anderen Deputierten ausgewählt, eine Taxierung der Häuser, Gärten und Ländereien in Hamburg und seinem Umland vorzunehmen. Die Stadt will eine Kriegssteuer von drei Prozent auf allen Grundbesitz erheben, um für die Satisfaktionsgelüste des Fürsten Menschikow gerüstet zu sein.«

Ruth nickte und streichelte sanft Wrangels Hand. »Als wir vorhin am Landsitz der Tieffbruns vorbeifuhren, fiel mir auf, wie verlassen das Haus aussieht, seitdem der alte Tieffbrun gestorben ist.«

»Ja, keines seiner Kinder hat dieser Tage wohl Zeit, sich um das Anwesen zu kümmern. Heute früh noch sprach ich mit Eibert Tieffbrun und erkundigte mich nach dem Wohl der Familie. Bei der Gelegenheit erzählte er mir von der Kriegssteuer und auch, dass er und seine Geschwister darüber nachdenken, den Landsitz für einige Zeit zu vermieten, damit er nicht verkommt. Ein dänischer Offizier hat wohl Interesse daran.«

»Dann werden wir ja vielleicht bald neue Nachbarn haben.«

Wrangel brummte nur und trank noch einen Schluck Limonade. Kinderrufe erklangen, und über die Wiese kamen Marie und Lukas angelaufen, um ihren Vater zu begrüßen. Wrangels Gesicht hellte sich auf, er stand auf, ging ihnen entgegen und nahm sie auf den Arm. Aber die Kinder zog es hinüber in die Scheune, um die neugeborenen Kätzchen zu sehen, und Wrangel setzte sich wieder. Ernst sah er Ruth an. »Leider werde ich nicht lange bleiben können, Ruth. Ich muss schon morgen weiter nach Reinbek. Bürgermeister von Bostel möchte, dass ich die Verhandlungen mit Menschikow führe.«

Ruth schluckte ihre Enttäuschung hinunter und versuchte, ein Lächeln auf ihr Gesicht zu zwingen.

»Schau nicht so, meine Liebe. Es werden bessere Tage folgen. Zunächst einmal bin ich froh, dass ihr hier draußen seid. Und hier solltet ihr auch bleiben. Die Stadt ist zurzeit kein Ort für euch.«

»Und wenn das russische Heer anrückt? Glaubst du, dass es Eppendorf und Borstel verschonen wird?« Ruth dachte an ihre Erfahrungen mit russischen Soldaten auf ihrer langen Reise durch das Baltikum nach Sankt Petersburg. Damals hatte sie die verbrannte Erde gesehen, die die Armeen des Zaren hinterlassen hatten. Ihr Herz schnürte sich bei diesen Erinnerungen zusammen. Und jetzt stand ein solches Heer nur einen guten Tagesmarsch von hier entfernt, und sein General erpresste Hamburg. Wütend ballte sie die Faust und drängte die aufsteigenden Tränen zurück.

»Beruhige dich, Ruth. Ich werde tun, was in meiner Macht steht, um mit Menschikow zu einer gütlichen Einigung zu gelangen.«

Ruth nickte schweigend und schenkte Limonade nach. Dann sah sie Wrangel tief in die Augen. »Ich hoffe von ganzem Herzen, dass du einen Weg finden wirst, dieses Unheil von der Stadt abzuwenden. Und von uns.«

REINBEK, IM JUNI 1713

Die Sonne stand im Zenit, als Wrangel gleichzeitig mit den anderen Delegationsmitgliedern nach einem mehrstündigen scharfen Ritt am Schloss in Reinbek eintraf. Das Schloss war eine der Residenzen des Herzogs von Holstein-Gottorf, diente zurzeit aber dem General Menschikow als Unterkunft, während seine Armee sich im Süden Holsteins sammelte. Ständig trafen Wagen des russischen Trosses ein. Als die Hamburger ihre Pferde in der Mitte des Hofes durchparierten, waren sie sogleich von einigen Soldaten umgeben, die sie prüfend musterten. Der diensthabende Offizier kam auf die Reiter zu und erkundigte sich nach ihrem Begehr. Während Syndikus Sillem ihr Anliegen vortrug und der Offizier einigen Soldaten mit knappen Worten den Befehl erteilte, sich um die Pferde der Delegation zu kümmern, blickte Wrangel um sich. Einige Soldaten luden gerade einen Wagen mit Viktualien ab und rollten die Fässer zur Schlossküche. Dabei rissen sie derbe Witze auf Russisch. Wrangel verstand nahezu jedes Wort. Erinnerungen an die Sankt Petersburger Festung stiegen in ihm auf, und er spürte eine große Beklommenheit. Er atmete ruhig und langsam aus, um seine Gefühle im Zaum zu halten, als ihn auch schon jemand aufforderte, vom Pferd zu steigen und den anderen Männern hinein ins Schloss zu folgen.

Die Delegation wurde direkt in den Hofsaal geführt, in dem sich bereits einige russische Offiziere eingefunden hatten. Diener reichten ihnen Erfrischungen, und ein russischer Offizier, der sich ihnen in gutem Deutsch als Oberst Orlow vorstellte, begrüßte sie.

Erst als die Delegierten ihre Becher bereits zum zweiten Mal geleert hatten, betrat General Menschikow in Begleitung weiterer Offiziere und Adjutanten den Saal. Er trug eine Uniform mit vielen Orden und einem langen Schmuckdegen. Seine Stiefel glänzten tiefschwarz, und die Sporen klirrten hell bei jedem seiner Schritte. Das schmale Gesicht war von einer gewaltigen Allonge-Perücke eingerahmt, und die dunklen Augen glitten wachsam über die Reihen der Anwesenden.

Nachdem die offizielle Begrüßung beendet und sämtliche Förmlichkeiten ausgetauscht sowie Geschenke der Delegation an den General übergeben worden waren, übernahm Syndikus Sillem die Gesprächsführung für die Delegation. Oberst Orlow erwies sich als eloquenter Übersetzer. Wrangel hielt sich im Hintergrund und konzentrierte sich auf jedes Wort, das zwischen Menschikow und Orlow gewechselt wurde. Aber er konnte nur wenig verstehen, denn sie sprachen leise und schnell. Auf Menschikows Anweisung erläuterte Orlow den Delegierten noch einmal ausführlich die russischen Gründe für die von Hamburg geforderte Satisfaktionszahlung, während Sillem förmlich und bestimmt die von den Hamburgern bereits schriftlich vorgebrachten Gegenargumente erneut aufzählte. Nachdem sich das diplomatische Geschacher schon über eine Stunde hingezogen hatte, ohne dass auf einer der beiden Seiten auch nur die Spur eines Einlenkens zu bemerken war, verlor Menschikow die Geduld.

»*Gospoda* – meine Herren, mich dünkt, dem Hamburger Rat fehlt die Einsicht in die Berechtigung unserer Forderungen sowie in die Ernsthaftigkeit der Lage«, übersetzte Orlow. »Meine Armee befindet sich keine zwei Tagesmärsche von Hamburg entfernt und wird sich mit allem ihr zustehenden Recht selbst in den Hamburger Landgebieten bedienen, wenn sie erfährt, wie wenig die Stadt die Herabwürdigung russischer Landsleute zu vergelten bereit ist.«

Sillems Gesicht lief rot an. »Glaubt Ihr wirklich, General Menschikow, dass eine seit Jahrhunderten in Freiheit sich selbst regierende Stadt wie Hamburg sich vor solchen Drohungen fürchtet? Den Dreißigjährigen Krieg haben wir überstanden, und dem Großen Nordischen Krieg, den Euer Zar nun schon seit mehr als einem Dutzend Jahren führt, trotzen wir in wohlwollender Neutralität. Unterschätzt nicht den Stolz und die Würde unserer Bürger. Wir haben stets den Mut aufgebracht, unsere Freiheit zu schützen. Bevor Eure Armee unser Gebiet erreicht, haben unsere Bauern ihr Hab und Gut, Korn und Vieh hinter unseren Wällen in Sicherheit gebracht und ihr Geschick Gott und der Zeit anheimgegeben. Und gegen unsere Wälle ist bisher ein jeder Kriegsherr vergeblich angerannt.«

Menschikows Gesicht versteinerte sich, doch dann antwortete er mit einem selbstgefälligen Grinsen: »Falls sich Hamburg tatsächlich noch länger so widerspenstig zeigt, mein Herr, so wird uns unser Verbündeter, der König von Dänemark, wie bereits vereinbart seine Artillerie zur Verfügung stellen, um den Rat und die Stadt zur Raison zu bringen.«

»So droht Ihr Hamburg, einer seit Generationen neutralen Reichsstadt, mit Krieg, General Menschikow?« Sillem grollte seine Frage Menschikow entgegen, ohne auch nur mit einem Wimpernschlag den Übersetzer Orlow zu bedenken.

Und Menschikow nickte, ohne auf Orlows Übersetzung zu warten.

Wrangel räusperte sich in die gespannte Stille hinein. »Meine Herren, wir kommen so nicht weiter.« Er musterte die Kontrahenten und zögerte einen Moment, bevor er weitersprach. »Dieser Krieg hat schon viel zu viele Opfer von Unschuldigen gefordert. Ihr, General Menschikow, erinnert Euch sicherlich noch gut daran, wie Verrat und tückisches Ränkespiel Euren Herrn, den Zaren Peter, um einen ihm treu ergebenen Gesandten gebracht haben.«

Menschikows Grinsen erstarb, und sein Blick verdüsterte sich. »Wovon sprecht Ihr, Herr Delegierter?«

»Von dem Sondergesandten in russischen Diensten, Johann Patkul, und den von ihm und, wenn ich mich recht entsinne, auch von Euch verwalteten Subsidien, jenen russischen Hilfszahlungen an den polnischen König, die anno 1706 auf mysteriöse Weise verschwanden.«

Nun hatte Menschikow Wrangel fest im Blick. Seine Augen funkelten. »Wer seid Ihr, mein Herr, dass Ihr in dieser Runde über russische Angelegenheiten so mirakulös parliert?«

»Mein Name ist Hinrich Wrangel. Ich bin Prokurator am Hamburger Niedergericht und Advocatus. Als solcher war ich einst mit dem Fall Patkul betraut.«

Ein schmales Lächeln zeichnete sich auf Menschikows Gesicht ab. Er nickte kaum vernehmlich. »Advocatus Wrangel, Euer Name klingt mir vertraut.« Er wandte sich an Orlow. »Oberst, ich halte es für angebracht, dass wir eine Intercession der Verhandlungen vornehmen. Advocatus Wrangel hat recht. Wir kommen so nicht weiter und sollten alle unsere Gemüter besänftigen.«

Während die Hamburger Delegierten die angekündigte Pause dankbar hinnahmen und sich zu einer Beratung zurückziehen wollten, trat Menschikow auf Wrangel zu. »Wenn es Euch recht ist, Advocatus Wrangel, würde ich gerne mit Euch einen kleinen Spaziergang durch den Schlossgarten unternehmen und ein wenig über jene vergangenen Tage sprechen.«

Wrangel nickte und entfernte sich mit ruhiger Miene von den anderen Delegierten. In seinem Inneren aber tobte es. Was wusste Menschikow über ihn? War er mit seiner Andeutung zu weit gegangen? Ließ sich Menschikow unter Druck setzen, oder war er nicht eher einer von dem Schlag, der Probleme einfach aus dem Weg räumen ließ? Wrangel ballte die Hände zu Fäusten, um das aufkommende Zittern zu unterdrücken.

»Wir sind uns schon einmal begegnet, nicht wahr, Advocatus Wrangel?« Menschikow musterte ihn kurz, ließ sich aber nicht anmerken, ob er das Zittern bemerkt hatte.

»Ja, General, im vergangenen Januar, als der Zar uns die Ehre gab, Hamburg zu besuchen.«

»Richtig, er sprach an jenem Abend mit einer jungen Frau namens Wrangel. Eure Schwester?«

»Meine Frau, General Menschikow.«

Menschikow zog eine Braue in die Höhe. »Ich gratuliere Euch zu der auserlesenen Schönheit Eurer Gattin. Wie ich hörte, war sie in Russland, sogar in Sankt Petersburg. Was hat sie dorthin geführt?«

Eine tiefe, längst vergessen geglaubte Angst stieg in Wrangel auf. Angst vor der Hilflosigkeit, die er als Arbeitssklave in Russland erfahren hatte. Damals hatte er am eigenen Leib erfahren müssen, rechtlos und erniedrigt zu sein. Er spürte, dass die Narben jener Zeit noch lange nicht verheilt waren.

»Private Angelegenheiten, General.«

Menschikow nickte und wechselte abrupt das Thema. »Ihr seid also, wie Ihr andeutet, mit dem Fall Patkul wohlvertraut. Diesem außergewöhnlichen Mann ist ein trauriges Schicksal widerfahren. Der grausame Schwedenkönig hat ihn ächten und vierteilen lassen, nachdem ihn der sächsische Kurfürst den Schweden ans Messer geliefert hatte. Doch wie kommt Ihr dazu, mich mit dieser Angelegenheit in Beziehung zu setzen?«

Ein angestrengtes Grinsen huschte über Wrangels Gesicht. Patkuls Schicksal war der Gier anderer Menschen geschuldet. Und er wusste nur zu gut, dass Menschikow zu ihnen zählte. »Soweit ich informiert bin, wart Ihr mit dem aus Hamburg stammenden Kaufmann Paul Ankermann geschäftlich verbunden.«

Menschikows Miene verdunkelte sich, doch Wrangel sprach ruhig weiter. »Jener Ankermann versuchte vor Jahren, in Russland veruntreute Gelder nach Hamburg zu transferieren. Doch der Stadt gelang es, dies zu verhindern und die Gelder ihrem rechtmäßigen Eigentümer, dem Zaren, wieder zukommen zu lassen.«

»Davon hörte ich«, bemerkte Menschikow mit gespielter Gleichgültigkeit.

»Schon an diesem Exempel, General Menschikow, könnt Ihr ersehen, wie wohlwollend die Hamburger stets Russland und seinem Zaren gegenüberstanden. Nicht zuletzt zeugen davon die langjährigen guten Handelsbeziehungen zwischen Hamburg und Archangelsk. Darum bitte ich Euch, General, Mäßigung bei Eurer Satisfaktionsforderung an Hamburg walten zu lassen.«

Menschikow atmete langsam aus. »Ich bin Russe. Warum sollte ich Hamburg entgegenkommen?«

»Man hat Euch auch zu einem Fürsten des Deutschen Reichs erhoben. So seid Ihr als Reichsfürst ein Bruder der Reichsstadt und solltet an ihrem Wohlergehen interessiert sein. Eine Forderung von vierhunderttausend Reichstalern zu begleichen, wird die Stadt ruinieren, und das kann nicht Euer Interesse sein.«

Menschikow lächelte kalt. »Ja, ich bin Reichsfürst, Advocatus Wrangel. Aber zuallererst bin ich Russe und meinem Zaren in Liebe und Treue ergeben. Den Interessen meines Zaren gilt mein Streben.«

»Aus den Papieren, die damals Ankermanns Schuld belegten, ging hervor, dass er das unterschlagene Geld zuvor auf Weisung eines sehr hohen russischen Staatsmanns seiner eigentlichen Bestimmung entzogen und so mit Kenntnis und Willen jenes Staatsmanns veruntreut hatte.«

»Wovon sprecht Ihr?«, zischte Menschikow.

»Diese Papiere haben wir damals jedoch nicht dem Zaren zukommen lassen, da es nicht in unserem Interesse sein konnte, einen großen russischen Staatsmann der Veruntreuung von Geldern zu überführen, die für die Verbündeten des Zaren im Krieg bestimmt gewesen waren.«

Menschikows Gesicht hatte die Farbe seiner gepuderten Allonge-Perücke angenommen. »Solche Papiere existieren nicht«, entgegnete er in schneidend leisem Ton.

»Doch. Sie stammen aus dem privaten Archiv jenes Staatsmanns, das sich zeitweilig in der Schreibstube des obersten Baumeisters des Zaren in Sankt Petersburg befand.«

Menschikow blieb stehen. »Wir sind uns wirklich in Hamburg zum ersten Mal begegnet, Advocatus Wrangel?«

»In Sankt Petersburg ergab es sich nicht, General. Doch wenn Ihr das nächste Mal dort seid, richtet bitte dem Baumeister Trezzini meine Grüße aus.«

Menschikow musterte Wrangel verblüfft, dann setzte er schweigend den Spaziergang fort.

Wrangel hörte in seiner Anspannung jeden Schritt auf dem unter ihren Stiefeln knirschenden Kies. Jede einzelne Vogelstimme drang in sein Ohr. Er ließ den Blick über die schmuckvoll angelegten Blumenbeete wandern. Am Rand des Gartens bemerkte er mehrere Soldaten von Menschikows Leibwache, die ihnen in respektvollem Abstand folgten. Ein Zeichen von Menschikow würde genügen, und sie wären hier, könnten ihn festnehmen, und er würde unter fadenscheinigen Anschuldigungen eingekerkert wie damals Patkul. Zuzutrauen war es diesem Mann. Zwar könnte Wrangel aufzubegehren versuchen, einen Tumult anstellen, damit ihn seine Begleiter der Delegation hörten und zu Hilfe eilten. Aber was sollten sie ausrichten? Sie befanden sich außerhalb von Hamburgs Grenzen, zwar ursprünglich auf neutralem Boden, was Menschikow aber nicht davon abgehalten hatte, Schloss Reinbek zu besetzen. Was sollte diesen davon abhalten, einen unangenehmen, ja sogar gefährlichen Gegner aus dem Weg zu schaffen? Er könnte Wrangel einfach verschwinden lassen. Entführen, verschleppen, nach Russland, wieder in die Sümpfe … Wrangel zuckte zusammen. Er fühlte sich von einer Woge kalter Angst emporgehoben und war auf dem besten Wege, die Nerven zu verlieren.

»Ist Euch unwohl, Advocatus Wrangel?«, fragte Menschikow.

»Danke, es geht mir hervorragend.« Wrangel zwang sich ein Lächeln ab und atmete ruhig ein und aus. Aber Menschikow schien es kaum wahrzunehmen, sondern ging schweigend weiter. Am Ende des Gartens, nur wenige Schritte von vier Soldaten entfernt, blieb er plötzlich stehen. »Ihr seid Advocatus, Wrangel, und in solchen Angelegenheiten bewandert. Was haltet Ihr für eine angemessene Satisfaktionszahlung?«

Wrangel sah Menschikow prüfend an. »Ein guter Vergleich ist der, der auf die Mitte zielt, General.«

HAMBURG, IM JUNI 1713

Sanft streichelte Ruth Wrangel den Arm von Hanne Claussen. Die beiden saßen schweigend nebeneinander, den Blick auf den aufgebahrten kleinen Leichnam gerichtet, der mit einer zarten Spitzendecke zugedeckt und schwach von den beiden Kerzen am Kopfende erleuchtet wurde.

Am frühen Morgen war die furchtbare Nachricht in Borstel eingetroffen. Ruth war sofort mit den Kindern zurück nach Hamburg gefahren. Matthias Claussen hatte Ruth empfangen und ihr die Umstände geschildert. Der kleine Peter war am Abend gestorben. Sein geschwächter Körper hatte der Hitze des erneuten Fiebers nichts mehr entgegenzusetzen vermocht. Obwohl sein Herz schon nicht mehr schlug, hatte Hanne wie im Wahn immer weiter kalte Wickel um die kleinen Waden gewickelt und dabei gemurmelt: »Alles wird gut, mein Engel, alles wird gut.« Als Claussen seine Frau schließlich von dem leblosen Körper lösen wollte, fing sie an zu schreien und um sich zu schlagen. Sie schrie, während der kleine Körper gewaschen und gesalbt wurde, sie schrie, während er in sein Taufkleid gehüllt wurde, und ihr Schreien ging erst in ein stilles Weinen über, als Claussen die Totenkerzen entzündete, ihre Hände nahm und gemeinsam mit ihr für die Seele des kleinen Peter betete.

Als Ruth endlich eintraf, hatte Hanne keine Tränen mehr, aber auch keine Worte. So saß Ruth nun seit Stunden schweigend neben der erstarrten Mutter, streichelte ihren Arm und versuchte so, Hannes unerträgliche Last ein wenig zu lindern. In der kleinen abgedunkelten Kammer roch es nach Lavendelessig, Kampfer, Weihrauch und Myrrhe.

Ruth kannte den Schmerz des Verlustes. Sie hatte ihre ganze Familie verloren, ihre Brüder, ihre Mutter und schließlich auch ihren geliebten Vater. Aber beim Anblick des toten Kindes begriff sie aus tiefstem Herzen, dass all diese Verluste sich nicht mit dem eines geliebten Kindes messen konnten. Ihr jüngster Sohn Christian war ein halbes Jahr älter als der kleine Peter. Auch er sprach noch kein Wort, konnte noch nicht laufen. Wie unerträglich, ihn zu verlieren, bevor er seinen ersten eigenen Schritt gemacht, sein erstes eigenes Wort gesprochen hätte. Ruth schluckte ein unwillkürlich aufsteigendes Schluchzen hinunter. Sie fühlte sich hilflos neben der Freundin, der sie nichts geben konnte als ihre Nähe.

Im Pastorat war es still. Claussen hatte sich auf den Weg zum Physikus Doktor Biester gemacht, damit er persönlich die Freigabe des Leichnams veranlasste. Ruth hatte ihm dazu geraten. Fiebertod war in diesen Tagen schnell ein Grund, das ganze Haus mit Verdacht auf Pestilenz unter Quarantäne zu stellen. Doch Biester war ein besonnener Mann, der keine vorschnellen Urteile fällte.

Die Totenkerzen flackerten im Windzug, als sich leise die Tür öffnete und Claussen in Begleitung des Physikus die Kammer betrat. Hanne Claussen beachtete sie nicht. Starr und schweigend verharrte sie auf ihrem Platz.

Schließlich wandte sich der Physikus selbst an die Mutter. »Wir müssen Euer Kind untersuchen, Frau Claussen. Dafür bitte ich Euch, die Kammer zu verlassen. Wartet mit Eurem Mann nebenan.«

Claussen und Ruth griffen behutsam jeder einen Arm von Hanne und schoben sie langsam aus der Kammer. Aber Biester hielt Ruth zurück. »Helft mir bitte, Frau Wrangel.«

Mit geschickten Griffen entkleidete der Physikus den kleinen Leichnam und untersuchte den erkalteten Körper. Nirgends war ein äußeres Zeichen der Pest zu sehen. Die weiße Haut war glatt und unversehrt.

»Pastor Claussen berichtete mir, das Kind sei am Fieber gestorben.«

»Ja, Doktor Biester«, antwortete Ruth flüsternd. »Seit Wochen, ja Monaten schon fieberte der Kleine immer wieder. Von Geburt an schien er nie ein kräftiges Kind zu sein. Ich habe Hanne Claussen häufig beigestanden.«

»Das erzählte mir der Pastor. Er beteuerte auch, dass alle anderen im Haus wohlauf seien und niemand auch nur einen Husten hätte.« Biester schaute Ruth ernst an. »Aber Ihr wisst, dass das in diesen Tagen die meisten behaupten. Und ich weiß, dass Ihr, Frau Wrangel, eine verantwortungsvolle Frau seid. Könnte Ihr die Beteuerung des Pastors bestätigen?«

Ruth hielt dem Blick des Physikus stand. »Kein anderes der Kinder der Claussens war in den letzten Wochen oder Monaten krank, Doktor Biester, auch der Vater und die Mutter nicht, nur gram vor Sorge.«

Biester nickte langsam. »Nun gut, dann gebe ich den Leichnam zur Bestattung frei. Lasst uns den kleinen Körper wieder herrichten und dann die Eltern hereinrufen.«

✧ ✧ ✧

»Im Namen der Stadt Hamburg danke ich Euch, verehrter Syndikus Sillem, und der gesamten Delegation für die überaus erfolgreichen Verhandlungen mit dem russischen General Menschikow.« Bürgermeister von Bostel nickte wohlwollend den vor ihm versammelten Delegationsmitgliedern zu, wandte sich dann wieder direkt an Sillem. »Mit großem diplomatischem Geschick ist es Euch gelungen, die Forderungen des Generals deutlich zu senken. Zwar sind die nun vereinbarten zweihunderttausend Reichstaler eine stattliche Summe, aber mit vereinten Kräften wird die Stadt sie aufbringen können. Hierbei gilt es noch einmal Euer besonderes Feingefühl zu loben, denn die Aufteilung der Zahlung in drei Raten, wobei die letzte erst in sechs Monaten fällig wird, entlastet unsere Kasse sehr und gibt uns Spielraum, gezielt weitere Handelsabgaben zeitweilig zur Aufbringung dieser Last zu erhöhen.«

Wrangel schmunzelte, war aber zufrieden, dass von Bostel die spontane Wendung der Verhandlung nicht ihm, sondern der gesamten Delegation zuschrieb. Denn eine Sonderstellung seiner Person hätte nur zu unangenehmen Fragen geführt, auf die er keine Antworten geben wollte.

»Dank der erfolgreichen Verhandlungsführung der Delegation ist jetzt nicht nur schriftlich die Huld des russischen Zaren gegenüber Hamburg bestätigt worden, sondern auch die Versicherung, dass die russischen Soldaten dem Hamburger Gebiet, also auch unseren umliegenden Dörfern, keinen Schaden zufügen werden. Das ist in Tagen der Not und Angst, wie wir alle sie gerade durchleben, ein Trost.«

Zustimmendes Raunen füllte den großen Saal im Rathaus, in dem der Bürgermeister seine Ansprache vor allen versammelten Ratsmitgliedern hielt.

Erst als die Glocken von Sankt Nikolai die zwölfte Stunde verkündeten, fand von Bostels Rede ihr Ende, und ein geschäftiges Rücken der Stühle leitete die Mittagspause ein. Syndikus Sillem trat an Wrangel heran und berührte ihn vertraulich am Arm. »Ich hoffe, Ihr seht es mir nach, lieber Prokurator Wrangel, dass ich den Bürgermeister sein Lob so breit gestreut verteilen ließ.«

»Ich bitte Euch, verehrter Syndikus, alles andere wäre meines Erachtens vermessen gewesen.«

Sillem zwinkerte Wrangel zu. »Ohne Euch, Prokurator, stünden wir heute deutlich schlechter da. Dabei ist es mir immer noch ein Rätsel, wie Ihr diesen Mann, der sich schließlich über

Monate als ein unnachgiebiger Erpresser gezeigt hat, zu einer so gütlichen Einigung habt bewegen können. Nach dem Gespräch mit Euch war er konziliant und zugänglich. Lasst uns zusammen im Eimbeckschen Haus auf eine gute Mahlzeit einkehren und erzählt mir dann in Ruhe Näheres darüber.«

»Ich bitte um Nachsicht, verehrter Syndikus, aber auf mich wartet noch eine schwere Aufgabe. Vielleicht habt Ihr gehört, dass mein Freund Pastor Claussen vor drei Tagen seinen jüngsten Sohn verlor. Ich hatte noch keine Gelegenheit, ihm mein Beileid und Trost auszusprechen, so dass ich jetzt zu ihm eilen möchte.«

Sillem nickte mit ernstem Gesicht. »Das versteht sich, verehrter Prokurator. Richtet dem Pastor Claussen mein tiefes Mitgefühl und Beileid aus. Es ist eine furchtbare Prüfung, ein Kind zu verlieren. Möge Gott den Eltern beistehen.«

Wrangel schlug in die Hand ein, die Sillem ihm reichte, und wandte sich dann zur Tür. Da traf sein Blick den Brookvogt, der sogleich mit Gesten andeutete, den Prokurator sprechen zu wollen. Unbeirrt ging der untersetzte Mann auf Wrangel zu und richtete ohne Umschweife das Wort an ihn.

»Wie gut, dass ich Euch antreffe, Prokurator Wrangel, denn keiner der Prätoren ist am Gericht zu erreichen, und mir reicht die Flut der Anfragen und Meldungen schon bis zum Halse.«

»Ob ich Euch da weiterhelfen kann, weiß ich nicht, Brookvogt. Schließlich kann ich mich nicht unbefugt in die Angelegenheiten des Prätors mischen. Aber begleitet mich auf meinem Heimweg und berichtet, was Euch bedrückt. Doch fasst Euch kurz, meine Zeit ist knapp bemessen.«

»Nun, die Sorgen sind schon seit Wochen die gleichen, Prokurator«, begann der Brookvogt. »Immer mehr Kinder werden als vermisst gemeldet, und niemand weiß, wo sie geblieben sind.« Er hatte die Stimme verschwörerisch gesenkt und suchte

Wrangels Blick. Doch Wrangel wich ihm aus. Er ahnte, warum so viele verschwanden. Viele verließen aus Angst vor der drohenden Seuche die Stadt, einige wurden allerdings auch heimlich des Nachts fortgeschafft, tot auf dem Schinderkarren des Henkers gestapelt und mit Decken verdeckt, damit es keiner sah. Der Brookvogt wusste darum genauso gut wie Wrangel. Nur mochte er wohl sein Wissen nicht länger für sich behalten müssen.

»Und was erwartet Ihr von mir, wie ich Euch in dieser Sache helfen soll, Brookvogt?«

»Vielleicht könntet Ihr mit dem Prätor sprechen, damit er endlich den Befehl erteilt, sie suchen zu lassen.«

»Ihr wisst so gut wie ich, Brookvogt, dass beides nicht möglich ist. In der schweren Situation, in der sich unsere Stadt befindet, gilt es, jegliche Unruhe zu vermeiden. Wird erst einmal offiziell eingestanden, dass viele Menschen vermisst werden, lässt sich Unruhe, vielleicht sogar Panik kaum vermeiden.«

Der Brookvogt entgegnete missmutig: »Ja, ich weiß es wohl, Prokurator. Aber man macht sich doch Sorgen, auch um sich selbst. Der Frohn, Meister Jürgen, erzählte mir, dass seine nächtlichen Einsätze mit dem Schinderkarren immer häufiger werden und keine Woche, ja kaum ein Tag vergeht, an dem ihn nicht jemand vom Sanitätskollegium benachrichtigt, eine Leiche abzuholen und im Schutz der Nacht fort auf den Gottesacker von Sankt Georg zu bringen. Steht es wirklich so schlimm um die Stadt? Eure Frau Gemahlin ist doch wohl über diese Vorgänge informiert. Wisst Ihr nichts Näheres?«

Wrangel blieb nur wenige Schritte vor seiner Haustür stehen. »Brookvogt, der Henker hat keine Erlaubnis, mit Euch über diese Einsätze zu sprechen. Ich danke Euch, dass Ihr Euer Amt so gewissenhaft ausübt und mich darauf hinweist, wie lässig Meister Jürgen mit den Anweisungen des Rates umzugehen scheint. Ich verspreche Euch, dass ich dem Prätor davon Meldung machen werde, und ich rate Euch, Euer Amt weiterhin so besonnen und verschwiegen Ihr nur könnt auszuüben.«

Dem Brookvogt entwich ein Seufzen, und seine Schultern sackten zusammen. Bevor er eine Antwort zustande brachte, hatte sich Wrangel bereits von ihm verabschiedet und betrat sein Haus.

✧ ✧ ✧

Greta starrte auf den Teller mit Gemüsesuppe, den Trude, die Köchin der Wrangels, vor sie gestellt hatte, und rührte mit dem Löffel Schleifen durch die Flüssigkeit. In ihrem Kopf hallte noch immer das Weinen ihrer Mutter. Es war so unerträglich geworden, dass der Vater sie und ihre beiden kleinen Schwestern zu Wrangels gebracht hatte, damit alle ein wenig zur Ruhe kommen konnten, wie er sagte. Aber Greta konnte nicht zur Ruhe kommen. In ihr drehte sich alles, auch wenn sie ganz ruhig auf der Küchenbank saß und in der Suppe rührte. Der kleine Peter war tot, und sie war schuld. Denn sie hatte es nicht geschafft, loszugehen und den Heiler zu finden, von dem die Leute sprachen. Der hätte Peterchen bestimmt helfen können. Doch nun war er tot, und die Mutter weinte. Der Vater sagte, sie würde sich bald beruhigen, die Mädchen sollten sich keine Sorgen machen. Hoffentlich behielt er recht.

»Nun iss doch etwas, Kindchen, sonst fällst du noch ganz vom Fleisch. Die Suppe ist gut, ich hab sie schließlich selbst gekocht.« Die Köchin legte Greta aufmunternd die Hand auf die kleine Schulter. Mate, ihre jüngste Schwester, fing an zu weinen.

»Er ist bestimmt gestorben, weil ich nicht gut zu ihm war.«

»So ein Blödsinn, Kind!« Die Köchin schüttelte energisch den Kopf. »Euer kleiner Bruder ist gestorben, weil der Herrgott ihn gerne bei sich haben wollte. Er ist jetzt ein kleines Engelchen und spielt mit dem Jesuskind, da bin ich mir ganz sicher.«

»Woher weißt du das?«, schniefte Mate und wischte sich den Rotz in ihre Schürze.

»Weil alle lieben kleinen Kinder zu Engeln werden, wenn sie sterben.«

»Dann wirst du aber nie einer«, zischte Inga Mate zu.

»Warum denn nicht?«

»Weil du nicht lieb bist. Ich hab genau gehört, wie du in deinem Nachtgebet Jesus darum gebeten hast, dafür zu sorgen, dass alles wieder so wird wie vor Peters Geburt. Und jetzt ist Peter tot.« Inga schluchzte wütend auf.

Mate heulte auf. »Ich will aber auch ein Engel werden!«

Greta spürte einen heftigen Stich im Magen. Sie nahm Mate bei der Hand und streichelte ihr über den kleinen Kopf. »Weine nicht, Mate, Inga hat es nicht so gemeint.«

»Doch, hab ich!«

»Kinder, hört auf, euch garstige Dinge zu sagen. Wir Menschen können nicht darüber entscheiden, wann der Tod kommt. Das entscheidet der Herrgott. Seid froh und dankbar, dass ihr alle gesund und munter seid.« Trude sah die Kinder eins nach dem anderen streng an. Dann huschte ein aufmunterndes Lächeln über das runde Gesicht der Köchin. »Wer möchte eine Rosine?«

Mate und Inga rissen die Hände in die Höhe und riefen zugleich: »Ich, ich.«

Greta spürte Maries kleine Hand auf ihrer Schulter. Sie hatte schweigend die Streiterei zwischen den Claussen-Schwestern mit angehört, sich aber davor gehütet, Partei zu ergreifen. Die Köchin hielt Greta die Dose mit Rosinen unter die Nase. Sie schüttelte nur den Kopf. Sie konnte nichts essen. Noch nicht einmal Rosinen.

»Vielleicht hat Trude ja recht, Greta«, flüstere Marie ihr ins Ohr. »Erinnerst du dich noch an die Frau, die ein Kind bekam? Die hat doch auch von Engelskindern gesprochen.«

Sofort tauchte vor Gretas innerem Auge das Bild von Eva Brachfeld auf. Ihr warmer, herzlicher Blick, ihre freundliche, einladende Stimme. Marie hatte recht. Die Frau hatte sogar Greta Engelskind geheißen. Vielleicht wusste sie mehr über Engel. Vielleicht wusste sie, ob man mit ihnen sprechen konnte. Die Mutter erzählte schließlich häufig von Schutzengeln, die über sie wachten. »Glaubst du, Marie, dass die Frau sich mit Engeln auskennt?«

»Ich weiß es nicht. Aber ich glaube schon, dass es Engel gibt. Irgendetwas müssen die Seelen doch machen, wenn sie zu Gott gegangen sind.« Marie bohrte den Zeigefinger tief in die Tasche ihrer Schürze, bis sich der Stoff so sehr spannte, dass sich die Tasche verzog. »Weißt du, ich hab Angst, dass wir alle sterben müssen. Alle reden von der Pest. Wir alle waschen und schrubben uns täglich, und trotzdem werden die Menschen krank. Meine Mutter ist fast täglich mit dem Physikus unterwegs bei den Kranken.«

Greta nickte, griff Maries Hand und drückte sie. »Ich hab auch Angst, Marie«, flüsterte sie Marie durch die dicken dunklen Zöpfe ins Ohr. »Aber wenn wir alle Engel werden, ist es vielleicht gar nicht so schlimm.«

✧ ✧ ✧

Erleichtert trat Ruth auf Hinrich Wrangel zu und ergriff seine Hand. »Wie gut, dass du nach Hause kommst. Matthias wartet bereits auf dich. Er brachte die Mädchen hierher, um Hanne zu entlasten. Die Kinder sind unten in der Küche bei Trude. Es geht ihnen so weit gut. Aber Hanne geht es sehr schlecht. Ich werde heute Nachmittag wieder zu ihr gehen und versuchen, ihr ein bisschen Trost zu spenden, wenn das in dieser furchtbaren Situation überhaupt möglich ist.«

Wrangel nickte, nahm Ruth zärtlich in den Arm und küsste sie. Sie war dünn geworden in den letzten Wochen. Die viele Arbeit mit den Kranken sowie die Sorge um das große Haus, dessen Unterhalt in dieser schweren Zeit immer mehr Umsicht erforderte, setzten ihr zu. Der Tod des Kindes der Claussens tat ein Übriges, um ihr die letzte Kraft aus dem Körper zu ziehen. Wrangel fühlte das schlechte Gewissen an ihm nagen. In den letzten Monaten hatte er wenig Zeit für Ruth gehabt, hatte er sie wie auch die Kinder kaum gesehen. Über Pfingsten hatte er sie alleingelassen, um mit Menschikow zu verhandeln, erst vor zwei Tagen waren sie zu einem endgültigen Ergebnis gelangt. Und nun warteten schon wieder Stapel von Gerichtsakten auf ihn, die wegen seiner Abwesenheit liegengeblieben waren. Dabei war das Leben so kostbar und konnte so schnell vorbei sein, wie sie es gerade wieder erfahren mussten. Nicht auszudenken, wenn ein solcher Schicksalsschlag seine Familie treffen würde. Wrangel schluckte schwer.

»Du siehst müde und erschöpft aus, Ruth. Du solltest dir mehr Ruhe gönnen.«

»Dafür bleibt mir keine Zeit. Und was sollte ich wohl Hanne sagen?«

»Du hast recht. Aber ich mache mir Sorgen um dich, Ruth. Wir alle müssen in dieser schweren Zeit mit unseren Kräften haushalten, auch du.«

Ruth lächelte Wrangel an. »Ich gebe mir Mühe, mich zwischendurch immer wieder auszuruhen, Hinrich. Aber du weißt selbst, wie schwierig die Lage ist. So schrecklich der Tod des kleinen Peter ist, so bin ich doch erleichtert, dass Doktor Biester ausschließen konnte, dass er an der Pest gestorben ist. Denn das ist nicht mehr die Regel. Die Krankenfälle in der Stadt nehmen ständig zu.« Ruth sah Wrangel mit ernstem Gesicht an. »Wir entdecken inzwischen bald täglich neue Fälle von hitzigem Fieber. Das Wort Pestilenz meiden die Mitglieder des Sanitätskollegiums, da ihnen der Rat einen Maulkorb auferlegt hat. Aber umso schwerer fällt es den Pestärzten auch, strikte Isolierungsmaßnahmen durchzusetzen. Doch ohne die bekommen wir die Seuche nicht in den Griff. Der Rat muss der Wahrheit endlich ins Gesicht sehen.«

Wrangel überkam plötzlich eine große Müdigkeit. Alle quälten dieselben Sorgen, alle stellten dieselben Fragen. Aber Ruth konnte er nicht mit einer raschen Antwort abfertigen wie den Brookvogt. »Ach, Ruth, meine Liebe, der Rat sieht der Wahrheit ins Gesicht. Doch diese Wahrheit ist viel grausamer, als du es erahnst.«

Ruth schaute Wrangel empört an. »Meinst du, ich wüsste nicht, wie grausam diese Seuche ist? Fast täglich sehe ich die Kranken, sehe, wie die Ärzte ihre Beulen verarzten, tröste weinende Mütter, Kinder. Immer wieder erkläre ich ihnen, was sie zu ihrem Schutz und dem der anderen zu tun haben. Ich sorge dafür, dass die Stadtwache Lebensmittel zu denen bringt, die in die Häuser eingeschlossen werden, und hoffe, dass wenigstens ein voller Magen sie tröstet. Aber ich sehe nur ihre Angst, selbst bereits die Pest in sich zu tragen.«

Wrangel nickte. »Glaub mir, Ruth, wenn der Rat erst einmal laut eingesteht, dass die Stadt ein ernsthaftes Problem mit der Pest hat, werden schon bald weder die Kranken noch die Gesunden etwas zu essen haben, und keiner wird sich mehr in Sicherheit bringen können.«

»Was meinst du damit?«

»Gilt die Stadt einmal als Peststadt, wird sie die Tore schließen müssen, und keiner gelangt mehr hinein noch hinaus. Und das gilt es so lange wie möglich zu verhindern.«

Ruth blickte Wrangel vorwurfsvoll an, erwiderte aber nichts.

»Wir haben erst Juni, Ruth. Die Vorratskammern sind leer. Wir müssen sie füllen, so gut wir nur können, damit wir nicht auch noch unter einer Hungersnot zu leiden haben. Schon jetzt lassen die Dänen kaum noch unsere Schiffe durch. Was meinst du wohl, werden sie erst tun, wenn wir zugeben, dass wir die Seuche in der Stadt haben? Wir müssen durchhalten, so lange es nur geht.«

»Vielleicht hätte ich mit unseren Kindern in Borstel bleiben sollen, wahrscheinlich wären wir dort besser aufgehoben.« Ruth seufzte. »Aber wie hätte ich Hanne jemals wieder in die Augen sehen können?«

Wrangel drückte Ruth an sich. »Du hast recht, meine Liebe. Es wäre besser, wenn ihr so bald wie möglich wieder hinaus aufs Land fahrt, solange es noch möglich ist. Lass uns heute Abend darüber reden. Aber zunächst brauchen unsere Freunde unsere Hilfe. Wo wartet Matthias auf mich?«

»Er sagte, du mögest in die Sakristei von Sankt Katharinen kommen.«

✧ ✧ ✧

»Seid gegrüßt, Gesandter Abensur, welch ein glücklicher Zufall, Euch hier am Jungfernstieg zu treffen.« Ein untersetzter, rundlicher Herr in leichtes, dunkles Tuch gekleidet und mit einem sauber gebürsteten Dreispitz auf dem mit einer Allonge-Perücke verzierten Haupt trat mit kleinen Trippelschritten unbeholfen an Louis Abensur heran, der gerade seinen Nachmittagsspaziergang am Ufer der Alster machte. Es war bei dem sonnigen Juniwetter eine der besten Gelegenheiten, um unverfänglich Kontakte zu pflegen. Neugierig musterte Abensur den Herrn, der ihn so direkt ansprach. Das fünfzigste Lebensjahr durfte er schon überschritten haben. Das glattrasierte Gesicht war von einer teigigen Weichheit und zeugte vom reichlichen Essen und einer bequemen Lebensweise. An der rechten Hand trug er einen gewaltigen goldenen Siegelring, und die goldenen Schnallen seines Rockes blinkten in der Sonne. Kurz, er schien ein Mann von Interesse für Abensurs Geschäfte. So verbeugte er sich höflich und erwiderte den Gruß. »Gott zum Gruße, der Herr, womit kann ich Euch dienen?«

Der Untersetzte räusperte sich und raunte in einem vertraulich leisen Tonfall: »Von einem Bekannten erfuhr ich, dass Ihr, Gesandter Abensur, über ganz vorzügliche Kontakte zu Männern eines Zirkels verfügt, dessen Mitglieder sich vor der Pest zu schützen wissen.«

Abensur musterte sein Gegenüber erneut, nicht, weil er Zweifel an einem sich hier anbahnenden Geschäft hatte, sondern um jenem Gelegenheit zu geben, sich zu entschließen, seinen Namen oder doch zumindest den seines Bekannten preiszugeben. Viele der Interessenten für die von ihm nun schon seit einigen Wochen vermittelten Séancen hielten sich gerne bedeckt. »Herr …«

»Köster, Herr Gesandter Abensur, entschuldigt bitte, Köster mein Name.«

»Herr Köster, ja, Euer Bekannter hat wohl nicht übertrieben.«

Auf Kösters Gesicht machte sich ein ausladendes Lächeln breit, das den schwammigen Zügen etwas regelrecht Kindisches verlieh. »Über die Möglichkeit, mit diesen Herren in näheren Kontakt zu treten, würde ich gerne mit Euch sprechen, Herr Gesandter.« Seine kleine fleischige Hand glitt dabei über seine Rocktasche, die sich über einen prall gefüllten Geldbeutel wölbte.

»Vielleicht mögt Ihr mich ein Stück meines Weges begleiten, Herr Köster, so könnten wir uns ein wenig austauschen.«

»Es ist mir eine Ehre, Herr Gesandter.«

Im munteren Gezwitscher der Vögel in den erst wenige Jahre zuvor am Jungfernstieg gepflanzten Bäumen spazierten die beiden Herren am Wasser entlang. Köster erläuterte Abensur in leisem, eindringlichem Ton sein persönliches Interesse an jenem Zirkel, zu dem Abensur die Vermittlung herstellen konnte. Dabei erweckte er den Eindruck, ein Mann von beachtlichem Wohlstand zu sein. Er war im Eisenhandel engagiert und unterhielt gute Kontakte nach Schweden, von wo man wertvolles Eisenerz bezog. Als Köster nach langem Reden schließlich nichts mehr einfiel, um seine Eignung für jenen Zirkel zu bekräftigen, blieb er stehen und legte die rechte Hand vertraulich auf Abensurs Arm, während die linke in die gefüllte Rocktasche glitt. »Für Eure Hilfe, Herr Gesandter, wäre ich Euch wirklich sehr verbunden. Erlaubt mir bitte, Euch für Eure dadurch entstehenden Mühen einen kleinen silbernen Dank zu reichen.«

Abensur deutete ein Nicken an. »Kommt heute Abend zur achten Stunde in das Gasthaus *Zum Hahn* beim Millerntor. Dort werde ich Euch erwarten und jenem vorstellen, mit dem Ihr alles Weitere besprecht.«

Höflich verabschiedeten sich die beiden Herren voneinander. Abensur schlug den Weg zum Neuen Wall ein. Wie sich doch alles in den letzten Wochen zum Guten gewandelt hatte. Seit er für Meister Rednael die Kontakte knüpfte, hatte sich nicht nur seine Schatulle gefüllt, sondern – und das war keineswegs zu verachten – auch sein Ansehen innerhalb der Hamburger Gesellschaft und in den Kreisen der Gesandten war gestiegen. Immer öfter wurde er auf der Straße gegrüßt, immer häufiger erhielt er Einladungen zu Empfängen. Gerade nickte ihm wieder jemand von der anderen Straßenseite zu, ein Freiherr aus dem Niedersächsischen, den er in der vergangenen Woche auf einer Soiree bei Graf Vellingk kennengelernt hatte. Denn auch von

Vellingk wurde Abensur nun regelmäßig eingeladen, nachdem er ihn mit Meister Rednael bekannt gemacht hatte.

Der Neue Wall war stark befahren. Die mit Eisen beschlagenen Räder der Kutschen ratterten über das Kopfsteinpflaster. Als Abensur zum Görtz-Palais kam, sah er, dass die Fensterläden geschlossen waren. Die Tage der Feste waren in diesem Haus vorerst vorbei. Unheil und Trauer hatten in den einst strahlenden Sälen Einzug gehalten. Die junge Baronin Görtz, eine geborene Reventlow, war vor kurzem gestorben. Ein tragischer, zu früher Tod, wie Abensur durch den Reichsgrafen Rantzau erfuhr. Über die Ursache schwieg man sich aus, was dieser Tage kein ungewöhnliches Verhalten war, wollte doch niemand verheerende Gerüchte in die Welt setzen. Fest stand nur, dass seit dem Tod seiner Frau auch Görtz aus Hamburg fortgegangen war. Rantzau sagte, er sei nun in Berlin und verhandele dort mit dem neuen Preußenkönig einen Vertrag zugunsten Schwedens.

Friedrich I. war im Februar gestorben, und sein Sohn Friedrich Wilhelm I. schien tatkräftiger zu sein, was seine Haltung im Großen Nordischen Krieg anging. Abensur hatte Baron Görtz öfter darüber spekulieren hören, dass mit dem jungen Monarchen die preußische Neutralität zu Ende gehen könnte. Abensur war jedoch erstaunt darüber, dass ein Gesandter des Hauses Holstein-Gottorf für schwedische Interessen verhandelte, wo doch das Herzogtum neutral war, auch wenn Herzog Carl Friedrich eine schwedische Mutter hatte. Aber vielleicht lag gerade hierin Abensurs Unvermögen, was seine Geschmeidigkeit auf dem diplomatischen Parkett anging. Politische Allianzen schienen ihm häufig noch flexibler als so manche kaufmännische Übereinkunft. Baron Görtz hingegen lavierte mit größter Bravour ein jedes seiner Anliegen durch die diplomatischen Wogen. Als der schwedische General Stenbock nach dem Brand von Altona die Gottorfsche Festung Tönning besetzte, versicherte Görtz unermüdlich, dass Holstein-Gottorf die Schweden nur um des Friedens und der Neutralität wegen in Tönning duldete. Inzwischen aber hatten die Russen unter Menschikow die Festung eingenommen und dachten nicht daran, sie den Gottorfern zurückzugeben. Es sah so aus, als stünde es nicht gut um das Haus Holstein-Gottorf. Die Dänen, Verbündete der Russen im Nordischen Krieg, erhoben lautstark Gebietsansprüche auf Kosten des kleinen Herzogtums. Hatte sich Baron Görtz deshalb aus Hamburg zurückgezogen und verhandelte nun in Berlin für die Schweden? Es wäre ein starkes Stück. Abensur schüttelte gedankenversunken den Kopf. Aber denkbar wäre es bei diesem Schlitzohr, dem Freiherrn von Schlitz, wie der Baron eigentlich hieß. Was immer den Baron aus Hamburg vertrieben hatte, sei es nun die Trauer um seine junge Frau oder die Diplomatie, für Abensur und sein neues Geschäft mit Meister Rednael hatte es einen spürbaren Nachteil: Die Türen des Palais standen ihnen nun nicht mehr offen, und einen Ersatz zu finden wurde immer dringlicher.

✧ ✧ ✧

In sich zusammengesunken saß Matthias Claussen auf der hölzernen Bank in der hinteren Ecke der Sakristei. Seine Finger fuhren monoton über das dicke, ledergebundene Buch auf seinen Knien.

Wrangel setzte sich schweigend neben seinen Freund. Die Luft in der Sakristei war kühl, kaum ein Geräusch von draußen drang zu ihnen durch.

»Ich fühle mit dir, mein Freund, und will dir helfen, wie ich nur kann, deinen Schmerz zu tragen.«

Claussen nickte stumm und fuhr fort, über den ledernen Buchdeckel zu streichen. Endlich hob er den Kopf und starrte auf das Kreuz, das auf dem kleinen Altar vor ihnen stand.

»Wie viele Male bin ich in Seinem Namen zu Kranken, Leidenden und Trauernden gegangen. Wie viele Male habe ich in der Heiligen Schrift Worte des Trostes und des Beistands für andere Menschen gesucht. Wie oft habe ich zu Ihm gebetet, damit Er anderen in ihrer Not hilft. Ich kenne die Worte auswendig, ich finde ohne Zögern die Zeilen in der Bibel. Doch keines Seiner Worte will jetzt zu mir durchdringen.« Claussens Kopf sackte auf seine Brust, und er schwieg mit zitternden Lippen. Wrangel legte die Hand auf Claussens Arm und verharrte mit ihm in der Stille.

»Der Schmerz betäubt dich, Matthias. Aber der Herr wird mit Seinem Frieden zu dir durchdringen. Das weißt du auch in der Tiefe deines Herzens. Gib dir etwas Zeit.«

»Aber wie soll ich Hanne helfen, Hinrich? Sie ist so verzweifelt. Und mir fehlen die Worte des Trostes für sie.«

»Nimm sie in die Arme. Halte sie fest und gib ihr das Gefühl, dass sie alles richtig gemacht hat, dass sie keine Schuld an Peters Schicksal trägt. Dann holt die Mädchen nach Hause und teilt euer Leid. Gemeinsam werdet ihr es überwinden.«

Claussen nickte und wischte sich mit dem Ärmel über das Gesicht. »Ich hoffe, du hast recht, Hinrich.«

HAMBURG, IM JULI 1713

Es war heiß in der Stadt. Aus den Fleeten stieg mit jeder Ebbe ein fauliger Geruch durch die Gassen Hamburgs wie auch über die Felder und Marschen vor der Stadt, doch kein Windzug verteilte ihn gnädig. Eva wischte sich mit einem kleinen Tüchlein den Schweiß von der Stirn. Seit gut zwei Stunden lief sie nun schon durch die Straßen und über die Märkte der Stadt und hielt Ausschau nach verlorenen, unglücklichen Kindern, denen sie mit einem Kanten Brot oder ein paar Kirschen eine Freude machen konnte. Es fiel ihr nicht leicht, Leanders Bitte nachzukommen. Nicht, dass sie zu scheu war, die Kinder anzusprechen, aber doch schien es ihr nicht recht, sie mit sich zu locken, selbst wenn sie ihnen viel mehr zu geben hatte, als die Armen sich vorstellen konnten.

Eva hatte sich eine Wohnung am östlichen Rand von Altona genommen, jenem Teil, der vom Brand weitgehend verschont geblieben war. Man munkelte, die Schweden hätten ihn ausgespart, damit das Feuer nicht nach Hamburg übergriffe, denn die Stadt habe schließlich dafür bezahlt, verschont zu werden. Die Wohnung war zwar klein, aber sauber. Sie war im Haus einer Witwe, die sich erboten hatte, auf Evas Sohn aufzupassen, wenn sie allein fortmusste. Es war ein gutes Arrangement. Zweimal die Woche durchstreifte Eva seitdem die Hamburger Straßen auf der Suche nach Engelskindern. Ein gutes Dutzend hatte sie in den letzten Wochen bestimmt schon zu Leander geschickt. Langsam sollte es genügen. Sie würde mit Leander reden müssen.

Auf einmal sah sie vor sich eine hochgewachsene, schlanke Frau, die mit linkisch schüchternen Schritten die Straße entlangtippelte. »Anna!«, rief Eva überrascht. Die Frau vor ihr glich in jeder ihrer Bewegungen Evas geliebter Freundin und Schwester im Glauben, Anna Sidonie von Calenberg. Eva raffte ihre Röcke und eilte der Frau nach. Doch bevor sie nahe genug herangekommen war, um sie anzusprechen, bog diese in eine enge Gasse ab. Als Eva die Gasse erreichte, sah sie darin niemanden mehr, nur der unerträgliche Gestank nach Unrat und faulem Wasser stieg ihr in die Nase. Das Herz schlug ihr bis zur Kehle, ihr Mund war trocken. War es tatsächlich Anna von Calenberg gewesen, die sie gesehen hatte, oder spielten ihre Sinne ihr Streiche? Erschöpft lehnte sich Eva gegen die Hauswand und blickte in das schmale Stück Himmel über den eng beieinanderstehenden Häusern der Gasse.

Deutlich sah sie wieder die fünf Schwestern von Calenberg vor sich, so wie sie damals in Allendorf zu ihnen, den Brüdern und Schwestern im Glauben, gestoßen waren. Charlotte und Anna waren schon über dreißig, aber genauso unverheiratet wie ihre jüngeren Schwestern. Sie alle waren ganz verdorrt vor nicht erfüllter Liebe. Eva hatte es gespürt, kaum dass sie die Hand auf Charlottes Arm gelegt hatte. Ein wahres Martyrium hatten die Schwestern hinter sich. Über Jahre hatten sie mit ansehen müssen, wie ihr Vater ihre Mutter eingesperrt hielt, da sie angeblich im Wochenbett ihres jüngsten Kindes, der kleinen Clara Elisabeth, ihren Verstand verloren hatte. Keinen Arzt ließ er zu ihr, auch keines der Kinder. Niemand nahm diese fortan mehr in den Arm, tröstete sie, sang sie in den Schlaf. In dem großen Haus, in dem die Schreie und das Gewimmer der eingesperrten Mutter widerhallten, herrschten unnachgiebige Tugendregeln, doch keine Liebe. Der Vater kümmerte sich nicht um die Mädchen, suchte ihnen keinen Ehemann. Nur an der Ausbildung des Sohnes hatte er noch Interesse. Als er endlich nach dreizehn Jahren starb, vererbte er die Güter und das gesamte Vermögen seinem Sohn. Die beiden ältesten Schwestern fanden als Erste ihren Weg zur Evischen Sozietät. So hilflos, so bedürftig nach Liebe und Nähe waren sie, dass Eva sie sogar nachts in ihr Bett holte, damit sie nicht allein in ihre Kissen weinten, sondern sich von ihr trösten ließen. Damals teilte sie ihr Lager noch mit Justus Winter. Leander war erst kurz zuvor zu ihnen gestoßen, nannte sich noch Johann Appenfeller, doch diente er der Gemeinschaft schon auf vielerlei Weise. Bald kamen auch die jüngeren Schwestern Calenberg zu ihnen. Sie waren hübsch, und ihre jungen Seelen schienen weitaus besser mit den Greueln ihrer Jugend umgehen zu können als die ihrer älteren Schwestern. Man nahm sie herzlich auf. Ottilie verliebte sich schon bald in Guillo, einen Bruder im Glauben, der auch ein wohlhabender Bürger aus Allendorf war. Sie heirateten mit dem Segen der Sozietät und nahmen die beiden jüngsten Schwestern Calenberg bei sich auf, da die Sozietät zusehends Anfeindungen ausgesetzt war. Dann wurde Anna von Calenberg schwanger. Zwar lebten die Brüder und Schwestern im Glauben in großer Liebe und Zuneigung miteinander, doch wusste ein jeder, wo die Grenzen verliefen und dass aus Liebe nicht unbedacht eine Leibesfrucht hervorgehen durfte. Schlimmer war noch, dass sich niemand zu dem werdenden Leben bekennen wollte. Nächtelang hatte Eva versucht Anna zu trösten, ihr Beistand zu leisten auf diesem schweren Weg. Tief in ihrem Innersten hatte sie aber das Schweigen der werdenden Mutter um den Vater verunsichert. Doch sie vertraute auf Gott, dass der Vater sich spätestens nach der Geburt bekennen würde. Es sollte noch schlimmer kommen. Noch keine vier Wochen war das Kind alt, als man es eines Morgens tot in seiner Wiege fand. Anna schrie und weinte drei Tage lang wie von Sinnen. Leander kümmerte sich damals intensiv um sie und wich kaum von ihrer Seite. Schließlich versiegten ihre Tränen und ihre Sprache. Aber im Ort hatte sich bereits das Gerede ausgeweitet. Die Evische Sozietät konnte nicht länger dort bleiben, wollte man keine Verfolgung durch die Obrigkeit riskieren. Wieder war es Leander, der eine Lösung fand. In Saßmannshausen in der Nähe von Laasphe konnten sie einen herrschaftlichen Hof vom Grafen Heinrich Albrecht zu Sayn-Wittgenstein pachten und so zunächst ungestört in seiner Grafschaft leben. Zum Glück verfügte die Gemeinschaft über genügend Geld. Viele der Brüder und Schwestern im Glauben stellten der Gemeinschaft all ihr Hab und Gut zur Verfügung. Es war eine glückliche Zeit. Auch Evas Mutter schloss sich damals der Sozietät an, was Evas Glück noch mehrte. Aber das Glück war nicht von Dauer. Der Herr hatte ihnen eine große Prüfung auferlegt. Danach war nichts mehr so wie zuvor.

»Ist Euch nicht gut, Frau? Ihr seid ja ganz blass.«

Erschrocken sah Eva sich um. Neben ihr stand ein kleines Mädchen von vielleicht acht Jahren mit langen blonden Zöpfen. Eva beugte sich lächelnd zu dem Kind hinab. »Danke, mein Kleines, mir ist etwas schwindelig von der Hitze und der schlechten Luft. Aber es geht schon wieder.«

Das Mädchen nickte. »Kommt mit, Ihr solltet etwas trinken, sonst fallt Ihr noch um.«

»Das ist lieb von dir.« Eva ließ sich von dem kleinen Mädchen von der Hauswand fort über die Straße zu einem öffentlichen Brunnen führen. Nachdem sie ein paar Schlucke von dem Wasser getrunken hatte, betrachtete sie das Kind genauer. Es trug ein geflicktes Kleid, das ihm nur knapp über die Knie reichte, und war barfuß. Die graublauen Augen umgaben dunkle Ränder, das Gesicht war ungewaschen. Eva ging in die Knie und nahm die Kleine bei den Händen. Sie waren rauh und unter den Nägeln schwarz vor Schmutz. »Du bist ein gutes Kind, dass du mir geholfen hast. Aber was tust du hier allein auf der Straße?«

Das Mädchen senkte schweigend den Blick.

»Wo ist deine Mutter?«

»Die Mutter arbeitet an der Bleiche.«

Eva griff in ihre Schürzentasche und zog ein großes Stück Brot hervor. »Hast du Hunger?«

Das Mädchen starrte das Brot gierig an und nickte scheu.

»Dann nimm es und lass es dir schmecken.«

Das Mädchen lächelte sie schüchtern an, murmelte ein »Danke« und huschte davon.

Eva sah ihr nach. Was für ein entzückendes Kind. Ein wahres Engelskind. Ja, Leander hatte recht. Mit solchen Kindern musste die Evische Sozietät ihre Zukunft aufbauen. »Kleines!«

Das kleine Mädchen drehte sich kauend nach ihr um.

»Morgen Nachmittag bin ich wieder hier und bringe Kirschen mit. Wenn du magst, kannst du davon so viele probieren, wie du willst.«

Das Mädchen lächelte scheu und nickte Eva schließlich zu.

✧ ✧ ✧

»Ich möchte meiner Befriedigung darüber Ausdruck verleihen, dass wir hier heute noch bei gesunder Luft zusammengefunden haben.«

Die Worte des Bürgermeisters von Bostel, mit denen er am Abend zuvor einen Empfang im Rathaus eröffnet hatte, klangen unheilvoll in Ruths Ohren nach, als sie mit Doktor Biester und anderen Mitgliedern des Sanitätskollegiums hinaus vor das Dammtor fuhr, um ein neu ausgehobenes Massengrab auf seine Tauglichkeit für Pestopfer zu inspizieren.

Das Grab lag in einer Senke. Gut zehn Schritt in der Breite und vier in der Länge maß es und war so tief ausgehoben, dass der Grund nicht sogleich zu sehen war. Aber nicht zu ignorieren war der penetrante Geruch von totem, verwesendem Fleisch und vom es bedeckenden Kalk, der sich mit der schwülen Sommerluft mischte. Ruth zog ein kleines Schnupftuch aus ihrem Ärmel und hielt es sich vor Mund und Nase. Andere Mitglieder des Sanitätskollegiums taten es ihr gleich, während der Brookvogt und der Totengräber dem Kollegium umständlich erklärten, nach welchen Bestimmungen die Leichen hier abgelegt wurden. Je nach Größe der Körper konnte das Grab zwischen fünfzehn und zwanzig Körper fassen. Sie hatten jeweils großzügig mit Kalk bedeckt, einer speziellen, die Pest abweisenden Essenz bestreut zu werden und die Graböffnung war vorübergehend mit Bastmatten abzudecken, bis das Grab vollständig belegt war und geschlossen werden konnte. Länger als drei Tage sollte dies aber nicht dauern.

Ruth spürte einen säuerlichen Geschmack im Mund und suchte in ihrem kleinen Beutel, den sie bei sich trug, nach einem Fläschchen mit Riechsalz, führte es unauffällig unter ihre Nase und atmete die starke Essenz ein.

»Und wie lange ist dieses Grab schon offen?«, hörte sie Doktor Biesters Stimme.

»Heute ist der zweite Tag, Herr.«

Biester grummelte zustimmend. »Nun gut, dann wollen wir mit der Inspektion beginnen und prüfen, ob hier alles ordnungsgemäß vonstattengeht.«

Die Mitglieder des Sanitätskollegiums traten an den Rand der Grube und blickten hinab. Ruth zögerte zunächst, überwand sich dann aber und stellte sich neben Doktor Biester. Sieben Leichen lagen in der unteren Reihe, drei darüber. Vier von ihnen waren offensichtlich Frauen, keine mehr jung, soweit sich das unter dem Kalk, der das Haar weißte, erahnen ließ. Von den Männern wirkten zwei noch recht jung, und am Rand lag ein Kind. Die langen blonden Haare waren wild zerzaust und bedeckten das Gesicht zur Hälfte. Es war ein Mädchen, nicht viel älter als Marie. Ruth hielt sich erneut das Fläschchen unter die Nase.

»Ihr müsst hier nicht stehen, Frau Wrangel.«

»Doch, denn nur so dringt das Grauen wirklich in unser Herz und verleiht uns die Kraft, die wir brauchen, um mit allen Mitteln dagegen anzukämpfen.« Sie steckte das Fläschchen zurück in den Beutel, straffte den Rücken und musterte erneut die Toten. »Sie sind alle Opfer der Seuche, nicht wahr?«

»Ja, sonst dürften sie hier gar nicht liegen. Bedenkt, wie kostspielig die Reinhaltung der Grabstätte ist.«

»Seht Ihr das kleine Mädchen, Doktor Biester? Es sieht gar nicht danach aus, als ob es Bubonen oder Karbunkel hätte.«

»Vielleicht hat das Fieber das arme Kind weggerafft, bevor sich ein äußeres Zeichen der Pest einstellen konnte.«

Ruth ließ ihren Blick erneut über den kleinen toten Körper schweifen. Das Hemd war zerrissen, an einem Handgelenk waren rote, wunde Striemen. Der dünne Oberarm hatte drei blaue Streifen, die nach einer Prellung aussahen. Konzentriert glitt Ruths Blick weiter über den Leichnam. Die Füße waren nackt. Sie konnte nur einen sehen, der andere war von dem Bein eines alten Mannes bedeckt. An der Innenseite eines Oberschenkels, gleich über dem Knie, machte Ruth erneut dunkel verfärbte Streifen aus. Aber sie war sich nicht sicher, da das Bein mit Kalk bestreut war. Weiter oben am Schenkel war der Kalk braun verfärbt. Einem Rinnsal gleich, das sich aus der Richtung des kleinen Schoßes ergoss, zog sich die braune Verfärbung hin. Blut. Aber das Mädchen war zu jung, als dass es schon seine Monatsblutung haben konnte. Ruth ergriff den Arm des Physikus. »Schaut Euch das kleine Mädchen noch einmal an, Doktor Biester. Mir scheint, dass es Wunden an seinem Körper hat, die nicht von der Seuche stammen können.«

Missmutig schaute der Physikus erneut in die Grube auf das tote Kind. »Was für Wunden vermeint Ihr denn an dem Leichnam zu sehen, Frau Wrangel?«

»Seht Ihr die Striemen am Handgelenk? Sie sehen nach Einschnürungen aus. Am Arm und am Bein scheinen mir Prellungen vorhanden zu sein. Und ist das nicht Blut, das den Schenkel hinuntergeronnen ist?«

»Die Stelle am Handgelenk, das sind wohl Petechien, winzige Blutungen unter der Haut. Einige Pestopfer weisen sie auf. So auch dieses Mädchen. Das sind keine Prellungen, sondern eher erste Zeichen von Karbunkeln, Eiterbeulen. Das Mädchen ist gestorben, bevor sie sich richtig ausbilden konnten.«

»Aber das sind doch Streifen, keine Beulen. Und gleich drei nebeneinander. Auch sind sie nicht in der Nähe der Achselbeugen, wo normalerweise die Beulen entstehen, wie Ihr mich gelehrt habt. Mir scheinen sie eher Druckstellen eines festen Griffs auf dem Arm zu sein, als habe jemand das Kind gewaltsam gehalten.«

»Nun, vielleicht habt Ihr recht und die Kleine hat sich im Fieberwahn so aufgeführt, dass man sie halten musste.«

»Habt Ihr das Blut zwischen den Beinen gesehen? Sie ist noch ein Kind, zu jung für die Menses.«

»Das Blut, wenn es denn welches ist, stammt wohl von einer geplatzten Bubone in der Leistengegend. Dort finden sie sich häufig.«

Ruth schüttelte den Kopf. »Das ist nicht sehr wahrscheinlich. Ihr lehrtet mich doch, dass die Pestbeulen zur gleichen Zeit auftreten, nicht nacheinander. Wenn die Stellen an den Armen beginnende Karbunkel sind, wie kann dann in der Leistengegend eine Pestbeule schon so reif sein, dass sie platzt?«

Biester warf Ruth einen maßregelnden Blick zu. »Und woran meint Ihr, verehrte Frau Wrangel, ist dieses Mädchen gestorben? An einem zu festen Griff um den Arm vielleicht?«

»Wohl kaum«, entgegnete Ruth in ruhigem Ton. »Aber um es herauszufinden, müssten wir die Leiche genauer untersuchen.«

»Seid Ihr von Sinnen, Frau? Habt Ihr vergessen, wie ansteckend die Pest ist? Niemand berührt freiwillig und ohne guten Grund eine Pestleiche. Nicht umsonst sehen wir uns hier gerade die sichere Verbringung der Toten an. Das Kind ist ein Opfer der Pest, sonst wäre es nicht in diese Grube gelangt. Lasst Euch nicht von Euren Sinnen täuschen, Frau Wrangel, die Euch vorspielen, dass es einen anderen Grund für diesen tragischen Tod gäbe. Wir müssen der Wahrheit ins Auge blicken. Die Pest rückt unaufhaltsam näher, ganz gleich, wie wir uns auch bemühen, sie von unserer Stadt fernzuhalten. Keiner von uns mag sich das eingestehen, da wir alle vor den grausamen Folgen erzittern. Halten wir uns nicht an fadenscheinigen Vermutungen auf, sondern lasst uns alle Vorkehrungen treffen, die Seuche so gut wie möglich im Zaum zu halten.« Er ließ Ruth am Rand der Grube stehen und trat auf den Brookvogt zu, der das Sanitätskollegium hierherbegleitet hatte. »Brookvogt, gebt dem Totengräber Anweisung, das Grab noch heute zu schließen und daneben ein frisches, kleineres auszuheben. Bei der Hitze, die zurzeit herrscht, sollte kein Grab länger als zwei Tage offen bleiben. Die Dämpfe, die entweichen, sind zu giftig, und die Mittel, sie in Schach zu halten, teuer. Da kommt es günstiger, wenn öfter kleinere Gruben gegraben werden.«

✧ ✧ ✧

Ein Geräusch schreckte Wrangel auf. Ein Buch war auf den Holzboden gefallen. Er stöhnte leise und hob mühsam den Kopf. Er war am Schreibtisch über seinen Papieren eingeschlafen. Die Tage waren einfach zu lang, die Nächte viel zu kurz geworden. Die Trauer seines Freundes Matthias um den Tod seines jüngsten Kindes bedrückte ihn. Wenigstens war die Angelegenheit mit den Russen vom Tisch. Aber nur hier in Hamburg. Aus Lübeck hörte man beunruhigende Neuigkeiten. Menschikow hatte die gleiche Vorstellung noch einmal in der benachbarten Hansestadt durchgezogen. Mit einer Reihe von angeblichen Vergehen der Lübecker gegen russische Bürger hatte er von dem Lübecker Rat eine stattliche Entschädigungszahlung gefordert und seine Armee während der kurzen Bedenkzeit längs der Trave haltmachen lassen. Die Lübecker hatten gezahlt, wie zuvor die Hamburger. Aber nun forderten Lübecker Kaufleute vor dem Hamburger Niedergericht von Hamburgern ausstehende Schulden ein. Die ganze Woche schon war das Gericht mit Vergleichen beschäftigt.

Leise öffnete sich die Tür, und Ruth trat ein. »Bist du fertig mit deiner Arbeit, Hinrich? Ich hörte ein Geräusch.«

Wrangel lächelte seiner Frau müde zu. »Fertig bin ich noch nicht, aber dennoch sollte ich unbedingt ein paar Stunden schlafen. Lass uns zu Bett gehen. Es ist gewiss schon sehr spät.«

»Allerdings, aber vorher möchte ich dir noch etwas erzählen, was mich sehr beschäftigt, und dich um Rat und Hilfe bitten.«

Wrangel spürte die bleierne Müdigkeit, die auf ihm lag. »Jetzt noch? Warum bist du nicht vorher zu mir gekommen?«

»Du hattest Anweisung erteilt, man möge dich in den nächsten Stunden nicht beim Arbeiten stören.«

»Ja, aber das gilt doch nicht ... Nun gut, was gibt es denn?«

»Ich war heute Vormittag mit dem Sanitätskollegium auf einer Visite, und da haben wir die Leiche eines kleinen Mädchens gesehen.«

»Das war bestimmt furchtbar. Und jetzt quält dich die Erinnerung an den Anblick, nicht wahr?«

»Ja.«

Wrangel atmete laut aus. »Ruth, diese Arbeit ist zu anstrengend für dich. Ich habe es dir schon öfter gesagt. Sie ist belastend. Und gefährlich ist sie auch. Du bist eine Frau und dafür nicht gemacht. Es gibt schon Gründe, warum gewisse Tätigkeiten nur von Männern ausgeführt werden sollten. Jetzt hör endlich auch einmal auf mich und nimm dich zurück …«

»Das ist es nicht, Hinrich. Mich quält nicht der Anblick eines toten Kindes, so grausam er auch ist. Mich quält der Zustand, in dem der Leichnam war, und die offensichtliche Weigerung von Doktor Biester, dies wahrhaben zu wollen.«

Wrangel lehnte sich zurück, kreuzte die Arme vor der Brust und musterte seine Frau angestrengt.

»Das tote Kind ist offensichtlich nicht an der Pest gestorben, aber Biester widersprach mir und kanzelte mich regelrecht ab.«

»Wo war denn das Kind?«

»In einem frisch ausgehobenen Grab für Seuchenopfer. Die Stadt hat angeordnet, dass die Pesttoten unter strengen Schutzvorkehrungen bestattet werden.«

»Wie bitte? Du hast ein Pestgrab inspiziert? Ruth, bist du von Sinnen? Du hast auch deiner Familie gegenüber eine Verantwortung. Wir haben drei Kinder, und du inspizierst offene Gräber von Pesttoten! Willst du uns die Seuche ins Haus holen?« Wrangel war vor Erregung aufgesprungen und ging im Kabinett auf und ab.

»Ich hielt den gebotenen Sicherheitsabstand und habe nichts berührt, Hinrich. Aber das Kind hatte nicht die Pest.«

»Es ist mir egal, ob das Kind die Pest hatte oder nicht. Ich will nicht, dass du dich so in Gefahr bringst. Ich verbiete dir, weiter dem Kollegium zur Seite zu stehen, wenn dies das Resultat davon ist!«

»Das Kind wies Spuren von Gewalt auf, Hinrich«, entgegnete Ruth ruhig. »Ich bitte dich, mir bei der Klärung zu helfen, wer das Kind ist und ob ihm tatsächlich tödliche Gewalt angetan wurde.«

»Das ist die Aufgabe von Doktor Biester, nicht deine, Ruth. Lass ihn sich darum kümmern.«

»Darum rede ich ja mit dir, Hinrich. Biester wollte die offensichtlichen Hinweise nicht sehen!«

»Was für Hinweise?«

»Der Leichnam wies Spuren von Gewalt auf. Rote Striemen an den Handgelenken, Quetschungen an Armen und Beinen, Blut im Schoß.« Ruths Stimme war mit jedem Indiz leiser geworden. Sie starrte Wrangel eindringlich an, griff seine Hand und flüsterte: »Bitte.«

»Und was soll ich deiner Meinung nach tun?«

»Schick den Brookvogt vor das Dammtor auf den Friedhof, lass das Grab öffnen und die Leiche untersuchen.«

Wrangel entzog seiner Frau die Hand. »Du bist von Sinnen, Ruth.«

»Bitte, Hinrich!«

»Komm zu dir! So eine Anweisung dürfte höchstens der Prätor erteilen, und ...«

»Dann sprich mit ihm!«

Wrangel schlug mit der flachen Hand auf den Tisch. »Genug!« Er ging auf Ruth zu, ergriff sanft ihre Schultern und gebot ihr so, sich zu setzen. »Ruth, wenn der Stadtphysikus eine eingehende Untersuchung nicht für angebracht hält und das Grab hat schließen lassen, dann muss es schwerwiegende Gründe geben, an seiner Urteilskraft zu zweifeln. Diese Gründe habe ich nicht. Du weißt besser als die meisten, wie schlecht es um Hamburg steht. Wir brauchen keine weitere Unruhe. Und Zweifel an der Urteilskraft unseres erfahrenen und ehrenwerten Stadtphysikus brauchen wir jetzt schon gar nicht. Dein Anliegen zeugt von Leichtsinn und ist verantwortungslos.«

Ruth senkte den Blick und schwieg.

Wrangel stapelte seine Papiere und verschloss die wichtigsten Unterlagen in einer schweren Truhe. Dann rückte er seinen Stuhl an den Tisch und reichte Ruth die Hand, damit sie ihm nach oben ins Schlafzimmer folgte. Aber sie blieb unbeweglich sitzen.

»Das Mädchen war nicht älter als Marie, Hinrich. Die Spuren von Gewalt an seinem kleinen Körper haben mir Angst gemacht. Ja, sie taten mir regelrecht weh.«

»Ich verstehe dich, Ruth. Du erlebst gerade Furchtbares. Und der Tod des kleinen Jungen der Claussens tut ein Übriges dazu. Auch ich werde immer wieder von der Sorge um euch alle heimgesucht. Ich habe schon darüber nachgedacht. Du und die Kinder, ihr solltet hinausfahren nach Borstel und dort die nächsten Monate verbringen. Ganz gleich, was der Bürgermeister heute gesagt hat, es steht schlecht um Hamburg. Ihr solltet fahren, solange ihr noch aus der Stadt hinausdürft.«

»Könntest du wenigstens bei Gericht prüfen, ob ein kleines Mädchen von höchstens sieben Jahren, mit blonden Haaren und zierlich gebaut, vermisst wird?«

»Ruth …«

»Bitte, Hinrich! Wenn es niemand als vermisst gemeldet hat, dann ist es ja vielleicht wirklich an der Pest gestorben und nicht an …«

»Gut. Ich werde mit dem Brookvogt reden. Der verwaltet die Vermisstenanzeigen. Aber jetzt lass uns schlafen gehen.«

✧ ✧ ✧

In zügigem Trab rollte die Kutsche den Heerweg von Eppendorf in Richtung Niendorf entlang. Es war noch früh am Morgen, und der Verkehr in der Stadt hatte sich in Grenzen gehalten. Louis Abensur blickte wohlgelaunt aus dem Wagenfenster. Am liebsten hätte er ein Liedchen gepfiffen, aber das wagte er in der ehrfurchtgebietenden Anwesenheit von Meister Rednael nicht. Der war trotz des sommerlich warmen Wetters wie immer in Schwarz gekleidet, den Dreispitz tief ins Gesicht gezogen. Selbst auf eine Perücke hatte er nicht verzichtet. Abensur hingegen trug einen leichten seidenen Rock in Puderrosa mit cremefarbenen Umschlägen und schimmernden Perlmuttknöpfen, eine Kreation, die er sich hatte in Paris anfertigen lassen. Dazu hatte er eine cremefarbene Kniebundhose, Seidenstrümpfe in Puderrosa sowie cremefarbene Schuhe mit einem erhöhten Absatz in französischen Stil gewählt. Schließlich war er nicht sehr groß gewachsen, und gegen den stattlichen Meister wollte er nicht zu klein wirken.

Die beiden Männer hatten sich kurz vor Öffnung der Stadttore bei einem Mietstall am Dammtor getroffen, um gemeinsam in das kleine Dorf Borstel zu fahren und dort das Anwesen der Familie Tieffbrun zu besichtigen, das zur Vermietung angeboten wurde. Als Abensur auf einem Gesandtenempfang davon gehört hatte, war ihm sogleich Meister Rednael in den Sinn gekommen. Schließlich suchte jener Ersatz für die Räumlichkeiten, die zuvor Baron Görtz zur Verfügung gestellt hatte. Sollte das Geschäft zustande kommen, so versprach Abensur sich eine stattliche Provision von fünf Prozent.

Meister Rednael hielt den Blick unverwandt geradeaus gerichtet, als sei ihm die vorbeiziehende Landschaft gleichgültig.

An der Borsteler Brücke zeigte Abensur den dänischen Grenzsoldaten mit hochmütigem Blick seine Papiere, die ihn als polnischen Gesandten auswiesen, und die Kutsche durfte ohne weitere Inspektionen weiterfahren. Die Straße stieg sanft an und führte an einem kleinen Wäldchen vorbei. Meister Rednael warf einen flüchtigen Blick aus dem Fenster. »Ist es noch weit, Herr Abensur?«

»Wir sollten bald ankommen, Meister Rednael. Man sagte mir, das Anwesen sei nicht allzu weit von der Grenzbrücke entfernt.«

Schon lichtete sich das Wäldchen, und neben ihnen erhob sich eine dichte, hohe Buchenhecke. Kurz darauf bog die Kutsche scharf nach links, und aus dem Wagenfenster konnte man bereits das Dach des Haupthauses, eines imposanten Backsteinbaus, sehen. Die Kutsche hielt direkt vor dem verschlossenen Tor. Der Kutscher sprang vom Bock, versuchte es zu öffnen, aber es war mit einer großen Kette verschlossen. Unschlüssig zog er die Schultern hoch und blickte sich fragend zu Abensur um, der jede seiner Bewegungen mit seinen Blicken verfolgte. Schließlich stiegen die beiden Herren aus der Kutsche und vertraten sich die Beine, während der Kutscher sich nach jemandem umsah, der ihnen öffnen konnte.

»Von außen macht das Haus ja einen ganz stattlichen Eindruck, Herr Abensur. Auch liegt es recht einsam, soweit ich das beurteilen kann.«

Abensur nickte beflissen. »Ja, Meister. Ein paar Bauernhäuser liegen hier verstreut, aber der ganze Frustberg, wie sich diese Gegend nennt, gehört der Familie Tieffbrun.«

Endlich kam der Kutscher mit einem Mann zurück, der den Herren das Tor aufschloss und sie zum Haus führte. Über dem Haupteingang prangte das Wappen der Tieffbruns. Abensur und Meister Rednael traten ein und fanden sich in einer geräumigen Diele wieder, von der links ein Vorzimmer und rechts ein großer Saal abging, der dank einer großzügigen Doppeltür Zugang zu dem weitläufigen Garten bot. Er befand sich in einem vernachlässigten Zustand, die seiner Üppigkeit keinen Abbruch tat. Mehrere Rosenbüsche leuchteten rotorange vor dunklen Rhododendren, deren violette Blüten schon verblüht waren. Das Gras des Rasens war zu einer kniehohen Wiese herangewachsen, die Sandwege bedeckt von altem Laub und verwehten Blütenblättern. Bienen und Hummeln summten um den blühenden Klee und den wilden Mohn, der wie zarte rote Farbtupfer über die Wiese gestreut war.

»Gibt es weitere Räume?«, wandte sich der Meister an den Mann, der ihnen aufgeschlossen hatte.

»Ja, Herr, im anderen Teil des Hauses befinden sich die Landdiele, die Küche und die Gärtnerwohnung. Ein Gärtner wohnt dort zurzeit jedoch nicht. Der alte Ratjens starb im letzten Winter, und ein neuer wurde noch nicht bestellt. Darum sieht es auch so arg aus im Garten.«

Meister Rednael nickte und blickte zur Treppe hinüber, die in den ersten Stock führte. »Und oben?«

»Oben sind die Schlafzimmer, Herr. Über der Landdiele liegen die Schlafkammern der Dienerschaft, der Torfboden und ein Taubenschlag. Aber der ist leer. Es fehlt eben am Herrn, der die Richtung weist.«

»Und wer bist du?«, wandte sich Abensur an den Mann.

»Ich bin der Schmied im Ort, Herr. Ich verwahre nur die Schlüssel für die Familie Tieffbrun. Die Herrschaften waren schon seit über einem Jahr nicht mehr hier draußen.«

Abensur nickte und musterte dann den Meister. »Was haltet Ihr von dem Haus, Mei…«

Rasch fiel ihm Rednael ins Wort. »Nicht verkehrt, nicht verkehrt. Gibt es einen Keller?«

»Soweit ich weiß, nicht, Herr. Aber ich kann es Euch nicht mit Gewissheit sagen. Vielleicht geht von der Küche ein Kriechkeller ab. Wollt Ihr, dass wir nachsehen?«

»Nein, zeig mir lieber den Torfboden.«

Die Männer gingen durch eine kleine Tür am Rand der Wohndiele hinüber in die Landdiele, die um einiges größer, aber auch deutlich einfacher war. Der Boden war aus gestampftem Lehm, und entlang der Wände standen schwere, einfache Tische, die für alle möglichen Arbeiten herangezogen werden konnten. Auch einen Herd gab es, mit dem der Ofen im Vorzimmer befeuert wurde. Am Ende der Diele führte eine Tür nach Osten hinaus in den Garten. Der Schmied öffnete sie den beiden Herren, und sie spazierten durch den verwilderten Garten, während der Schmied wieder das Haus abschloss.

»Nun, Meister Rednael, wie gefällt Euch das Haus?«

»Merkt Euch eins, Herr Abensur, lasst vor keinem Fremden unbedacht meinen Namen fallen. Je weniger man über mich weiß, desto besser ist es.«

Abensur nickte unterwürfig. Es war nicht das erste Mal, dass der Meister ihn in dieser Sache ermahnt hatte. Doch war es einfach eine hartnäckige Angewohnheit von ihm, die Menschen in seiner Umgebung stets bei ihrem Namen zu nennen, bekundete das doch schließlich, dass er mit ihnen bekannt war.

Als sie das prächtige Backsteinhaus ein Stück hinter sich gelassen hatten und die hohen Buchen gnädig ihren Schatten auf die beiden warfen, brach der Meister das Schweigen.

»Ihr sagtet, es gäbe bereits Interessenten für dieses Anwesen. Wisst Ihr auch, wer es ist?«

»Von Graf Rantzau hörte ich, dass sich ein dänischer, hochdekorierter Offizier für das Haus interessiere. Schließlich liegt es unmittelbar an der Grenze zu Dänemark, was dem Herrn wohl gefallen dürfte.«

Rednael nickte. »Rantzau, sagt Ihr. Das hört sich doch ganz interessant an.« Er schwieg eine Weile nachdenklich. »Wenn es nicht sogar eine viel bessere Lösung wäre.«

Abensur sah bereits seine Felle davonschwimmen. Doch so schnell wollte er nicht aufgeben. »Also, wenn Ihr mich fragt, Meister Rednael, dann ist dieses Haus genau richtig für Eure Unternehmung. Ruhig und abgelegen, wie es ist, lässt es sich gut nutzen für eine diskrete, um nicht zu sagen, geheime Zusammenkunft. Sicherlich wird man auf dem Grundstück auch irgendwo Pferde unterbringen können, so dass selbst die nirgendwo Aufsehen erregen. Großzügig ist das Haus, der Saal hat die nötige Eleganz, in der Küche ließe sich ein feines Mahl bereiten.«

»Ihr wisst nicht, wovon Ihr sprecht, Herr Abensur«, unterbrach Meister Rednael den plappernden Redefluss des Diplomaten. »Und seid froh, dass Ihr es nicht wisst, denn so bleibt Euch die Arbeit für mich erhalten.«

Abensur zuckte zusammen. Der Meister hatte also kein Interesse an dem Anwesen. Das bedeutete nichts weniger, als dass auch Abensur mit keiner üppigen Provision rechnen konnte. Aber die Kosten für die Fahrt hier hinaus, die Kutsche und den Fahrer würde er ihm trotzdem berechnen. Während er im Kopf bereits die fällige Summe überschlug, ergriff auf einmal Meister Rednael seinen Arm.

»Hört zu, Abensur. Findet heraus, wer dieser Däne ist, und bestärkt ihn darin, dass er das Anwesen tatsächlich mietet. Dann prüft ihn auf die gewohnte Weise. Sollte er sich für den geheimen Zirkel eignen, was wir hoffen wollen, stellt den Kontakt zu mir her. Alles andere wird sich finden.«

Abensur atmete laut aus. Also tatsächlich keine Provision. Ein verschenkter Tag.

»Um Euer Geld macht Euch keine Sorgen. Die Auslagen für den heutigen Tag übernehme ich. Und wenn Ihr jenen Offizier für uns gewinnen könnt, will ich Euch für seine Werbung den doppelten Anteil als gewöhnlich zahlen.« Der Meister reichte dem Gesandten ein kleines Säckchen mit Geldstücken. »Nehmt dies als Anzahlung für Eure Mühen. Und wisst, dass ich mit Eurer Arbeit wohl zufrieden bin.«

✧ ✧ ✧

Die Glocken von Sankt Petri schlugen bereits die zwölfte Stunde, aber die Wrangelsche Kutsche war immer noch nicht fertig beladen mit all den Dingen, die mit ins Landhaus nach Borstel sollten. Nun konnte man vor dem Aufbruch auch noch ein Mittagessen einnehmen. Ruth lief unruhig durch das Haus und suchte die letzten fehlenden Dinge zusammen. Draußen war es schwülwarm, aber hinter den dicken Steinmauern hielt sich eine angenehme Kühle. Aus der Küche drang das tiefe Lachen von Jurek zu ihr. Er war schon in der Frühe in der Kleinen Johannisstraße eingetroffen, um sie und die Kinder hinaus aufs Land zu bringen. Hinrich wollte es so, und sie war inzwischen zu kraftlos, um sich länger dagegen zu wehren. Im Grunde ihres Herzens wusste sie zudem, dass er recht hatte. In der Stadt wütete die Seuche schlimmer als in Borstel. Auch war die Familie auf dem Land leichter mit Lebensmitteln zu versorgen. Aber Ruth passte der Gedanke nicht, dass Hinrich nicht mit ihnen kam, sondern allein in Hamburg zurückbleiben wollte, um seinen Aufgaben am Niedergericht nachzugehen. Erst als er ihr versprach, Anfang August nachzukommen, hatte sie schließlich nachgegeben. Ob es dann allerdings noch möglich sein würde, die Stadt zu verlassen, wusste der Himmel. Jeden Morgen, jeden Abend betete sie, dass die Seuche an der Stadt vorüberziehen möge und das Schlimmste nicht einträte. Aber mit jedem Tag, den sie mit dem Physikus Biester auf Visite ging, schwand ihre Hoffnung. Die Krankenfälle verdoppelten sich beinahe täglich. Und es gab so gut wie nichts, womit man den armen Menschen helfen konnte. Ihre Haut war schon ganz spröde vom dauernden Waschen mit Essigwasser. Dreimal täglich wusch sie sich und die Kinder inzwischen. Auch dem Gesinde befahl sie es und sorgte dafür, dass stets genügend Essig vorrätig war.

Sie hörte die Tür des Hintereingangs zuschlagen. Vielleicht war das endlich die Magd, die sie vor über einer Stunde auf den Markt geschickt hatte, um noch einige Besorgungen für sie zu erledigen. Kurz darauf verstummte Jureks Lachen, und sogleich legte sich ein beklemmendes Gefühl auf Ruths Herz. Ob die Stadttore geschlossen worden waren? Sie hörte Schritte auf der Treppe, und kurz darauf klopfte es an ihrer Tür.

»Gnädige Frau, entschuldigt, dass ich so spät wiederkomme, aber ich wurde aufgehalten.« Die Magd stand mit bleichem Gesicht und großen Augen in der Tür.

»Sprich, Lisbeth, was ist passiert?«

»Ich traf zwei Mägde der Familie Claussen. Sie suchten jeden Markt der Stadt nach der kleinen Greta ab. Sie ist verschwunden.« Die Magd sah zu Boden.

»Verschwunden? Was meinst du damit?«

»Greta ist verschwunden. Sie ist wohl heimlich aus dem Haus gegangen und seitdem fort.«

Ruth schüttelte ungläubig den Kopf. »Wieso heimlich aus dem Haus gegangen? Was soll das heißen?«

»Die Magd berichtete, dass Greta schon am Morgen, als die Kinder geweckt wurden, nicht mehr in ihrem Bett war. Man dachte sich zunächst nichts dabei. Aber als sie auch nicht zum Frühstück erschien und nirgends im Haus oder in der Kirche zu finden war, machte sich Frau Claussen Sorgen und lässt nun nach ihr suchen. Mich baten die Mägde, ihnen bei der Suche auf dem Hopfenmarkt zu helfen, darum komme ich später. Soeben berichtete ich schon unten in der Küche von dieser Sache. Aber hier ist die Greta wohl auch nicht, oder?«

Ruth fühlte einen plötzlichen Schwindel. Wie konnte das Kind einfach weg sein? Sicherlich hatte sie nur irgendwo beim Spielen die Zeit vergessen. Andererseits war Greta dafür viel zu verantwortungsbewusst. Und seit dem Tod ihres kleinen Bruders …

»Hat man schon auf dem Friedhof nach ihr gesucht? Vielleicht wollte sie das Grab ihres kleinen Bruders besuchen.«

Lisbeth zuckte mit den Schultern. »Davon haben die Mägde nichts gesagt.«

»Hör zu, Lisbeth. Die Kinder sollen mit dem Gesinde in der Küche essen. Ich werde geschwind zu den Claussens laufen und hören, was es dort Neues zu berichten gibt. Sag Jurek, dass wir aufbrechen, wenn ich zurück bin.«

Als Ruth auf die Straße trat, schlug ihr die feuchtwarme Luft entgegen. Sie lief eilig die Straße hinunter zum Ness und dann auf direktem Weg weiter nach Sankt Katharinen. Die Straßen waren voll von Menschen, die sich zur Mittagsstunde aufmachten, etwas zu essen. Viele hielten sich ein Tuch vor den Mund und blickten starr vor sich hin, als wollten sie jeden Kontakt zu anderen Leuten meiden. Sie erkannte einige Kaufleute, grüßte aber kaum einen, sondern setzte ihren Weg so schnell wie möglich fort.

Im Pastorat herrschte helle Aufregung. Hanne Claussen erteilte in schrillem Ton Anweisungen an die Mägde, die kleine Mate saß auf der Treppe und weinte, und das Gesinde huschte geschäftig hierhin und dorthin. Von Matthias Claussen war nichts zu sehen. Als Hanne die Freundin bemerkte, hielt sie mit ihren Weisungen inne und fragte mit zitternder Stimme: »Ist sie bei euch?«

»Nein, liebe Hanne, bei uns ist Greta nicht. Aber erzähle doch, was genau passiert ist.«

»Ach, wenn ich das nur wüsste. Greta ist seit heute früh verschwunden, und keiner weiß, wo sie steckt. Wir haben sie schon überall gesucht, doch niemand hat sie gesehen.«

»Und wenn sie nun doch zu den Engeln gegangen ist …«

»Rede keinen Unsinn, Mate!« Hanne musterte ihre jüngste Tochter mit strengem Blick, so dass diese erneut zu schluchzen begann.

»Zu den Engeln?«, fragte Ruth erstaunt.

»Ach!«, wiegelte Hanne ab. »Seit dem Tod von Peter reden die Mädchen andauernd von den Engeln, weil sie davon überzeugt sind, dass Peter jetzt ein Engelchen ist.« Hannes Stimme war mit jedem Wort leiser geworden.

»Habt ihr schon auf dem Friedhof nach ihr gesucht? Mir kam nämlich auch gleich der Gedanke, sie könnte dorthin gegangen sein.«

»Matthias ist auf dem Weg dorthin«, seufzte Hanne erschöpft. »Ach, Ruth, was soll ich nur tun? Greta kann was erleben, wenn sie nach Hause kommt. Dabei weiß sie doch ganz genau, wie viele Sorgen ich habe. Muss sie dann noch so etwas anstellen?«

Die Köchin kam mit einem steinernen Krug voll kühler Limonade aus der Küche und schenkte jeder der Frauen einen Becher voll ein. Dankbar nahmen sie die Erfrischung an.

»Aber sie wollte doch zu den Engeln, gerade weil du dir solche Sorgen machst«, flüsterte Mate durch ihre langen Haarsträhnen von der Treppe herüber.

»Mate!« Hanne Claussen stellte den Becher unwirsch auf einer kleinen Kommode ab und schickte ihre jüngste Tochter mit strengen Worten fort.

»Greta wird bestimmt bald zurück sein.«

Hanne nickte, und Ruth verabschiedete sich von der Freundin. »Wir werden noch heute nach Borstel aufbrechen und dort die nächsten Wochen verbringen.«

»Du verlässt Hamburg? Steht es denn schon so schlimm um die Stadt?«

Ruth spürte wieder den Druck auf dem Herzen. »Nein, Hanne. Aber Hinrich wünscht es so. Doch wenn du mich hier noch brauchst, wenn ich dir noch helfen kann, gib mir Bescheid, und ich …«

Hanne schüttelte den Kopf. »Nein, liebe Ruth. Fahr nur. Ich täte das Gleiche, wenn ich es könnte.«

Auf dem Heimweg ging Ruth am Rathausplatz vor dem Niedergericht vorbei. Noch an der Tür hatte sie Hanne versprochen, Hinrich zu bitten, den Brookvogt von Gretas Verschwinden zu unterrichten, damit seine Röper nach ihr Ausschau halten könnten. Zu dieser Stunde war das Gericht nahezu leer. Nur einer der Gerichtsdiener räumte Akten ein und sah Ruth erstaunt an.

»Gott zum Gruße, Frau Wrangel. Der Herr Prokurator speist mit den anderen Prokuratoren drüben im Ratskeller.«

»Gott zum Gruße. Welch ein Pech. Ich wollte mich bei ihm nach einem vermissten Kind erkundigen.«

»Nach einem nur?«, fragte der Gerichtsdiener hintergründig zurück.

Ruth warf ihm einen erstaunten Blick zu. »Ja, nach einem. Die Tochter des Pastors Claussen ist seit heute früh verschwunden.«

Der Gerichtsdiener nickte und deutete mit einer lässigen Armbewegung auf einen Stapel Papiere, die in der hinteren Ecke eines Regals lagen. »Seht Ihr den Stapel, Frau Wrangel? Das sind alles Meldungen über Vermisste.«

»Ja, aber hier geht es um ein Kind.«

»Ja, bei den Meldungen auch. Was glaubt Ihr denn? Vermisstenmeldungen von Erwachsenen nehmen wir schon seit Monaten nicht mehr an.«

Ruth schaute ungläubig auf den Stapel. »So viele Kinder werden in Hamburg vermisst?«

»Ja. Der Hunger und die Not treiben sie wohl von den Eltern fort. Einige kehren zurück, andere nicht. Das Gericht aber hat so viel zu tun, dass sich niemand dieser Fälle annehmen kann. Der Brookvogt hält die Augen auf, wo er kann, doch kaum ist ein Kind wiedergefunden, wird ein neues vermisst gemeldet. Wir leben in schweren Zeiten, Frau Wrangel.«

Ruth nickte, bedankte sich und verließ nachdenklich das Gericht. Hinrich hatte ihr nichts von all diesen vermissten Kindern erzählt. Sofort fiel ihr wieder das tote Mädchen ein, das sie vor gut zehn Tagen in dem Grab hatte liegen sehen. Ob es auch eines der vermissten Kinder war? Hinrich hatte sich nicht mehr dazu geäußert, und auch sie hatte Tag für Tag neue Schreckensbilder gesehen, welche die Erinnerung an das tote Mädchen verdrängt hatten. Der Druck auf ihrem Herzen war jetzt so stark, dass ihr das Atmen schwerfiel.

Zurück in der Kleinen Johannisstraße verschob Ruth die Abfahrt der Kutsche. Sie musste zunächst mit Hinrich sprechen.

Jurek raufte sich seinen feuerroten Schopf, nahm die Anweisung aber mit stoischem Blick entgegen und murmelte nur: »Wie Ihr wünscht, Fräulein Ruth.« Er war der Einzige, der Ruth so nennen durfte, denn er kannte sie bereits von Kindesbeinen an. Und sie kannte ihn gut genug, um zu sehen, dass sich hinter dem stoischen Blick ein eindeutiges Missfallen ihrer Entscheidung verbarg. Aber sie ignorierte es und schickte einen der Gehilfen ihres Mannes hinüber in den Ratskeller, um den Prokurator kurz nach Hause zu bitten.

Als Wrangel schließlich eintraf, erwartete Ruth ihn im kleinen Salon.

»Ruth, warum bist du noch nicht aufgebrochen? Der Weg ist weit.« Wrangel kam auf sie zu und küsste sie.

»Ich komme von Claussens. Die kleine Greta ist verschwunden.«

»Was sagst du? Ist sie schon lange fort?«

»Seit heute früh.«

»Na, dann wird sie wohl bald wieder zu Hause sein.«

»Man hat überall nach ihr gesucht. Nirgends ist sie zu finden. Hanne macht sich große Sorgen.«

»Das Kind wird sich wieder finden, Ruth.«

»Ich war im Niedergericht. Dort erzählte mir der Gerichtsdiener, dass viele Kinder vermisst werden.«

»Das ist dieser Tage nichts Ungewöhnliches. Aber Greta kommt gewiss bald zurück. Vielleicht hat sie sich mit ihren Schwestern gestritten und hat nun Angst vor Schelte.«

»Das glaube ich nicht. Sag, hast du dich nach dem toten Mädchen erkundigt, worum ich dich bat?«

Wrangel strich sich mit einer ungeduldigen Geste das Haar aus dem Gesicht. »Ruth, wir haben bei Gericht wirklich andere Sorgen, das kannst du mir glauben. Schon die Fälle der vermissten Kinder sind genügend. Da können wir uns nicht auch noch um Kinder kümmern, die gar nicht vermisst werden.«

Ruth sah ihren Mann mit sturem Blick an. »Gut. Wenn du für diese Dinge keine Zeit hast, dann kümmere ich mich darum. Ich werde erst mit unseren Kindern abfahren, wenn Greta wieder zu Hause ist.«

»Ruth, ich dulde es nicht, dass ihr auch nur einen Tag länger in Hamburg bleibt. Du weißt selbst, wie es um die Stadt steht. Schon morgen könnte es unmöglich sein, die Stadttore zu passieren. Ich wünsche, dass du heute noch fährst!«

Plötzlich bewegte sich der Vorhang, und Marie trat mit rotem Gesicht dahinter hervor.

»Ich … es tut mir so leid, aber … und wenn Greta nun zu der Frau gegangen ist, die etwas über Engel weiß?«

»Wovon redest du Kind, und warum hast du dich hinter diesem Vorhang versteckt?« Wrangel machte einen Schritt auf Marie zu, aber Ruth hielt ihn zurück.

»Von welcher Frau sprichst du, Marie?«

»Von der Frau, die das Kind bekommen hat. Die hat Greta ein Engelskind geheißen, als wir bei ihr waren. Vielleicht glaubt Greta jetzt, dass die Frau weiß, wie man mit Engeln sprechen kann, denn Peter ist doch jetzt ein Engel, und das nur, weil Greta nicht zu dem Heiler gegangen ist.«

»Was redest du da?« Wrangel schaute seine Tochter mit strengem Blick an und deutete dann mit der Hand zur Tür.

»Warte!« Ruth hockte sich vor Marie. »Woher weißt du das alles?«

»Greta denkt schon seit Tagen darüber nach. Vielleicht ist sie jetzt ja losgegangen, damit sie nicht wieder zu spät dran ist, wie bei dem Heiler …«

»Von welchem Heiler redest du?« Wrangel schnaubte wütend. »Jetzt aber hinaus mit dir!«

Ruth sah ihrer Tochter nachdenklich hinterher. »Marie und ich denken wohl das Gleiche.«

»Was denn?«

»Dass Greta wegen ihres toten Bruders fort ist. Ich muss zu Hanne und ihr das erzählen.« Ruth eilte auf die Tür zu, aber Wrangel hielt sie am Arm fest.

»Nein. Du fährst nach Borstel.« Er rief nach Jurek und erteilte dem alten Diener Anweisung, sofort anzuspannen und aufzubrechen.

Jurek schaute von Wrangel zu Ruth und nickte schweigend. Ruth machte sich von dem Griff ihres Mannes frei. »Jurek, fahr ohne mich los und bring Lisbeth, die Amme und die Kinder sicher nach Borstel. Ich komme morgen nach.«

Wrangel verdrehte die Augen und schüttelte fassungslos den Kopf.

Jurek richtete seinen ruhigen Blick fest auf Ruth. »Mit Verlaub, Fräulein Ruth. Ich fahre heute zurück nach Borstel, und Ihr sowie Eure Kinder fahren mit mir.«

Ruth hatte ihr Leben lang auf all ihre Anordnungen von Jurek immer nur »Wie Ihr wünscht, Fräulein Ruth« als Antwort erhalten und begriff, dass er keinen Widerspruch dulden würde, sosehr der ihr auch auf der Zunge brannte. Als sie Jurek schweigend durch die Tür hinaus auf die Diele folgte, meinte sie hinter sich das erleichterte Ausatmen ihres Mannes zu hören.

ALTONA, IM JULI 1713

Ein zaghaftes Klopfen riss Eva aus ihren Träumen, denen sie im Schaukelstuhl sitzend in ihrer abgedunkelten Stube im ersten Stock eines der wenigen verbliebenen Wohnhäuser im Osten Altonas nachhing. Die Mittagssonne drang als schmaler Streifen durch die Lücken des Vorhangs und ließ in ihrem Licht die Staubkörnchen tanzen. Neben dem Schaukelstuhl stand die Wiege, in der ihr Sohn schlief, den kleinen Daumen im Mund.

»Herein.«

»Entschuldigt die Störung, Frau Brachfeld, aber draußen stehen zwei Herren aus Hamburg, die Euch zu sprechen wünschen«, ließ ihre Wirtin Eva flüsternd wissen.

Eva sah die gutmütige Frau fragend an. »Wer sind sie denn? Haben sie Euch ihre Namen genannt?«

»Der eine ist Pastor Claussen von Sankt Katharinen, der andere hat sich als Doktor Wrangel, Prokurator vom Hamburger Niedergericht, vorgestellt.«

Eva verspürte bei dem Namen Claussen einen Anflug von Trotz. Jener Pastor hatte sie für die Taufe ihres Sohnes gezwungen, ihren wahren Glauben zu leugnen. Und jetzt kam er mit einem Prokurator vom Niedergericht. Ob er ihr die Taufurkunde streitig machen, vielleicht sogar noch Schlimmeres vorwerfen wollte? Mit fahrigen Bewegungen strich sie ihre Schürze glatt, als wollte sie zugleich die bösen Gedanken vertreiben.

»So lasst die beiden bitte herein.«

Den Pastor erkannte Eva augenblicklich wieder. Das dünne blonde Haar klebte ihm verschwitzt am Schädel, die graublauen Augen wirkten müde, aber in seinem Gesicht, in seiner ganzen Haltung war Anspannung zu lesen. Den Prokurator, ein großgewachsener, schlanker Mann mit langem braunem Haar, das er offen trug, hatte sie noch nie gesehen.

»Gott zum Gruße, die Herren. Was führt Euch den weiten Weg von Hamburg hierher zu mir?«

»Gott zum Gruße, Frau Brachfeld. Ihr erinnert Euch sicherlich noch an mich?«

»Selbstverständlich, Pastor Claussen. Schließlich hattet Ihr die Güte, meinen Sohn zu taufen.«

Claussen nickte. »Darf ich Euch Prokurator Wrangel vom Hamburger Niedergericht vorstellen? Er begleitet mich in einer wichtigen Angelegenheit.«

Eva begrüßte Wrangel mit einem höflichen Nicken. Bevor Wrangel etwas sagen konnte, sprach Claussen schon weiter.

»Wir sind in einer dringlichen Angelegenheit zu Euch gekommen. Ihr erinnert Euch vielleicht an …«

Wrangel nahm behutsam Claussens Arm, brachte ihn so zum Schweigen und ergriff selbst das Wort.

»Wir sind auf der Suche nach einem vermissten Kind und bekamen den dringlichen Hinweis, dass Ihr vielleicht etwas über das Kind wissen könntet.«

Evas Kehle wurde trocken. Irgendwann musste es ja dazu kommen. So viele Kinder hatte sie schon auf den Straßen Hamburgs gefunden, die allein, verloren und hungrig waren, und ihnen geholfen. Einige von ihnen waren mit ihr gekommen. Aber sie war sich immer sicher gewesen, dass es welche waren, die niemanden mehr hatten. Sie schluckte und straffte den Rücken.

»Ich weiß nicht, ob ich Euch helfen kann. Ein vermisstes Kind ist natürlich eine schreckliche Angelegenheit, darum will ich es selbstverständlich versuchen.«

Wrangel musterte die immer noch auffallend schöne Frau kurz mit einem freundlichen Blick.

»Es geht um Greta. Ihr kennt sie. Sie begleitete meine Frau, als diese Euch bei der Geburt Eures Kindes zur Seite stand.«

Eva sah sofort wieder das hübsche, ovale Gesicht des kleinen Mädchens vor sich. Sein blondes Haar trug es in dicken, geflochtenen Zöpfen, die hellblauen Augen hatten sie ernst und voll Neugier betrachtet.

»Soweit ich mich erinnern kann, waren es damals zwei Mädchen, ein blondes und ein dunkelhaariges.«

»Das blonde Mädchen ist Greta«, mischte sich Claussen ein. »Es soll Euch gesucht haben.«

»Wir waren bereits bei dem Formdreher Meister Hartwich auf dem Hamburger Berg. Von ihm erfuhren wir, dass Ihr jetzt wieder hier in Altona wohnt.«

Eva nickte. »Ja, ich erinnere mich an das Mädchen. Ein hübsches Kind.«

»Habt Ihr sie in den letzten Tagen gesehen? War sie bei Euch?«, fragte Claussen eindringlich und ging einen Schritt auf Eva zu.

Wrangel griff wieder nach Claussens Arm und bremste ihn. »Ihr müsst wissen, dass Greta seit drei Tagen verschwunden ist. Das Letzte, was wir von ihr wissen, ist, dass sie Euch suchen wollte.«

»Ja, ich habe das Mädchen vor ein paar Tagen getroffen.«

»Wo war das?«

»In Hamburg, auf dem Hopfenmarkt. Sie sprach mich an, war sehr freundlich.«

»Was hat sie von Euch gewollt?«, fragte Claussen ungestüm.

Eva wich einen Schritt vor ihm zurück. Der Mann war ihr nicht geheuer. Schon damals nicht, als er ihren Sohn taufte. Zugleich schossen ihr Gretas Worte durch den Kopf. Sie hatte Eva nach den Engeln ausgefragt, wollte alles über Engel und deren Treiben wissen. Aber das konnte sie diesem ungehaltenen Pastor wohl kaum erzählen, so wie er von ihr dachte. »Sie erkundigte sich nach meinem Kind und erzählte mir, dass ihr kleines Brüderchen gestorben sei. Sie war sehr traurig.«

»Und weiter?«

»Nichts weiter. Ich habe ein paar tröstliche Worte gesprochen.«

»Was habt Ihr ihr denn gesagt?«, fragte Wrangel betont freundlich.

Eva zögerte. »Was man eben so zu einem kleinen, traurigen Mädchen sagt. Ich habe ihr gesagt, dass ihr Brüderchen jetzt bestimmt bei Gott ist und als eines seiner vielen kleinen Engelchen im Himmelreich lebt.«

Claussen entwich ein Stöhnen, aber Wrangel nickte Eva aufmunternd zu. »Und dann? Wisst Ihr, wo Greta hinwollte?«

Eva schüttelte langsam den Kopf.

»Erzählt uns, was Ihr wisst, sonst …«

»Sonst wissen wir nicht, wo wir sie suchen sollten«, unterbrach Wrangel Claussen. »Ihr müsst wissen, Greta ist die Tochter von Pastor Claussen.«

Eva riss die Augen auf. »Dann habt Ihr Euren kleinen Sohn verloren. Das tut mir furchtbar leid, Pastor Claussen. Was für ein schrecklicher Verlust.« Ihre Stimme war auf einmal voll Mitgefühl und von einer Sanftheit, als nähme sie den Trauernden in die Arme.

Claussen biss vor Gram die Lippen aufeinander.

»Und nun ist auch seine älteste Tochter fort. Darum bitte ich Euch, gute Frau, denkt genau nach, woran Ihr Euch noch erinnert, als Ihr Greta traft.«

Eva zögerte. Zum einen empfand sie wahres Mitleid für den Vater, der ein Kind verloren hatte und ein zweites vermisste, zum anderen traute sie ihm keinen Schritt über den Weg. Greta war mit ihren Sorgen, ihrer Verzweiflung zu ihr, der Mutter Eva gekommen, und nicht zu ihrem Vater, dem lutherischen Pastor. Das Kind hatte sie um Hilfe gebeten, und sie hatte ihm geholfen, ihm den Weg zu den Engeln gezeigt. Greta hatte damit ihre Entscheidung getroffen, und Eva würde ihr nicht in den Rücken fallen und sich selbst womöglich größten Schaden zufügen. »Ich habe Euch gesagt, was ich weiß. Ich traf das Mädchen auf dem Hopfenmarkt, wir sprachen eine Weile miteinander, dann ging ein jeder seiner Wege.«

»Ihr lügt doch! So wie Ihr bei der Vaterschaft Eures Kindes gelogen habt. Euch und Eurem Wort ist nicht zu trauen! Ihr seid eine fanatische Sektiererin! Ich werde …«

»Halt ein, Matthias!« Wrangel packte Claussen energisch am Arm und schob ihn zur Tür. Dann wandte er sich noch einmal zu Eva um. »Das Hamburger Niedergericht wird Eure Aussage prüfen, Frau Brachfeld, verlasst Euch darauf. Und wir werden Euch überprüfen. So lange, bis wir jeden Zweifel ausgeräumt haben.«

Evas Gesicht versteinerte sich. Aus der Wiege ihres Kindes drang ein verschlafenes Jammern. »Tut, was Ihr nicht lassen könnt, Prokurator Wrangel. Aber nun geht und lasst mich in Frieden.«

Die Tür hatte sich längst hinter den beiden Männern geschlossen, aber Eva stand noch immer regungslos mitten in der Stube. Nun war tatsächlich das passiert, was sie befürchtet hatte, als Leander sie um ihre Mithilfe bat. Sie war wieder im Visier der Obrigkeit. Diese Menschen konnten einfach nicht ertragen, dass sie eine Verbindung zu Gott gefunden hatte, die frei war von Angst und Strafe. Eine Verbindung, für die kein Pastor benötigt wurde, um den Willen Gottes zu erklären. Denn der Wille Gottes war die Liebe. Nur zu ihr musste man sich bekennen, um der göttlichen Gnade teilhaftig zu werden.

Aber ihr, der einst wohlhabenden Adligen, hatte die Obrigkeit von Anfang an unglaubliche Dinge unterstellt, um sie von ihrem Weg abzubringen und – vor allem – um sie um ihr Geld zu bringen. Es hatte mit der Landesverweisung aus Eisenach begonnen. Nichts durfte sie damals mitnehmen außer den Kleidern, die sie am Leibe trug. Auch in Saßmannshausen dauerte es nicht allzu lange, bis die Obrigkeit ihr und ihren Brüdern und Schwestern im Glauben nachstellte. Man scheute sich nicht, die Gemeinschaft heimlich zu beobachten und sich alles, was sich erspähen ließ, so zusammenzureimen, wie man es haben wollte. Graf Heinrich strebte einen Prozess gegen die Evische Sozietät an und ließ Eva und ihre Getreuen in Gewahrsam nehmen. Was hatte man ihnen dort nicht alles vorgeworfen: Zu mehreren gemeinsam sollen sie Unzucht getrieben, der Vielweiberei gefrönt und sich der Gotteslästerung ergeben haben. Um ihre Unzucht ohne die Folge einer Leibesfrucht ausleben zu können, unterstellte das Gericht ihnen, die Frauen hätten sich die Gebärmutter gequetscht, damit in ihr kein Kind heranwachsen könnte. Schon bei dem Gedanken wurde Eva schlecht. Wie lange hatte sie sich ein Kind gewünscht, wie lange hatte sie auf eine Schwangerschaft warten müssen. Doch damit nicht genug. Anna von Calenberg unterstellte man, sie habe ihr neugeborenes Kind umgebracht, da es ihr eine Last gewesen sei. Allein der Vorwurf trieb die arme Frau erneut ins tiefste Seelendunkel. Und während Eva und die ihren mit ihrer Verteidigung beschäftigt waren, plünderte der Graf das Vermögen ihrer Gemeinschaft. Aber auch in dieser Not hatte sie Gottes Liebe nicht verlassen. Leander hatte einen Weg zur Flucht gefunden. Auch in dieser dunklen Stunde, die Eva nun kommen sah, würde Leander ihr zu helfen wissen. Sie musste mit ihm sprechen.

Eva spürte wieder Zuversicht und Vertrauen in sich aufsteigen. Energisch strich sie ihre Schürze glatt und richtete die Haube. Dann hob sie ihren Sohn, dessen Wimmern sich inzwischen in ein handfestes Geheul gesteigert hatte, aus seiner Wiege, liebkoste ihn zärtlich, und kurze Zeit später verließen Mutter und Kind das Haus.

IRGENDWO IM DÄNISCHEN, IM JULI 1713

Greta fror. Sie lag zur Hälfte auf einem Strohsack, zur anderen Hälfte auf dem nackten Boden. Es war dunkel. Sie konnte die Hand nicht vor Augen sehen. Aber sie konnte auch kaum die Augen öffnen. Ihr schmerzte der Kopf. Er dröhnte und pochte. Ihre Lippen waren trocken, die Zunge klebte am Gaumen. Sie hatte Durst. Wo war sie? Was war geschehen? Vorsichtig tastete sie mit den Händen um sich. Hinter ihr lag ein Strohsack. Sie tastete seine Ränder ab. Auf einmal stieß ihr Fuß gegen etwas Hohles. Plätschern drang in ihr Ohr. Sie erfühlte einen Eimer. Er war mit Wasser gefüllt. Gierig formte sie ihre kleinen Hände zu einer Schale und trank. Das Wasser schmeckte erdig. Als ihr Durst gestillt war, spürte sie ihren schmerzenden Kopf umso mehr. Weinend kroch sie zurück auf den Strohsack, hockte sich gekrümmt auf ihm zusammen und umschlang fest die Knie. Ihr Herz schlug heftig gegen die Brust. Jedes einzelne Pochen spürte sie. Mit jedem Schlag stieg die Angst in ihr höher. Wo war sie bloß? Sie wollte nach Hause. Ihre Nase war verstopft, sie bekam kaum Luft. Schließlich ließ sie die Knie los und schneuzte sich in die hohlen Hände. Das laute Geräusch hallte von den Wänden wider. Die Schmerzen in ihrem Kopf ließen etwas nach. Wie war sie hierhergekommen? Das Letzte, woran Greta sich erinnern konnte, war, dass sie die Frau getroffen hatte, die um die Engel wusste. Eva. Sie war nett und verständnisvoll mit Greta gewesen, hatte sie in den Arm genommen und getröstet, als sie wegen Peterchens Tod weinen musste. Es war heiß gewesen, und Greta hatte Durst bekommen. Eva hatte sie zu einem Glas Limonade eingeladen. Sie waren in eine kleine Wirtschaft in einer Gasse hinter dem Hopfenmarkt gegangen. Die Schankstube war dunkel und recht kühl gewesen, und die

Limonade schmeckte süß. Aber an mehr konnte sie sich nicht erinnern.

Feste Schritte rissen das Mädchen aus seinen Gedanken. Sofort schoss Greta wieder die Furcht in die Glieder, und ihre Kehle schnürte sich zu. Mit weit aufgerissenen Augen starrte sie in die Richtung, aus der die Schritte kamen. Ein schmaler Lichtschein drang durch einen Spalt auf den Lehmboden. Die Schritte endeten vor dem Spalt. Greta hielt den Atem an. Das knarrende Geräusch eines schweren Riegels zerriss die Stille. Greta nutzte den Augenblick und legte sich flach auf den Strohsack, das Gesicht weiterhin dem Spalt zugewandt. Sie senkte die Augenlider zur Hälfte und lag ganz still. Eine schwere Holztür öffnete sich, der flackernde Schein einer Kerze warf nun einen breiteren Lichtstreifen in den Raum vor sie. Hinter ihm zeichnete sich die hohe, dunkle Gestalt eines Mannes ab. Er betrat den Raum und kam auf sie zu.

Die Angst nahm Greta fast die Luft, aber sie zwang sich, ruhig weiterzuatmen, und schloss die Augen. Ein herber Geruch nach Pferd, Schweiß und Rauch drang ihr in die Nase. Der Mann musste direkt vor ihr stehen. Durch die geschlossenen Lider spürte sie die Helligkeit der näher an ihr Gesicht gehaltenen Kerze. Die Helligkeit verschwand. An ihrem Fußende raschelte es. Etwas Weiches, Schweres legte sich auf sie und umhüllte ihren Körper bis zu den Schultern. Es roch nach Pferdeschweiß. Unwillkürlich zuckte sie zusammen, öffnete aber nicht die Augen. Eine Decke. Wieder Schritte, die sich entfernten. Sie hörte das Knarren der Tür und öffnete vorsichtig ein Auge. Der Mann war schon fast aus dem Raum. Sie erspähte nur noch seine flachsfarbenen Strümpfe. Dann fiel die Tür ins Schloss, und der Riegel fuhr zurück in seine Verankerung.

Heftiges Zittern packte Greta, und Tränen rannen ihr aus den Augen. Aber sie ließ keinen Laut vernehmen, bis die Schritte verhallt, der Lichtschimmer unter der Türspalte verschwunden war und die tiefe Dunkelheit sie wieder eingehüllt hatte. Dann erst brach ein verzweifeltes Schluchzen aus ihr hervor. Sie drückte sich die geballten Fäuste vor Mund und Nase und fiepte in leiser Verzweiflung: »Mutter, hilf mir, Mutter … wo bist du … ich will nach Hause …«

HAMBURG, IM AUGUST 1713

Die Luft in der Bierstube des Eimbeckschen Hauses war stickig und roch nach Männerschweiß, als sich Louis Abensur hinter dem Grafen Schönborn, seines Zeichens Gesandter des Kaisers aus Wien in Hamburg, zum Ausgang hinausschob. Die beiden Männer hatten sich auf ein schnelles Mittagessen und einen Krug Bier getroffen, um letzte Neuigkeiten aus den diplomatischen Kreisen in Hamburg auszutauschen. Als sich endlich die Tür hinter ihnen schloss, hatte sich zwar der Geruch menschlicher Ausdünstungen verzogen, dafür schlug ihnen die heiße Augustluft entgegen.

»Bei diesem Wetter sollte man einfach nicht innerhalb der Stadtmauern weilen, nicht wahr, Herr Abensur?«

»Ganz Eurer verehrten Meinung, Graf Schönborn. Ein Ausflug aufs Land wäre jetzt genau das Richtige, hielte einen nicht die Pflicht zurück.« Abensur lockerte mit einer fächelnden Bewegung das cremefarbene Seidentuch, das er um den Hals trug.

»Seine Pflicht mag wohl sehr bald so mancher Hamburger vergessen, nämlich dann, wenn über die Fälle von Pestilenz hier in der Stadt nicht mehr nur hinter vorgehaltener Hand gesprochen wird, sondern der Rat endlich Stellung beziehen muss.«

Die beiden Herren bogen gemächlichen Schrittes in die Große Reichenstraße ein, und Abensur blickte seinen Begleiter verstohlen an. »Ihr meint, dass es bald so weit kommen wird, Graf Schönborn.«

»Es muss so kommen, verehrter Herr Abensur. Zu viele handfeste Hinweise untermauern die nun schon seit Wochen kursierenden Gerüchte. Ich für meinen Teil hielt es für angebracht, meinen Dienstherrn über die Zustände hier in der Stadt in Kenntnis zu setzen.«

Abensur blieb vor Erregung stehen. »Wollt Ihr damit sagen, dass Ihr dem Kaiser in Wien offiziell Meldung über den Pestilenzbefall der Stadt gemacht habt?«

Schönborn legte Abensur beschwichtigend die Hand auf die Schulter und drängte ihn so zum Weitergehen. »Beruhigt Euch, Herr Abensur, dies ist kein Gesprächsthema für die offene Straße.«

Schönborn hatte recht. Ein Blick in die Gesichter der an ihnen vorbeieilenden Bewohner verriet die Angst, welche die Menschen bereits gepackt hatte. Die Seuche an sich war schon furchtbar genug. Die Folgen aber, die eine komplette Abriegelung der Stadt nach sich ziehen würde, waren nicht auszudenken. Niemand käme mehr herein oder hinaus. Die Märkte würden leer bleiben, der Hunger schnell um sich greifen. Dann wohl dem, der Vorräte besaß. Oder auch wehe ihm. Denn vielleicht würden Hungernde sein Haus plündern. Auf der Großen Reichenstraße sah man Mägde prall gefüllte Körbe in die Küchen der wohlhabenden Bürger schleppen, und von den Fleeten aus wurden die Vorräte in großen Säcken auf die Speicher der Kontorhäuser geschafft.

»Wie viele Tage gebt Ihr der Stadt noch, Graf Schönborn?«, raunte Abensur seinem Begleiter ins Ohr.

»Vielleicht eine Woche, mit Glück zwei. Viele Patrizierfamilien ziehen sich bereits in ihre Landhäuser oder Sommersitze zurück. Schon das halte ich für ein untrügliches Zeichen, dass der Rat die Katastrophe auch nicht abzuwenden weiß.«

Abensur nickte. Ihm war aufgefallen, dass er einige Herren nicht mehr wie gewohnt am Morgen bei der Börse antraf. Auch hatte er vernommen, dass mancher Gesandter die Stadt verließ.

»Und was, Graf Schönborn, werdet Ihr persönlich unternehmen? Werdet auch Ihr die Stadt verlassen?«

»Wenn es hart auf hart kommt, werde ich mit Sicherheit das Weite suchen, Herr Abensur. Aber dank unseres Status als Gesandte haben wir es ja nicht so eilig. Für unsere Kutschen muss man die Tore auch noch nach der vollständigen Absperrung öffnen.« Schönborn grinste.

Abensur nickte erneut, dachte aber bei sich, dass man dann auch wissen müsste, wohin man sollte. In Altona war er nicht gern gesehen, Wandsbek war ein dreckiges Nest, das der Pest wohl kaum standhalten würde. Und für weitere Reisen reichten seine Mittel kaum. Aber darüber schwieg er sich in Gegenwart anderer aus. Die beiden Männer erreichten ein elegantes Wohnhaus, und Schönborn blieb unvermittelt stehen.

»Derzeit residiere ich hier, Herr Abensur. Danke, dass Ihr mich begleitet habt. Ich hoffe, es war kein Umweg für Euch.«

»Keineswegs, Graf Schönborn. Es war mir ein Vergnügen.«

Abensur musterte mit Kennerblick die frisch verputzte Fassade. Wie gerne würde auch er in einem solchen Haus residieren. Sein Salär reichte jedoch nur für ein kleines Quartier in der Herrengasse. Doch auch darüber bewahrte er Schweigen.

»Habt Ihr es noch weit? Soll ich Euch vielleicht eine Sänfte rufen lassen?«

»Das tut nicht not, habt Dank. Ein kleiner Spaziergang wird mir guttun, um über Eure Neuigkeiten nachzudenken.«

»Denkt nicht zu viel darüber nach, Herr Abensur, sondern macht Euch lieber Gedanken über eine neue Gesandtschaft, die Ihr für Euren Dienstherrn übernehmen könntet.« Schönborn zwinkerte Abensur aufmunternd zu und verschwand durch die hohe Flügeltür in das dunkle Innere des Hauses.

Schweigend setzte Abensur seinen Weg fort. Nach kurzer Zeit bog er nach links auf den Fischmarkt ab. Hier war das Treiben auch zu dieser frühen Nachmittagsstunde noch in vollem Gange. An mehreren Ständen wurden Fässer mit frischen Matjes angeboten, und die Leute überboten sich mit den Preisen. Die kleinen Fässer waren schon ausverkauft, und auch die großen gingen zur Neige. Zwei Burschen luden gerade ein Fass auf eine Sackkarre und schoben langsam in Richtung Sankt Petri ab. Drei alte Frauen stritten sich lauthals um die letzten Fische, die noch einzeln verkauft wurden. Schließlich packte eine kleine Drahtige einfach die toten Tiere, wickelte sie in ihre Schürze ein und drückte dem verdutzten Verkäufer die verlangten Groschen in die Hand. »Ich habe sieben Mäuler zu stopfen. Da kann ich hier nicht länger feilschen«, knurrte sie und entwich unter dem wütenden Schimpfen der beiden anderen, indem sie sich hinter dem Verkaufstisch hindurch in einen weiteren Pulk Menschen schob. In dem Gedränge beobachtete Abensur mehrere Ratten, die zwischen den Kisten und Fässern hindurchhuschten und sich ihren Anteil bei den Fischabfällen holten. Angewidert wandte er sich ab, nicht sicher, ob sein Ekel den furchtlosen Tieren oder den keifenden Alten galt. Er setzte seinen Weg durch den Schopen Stiel in Richtung Springe Twiete fort. Als er am Kattrepel vorbeikam, verließ eine Gruppe ausgelassen singender junger Männer das dortige Kaffeehaus. Ungläubig schüttelte er den Kopf. Da erschien der Wirt des Kaffeehauses und scheuchte sie mit scharfen Worten fort.

»Schämen solltet ihr euch für euer unflätiges Gegröle. Vergrault mir die Gäste, so dass morgen wohl keiner mehr herkommen mag. Lasst euch hier nicht noch einmal blicken!«

»Nichts für ungut, Wirt. Aber wer weiß denn schon, ob es noch ein Morgen gibt für uns. Drum versaufen wir doch lieber heute die Sau!« Die jungen Kerle lachten auf und schwankten weiter in Richtung Pferdemarkt, wo es an freigiebigen Schenken nicht mangelte. Ein Schauer packte Abensur bei dem Gedanken, dass sich ein jeder auf seine Art mit dem wohl Unvermeidlichen auseinandersetzte.

Als er endlich sein bescheidenes Quartier im zweiten Stock eines alten Fachwerkhauses erreicht hatte, musste er erst einmal die hölzerne Fensterlade öffnen, um die stickige Luft entweichen zu lassen, die sich in den Zimmern angesammelt hatte. Dann hängte er seinen hellgrünen Seidenrock auf und öffnete sein Hemd. Der Bursche, der ihm drei Tage die Woche zur Hand ging, hatte an diesem Tag frei. Unter seinem Bett zog er eine kleine Holztruhe hervor, entriegelte ihr schweres Schloss und entnahm ihr fünf kleine Ledersäckchen mit Geld und ein schmales Buch, in dem er seine Finanzen verwaltete.

Er öffnete die Säckchen und zählte seine Ersparnisse. Mit jedem Häufchen, das er vor sich auftürmte, entspannten sich seine Züge, bis ein zufriedenes Lächeln seinen schmalen Mund umspielte. Er hatte eine recht anständige Summe zurückgelegt. Damit wäre es ihm doch möglich, Hamburg für einige Monate den Rücken zu kehren. Aber wie sollte es weitergehen, wenn seine Rücklagen aufgebraucht waren? Es galt die Kuh zu melken, solange sie noch Milch gab. Energisch öffnete er das Büchlein und fuhr mit dem Finger über die Zahlenkolonnen. Die Anfragen für Meister Rednael rissen nicht ab. Sie hatten in der letzten Woche sogar noch zugenommen. Der Meister war inzwischen regelrecht im Zahlungsrückstand bei ihm. Wenn er ihn das nächste Mal traf, würde er ihn darauf hinweisen. Zufrieden lehnte sich Abensur auf seinem kleinen Stuhl zurück und ließ den Blick durch das karge Zimmer schweifen. Vielleicht wäre es sogar an der Zeit, sich ein würdevolleres Quartier zu suchen. Aber das blieb noch abzuwarten. Denn wenn die Stadt die Tore schließen musste, wer weiß, wie sich dann das Geschäft mit dem Meister weiterentwickelte. Vielleicht hatte Schönborn recht, und alle Hamburger, die es sich leisten konnten, würden die Stadt verlassen, und damit natürlich auch Abensurs Kunden. Schließlich hatte Meister Rednael gewiss nicht ohne Hintergedanken jenes Anwesen in dem kleinen Dorf hinter Eppendorf inspiziert. Vielleicht würde er die Treffen seiner Zirkel ganz aus

Hamburg hinaus verlegen. Abensur rümpfte die Nase. Doch dann entspannten sich seine Züge wieder. Auch dorthin mussten die Kunden schließlich gelangen. Und er, Louis Abensur, Gesandter des Königs von Polen in Hamburg, besaß jene diplomatischen Papiere, die es Kutschen auch in finstersten Zeiten erlaubten, durch eigentlich geschlossene Stadttore zu fahren. Graf Schönborn hatte es vorhin selbst noch einmal gesagt. Vielleicht sollte Abensur sein Geld also lieber in eine geschlossene Kutsche investieren und würdige Interessenten gegen ein entsprechendes Honorar bei Bedarf aus der Stadt befördern? So ein Dienst dürfte so manchem einiges wert sein. Er las noch einmal die Liste der jüngst für Meister Rednael angeworbenen Interessenten durch. Senatoren, Großkaufleute und Gesandte verschiedenster Höfe waren unter ihnen. Was trieb der Meister eigentlich mit den Herren? Und warum durfte es Abensur nicht erfahren? Vielleicht war es an der Zeit, dem Meister einmal auf den Zahn zu fühlen. Er könnte Rednaels Treiben heimlich ausspionieren und sehen, ob sich aus einem solchen Wissen nicht auch ein paar Taler machen ließen. Entschlossen füllte Abensur die Münzen wieder in die Lederbeutel und verstaute sie zusammen mit dem kleinen Buch in der Holzkiste. Vorerst würde er sich noch kein neues Quartier suchen, sondern sein Geld bedacht mehren und sich so für das drohende Unheil wappnen.

✧ ✧ ✧

»Entschuldigt bitte vielmals diese Unannehmlichkeiten, verehrter Pastor Claussen und verehrter Prokurator Wrangel. Dass die Männer sich so ausgelassen aufführen würden, war nicht abzusehen.« Der Wirt des Kaffeehauses am Kattrepel verbeugte sich verlegen vor seinen beiden Stammgästen, die noch vor wenigen Augenblicken von einer Gruppe junger Männer durch lautes und unzüchtiges Gegröle in ihrer Ruhe bei ihrem allwöchentlichen Treffen im Kaffeehaus gestört worden waren. Seit zwölf Jahren setzten sich die beiden stets an denselben Tisch am Fenster und genossen bei ruhigen Gesprächen die eine oder andere Tasse Kaffee.

»Es ist schon gut, Herr Hansen«, beschwichtigte Wrangel den Wirt. »Es ist ja weiter nichts passiert. Bringt unser lieber noch einen frischen Kaffee. Dieser ist über den Krawall ganz kalt geworden.«

»Sehr wohl, Herr Prokurator«, beeilte sich der Wirt.

Claussen knetete derweil unruhig seine Fingerknochen. Kaum hatte der Wirt den Tisch der beiden verlassen, fixierte er seinen Freund mit scharfem Blick.

»Was hast du für Neuigkeiten zu berichten, Hinrich? Wissen die Altonaer etwas über die Brachfeld?«

Wrangel blickte verlegen auf die Tischplatte und schüttelte sanft den Kopf. Es fiel ihm schwer, seinem Freund in die verzweifelten Augen zu blicken. Seit fünf Tagen war die kleine Greta nun verschwunden, alle Hoffnung, sie habe sich einfach nur verlaufen, hatten sie aufgegeben, und die Angst hielt die Eltern fest im Griff.

»Leider haben unsere Nachforschungen noch kaum Konkretes ergeben, Matthias. Zwar hat der Brookvogt herausgefunden, dass einige Markthändler Eva Brachfeld schon öfter hier in Hamburg mit Kindern im Gespräch gesehen haben. Sie war wohl immer recht freundlich und schenkte ihnen auch etwas zu essen. Nie fiel sie unangenehm auf.«

»Aber Greta muss man nichts zu essen schenken! Sie wird zu Hause gut genährt. Was wollte diese Frau von ihr?«

»Oder was wollte Greta von dieser Frau, Matthias?«

Claussen schlug sich die Hände vors Gesicht und stöhnte auf. »Warum prüft mich der Herr so hart, Hinrich? Was habe ich getan, dass er all dieses Unheil über mich und die meinen hereinbrechen lässt? War denn der Tod meines einzigen Sohnes noch nicht genug? Keine Nacht schlafe ich seitdem, denn Hanne weint sich die Seele aus dem Leib. Da helfen auch all die Kräuter nicht, die Ruth ihr zu verabreichen sucht. Doch seitdem auch Greta fort ist, ist es noch schlimmer. Hanne scheint mir nicht mehr in vollem Besitz ihrer geistigen Kräfte zu sein. Zwei Tage lang irrte sie durch Hamburgs Straßen und vermeinte in jedem blonden Mädchen Greta zu erkennen. Die Mägde konnten sie kaum halten. Ich lasse sie jetzt nicht mehr hinaus, das Kind zu suchen. Heute früh hat der Physikus ihr Laudanum verabreicht. Das beruhigt sie ein wenig. Seitdem sitzt sie wimmernd am Fenster und starrt auf die Straße.«

Wrangel nickte betroffen. Nicht auszudenken war das Leid, das seinen Freund quälte. Als einzigen Trost konnte er seine Hilfe und Unterstützung bei der Suche nach dem Mädchen zur Verfügung stellen. Aber bisher waren sie noch nicht weit gekommen. Wrangel räusperte sich.

»Gestern kam mit der Morgenpost Antwort aus Altona auf meinen Antrag auf Amtshilfe.«

»Und?«

»Nun, man lehnte mein Ersuchen nicht ab. Schließlich ist Graf Reventlow, der vom dänischen König nach dem Brand als neuer Oberpräsident von Altona eingesetzt wurde, Hamburg zugetan und auch ein Mann, der für Rechtschaffenheit und Ordnung steht.«

Claussen nickte.

»Leider«, fuhr Wrangel fort, »trifft das aber nicht auch auf die Männer unter ihm zu. Heute früh war ich in Altona beim Stadtsekretär Klüver, der für mein Ersuchen zuständig ist. Hilfreich war er nicht. Auf nichts von dem, was ich über die Brachfeld wissen wollte, gab er mir eine vernünftige Antwort. Honorig sei die

Dame, behauptete er, von bestem Rufe und als Witwe des geschätzten Arztes Doktor Brachfeld über jeden Zweifel erhaben. Die Einsicht in die Unterlagen der Stadt, die Auskunft über ihre genauere Herkunft geben könnten, verweigerte er. Dafür brauchte es zunächst eine Genehmigung von höherer Stelle.«

»Von welcher höheren Stelle denn?«, schnaufte Claussen aufgebracht.

»Zumindest nannte er mir drei Mitglieder des Altonaer Rates, die als Leumund für die Ehrbarkeit der Witwe Brachfeld in Frage kämen. Ich habe die drei im Anschluss besucht, aber von keinem etwas Zweifelhaftes über die Frau erfahren. Jeder Nachfrage nach ihrem Glauben oder ihrer ursprünglichen Herkunft wichen die Herren jedoch konsequent aus.«

Claussen stöhnte wütend. »Dieses Altonaer Pack. Nicht nur in Glaubensfragen sind sie liederlich und für jedwede Spielart offen, Gottes Wort nach ihrem Gusto auszulegen. Auch bieten sie allen Ketzern, Ungläubigen und Juden Unterschlupf in ihrem Sündenpfuhl. Kein Wunder, dass der Herr die Stadt so hart bestraft hat!«

Wrangel schüttelte beschwichtigend den Kopf. »Nicht der Herr, sondern die Schweden waren das.«

»Aber doch als Strafe des Herrn!«

»Nicht jedes Unglück, das passiert, ist eine Strafe des Herrn.«

Claussens Blick heftete sich auf seine Kaffeetasse. »Ich hoffe, du hast recht.«

Wrangel legte eine Hand auf Claussens Arm. »Aber auch ohne die Hilfe der Altonaer habe ich etwas herausgefunden. Du erinnerst dich gewiss noch an die Leute, bei denen die Brachfeld untergekommen war, als sie ihr Kind bekam.«

»Ja, bei diesem Drehermeister.«

»Genau. Ich habe Meister Hartwich nochmals einen Besuch abgestattet und mit seiner Frau gesprochen.«

»Und?«

»Sie erzählte nur Gutes über Eva Brachfeld. Sie schien die Brachfeld schon lange zu kennen. Als ich nachbohrte, verriet sie mir schließlich, dass der Mädchenname der Brachfeld Eva von Buttlar lautet.« Wrangel blickte seinen Freund mit leisem Triumph an. Auf dessen Gesicht malte sich ein ganzes Potpourri an Gefühlswallungen.

»Eva von Buttlar! Eine Ausgeburt der Hölle! Ich habe es doch geahnt, dass sie mir bei der Taufe ihres Sohnes frech ins Gesicht gelogen hat!«

»Du kennst Eva von Buttlar?«

»Und ob! Die Buttlarsche Rotte sorgte vor einigen Jahren für größten Aufruhr in Kirchenkreisen.«

»Die Buttlarsche Rotte? Was ist denn das für ein diffamierender Ausdruck?«

»Ach, viel zu gut ist er noch für diese gotteslästerlichen Strolche!«

»Erzähl mir von dieser Rotte.« Wrangel stützte das Kinn auf seine Faust und blickte seinen Freund neugierig an.

»Sag bloß, du hast noch nie von diesen Strolchen gehört? Dabei ist doch selbst der berühmte Professor Thomasius, dein Freund und ehemaliger Doktorvater, im Gerichtsverfahren gegen diese Leute tätig.«

»Wäre ich mit jedem Fall vertraut, in dem Thomasius tätig ist, so würde ich kaum noch zu meinen Pflichten hier bei Gericht kommen. Also erzähl schon, was du über die Buttlar und diese Rotte weißt.«

»Vor mindestens zehn Jahren fanden sich diese Strolche unter dem Deckmäntelchen des Pietismus zusammen. Die Buttlar selbst stammt wohl aus Eisenach. Dort war sie zumindest jahrelang bei Hofe. Dann ging sie nach Allendorf und schloss sich einer Gemeinde sektiererischer Pietisten an, die dort nach dem

Vorbild der Londoner Philadelphischen Sozietät um Jane Leade ihre eigene Sozietät gründeten und von sich behaupteten, den Kern der wahren Gemeinschaft Jesu Christi zu bilden und den Boden für die Wiedergeburt des Herrn zu bereiten.«

Wrangel nickte. »Wohl habe ich von solchen Sozietäten gehört, nicht aber, dass sie eine Ausgeburt der Hölle seien.«

»Du bist eben kein Kirchenmann, Hinrich. Diese Leute sind eine Geisel der Kirche. Stets meinen sie, alles besser zu können und Gottes Wahrheit zu erblicken. Dabei haben sie nur ihren eigenen Vorteil im Sinn!«

Wrangel schüttelte den Kopf. »Tust du ihnen da nicht unrecht, wenn du alle Pietisten über einen Kamm scherst? Die Arbeit von Professor Francke in Halle ist eine ganz ausgezeichnete. In Glaucha hat er ein Waisenhaus und eine Schule für arme Kinder eingerichtet. Ich habe beide Einrichtungen selbst öfter besucht. Und auch Francke ist ein strenger Pietist, der Gottes Wort sehr wörtlich nimmt.«

Claussen winkte ab. »Ja, der Francke leistet viel Gutes, wenn auch nicht immer ganz im Sinne der lutherischen Kirche. Aber glaub mir, die Buttlarsche Rotte kannst du nicht mit ihm vergleichen.« Der Pastor ließ seine Hand mit einem kräftigen Schlag auf die Tischplatte fahren, so dass die kleinen Kaffeetassen erzitterten und sich die Gäste am Nachbartisch zu ihnen umwandten. »Die Buttlar und ihre Rotte sind ein gotteslästerlicher Haufen, die sich der schändlichen Sektiererei, Vielweiberei, unzüchtiger fleischlicher Ausschweifung, Verstümmelung, ja sogar dem Morden hingegeben haben.«

Wrangel zog die Brauen zusammen. »Nun erzähl endlich, was du Genaues über die Frau weißt.«

Claussen senkte seine Stimme. »In der Hamburger Pastorenschaft haben wir uns ausgiebig mit dem Fall von Saßmannshausen beschäftigt, da wir fürchten mussten, dass auch auf uns eines

Tages solche Plage niederkommen könnte, sollten die Oberalten der Stadt einer Lockerung des Zuzugsrechts nach Hamburg zustimmen. Die Buttlarsche Rotte ließ sich nämlich in Saßmannshausen nieder, pachtete dort von dem reichlichen Geld, das ihr zur Verfügung stand, ein Gut des Grafen zu Sayn-Wittgenstein. Doch schon bald trieben diese Leute es so wild auf seinem Anwesen, dass sich der Graf genötigt sah, die gesamte Rotte im November 1704 nach Laasphe ins Gefängnis zu sperren und gegen die Köpfe an der Spitze eine Kriminaluntersuchung einzuleiten.«

»Und Thomasius half dem Grafen dabei?«

Claussen verzog den Mund. »Thomasius bemühte sich um diese Buttlar. Bestimmt hatte da auch der Francke seine Finger im Spiel. Denn diese Pietisten halten doch zusammen wie Pech und Schwefel, wenn es um ihre falschen Glaubenssätze geht.«

Wrangel verkniff sich die Replik und wandte sich lieber dem Wesentlichen zu. »Wofür wurden diese Leute denn verurteilt?«

»Na, das ist es ja gerade! Sie wurden gar nicht verurteilt!« Claussen schlug erneut mit der Hand auf den Tisch. »Darum treiben sie ja immer noch ihr Unwesen, wenn auch unter anderem Namen!«

»Wurden sie freigesprochen?«

»Keineswegs! Noch bevor die Kriminaluntersuchungen abgeschlossen waren, sind sie aus dem Gefängnis in Laasphe entflohen und haben die Grafschaft verlassen.«

»Und man hat sie nicht verfolgt?«

»Der Graf war froh, dieses Gesindel los zu sein, das seinem Namen keine Ehre machte.« Claussen schnaubte. »Auch war wohl die Kasse leer, so dass man das kostspielige Verfahren schließlich einstellte. Aber frag am besten deinen Freund Thomasius. Der muss es genauer wissen.«

»Das habe ich vor, Matthias. Denn schließlich geht es darum, so viel wie möglich über diese Eva von Buttlar herauszufinden und zu klären, warum sie in Altona von hoher Hand geschützt wird.«

»Weil es den Altonaern an Gottesfurcht und wahrem Glauben fehlt! Sieh dir nur an, wie sie jedem Dahergelaufenen ihre Stadt öffnen und jeden seine Ketzerei ausleben lassen. Juden, Mennoniten, Katholiken, Pietisten. Denen ist doch jeder recht, bezahlt er nur dem Dänenkönig Steuern.«

»Luther nannte man einst auch einen Ketzer, Matthias.«

Noch bevor Claussen aufbrausen konnte, hatte ihm Wrangel beschwichtigend die Hand auf die Schulter gelegt. »Lass uns unsere Kraft jetzt nicht für solche Fragen vergeuden, sondern all unsere Konzentration darauf lenken, wie wir Greta finden können.«

Bei der Erwähnung seiner Tochter sank Claussen in sich zusammen, und seine Mundwinkel zuckten nervös. Nach einer Weile nickte er Wrangel zu. »Ja, Hinrich. Aber wo sollen wir anfangen, sie zu suchen?«

»Dort, wo wir sie verloren haben. Ich spreche mit dem Brookvogt, damit seine Röper nochmals alle Markthändler und auch die Leute auf dem Hopfenmarkt eingehend befragen. Und du sprichst noch einmal mit Hanne, deinen anderen Töchtern und euren Mägden. Vielleicht hat Greta ihnen ja irgendetwas über diese Geschichte mit den Engeln erzählt.«

Claussen schluckte. »Wie soll ich das alles nur durchstehen, mein Freund?«

»Du bist ein Mann Gottes, Matthias. Und Gott wird dir in dieser schweren Stunde beistehen.«

Der Pastor fuhr sich mit den Fingern durch das dünne Haar. Dann flüsterte er, als traue er seinen eigenen Worten nicht: »Weißt du, wenn die Dunkelheit mich ganz umhüllt hat, frage ich mich manchmal tief in meinem Herzen, ob ich es ihm überhaupt wert bin, dass er mir beisteht.«

IRGENDWO IM DÄNISCHEN, IM AUGUST 1713

Greta hatte Hunger. Wie lange hatte sie nichts mehr gegessen? Wie lange war sie schon in diesem dunklen Verlies? Ein ganzer Tag musste wohl schon vergangen sein, denn das wenige Licht, das durch einen kleinen, mit einem Rost verhängten Spalt unter der Decke hereindrang, nahm ab. Der Spalt führte wohl zu einem Schacht nach draußen. Greta hatte schon versucht, zu ihm hochzuklettern, war aber an den schroffen Steinen der Wand abgerutscht und hatte sich dabei das Schienbein zerkratzt. Dann hatte sie begonnen um Hilfe zu rufen. Stundenlang. Aber niemand hatte sie gehört, niemand geantwortet. Nur das Gurren der Tauben drang zu ihr nach unten. Jetzt war sie heiser und die Augen verquollen von ihren Tränen. Sie kroch zu dem kleinen Eimer mit Wasser, tauchte ihre zu einer Schale geformten Hände hinein, doch konnte sie diese nur noch füllen, indem sie den Eimer neigte. In ihren Eingeweiden kniff es, und ihr aufgekratztes Schienbein brannte. Sie kroch zurück auf den Strohsack und hüllte sich in die Decke, die der Mann ihr in der letzten Nacht übergeworfen hatte. Seitdem hatte sie nichts mehr von ihm gehört. Wer war er? Wie kam sie hierher? Wo war die Frau? Und warum war sie bloß zu ihr gegangen? Wieder stiegen ihr die Tränen in die Augen.

Das Knarren einer Tür ließ Greta aufhorchen. Kam der Mann zurück? Sie zog die Decke fester um sich. Sollte sie sich schlafend stellen? Schritte hallten, und ein Lichtstreifen drang wieder unter der schweren Holztür hervor. Greta erstarrte vor Angst. Der Riegel kratzte, und die Tür öffnete sich.

Der Mann trat ein. Greta erkannte ihn an den flachsfarbenen Strümpfen. Ihren Blick zu heben wagte sie nicht. Er leuchtete ihr mit seiner kleinen Laterne ins Gesicht.

»Wie ich sehe, hast du ausgeschlafen, Greta.« Er schloss die Tür hinter sich und kam zwei Schritte auf sie zu. »Dann hast du jetzt gewiss Hunger.«

Greta sah vorsichtig zu ihm auf. An seinem Arm hing ein kleiner Korb, und der Duft von frischem Brot stieg ihr in die Nase. Woher kannte er ihren Namen? Sie schluckte und nahm ihren ganzen Mut zusammen.

»Wer seid Ihr, und wo bin ich?«

»Ich bin der Meister. Und du bist in meinem Haus.«

»Aber … aber … warum? Ich will nach Hause!« Gretas Stimme zitterte.

»Ach, und ich dachte, du wolltest ein Engelskind werden.«

Greta stutzte. Was wusste der Mann von Engelskindern? Und woher wusste er, dass sie ein Engelskind suchte? »Woher wisst Ihr? Hat Euch die Eva …«

Der Meister lachte dunkel auf. »Ich weiß so einiges, kleine Greta. Du willst doch ein Engelskind werden, oder?«

»Ich will nach Hause«, flüsterte Greta.

»Es gibt kein Zurück, Greta. Du hast dich auf diesen Weg begeben, und nun wirst du ihn durchschreiten müssen.« Er hielt inne und musterte das Mädchen. »Danach kannst du wieder nach Hause.«

»Wonach?«

»Nach der Prüfung.«

Greta lief ein Schauer über den Rücken.

Der Meister musterte sie erneut, stellte die Laterne ab, griff in den Korb und holte den Laib Brot hervor.

Greta starrte gierig das Brot an, ihr Magen knurrte rebellisch.

»Wenn du meine Fragen richtig beantwortest, bekommst du nicht nur das Brot, sondern auch ein Stück Käse dazu und einen Krug Milch.«

»Und dann lasst Ihr mich nach Hause?«

»Wenn du die Prüfung bestehst, darfst du hier heraus.«

Greta nickte, immer noch auf das Brot schielend.

»Nun gut. Du willst also ein Engelskind werden?«, fragte der Meister in einem veränderten, nahezu feierlichen Tonfall. »Dafür musst du die Gebote und Lehren Gottes kennen, wie sie im Kleinen Katechismus geschrieben stehen.«

Greta nickte wieder. Den Kleinen Katechismus kannte sie von den täglichen Erwähnungen ihres Vaters nur zu gut. Der Meister sah ihr nun direkt in die Augen. Sie zuckte zusammen, blinzelte. Seine Augen waren dunkel und blitzten unter der weißen Perücke hervor.

»Wie lautet das achte Gebot?«

Greta schluckte. »Du sollst nicht falsches Zeugnis reden wider deinen Nächsten.«

»Wie lautet die dritte Bitte des Vaterunser?«

»Dein Wille geschehe, wie im Himmel so auf Erden.«

»Und die vierte Bitte?«

»Unser täglich Brot gib uns heute«, flüsterte Greta, den Blick wieder auf den Laib Brot gerichtet.

Der Meister nickte, und ein Grinsen umspielte seine schmalen Lippen. »Dann sag mir das Bittgebet vor dem Essen.«

»Aller Augen warten auf dich, Herr, und du gibst ihnen ihre Speisen zur rechten Zeit.« Greta stockte und schaute verschämt auf den Boden, bevor sie fortfuhr: »Du tust deine Hand auf und sättigst alles, was lebt, mit Wohlgefallen.«

Der Meister hielt dem Mädchen den Korb direkt vor den gebeugten Kopf. »Und weiter?«

»Herrgott, himmlischer Vater, segne uns und diese deine Gaben, die wir von deiner milden Güte zu uns nehmen, durch Jesus Christus, unseren Herrn, amen.«

»Das hast du gut gemacht. Damit hast du den ersten Teil der Prüfung bestanden.«

»Wie viele Teile hat die Prüfung denn?«

»Drei, wie die Dreifaltigkeit des Herrn.« Er trat einen Schritt dichter an Greta heran. »Knie nieder und empfange die Gaben des Herrn.«

Greta zögerte, ging aber schließlich langsam auf die Knie, so dass ihr Blick auf den schwarzen Rock des Mannes vor ihr fiel. Er reichte ihr den Korb, und als sie nach ihm griff, strich er ihr mit der Hand über den Kopf. Sie zuckte zusammen, und heißer Ekel stieg in ihr auf.

»Du bist ein gutes Mädchen. Wenn du so weitermachst, wirst du die Prüfung spielend bestehen und bald ein Engelskind sein.«

BORSTEL, IM AUGUST 1713

Was gibt es Neues aus Hamburg zu berichten, Jurek?« Ruth Wrangel ließ dem alten Diener kaum Zeit, vom Kutschbock hinabzusteigen, als sie ihn schon mit Fragen überschüttete. »Wie geht es Hinrich? Ist er wohlauf? Und welche Neuigkeiten bringst du von den Claussens? Hat sich Greta wieder eingefunden?«

Jurek hustete in seine Faust und befestigte die Zügel in der Halterung. »Einiges habe ich zu berichten, Fräulein Ruth, aber bitte, lasst mich erst die Pferde tränken. Sie haben eine anstrengende Fahrt hinter sich.«

Ruth nickte verlegen. »Gut. Wenn du so weit bist, komm bitte zu mir in den Garten und berichte von allem in Ruhe.«

Schweigend wandte der alte Mann sich ab, damit seine Herrin ihm den Kummer nicht vor der Zeit aus dem Gesicht ablas. Die ganze Fahrt über schon hatte er darüber gegrübelt, wie er von den verheerenden Zuständen in der Stadt und vor ihren Toren berichten sollte. Von den Menschen, die nicht mehr miteinander, sondern jeder gegen jeden um ein paar Viktualien stritten, die keine Freundlichkeit mehr kannten und die Regeln des anständigen Umgangs wohl ganz hinter sich gelassen hatten, weil ein jeder nur noch danach trachtete, die eigene Haut zu retten. Viele, die es sich leisten konnten, hatten die Stadt bereits verlassen. So stach das Elend der Armen noch mehr ins Auge. Viele Häuser waren zugesperrt, die Fenster mit Holzbrettern als vorsorglicher Schutz vor Einbrüchen und Plünderern verhängt. Denn diejenigen, die gegangen waren, ahnten wohl, wie schlimm es noch werden könnte. Jurek hatte immer wieder an Krieg denken müssen.

Als die Pferde versorgt waren, kam der alte Diener hinaus in den Garten, wo Ruth unruhig auf Neuigkeiten aus der Stadt, vor allem aber von zu Hause wartete.

»Nun, Jurek, setz dich zu mir, trink einen Becher Limonade und erzähle, wie es meinem Mann und den Unseren zu Hause geht.« Ruth schob ihm ein Glas Waldmeisterlimonade herüber und faltete dann die Hände, um ihre Anspannung im Zaum zu halten.

»Dem Herrn Prokurator und dem ganzen Haus in der Kleinen Johannisstraße geht es gut, Fräulein Ruth, alle sind wohlauf, und die Vorratskammern sind gefüllt, wie mir die Köchin Trude versicherte. Sie gab mir sogar ein kleines Fass mit frisch eingelegtem Matjes mit, weil man hier draußen ja keinen ordentlichen Fisch bekommt.« Jurek hüstelte in seine Faust und trank einen Schluck Limonade.

Ruth nickte. »So sind alle gesund, das höre ich gerne. Du hast Trude auch die getrockneten Kräuter gegeben, die ich dir mitgab, nicht wahr? Sie helfen gut, ein Fieber zu senken.«

»Die gab ich ihr als Erstes, Fräulein Ruth, noch vor den Gurken, den Bohnen und den zwei Laib Käse.«

»Und Hinrich geht es auch gut, ja?«

»Er sieht müde aus, hat viel zu tun, ist aber gesund und wohlauf.«

»Und hast du Neuigkeiten von den Claussens, Jurek?«

»Das Kind hat sich noch nicht wieder eingefunden, Fräulein Ruth, obwohl die Röper die ganze Stadt nach ihm durchkämmt haben und Pastor Claussen mit dem Prokurator zusammen alles versucht hat, was er konnte.«

Ruth schluckte und bemühte sich, ein Schluchzen zu unterdrücken. Tagelang hatte sie versucht, sich einzureden, dass ihre Sorge wohl unbegründet und Greta längst wieder zu Hause sei. Aber bei Jureks Worten tauchte vor ihr das Bild der kleinen Mädchenleiche auf, die sie in der Totengrube gesehen hatte. Dem Mädchen musste Schreckliches zugestoßen sein. Nicht die Pest hatte die Kleine dahingerafft, da war sich Ruth nach wie vor sicher, auch wenn keiner ihre Vermutung teilte. Sie griff nach ihrem Becher und trank einen Schluck. »Wie geht es der Frau Pastorin, Jurek?«

Der Diener blickte zu Boden und verzog den Mund. »Ich will es nicht schönreden, Fräulein Ruth. Es geht ihr wohl sehr schlecht. Ich habe sie nicht gesehen, aber in der Gesindestube sagt man, dass sie nur noch weine und kaum einen Bissen zu sich nehme. Der Pastor bringt die beiden kleinen Mädchen täglich zu Trude, damit die Kinder gut versorgt und abgelenkt werden. Denn die beiden Mägde aus dem Pfarrhaus haben die Stadt verlassen und sind zurück zu ihren Familien in die Vierlande gegangen. Der Herr Pastor vermochte sie nicht aufzuhalten.«

»Sie werden gewiss nicht die Einzigen sein, die die Stadt verlassen, nicht wahr?«

Jurek nickte. »Viele gehen, Fräulein Ruth. Die Stadt ist nicht sehr lebenswert zurzeit.«

»Aber wo steckt denn Greta?«, fragte Marie, die sich hinter einem großen Apfelbaum versteckt und gelauscht hatte. »Sie kann doch nicht einfach fort sein. Sie wollte doch nur zu der Frau, die von den Engeln wusste.« Ihre Stimme zitterte, Tränen rannen ihr über die Wangen.

»Ja, Mariechen.« Jurek versuchte sie mit einem Lächeln zu trösten. »Dein Vater war auch bei der Frau und hat mit ihr gesprochen. Aber Greta war nicht dort.«

»Hinrich war bei der Brachfeld?«

»Ja, zusammen mit Pastor Claussen. Doch die Frau wollte den beiden nicht helfen, obwohl es gute Hinweise gab, dass Greta wirklich zu ihr wollte.«

»Erzähl mir davon, Jurek.«

»Nun, ich weiß nicht viel, Fräulein Ruth. Der Prokurator hat wohl in dieser Angelegenheit dem Professor Thomasius geschrieben und um seine Hilfe gebeten.«

»Thomasius? Was hat der denn mit dieser Frau zu schaffen?«

»Sie ist wohl eine aus dem Gefängnis entflohene verbrecherische Sektiererin, soweit ich es verstanden habe. Aber …« Jurek unterbrach sich und holte einen versiegelten Brief aus seinem Wams hervor. »Euer Mann wird Euch sicherlich alles Wichtige dazu selbst geschrieben haben. Diesen Brief gab er mir für Euch mit.«

Ruth nahm den Brief und steckte ihn sogleich in ihre Schürzentasche.

»Willst du den Brief denn nicht lesen, Mutter?«

Maries dunkle Augen starrten Ruth inständig an. »Später, mein Liebes. Und dann berichte ich euch allen auch, was der Vater schreibt. Jetzt möchte ich noch ein Weilchen allein mit Jurek reden. Und du gehst so lange mit deinen Geschwistern spielen, ja?«

Marie trollte sich widerwillig in den Garten, wissend, dass ihre Mutter ihre Meinung nicht ändern würde. Als sie außer Hörweite war, wandte sich Ruth wieder zu Jurek. »Und nun, Jurek, berichte mir, was du nicht vor dem Kind sagen wolltest.«

Jurek schluckte. »Es steht wahrlich nicht gut um Hamburg, Fräulein Ruth. Die Angst beherrscht die Straßen, die Preise sind verheerend hoch. Auch nehmen die Verbrechen zu. Euer Mann arbeitet jeden Tag bis spät in die Nacht bei Gericht, da täglich neue Fälle hinzukommen, und mehr als die Hälfte der Prokuratoren haben die Stadt verlassen. Selbst der Prätor denkt darüber nach, erzählte mir der Prokurator. Trude hält ihm täglich das Essen über Stunden warm, bis er endlich heimkommt. Der Brookvogt ist mit seinen Röpern ohne Pause damit beschäftigt, die Stadt ruhig zu halten und die Ordnung zu wahren. Die Kranken werden täglich mehr. Viele Gassen sind abgesperrt und werden von Schildwachen bewacht, damit niemand über die Absperrungen klettert. Doch kann man nicht auch alle Dächer kontrollieren. Kurz, Fräulein Ruth, niemand glaubt mehr daran, dass sich die Katastrophe noch abwenden lässt. Auch Euer Mann gibt der Stadt höchstens noch einen oder zwei Tage, bevor der Rat die Tore wird schließen lassen müssen.«

»Hast du mit Physikus Biester sprechen können, Jurek?«

»Nein, Fräulein Ruth, dafür ergab sich keine Gelegenheit. Ein Tag war kurz für all das, was es zu tun gab. Aber vielleicht hat der Prokurator noch einige Neuigkeiten in dem Brief geschrieben. Mögt Ihr ihn nicht in Ruhe lesen?«

Ruth warf Jurek ein Lächeln zu. Der alte Mann war sichtlich müde. So entließ sie ihn mit Dank und freundlichen Worten, damit er sich ein wenig von der Fahrt ausruhen konnte.

Als Jurek im Haus verschwunden war, lehnte sie sich zurück und wollte gerade den Brief aus ihrer Schürzentasche ziehen, als eine Kinderhand ihren Arm berührte.

»Ich mache mir solche Sorgen um Greta«, hörte Ruth die leise Stimme ihrer ältesten Tochter an ihrem Ohr.

»Ich mache mir auch Sorgen, Marie.« Sie lächelte dem Mädchen zu, ließ den Brief in der Schürze stecken und zog ihre Tochter auf ihren Schoß.

»Ob ihr etwas Schlimmes zugestoßen ist?«

»Das wollen wir nicht hoffen.«

»Dabei wollte sie nur wissen, wie es dem Peterchen geht, weil er doch jetzt bei den Engeln wohnt. Das hat Trude gesagt.«

Ruth nickte schweigend und streichelte ihrer Tochter über den Kopf. Die alte Köchin erzählte den Kindern viele Geschichten. Wer konnte schon ahnen, dass ein vernünftiges Kind wie Greta ihre Geschichten zum Anlass nehmen würde, wegzulaufen.

»Gehen alle Toten zu den Engeln, Mutter?«

»Die Guten auf jeden Fall, mein Kind.«

»Und die Bösen? Die doch nicht, oder?«

»Nein, mein Kind, die Bösen nicht.«

»Wohin gehen denn die Bösen?«

Ruth schluckte. Wohin gingen die Toten? Wer konnte das schon sagen. Die Christen schickten die Guten und Reinen ins Paradies, die Bösen in die Hölle. Und all die, die weder nur gut noch nur böse waren, schickten die Katholiken ins Fegefeuer. Also vielleicht alle. Denn wer war schon nur gut oder nur böse? Die Protestanten wurden gemäß der Gnade Gottes, die Katholiken nach guten Werken im Jenseits aufgeteilt. Auch die Juden kannten Orte für die Toten, doch waren sie nicht unbedingt mit denen der Christen zu vergleichen. Das Judentum lehrte, dass die Seelen der Verstorbenen in *Gan Eden* verweilten und dort auf die Ankunft des Messias warteten. Jene aber, die Schlechtes im Leben getan hatten, mussten zunächst im Zustand des *Gehinnom* den tiefen geistigen Schmerz empfinden, den eine Seele erfasst, wenn sie sich der schlechten Taten bewusst wird. Doch der Talmud sagte ausdrücklich, dass *Gehinnom* nicht länger als elf Monate dauere und dann die Seele durch den Schmerz gereinigt und bereit für *Gan Eden* sei. Aber über den mosaischen Glauben durfte Ruth nicht mit ihren Kindern sprechen. Schließlich war sie eine Konvertitin, und jeglicher Fehltritt, den sie sich in Glaubensdingen leistete, konnte gegen sie verwendet werden.

»Was sagt denn Onkel Matthias darüber?«

Marie legte den Kopf schief. »Er sagt, dass auf alle das Jüngste Gericht wartet. Aber ich weiß nicht genau, was das ist. Ist das dort so wie bei Vater im Niedergericht?«

Ruth schmunzelte. »Ein bisschen vielleicht. Nur dass dort nicht der Prätor zu Gericht sitzt, sondern Gott.«

»Bei so vielen Menschen hat Gott dann aber viel zu tun, oder?«

»Hm.«

»Hat er dann noch Zeit, der Greta zu helfen? Denn ich bete jeden Tag zu ihm, dass er ihr hilft und sie nach Hause zurückbringt.«

»Auch ich bete jeden Tag für Greta, Marie.« Wo war Greta bloß hingelaufen? Die Stadt war voller Gefahren und übler Gesellen, denen ein Kind nichts bedeutete. Was würde sie selbst tun, wenn eines ihrer Kinder verschwunden wäre?

»Glaubst du, dass Greta vielleicht schon bei Peterchen und bei den Engeln ist?«

Ruth spürte einen Stich im Herzen. Sie drückte Marie fest an sich. »Ich hoffe nicht.«

»Aber warum sagt uns Gott nicht, wo Greta ist? Er weiß es doch. Er weiß schließlich alles, sagt Onkel Matthias.«

»Aber er teilt sein Wissen nicht unbedingt mit uns, Marie. Es ist an uns, ihm in seiner unendlichen Weisheit zu vertrauen und unseren Weg zu gehen.«

»Aber der Teufel ist anders. Der führt einen und sagt genau, was man tun muss.«

»Wie kommst du denn darauf?«

»Das sagen die Kinder.«

»Welche Kinder?«

»Die Kinder im Dorf.«

Ruths Rücken versteifte sich. Aber sie zögerte, ihre Tochter für den Umgang mit den Dorfkindern zurechtzuweisen. »Was sagen die Kinder denn?«

»Hauke sagt, dass der Teufel gar nicht so schlimm ist. Er hat seiner Schwester sogar einen Zuckerkuchen geschenkt, als sie alles richtig gemacht hat.«

Ein Schauer ließ Ruth frösteln. »Der Teufel, sagst du? Zuckerkuchen? Marie, wovon redest du?« Sie ergriff die kleinen Hände ihrer Tochter und drehte sie so zu sich herum, dass ihre Blicke sich trafen.

»Das hat er gesagt.«

»Was hat er genau gesagt?«

»Nachts kam der Teufel zu seiner Schwester in die Kammer. Er stand vor ihrem Bett und sagte ihr, dass er sie prüfen wolle, ob sie seine Hilfe und Gnade wert sei.«

Ruths Kehle zog sich zusammen. Sie schluckte dagegen an, ließ aber ihren Blick auffordernd auf ihrer Tochter haften und nickte ihr zu, weiterzusprechen.

»Sie musste sich vor ihm hinknien, und er hat ihr Fragen gestellt.«

»Und woher weiß Hauke, dass es der Teufel war?«

»Er hat selbst gesagt, er sei der Erzengel Luzifer.« Marie schaute ihre Mutter verunsichert an. »So hat er es zumindest erzählt.«

»Wer ist denn Hauke, Marie?«

»Sein Vater ist Scherenschleifer. Hauke begleitet ihn manchmal, wenn er über die Dörfer zieht.«

»Woher kommt er?«

»Ich weiß nicht.« Marie zögerte. »Ich kann ihn aber fragen, wenn du möchtest. Er kommt bestimmt bald wieder hierher nach Borstel.«

»Und was war mit dem Zuckerkuchen?«

»Den hat der Teufel Haukes Schwester zur Belohnung geschenkt, weil sie alles richtig gemacht hat.«

Ruth schwieg einen Moment. Sie wusste wohl, dass der Teufel den Menschen, die ihm verfielen, Geschenke machte. Aber auch Kindern? Was mussten die wohl dafür tun?

»Haben andere Kinder auch vom Teufel erzählt?«

»Ich weiß nicht. Nicht so richtig. Aber das Lieschen hat ganz komisch geschaut, als Hauke vom Teufel erzählt hat. Sie wollte aber nichts sagen.«

»Und wer ist Lieschen?«

»Die Nichte vom Schmied, glaube ich. Sie kommt aus Niendorf und ist nur zur Erntezeit hier, um der Frau vom Schmied bei der Beerenernte zu helfen.«

Ruth nickte. Ihr waren die Geschichten vom Teufel nicht geheuer. Zu gut erinnerte sie sich daran, wie sie selbst als kleines Kind Geschichten erfand, um nicht die Wahrheit erzählen zu müssen. So hatte sie einmal heimlich von den kandierten Früchten und Nüssen genascht, die ihre Mutter für das Chanukkafest auf einem Silberteller drapiert hatte. Als sie es merkte und Ruth zur Rede stellte, war sie um keine Ausrede verlegen, sondern erzählte eine haarsträubende Geschichte von einem Eichhörnchen, das aus einer Spalte hinter dem Kamin hervorgekommen sei und die Nüsse eine nach der anderen fortgetragen habe. Die Mutter hatte sich ihre Geschichte angehört, lächelnd den Kopf geschüttelt und nur gesagt, dass Ruth nun selber schuld sei, dass sie weniger Nüsse und Früchte zu Chanukka bekäme, wenn sie das Eichhörnchen damit habe entkommen lassen. Aber Geschichten vom Teufel waren etwas anderes. Womöglich hatten diese Geschichten einen wahren Kern. Zwar hatte Ruth wenig für den Teufel übrig, dieser Teil der christlichen Lehre befremdete sie immer noch zutiefst. Aber sie wusste nur zu gut, wie scharf vor allem die Kirchenleute auf Teufelsgeschichten reagierten. Die Angst vor dem Teufel saß tief, umso unerbittlicher verfolgten sie jeden Hinweis auf ihn.

»Vielleicht weiß der liebe Gott ja gar nicht, wo Greta ist. Vielleicht weiß es aber der Teufel?«

»Rede keinen Unsinn, Marie. Greta ist ein Kind Gottes. Ihr Vater ist Pastor von Sankt Katharinen. Der Teufel findet an einem solchen Kind keinen Gefallen.«

HAMBURG, IM AUGUST 1713

Die zehnte Stunde war beinahe um, als Wrangel endlich die Tür seines Hauses in der Kleinen Johannisstraße hinter sich schloss und hinüber zum Niedergericht ging. Den ganzen Morgen hatte er sich mit dem Brief und den Papieren beschäftigt, die ihn mit einem frühen Kurier aus Halle erreicht hatten. Professor Thomasius hatte ihm nicht nur einen herzlichen und freundschaftlichen Brief geschrieben, sondern ihm auch einen großen Stapel an Akten über den Fall der Evischen Sozietät gegen den Grafen zu Sayn-Wittgenstein in Laasphe mitgeschickt. Schon aus der knappen Zusammenfassung von Thomasius und einem ersten Durchblättern der Papiere erahnte Wrangel, dass Eva von Buttlar zwar krude und schwer in die kirchlichen Lehren integrierbare Vorstellungen von Gott hatte, sie aber wohl ansonsten harmlos war. Vorausgesetzt, ihr religiöser Wahn hielt sich in Grenzen. Matthias Claussen würde ihm in diesem Punkt gewiss nicht folgen. Aber den hatte er vorerst nicht vor in die detaillierte Sachlage um den Fall Buttlar einzuweihen. Zu viel stand für seinen Freund auf dem Spiel.

Auf der Straße kam Wrangel nur mühsam voran. Die Leute drängten sich, bepackt mit Körben und Säcken, die Gesichter verschlossen, die Blicke gesenkt. Endlich erreichte er den Ness, schob sich am Rathaus durch eine wartende Menschentraube hindurch zum Niedergericht, das direkt an die hintere Mauer des Rathauses gebaut war. Es war deutlich kleiner und wirkte unscheinbar im Vergleich zum Sitz des Rates der Stadt. Wrangel öffnete die Tür, grüßte die Gerichtsschreiber, die gleich im vorderen Raum an ihren Pulten standen und Akten kopierten, und ging dann durch den Gerichtssaal von der Größe einer großzügigen Stube zu den hinteren Kabinetten, in denen die Prätoren und Prokuratoren arbeiteten. Die Tür zum Kabinett des Prätors stand offen. Als Wrangel ungesehen daran vorbei zu seinem Schreibtisch eilen wollte, hörte er die strenge Stimme des Prätors seinen Namen rufen und ihn zu sich hereinbitten. Ihm war nicht nach einer Maßregelung, weil er zu spät ins Gericht kam, aber er kannte den Prätor und wusste, dass dieser solche Lässigkeiten nicht duldete, ganz gleich, wie gut die Ausrede des verspäteten Prokurators auch war. Doch auf gar keinen Fall wollte Wrangel seinem Vorgesetzten etwas von seinen nahezu privaten Nachforschungen berichten. Denn eine solche Eigenständigkeit hasste der Prätor noch mehr als Unpünktlichkeit. So holte Wrangel kurz Luft und wandte sich der offenen Tür zu.

»Prokurator, wie gut, dass Ihr hereinkommt. Schließt bitte die Tür und nehmt Platz.«

Wrangel setzte sich und wartete auf die Rüge, aber nichts dergleichen geschah. Das Gesicht des Prätors war angespannt und besorgt. Seine Hände hatte er wie zum Gebet gefaltet.

»Ich weiß es sehr zu schätzen, Prokurator Wrangel, dass Ihr mich in dieser schweren Zeit weiter mit all Eurer Kraft unterstützt. Darin seid Ihr wohl beispiellos.«

»Danke, Prätor. Ich tue nur meine Pflicht.«

Der Prätor lächelte müde. »Das ist wohl wahr, lieber Wrangel. Dennoch seid Ihr der einzige Prokurator, der heute noch hier seinen Dienst tut. Von Krüger und Herberger erhielt ich nur noch einen Brief, dass sie sich ob der dramatischen Umstände gezwungen sahen, die Stadt heute früh zu verlassen. Schönberg hat sich bereits vor einer Woche abgemeldet, und Lorenzen und Müller sind von ihrer letzten Reise nach Lübeck nicht nach Hamburg zurückgekehrt. Und über die beiden anderen verliere ich schon kein Wort mehr, da sie sich seit Wochen nicht mehr haben blicken lassen.« Der Prätor blickte Wrangel in die Augen. »Aber Ihr, Prokurator Wrangel, Ihr seid immer noch hier. Dabei habt Ihr Frau und Kinder und es darüber hinaus weiß Gott nicht nötig, an Euer Salär zu denken.«

Wrangel senkte den Blick. Der Prätor hatte recht. Er selbst hatte sich genau das auch schon mehrere Male gesagt und sich gefragt, warum er nicht ebenfalls die Stadt verließ. Als Jurek vor vier Tagen zurück nach Borstel fuhr, wäre er am liebsten mitgefahren. Aber er musste an Matthias denken und wollte nicht gehen, bevor er seinem Freund nicht wenigstens noch die ersehnte Antwort von Thomasius über die Buttlar mitteilen konnte. Nun war das Schreiben ja endlich da. Am Abend wollte er die Papiere, die Thomasius ihm mitgeschickt hatte, genauer durchsehen, am nächsten Tag noch einmal nach Altona zu dieser Frau gehen und sie in die Mangel nehmen. Und wenn es dann immer noch keine Hinweise gab, ja, dann wollte er endlich Ruths Drängen und seiner inneren Stimme nachgeben und hinaus aufs Land reiten. Aber das würde er dem Prätor erst am Abend vorher mitteilen, so wie seine Kollegen, die Prokuratoren Krüger und Herberger, es heute früh wohl getan hatten.

»Euer Pflichtbewusstsein und Eure Verantwortung der Stadt gegenüber weiß ich sehr zu schätzen, Prokurator Wrangel. Darum möchte ich Euch etwas anvertrauen, was bisher nur wenige wissen, wohl viele aber bangend ahnen.«

Der Prätor holte tief Luft, bevor er weitersprach. »Wenn heute Abend die Stadttore schließen, werden sie sich für lange Zeit nicht mehr öffnen.«

Wrangel stockte der Atem. Auch er hatte zu den bangend Ahnenden gehört, diese Ahnung aber stets verdrängt. Nun war es also so weit. »Woher wisst Ihr Bescheid, Prätor?«

»Bürgermeister von Bostel sagte es mir heute früh. Die Dänen haben Hamburg ein Ultimatum gestellt. Schließen wir die Tore nicht, so werden sie es tun. Auch die anderen Nachbarstaaten verlieren die Geduld. Der Kaiser in Wien wartet immer noch auf eine offizielle Erklärung über die Zustände in der Stadt. Auch Berlin hat angefragt und natürlich Kopenhagen. Sie alle haben die Stadt zu diesem Schritt gedrängt, nachdem der Rat keine befriedigende Antwort mehr auf ihre Nachfragen nach der Seuche in der Stadt geben konnte.«

Wrangel nickte. »Es musste ja so kommen. Gegen die Pest sind wir machtlos. Ganz gleich, wie viele Menschen wir unter Quarantäne stellen, wie viele Häuser wir ausräuchern und wie viel Theriak wir auch einnehmen. Die Krankheit kriecht unter den Türschwellen hindurch, wabert durch die Fleete. Vor zwei Tagen erst traf ich Physikus Biester, dem die Sorge um die Gesundheit der Menschen ins Gesicht geschrieben stand. Ihm laufen die Pestärzte ebenso fort wie Euch die Prokuratoren, Prätor.«

»Ja, ich weiß, Prokurator. Umso dankbarer bin ich Euch für Eure Treue und Euer Verantwortungsbewusstsein.«

Wrangel schluckte. Auch er wollte fort.

»Ab morgen, Prokurator, werden wir beide mehr Arbeit haben, als uns lieb sein kann. Schon jetzt ist es dem Brookvogt kaum möglich, überall in der Stadt die Ordnung aufrechtzuerhalten. Aber morgen, wenn sich die Tore nicht wieder öffnen, werden die Leute sich nur noch mit Gewalt davon abhalten lassen, in die verlassenen Häuser der wohlhabenden Bürger einzubrechen und deren Vorratskammern zu plündern.«

Wrangel erbleichte. »Hat man denn keine Regelung für die Versorgung der Menschen mit Viktualien getroffen?«

Der Prätor schwieg und starrte zum Fenster.

»So sagt doch etwas, Prätor.«

»Zur Stunde verhandelt der Rat noch mit einer dänischen Abordnung über die Durchfuhrbestimmungen. Hoffen wir auf das Beste.«

Nun war es an Wrangel zu schweigen.

»Werde ich auch weiter auf Euch zählen können, Doktor Wrangel?«

Wrangel kaute auf seiner Unterlippe und dachte einen Moment nach, bevor er sich doch entschied, dem Prätor gegenüber seine Nachforschungen zu erwähnen.

»Wenn ich bleiben soll, Prätor, dann muss ich heute noch einmal nach Altona, um eine Frau zu vernehmen, die mit verschiedenen Kindesentführungen in Zusammenhang gebracht wird.«

Der Prätor schaute Wrangel skeptisch an. »Welche Frau? Und welche Entführungen?«

»Ihr wisst doch, dass seit Wochen immer wieder Kinder verschwinden. Es besteht ein begründeter Verdacht, dass eine gewisse Eva Brachfeld aus Altona mit diesen verschwundenen Kindern in Verbindung zu bringen ist.«

»Eva Brachfeld, sagt Ihr? Nach der habt Ihr Euch doch schon einmal erkundigt. Aus Altona erhielt ich eine Beschwerde über Euer Vorgehen. Lasst diese Frau in Ruhe, Prokurator Wrangel. Sie hat mit dieser Sache sicherlich nichts zu tun. Das zumindest haben mir ehrbare Herren aus den besten Altonaer Kreisen versichert.«

Wrangel stutzte. So weit war man gegangen, um ihm bei seinen Ermittlungen Steine in den Weg zu legen? Dass er kaum etwas über diese Brachfeld herausgefunden hatte, sondern überall ausgebremst wurde, war ihm durchaus aufgefallen. Aber dass die Arme ihrer Beschützer bis zum Prätor des Hamburger Niedergerichts reichten, hatte er nicht vermutet.

»Auch ich halte diesen Verdacht für abwegig«, fuhr der Prätor fort. »Zudem haben wir für diese Dinge keine Zeit, Prokurator. Diese Kinder treiben sich irgendwo herum, betteln oder hausieren. Letztendlich finden sie sich schon wieder ein.«

Wrangel fühlte Wut in sich aufsteigen, bezwang sich aber und fixierte den Prätor mit scharfem Blick. »Auch die Tochter von Pastor Claussen von Sankt Katharinen ist verschwunden. Seit zwölf Tagen schon. Sie hat es weder nötig zu betteln noch zu hausieren. Allerdings gibt es starke Hinweise, dass diese Frau

Brachfeld aus Altona mit dem Verschwinden von Pastor Claussens Tochter in Verbindung gebracht werden kann.«

»Frau Brachfeld ist eine Frau von Ehre, Prokurator Wrangel. Ich ...«

»Frau Brachfeld heißt tatsächlich Eva von Buttlar, Prätor. Sie ist der Kopf einer sektiererischen pietistischen Vereinigung, die mit der lutherischen Kirche gebrochen hat. Mehrfach stand sie bereits wegen verschiedener Delikte vor Gericht. Einer rechtskräftigen Verurteilung konnte sie sich bisher immer wieder durch Flucht entziehen. Ich muss die Frau sprechen, Prätor, bevor es zu spät ist und sie wieder entweichen kann.«

Der Prätor runzelte die Stirn. »Eva von Buttlar, sagt Ihr? Ist das nicht jene, deren Prozess seinerzeit in Laasphe für Aufsehen sorgte? Um Unzucht, ja sogar um Kindstötungen soll es dabei gegangen sein.«

»So ist es, Prätor.«

»Könnt Ihr denn beweisen, dass diese Brachfeld die Buttlar ist? Denn wenn nicht, Wrangel, werden die Altonaer Euch und letztlich auch mich zur Verantwortung ziehen. Und durch die entsetzliche Lage, in die unsere Stadt geraten ist, sitzen die Altonaer als dänische Untertanen am längeren Hebel. Darum überlegt Euch gut, was Ihr tut.«

»Das tue ich, Prätor.«

Der Prätor faltete wieder die Hände. »Sofern ich morgen früh wieder auf Euch im Niedergericht zählen kann, so will ich Euch für heute entschuldigen. Doch was Ihr heute tut, ist Eure Privatangelegenheit. Wisst, dass das Niedergericht in diesem Fall nicht hinter Euch steht.«

Wrangel nickte schweigend. Dann wandte er sich um und verließ das Gericht, ohne seine Amtsstube auch nur zu betreten.

✧ ✧ ✧

Abensur betrat mit seinem Dreispitz in der Hand das Gasthaus in der Nähe des Dammtors. Zur Mittagsstunde war es leidlich besucht. Obwohl alle Fenster geöffnet waren, war es in der Gaststube stickig und schummrig. Er sah sich um und entdeckte Meister Rednael an einem kleinen Ecktisch im hinteren Teil der Gaststube.

»Danke, dass Ihr gekommen seid, Meister Rednael.«

»Was gibt es denn, dass Ihr mich so dringend sprechen wolltet, Herr Abensur?«

»Heute früh wurde ich als Gesandter vom Rat der Stadt verständigt, dass ab morgen die Stadttore wegen der Seuchengefahr geschlossen bleiben werden.«

Rednael nickte. »Das war zu erwarten.«

Abensur knetete seine Finger. »Wie gedenkt Ihr denn, mit dem Geschäft fortzufahren, Meister? Wohnt Ihr selbst innerhalb der Stadtmauern?«

Meister Rednael brach schweigend ein Stück Brot ab.

»Ihr wisst vielleicht, dass wir Diplomaten dennoch die Tore passieren können?«, raunte Abensur und sah Rednael verschwörerisch an. »Ich könnte Euch diesbezüglich meine Dienste anbieten.«

»Sollte ich dafür Bedarf haben, werde ich mich an Euch wenden, Herr Abensur. Doch scheinen die Umstände vielmehr so, dass jeder, der es sich leisten kann, die Stadt ohnehin bereits verlassen hat.«

Abensur schluckte. Natürlich hatten sich viele von des Meisters Kunden auf dem Land einquartiert. Selbst Graf Schönborn hatte inzwischen das Weite gesucht. Nur er, Abensur, saß noch immer in der Stadt, in der die Pest unaufhaltsam wütete, und verhandelte mit einem Mann, der anderen, wohlbetuchten Herren ein geheimnisvolles Elixier gegen die Seuche verkaufte. Warum nicht auch Abensur, seinem Geschäftspartner? Gerade jetzt, da ein sicherer Schutz unabdingbar wurde.

»Sagt, Meister Rednael, haltet Ihr nicht inzwischen die Zeit für gekommen, auch mich dank Eurer großen Fähigkeiten vor der Pestilenz zu schützen?«

Der Meister sah Abensur stirnrunzelnd an.

»Schaut, seit Monaten führe ich Euch nun bereits Männer zu, denen Ihr helft und die Ihr schützt. Nun aber hat sich die Lage so weit zugespitzt, dass auch ich womöglich Eure Hilfe brauche«, setzte Abensur nach. »Ich erwarte ja nicht, dass Ihr mich vollends in die Geheimnisse Eures Könnens einweiht, aber auf einen gewissen Schutz von Euch habe ich doch wohl ein Anrecht.«

Ungehalten unterbrach Meister Rednael Abensur. »Ihr zerstört unsere geschäftlichen Beziehungen, wenn Ihr mich so drängt.«

»Was bleibt mir anderes übrig? Dränge ich Euch nicht, so hab ich womöglich bald selbst die Pestilenz am Leib. Doch Ihr, Meister, könnt das verhindern, wenn Ihr nur wollt. Gesund kann ich Euch weiter unterstützen. Ich kann Euch durch die geschlossenen Tore in die Stadt und auch wieder hinausschaffen, wenn es Euch dienlich sein sollte. Auch werde ich gerne weiter Kundschaft für Euch suchen. Der Zulauf dürfte so bald nicht abreißen. Ich habe eine Liste erstellt von Männern, die für Euch interessant sind. Darauf ist noch so mancher Name, der noch nicht zu Eurem Kreis zählt.«

Rednaels Augen funkelten hell unter der weißen Perücke hervor. Schweigend griff er in seine Rocktasche und zog ein kleines Fläschchen hervor. Abensur sah es neugierig an.

»Für mich? Darf ich?« Er langte über den Tisch und versuchte, das Fläschchen zu ergreifen. »Was ist das für eine Mixtur? Ich dachte, Euer Können sei nicht in eine Flasche zu füllen? So sagte es zumindest Baron Görtz.«

Der Meister schnaubte verächtlich. »Das ist auch nur der eine Teil.«

Abensur öffnete das Fläschchen und roch an der Flüssigkeit. »Was ist das? Es riecht mir bekannt.«

»Theriak.«

»Theriak? Das soll Euer Geheimnis sein?« Abensur drehte das Fläschchen zu und sah den Meister enttäuscht und beinahe wütend an. »Mit Theriak wollt Ihr mich abspeisen, wie ein Quacksalber auf dem Wochenmarkt?«

»Ihr hört mir nicht zu, Abensur. Ich sagte doch, das ist nur der eine Teil.«

»Und der andere?«

»Nehmt einen Diamanten, zermahlt ihn und löst das Diamantenpulver darin auf. Dann trinkt morgens und abends jeweils einen winzigen Schluck.«

»Einen Diamanten? Aber ich kenne nichts, was härter ist als ein Diamant! Wie soll ich ihn zermahlen?«

Der Meister grinste Abensur böse an. »Versteht Ihr nun, warum der Zirkel nur für ganz besonders kraftvolle Männer ist?«

»Aber ...«

»Kein Aber! Haltet Euch an unsere Abmachung, oder Ihr seid raus!«

»Wollt Ihr damit sagen, dass Baron Görtz, Graf Rantzau oder gar der Kaufmann Köster so starke Männer sind, dass sie einen Diamanten zu zermahlen vermögen?«

Rednael warf Abensur einen verächtlichen Blick zu, stand auf und wandte sich zum Gehen.

»Aber Meister Rednael, Ihr könnt mich nicht einfach so sitzenlassen. Wir sind Geschäftspartner. Ich will doch nur ...«

»Ihr solltet nur eines wollen, Gesandter Abensur, nämlich das Schweigen wahren über unsere geschäftlichen Beziehungen. Sonst werdet Ihr es an Leib und Seele bereuen.«

Abensur durchfuhr es kalt. Ohne ein weiteres Wort verließ der Meister das Gasthaus.

IRGENDWO IM DÄNISCHEN, IM AUGUST 1713

»Nun, Greta, bist du bereit für die zweite Prüfung?«

Greta setzte sich auf dem Strohsack auf und wischte sich mit dem Ärmel ihres Kleides den Rotz von der Nase. Sie hatte die Schritte des Mannes auf dem Gang vor ihrem Verlies zwar gehört, aber keine Kraft gefunden, die Tränen so schnell niederzuringen. Sie wusste nicht mehr, wie viele Tage und Nächte sie nun schon in diesem dunklen Loch saß. Das Gefühl für die Zeit war ihr im Dämmerlicht abhandengekommen. Sie hätte auch nicht zu sagen vermocht, wann sie das letzte Mal etwas gegessen hatte. Der Korb, den ihr der Mann nach jener ersten Prüfung gelassen hatte, war schon lange leer. Seitdem hatte er nur ein paarmal wortlos einen Eimer mit Wasser und eine Schale mit klebriger, fader Grütze neben die Tür gestellt. Und nun also, nachdem sie ungezählte Stunden geweint hatte, kam er für die nächste Prüfung. Greta musterte den Mann scheu und entdeckte sogleich den mit allerlei Viktualien gut gefüllten Korb. Sogleich knurrte ihr Magen, und ihr lief das Wasser im Mund zusammen. Sie schluckte, strich sich eine verfilzte Haarsträhne aus dem Gesicht und nickte dann schüchtern.

»Stell dich aufrecht hin, wie es sich für ein braves Kind gehört.«

Schwankend erhob sich Greta. Dabei huschte ihr Blick wieder über den Mann, der sich Meister nannte. Bis auf die flachsfarbenen Strümpfe war er dunkel gekleidet. Sie umfasste mit ihren Händen ihre Arme, um sich so mehr Halt zu geben, denn eine unheimliche Unsicherheit umfing sie augenblicklich, als der Blick aus den stechend hellen Augen des Mannes auf ihr Gesicht traf.

»Kennst du die Psalmen, Kind?«

Greta nickte stumm.

»Psalm 68, Vers 20!«, donnerte der Meister sie an, dass sie vor Schreck zurückfuhr.

»Gelobet sei der Herr …«, flüsterte sie.

»Sprich laut und deutlich!«

»Gelobet sei der Herr täglich. Gott legt uns eine Last auf, aber er hilft uns auch.«

Der Meister nickte. »Gut. Und Psalm 125, Vers 5?«

»Die mit Tränen säen, werden mit Freuden ernten.«

»Und weiter?«

Greta blickte auf. Länger war der Vers nicht. Aber sie wagte es nicht, dem Mann zu widersprechen. Darum fügte sie einfach den nächsten an. »Sie gehen hin und weinen und tragen edlen Samen und kommen mit Freuden und bringen ihre Garben.«

»Gut so, Kind. Auch deine Tränen werden Freude ernten. Sei gewiss. Deine Kenntnis der Heiligen Schrift ist gut. Du scheinst mir ein fleißiges Mädchen zu sein und deinen Katechismus mit ernsthaftem Bestreben studiert zu haben. Kennst du denn auch den 37. Psalm, Vers 7?«

Greta kannte ihn bestens. Es war der liebste Vers ihrer Mutter. Tränen stiegen ihr bei dem Gedanken an zu Hause in die Augen. »Bleibe fromm«, krächzte sie und räusperte sich vorsichtig, »und halte dich recht; denn solchen wird's zuletzt wohl ergehen.«

»Sehr schön. Weiter so, Kind, dann wirst du bald ein Engelskind sein, und auch dir wird es wohl ergehen.« Der Meister stellte den Korb neben den Strohsack und wandte sich zum Gehen.

Wenn er jetzt einfach gehen würde wie beim letzten Mal, wie lange würde sie dann wieder in diesem stinkenden Verlies ausharren müssen? Was hatte er nur vor mit ihr? Was wusste er von Engeln? Bisher hatte sie weder von dieser Eva noch von ihm irgendetwas über Engel erfahren. Noch nicht einmal, was ein Engelskind war.

»Wartet noch!«, rief sie ihm hinterher. »Was wisst Ihr über Engel?«

Der Meister drehte sich langsam zu ihr um. Ein schmales Lächeln umspielte seine Lippen. »Du, die Aspirantin, fragst mich, den Meister, was ich weiß?«

Greta zitterte, richtete sich aber auf, blickte dem Meister tapfer ins Gesicht und nickte.

»Seit Anbeginn der Welt sind die Engel die Boten des Herrn. Sie bringen Gnade oder Verderben, Vergebung oder Verdammnis.« Der Meister sprach mit tiefer, donnernder Stimme wie in einer Predigt. Gerade so, als schicke er selbst die Botschaft vom Himmel. »Der Engel Gabriel verkündete der Jungfrau Maria die Empfängnis des Herrn Jesu und Elisabeth die Geburt ihres Sohnes Johannes des Täufers. Der Engel Michael führte die Heerscharen des Herrn in den Kampf. Zusammen mit dem Engel Raphael bringt er aber auch die Gnade der Heilung. In der Offenbarung erfahren wir, dass Michael einst selbst Satan bezwingen wird.«

Um die Bedeutung der Erzengel wusste Greta wohl, die Worte des Erzengels Gabriel hatte sie schon mit drei Jahren auswendig gekonnt. Aber was war mit all den anderen Engeln, die es geben musste, wenn die toten Kinder zu Engeln wurden.

»Aber die Kinder?«

»Welche Kinder?«

»Die Kinder, die zu Engeln werden.«

Der Meister nickte. »Lukas lehrt uns, dass jene, die würdig sein werden, die Auferstehung von den Toten zu erlangen, hinfort nicht mehr sterben können und Engeln gleich Gottes Kinder sind, dieweil sie Kinder sind der Auferstehung.«

»Aber wo sind sie dann, und wie kann ich zu ihnen sprechen? Wie kann ich zu meinem Brüderchen sprechen?« Greta schluckte die aufsteigenden Tränen hinunter. »Wisst Ihr darum?«

»Sprich einfach zu ihm. Er wird dich hören, ist er ein Engel.« Damit drehte sich der Meister um und ging zur Tür.

»Aber was sind Engelskinder?«, rief ihm Greta aufgewühlt hinterher.

»Das wirst du erfahren, wenn du die dritte Prüfung bestanden hast.«

Die schwere Tür fiel ins Schloss, und Greta schluchzte auf. Nichts wusste dieser Mann über Engel, was sie nicht auch schon wusste. Alle Stellen der Bibel hatte sie gelesen über die Engel. Nichts hatte sie darüber gefunden, was aus den kleinen Kindern im Himmel wird. Und niemand konnte es ihr sagen. Ihr Vater nicht, jene Eva nicht und dieser Meister, der sie hier gefangen hielt und prüfte auf ihre Bibelfestigkeit, auch der hatte keine Antwort. Zumindest gab er ihr keine. Sie musste etwas tun. Sie konnte hier nicht nur einfach auf dem Strohsack sitzen und warten, bis er zurückkam. Sie musste einen Weg hinaus aus diesem Gefängnis finden.

ALTONA, IM AUGUST 1713

Wrangel klopfte mit drei energischen Schlägen an die Tür des Hauses, in dem Eva von Buttlar wohnte. Ihm war nicht nach Warten zumute. Endlich hörte er die schlurfenden Schritte der Wirtin und wie der Schlüssel im Türschloss gedreht wurde.

»Seid gegrüßt, gute Frau. Ihr erinnert Euch sicherlich noch an mich. Prokurator Wrangel vom Hamburger Niedergericht. Ich wünsche unverzüglich die Frau … Brachfeld zu sprechen.«

Die Wirtin sah Wrangel erstaunt an, wagte aber nicht, den ungeduldig auf den Absätzen wippenden Mann hinzuhalten.

»Kommt herein, Prokurator, und folgt mir nach oben.« Sie führte Wrangel die Treppe hinauf und erkundigte sich wie beiläufig nach seinem Begehr. »Habt Ihr noch Fragen an die arme Witwe? Oder vielleicht gar gute Nachrichten für sie in dieser dunklen Zeit?«

»Einige Fragen noch«, murmelte Wrangel und folgte der Wirtin so dicht, dass er ihren langsamen Schritt antrieb.

Kurze Zeit später öffnete Eva Brachfeld die Tür zu ihrer Wohnung.

»Ach, Ihr noch einmal, Prokurator. Tretet bitte ein.«

Wrangel zog den Hut, trat ein und sah sich sogleich mit scharfem Blick in der Wohnung um.

»Was führt Euch erneut zu mir?«

»Das verschwundene Kind, Frau Brachfeld. Oder soll ich eher sagen: Frau von Buttlar?«

Eva zuckte zusammen, wahrte aber die Fassung. »Das ist mein Mädchenname, Prokurator.«

»Unter diesem Mädchennamen habt Ihr bereits ein beachtliches Strafregister angesammelt. Landesverweisung aus Eisenach wegen Sektierertums, Anklage wegen Unzucht, Hurerei, Blutschande, Gotteslästerung und Kindesmords in Laasphe, eine Anklage in ähnlichen Punkten im Bistum Paderborn. Von dort seid Ihr aus dem Schloss Dringenburg der Vollstreckung des anstehenden Urteils genauso entflohen wie zuvor aus dem Gefängnis in Laasphe. Vom lutherischen Glauben habt Ihr zum katholischen gewechselt und wieder zurück zum lutherischen, je nachdem, wie es günstiger für Euch war.«

Eva musterte Wrangel trotzig. »Keine einzige Anklage hat vor Gericht standhalten können.«

»Ihr habt den Gerichten auch kaum Zeit gelassen, ein Urteil über Euch zu fällen.«

»In Laasphe hat der gierige Graf unsere Gemeinschaft um unser ganzes Geld gebracht. Wir saßen in seinem Gefängnis, doch anstatt den Prozess voranzutreiben, bediente er sich aus unserem Säckel. Als es nichts mehr zu holen gab, ließ er es so einrichten, dass wir fliehen konnten. Denn wäre der Prozess, für den sich zu jenem Zeitpunkt bereits der berühmte Rechtsgelehrte Thomasius interessierte, zu unseren Gunsten ausgegangen, wäre seine Lumperei aufgeflogen und er in unserer Schuld gewesen.«

Wrangel ließ sich nicht anmerken, dass er nach dem Studium der Papiere von Thomasius Eva von Buttlars Einschätzung des in Laasphe Vorgefallenen teilte. »Aber dem Bischof von Paderborn wollt Ihr wohl nicht unterstellen, dass er auf Euer Geld aus war?«

»Nein. Der Bischof von Paderborn war darauf aus, uns aufs Schafott zu bringen, da er sich Sorgen um seine Schäfchen machte, die womöglich von unserem Glauben und Gottes wahrer tiefer Liebe berührt werden konnten.« Evas Gesicht versteinerte sich, und mit leiser Stimme fügte sie hinzu: »Er ließ mich so lange foltern, bis ich alles gestand, was er hören wollte.«

Wrangel schluckte. Diese Art der Rechtsfindung war ihm seit jeher ein Greuel gewesen. In seiner Tätigkeit als Prokurator hatte er stets versucht, die peinliche Halsgerichtsordnung zu meiden und die Täter mit Hilfe von Beweismitteln zu überführen, obwohl diese Methode noch keine anerkannte Rechtspraxis war. Aber wenigstens gestanden die meisten Schuldigen ohne jegliche peinliche Befragung, wie die Folter beschönigend genannt wurde, wenn die Last der Beweise gegen sie erdrückend war.

Eva musterte Wrangel. »Und nun seid Ihr hier, um mir meine Vergangenheit vorzuhalten, Prokurator Wrangel? Aber Ihr könnt mir gar nichts. Ich habe nie etwas verbrochen und bin auch nie rechtskräftig verurteilt worden.«

»Ihr vergesst Eure Landesverweisung aus Eisenach, Frau von Buttlar. Doch deswegen bin ich nicht gekommen. Ich bin hier, weil wir noch immer die kleine Greta vermissen. Und Ihr seid die Letzte, die mit ihr gesprochen hat. Ich bin davon überzeugt, dass Ihr uns bei unserem letzten Besuch nicht alles gesagt habt, was Ihr wisst. Darum will ich Euch heute eine zweite Gelegenheit dazu geben, bevor ...«

»Bevor was?«

»Bevor ich Pastor Claussen über Eure Vergangenheit in Kenntnis setze.«

»Und was sollte der Pastor dann tun?«

Evas hellbraune Augen blitzten Wrangel herausfordernd an.

»Wenn ich Gretas Vater erzähle, wer Ihr seid, wird die Hetze auf Euch beginnen, ganz gleich, wer Euch hier in den hohen Kreisen schützt! Uns ist nicht entgangen, dass so manche schützende Hand über Euch gehalten wird. Doch unterschätzt nicht Pastor Claussen. Er ist ein einflussreicher Mann in Hamburg und wird erst Ruhe geben, wenn er weiß, was mit seinem Kind geschehen ist.«

Eva biss sich wütend auf die Lippen, sagte aber kein Wort.

»Ich weiß wohl, dass Ihr nicht all dieser Verbrechen, die man Euch vorgehalten habt, schuldig seid. Professor Thomasius hatte die Güte, mir Einblick in seine Unterlagen über Euren Fall zu gewähren.«

»Ihr habt die Unterlagen gelesen? Dann wisst Ihr darüber wohl mehr als ich«, spöttelte Eva und ging einige Schritte in der Stube auf und ab.

»Das möchte ich bezweifeln. Zumindest erahne ich aber, dass Ihr keine Kindsmörderin seid.«

»Zu dem Schluss kamen auch schon die armseligen Richter in Laasphe.«

»So will ich denn hoffen, dass Ihr auch keine Kindesentführerin seid. Sagt mir, was Ihr wisst, und ich verschweige dem Pastor, was ich weiß.«

»Ich habe Euch doch schon so gut wie alles gesagt. Ich traf das Mädchen auf dem Hopfenmarkt. Wir erkannten einander wieder, sie erzählte mir von ihrem toten Brüderchen und erkundigte sich, ob ich wisse, wo die toten Kinder hinkommen, ob sie alle Engel werden.«

»Sie hat sich nach Engeln erkundigt?«

»Ja, sie wollte wissen, ob ihr Brüderchen nun ein Engel würde. Ich habe versucht, sie ein bisschen zu trösten. Sie begleitete mich noch ein Stück des Weges, dann kehrte ich heim, denn mein Sohn wartete auf mich.«

»Bis wohin begleitete Greta Euch?«

Eva faltete ihre Hände auf ihrer Schürze. »Bis zum Ende des Marktes und dann noch ein paar Gassen weiter in Richtung des Millerntors.«

»Geht es nicht genauer?«

»Ich kenne mich in Hamburg nicht so gut aus wie Ihr, Prokurator. Für mich sieht eine Gasse aus wie die andere. Ihre Namen sind mir nicht geläufig.«

»Dafür, dass Ihr Euch in Hamburg nicht auskennt, sieht man Euch aber häufig in der Stadt.«

»Wer sieht mich?«

Wrangel verzog den Mund. »Die Röper des Brookvogts. Man hat Euch des Öfteren mit Kindern zusammen gesehen. Ihr sollt ihnen auch Leckereien geschenkt haben.«

»Und wenn schon«, antwortete Eva hastig, »die Zeiten sind hart, die Kinder oft hungrig. Ich habe Mitleid mit ihnen. Der Herr lehrt uns Barmherzigkeit zu üben, wann immer sich Gelegenheit dazu bietet.«

»Aber Greta war nicht hungrig.«

»Ich sagte Euch doch schon, dass sie sich bei mir nach Engelskindern erkundigte.«

»Ihr seid nicht sehr kooperativ, Frau von Buttlar.« Wrangel blickte zum Fenster. Es wurde Zeit für ihn, wollte er vor Schließung der Tore zurück in der Stadt sein.

»Was erwartet Ihr von mir? Ich kann Euch nicht mehr sagen als das, was ich weiß.«

»So wenig wie Ihr wisst, so wenig werde ich schweigen. Guten Tag.«

Damit wandte sich Wrangel zur Tür und ließ Eva allein in ihrer Stube stehen.

✧ ✧ ✧

Das Geräusch der schwungvoll geschlossenen Tür hallte in Evas Kopf nach. Nun war es also tatsächlich so weit. Man hatte sie dabei beobachtet, wie sie Kinder ansprach, und man wusste, wer sie war. Nun konnte es nicht mehr lange dauern, bis die Hetzjagd auf sie aufs Neue beginnen würde. Es gab nur eine Lösung. Sie musste sofort mit Leander sprechen.

Eva ging zur Truhe in der Ecke der Stube und holte ein dunkles Schultertuch hervor. Dann hob sie ihr schlafendes Kind aus der Wiege. Sie wickelte es in das Tuch, band sich die Enden um die Schultern und verließ schweigend das Haus.

Die Straßen waren an diesem heißen Sommernachmittag recht belebt. Überall waren Handwerker mit Reparaturen und dem Wiederaufbau der Häuser beschäftigt. Bis zum Winter mussten so viele Quartiere wie möglich fertig sein, damit die Menschen wieder ein Dach über dem Kopf hatten. Eva schlug den direkten Weg zum Mennonitenfriedhof ein. Das Gerippe der davorliegenden Mennonitenkirche reckte sich in den milchig blauen Augusthimmel. Die Schweden hatten sie genauso abgefackelt wie die Synagoge und die katholische Kirche. Nur die lutherische hatten sie verschont. Schließlich war ihr König Karl XII. ein strenggläubiger Lutheraner.

Sie ging die schmalen Reihen des Friedhofs ab bis vor das Grab von Doktor Johann Brachfeld, ein schlichtes Holzkreuz, auf dem der Name eingebrannt war. Eva kniete nieder, zog aus ihrer Schürzentasche ein Stückchen Kreide, drehte sich um, ob sie niemand sah, und malte einen Strich auf einen der runden Steine, die den Fuß des Kreuzes fassten. Eine Weile kniete sie noch vor dem Grab. Als das Kind an ihrer Schulter erwachte, richtete sie sich auf und machte sich auf den Rückweg, das wimmernde Kind in den Armen wiegend.

BORSTEL, IM AUGUST 1713

Ruth stand in der geräumigen Küche ihres Landhauses, strich die getrockneten Blätter verschiedener Heilkräuter von den dünnen Zweigen und füllte sie sorgfältig in kleine Schachteln. Ihr gegenüber saß die Witwe Keten und entsteinte eifrig einen Korb voller Kirschen, die sie einkochen wollte.

Aus dem Garten drangen Kinderstimmen zu ihnen, untermalt von den gleichmäßigen Schlägen von Jureks Axt, der Brennholz hackte.

Seit Tagen schon gingen Ruth die Worte ihrer Tochter nicht mehr aus dem Sinn, die Geschichten vom Teufel, der zu den Kindern käme. Waren es nur Kinderphantasien, oder steckte vielleicht mehr dahinter?

»Sagt, Witwe Keten, Ihr kennt Euch doch aus hier im Dorf, nicht wahr?«

»Das will ich wohl meinen, Frau Wrangel. Mehr als vierzig Jahre lebe ich hier nun schon. Als Mädchen kam ich als Magd hierher und hatte das Glück, dass der einzige Sohn des alten Bauern Keten sein Herz an mich verlor. Ein feiner Kerl war er. Ich hab es nie bereut, ihn geheiratet zu haben, auch wenn uns der Herrgott nicht mit Kindern gesegnet hat. Aber dafür hab ich jetzt ja immer wieder Freude an Euren Kindern.« Sie deutete lächelnd zur offenen Tür hin, durch die Kinderstimmen zu ihnen drangen.

»Dann kennt Ihr doch gewiss die Dorfbewohner sehr gut und auch ihre Kinder, nicht wahr?«

»Natürlich.« Die Witwe hielt mit ihrer Arbeit inne und sah Ruth an. »Was habt Ihr denn auf dem Herzen, Frau Wrangel?«

»Ach, es ist nur, dass mir Marie solche wilden Geschichten von den Dorfkindern erzählte.«

»Dorfkinder sind von einem anderen Schlag als die kleinen Städter. Hier lernt man früh zuzupacken.«

»Marie erzählte mir, sie hätten Geschichten vom Teufel erzählt, der nachts zu den Kindern käme.«

»Hier im Dorf? Der Teufel? Gott bewahre uns vor solchem Unheil!« Witwe Keten sah Ruth aus weit aufgerissenen Augen an.

Ruth beschwichtigte sie sofort: »Nein, die Geschichten haben die Kinder wohl von Kindern gehört, die aus anderen Dörfern in der Umgebung kommen.«

»Ja, aber woher denn? Was treiben diese Kinder, dass ihnen solche Dinge geschehen? So ein Gerede bringt nur Unglück.«

»Aber wenn sie es doch erlebt haben?«, warf Marie in ruhigem Ton ein. Sie stand hinter dem Türrahmen und schaute zu den Frauen am Küchentisch hinüber.

»Man lauscht nicht an der Tür, Marie!«, tadelte Ruth ihre Tochter.

»Ich habe nicht gelauscht. Ich wollte mir nur etwas zu trinken holen.«

»Im Krug findest du Limonade, mein Kind«, lächelte die Witwe Keten versöhnlich. »Du solltest nicht auf das Gerede der Dorfkinder hören. Das ist dummes Zeug und bringt nur Unglück.«

»Aber die Schwester vom Hauke hat es selbst erlebt, und so, wie das Lieschen geschaut hat, möchte ich fast meinen, der Teufel sei auch schon einmal bei ihr gewesen.«

»Marie, was redest du da?«, fuhr Ruth auf. »Behaupte nichts von anderen Leuten, was du nicht selbst gesehen hast. Das ist sonst üble Nachrede und schafft nur böses Blut.«

»Und sprich nicht so dunkle Dinge in diesem Haus aus, Kind, das bringt Unglück!«, legte die Witwe Keten sogleich nach.

Marie senkte den Blick und trank schweigend ihren Becher mit Limonade aus. Dann ging sie aus der Küche. Im Türrahmen drehte sie sich noch einmal um und rief den beiden Frauen zu: »Ihr wollt ja nur nicht zuhören. Dabei flüstern es sich die Leute schon zu: Jenseits der Borsteler Brücke, da haust er tief im Wald und kommt des Nachts mit seinen großen, schwarzen Flügeln über die Baumkronen in die Dörfer geflogen zu den Kindern, denen er die Prüfung abnimmt.«

»Marie! Genug jetzt!«, schrie Ruth ihre Tochter an.

Das kleine Mädchen wandte sich um und wollte davonlaufen, rannte aber direkt in Jurek hinein, der gerade auf die Küchentür zukam.

»Wer kommt des Nachts geflogen, mein Kind? Der Große Abendsegler?«, grinste er die Kleine fröhlich an. Die aber machte sich los und rannte in den Garten.

»Wir redeten nicht von Fledermäusen, Jurek.«

»Wovon dann, Fräulein Ruth?«

»Ach, Marie hat dumme Geschichten von den Dorfkindern gehört, nicht der Rede wert«, wiegelte die Witwe Keten eine Vertiefung des Gespräches ab.

Aber Jurek musterte Ruths besorgtes Gesicht. »Worum geht es denn, Fräulein Ruth?«

»Die Kinder erzählen, dass einem von ihnen nachts der Teufel erschienen sei«, seufzte Ruth.

»So etwas kommt schon mal vor in solch schweren Zeiten wie den jetzigen.«

»Was willst du damit sagen, Jurek?« Die Witwe Keten musterte den alten Mann mit strengem Blick.

»Nun, ich will sagen, dass in Zeiten des Krieges und der Not den Kindern das Leid schon teuflisch vorkommen kann. Mehr nicht.« Jurek ging zum Krug mit der Limonade und schenkte sich ein. Nachdem er seinen Becher geleert hatte, wischte er sich die Tropfen aus dem Bart und fuhr fort: »Aber eigentlich wollte ich von etwas anderem berichten. Der Schmied teilte mir heute früh mit, dass das Haus auf dem Frustberg bald wieder bewohnt wird. Die Tieffbruns haben es einem hohen dänischen Offizier vermietet, der es wohl zu seiner Erholung nutzen möchte.«

»Wie gut«, warf Ruth ein, »dann werden wir einen neuen Nachbarn haben. Finde doch bitte heraus, wie er heißt, Jurek, damit wir ihm einen kleinen Willkommensgruß schicken können.«

»Einen Dänen wollt Ihr willkommen heißen, Fräulein Ruth?«, murrte Jurek.

»Einen neuen Nachbarn will ich willkommen heißen, Jurek, nicht mehr und nicht weniger.« Ruth richtete ihre Aufmerksamkeit wieder auf die Kräuter, spürte sie doch, wie sehr ihr das allseits so rasch aufkommende Misstrauen zusetzte. Es waren schwere Zeiten, Kriegs- und Pestzeiten, da hatte Jurek recht. Vielleicht war es da tatsächlich nicht weiter verwunderlich, wenn einige Kinder dabei das Maß von Gut und Böse verloren und den Teufel an die Wand malten.

HAMBURGER BERG, IM AUGUST 1713

Es war dunkel und stickig in dem Gasthaus am Hamburger Berg. Eva hatte einen Platz in einer Ecke gefunden, wagte es angesichts der vielen fremden Männer jedoch nicht, ihr dunkles Schultertuch abzulegen, das sie sich schützend um den Kopf gewunden hatte. Dabei beachtete sie ohnehin niemand. Ein jeder sprach über das Gerücht des Abends: Die Hamburger Stadttore sollten am kommenden Morgen geschlossen bleiben, da die Pest sich immer weiter ausbreitete.

Eva erschauderte bei dem Gedanken an die Pest. In Altona hatte sie im Jahr zuvor gewütet, glücklicherweise nicht in jenem Teil der Stadt, in dem sie gewohnt hatte. Trotzdem hatte sie sich in den Wochen, in denen die Seuche am schlimmsten um sich griff, kaum auf die Straße gewagt. Schließlich war sie damals bereits schwanger gewesen. Doch Gott hatte sie beschützt – wie auch beim Brand Altonas und wie er es in Zukunft hoffentlich auch tun würde. Aber langsam war sie das Warten auf das Ende von Leanders Vorbereitung für ihren Auszug in die Neue Welt leid. Auf keinen Fall wollte sie noch einmal in die Fänge der Justiz geraten und sich erneut all den engstirnigen Vorwürfen ausgesetzt sehen. Sie trank einen Schluck von dem Dünnbier, das ihr die Magd gebracht hatte, als sie eine Hand auf ihrer Schulter spürte.

»Ich bin es. Trink ruhig weiter.« Leander trug unter dem Dreispitz eine Perücke sowie einen dunklen Umhang, so dass er in dem Dämmerlicht der Schankstube kaum zu erkennen war. Aber Eva reichte der Klang seiner Stimme.

»Wie gut, dass du gekommen bist, Geliebter. Ich muss dringend mit dir sprechen.«

Leander setzte sich Eva gegenüber, so dass sein breiter Rücken sie nahezu verdeckte. Seinen Dreispitz legte er auf den Tisch neben sich.

»Was gibt es so Dringendes, dass du mir ein Notsignal schickst?«

»Heute hatte ich erneut Besuch von dem Prokurator aus Hamburg. Er weiß, wer ich bin, Leander, und er droht, es öffentlich zu machen und mir die Altonaer Amtsleute auf den Hals zu hetzen.«

»Er wird es nicht wagen, Eva. Ich habe bereits mit einigen bedeutenden Männern gesprochen. Sei beruhigt, an dich kommt dieser Hamburger Prokurator nicht heran, ganz gleich, was er über dich weiß.«

»Aber der Pastor wird sich nicht einschüchtern lassen. Das spüre ich, Leander.«

Ein finsteres Lächeln huschte über Leanders Gesicht. »Der Pastor wird jetzt andere Sorgen haben, als einer Sektiererin nachzujagen. Morgen früh werden Hamburgs Tore geschlossen bleiben und der Rat der Stadt Hamburg zur Peststadt erklären müssen. Glaub mir, Eva, da wird dem Pastor auf Wochen und Monate keine Zeit mehr bleiben, sich über jemanden wie dich Gedanken zu machen. Und bevor sich die Tore wieder öffnen werden, sind wir schon auf dem Weg in die Neue Welt.«

Eva schluckte. Also waren die Gerüchte wahr. Man ahnte es, aber die Leute hofften bis zum Letzten, der Kelch möge an ihnen vorüberziehen. Auf den Hamburger Märkten hatte sie die Hamsterkäufe der Menschen mit eigenen Augen gesehen. Wie sie sich um ein Stück gepökeltes Schwein in die Haare bekamen, um einen Sack Hafer mit Fäusten aufeinander einschlugen. Auch in Altona war es im vergangenen Jahr schlimm gewesen, mit der Seuche zu leben. Aber Altona war nicht befestigt und daher nicht abzuriegeln. So hatte es damals wenigstens keinen Mangel an Nahrung zu ertragen gegeben. Dafür konnte die

Stadt aber auch den Schweden nichts entgegenhalten. Erinnerungen an die furchtbare Brandnacht stiegen in ihr auf, und ihr war, als spürte sie wieder die Kälte jener Nacht am eigenen Leib. Die Frau des Prokurators hatte am Morgen nach dem Brand geholfen, Viktualien am Hamburger Berg zu verteilen. Sie war mit einem großen Leiterwagen gekommen. Dabei waren auch damals die Stadttore geschlossen gewesen. Plötzlich packte sie die Angst. Auch dieses Mal würde es dem Prokurator gelingen, durch die Tore zu kommen und sie ergreifen zu lassen. Der Mann war mächtig genug. Daran bestand kein Zweifel. Und sein Freund, der Pastor, gewiss so verzweifelt, alles zu tun, um sein Kind zu finden. Leander musste Greta zurückschicken.

»Leander, mein Geliebter, ich vertraue den Stadttoren nicht. Sie werden nicht für jeden geschlossen sein. Der Pastor wird mir nachstellen. Nicht, weil ich seinen Glauben nicht teile und seiner Kirche nicht folge, sondern weil er seine Tochter sucht. Schick die kleine Greta zurück nach Hause. Erst dann wird Ruhe sein.«

»Wovon redest du?«

»Von dem kleinen Mädchen, das ich dir das letzte Mal zukommen ließ. Es ist die Tochter des Pastors. Nur ihretwegen setzt er mir zu. Denn man hat mich mit dem Mädchen zusammen auf dem Hamburger Hopfenmarkt gesehen. Und nun glaubt der Pastor, ich wüsste, wo sie sei. Aber ich weiß es ja noch nicht einmal.« Eva schluckte. »Ich weiß nicht, wo du mit den Kindern weilst, Leander. Ich bin allein mit unserem Sohn in Altona, vertraue dir und hoffe auf dich. Aber in diesem Fall musst du mir vertrauen. Schick das Kind noch heute Abend zurück. Erst dann wird Ruhe einkehren.«

Leander sah Eva erstaunt an. »Von welchem Mädchen sprichst du? Als ich das letzte Mal wie verabredet zu dem Versteck kam, war dort kein Mädchen.«

»Kein Mädchen? Aber die kleine Greta habe ich doch dorthin gebracht. Sie schlief fest, als ich sie in der Kammer zurückließ. Der Trank, den ich ihr gab, war stark gewesen.«

Leander schüttelte langsam den Kopf. »In der Kammer war niemand. Ich wollte es dir noch sagen, aber zuerst deine Sorgen hören.«

Eva schluchzte auf. »Oh mein Gott, wie furchtbar! Wo ist das Mädchen? Es kann doch nicht verschwunden sein. Wann bist du dort eingetroffen?«

»Was spielt das für eine Rolle? Es war kein Mädchen in der Kammer. Darum kann ich auch kein Mädchen nach Hause schicken.«

Tränen rannen über Evas Gesicht. Leander ergriff ihre Hand. »Mach dir keine Sorgen, Liebste. Der Prokurator und der Pastor können dir nichts anhaben. Ich werde dafür sorgen. Und noch bevor der Winter kommt, verlassen wir dieses Land. Vertraue mir.«

HAMBURG, IM AUGUST 1713

»Lass ihn los, er gehört mir!«

Mit aller Kraft zerrte ein junger Bursche am Seil eines Sackes, den sich eine alte Frau verzweifelt zwischen die Beine geklemmt hatte, mit knorrigen Fingern hielt sie das um den Sack geschlungene Seil, als gelte es, ihr Leben zu verteidigen.

»Du bist eine Diebin, eine Gaunerin! Gib ihn endlich her!«, schrie der junge Bursche die Alte an und schleifte den Sack samt der Alten darauf einige Schritte hinter sich her.

Hinrich Wrangel bog gerade in die Gasse ein, in der sich ihm dieses Spektakel bot. Er stutzte, doch bevor er sich entschieden hatte, ob er eingreifen sollte, hatte die Alte den Halt verloren und fiel nach hintenüber, als der Sack nach einem erneuten Ruck ihren Händen und Beinen entglitt. Der Bursche stolperte, plötzlich vom Gegenzug befreit, ebenfalls rückwärts, fing sich aber schnell wieder, zog den Sack zu sich heran und warf ihn sich mit einer kräftigen Bewegung über die Schultern.

»He du, was treibst du da?«, wollte Wrangel sich einmischen, aber der Bursche musterte ihn nur abschätzig und rannte dann mit seiner Last um die nächste Ecke.

Wrangel wandte sich um. »Fehlt Euch was, Frau?«

Die Alte hatte sich mühsam aufgerichtet und schlug die Hände vor ihr Gesicht. »Der Sack ist fort! Er hat ihn gestohlen, der Dieb!«

»Wollt Ihr Anzeige erstatten?«, fragte Wrangel.

»Schert Euch und lasst mich in Frieden. Des Unglücks hab ich heute schon genug!« Ohne Wrangel eines weiteren Blickes zu würdigen, humpelte sie mit gebeugtem Rücken an ihm vorbei zurück auf die Reimerstwiete hinaus.

Wrangel schüttelte den Kopf und setzte seinen Weg zur Katharinenkirche fort. Es war bestimmt der fünfte Streit, den er auf dem kurzen Weg vom Niedergericht zum Haus von Matthias Claussen miterlebt hatte. Er hatte sich in der Mittagspause durch die Hintertür vom Gericht fortgeschlichen, denn an der Vordertür war kein Durchkommen. Seit vier Tagen waren die Stadttore nun schon gesperrt, und die Menschen bestürmten in ihrer Sorge das Rathaus und das danebenliegende Niedergericht. Die Röper des Brookvogts hatten alle Hände voll damit zu tun, sie davon abzuhalten, einfach die Türen einzurennen und den Rat direkt zur Rede zu stellen. Und so fehlten die Schildwachen auf den Straßen, um dort für Ordnung zu sorgen.

Die Lage in der Stadt hatte sich in den letzten Tagen noch einmal dramatisch zugespitzt. Die Fensterläden der Kontohäuser und der Wohnhäuser der reichen Bürger waren fest verschlossen, die Türen auch bei Tage von innen verriegelt, um vor Überfällen geschützt zu sein. Auch in Wrangels Haus hatten die Knechte jedes Fenster und jede Luke versperrt, und bei Nacht hielten sie abwechselnd in der Diele neben der Eingangstür Wache. Auf den Straßen sah man kaum noch betuchte Leute. Viele hatten die Stadt verlassen, die anderen harrten in ihren von Weihrauch und anderen heilenden Essenzen durchräucherten Häusern auf das Ende der Abriegelung der Stadt. Auch die Märkte hatten sich verändert. Kaum einer hatte noch etwas zu verkaufen. Umso mehr drängelten sich die Menschen um jene wenigen Händler, die ihre Waren noch feilboten. Zum Glück waren die Vorratskammern in der Kleinen Johannisstraße gut gefüllt. Wrangel hatte sich persönlich davon überzeugt, sehr zum Missfallen seiner Köchin Trude, die darin ein Zeichen seines mangelnden Vertrauens in ihre Arbeit sah. Dabei gab es wahrlich keinen Grund dafür. Schließlich gehörte sie zu den wenigen des Gesindes, die im Haus geblieben waren und weiterhin ihrer täglichen Arbeit nachgingen. Wrangel hatte es allen freigestellt, in dieser schwierigen Zeit nach Hause zurückzukehren.

Nun waren neben Trude und ihm nur noch zwei Knechte im Haus, so dass die Vorräte für einige Zeit reichen sollten.

Endlich erreichte Wrangel das Pastorat von Sankt Katharinen. Auch hier drängte sich eine Traube von Menschen vor dem Eingang, der allerdings verschlossen war. Wrangel zögerte einen Moment und entschied sich dann, direkt zur Hintertür zu gehen. Aber auch dort drängte sich eine Menge auf dem schmalen Weg, der um das Pastorat herum in den winzigen Garten führte. Kopfschüttelnd machte er kehrt. Dabei musste er Claussen endlich sprechen. Die Unterlagen zum Fall der Buttlarschen Rotte hatte er inzwischen gründlich studiert. Es war an der Zeit, mit seinem Freund darüber zu reden, zumal ihm Eva von Buttlar wahrlich nicht entgegengekommen war.

»Prokurator Wrangel, wartet doch.«

Wrangel drehte sich um. Eine der Mägde der Claussens kam auf ihn zugelaufen.

»Hier ist viel los heute«, murmelte Wrangel.

»Jeden Tag ist jetzt hier so viel los, Prokurator. Wir werden dem Ansturm der Besorgten und Bedürftigen kaum Herr.«

Wrangel nickte. Am Gericht war es ja nicht viel besser.

»Sucht Ihr den Pastor, Prokurator?«

»Ja, ich muss ihn sprechen.«

»Er ist drüben in der Kirche und hält einen Bittgottesdienst ab.«

»So werde ich ihn kaum dabei stören können. Hör zu, sag Pastor Claussen, er möchte zu mir ans Gericht kommen, sobald er es einrichten kann.«

»Habt Ihr Neuigkeiten von Greta?«, fragte die Magd aufgeregt.

»Nein, leider nicht. Aber ich möchte ihn auf den neuesten Stand unserer Nachforschungen bringen.«

Die Magd nickte und machte einen Knicks, bevor sich Wrangel umwandte und auf den Rückweg machte.

Auf Höhe der Börse, an der es unnatürlich ruhig war, da keinerlei Waren in die Stadt hinein- oder aus ihr herausgebracht werden durften, eilten zwei Röper des Brookvogts auf ihn zu.

»Prokurator, wie gut, dass wir Euch finden. Ein Mann wurde verhaftet, der ein Mädchen umgebracht haben soll.«

Wrangel spürte einen schmerzhaften Stich im Magen. »Wo ist er?«

»Wir haben ihn auf den Berg zum Henker gebracht, damit er ihn vorerst einsperre.«

»Was genau liegt gegen den Mann vor? Hat man die Leiche des Mädchens?«

Die beiden Röper tauschten kurze Blicke aus. »Nein, Herr, eine Leiche haben wir nicht. Und was genau gegen den Mann vorliegt, erklärt Euch am besten der Brookvogt. Er wartet im Niedergericht auf Euch und hat uns ausgeschickt, Euch zu suchen.«

Wrangel nickte. »Gut, ich bin auf dem Weg dorthin. Habt Dank für Eure Nachricht.«

Wenige Augenblicke später schob sich Wrangel durch die vor dem Gericht wartenden Menschen und versuchte, den Eingang zu erreichen.

»Prokurator, seit heute früh schon warte ich, damit man mein Anliegen aufnimmt. Bestohlen worden bin ich heute Nacht. Man ist in meinen Keller eingebrochen und hat dabei auch die Tür zerschlagen. Wann kann ich endlich Anzeige erstatten?«

»Der Brookvogt ist dafür zuständig, guter Mann. Ich kann Euch nicht helfen.«

»Aber mir müsst Ihr helfen!«, rief ein anderer verzweifelt und zerrte an Wrangels Rock. »Mein Kind ist verschwunden! Seit fünf Tagen schon! Ihr müsst etwas unternehmen!«

Wrangel lief es kalt den Rücken hinunter. Sanft, aber bestimmt löste er die Hand des Mannes von seinem Arm. »Auch dafür ist der Brookvogt zuständig. Ihr müsst ihm davon Meldung machen, nicht mir.«

Kaum zwei Schritte kam Wrangel vorwärts, bis er erneut aufgehalten wurde. Aber da traten zwei Gerichtsdiener aus der Tür des Niedergerichts, schoben die Drängelnden energisch beiseite und zogen Wrangel in das Innere des Gebäudes.

»Habt Dank«, nickte er den beiden zu, »ohne euch hätte ich wohl noch einige Zeit gebraucht.«

»Prokurator Wrangel, gut, dass Ihr da seid.« Der Brookvogt trat mit eiligen Schritten und geschäftiger Miene auf Wrangel zu. »Ich habe Euch über einen Fall Meldung zu machen, der Euch interessieren dürfte.«

Wrangel nickte. »Zwei Eurer Röper deuteten es bereits an. Folgt mir in die Schreibstube der Prokuratoren. Dort sind wir ungestört, da wohl kein anderer Prokurator heute hier weilt.«

»Doch, zwei weitere Prokuratoren sind anwesend, aber zurzeit mit dem Prätor im Gespräch.«

»Umso besser. Dann gehen wir eben in den Gerichtssaal«, gab Wrangel zurück und schritt voraus zu dem kleinen Saal, in dem die Verhandlungen des Niedergerichts stattfanden.

»Setzt Euch, Brookvogt«, sagte Wrangel und deutete auf die Zeugenbank, während er sich auf seinen angestammten Platz setzte, »und berichtet mir.«

»Heute wurde ein Mann wegen Diebstahls gefasst. Als die Röper ihn zu mir brachten und ich ihm die Schwere seiner Tat verständlich zu machen versuchte, lachte er auf, bis sich auf einmal seine Augen verfinsterten und er mir aus freien Stücken heraus gestand, er habe noch viel Schlimmeres getan als diesen Diebstahl.«

Wrangel dachte unwillkürlich an die Alte mit dem Sack. War sie die Diebin oder die Bestohlene gewesen? Er vermochte es in jenem Moment so wenig wie jetzt zu sagen.

»Was hat er denn noch Schlimmeres verbrochen?«, wandte er sich endlich an den Brookvogt.

»Er sagt, er habe ein Mädchen umgebracht, Prokurator.« Die Stimme des Brookvogts flatterte leicht. Das stand dem Mann, der seit vielen Jahren wacker seinen Dienst in der Stadt verrichtete und schon so manches Verbrechen gesehen hatte, nicht gut an. Aber Wrangel sah darüber hinweg, war ihm doch selbst nicht wohl nach all den Mühen, die sie bereits auf die Suche nach Greta verwendet hatten. Aber schließlich war sie nicht das einzige Kind, das vermisst wurde.

»Und wo ist die Leiche, Brookvogt? Hat er das auch gesagt?«

»Nein, Herr. Aber ich fragte ihn, wen er denn umgebracht habe. Ob es ein blondes Mädchen gewesen sei, an die zehn Jahre alt. Er nickte nur und biss sich auf die Lippen.« Der Brookvogt hielt inne. »Ihr ahnt wohl schon, an wen ich sogleich dachte, Prokurator?«

Wrangel nickte.

»So fragte ich ihn auch direkt, ob er etwa der Tochter des Pastors von Sankt Katharinen etwas angetan habe.«

»Und?«

»Er nickte wieder.«

In dem Moment öffnete sich die Tür, und Pastor Claussen betrat den Gerichtssaal.

»Entschuldigt die Störung. Aber ich erhielt die Nachricht, ich sollte mich schnellstmöglich hier einfinden, es gäbe Neuigkeiten über Greta.« Claussen schaute neugierig von Wrangel zum Brookvogt und zurück.

Der Brookvogt räusperte sich verlegen, und Wrangel schluckte.

»Wer schickt dich, Matthias?«

»Die Magd sagte mir, du seist bei uns gewesen und wolltest mich sprechen.«

»So ist es. Aber inzwischen …« Wrangel hielt inne und schaute noch einmal zum Brookvogt hinüber, der ihm unmerklich zunickte. »Inzwischen haben wir schon wieder Neuigkeiten.«

»Ja, sprich, Hinrich. Ich warte bereits viel zu lange auf Neuigkeiten.«

Wrangel zögerte, bis der Brookvogt schließlich die Stimme erhob. »Wir haben heute einen Mann gefasst, Herr Pastor, der unter Verdacht steht, womöglich Eure Tochter getötet zu haben.«

Als hätte man ihm den Boden unter den Füßen weggezogen, strauchelte Claussen und stolperte unbeholfen einige Schritte auf die beiden Männer zu.

Wrangel sprang sogleich auf, um ihm zu helfen, aber Claussen wehrte ihn mit einer Geste ab.

»Es geht schon wieder«, flüsterte er heiser.

»Wir wissen noch nichts Genaues, Matthias. Aber ich werde sogleich hinüber zur Frohnerei gehen und ihn vernehmen.«

»Hat man … hat man die Leiche … gefunden?«, stotterte Claussen.

»Bisher noch nicht, Herr Pastor, meine Männer suchen noch nach ihr.«

Claussen nickte und wankte zur Anklagebank, auf die er sich erschöpft niederließ. »Ich habe es befürchtet, wollte es aber nicht wahrhaben.«

»Bisher ist es nur ein Verdacht, Matthias. Genaueres wissen wir nicht.« Wrangel ging zu seinem Freund, hockte sich neben ihn und legte ihm sanft den Arm um die Schultern. »Geh nach Hause, Matthias. Ich komme bei euch vorbei, sobald ich mit dem Gefangenen gesprochen habe.«

Claussen schlug sich die Hände vor das Gesicht. »Vor meinem Haus stehen die Leute, deren Sorgen kaum kleiner sind als meine. Wie soll ich ihnen helfen und sie trösten in meiner eigenen Trauer?«, flüsterte er.

Wrangel schüttelte den Kopf. »Dann komm mit zu mir und ruhe dich eine Weile aus. Trude wird dir etwas Kräftiges zu essen bereiten.« Damit ergriff er Claussens Arm und zog ihn mit sich fort. In der Tür wandte er sich noch einmal zu dem Brookvogt um, der ebenfalls aufgestanden war.

»Habt Dank für Eure Meldung, Brookvogt. Ich mache mich gleich auf den Weg zur Frohnerei und werde Euch später über das Verhör unterrichten.«

Der Brookvogt nickte nur und schwieg.

✧ ✧ ✧

»Wie ist dein Name?«

Wrangel stand am Fenster der Herrenstube der Frohnerei und musterte den Mann, der in der anderen Ecke des Raumes auf einem wackeligen Schemel hockte. Er mochte um die dreißig Jahre alt sein, war abgemagert und hatte struppiges, dunkelblondes Haar. Sein Gesicht war mit Bartstoppeln übersät, aus denen eine kartoffelförmige Nase herausragte. Die graublauen Augen waren unscheinbar und matt.

»Jörn Kruse heiß ich, Herr.«

»Das heißt: Herr Prokurator!«, wies Meister Jürgen, der Henker, den Gefangenen sogleich grob zurecht.

»Herr Prokurator«, wiederholte Kruse gehorsam.

Wrangel nickte beschwichtigend. Ihm war die grobschlächtige Art des Henkers nicht angenehm. Jürgen war eben nicht wie der alte Asthusen, sein Vorgänger in diesem Amt. Mit Asthusen hatte Wrangel sich gut verstanden und bei einem gemeinsamen Bier so manchen Fall besprochen. Aber Asthusen war vor einigen Jahren gestorben, und Jürgen, sein Meisterknecht, hatte schließlich das Amt übernommen, da die Stadt keinen anderen als Henker anzuwerben vermochte. Die Arbeit war nicht sehr beliebt. Zwar verdiente der Henker gut, aber die Menschen mieden ihn, galt sein Handwerk doch als unehrlich. Als Asthusen starb, hatten sich noch nicht einmal freiwillige Männer als Träger für seinen Sarg gefunden. Der Rat musste einige Träger zwangsweise verpflichten, die den Toten nachts hinaus zum Gottesacker von Sankt Georg schafften, wo man ihn still und leise beisetzte.

»Was ist dein Beruf, Jörn Kruse?«, setzte Wrangel die Befragung fort.

»Ich arbeitete als Lastträger im Hafen. Aber seit die Tore geschlossen sind, bin ich ohne Lohn und Brot.«

»Und wo wohnst du?«

Kruse zögerte. »Meine Kammer in einem Gang hinter dem Scharmarkt musste ich aufgeben, weil ich die Miete nicht mehr zahlen kann. So habe ich zurzeit keine Bleibe.«

»Kommst du aus Hamburg?«

»Nein, Herr, ich komme aus einem kleinen Dorf von der Küste.«

»Das heißt: Herr Prokurator, Kerl! Willst du wohl den Anstand wahren!« Meister Jürgen schritt drohend dicht an den Gefangenen heran. Aber Wrangel hielt ihn mit einer Handbewegung zurück.

»Du wurdest auf frischer Tat beim Diebstahl gefasst. Du wirst mit einer gehörigen Stäupung und einem Stadtverweis zu rechnen haben.«

Kruse hob den Blick und schaute Wrangel aus dunklen Augen an. »Ich habe auch den Tod eines Kindes auf dem Gewissen, Herr Prokurator.«

Wrangel schluckte. Er hatte schon viele Verdächtige vernommen. Aber noch nie hatte einer ungefragt von sich aus einen Mord eingestanden. Wie kam dieser Mann dazu?

»Erkläre mir das genauer. Warum ist das Kind tot?«

»Ich habe es umgebracht.«

Wrangel schüttelte den Kopf. »Erzähl mir Genaueres. Wer ist das Kind? Ein Mädchen, ein Junge? Wie heißt es? Wo wohnt es? Woher kennst du es?«

»Ich kannte das Mädchen nicht. Ich habe es noch nie zuvor gesehen. Ich schäme mich so, Herr Prokurator, fühle mich voller Schuld und Sünde. Darum möchte ich diese Tat beichten und Sühne erfahren.«

»Ich bin kein Pastor, sondern Prokurator des Hamburger Niedergerichts. Berichte mir, was genau passiert ist.«

Kruse rutschte auf seinem Schemel hin und her und senkte den Blick auf seine Füße, die in Holzpantinen steckten.

»Mir ging es nicht gut an jenem Tag …«

»Wann ging es dir nicht gut?«

»Es ist eine Woche her. Ich fühlte mich elend, denn ich hatte meine Arbeit verloren und vor Wut und Trauer meinen letzten Lohn in ein Wirtshaus getragen. Es war schon hell, als ich in einer Gasse zu mir kam. Vor mir stand das Mädchen und schaute mich so an.«

»Es schaute dich an?«

»Ja, Herr Prokurator. Es schaute mich an, und das machte mich wütend. Ich sagte ihm, es solle verschwinden, aber es blieb dort einfach stehen und schaute mich weiter an. Irgendwann konnte ich seinen Blick nicht mehr ertragen. Ich warf einen Stein nach ihm.«

»Einen großen Stein?«

»Ja, faustgroß. Ich traf es am Kopf. Es brach in Tränen aus. Das machte mich noch wütender. Ich sprang auf und hielt ihm den Mund zu. So lange, bis es endlich ruhig war. Da atmete es nicht mehr. Ich habe es getötet, Herr Prokurator.«

Wrangel schwieg und sah zum Fenster hinaus. Es war wieder ein heißer, stickiger Tag. Der Mann hatte also ein Kind mit einem Stein niedergeschlagen und anschließend erstickt.

»Wie sah das Mädchen aus, und wo ist die Leiche?«

»Die Leiche hab ich an die Seite der Gasse gezerrt und dort liegenlassen. Dann bin ich weggerannt.«

»Wie sah das Kind aus? Hatte es braune oder blonde Haare?«

»Ähm, braune, glaube ich.«

»Dem Brookvogt sagtest du, sie seien blond gewesen.«

»Ja, ja, es hatte blonde Haare, jetzt erinnere ich mich wieder«, beeilte sich Kruse zu antworten.

»Und wie alt war es?«

»Ich weiß nicht.« Er sah den Prokurator fragend an. »Zehn vielleicht?«

Wrangel seufzte. »Wo liegt die Gasse, in der du das Mädchen erschlagen hast?«

»Ich weiß es nicht. Aber ich war in einem Wirtshaus in der Neustadt, nicht weit vom Scharmarkt entfernt.«

Wrangel musterte den Mann eindringlich. Etwas stimmte nicht mit ihm. Er war zu gefällig. Schließlich wandte er sich um zum Henker. »Frohn, ich bin vorerst fertig mit ihm. Bring ihn zurück in sein Verlies.«

Der nickte und packte den Gefangenen an der Schulter. »Und wer wird für seine Kost aufkommen, Herr Prokurator? Doch wohl das Niedergericht, nicht wahr? Ich kann ihn nicht von meinem schmalen Einkommen durchfüttern.«

»Ich bespreche das mit dem Prätor, Meister Jürgen, und lasse es dich wissen.«

Damit ließ Wrangel die beiden stehen und verließ eilig die Frohnerei. Erst als er schon ein Stück des Weges hinter sich gebracht hatte, verlangsamte er seine Schritte und dachte über dieses merkwürdige Verhör nach. Dieser Kruse schien so freimütig in seinem Geständnis, als habe er keine Angst vor den Folgen seiner Tat. Zudem gab es nur sein Geständnis, jedoch keine Leiche. Und ob das Mädchen Greta war, ließ sich nach diesen dürftigen Angaben auch nicht sagen. Zunächst musste die Leiche gefunden werden. Er würde dem Brookvogt sogleich den Auftrag erteilen, in der Neustadt nach dem toten Mädchen zu suchen und die Bewohner zu fragen, ob man dort vor einer Woche eine Kinderleiche gefunden habe. Hatten sie erst einmal einen Leichnam, würde man weitersehen.

BORSTEL, IM AUGUST 1713

Louis Abensur tat der Hintern weh. Zwei Stunden hatte er für den Weg vom Dammtor bis nach Borstel gebraucht, denn das Pferd, welches er gemietet hatte, war keineswegs so leicht zu reiten gewesen, wie der Stallmeister es behauptet hatte. Und dabei hasste Abensur das Reiten. Er hatte es in der Jugend nicht gelernt und im Alter nicht mehr den Mut aufgebracht, sich so recht darauf einzulassen. Aber für sein Unternehmen und angesichts der derzeitigen Lage in Hamburg war es die einzige Möglichkeit, sich sicher und unauffällig fortzubewegen. Abensur wollte endlich wissen, was der Meister eigentlich trieb. Seit ihrem letzten Treffen hatte der sich nicht mehr bei ihm gemeldet und auch nicht auf seine Nachrichten geantwortet. Abensur war sich sicher, dass dem Meister nichts zugestoßen war, sondern er ihn einfach nur mied. Dafür war er zu gut mit dem Gefühl des Gemiedenwerdens vertraut.

Die Dämmerung brach bereits herein, als er in gemächlichem Schritt den schmalen Kirchsteig von Eppendorf durch das Borsteler Moor hinauf zum Frustberg ritt. Mit jedem Schritt seines Gauls rutschte Abensur im Sattel hin und her, um eine ihm noch erträgliche Position zu finden. Absichtlich hatte er den Weg über den Kirchsteig gewählt, weil er so nicht von den dänischen Grenzwachen an der Brücke aufgehalten werden konnte. Zwar erlaubten ihm seine Papiere, sich ungehindert über die Grenzen zu bewegen, aber er wollte nur ungern erkannt werden. Endlich breiteten sich vor ihm die Feuchtwiesen entlang der Borsteler Aue aus. Hinter ihnen lag ein lichter Buchenwald, der bis an den Frustberg heranreichte. Dort wollte er sein Pferd anbinden und sich von hinten durch den Park zum Haus schleichen. Nur mit Mühe und dank der scharfen Kandare gelang es

Abensur, das Pferd davon abzuhalten, auf die Wiesen auszubrechen und sich erst einmal den Bauch mit dem saftigen Gras zu füllen. Von leisen Flüchen begleitet, lenkte er das Tier in den Buchenwald. Nach kurzer Zeit tauchte ein Graben vor ihm auf. Das musste die Begrenzung zum Frustbergpark sein. Unbeholfen kletterte Abensur vom Pferd und stapfte zu einem nahen Busch, an dem er die Zügel anband. Das Pferd begann sofort am Blattwerk zu knabbern.

»Gut so«, keuchte Abensur erleichtert und schlich sich in Richtung des Grabens davon. Der war mannsbreit und das Wasser selbst gut eine Elle vom Rand des Grabens entfernt. Abensur sah sich missmutig um. Irgendwo musste sich doch ein geeigneter Übergang finden lassen. Ein Baumstamm vielleicht oder sogar ein Brett. Suchend stapfte er am Rand des Grabens entlang. Nach gut hundert Schritten fand er endlich einen kräftigen Ast, der am Rand des Grabens lag und womöglich schon das eine oder andere Mal als Notsteig gedient hatte. Er zog das eine Ende in die Höhe, drehte den Ast zum Graben und ließ ihn dann langsam wieder hinab. Vorsichtig setzte er einen Fuß nach dem anderen auf das Holz und tippelte unsicher mit den Armen balancierend über den Ast. Als er wieder festen Boden unter seinen Schnallenschuhen hatte, atmete Abensur erleichtert auf und setzte seinen Weg zum Herrenhaus im Schatten der Büsche und Bäume des Frustbergparks fort.

Das Haus lag dunkel da. Nur einige schmale Lichtstreifen waren auszumachen. Abensur schlich sich auf Zehenspitzen in die Nähe der Terrasse und verbarg sich unweit der Tür in einem großen Rhododendron. Tatsächlich waren die großen, zum Garten zeigenden Fenster mit schweren Vorhängen verhängt. Von seinem Versteck aus konnte er weder etwas sehen noch hören. Angestrengt überlegte Abensur, wie er sich eine bessere Einsicht verschaffen konnte, und vergegenwärtigte sich vor seinem inneren Auge noch einmal alle Einzelheiten, die er sich bei der ersten Besichtigung des Hauses gemerkt hatte. Der große Saal hatte auch Fenster zu den anderen Seiten hinaus. Er könnte an der Hauswand entlangschleichen und prüfen, ob irgendwo ein Fenster offen stand. Schließlich war die Abendluft erfrischend.

Vorsichtig kroch Abensur wieder aus dem Busch, lief gebückt hinüber zum Haus und schlich sich von einem Fenster zum anderen. Beim dritten hatte er Glück. Es stand einen Spalt offen und schob dadurch auch den schweren Vorhang zurück, so dass er einen recht guten Einblick in den Raum hatte. Ungläubig spähte er in den mit dicken Kerzen erleuchteten Saal.

Sechs Männer, in weiße, bodenlange Kutten gehüllt, standen in einem Halbkreis in der Mitte des Raumes. Ihre Gesichter waren von spitzen Kapuzen verdeckt, die zwei Löcher auf Augenhöhe aufwiesen. Ihnen gegenüber stand ein Mann in schwarzer Kutte und ebenfalls spitzer Kapuze, die mit einer roten Kordel um die Taille gebunden war. Er gestikulierte mit den Armen, an denen die weiten Ärmel der Kutte wie geweitete Flügel hingen, und sprach in einem salbungsvollen Tonfall vom nahenden Ende der Welt. Augenblicklich erkannte Abensur die Stimme des Meisters.

»Gehet hin und gießet aus die Schalen des Zorns Gottes auf die Erde! Und der Erste ging hin und goss seine Schale aus auf die Erde; und es ward eine böse und arge Drüse an den Menschen ...«

Abensur traute seinen Augen nicht. In was für einer albernen Kostümierung zeigten sich die hohen Herren denn da? Sie sahen aus wie Mitglieder eines Mönchsordens. Er kroch näher an die Fensteröffnung heran.

»... goss aus seine Schale in die Wasserströme und in die Wasserbrunnen, und es ward Blut.«

Abensur kamen die gesprochenen Worte bekannt vor. Seit er zum Katholizismus übergetreten war, hatte er öfter im Neuen Testament gelesen. Angestrengt überlegte er, um welche Verse es sich handelte.

»Ja, Herr, deine Gerichte sind wahrhaftig und gerecht.« Der Meister hielt inne und wandte langsam das von der Kapuze verdeckte Gesicht von einem Ende des Halbkreises zum anderen. »Darum werden ihre Plagen auf einen Tag kommen: Tod, Leid und Hunger; mit Feuer wird sie verbrannt werden, denn stark ist Gott der Herr, der sie richten wird.«

Die Offenbarung des Johannes, schoss es Abensur durch den Kopf. Er rezitierte die Offenbarung!

Mit einem Mal schlugen alle Kuttenträger das Kreuz, beugten die bedeckten Häupter und fielen auf die Knie. Eine unheimliche Stille lag in dem Raum. Der Meister schritt die Reihe ab und legte jedem die rechte Hand auf die linke Schulter, während er leise für Abensur nicht zu verstehende Worte murmelte. Als er alle abgeschritten hatte, riss er beide Arme hoch, so dass seine weiten Ärmel sich in voller Größe ausbreiteten, und donnerte mit tiefer Stimme: »Halleluja! Denn der allmächtige Gott hat das Reich eingenommen. Lasset uns freuen und fröhlich sein und ihm die Ehre geben! Denn die Hochzeit des Lammes ist gekommen, und sein Weib hat sich bereitet.«

Im Chor wiederholten die knienden Gestalten die Worte des Meisters.

Abensur schüttelte ungläubig den Kopf. Das sollte nun die besondere Prozedur sein, die einen vor der tödlichen Seuche bewahrte? Dafür bezahlten die hohen Herren so viel Geld? Der Meister war ein Schlitzohr, keine Frage. Abensur wollte sich schon vom Fenster zurückziehen, da löste sich der Meister von seinem Platz und schritt zu einer kleinen Tür, die den Dienstboten unauffälligen Zugang zum Saal ermöglichte.

Abensur drückte den Kopf etwas weiter nach links, damit er einen besseren Blickwinkel erhielt.

Der Meister öffnete die Tür und zog jemanden in den Raum. Es war ein Mädchen, wohl keine zehn Jahre alt. Ein weißes Kleid aus feinstem Stoff umhüllte den zarten Körper mit weichen Falten, die blonden Haare fielen offen auf die Schultern. Die Kleine hatte die Augen halb geschlossen und taumelte vor dem Meister her, der sie in die Mitte des Halbkreises führte.

»Lasset uns freuen und fröhlich sein! Denn die Hochzeit des Lammes ist gekommen!« Der Meister hatte sich hinter das Mädchen gestellt, die Arme wie zum Segen erhoben. »Und es ward ihr gegeben, sich anzutun mit reiner und schöner Leinwand.« Bei diesen Worten deutete er auf das weiße Gewand des Mädchens. Dann heftete er seinen Blick auf die vor ihm Knienden. »Selig sind, die zum Abendmahl des Lammes berufen sind.« Bei diesen Worten bedeutete er den Männern, sich zu erheben.

Abensur hielt vor Spannung den Atem an und blickte von dem Mädchen zu den Kapuzenträgern. Die standen nun kerzengerade und murmelten wie aus einem Munde: »Selig ist der und heilig, der teilhat an der ersten Auferstehung. Über solche hat der andere Tod keine Macht.«

Der Meister legte die Hände wie zum Segen auf das blonde Haupt des Mädchens. »Dies ist ein Engelskind des Herrn, rein im Herzen und erfüllt von seiner endlosen Liebe. Macht euch bereit, ihr reuigen Sünder, euch zu vereinigen mit diesem Engelskind, so dass eure Sünden durch sein Licht und seine Reinheit gewandelt werden in Unschuld und göttliche Liebe.«

Abensur schluckte. Was redete der Meister da? Solche Worte hatte er noch nie im Neuen Testament gelesen. »Auf dass ihr erstarket und gewappnet seid für den Kampf gegen Tod und Hölle.«

Der Meister schob das Mädchen herüber zu dem Fenster, hinter dem Abensur stand. Der duckte sich erschrocken, trat dabei auf einen Zweig. Das Knacken hallte unheilvoll in seinen Ohren wider. Er hielt den Atem an und drückte sich an die kalte Hauswand. Der Lichtstreifen hinter dem Fenster wurde größer, dann schlug krachend das Fenster zu und der Lichtstreif war verschwunden.

Abensur zitterte. Was trieben die Männer dort drinnen? Sie wollten sich mit diesem Kind vereinigen? Etwa körperlich? Übelkeit stieg in Abensur auf. Kein Wunder, dass der Meister nicht über die geheimen Séancen sprach, wenn sich solch ein Frevel hinter ihnen verbarg.

Vorsichtig schob sich Abensur an der Hauswand entlang. Vielleicht gab es noch ein anderes Fenster, durch das er Einblick in dieses Treiben gewinnen konnte. Ein paar Schritte vor ihm fiel ein weiterer schmaler Lichtstreifen nach draußen. Das Fenster war zwar geschlossen, aber der Vorhang ließ einen schmalen Spalt des Fensters unbedeckt. Abensur spähte verstohlen hindurch. Was er sah, verschlug ihm den Atem und lähmte seine Glieder. Endlich riss er sich von dem abscheulichen Anblick los und schlich weiter zur Vorderseite des Hauses.

Wer waren die Männer unter den Kapuzen? Freilich wusste Abensur, wen er an den Meister vermittelt hatte. Aber ob ein jeder dieser speziellen Form von Séance beiwohnte, wusste er nicht. Ob auch Baron Görtz für einen solchen Frevel zu haben war? Und der Graf Rantzau? Etwa die beiden Senatoren, die er erst vor zwei Wochen für Meister Rednael gewonnen hatte?

Ein Schnauben schreckte Abensur auf, und er hielt inne. Nicht weit vor ihm erkannte er trotz der nächtlichen Dunkelheit einen Unterstand. Langsam schlich er sich heran. Noch ein Schnauben drang zu ihm und das weiche Rascheln von Stroh oder Heu. Womöglich standen dort die Pferde der Männer.

Vorsichtig spähte Abensur hinein. Tatsächlich, sechs gesattelte Pferde kauten dort gemächlich auf dem eingestreuten Heu. Ob die Satteldecken der Herrschaften wohl mit ihren Wappen verziert waren? Um das erkennen zu können, müsste er dichter an die Tiere heran. Aber wenn er ehrlich war, machten ihm Pferde Angst. Und an diesem Tag hatte er schon genug mit seinem geliehenen Gaul gekämpft. Zögerlich trat er von hinten an ein Pferd heran. Es schlug mit dem Schweif, und Abensur trat erschrocken zurück. Sein Fuß rammte einen Stock oder Ähnliches, und scheppernd fiel etwas zu Boden. Das Pferd wurde unruhig und riss schnaubend den Kopf in die Höhe. Abensur wich zurück, bemüht, nicht noch mehr Schaden anzurichten. Da ertönte das dunkle Gebell eines Hundes. Schnell verließ er den Unterstand und zog sich ins Gebüsch zurück. Das Bellen wurde lauter. Kam es näher? Er wollte es nicht darauf ankommen lassen. Als Kind war er mehrfach von streunenden Hunden in der elenden Nachbarschaft, in der er aufgewachsen war, gebissen worden. Seitdem machte er um jedes dieser Tiere einen großen Bogen. Eilig stolperte Abensur im Schutz der Büsche und Bäume durch den Park zurück zu der Stelle, an der er den Graben überquert hatte. Hastig balancierte er über den Ast. Das Bellen war auch hier noch zu hören. Plötzlich verlor sein linker Fuß den Halt und rutschte vom Ast. Verzweifelt suchte Abensur das Gleichgewicht zu halten, aber es war zu spät, und mit einem lauten Platsch fiel er in den Graben. Der war glücklicherweise nicht sehr tief, so dass nur seine Beinkleider und Schuhe durchnässt waren. Leise fluchend zog er sich an der kleinen Böschung hoch und kletterte in Richtung jenes Busches, an dem er sein Pferd festgemacht hatte. Umständlich machte er das Tier vom Geäst los, zwängte seine durchnässten Schuhe in den Steigbügel und zog sich in den Sattel. Nur widerstrebend löste sich das Pferd von seinem Futterplatz und ließ sich in Richtung des Weges lenken. Als sich vor ihnen endlich die in der Dunkelheit still daliegenden Auenwiesen ausbreiteten, gab Abensur dem Pferd die Fersen, damit es antrabte und er diesen unseligen Ort hinter sich lassen konnte. Das Tier machte einen Satz, riss den Kopf nach unten und galoppierte buckelnd auf die Auenwiesen hinaus. Abensur wusste nicht, wie ihm geschah. Er rutschte aus den Steigbügeln, und ein weiteres gekonntes Buckeln des Pferdes genügte, um ihn in hohem Bogen durch die Luft fliegen zu lassen. Etwas Hartes traf seinen Kopf, und ihm wurde schwarz vor Augen.

IRGENDWO IM DÄNISCHEN, IM AUGUST 1713

Greta hielt erschrocken inne und drückte sich den lehmverschmierten, hölzernen Suppenlöffel an die Brust. Schritte kamen den Gang entlang. Dabei musste es mitten in der Nacht sein. Ein schwacher Lichtstrahl kroch unter der schweren Tür hindurch. Sie hielt ängstlich den Atem an. Wenn der Meister sie dabei ertappte, wie sie den Lehm von der Wand kratzte, um hier herauszukommen, würde er nicht zimperlich mit ihr umspringen. Die Schritte gingen an der Tür zu ihrem Verlies vorbei, und der Lichtstreifen wurde dünner. Greta atmete auf. Dann hörte sie, wie eine andere Tür geöffnet wurde. Das Geräusch war recht nah. Befand sich neben ihrer Zelle noch eine weitere?

Als Dunkelheit und Stille zurückgekehrt waren, machte sie sich erneut an der Lehmwand zu schaffen, bis sie auf etwas Festes stieß. Holz! Immer schneller kratzte sie, nahm nun auch die bloßen Finger zu Hilfe. Ein Balken oder ein Brett? Sie klopfte dagegen und lauschte. Stille. Greta klopfte erneut. Ein dumpfes Pochen antwortete ihr. War nebenan auch jemand eingesperrt? Eilig kratzte Greta weiter. Es war ein Brett. Sie hatte die Kante erreicht. Mit dem Löffel kratzte sie kräftig an der Fuge herum, bis sie einen Luftzug spürte. Sie war durch die Wand durch.

»Hallo, ist da jemand?«, flüsterte sie vorsichtig. Stille. Sie klopfte erneut. Wieder antwortete ihr ein Pochen.

»Ist da wer?«, fragte Greta erneut.

»Ja«, antwortete ein dünnes Stimmchen.

»Wer bist du?«

Schweigen.

»Ich bin Greta, und ich werde hier gefangen gehalten.«

Greta drückte das Ohr ans Brett. Dort weinte jemand. »Wirst du auch gefangen gehalten? Wie heißt du?«

»Ich … ich …«

Die zitternde Stimme brach ab, und Greta hörte nur noch ein Schluchzen.

»Fehlt dir was? Brauchst du Hilfe?«

Das Schluchzen nahm zu.

Greta trat kräftig mit dem Fuß gegen das Brett. Dumpf hallte ihr Tritt in der Zelle nach. Aber das Brett saß fest. Sie hörte ein Kratzen von der anderen Seite.

»Bist du auch ein … ein … Engelskind?«, hörte sie eine dünne Stimme.

»Noch nicht. Er hat gesagt, er lässt mich hier heraus, wenn ich eins geworden bin.«

Von jenseits des Brettes war ein kräftiger Schneuzer zu hören.

»Glaub ihm nicht. Er schickt die Engelskinder in die Hölle.«

HAMBURG, IM AUGUST 1713

Erschrocken erwachte Hinrich Wrangel aus einem unruhigen Schlaf. Wirre Träume hatten ihn in Schweiß gebadet. Er sah sich in dem dunklen Zimmer um. Das Fenster stand offen, und der nur zur Hälfte zugezogene Vorhang bewegte sich im Wind. Ein Klopfen ließ ihn zur Tür blicken.

»Was gibt es?«

Vorsichtig öffnete sich die Tür, und eine Magd streckte den Kopf in das dunkle Zimmer.

»Herr, der Brookvogt ist gekommen. Er möchte Euch dringend sprechen.«

»Um diese Zeit? Es ist mitten in der Nacht. Nun gut, sag ihm, ich komme gleich hinunter.«

Wenig später betrat Hinrich Wrangel, eingehüllt in einen wattierten Morgenmantel, die nur schwach erleuchtete Diele des Hauses.

»Was führt Euch mitten in der Nacht zu mir, Brookvogt?«

»Entschuldigt die Störung, Prokurator Wrangel. Meine Männer haben eine Kinderleiche gefunden, die Ihr Euch ansehen solltet.«

Wrangel wurde kalt. Musste er nun die Tochter seines geliebten Freundes identifizieren?

»Aber warum mitten in der Nacht, Brookvogt? Kann das nicht bis morgen warten?«

»Ich fürchte nicht, Prokurator. Doktor Biester persönlich bittet Euch, sogleich zu ihm herüber ins Eimbecksche Haus in das Anatomische Theater zu kommen.«

»Dann sei es so. Wartet einen Moment, bis ich mich angekleidet habe.«

Wenig später eilte Wrangel in Begleitung des Brookvogts und eines Nachtwächters über die verwaisten Straßen zum

Eimbeckschen Haus. Aus den Fenstern des Anatomischen Theaters drang schwacher Lichtschein. Der Physikus persönlich öffnete ihnen die Tür, eine Öllampe in die Höhe haltend, als wollte er sich der Gesichter vergewissern.

»Gut, dass Ihr herkommen konntet, Prokurator Wrangel. Tretet bitte ein.« Der Physikus leuchtete Wrangel und dem Brookvogt mit der Lampe den Weg durch den dunklen Eingang des Anatomischen Theaters. Der Hörsaal selbst war nur schwach erleuchtet, lediglich unten im Zentrum, wo der Tisch für die Sektionen stand, brannten mehrere kräftige Öllampen. Auf dem Tisch lag ein mit grauem Tuch bedeckter kleiner Körper. Wrangel spürte eine Kältewelle durch seinen Körper rollen. Er räusperte sich leise und folgte dem Physikus zum Tisch.

»Glaubt mir, Prokurator, ich habe Euch nicht ohne Grund hierherkommen lassen.«

»Habt Ihr etwa die Tochter von Pastor Claussen dort auf dem Tisch, Doktor Biester?«

»Möge der Herr uns davor bewahren!«, murmelte der Physikus leise. »Ich bat Euch hierher, Prokurator, weil dieses Kind hier eines gewaltsamen Todes gestorben ist.«

Wrangel nickte. »Und?«

»Und es womöglich im Interesse des Hohen Rats der Stadt ist, wenn von diesem Verbrechen vorerst nicht allzu viele Menschen erfahren.«

Wrangel nickte wieder.

Der Physikus ging zum Tisch und schlug das Tuch über dem Körper zurück. Kopf und Torso eines blonden Mädchens kamen zum Vorschein. Die Haare waren verfilzt und schmutzig, das Gesicht durch mehrere Wunden entstellt. Ein Stück der Nase schien zu fehlen, soweit Wrangel das bei einem ersten hastigen Blick beurteilen konnte. So grausig der Anblick war, atmete Wrangel doch erleichtert auf: Das Kind war nicht Greta.

»Bei Gott, es sieht furchtbar entstellt aus, Doktor Biester. Was hat man dem Kind angetan?«

»Was Ihr hier seht, ist wohl das Werk der Ratten. Das kleine Mädchen ist schon einige Tage tot. Des Brookvogts Männer fanden es in einem Fleet.«

»So ist es, Prokurator. Wegen der verschärften Suche nach der Tochter von Pastor Claussen wie auch nach dem Kind, das der Gefangene getötet haben soll, haben meine Röper bei der letzten Ebbe heute Nacht noch einmal die Pfuhle der Fleete mit langen Stangen abgesucht. Da stießen sie auf die Kleine.« Der Brookvogt hustete und wandte sich von dem entstellten Leichnam ab.

»Konntet Ihr schon feststellen, woran es gestorben ist, Doktor Biester? Der Gefangene sagte, er habe das Kind mit einem Stein niedergeschlagen und anschließend erstickt.«

»Diese Kleine weist keine offenen Kopfverletzungen auf und, soweit ich das in diesem furchtbaren Zustand beurteilen kann, ist sie auch nicht erstickt worden. Sie scheint vielmehr verblutet zu sein.« Damit zog der Physikus den Rest des Tuchs von dem kleinen Körper, und Wrangel bot sich ein noch schaurigerer Anblick. Hände, Unterleib, Scham und Beine des Kindes waren blutverschmiert und wiesen verhärtete Krusten auf. Wrangel packte eine maßlose Übelkeit, so dass er meinte, sich übergeben zu müssen. Der Physikus hielt ihm ein kleines Fläschchen unter die Nase.

»Nehmt einen tiefen Atemzug und riecht an dem Fläschchen, Prokurator. Es vertreibt die Übelkeit ein wenig.«

Dankbar griff Wrangel danach und atmete mehrmals tief ein. Der Physikus fuhr derweil mit seinen Ausführungen fort.

»Das Mädchen wurde schwer an der Scham verletzt, Prokurator. An den Handgelenken sind Striemen und Einschnürungen auszumachen. Oberschenkel und Oberarme weisen blaue Flecken auf …«

Die Worte des Physikus erinnerten Wrangel an Ruths Beschreibung einer Kinderleiche, die sie vor einigen Wochen bei einer Inspektion mit Doktor Biester gesehen hatte.

»Gibt es Anzeichen für einen Pestbefall?«

Der Physikus schüttelte den Kopf. »Weder Bubonen noch Karbunkel oder Petechien, Prokurator. Allerdings kann ich nicht mit Gewissheit sagen, ob das Mädchen starb, bevor sich diese Anzeichen hätten zeigen können. Darum ist im Umgang mit dem Leichnam auch äußerste Vorsicht geboten. Dies ist ein weiterer Grund, warum ich Euch herbat. Wenn es sich mit dem Gesetz vereinbaren lässt, möchte ich den Leichnam noch vor Sonnenaufgang vor dem Dammtor vergraben lassen und Euch bitten, von der Beschreiung des Leichnams abzusehen.«

In Hamburg gehörte es zum gerichtlichen Prozedere, das Opfer eines Gewaltverbrechens öffentlich vom Henker beschreien zu lassen, um somit das Vorgefallene als Straftat zu markieren. Erst danach nahm das Niedergericht offiziell die Suche nach dem Schuldigen auf.

»Warum glaubt Ihr, dass das Mädchen Opfer eines Gewaltverbrechens wurde, Doktor Biester?«

»Schaut Euch den Leichnam genau an, Prokurator«, entgegnete der Physikus kühl. »Als ich noch ein junger Medicus war, begleitete ich im letzten Dänisch-Schwedischen Krieg einen Feldscher, der mit Söldnern aus dem Mecklenburgischen zog. Ich habe damals viel gelernt. Leider auch Dinge, auf die ich lieber verzichtet hätte. Die Wunden, die dieses Kind aufweist, sind der gleichen Art, wie ich sie damals bei den Leichen von Frauen fand, die geschändet worden waren.«

Wrangel schluckte und nickte schweigend.

Der Brookvogt räusperte sich. »Man könnte sämtliche Erkenntnisse, die der verehrte Doktor Biester an dem armen Kind gewinnt, vom Aktuar protokollieren lassen, um so wenigstens der Form Genüge zu tun. Eine öffentliche Beschreiung des Leichenfunds dürfte zu weiterer großer Unruhe in der Stadt führen. Und Unruhe haben wir schon mehr als genug.«

»Da stimme ich Euch zu«, nickte Wrangel dem Brookvogt zu. »Trotzdem ist dieser Leichenfund besorgniserregend.«

»Ich glaube eher, dass er uns hilft, diesen Mörder, der beim Henker einsitzt, schnell abzuurteilen, Prokurator«, entgegnete der Brookvogt geschäftig.

»Nicht so eilig, Brookvogt. Was diesem Kind widerfahren ist, entspricht in keiner Weise dem, was der Mann uns erzählt hat.«

»Aber …«

»Kein Aber, Brookvogt. Der Tod dieses Kindes soll gesühnt werden. Aber doch wohl an dem, der seinen Tod auf dem Gewissen hat, und nicht an irgendeinem, dessen wir gerade habhaft wurden. Dieses Kind hier«, Wrangel drehte sich um und deutete auf den entstellten Leichnam, »ist weder das tote Mädchen, von dem der Mann in der Frohnerei sprach, noch ist es die Tochter von Pastor Claussen. Wir haben also einen weiteren Fall.«

»Wir haben viele Fälle, Prokurator. Über dreißig Kinder werden noch vermisst, und täglich kommen Leute zu uns, die ihre Verwandten suchen. Doch seit die Tore der Stadt geschlossen sind, können wir den Verzweifelten nur noch antworten, sie mögen auf Gott vertrauen und beten, dass ihre Nächsten nicht in einer der Gruben vor dem Dammtor liegen.« Die Stimme des Brookvogts war bitter geworden, und Wrangel verstand ihn gut. Die Arbeit des Brookvogts und seiner Helfer war unter den derzeitigen Umständen höchst undankbar. Täglich geschahen Verbrechen aller Art. Diebstahl und Raub, Betrug und Schlägereien selbst um ärmliches Hab und Gut. Und jetzt auch noch ein solch grausiger Leichenfund. Hamburg glich von Tag zu Tag mehr Sodom und Gomorrha als der wohlhabenden Handelsstadt, wie die Welt die Hansestadt einst gekannt hatte.

»Ich verstehe Euch und teile Eure Sorge, Brookvogt«, setzte Wrangel beschwichtigend hinzu. »Doch lasst uns versuchen, diesen Fall zunächst im Geheimen so gründlich wie nur möglich zu untersuchen. Denn vielleicht steckt mehr hinter ihm, als wir bisher ahnen.«

»Wie meint Ihr das?«

Wrangel wandte sich zum Physikus um. »Erinnert Ihr Euch noch an jenes tote Mädchen in dem Massengrab, das Ihr mit dem Sanitätskollegium inspiziert habt, Doktor Biester?«

»Ich habe in den letzten Wochen so viele Leichen gesehen, Prokurator, dass ich Euch im Moment nicht folgen kann.«

»Meine Frau begleitete Euch bei jener Inspektion und sah eine Kinderleiche, die ihr merkwürdig erschienen war.«

»Ja, ich erinnere mich. Eure Frau war sehr aufgeregt und wollte die Leiche aus dem Grab holen lassen. Ein verantwortungsloser Irrsinn.«

»Da stimme ich Euch zu, Doktor Biester. Ich selbst tadelte sie für ihr ungebührliches Verhalten. Doch beim Anblick dieses Kindes fallen mir ihre Worte wieder ein. Sie sprach von deutlichen Einschnürungen an den Handgelenken sowie Prellungen an Schenkeln und Oberarmen. Und sie hatte Blut an der Scham des Kindes gesehen.«

Biester schluckte. »An Einzelheiten kann ich mich in jenem Fall nicht mehr erinnern, wohl aber, dass jenes Kind damals Anzeichen von Bubonen aufwies und bereits in einem Pestgrab lag.«

»Ich will Euch keinesfalls Vorwürfe machen, Physikus. Ihr habt vollkommen richtig gehandelt. Eine nähere Untersuchung jener Leiche wäre verantwortungslos gegenüber jenen gewesen, die sie hätten aus der Grube bergen müssen. Doch beim Anblick dieses Kindes hier drängt sich mir die Beschreibung meiner Frau auf. Vielleicht gibt es einen Zusammenhang zwischen den beiden toten Kindern.«

Biester nickte. »So zu denken entspricht Eurer Arbeit, Prokurator. Ich sehe mich darin bestätigt, Euch heute Nacht hierherbestellt zu haben, und werde sogleich mit der gründlichen Obduktion dieses Leichnams fortfahren. Wenn ich mich beeile, können die Röper des Brookvogts die Tote noch vor Sonnenaufgang vor die Tore der Stadt schaffen.«

»Geht Eurer Arbeit nach, Doktor Biester. Mit Spannung und Sorge erwarte ich Euren Bericht.«

ALTONA, IM AUGUST 1713

Die Möwen stießen unter lautem Geschrei vom Himmel auf die Abfälle, die von den Fischern über Bord geworfen wurden. Die Luft war noch frisch und roch nach Salzwasser, denn der Wind wehte von Westen her die Elbe herauf. Die Stände auf dem Altonaer Fischmarkt standen dicht an dicht, und die Auslagen waren üppig. Neben dem Tagesfang an Fischen boten Bauern aus den Marschlanden frisches Gemüse, Obst und Kräuter an, ein Seiler hatte einen Stand, an dem er handliche Taue darbot, auch ein Scherenschleifer, zwei Fassbinder und ein Gerber stellten ihre Waren aus.

Eva spazierte an der Kaimauer entlang und genoss die milde Morgensonne auf der Haut. Über ihrem Arm hing ein noch leerer Weidenkorb, und drei Schritte hinter ihr folgte ihr die junge Amme, die sie erst vor wenigen Tagen in ihren Dienst genommen hatte. Endlich brauchte Eva den kleinen Johann nicht mehr selbst zu tragen, auch das lästige Wechseln der Windeln übernahm die junge Frau und natürlich das Stillen. Eva hatte Glück gehabt, denn das Kind der Amme war bereits alt genug, um auf die Muttermilch zu verzichten, so dass die junge Frau es zu Hause bei ihrer Mutter lassen konnte und zu Eva in die Gesindekammer gezogen war. So brauchte sich Eva nicht für lange von ihrem geliebten Sohn zu trennen. Denn das Kind war ihr sehr ans Herz gewachsen. Wie sehr, merkte sie jetzt, als er nicht mehr regelmäßig an ihrer Brust lag. Doch die Trennung war nötig, denn sie wollte wieder bereit sein für Leander, der ihr, solange sie den Kleinen nährte, körperlich nicht nahegekommen war. Sehnsüchtig warf sie einen Blick auf den breiten Fluss. Schon bald würden sie ein großes Schiff besteigen und in die Neue Welt, in ein neues, freies Leben aufbrechen. Dann würde sie endlich wieder ganz mit Leander vereint sein und seine körperliche Nähe nicht mehr missen müssen. Aber vermisste sie diese wirklich noch so sehr wir früher? Es hatte Zeiten gegeben, da war sie schier unersättlich nach ihm gewesen. Und auch jetzt noch spürte sie manchmal ein schmerzliches Sehnen ihres Körpers, weil sie sich nicht mit ihrem Geliebten vereinen konnte. Aber seit das Kind auf der Welt war und sie es täglich innig an sich schmiegte und liebkoste, hatte ihr Bedürfnis nach Leanders Zärtlichkeiten nachgelassen. Beinahe schämte sich Eva, als sie sich diese Veränderung in ihrer Liebe zu Leander eingestand. Schließlich war er ihre von Gott gesandte Erfüllung.

Der Fischmarkt war gut besucht. Die Menschen kauften eifrig ein, und die Not, die noch vor wenigen Monaten so sehr auf der Stadt gelastet hatte, schien deutlich gemindert. Dass die Marktstände so gut bestückt waren, lag zu einem Gutteil daran, dass die Hamburger Stadttore wegen der in der Stadt wütenden Pest geschlossen waren und kein Händler in die Stadt gelangen konnte. So verkauften sie ihre verderblichen Waren eben in Altona. Auch die Schiffe, die nun nicht mehr nach Hamburg einlaufen konnten, mussten notgedrungen ihre Ladung in Altona löschen. Das brachte den einfachen Leuten viel Arbeit ein. Lastträger waren überall gefragt, beinahe schon so sehr wie die Zimmerleute, Brettschneider und Dachdecker, die von früh bis spät damit beschäftigt waren, die zerstörten Häuser wieder aufzubauen. Aber auch Sattler, Schneider, Tischler und Böttcher hatten zu tun, war doch viel Hab und Gut zerstört worden. Viele Handwerker waren aus Hamburg hergekommen, als das Gerücht umging, dass die Tore bald schließen würden. So war das Leid des einen das Heil des anderen geworden. Der Herr sorgte eben auf seine Weise für Gerechtigkeit.

Eva trat an einen Stand mit frischen Sprotten heran, begutachtete die Fische und kaufte schließlich ein Dutzend. Während der Fischhändler die Tiere in ihren Korb legte, schoss eine Möwe vom Himmel herab und stahl ihm einen Hering vom anderen Ende des Standes.

»Ihr Ratten der Lüfte!«, schimpfte der Alte und schlug mit seiner Mütze nach dem Vogel. Aber der war bereits mit seiner Beute auf und davon.

Eva lächelte der Möwe nach und ließ ihren Blick über die geschäftigen Menschen streifen. Da sah sie sie wieder: Anna Sidonie von Calenberg. Sie trug ein schlichtes, dunkelblaues Kleid, dazu eine weiße Haube, und verhandelte gerade mit einer Marktfrau über den Preis von Rüben. Erst vor einigen Wochen hatte sie geglaubt, Anna in Hamburg gesehen zu haben.

Ohne zu zögern schob sich Eva eilig durch die Menge auf die Frau zu und ergriff sie sanft am Arm.

»Anna, meine geliebte Freundin!«

Erschrocken wandte die sich um und starrte Eva an. Es dauerte einige Augenblicke, bis sich die Anspannung aus ihrem Gesicht löste und sich die Mimik von Erschrecken zu Freude wandelte.

»Eva! Dem Herrn sei Dank, dass du lebst!«

Ohne weitere Worte nahmen sich die beiden Frauen liebevoll in die Arme.

»Wir haben dich gesucht, liebste Anna, seit wir dich nach unserer Flucht aus Saßmannshausen verloren haben.«

»Und ich hörte von dir, dass man dich gefangen genommen und zum Tode verurteilt habe. Tage und Nächte habe ich um dich geweint, liebe Freundin. Doch du lebst. Welch ein Geschenk des Herrn!«

»Wahrlich, der Herr hat mich beschützt und beschenkt.« Eva drehte sich zur Amme um und bedeute ihr, mit dem Kind näher zu kommen. »Sieh nur, mein Sohn Johann. Er ist ein Geschenk Gottes. Leander sagt sogar, er sei der Messias.«

Die Augen von Anna von Calenberg verdunkelten sich beim Anblick des Säuglings.

»Ist er Leanders Sohn?«, fragte sie mit dünner Stimme.

»Ja, Liebes. Wir haben sogar geheiratet, um in unserer Liebe von den Kirchenmännern unbehelligt zu sein. Brachfeld heißen wir jetzt. Dass heißt, Leander ist …«

»Leander«, stieß Anna von Calenberg verächtlich hervor, »ist ein Verräter, ein Schuft!«

»Aber Anna, er ist der Sohn. Und seit Justus fort ist, auch der Vater …«

»Du weißt wohl von nichts, arme, gutgläubige Eva.« Anna blickte noch einmal zu dem Säugling auf dem Arm der Amme.

»Wovon weiß ich nichts, Anna?«

»Johann Appenfeller, der sich nun Leander nennt, war der Vater meines Kindes.«

Eva konnte ihre Bestürzung kaum verbergen und starrte die Freundin an. Damals in Allendorf hatte Anna ein Kind geboren, aber standhaft den Vater verschwiegen. Als das Kind nur wenige Wochen nach der Geburt plötzlich starb, war Anna in tiefste Verzweiflung gestürzt. Eva und Leander hatten sich um sie gekümmert.

Mit leiser, harter Stimme fuhr Anna fort: »Und nicht nur sein Vater, sondern auch sein …«

»Nein!« Eva schrie auf.

Anna lächelte bitter. »Doch. Er sagte mir, er lehre mich, die Liebe Gottes in mir zu fühlen, und er gebot mir, über unsere besondere Nähe zu schweigen, um dich, die Mutter, und Justus, den Vater, nicht zu beunruhigen.«

Eva schüttelte ununterbrochen den Kopf, als wollte sie etwas von sich abschütteln. »Aber warum …«

»Frag ihn selbst.« Annas Gesicht hatte sich zu einer verkrampften Grimasse verzogen. Sie straffte den Rücken und warf noch einen letzten Blick auf den Säugling, den die Amme schon weitergetragen hatte, damit er sich nicht vor dem aufwühlenden Ton der beiden Frauen erschreckte.

»So waren meine Tränen um dich nicht umsonst. Wenn auch nicht der Tod, so hat doch das Leben dich mir genommen. Gott möge mir verzeihen, dass ich nicht weiß, ob dein Tod für mich nicht gnädiger gewesen wäre.« Damit wandte sie sich um und verschwand ohne ein weiteres Wort in der Menge.

Eva zitterte am ganzen Körper, und der Korb mit den Sprotten entglitt ihrem Arm. Ein böser, mitleidsloser Schmerz durchströmte ihr Herz, als hätte sie ein Dolch getroffen. Verrat!

BORSTEL, IM SEPTEMBER 1713

Ruth betrachtete den schlafenden Mann, der in ihrem Gästebett lag. Die fünfzig mochte er schon überschritten haben. Sein Haar war dünn und fahl, das Gesicht spitz, was durch das fliehende Kinn noch unterstrichen wurde. Von der Statur her war er eher schmächtig. Aber seine Kleidung deutete darauf hin, dass der Verletzte ein Mann von Stand war. Dorfkinder hatten ihn in der Frühe gefunden, als sie die Gänse zum Weiden auf die Auenwiesen getrieben hatten. Er hatte dort bewusstlos mit einer Kopfverletzung im Gras gelegen. Der Schmied und Jurek hatten den Mann auf einem Karren zu ihr geschafft, da sie im Dorf die Einzige war, die sich aufs Heilen verstand. Witwe Keten und die Magd Lisbeth hatten ihn entkleidet und gewaschen, Ruth seine Wunde am Kopf und die Schürfwunden an Händen und Knien versorgt. Er schien vom Pferd gestürzt zu sein. Die Verletzungen waren nicht weiter schlimm, aber der Mann hatte sich anscheinend ordentlich erkältet und fieberte nun kräftig. Ob er Däne war? Vielleicht ein Gast der neuen Nachbarn im Tieffbrunschen Anwesen? Jurek würde später hinübergehen und nachfragen. Zunächst aber sollte sich der Verletzte ausschlafen und erholen. Leise wandte sich Ruth zur Tür, als der Schlafende zu murmeln, dann sogar zu jammern begann. »Das Kind … das arme Kind … ihr Bestien …«, stieß er immer wieder hervor, mal wimmernd, mal schnaubend.

Ruth ging zu ihm zurück und ergriff seine Hand. Das Fieber war immer noch hoch. Zweifelsohne phantasierte er. Sie tauchte ein Tuch in die Wasserschüssel neben seinem Lager, wrang es aus und legte es dem Fiebernden auf die Stirn. Er stöhnte, als das kühlende Nass seine Haut berührte. »Der Meister ist ein Schurke … ein Teufel«, murmelte er wieder und warf den Kopf unruhig hin und her.

»Beruhigt Euch«, flüsterte Ruth dem Fiebernden sanft zu, »und ruht Euch aus. Ihr seid in Sicherheit.« Sie wartete still, bis sich die Atmung des Fiebernden etwas beruhigt hatte. Was hatte er nur für schreckliche Fieberträume. Dabei war die Realität da draußen schon dunkel genug. Krieg und Pest, Hunger und Not. Ruths Blick fiel auf die lederne Brieftasche des Fremden, die Lisbeth auf den Nachttisch gelegt hatte. Vorsichtig griff sie danach, setzte sich auf einen kleinen Stuhl am Fenster und öffnete sie. Eine Urkunde, deren Siegel gebrochen war, steckte darin. Mit spitzen Fingern zog sie die Urkunde heraus und entfaltete sie.

Hiermit bestätigen Wir, Stanislaus I. Leszczyński, König von Polen und Großfürst von Litauen, dass Louis Abensur als königlicher Gesandter in Unserem Auftrag und Unseren Diensten die Interessen des Königreichs Polen in der Freien und Hansestadt Hamburg vertritt.

Ruth schüttelte verwundert den Kopf. Der Verletzte war also ein Diplomat. Sein Deutsch klang so, als ob er hier aus der Gegend kam. Der Name Abensur war Ruth ebenfalls bekannt. Die Abensurs waren sephardische Juden wie ihre Vorfahren. Einige von ihnen waren als Diplomaten tätig. Daniel Abensur kannte sie persönlich. Er war Konsul des Königs von Polen gewesen. Allerdings nicht von jenem Stanislaus I., dem polnischen König von Schwedens Gnaden, der seit Jahren schon in Stockholm im Exil saß, weil ihm sein Königreich im Nordischen Krieg so schnell zerronnen war, wie er es einst gewonnen hatte. Seit Jahren stritten sich die Mächtigen im Großen Nordischen Krieg nun schon um die polnische Krone. Zurzeit hatte in dem Königreich wieder August von Sachsen das Sagen. Als Kurfürst von Sachsen hatte er dank seiner gut gefüllten Goldschatulle vor mehr als einem Dutzend Jahren die polnische Krone vom bestechlichen polnischen Adel verliehen bekommen und kurz darauf mit Zar Peter im Bunde den Nordischen Krieg angezettelt. Daniel Abensur hatte jahrelang die Interessen von König August von Polen in Hamburg vertreten. Doch inzwischen war Daniel schon gut zwei Jahre tot. Als Tochter und Erbin des hochgeschätzten jüdischen Bankiers Moses Abelson war Ruth zu der Trauerfeier geladen worden. Von einem Louis Abensur hatte sie noch nie gehört. Louis war auch kein jüdischer Name. Wer mochte dieser Mann sein, der einem König ohne Reich diente? Und was hatte ihn hierher nach Borstel geführt? Vielleicht tatsächlich die neuen Nachbarn auf dem Tieffbrunschen Anwesen. Aber die waren doch, glaubte man den Gerüchten aus dem Dorf, Dänen. Und die Dänen waren im Nordischen Krieg die Feinde Schwedens, und somit auch die Feinde des polnischen Königs von Schwedens Gnaden. Ruth seufzte. Für Politik hatte sie noch nie viel übriggehabt. Aber nun hatte das Schicksal ihr einen verletzten Diplomaten ins Haus gebracht. Somit war es an der Zeit, die neuen Nachbarn kennenzulernen und zu erfahren, ob der Kranke in ihrem Haus deren Gast war.

HAMBURG, IM SEPTEMBER 1713

Von Sankt Petri schlug es zur Mittagsstunde, als sich Wrangel zur Frohnerei aufmachte, um erneut den Gefangenen zu vernehmen, der sich selbst als Kindsmörder bezichtigt hatte. Die Mittagshitze ließ die Luft flimmern, und der Gestank aus den Fleeten stieg ihm in die Nase. Hoffentlich kam bald die Flut, um all die Fäkalien und den Unrat fortzuspülen, der sich im Laufe des Vormittags angesammelt hatte. Im Hochsommer stieg das Wasser häufig nicht hoch genug, um jedes Fleet kräftig durchzuspülen, und so hing der faulige Geruch manchmal tagelang in der Stadt. Doch dieses Jahr war alles anders. Da mischte sich der Geruch von Unrat mit dem von Angst und Tod. Und der hielt sich, ganz gleich, was die Flut fortspülte.

Die Herrenstube in der Frohnerei war angenehm kühl. Wrangel bat Meister Jürgen um ein Bier, bevor er den Gefangenen holte. Von der Stadt hatte der Meister eine Ausschankerlaubnis und unterhielt deshalb eine kleine Schankstube, die vor allem vor großen Hinrichtungen einen Haufen Geld in seine Kassen spülte. Zu diesen Anlässen lockte die Neugier und die Lust am Schauer die Leute in die Schankstube des Henkers, die sonst eher halbseidenen Gestalten vorbehalten war. Zurzeit gab es aber weder große Hinrichtungen noch einfache Leute, die ein paar Groschen für ein Bier übrig hatten, denn die Not brannte allen Löcher in die Taschen. So war es dem Henker nur recht, wenigstens an dem Prokurator ein paar Groschen zu verdienen, bevor das Bier noch im Fass schal wurde.

Wrangel wischte sich gerade den Schaum vom Mund, als einer der Fronknechte den Gefangenen Jörn Kruse in die Herrenstube führte und an einem in die Wand eingelassenen Ring festkettete.

»Nun, Kruse«, begann Wrangel sein Verhör, »erzähl mir noch einmal ganz genau, was du mit dem Mädchen angestellt hast.«

Kruse wischte sich mit dem schmutzigen Ärmel seines Hemds den Schweiß von der Stirn und starrte auf Wrangels Bierkrug.

»Ich hab's erschlagen und dann erstickt, Herr Prokurator. Aber das habe ich doch schon gesagt.«

»Und wohin hast du es geschlagen?«

»Einen Stein hab ich ihm an den Kopf geworfen. Hierhin.« Kruse deutete mit der gefesselten Hand an seine Stirn. Dann senkte er demütig den Blick. »Verzeiht, Herr Prokurator, aber ich habe schrecklichen Durst. Ob ich wohl auch …« Er deutete mit dem Kopf auf den Krug vor Wrangel.

»Du willst ein Bier?«

»Sehr gerne, Herr Prokurator. Ihr glaubt ja gar nicht, wie heiß es hier im …«

»Und wirst du mir noch einmal ganz genau beschreiben, wie das Mädchen aussah?«, schnitt Wrangel ihm das Wort ab.

»Ja, ja, Herr Prokurator. Denn ohne diesen schrecklichen Durst kann ich viel besser denken.«

Wrangel gab dem Frohnknecht ein Zeichen, dass er noch einen Krug mit Bier bringen sollte. Als er zurückkam, ließ Wrangel den Krug vor sich stellen und musterte Kruse erneut. »Erzähl mir zuerst, wie das Mädchen aussah.«

Kruse leckte sich die trockenen Lippen. »Es war klein, noch ein Kind, kaum länger als mein Bein.«

»Das letzte Mal sagtest du, es sei an die zehn Jahre alt.«

»Ja, doch, aber klein war es trotzdem.«

»Und was trug es für Kleidung?«

»Einen Kittel.«

»Welche Farbe?«

»Flachsfarben.« Kruse streckte die gebundenen Hände in Richtung des Bierkrugs.

Wrangel ignorierte die Geste. »Welche Haarfarbe hatte das Mädchen?«

»Braune … nein, blonde Haare.«

»Braun oder blond?«, herrschte Wrangel den Gefangenen unvermittelt an. Der zuckte zusammen und legte die Hände wieder auf den Schoß.

»So dunkelblond wohl, Herr.«

»Waren die Haare lockig oder glatt?«

»So wellig, Herr Prokurator.«

»Aha.« Wrangel griff nach seinem Bierkrug und trank einen kräftigen Schluck.

Kruse schaute ihm zu und leckte sich die trockenen Lippen.

»Wo hast du das Mädchen erschlagen?«

»In einer Gasse, Herr. Es war sofort tot. Es ging ganz schnell.«

»Eben sagtest du doch, du habest es erstickt.«

»Ja, Herr Prokurator. Das hab ich auch. Es ging ganz schnell.«

»Hast du das Kind nun erstickt oder erschlagen?«

»Beides, Herr Prokurator.«

»Und wann ist das genau passiert?«

»Das weiß ich nicht mehr, Herr Prokurator. Mir ist so heiß …«

»Aber dass du ein Kind erschlagen hast, das weißt du, ja?« Wrangels Stimme nahm einen drohenden Unterton an.

»Das sagte ich Euch doch, Herr Prokurator. Darf ich bitte etwas trinken, ich hab solchen Durst.«

Wortlos schob Wrangel ihm den Bierkrug hinüber, den Kruse gierig mit beiden Händen ergriff und zum Mund führte.

»Wovon lebst du, Kruse?«

»Ich bin Lastenträger, Herr Prokurator.«

»Hast du eine feste Arbeit?«

Kruse nahm noch einen großen Schluck und hielt den Krug dann fest umklammert, bevor er antwortete, als hätte er Angst, man nähme ihn ihm weg, wenn er ihn losließ.

»Nein, Herr«, antwortete er leise. »Ihr wisst doch selbst, wie es um die Stadt steht.«

»Wie hast du das Mädchen erstickt?«, fuhr Wrangel ungerührt fort.

»Ich hielt ihm den Mund zu«, flüsterte Kruse nun.

»Hast du es sonst noch irgendwo am Körper angefasst?«

Kruse zögerte und blinzelte Wrangel an, als erwarte er vom Prokurator selbst die Antwort auf die Frage. »Am Arm?«, fragte er schließlich zögerlich.

»Am Arm also. Und wo noch?«

»Äh, hm …«

»Hast du das Kind unsittlich berührt?«

Kruse wurde bleich und hielt den Bierkrug noch fester umklammert. »Ich? Äh … nein, Herr Prokurator, ich hab sie bloß erschlagen. Es ging ganz schnell. Sie hat gar nicht gelitten. Ich hab ihr nicht weh getan. Ich hab sie bloß erschlagen.«

Wrangel sah vor seinem inneren Auge die Leiche des kleinen Mädchens bei Doktor Biester, und Übelkeit stieg in ihm auf. Angewidert wandte er sich von Kruse ab und sah aus dem Fenster hinaus in die flirrende Mittagshitze.

»Wo hast du den Leichnam hingetan?«

»Ich weiß es nicht mehr.«

»Hast du ihn in ein Fleet geworfen?«

»Ja, genau, Herr, das hab ich wohl.«

»Beim ersten Verhör antwortetest du, du habest das Kind in der Gasse liegengelassen,« donnerte Wrangel nun unvermittelt los.

»Dann hab ich es wohl liegenlassen, Herr, wenn Ihr es sagt.«

»Nicht ich sage es, du hast es gesagt, Jörn Kruse!«

»Ich erinnere mich nicht mehr so genau, Herr Prokurator. Mir ging es so schlecht.«

Wrangel ging es auch schlecht. Der Anblick des kleinen gequälten Mädchens ließ ihn nicht mehr los, und jener Mann vor ihm redete ihm einfach nach dem Mund, gerade so, als sei er besessen. Es war reine Zeitverschwendung, ihn weiter zu verhören. Er musste mit dem Prätor über den Fall sprechen wie auch über das geschändete Kind. Auch wollte er zu Claussen gehen und ihn über die Neuigkeiten unterrichten. Immerhin war es ein kleiner Trost, dass das aufgefundene tote Mädchen nicht Greta war.

Müde wandte Wrangel sich von dem Gefangenen ab und bedeutete dem Henkersknecht, der in der Ecke der Herrenstube schweigend gewartet hatte, den Gefangenen fortzuschaffen.

Eilig kippte Kruse den Rest Bier hinunter, bevor ihm der Henkersknecht den Krug entriss und ihn vor sich her aus dem Raum stieß.

IRGENDWO IM DÄNISCHEN, IM SEPTEMBER 1713

Verzweifelt schob Greta den Strohsack an der nackten Wand hoch. Aber er hielt sich nicht, rutschte immer wieder herab und gab den Blick auf die aufgekratzte Wand preis. Wenn der Meister nun käme und ihre Bemühungen, ihrem Gefängnis zu entkommen, entdeckte? Und dabei war es Greta noch nicht einmal gelungen, das Brett zu bewegen, das sie von der Nachbarzelle trennte, in der das weinende Mädchen saß. Greta hatte mehrfach versucht, die Kleine zu trösten und zu beruhigen. Aber das Mädchen war kaum ansprechbar, gerade so, als sei es von Sinnen. Greta hatte nur aus ihr herausbekommen, dass sie auf keinen Fall ein Engelskind werden durfte, da der Meister die Engelskinder in die Hölle schickte. Aber was die Hölle war oder wie es dort war, dazu sagte das Mädchen in dem anderen Verlies nichts. Auch seinen Namen wollte es nicht verraten. Es stammelte nur, nach der Hölle gäbe es keine Namen mehr. Eine tiefe, dunkle Angst hatte Greta bei diesen verzweifelten Worten ergriffen und ihr die Ausweglosigkeit ihrer Lage nur noch deutlicher vor Augen geführt. Das kleine, vergitterte Fenster konnte sie nicht erreichen, das Brett nicht bewegen. Es führte sowieso nur in eine weitere Zelle, ein weiteres Gefängnis ohne Ausweg.

Zitternd schob Greta den Strohsack die Wand hoch und setzte sich mit dem Rücken dagegen. Von der Kleinen hatte sie länger nichts gehört. Sie reagierte auch nicht auf ihr Klopfen. Ob sie schlief?

Schritte schreckten Greta auf. Kam er nun? Zu ihr? Oder zu dem Mädchen nebenan? Gab es noch mehr Kinder hier unten im Verlies? Das Schloss knarrte, und die Tür zu Gretas Gefängnis öffnete sich.

Greta umschlang ihre Knie mit den Armen und drückte den Rücken steif an die Wand. Der Meister betrat die dunkle Zelle. Wie schon bei seinen letzten Besuchen trug er einen Korb mit Essen bei sich. Er stellte ihn neben sich auf den Boden und musterte Greta.

»Nun, Greta, bist du bereit für deine dritte Prüfung?«

Ein heftiges Zittern erfasste Greta, und sie umklammerte ihre Knie noch fester. Das Gesicht des Meisters konnte sie kaum erkennen. Die kleine Öllampe, die er in der Hand hielt, ließ nur bizarre Schatten wachsen, zumal er seinen Dreispitz tief ins Gesicht gezogen hatte.

»Wenn du meine Fragen richtig beantwortest, lass ich dir den Korb hier.«

Greta stieg der Duft des frischen Brotes in die Nase, zusammen mit dem satten Aroma gebratenen Fleisches. Ihr Magen knurrte. Mindestens einen, eher zwei Tage hatte sie nichts mehr gegessen.

»Und du wirst dann auch erfahren, was Engelskinder sind. Darauf wartest du doch sehnsüchtig, oder?«

Gretas Zwerchfell krampfte sich zusammen, und sie bekam keine Luft mehr. Nein, inzwischen wollte sie nicht mehr erfahren, was Engelskinder waren. Sie wollte nur noch fort von hier. Aber wie nur? Ob sie ihn einfach umrennen sollte? Aber der Mann war groß und kräftig. Sie käme kaum an ihm vorbei.

»Steh auf, damit ich dich besser hören kann.«

Langsam schob sich Greta in die Höhe, vorsichtig darauf achtend, dass der Strohsack nicht verrutschte. Auch stehend drückte sie sich weiter an den Sack, während ihre Hände ihre zitternden Arme hielten.

»Kennst du die Seligpreisungen, wie Matthäus sie uns überliefert hat?«

Greta stand ganz still und starrte verstört auf ihre Fußspitzen. Ja, sie kannte die Seligpreisungen auswendig.

»Nenne mir drei der Seligpreisungen.«

Greta kniff ihre Lippen aufeinander, damit ihr bloß kein Wort entglitt. *Selig sind, die da Leid tragen, denn sie sollen getröstet werden.* Wer tröstete sie? Wer half ihr hier hinaus? Wie konnte sie nur diesem bösen Menschen entkommen? *Selig sind die Barmherzigen, denn sie werden Barmherzigkeit erlangen.* Und was erlangte sie? Unverhohlene Gewalt gegen sie, ihren Wunsch und Willen! *Selig sind die Friedfertigen, denn sie werden Gottes Kinder heißen.* War sie Gottes Kind? Ließ er so mit seinen Kindern umgehen? Und das Mädchen nebenan? War das auch sein Kind, ein Engelskind? Tränen traten Greta in die Augen, und Rotz füllte ihre Nase, so dass sie kaum noch Luft bekam. Aber sie schwieg beharrlich.

Der Meister tippte ungeduldig mit der Fußsohle auf den lehmigen Boden, so dass ein dumpfes Geräusch die Zelle füllte. »Was schweigst du? Hat es dir die Sprache verschlagen? Wenigstens eine Seligpreisung wirst du doch wohl kennen, oder, Kind?«

»Selig sind die Mutigen«, flüsterte Greta tonlos, »denn sie werden ihrem Peiniger trotzen.«

Der Fuß des Meisters hielt mitten in der Bewegung inne.

»Selig sind die Starken, denn sie werden ihren Peiniger bezwingen«, fuhr Greta leise fort.

»Was redest du da?«

»Selig sind die Flinken, denn sie werden ihrem Peiniger entkommen.« Noch während sie die letzten Worte flüsterte, rannte Greta, so schnell sie konnte, auf die angelehnte Tür zu. Wie ein Blitz fuhr ihr ein flachsfarben bestrumpfter Fuß zwischen die Beine, und sie stürzte auf den kalten Lehmboden. Ein kantiger Absatz bohrte sich in ihre linke Schulter.

»Sollen das deine Antworten sein, du Göre?«

Eine grobe Hand fuhr in Gretas Haar und riss sie hoch. Sie schrie, und der Rotz lief ihr aus den Nasenlöchern. Der Blick des Meisters traf ihre Augen wie ein Dolch.

»So wird der Herr schrecklich mit dir umgehen«, donnerte seine tiefe Stimme Greta entgegen. »Mit Plagen auf dich und deinen Samen, mit großen und langwierigen Plagen, mit bösen und langwierigen Krankheiten …« Er zerrte sie an ihrem Haar zurück zu dem Strohsack. »… und wird dir zuwenden alle Seuchen, davor du dich fürchtest, und sie werden dir anhängen!« Er warf sie wie ein nasses Bündel auf ihr Lager. Greta schlug mit dem Kopf gegen die Wand und fühlte einen dumpfen Schmerz in ihrem Schädel. Das Licht der kleinen Öllampe flackerte ihr übers Gesicht.

»Was ist das?«

Der Meister hielt die Lampe dichter an die Wand. Die Kratzspuren hoben sich im Schattenspiel des Lichts wie tiefe Krater hervor. Mit der Fußspitze trat der Meister gegen den abbröckelnden Lehm und schlug gegen das Holzbrett.

»Hast du etwa geglaubt, du könntest mir, dem Meister, entfliehen?«

Greta rutschte auf ihrem Hintern so weit wie möglich von dem wütenden Mann fort und versuchte, wieder auf die Füße zu gelangen. Doch bevor sie Halt finden konnte, hatte der den Strohsack gepackt und schlug ihn mit einer kräftigen Armbewegung aus. Ehe Greta sichs versah, warf der Meister ihr den halb entleerten Sack über Kopf und Schultern. Das faulige Stroh stach ihr ins Gesicht und kratzte sie am Hals.

»Ich werde dich lehren, was es heißt, dem Teufel nachzugeben!«

Greta spürte, wie sich ein Strick um ihren Körper festzog. Sie schrie auf und versuchte sich zu befreien, aber das Stroh stach ihr sogleich auch in den offenen Mund, so dass sie husten und würgen musste. Am Seil fortgezogen stolperte sie blind und unbeholfen hinter dem Meister her. Der schob sie eine Holzstiege hoch über einen knarrenden Dielenboden einen langen Gang entlang, bis sie auf einmal Sand und Steine unter den Füßen spürte und das Sonnenlicht durch den Strohsack erahnen konnte. Greta versuchte, stehen zu bleiben und sich mit aller Gewalt von dem Sack zu befreien. Aber ein kräftiger Ruck warf sie um, und sie stürzte, ohne sich abstützen zu können, auf den harten Boden. Ihr Kopf dröhnte, und etwas Warmes floss ihr über die Stirn. Ohne ein Wort zu sagen, schleifte sie der Meister Klafter für Klafter über den sandigen Boden. Sie stöhnte nur noch, zum Schreien fehlte ihr der Atem. Endlich blieb er stehen, und sie hörte das quietschende Geräusch eines rostigen Schlosses. Kurz darauf löste sich der Strick, und noch mit dem gelockerten Sack über dem Kopf schob der Meister Greta grob in einen dunklen, kalten Raum. Bis sie sich den Sack vom Kopf gezerrt hatte, war die Tür hinter ihr verschlossen, und sie umgab nachtschwarze Dunkelheit.

BORSTEL, IM SEPTEMBER 1713

Gnädige Frau, der kranke Herr ist aufgewacht«, meldete die Magd mit einem höflichen Knicks.

Ruth, die im Schatten eines Apfelbaums in einem Buch las, blickte auf. »Danke, Lisbeth. Hat er etwas gesagt?«

»Ja, er habe Hunger. Auch wollte er wissen, wo er sei. Ich sagte ihm, er sei auf dem Anwesen des Prokurators Wrangel aus Hamburg.«

»Gut, ich werde nach ihm sehen. Bereite inzwischen eine leichte Suppe für unseren Gast zu.«

Abensur hatte die Augen geschlossen, als Ruth den kühlen, abgedunkelten Raum betrat, drehte den verbundenen Kopf aber zu ihr um, als eine Diele unter ihren Füßen knarrte.

»Ihr seid wach. Das freut mich. Wie fühlt Ihr Euch?«, sprach Ruth ihren kranken Gast mit ruhiger Stimme an.

»Elend fühle ich mich, doch geborgen in diesem Haus, gnädige Frau.«

»Das ist gut.« Ruth trat an das Krankenbett und griff nach Abensurs Hand, um seinen Puls zu fühlen. »Ihr fiebert immer noch. Aber schon weniger als noch vor zwei Tagen, als man Euch hier in den Auenwiesen fand.«

»Vor zwei Tagen?«, stöhnte Abensur, und ein Husten löste sich aus seiner Brust. »Wo bin ich?«

»Ihr befindet Euch in meinem Haus in Borstel, einem kleinen Dorf, das zu Hamburg gehört. Ich bin Ruth Wrangel. Und wer seid Ihr?«

Abensur deutete ein Nicken an. »Ich bin … ich komme aus … Was ist bloß passiert?«

»Ihr seid vermutlich vom Pferd gefallen. Man fand Euch hier in der Nähe ohnmächtig auf einer Auenwiese. Euer Pferd fand man allerdings nicht. Erinnert Ihr Euch? Könnt Ihr mir Euren Namen nennen?«

Abensur nickte wieder. »Ich bin Louis Abensur, Gesandter des Königs von Polen in Hamburg. Ich war … auf einem … Ausritt und muss wohl gestürzt sein.«

Ruth nickte, dachte aber bei sich, dass ein Ausritt zu dieser unheilvollen Zeit wenig glaubhaft war. Doch sie wollte den Kranken nicht bedrängen. Auch öffnete sich bereits die Tür, und Lisbeth brachte ein Tablett mit einem Teller heißer Gemüsesuppe. Die beiden Frauen halfen Abensur, sich ein wenig im Bett aufzurichten. Als der Teller leer war, ging es ihm sichtlich besser.

»Was hat Euch hierhergeführt, Herr Abensur, in dieser bösen Zeit?«

»Eine geheime Mission, gnädige Frau«, antwortete er zögerlich.

Ruth hielt einen Moment inne, bevor sie bedacht fortfuhr: »Ich möchte Euch nicht verschweigen, dass Ihr während der letzten beiden Tage viel im Traum geredet habt.«

Abensur kniff die Lippen zusammen und schaute abwehrend zur Seite.

»Da Euch niemand aus dem Dorf kannte, vermuteten wir, dass Ihr vielleicht ein Gast unseres neuen Nachbarn auf dem Frustberg seid. Ich wollte bereits meinen Diener hinüberschicken, damit er sich nach Euch erkundigte.«

»Die Mühe könnt Ihr Euch sparen, Frau Wrangel. Ich bin kein Gast vom Frustberg.«

»Ich nahm es nur an, da Ihr im Schlaf den Namen des Hausherrn erwähntet.«

Abensur zuckte zusammen, und sein Gesicht wurde bleich. »Habe ich etwa … habe ich …«

»Macht Euch keine Sorgen, Herr Abensur. Ihr sagtet nichts, was Eurer Ehre schaden konnte.«

Abensur blickte beschämt zu Boden, als glaubte er Ruth nicht. »Was habe ich denn gesagt, gnädige Frau?«

Ruth atmete ruhig aus. »Nun, Ihr spracht von einem armen Kind.«

Abensur stöhnte bei der Erinnerung an das, was er in jener Nacht durch das Fenster auf dem Tieffbrunschen Landsitz gesehen hatte, entsetzt auf.

»Diese Teufel«, flüsterte er.

»Das sagtet Ihr auch im Traum, Herr Abensur. Ist Euch etwas Schreckliches zugestoßen?«

»Nicht mir, gnädige Frau, nicht mir.«

»Dann einem Kind?«

Abensur starrte aus dem Fenster in den sommerlichen Garten.

Ruth wartete. Sie wollte den Mann nicht bedrängen, aber seine Andeutungen weckten ihren Argwohn. Vielleicht wäre es geschickter, nicht gleich mit der Tür ins Haus zu fallen.

»Ihr seid Gesandter des polnischen Königs Stanislaus, nicht wahr, Herr Abensur?«

»Das stimmt. Ich vertrete die Interessen Seiner Majestät in Hamburg und engagiere mich auch in Fragen französische Pässe betreffend.«

»Oh, dann seid Ihr Franzose?«

»Obwohl mein Herz für Frankreich und seinen wunderbaren König Ludwig XIV. schlägt, so bin ich doch leider kein Franzose, gnädige Frau.«

»Euer Familienname ist mir auch aus Hamburg und Altona geläufig. Die Familie Abensur ist doch schon seit vielen Jahren in diplomatischen Angelegenheiten wie auch in Handels- und Bankgeschäften engagiert, nicht wahr? Ich erinnere mich gut, dass mein Vater, Moses Abelson, geschäftliche und freundschaftliche Beziehungen zu Daniel Abensur unterhielt, der wie Ihr der polnischen Krone diente.«

Abensur setzte eine bittere Miene auf. »Allerdings einem anderen König. Außerdem bin ich Katholik, Frau Wrangel.«

»Und ich Lutheranerin, Herr Abensur.« Ein wissendes Lächeln umspielte Ruths Lippen. »Das Leben fordert manchmal eben einen unerwarteten Tribut.«

Abensur nickte Ruth zu und knetete dann seine Finger, gerade so, als kämpfe er mit sich selbst um die Offenbarung seines grausigen Geheimnisses.

Ruth schaute ihm eine Weile dabei zu, bevor sie das Gespräch im Plauderton wieder aufnahm. »Ihr spracht im Fieberwahn auch vom Teufel. Nun ist es so, dass es hier in der Gegend wohl Kinder gibt, die berichten, dass zu ihnen der Teufel kam und sie …«

»… quälte?« Abensur schüttelte sich. »Glaubt mir, Frau Wrangel, die Teufel, die ich am Werk sah, waren schlimmer als alles, wofür ein Kind Worte finden könnte.«

Ruth fröstelte. »Und wo habt Ihr diese Teufel gesehen, Herr Abensur?«

Abensur schaute Ruth direkt in die Augen. »Auf dem Frustberg.«

»Erzählt mir davon, ich bitte Euch.«

Abensur zögerte.

»Habt Vertrauen. Ich werde Euch nicht verraten.«

Umständlich richtete sich Abensur im Bett auf und rückte sich sein Kissen so zurecht, dass es ihn stützte. Dann berichtete er Ruth mit leiser, nahezu flüsternder Stimme alles, was er durch das Fenster gesehen hatte. Als er jedoch versuchte, Worte dafür zu finden, wie die von ihren Kapuzen verdeckten Männer nacheinander über das kleine Mädchen herfielen, um sich mit ihm zur Reinigung ihrer Seelen zu vereinigen, brach ihm die Stimme weg.

Ruth wurde eiskalt. Sie dachte wieder an das kleine Mädchen, das sie vor Wochen in der Pestgrube gesehen hatte und für dessen Schicksal sich keiner interessieren wollte. Sie dachte an all die vermissten Kinder, für deren Suche niemand Zeit fand. Und sie dachte an Greta. Mit einem Ruck richtete sie sich auf und sah Abensur direkt in die Augen. »Wir müssen etwas unternehmen. Ist der neue Mieter des Hauses womöglich jener Meister, von dem Ihr spracht?«

Abensur zuckte mit den Schultern. »Er interessierte sich für das Anwesen, aber ein dänischer Oberst hat es schließlich gemietet.«

»War er auch bei dieser furchtbaren Runde dabei?«

»Sie trugen Kapuzen, Frau Wrangel. Ich konnte niemanden erkennen.«

Ruth nickte Abensur beschwichtigend zu. Aber sie hatte bereits einen Plan gefasst. Noch heute würden sie dem Anwesen auf dem Frustberg einen Besuch abstatten. Allerdings nicht sie allein. Sie musste mit Jurek sprechen. Der kannte die Dorfbewohner und wusste, wer Manns genug sein würde, sie zu begleiten.

Eine knappe Stunde später standen Ruth und Jurek in der Schmiede und berieten sich mit dem Schmied darüber, wie sie vorgehen sollten. Der Handwerker lauschte Ruths Ausführungen mit versteinertem Gesicht. Als sie erwähnte, was ihre Tochter Marie von den Kindern im Dorf und auch von seiner Nichte über Begegnungen mit dem Teufel gehört hatte, schoss ihm das Blut ins Gesicht. »Wir werden uns dieses Haus einmal ganz genau ansehen«, presste er schließlich hervor. »Schließlich habe ich die Schlüssel.«

Unter dem offenen Fenster der Schmiede hockten Marie und Hauke, der Sohn des Scherenschleifers mit gespitzten Ohren. Marie zitterte. »Ich hab solche Angst, wenn sie jetzt zum Teufel gehen«, flüsterte sie Hauke ins Ohr.

»Das brauchst du nicht, Marie. Auf dem Frustberg werden sie den Teufel vergeblich suchen. Denn der haust hinter dem Moor in der Teufelsmühle.«

HAMBURG, IM SEPTEMBER 1713

Als Hinrich Wrangel die ungeduldige Menschenmenge vor dem Niedergericht sah, wäre er am liebsten gleich wieder umgedreht. Aber es half nichts, er musste den Prätor treffen, und zwar, bevor er mit Matthias Claussen sprach. Denn er wollte den Freund nicht mit noch mehr Ungewissheiten belasten. Zuerst sollte der Prätor entscheiden, wie mit dem merkwürdigen Gefangenen zu verfahren war. Mit festem Schritt und verschränkten Armen bahnte sich der Prokurator seinen Weg durch die wartenden Menschen zur Eingangstür. Ein Gerichtsdiener öffnete ihm schnell und verschloss die Tür ebenso geschwind wieder hinter ihm.

Im Gerichtssaal war es ruhig. Kaum einer von Wrangels Kollegen versah noch seinen Dienst. Die Tür zum Kabinett des Prätors stand offen. Wrangel klopfte an, und der Prätor wies ihn noch im Schreiben mit einem Nicken an, sich zu setzen.

»Nun, Prokurator Wrangel, was bringt Ihr für Neuigkeiten?«

»Ihr habt von dem Mann gehört, Herr Prätor, der sich selbst des Mordes an einem Kind bezichtigte?«

»Ja, der Brookvogt sprach davon, und auch der Frohn meldete sich deswegen bei mir, da er wissen wollte, wie lange er den Gefangenen wohl durchfüttern müsse in dieser schweren Zeit.«

Wrangel kaute auf seiner Unterlippe. »Es gibt Neuigkeiten in diesem Fall, Herr Prätor.«

Der Prätor lehnte sich erwartungsvoll auf seinem Stuhl zurück.

»Heute Nacht wurde ich zum Physikus Biester gerufen, da die Röper eine misshandelte Kinderleiche gefunden hatten.«

»Und davon erfahre ich erst jetzt?«

»Ja, Herr Prätor, denn ich wollte als Erstes den Gefangenen dazu erneut verhören, um Euch gleich weiterführende Erkenntnisse zu übermitteln.«

»Inwiefern war die Leiche misshandelt?«

»Die Leiche des kleinen Mädchens zeigte deutliche Spuren, dass man sich an ihr körperlich vergangen hatte.«

Der Prätor nickte nachdenklich. »Es war aber nicht das Kind, nach dem Ihr schon seit Tagen sucht, nicht wahr? Nicht die Tochter des Pastors von Sankt Katharinen?«

Wrangel schluckte. »Nein, Herr Prätor. Sie war es nicht. Und ich glaube, es war auch nicht das Kind, von dem der Gefangene sprach.«

»Wie kommt Ihr darauf?«

»Das Kind hatte keine große Ähnlichkeit mit seiner Beschreibung, vor allem passten die tatsächlichen Verletzungen nicht zu dem von ihm beschriebenen Tathergang.«

»Also haben wir es mit einem weiteren ungeklärten Todesfall zu tun. Wo ist die Leiche?«

»Ich gab auf Bitten des Brookvogts die Freigabe, die Leiche umgehend zu bestatten. Er fürchtete nicht zu Unrecht, dass eine öffentliche Beschreiung zu noch mehr Angst und Unruhe in der Stadt führen würde. Der Physikus wird Euch in Kürze einen ausführlichen Bericht über die Sezierung einreichen.«

Der Prätor nickte nachdenklich. »Ihr habt richtig gehandelt, auch wenn es nicht ganz rechtens war. Wir müssen uns bemühen, die Menschen in der Stadt ruhig zu halten.«

»Sorgen bereiten mir auch die Aussagen des Gefangenen, Herr Prätor. Er scheint mir zu lügen.«

»Das ist nichts Ungewöhnliches, Prokurator.«

»Nicht, wenn man lügt, um eine Schuld von sich zu weisen. Ich aber habe den Eindruck, der Mann möchte geradezu als Mörder gelten. Und das, Herr Prätor, ist doch wirklich ungewöhnlich.«

»Vielleicht weniger ungewöhnlich, als man denken möchte. Als ich ein junger Mann war, Prokurator, arbeitete ich einige Zeit in der Kopenhagener Handelsniederlassung meiner Familie als Rechtsbeistand. Damals quälte die dänische Justiz eine unangenehme Erscheinung. Man nannte sie Selbstmordmörder.«

»Selbstmordmörder? Was sollen denn das für Mörder sein?«

»Es waren Menschen, die lebensmüde waren, aber den Selbstmord aus Furcht vor der göttlichen Strafe fürchteten. Darum töteten sie jemand anderen und ließen sich daraufhin gerne fassen und auch hinrichten. Die aufrichtige Reue, die sie für ihre grausige Tat empfanden, schenkte ihnen ihrer Meinung nach die Vergebung ihrer Schuld vor ihrem eigenen Tod. So konnten sie in Gnade sterben.«

Wrangel sah den Prätor ungläubig an. »Welch ein Wahnsinn. Ich mag nicht glauben, was Ihr mir da erzählt.«

»Ich konnte es damals auch kaum fassen, Prokurator Wrangel. Aber die Gerichtsprotokolle, die ich am Kopenhagener Gericht einsehen konnte, belehrten mich eines Besseren. Tiefgläubige Lutheraner waren diese Menschen. Sie folgten Martin Luthers Worten, die lehrten, dass wir Erlösung erlangen, wenn wir zu unseren Sünden stehen, sie ehrlich bedauern und fest an Gott glauben.«

»Und Ihr glaubt, dass wir es bei dem Lastträger Jörn Kruse mit einem solchen Mann zu tun haben?«

»Möglich wäre es.«

»Aber was ihn angeht, so haben wir zwar eine gestandene Tat, nur keine Leiche dazu.«

Der Prätor nickte. »Vielleicht brachte er es einfach nicht fertig, so weit zu gehen, sondern behauptet nur die Tat. Denn schließlich würde auch das Bereuen seiner Lüge kurz vor dem Tod zu seiner Erlösung führen, nicht wahr?«

»Vielleicht lügt er auch aus einem ganz anderen Grund, aus Hunger nämlich.«

Der Prätor lachte schmallippig auf. »Meister Jürgen beschwerte sich schon bei mir, weil der Gefangene ihm die Haare vom Kopf fressen würde.«

»Da seht Ihr es. Aber was sollen wir mit ihm anstellen?«

»Ihr habt die ganze Stadt durchsuchen lassen?«

»Ja, und man fand keinen Hinweis auf das Kind, das er getötet haben will.«

»So nennen wir ihn einfach einen Lügner und verurteilen ihn zu Stäupung und Pranger. Aus der Stadt können wir ihn jedoch nicht verweisen lassen. Schließlich sind die Tore geschlossen. Aber die Gosse wird ihn aufnehmen.«

Wrangel sah grübelnd vor sich hin. »Doch wenn Ihr nun recht habt mit Eurer Vermutung, Herr Prätor, dann könnte dieser Kruse vielleicht aus diesen kruden Beweggründen noch einen Mord begehen.«

»Das könnte sein. Dann sperren wir ihn lieber auch weiterhin weg. Aber nicht in der Frohnerei, wo Meister Jürgens dünne Suppe ihn, wenn auch karg, so doch ernährt. Ein besser geeigneter Ort ist die Roggenkiste, wo das zwielichtige Gesindel, das sich in der Stadt herumtreibt, weggesperrt wird. Dort kann er schmoren, bis die Stadttore wieder geöffnet werden.«

Wrangel nickte. Die Roggenkiste, ein altes, turmartiges Gebäude, das am Meßberg gelegen war, diente der Stadt schon lange als Gefängnis für Bettler, leichtfertige Dirnen und Kuppler, die zu kurzer Haft verurteilt waren. Ihren Namen hatte der Roggenkiste der Volksmund verliehen, weil die Gefangenen dort nichts anderes als Roggenbrot erhielten. Und auch das durfte bei den derzeitigen Verhältnissen in der Stadt schon knapp geworden sein.

»Damit hätten wir das also geklärt, Prokurator Wrangel. Der Leichenfund des kleinen Mädchens bereitet mir jedoch Sorgen.

Die Einschätzung des Physikus Biester über die Natur der Menschen ist nicht von der Hand zu weisen. Die Angst vor dem nahenden Tod, wie sie in Hamburg um sich greift, macht aus ihnen Ungeheuer. Wir kennen dieses Phänomen von Soldaten, die täglich einem grausamen Tod ins Auge blicken. So verlieren manche von ihnen jegliches Maß in ihren Taten. Und nun geschieht wohl Ähnliches auch schon mit den Männern hier in der Stadt.«

»Das steht zu befürchten, Herr Prätor.«

»Ihr habt richtig darin gehandelt, Prokurator Wrangel, den Fall geheim zu halten. Geht so auch weiterhin mit ihm um und ermittelt im Verborgenen. Verpflichtet ebenfalls den Brookvogt und seine Männer, über den Vorfall zu schweigen.«

✧ ✧ ✧

Keine halbe Stunde später klopfte Wrangel an die Tür des Pastorats von Sankt Katharinen. Eine Magd führte ihn direkt in das Kabinett seines Freundes Matthias Claussen. Der sprang von seinem Stuhl auf, als Wrangel den kleinen Raum betrat.

»Hinrich, wie gut, dich zu sehen. Hast du Neuigkeiten für mich?«

»Ja, mein Freund. Wir gehen davon aus, dass Greta nicht das Opfer jenes Gefangenen wurde, der sich des Mordes an einem Kind bezichtigte.«

Claussen atmete erleichtert auf, aber sein Blick blieb dunkel. »Mehr hast du nicht über Greta erfahren?«

»Die Männer des Brookvogtes haben erneut die ganze Stadt durchkämmt, aber keine Spur von ihr gefunden, Matthias. Das kann auch ein gutes Zeichen sein. Denn viel Schreckliches ist ihnen bei ihrer Suche unter die Augen gekommen.« Wrangel zögerte, seinem Freund von dem grausamen Leichenfund zu erzählen.

»Aber welches Kind hat der Mann dann umgebracht?«

»Wir gehen davon aus, dass er gar keines getötet hat, sondern sich mit einer grausigen Lüge in dieser schweren Zeit im Verlies des Henkers vor dem Hungertod bewahren wollte.«

Claussen schüttelte den Kopf. »Nein, Hinrich, das kann niemand tun.«

»Der Prätor berichtete von noch schlimmeren Fällen, Matthias. Im dänischen Kopenhagen hat er selbst erlebt, wie Menschen, die des Lebens müde waren, andere töteten, um gerichtet zu werden und so dem Elend ihrer eigenen Existenz zu entkommen.«

»Aber wie soll man dem Elend entkommen, wenn man als Sünder stirbt?«

»Dank der Lehre Luthers, meinte der Prätor.«

Claussen musterte seinen Freund kopfschüttelnd, kam dann aber ins Grübeln. »Du beziehst dich auf die Vergebung selbst schwerster Schuld, ist die Reue nur aufrichtig genug?«

»So ähnlich formulierte es der Prätor auch. Es scheint also kein abwegiges Argument zu sein.«

»Es ist ein furchtbarer Gedanke, Hinrich. Eine Todsünde zu begehen, um einer anderen Todsünde zu entkommen. Der Herr kann so etwas nicht gutheißen, und die Menschen werden trotzdem in die ewige Verdammnis stürzen.«

»Aber dem aufrichtig Reuigen werden doch die Sünden vergeben, oder?«

»Dem aufrichtig Reuigen, ja. Doch jemand, der schon im Vorsatz unaufrichtig ist, um letztlich zur aufrichtigen Reue zu gelangen, ist durch und durch verrucht.«

Wrangel wiegelte ab. »Für theologische Feinheiten fehlt mir die Muße, mein Freund. Zu nah sind die tatsächlichen Schrecken.«

Claussen senkte den Kopf. Ihm ging es nicht anders, eher noch schlimmer als Wrangel. Der war sogleich peinlich berührt, als er seinen Lapsus bemerkte.

»Wie geht es Hanne?«

»Sie ist still geworden. Und mager. Wir bekommen sie kaum dazu, einen Happen zu sich zu nehmen. Aber es gibt so viel im Pastorat zu tun, dass auch sie alle Hände voll zu tun hat. Das lenkt sie ein wenig ab. Bleibt ihr etwas freie Zeit, verbringt sie diese meist in der Kirche im tiefen Gebet.«

»Ich fühle mit euch, Matthias. Könnte ich nur mehr für euch tun.«

»Du tust, was du kannst, mein Freund. Für das Weitere gilt es, auf Gott zu vertrauen. Denn gleich, was wir tun, so ist es doch sein Wille, der geschieht.«

ALTONA, IM SEPTEMBER 1713

Der Becher Tee, der vor Eva von Buttlar auf dem groben Holztisch in einer Gastwirtschaft im Norden Altonas stand, war längst kalt geworden. Unbeweglich saß sie auf ihrem Stuhl, die Eingangstür im Blick, und wartete auf Leander. Am Vorabend hatte sie ihm eine Nachricht am Grab hinterlegt, dass sie ihn dringend sprechen musste. Bisher hatte er sie noch nie so lange warten lassen. Oder kam es ihr nur so vor, weil sie sich so bedrängt fühlte? Seit dem Treffen mit Anna von Calenberg war sie zutiefst erschüttert. Konnte es wahr sein, dass Leander sie so hintergangen hatte? Der Mann, den sie liebte? Der Mann, der mit ihr schon durch so viel Leid gegangen war? Der Mann, der der Vater ihres Sohnes, des Messias, war? Warum sollte Leander sie belügen, da sie doch beide an dieselbe göttliche Wahrheit glaubten? War es nicht viel wahrscheinlicher, dass Anna von Calenberg gelogen hatte? Vielleicht war sie beim Anblick von Evas Sohn überwältigt vom Schmerz der Erinnerung an ihren eigenen Verlust gewesen. Vielleicht hatte dieser Schmerz ihre Eifersucht auf Evas Glück geweckt? Aber wäre Anna, die scheue, schüchterne Frau, die selbst mit über vierzig Jahren noch wie ein kleines Mädchen wirkte, überhaupt zu einer so monströsen Lüge in der Lage? Eva konnte es sich nicht vorstellen.

Fahrig tastete sie nach dem Teebecher.

Warum hatte Leander so viele Geheimnisse vor ihr? Warum durfte sie nicht endlich zu ihm? Und wie versorgte er all die Kinder, die sie ihm zugeführt hatte? Wer kümmerte sich um die Kleinen? Er musste ihr endlich Rede und Antwort stehen. Mit keinem Wort hatte er bisher verraten, wo die Kinder untergebracht waren. Auch den Namen des Schiffes, mit dem sie schon Ende September nach Amerika fahren sollten, hatte er ihr nicht genannt. Und nun kam er noch nicht einmal mehr ihrer Bitte um ein Treffen nach. Und wenn Anna recht hatte?

»Frau Brachfeld?«

Aus ihren Gedanken hochgeschreckt sah Eva einen vielleicht zehn Jahre alten Jungen neben ihrem Tisch stehen und sie aufmerksam anschauen.

»Ja, was willst du, Kleiner?«

»Ich soll Euch das hier geben.« Er reichte Eva ein zusammengefaltetes und flüchtig versiegeltes Blatt Papier. Kaum hatte sie danach gegriffen, wandte der Junge sich um und verschwand in der Menge.

Geliebte, heute bin ich verhindert. Komme morgen zur neunten Stunde zur Seilerei beim Fischmarkt. Ich erwarte dich. L.

Ein warmes Gefühl der Geborgenheit überkam Eva. Nein, Anna konnte nicht recht haben.

BORSTEL, IM SEPTEMBER 1713

»Und, Jurek, hast du dort oben etwas gefunden?« Ruth stand auf der untersten Sprosse der Leiter, die auf den Kriechboden des Tieffbrunschen Herrenhauses führte, hielt sich zum Schutz vor Staub und Schmutz die Hand über die Augenbrauen und spähte nach oben in die Dunkelheit, in die Jurek verschwunden war. Doch anstatt einer Antwort hörte sie nur ein Schnauben und Husten. Kurze Zeit später tauchte Jureks rothaariger Schädel in der Bodenluke auf.

»Hier oben ist niemand, Fräulein Ruth. Aber hier war mal jemand.« Er schwenkte ein kleines, flachsfarbenes Schnupftuch zwischen den kräftigen Fingern. »Auf dem Boden sind frische Spuren im Staub. Genaues lässt sich nicht erkennen.« Umständlich kletterte Jurek die Leiter herunter und reichte Ruth das kleine Tuch.

Sie strich es zwischen den Fingern glatt. »Ein Beweis für das, was der Gesandte Abensur gesagt hat, ist das Tüchlein nicht.«

»Aber es belegt, dass kürzlich jemand dort oben war«, mischte sich der Schmied ein. »Das Haus stand nun schon einige Zeit leer. Jurek sagt, die Spuren sind frisch. Also muss es der neue Mieter gewesen sein.«

»Oder jemand von seinem Gesinde«, warf Jurek ein.

»Hier wohnt doch niemand, Jurek, auch keine Dienerschaft.« Ruth schüttelte den Kopf.

»Aber die Gäste, Frau Wrangel, die schon öfter hier waren«, warf der Schmied ein. »Sie bleiben manchmal auch über Nacht. Ich weiß es wegen der Pferde, um die ich mich kümmern musste.«

»Und die Gäste klettern dann auf den Kriechboden?«, schnaubte Ruth verächtlich. »Wir brauchen bessere Hinweise.«

»Gebt mir eine Kerze, dann schaue ich dort oben noch einmal genauer nach«, sagte Jurek bedächtig.

»Ich hole dir eine Lampe aus der Schmiede. Es wird hier drinnen schon dämmrig.«

Als der Schmied mit einer kleinen Öllampe zurückkam, stieg Jurek erneut die Stiege hinauf. Ruth inspizierte derweil die Küche.

»Gekocht wurde hier schon lange nicht mehr«, wandte sie sich an den Schmied.

»Wenn der Herr Gesandte recht hat, dann haben die Kerle auch anderes im Sinn gehabt, gnädige Frau«, brummte der Schmied und warf Abensur einen verächtlichen Blick zu. Der stand schweigend in der Ecke und regte sich kaum.

»Ich habe etwas gefunden, Fräulein Ruth! Eine Kiste.« Man hörte ein kräftiges Ruckeln. »Ich brauche ein Stemmeisen.«

Der Schmied griff nach dem Feuerhaken neben dem Ofen und sprang die Stiege hinauf. Kurz darauf knackte und krachte es.

»Der Gesandte Abensur hat die Wahrheit gesagt, Fräulein Ruth. Schaut Euch das an!« Gleich darauf erschien Jureks Kopf in der Luke. Diesmal hielt er eine lange weiße Kutte mit einer übergroßen Kapuze über dem Arm. »Die Kiste ist voll davon.«

Es war bereits dunkel, als Ruth in Begleitung von Jurek und Abensur zu ihrem Haus in der Marsch zurückkehrte. Witwe Keten hatte zusammen mit Lisbeth ein kräftiges Abendessen zubereitet und drängte Ruth und Abensur zu Tisch, da beiden die Abgeschlagenheit anzusehen war. Auf Ruths Wunsch setzte sich auch Jurek zu ihnen, nachdem er einen Krug Wein geholt und ihnen allen einen kräftigen Schluck eingeschenkt hatte.

»Wir müssen etwas unternehmen, Herr Abensur.«

Abensur versenkte den Blick in seinen Teller und schwieg.

»Ihr kennt den Mann, der für diese Schandtaten verantwortlich ist. Wir müssen ihn anzeigen.«

»Und wo wollt Ihr ihn anzeigen, Frau Wrangel?«

»Beim Niedergericht in Hamburg natürlich. Mein Mann wird …«

»In Hamburg tobt die Pest, Frau Wrangel. Da kommt niemand hinein noch hinaus.«

»Aber Ihr seid doch auch hinausgekommen.«

»Ich bin ein Gesandter und reise mit einem entsprechenden Freibrief.«

»Und jener Meister? Wie reist der?«

Abensur zuckte mit den Schultern. »Seitdem Hamburgs Tore verschlossen sind, habe ich ihn nicht mehr gesehen. Darum weiß ich nicht, wo er ist.«

»Aber Ihr habt ihn hier gesehen!«

»Er trug eine Kutte …«

»Und doch sagtet Ihr, er sei es gewesen, Ihr hättet ihn erkannt.«

Abensur rutschte auf seinem Stuhl hin und her.

»Herr Gesandter Abensur, hier geht es um ein solches Greuel, dass niemand einfach wegschauen kann. Ihr seid von ganzem Herzen gläubiger Katholik, sagtet Ihr mir.«

Abensur nickte zaghaft.

»Ihr wisst, was für eine große Sünde es wäre, ein solches Verbrechen an unschuldigen Kindern zu verschweigen. Welch eine Verdammnis zöget Ihr auf Euch, was für Qualen im Fegefeuer …«

»Was wisst Ihr vom Fegefeuer?«

»Ich weiß, dass es nicht so gnädig ist wie der *Gehinnom*. Denn aus ihm wird die Seele nach spätestens elf Monaten entlassen, die Hölle der Christen jedoch währt bis zum Jüngsten Gericht und auch darüber hinaus.«

Abensur zuckte bei diesen Worten zusammen. »Aber die Tore sind geschlossen.«

»Ihr kommt trotzdem hindurch.«

Abensur nickte widerwillig, grauste ihn doch die Vorstellung, wieder zurück in die vom schwarzen Tod befallene Stadt zu müssen.

»Dann nehmt mich mit!«

»Aber wie?«

»Wir nehmen meine Kutsche. Jurek wird uns fahren.«

»Ihr seid des Wahnsinns, Frau Wrangel!« Abensurs Stimme zitterte. »Die Stadt ist die Hölle auf Erden.«

»Die Hölle erwartet uns so oder so. Denn wenn wir nicht handeln, sind auch wir der Verdammnis geweiht. So lasst uns fahren und wenigstens versuchen, dass wir die Hölle auf Erden bekämpfen, wo wir es können.«

»Aber die Pest …«

»Die Pest macht mir keine Angst, Herr Abensur. Wochen-, ja monatelang habe ich dem Hamburger Physikus zur Seite gestanden, als es darum ging, die Krankheit einzudämmen.«

»Jetzt aber sind die Dämme gebrochen, Frau Wrangel! Die Leichen türmen sich inzwischen auf den Straßen!«

Ruth schluckte. »Wir werden nicht lange bleiben, Herr Abensur. Wenn wir noch heute Nacht aufbrechen, können wir bei Sonnenaufgang das Stadttor passieren und vor der Mittagsstunde die Stadt wieder verlassen haben. Ihr braucht die Kutsche nicht zu verlassen.«

Abensur knetete seine Finger. Bei aller Furcht vor der Pest quälte ihn doch auch sein Gewissen ob dieser grausigen Schandtaten. Außerdem hatte er in seiner Hamburger Wohnung noch Geld versteckt. Ohne das würde er nicht weit kommen. Und eine bessere und sicherere Gelegenheit, als in der Kutsche dieser starrköpfigen Prokuratorenfrau noch einmal in die Stadt zu gelangen, würde sich so schnell wohl kaum bieten. »Nun gut, es ist wohl meine Christenpflicht zu helfen.«

Ruth nickte bekräftigend und gab Jurek Anweisung, die Kutsche rechtzeitig anzuspannen.

IRGENDWO IM DÄNISCHEN, IM SEPTEMBER 1713

Greta schlug die Augen auf, doch um sie herum blieb es dunkel. Vorsichtig tastete sie um sich. Der Boden war aus Erde. Sie kratzte daran und leckte ihre Fingerspitze zaghaft mit der Zunge ab. Es war kein Lehm, sondern festgestampfter Sand. Langsam kroch sie vorwärts. Nirgendwo war auch nur ein Schimmer Licht zu sehen. Es roch feucht, und sie fror. Stück für Stück kroch sie weiter, bis sie mit den Händen auf etwas Festes, Schmales stieß. Sie tastete sich daran empor. Es war ein Regal aus Holz. Aber es war leer. Behutsam ertastete sie die Enden des Regals. Es reichte ihr bis zum Kinn. Sie streckte einen Arm in die Luft. Bevor sie ihn ganz ausgestreckt hatte, stieß sie bereits an die hölzerne Decke. Wo war sie? »Hallo, hört mich jemand?« Ihre Stimme klang hohl. Ein Rascheln antwortete ihr. Es kam vom Boden. Eine Maus? Eine Ratte? Greta tastete die Wand hinter dem Regal ab. Sie war aus Stein. Schritt für Schritt schob sie sich vorsichtig an der Wand entlang. Irgendwo musste sie ja hinführen. Ihr Fuß stieß an etwas Hölzernes. Sie ging in die Knie und tastete den Gegenstand ab. Es war ein Eimer. Er war leer. Sogleich spürte Greta ihren Durst, der bisher von Angst und Aufregung überdeckt gewesen war. Sie tastete sich weiter die Wand entlang. Aus Stein wurde Holz. Sie hatte eine Tür erreicht. Deutlich erfühlte sie die Scharniere, einen Griff zum Öffnen und ein Schlüsselloch. Aber kein bisschen Licht drang hindurch. Vielleicht war es Nacht? Jenseits der Tür ging die Steinwand weiter und führte wieder tiefer in ihr Gefängnis hinein. Erneut stieß sie auf Regale. Mehrere Jutesäcke lagen darin gestapelt. Sie erkannte sie am Geruch. Sie nahm sie an sich und legte sich zwei davon um die Schultern, denn die Kälte begann an ihr zu nagen. Wo war sie? In einer Vorratskammer? Sie hielt inne und atmete konzentriert die Luft ein. Sie schmeckte nach feuchter Erde und feuchtem Holz. Aber nicht nach Schinken oder Dauerwurst. Gretas Durst wurde immer heftiger. Sie musste etwas zu trinken finden. Das Regal reichte bis zur nächsten Ecke des Raumes. Sonderlich groß war ihr Gefängnis nicht.

Etwas huschte an ihren Füßen vorbei, streifte weich ihre Haut. Mäuse? Ratten? Erschrocken sprang Greta zwei Schritte vorwärts, stolperte und schlug auf dem Boden auf. Ihr Knie brannte. Sie setzte sich auf und tastete um sich. Hinter ihr war etwas Hölzernes. Sie klopfte dagegen. Es war hohl. Schnell tastete sie es mit beiden Händen ab. Es war ein Fass, vielleicht zwei Ellen hoch. Der Deckel saß fest, im unteren Teil stieß sie gegen einen kleinen Hahn. Behutsam drehte sie ihn auf. Eine kalte Flüssigkeit tropfte auf ihren nackten Fuß. Sie drehte den Hahn zu, wischte mit dem Finger über die Flüssigkeit auf ihrem Fuß und hielt ihn sich dann unter die Nase. Es war Bier. Ohne nachzudenken, hockte sich Greta vor den Fasshahn und ließ sich das kalte Bier in den Mund laufen. Es schmeckte malzig und bitter, löschte aber den schrecklichen Durst. Sie trank, bis ihr schwindelig wurde von der kalten und schäumenden Flüssigkeit. Dann drehte sie den Hahn wieder zu, wickelte sich fester in die Jutesäcke und ließ sich neben dem Fass zu Boden sinken. Tränen rannen ihr aus den verquollenen Augen, Schluchzen schüttelte sie. Wo hatte dieser grausame Mann sie nur eingesperrt, und was hatte er noch mit ihr vor? Zitternd umfasste sie ihre Schultern und fiel, vom Bier benommen, in einen traumlosen Schlaf.

HAMBURG, IM SEPTEMBER 1713

Im langsamen Trab rollte die Kutsche auf das Dammtor zu. Morgennebel lagen über den Wiesen, denn die Sonne hatte noch nicht genügend Kraft, sie zu vertreiben. Die Straße war staubig, und in der Luft hing der widerliche Gestank nach Tod und Verwesung. Unweit der Straße lag der Pestfriedhof. Ruth schauderte bei seinem Anblick. Als sie das letzte Mal hier gewesen war, war er gerade erst frisch angelegt worden und hatte nur wenige Gräber gezählt. Jetzt reihte sich ein Massengrab neben das andere. Jeden Tag hoben Tagelöhner ein frisches aus, das in der Nacht von den Totengräbern mit neuen Leichen gefüllt und bei Sonnenaufgang zugeschüttet wurde. Auch sah man nun in Lumpen gekleidete Männer mit geschulterten Schaufeln eine frische Grabstätte verlassen.

»Zieht den Vorhang wieder vor, Frau Wrangel. Niemand darf Euch hier in der Kutsche sehen, sonst gelangt Ihr nicht in die Stadt.« Louis Abensur hielt sich ein Schnupftuch vor Mund und Nase.

Ruth rückte den Vorhang zurecht und ließ sich zurück in die Polster fallen. Abensur hatte recht. Je näher sie dem Dammtor kamen, umso voller wurde die Straße, da die Karren, die dem Leichentransport dienten, durch das Befestigungswerk zurück in die Stadt mussten. Mit langen Spießen hoben die Stadtwachen die Decken auf den Karren hoch, um sicherzugehen, dass keine verseuchte Kleidung zurück in die Stadt kam. Fanden sie etwas, spießten sie es auf und schleuderten es in ein großes Feuer, das gleich neben dem Tor brannte. Hinter ihnen stand eine Reihe dänischer Soldaten, die jeden Handgriff der Wachen genau beobachteten. Wenn ihnen etwas nicht gründlich genug untersucht wurde, forderte ihr Offizier, mit seinem Degen auf das Objekt deutend, die Wachen zu einer eingehenden Inspektion auf. Endlich kam die Reihe an die Wrangelsche Kutsche. Mit gewohnter Gelassenheit sprach Jurek mit der Wache und reichte die Papiere des Gesandten Abensur sowie sein eigenes Gesundheitszeugnis, das noch von seiner letzten Ausfahrt aus Hamburg vor einigen Wochen stammte, vom Kutschbock herunter. Die Wache sah sich die Papiere gründlich an und wollte die Kutsche schon durchwinken, als der dänische Offizier hervortrat und sich die Papiere ebenfalls zeigen ließ. Er studierte sie eingehend, trat dann ans Wagenfenster.

»Zeigt Euch, Herr Gesandter, und erklärt uns, weshalb Ihr ins geschlossene Hamburg wollt.«

Abensur zog den Vorhang ein Stück zurück und beugte sich dabei so vor das Fenster, dass er den Blick in das Innere der Kutsche verwehrte. Er hatte diese Stellung mehrere Male mit Jurek geübt. Ruth hatte sich in die hinterste Ecke der gegenüberliegenden Bank verkrochen und das Gesicht mit einem Schleier bedeckt, damit noch nicht einmal ihre Haut das eventuell einfallende Licht reflektieren konnte.

»Wie Ihr aus meinen Papieren ersehen könnt, Herr Leutnant, bin ich Gesandter des Königs Stanislaus von Polen und reise mit einer dringenden Botschaft in höchst vertraulicher Angelegenheit nach Hamburg.«

»Und woher kommt Ihr?«

»Auch das unterliegt der absoluten Verschwiegenheit, Herr Leutnant. Wollt Ihr nun so freundlich sein, da meine Papiere wohl nicht zu beanstanden sind, mich zügig weiterfahren zu lassen, denn die Zeit drängt.« Abensur spitzte die Lippen und räusperte sich.

Der Leutnant schaute noch einmal auf die Papiere und wieder zurück auf den Mann, dessen sauber gedrehte und gründlich weiß gepuderte Locken unter seinem Dreispitz hervorquollen.

»Öffnet bitte das Fenster, Herr Gesandter.«

»Aber warum? Die Luft hier scheint mir nicht gesund zu sein.«

»Hier draußen ist die Luft noch besser als hinter der Mauer. Wie soll ich Euch durch die Scheibe Eure Papiere zurückgeben?«

Abensur nickte kurz und öffnete umständlich das Fenster. Der Leutnant reichte ihm die Papiere hinein. Kaum hatte Abensur sie gegriffen, schob er die Scheibe zu.

Mit einem kurzen Pfiff gab der Leutnant die Kutsche frei. Jureks Peitsche knallte, und die Kutsche rollte über zwei Zugbrücken im Schritttempo in die Stadt ein.

Ruth atmete erleichtert auf. »Zum Glück ist alles gutgegangen.«

»Wollen wir hoffen, dass man uns auch genauso leicht wieder hinauslässt«, murmelte Abensur und knetete nervös die Finger.

Ruth schob den Vorhang vorsichtig ein Stück zurück und spähte auf die Straße hinaus. Der Anblick war noch schlimmer als vor den Toren. Die meisten Häuser waren vernagelt, Unrat, der gierig von Ratten durchwühlt wurde, häufte sich am Straßenrand. Die wenigen Menschen, die auf der Straße zu sehen waren, hatten Mund und Nase mit Tüchern verhüllt, hin und wieder sah sie Männer, die schnabelförmige Pestmasken trugen. Ruth kannte diese Masken von Physikus Biester. In den Schnäbeln waren mit Essig oder edleren Essenzen getränkte Schwämme, deren Ausdünstungen verhindern sollten, dass man die Krankheitserreger der Pest einatmete. Ohne nachzudenken, legte auch Ruth sich den Schal vor Mund und Nase. Auf einmal hielt die Kutsche mit einem Ruck an. Eine Horde Betrunkener torkelte von beiden Seiten an die Pferde heran und grölte Jurek zu, er solle mit ihnen auf ihre Gesundheit trinken. Der versuchte zunächst, die Männer mit ruhigem Ton fortzuschicken, als das aber nicht fruchtete und schon einer der Männer nach der Tür der Kutsche griff, knallte Jureks lange Peitsche in der Luft, und der angetrunkene Mann stieß einen gellenden Schrei aus. Die anderen wichen erschrocken zurück, und die Pferde machten mehrere Sätze nach vorn, bis sie aus der Reichweite der Betrunkenen waren.

Abensur fasste sich ans Herz und sah dankbar auf den vorgeschobenen Riegel der Tür. Auch Ruth zuckte zusammen und unterließ es für den Rest der Fahrt, durch das Fenster hinauszuspähen.

Endlich hielten sie in der Kleinen Johannisstraße, und Jurek sprang vom Bock, um ihnen beim Aussteigen behilflich zu sein.

Als Ruth die geschlossenen Fensterläden ihres Hauses sah, wurde ihr bang. Kein Lebenszeichen war auszumachen. Jurek sprang die drei Stufen zur Tür hinauf und bediente den Türklopfer. Als niemand öffnete, setzte er nach und rief: »Nun, macht schon auf, Jurek ist hier mit der gnädigen Frau. Lasst uns herein.«

Endlich hörten sie, wie der schwere Riegel zur Seite geschoben wurde, und das runde, gerötete Gesicht der Köchin Trude im Türspalt erschien. »Dem Herrn sei Dank, Ihr seid es wirklich, gnädige Frau. Kommt schnell herein.« Eilig zog sie die drei ins Haus und verriegelte wieder die Tür.

Ruth sah sich um. In der Diele war es dunkel und muffig. Nur von den hinteren Räumen, die zum Hof hinausführten, drang etwas Licht herein. Alles war ruhig, niemand schien im Haus zu sein. Sie legte ihr Tuch ab und reichte es Trude.

»Welch eine Freude, Euch wohlauf zu sehen, Frau Wrangel. Aber was führt Euch hierher zurück in die Hölle, aus der ein jeder nur zu fliehen gedenkt?«

»Wo ist das Gesinde, Trude, und, vor allem, wo ist mein Mann?«

»Der Herr Prokurator hat heute schon früh das Haus verlassen. Er wollte zum Frohn wegen eines gefangenen Kindermörders.«

Ruth zitterte. »Berichte mir davon, Trude.«

»Ich weiß nichts Genaues, Frau Wrangel. Man dachte zunächst, der Kerl habe Greta … Aber man fand das Kind nicht, und nun glaubt der Herr Prokurator nicht mehr an dessen Schuld. Doch fragt ihn lieber selbst, wenn er zurückkommt.«

»Also gibt es noch keine Neuigkeiten von Greta?«

»Nein, Frau Wrangel, leider nicht. Der Herr Prokurator tut, was er kann, und auch Pastor Claussen und seine arme Frau sind tapfer. Aber was bleibt ihnen bei all dem Elend und der Not auch anderes übrig.« Trude wischte sich mit der Schürze über die Augen.

Ruth nickte. »Warum ist es so still im Haus, Trude? Wo sind die anderen?«

»Die meisten sind fort, Frau Wrangel. Der Herr Prokurator hat es ihnen freigestellt, die Stadt zu verlassen, bevor die Tore ganz geschlossen wurden. Nur Hein, John und ich sind noch hier. Aber Hein schläft, weil er die ganze Nacht über Wache gehalten hat, und John begleitet gerade den Herrn Prokurator, denn man ist allein nicht sicher auf den Straßen. Doch jetzt werde ich Euch erst einmal einen Tee kochen und Euch ein kräftiges Frühstück mit Eiern und Speck bereiten.«

Ruth, Jurek und Abensur folgten der Köchin in die geräumige Küche und setzten sich an den großen Holztisch beim Ofen, während Trude aus der Vorratskammer ein halbes Dutzend Eier und eine glänzende Speckschwarte holte.

»Wie steht es um unsere Vorräte, Trude?«

»Noch recht gut, Frau Wrangel. Wir sind sparsam und kommen auch mit wenig aus. Zu kaufen gibt es in der Stadt kaum noch etwas. Und wenn doch, dann nur zu unglaublichen Preisen. Die Menschen leiden Not. Diebstähle und Verbrechen nehmen zu. Darum haben auch wir die Fensterläden geschlossen und lassen das Haus nicht allein. Auch der Herr Prokurator speist hier in der Küche, von den oberen Räumen nutzt er nur sein Kabinett zum Arbeiten.«

Ruth ließ ihren Blick durch die Küche schweifen. Alles schien in guter Ordnung zu sein. Trotzdem spürte sie die Not und Bedrückung auch hier, in ihren eigenen vier Wänden. Hoffentlich kam Hinrich bald, sie sehnte sich nach seiner Nähe und Kraft.

Trude stellte drei Teller mit gebratenen Eiern und Speck auf den Tisch, und Abensur langte sogleich kräftig zu, als hätte er seit Tagen nichts gegessen.

»Ihr werdet doch wohl nicht in der Stadt bleiben, Frau Wrangel?«

»Nein, Trude, vielleicht schon heute, spätestens morgen werden wir die Stadt verlassen, wenn sie uns, so Gott will, wieder hinauslassen.«

»Dann werde ich für Euren Gast ein Zimmer richten, gnädige Frau.«

ALTONA, IM SEPTEMBER 1713

Mit zügigen Schritten eilte Eva zur Reeperbahn. Der Fischmarkt war in vollem Gange, von überall her riefen die Händler ihre Waren aus. Der Geruch von frisch gefangenem Fisch mischte sich mit dem Duft frischer Brote und gerösteter Kaffeebohnen, die ebenfalls der kauflustigen Menge angeboten wurden. Die Stände quetschten sich dicht aneinander, und die Auslagen waren üppig gefüllt. Es mangelte an nichts. Vielmehr gab es nun hier in Altona Waren, für die man noch vor kurzem auf einen der Hamburger Märkte hätte gehen müssen. Selbst auserlesene Gewürze wurden angeboten.

Aber an diesem Morgen hatte Eva keinen Blick für all diese Köstlichkeiten. Die halbe Nacht hatte sie wach gelegen und überlegt, wie sie Leander am besten auf ihre Zweifel ansprach. Früher hätte sie wohl kaum drum herumgeredet, nun waren aber schon Monate, ja, über ein Jahr vergangen, seit sie nicht mehr mit ihm zusammenlebte. Und diese Trennung hatte ihr die Nähe zu seinem Herzen geraubt. Ja, sie liebte ihn. Aber sie wagte es nicht mehr, seine Gedanken in seinen Augen zu lesen. Nur eines wusste sie mit Sicherheit. Sie wollte Antworten auf ihre Fragen bekommen.

Als Eva die Reeperbahn am Ende des Fischmarkts betrat, schlug ihr der Geruch von frischem Hanf entgegen. Die Halle, in der die Reeperbahn verlief, war gut dreihundert Schritte lang, über große Kurbeln waren mehrere Reepen aus Hanf gespannt, die langsam verdrillt wurden. Junge Burschen drehten an den Kurbeln, andere benetzten die Hanfseile mit Wasser, um sie geschmeidig zu machen. Eva sah sich nach dem Reepschläger um. Endlich entdeckte sie ihn über einen Tisch gebeugt in einer winzigen Schreibstube, die eher einem Verschlag glich. Als sie näher kam, sah der Meister auf, musterte sie kurz, nickte und deutete auf das Ende der langen Halle. »Hinten im Hanflager, auf der linken Seite erwartet man Euch.«

Eva bedankte sich mit einem freundlichen Lächeln und schritt die lange Halle ab. Links und rechts der gespannten Reepen lagen aufgerollte Taue, Stricke und Seile und trockneten in der warmen Luft, die durch die Öffnungen unter dem Dach hereinströmte. Die Tür zu dem etwas größeren Verschlag am Ende der Halle war geschlossen. Vorsichtig ging sie darauf zu und sah sich nach allen Seiten um, ob sie jemand beobachtete, aber keiner interessierte sich für die Frau mit dem dunklen Schultertuch. Sie drückte die Klinke, und die schwere Holztür sprang auf. Der würzige Geruch von Hanf schlug ihr aus dem Dunkel entgegen. Schnell schlüpfte sie durch die Tür und schloss sie hinter sich.

»Hallo, ist hier wer?«, fragte sie mit unsicherer Stimme in die dämmrige Kammer hinein. Nichts rührte sich. Vorsichtig ging sie ein paar Schritte zur Mitte des Raumes, als sie eine Hand auf ihrer Schulter zusammenzucken ließ.

»Eva, meine Liebe, ich bin es.« Leander zog Eva zu sich herum, nahm sie zärtlich in die Arme und suchte mit den Lippen ihren Mund. Evas Nackenmuskeln spannten sich an, und sie hielt ihre Lippen geschlossen. Leander wich zurück. »Was hast du? Fehlt dir was?«

»Nein, es ist nur … Ich bin erschrocken. Was für ein unheimlicher Ort, an dem wir uns treffen.« Um von sich abzulenken ließ Eva ihren Blick schüchtern durch das Halbdunkel gleiten.

»Der Reepschlägermeister ist ein vertrauenswürdiger Mann, der ein Geheimnis zu wahren versteht. Du weißt doch, es ist gefährlich, dass ich dich treffe. Wenn ich entdeckt werde, dann …«

»Dann?«, fragte Eva in einem nahezu herausfordernden Ton.

»Dann ist unser großes Vorhaben gefährdet, meine geliebte Frau.« Leander streichelte Eva sanft über die Wange und fuhr mit dem Finger ihre Lippen entlang. Die zärtliche Berührung ließ sie erbeben und weckte in ihr die Sehnsucht, ja, Begierde, sich ihm, dem Geliebten, ihrem Mann, ihrem innigsten Bruder im Glauben hinzugeben. Sie gelüstete, mit ihm zu verschmelzen und das Fest der göttlichen Liebe im eigenen Fleisch zu zelebrieren. Sie senkte die Augenlider, und ihre Brust hob und senkte sich im Rhythmus ihres erregten Herzschlags. Ihre Hände tasteten sich suchend an seinen Körper heran, bereit, alle Zweifel, die sie in den letzten Tagen gequält hatten, zu vergessen, wenn er sie nur endlich wieder mit jeder Faser das pulsierende Leben und die Liebe spüren ließ.

»Also, warum hast du mich gerufen?«

Leanders Stimme weckte Eva wie ein nasser Lappen aus ihrer Sinnlichkeit. Sie zog ihre noch suchenden Hände zurück vor ihre Schürze und verknotete die Finger. »Ich möchte endlich wissen, wann wir von hier aufbrechen, Leander. Ich bin das Warten und die Ungewissheit leid. Genauso, wie ich unser Versteckspiel satthabe. Du weißt nur zu gut, wie sehr ich die Lüge verabscheue. Mein Leben lang bin ich den Weg der Aufrichtigkeit gegangen, ganz gleich, welche Folgen es für mich hatte. Aber nun zwingst du mich schon über ein Jahr zur Lüge.«

»Das, was du Lüge nennst, ist der Weg, den Gott uns befiehlt, um unserer ihm gefälligen Gemeinschaft eine neue Heimat in Freiheit zu geben. Hab Vertrauen und Geduld, meine Liebe. Der Tag des Aufbruchs ist nahe.«

»Wie nahe?« Evas Stimme hatte eine Schärfe, dass Leander einen Schritt zurückwich. »Im Juli noch sagtest du, wir führen im September. Nun ist bereits September. Welches Schiff wartet auf uns? Und wo sind die Kinder, die ich zu dir brachte? Wer sorgt für sie? Wer nimmt sich ihrer kleinen Seelen an? Und wie begleichst du all die Kosten, die dieses Unterfangen verursacht? Ich möchte Antworten auf meine Fragen, Leander.«

»Du hast zu wenig Vertrauen, Eva. Nun gut, ich will mich bemühen, deine Zweifel zu zerstreuen. Ich habe für uns eine Überfahrt für den neunundzwanzigsten September von Altona aus reserviert. Aber der Ausbruch der Pest in Hamburg beeinflusst auch das Leben in Altona. Seitdem kein einziges Schiff mehr in den Hamburger Hafen einlaufen kann, sind die Liegeplätze in Altona rar geworden. Und entsprechend ist ihr Preis gestiegen. Auch das Schiff, mit dem wir in See stechen wollen, hat den Preis für die Überfahrt drastisch erhöht. Darum prüfe ich gerade noch, ob wir nicht vielleicht günstiger von Bremen aus reisen können. Wenn nicht, dann bleibt es beim neunundzwanzigsten September.« Leander sah Eva prüfend an. Sie hielt seinem Blick stand.

»Wo sind die Kinder?«

»Sie sind an einem sicheren Ort, der weit genug von Hamburg entfernt liegt, dass ihnen die Pest nichts anhaben kann. Eine alte Bäuerin versorgt sie und kümmert sich um sie. Es geht ihnen gut, glaub mir. Sie sind schon ganz aufgeregt, bald an Bord zu gehen und auch dich dann wiederzusehen. Hab Vertrauen, Eva. Es wird wunderbar werden. Wir werden eine liebevolle und erfüllte Gemeinschaft im Dienste des Herrn sein, in einem Land, das Er uns schenkt.«

»Aber woher kommt all das Geld für diese Unternehmungen?«

Leander trat einen Schritt auf Eva zu und sah ihr tief in die Augen. »Es gibt Menschen, die uns wohlgesinnt sind, liebe Eva, und uns unterstützen. Aber diese Gönner möchten unerkannt bleiben. Glaub mir, es ist zu deiner eigenen Sicherheit, dass du nichts Näheres über sie weißt. Nur so kann ich all die Gefahren von dir fernhalten, die dich immer wieder bedrohen. Denk nur an diesen Prokurator aus Hamburg.«

Eva schluckte. Nur leere Worte hatte er gesprochen, wenn auch mit Honig versüßt. Nichts hatte er ihr verraten, keinen ihrer Zweifel beseitigt, vor allem ihren größten nicht.

»Zu meiner Sicherheit darf ich also nichts Näheres wissen. War es auch damals zu meiner Sicherheit, als ich nicht wissen durfte, wie es wirklich um Annas Kind stand?« Ihre Stimme hatte einen unnachgiebigen Ton angenommen, vor dem sie selbst erschrak. Aber der Schrecken wich, als sie das Blut aus Leanders Gesicht weichen sah und ein Schatten seine stechenden Augen verdunkelte.

»Wovon sprichst du?«

»Vor wenigen Tagen habe ich zufällig Anna getroffen. Sie sagte furchtbare Dinge über dich. Sie behauptete, du seist der Vater ihres toten Kindes. Ich war so aufgewühlt, dass ich dich sprechen musste. Ich halte diese Heimlichkeiten und Lügen, in denen ich nun schon so lange weile, einfach nicht mehr aus, Leander. Sag mir die Wahrheit. Was ist damals in Allendorf geschehen, und wie steht es heute wirklich um unsere Gemeinschaft?«

»Die arme Anna. Schon damals war ihr Geist verwirrt, gequält von den jahrelangen grausamen Demütigungen ihres Vaters. Sie ist wie ein Kind. Sie sieht nur das, was sie sehen will, verdrängt die Wahrheit.« Das Blut kehrte zurück in Leanders Gesicht, und sein Blick wurde sanfter. »Ich habe ihr damals in ihrer großen Not beigestanden, war ihr wie ein Bruder. In ihrer Sehnsucht nach Liebe hatte sie sich einem Zimmermann auf Wanderschaft hingegeben, der ihr schöne Augen machte. Als sie bemerkte, wie es um sie stand, war der Geselle schon lange weitergezogen, und Anna versank in großer Verzweiflung. Ich tröstete sie, und sie gestand mir jene fleischliche Vereinigung mit dem Zimmermann. Auf ihren Wunsch hin versprach ich ihr zu schweigen. Es war wohl ein Fehler, wie ich heute sehe. Hätte ich dir damals schon gesagt, wie es um die arme Anna stand, so hätten wir ihr vielleicht gemeinsam aus ihrer Seelennot helfen können. Sie aber sah in dem wandernden Gesellen ein Zeichen des Herrn und glaubte daran, dass ihre Frucht zu Höherem auserkoren war. Umso mehr stürzte der Tod des Kindes sie in den Wahnsinn. Von dem Zeitpunkt an sah sie alles verkehrt herum, wie durch einen Spiegel. Erst redete sie immer wirrer, drehte einem die Worte im Munde herum, dann stellte sie das Reden ganz ein. Du erinnerst dich doch noch an ihr Schweigen. Auch sonst wurde sie zusehends schwieriger, regelrecht abweisend, und als wir aus Saßmannshausen fliehen mussten, folgte sie uns nicht mehr. Aus deinen Worten entnehme ich, dass sie wenigstens körperlich wohlauf ist und auch ihre Sprache wiedergefunden hat. Aber ihre arme Seele hat all die ihr auferlegten Qualen nicht ertragen. Lass uns für sie beten.« Leander ergriff Evas kalte Hände und faltete die seinen darüber. »Herr, wir bitten dich von ganzem Herzen, hilf unserer geliebten Schwester Anna, dass sie ihr Leid und ihren Schmerz überwinden möge und einen Weg in deinen Frieden finde. Amen.«

Eva spürte Tränen aufsteigen und schlug die Augen nieder. Leander hatte recht. Sie musste ihm einfach mehr vertrauen.

HAMBURG, IM SEPTEMBER 1713

In feinen Perlen drang Hinrich Wrangel der Schweiß aus den Poren. Es war unangenehm warm in der Roggenkiste. Vor allem der Gestank war unerträglich. Das Gebäude, ein etwa achtzig Fuß hoher, viereckiger Turm, der vier Stockwerke zählte, lag unweit des Deichtors am südlichen Hauptkanal der Elbe. Doch vom Wasser wehte nicht das leiseste Lüftchen herüber, das Erleichterung hätte verschaffen können. Wrangel stand im Eingang des untersten Stockwerks. Von hier aus konnte er die dunklen Behältnisse sehen, in welche die Gefangenen bei Wasser und Brot gesperrt wurden. Im dritten und vierten Stock gab es keine Kisten, in die Gefangene gesperrt wurden, sondern Fußblöcke, an die man sie kettete. Dort oben stand auch die Tollkiste, ein längliches Behältnis, in das man die gemeingefährlichen Irren sperrte. Ihr Geschrei war bis unten zu hören und mischte sich mit den Flüchen und ängstlichen Hilfeschreien der hier Eingesperrten. Der Profos, der für die Gefangenen zuständig war, bot Wrangel bei dessen Eintreffen sogleich eine Führung durch das Gebäude an. Aber der Prokurator lehnte dankend ab. War dieser Ort schon in gewöhnlichen Zeiten keine Freude, so glich er nun, in Zeiten der Pest, einem Vorhof der Hölle. Zwei Schillinge bekam der Profos täglich für jeden Gefangenen. Davon hatte er das Wasser und Roggenbrot für sie zu zahlen, der Rest war für seine Mühe. Seitdem die Preise für Brot ins Unermessliche gestiegen waren, hatten weder die Gefangenen genug zu essen noch der Profos ein Einkommen. Darüber hatte er die letzte halbe Stunde geklagt, während er die Papiere für den Neuzugang vorbereitete. Tatsächlich kam es selten vor, dass sich hier jemand vom Niedergericht blicken ließ. Meist brachten die Röper die Übeltäter aus den niedersten

Bevölkerungskreisen hierher, ab und an der Henker einen seiner Gefangenen, der von Rechts wegen nicht in sein Verlies gehörte. Denn dort wurden nur Gefangene untergebracht, die mit einer Blutstrafe zu rechnen hatten. Aber an diesem Morgen war Wrangel auf Bitten des Henkers mitgekommen, weil dieser fürchtete, dass der Profos unter den gegebenen Umständen niemanden mehr annehmen würde. Und so war es auch. Wrangel hatte lange auf den Mann einreden müssen und ihm die Gefahr für die allgemeine Sicherheit erklären müssen, sollte der Reffträger Jörn Kruse auf freien Fuß kommen. Geholfen hatten letztlich nicht Wrangels Argumente, sondern einige Silbermünzen. Der Aufseher ließ die Münzen in seinem Wams verschwinden. Dann bedeutete er dem Henker, ihm zu helfen, den Mann nach oben zu einem der Fußblöcke zu schaffen und ihn dort anzuketten. Wrangel wartete derweil, um die Übergabe quittiert zu bekommen. Auf einmal spürte er ein Pieksen im Nacken und schlug sich mit der flachen Hand auf die schmerzende Stelle. Als er sie wieder nach vorne zog, klebte ein toter Floh zwischen seinen Fingern. Angewidert wischte er das zerquetschte Insekt an seinem Rock ab und entfernte sich ein paar Schritte vom Eingang der Roggenkiste. In diesem Teil der Stadt hatte kaum jemand freiwillig etwas verloren. Auch die Elbe floss gemächlich dahin, ohne dass ein Kahn oder gar Schiff die Fluten teilte. Hamburg war abgeriegelt, auch vom Wasser her.

Endlich trat Meister Jürgen aus der Eingangstür der Roggenkiste heraus und kam auf Wrangel zu.

»Ich habe mir bereits vom Profos die Übergabe quittieren lassen, Prokurator Wrangel, so dass wir sogleich gehen können.«

»Danke, Jürgen. Sei so gut und bring die Quittung zum Niedergericht. Ich selbst gehe zunächst nach Hause und reinige mich gründlich nach diesem Besuch. Soeben klebte mir schon ein Floh im Nacken. Hätte ich gewusst, was mich hier erwartet, hätte ich dich allein gehen lassen.«

Der Henker grinste schief. »Das ahnte ich wohl. Darum habe ich Euch auch nicht davor gewarnt. Habt Dank für Eure Unterstützung. So ist wenigstens eine gute Lösung für diesen Kerl gefunden worden.«

Ob die Lösung gut war, wagte Wrangel zu bezweifeln. Aber er nickte dem Henker zu und machte sich über den Meßberg auf den Weg zu sich nach Hause.

Als Hinrich Wrangel durch die Haustür in die Diele trat, hörte er die Stimme seiner Frau. Verwundert blieb er stehen und rieb sich die Stirn. War er schon so übermüdet, dass er Stimmen hörte? Doch bevor er weiter darüber nachdenken konnte, öffnete sich die Tür zur Küche, und Trude trat auf ihn zu.

»So habe ich mich doch nicht verhört, und Ihr seid es, Herr Prokurator.«

Hinter Trude tauchte Ruth im Türrahmen auf, schob sich an der runden Köchin vorbei und lief Wrangel direkt in die Arme.

»Liebster, wie gut es tut, dich zu sehen und zu spüren.«

Wrangel nahm Ruth in die Arme und drückte sie zärtlich an sich. Dann schob er sie auf Armlänge von sich fort. »Ruth, mein Engel. Aber wie kann es sein? Wie bist du in die Stadt gekommen, und wo sind die Kinder? Warum bist du überhaupt hierher zurückgekommen? Es ist viel zu gefährlich hier. Die Pest … Die Leute sterben täglich zu Hunderten. Dies ist kein Ort für dich.«

Ruth sah Wrangel ruhig an. »Ich habe etwas Wichtiges mit dir zu besprechen, Hinrich. Darum bin ich gekommen. Der Herr Gesandte Abensur war so freundlich, mich in unserer Kutsche durch das Stadttor zu schmuggeln.« Sie drehte sich um und deutete auf den schmächtigen Mann, der auf glänzenden Schnallenschuhen mit hohen Absätzen und mit einer frisch gepuderten Perücke auf dem Kopf hinter Ruth in der Tür stand und verlegen auf seine Fingerspitzen schaute.

Wrangel nickte dem Mann zu und küsste erneut seine Frau.

»Wie geht es den Kindern? Sind sie wohlauf? Seid ihr gut versorgt in Borstel?« Er strich Ruth liebevoll über die Wange.

»Ja, wir sind alle wohlauf. Die Witwe Keten führt den Garten sorgsam, und Jurek hat schon einen großen Vorrat an Holz für den nächsten Winter gehackt.« Ihr glitt ein Lächeln über den Mund, das Wrangel berührte. Wie sehr hatte er sie vermisst! Er spürte ihre warme Hand durch seinen Rock hindurch auf seiner Schulter. Da fiel ihm wieder ein, warum er noch einmal nach Hause gekommen war. Sanft schob er Ruth von sich. »Ich komme gerade von der Roggenkiste, dem Turmgefängnis am Meßberg. Es ist ein verrohter, verschmutzter Ort. Darum muss ich mich dringend waschen und die Kleider wechseln. Entschuldigt mich einen Moment, dann werde ich gerne den Herrn Gesandten begrüßen und mir anhören, was es so Dringendes zu berichten gibt, dass du dieses Wagnis auf dich genommen hast.«

Eine halbe Stunde später saß Wrangel frisch gewaschen mit seiner Frau und dem Gast im kleinen Salon und hörte aufmerksam zu, was die beiden von ihren Entdeckungen auf dem Tieffbrunschen Anwesen am Frustberg zu berichten hatten. Manchmal hakte er ein, um sich eine Kleinigkeit genauer erklären zu lassen, so etwa das Aussehen der Kutten oder aber Abensurs Beschreibung dessen, was er durch das Fenster im Inneren des Hauses gesehen hatte. Aber meist nickte er nur und verknüpfte das Gehörte mit all dem, was er in den letzten Wochen Neues und Schreckliches erfahren hatte. Als die beiden ihren Bericht beendet hatten, lehnte er sich zurück und pfiff leise durch die Zähne.

»Das sind wahrlich Neuigkeiten. Sagt, Herr Abensur, wie kam es dazu, dass Ihr hinaus nach Borstel geritten seid? Hattet Ihr einen bestimmten Anlass?«

Abensur zog die Stirn kraus. »Zweifel an der Rechtschaffenheit meines Geschäftspartners veranlassten mich zu diesem Schritt, Herr Prokurator Wrangel.«

»Worin lagen die Zweifel begründet?«

»Darin, dass der Mann eine solche Geheimniskrämerei betreibt. Das steht einem Mann mit ehrlichen Absichten doch nicht gut an, nicht wahr?«

»Erzählt mir mehr von diesem Mann.«

»Ich weiß nicht viel von ihm. Er nennt sich Meister Rednael. Der Kontakt zu ihm wurde mir von einem Ehrenmann vermittelt.«

»Ein Ehrenmann? Wie ist sein Name?«

»Das tut hier doch nichts zur Sache, Herr Prokurator.«

»Doch. Wisst Ihr, in welchem Handwerk dieser Rednael Meister ist?«

»Nein.«

»Wie sieht er aus?«

Abensur war anzusehen, dass ihm Wrangels Befragung unangenehm wurde. Kleine Schweißperlen rannen seine Stirn hinab, und fahrig suchte er in seiner Rocktasche nach einem Tuch, um sie fortzuwischen.

Wrangel saß ihm still gegenüber. Auch Ruth schwieg.

»Nun, er ist groß und stattlich, aber nicht an Fett, sondern an Muskeln. Das ist selbst durch seine Kleider nicht zu verkennen. Seine Augen sind hell. Mehr weiß ich nicht.« Abensur kreuzte die Arme vor der Brust und lehnte sich in seinem Stuhl zurück.

»Nun, Herr Abensur, hört mir gut zu. Vor einigen Tagen fand man in Hamburg die Leiche eines Kindes, ein Mädchen, vielleicht zehn Jahre alt. Die Leiche zeigte deutliche Spuren grausamer Gewalteinwirkung, und es war unverkennbar, dass sich auch leiblich an ihr vergangen worden war.«

Ruth schluckte und legte ihre Hand auf Wrangels Arm. Der aber ließ sich nicht beirren.

Abensur drückte seine Arme noch enger an seinen Körper. »Was hat das mit mir zu tun, Prokurator?«

»Der Leichenfund passt zu dem, was Ihr mir gerade geschildert habt.«

»Wo wurde die Leiche gefunden?«

»In einem Fleet hier in Hamburg.«

»Ja, dann kann sie ja nichts mit dem zu tun haben …«

»Schlussfolgerungen dieser Art, Herr Abensur, solltet Ihr lieber dem Niedergericht überlassen. Nur so viel: Auch Leichen können transportiert werden.«

Abensur sank ein wenig in sich zusammen und nickte.

»Solltet Ihr Euch als unwillig zeigen, dem Niedergericht Frage und Antwort zu stehen, könnte sich das durchaus schlecht auf Euch auswirken.«

»Aber ich … wir sind hier doch nicht am Niedergericht … und ich bin doch nicht in einem Verhör.«

»Nein, Herr Abensur, Ihr seid mein Gast. Und nur als solchem stelle ich Euch einige Fragen in der Hoffnung, dass Eure Antworten noch größeres Leid, als es sich schon ereignet hat, abwenden können.«

Abensur richtete sich in seinem Stuhl auf und nickte.

»Also, wie sah dieser Meister Rednael denn nun aus?«

»Wie ich schon sagte, groß und stattlich, muskulös, nicht dick. Helle Augen hat er, und er trägt nur schwarze Kleider. Einen Dreispitz, eine graue Perücke, einen engen schwarzen Rock. Enge schwarze Beinkleider. Seine Strümpfe allerdings sind flachsfarben, die Schuhe flach und geschnürt, ohne Schnallen.«

»Und weiter?«

»Nichts weiter.«

»Fiel Euch nichts anderes an ihm auf? Seine Sprache etwa?«

»Er spricht die hiesige Mundart, aber ein Hamburger scheint er mir nicht zu sein. Doch wer weiß das schon so genau. Seid Ihr Hamburger?«

Wrangel grinste zustimmend. Tatsächlich war er kein Hamburger, sondern stammte aus Lübeck, wo schon mehrere Generationen seiner Familie als Kaufleute lebten. Vor gut zwölf Jahren erst war er nach Hamburg gekommen. Auch wenn er natürlich das Bürgerrecht der Stadt hatte, würde er für einen echten Hamburger doch immer ein Zugereister bleiben, denn ein echter Hamburger hatte Eltern, die bereits in Hamburg getauft wurden.

»Er hörte sich eher ein bisschen so an, wie die Leute in Altona sprechen. Ich habe dort früher gelebt, darum kenne ich das recht gut.«

»Kommen wir noch einmal auf jenen Ehrenmann zu sprechen, durch den Ihr Meister Rednael kennengelernt habt.«

Abensur kreuzte erneut abweisend die Arme. »Seinen Namen kann ich nicht preisgeben. Er ist ein Herr von höchstem Ansehen. Auch hier in der Stadt schätzt man ihn sehr.«

»Ein Hamburger also?«

»Nein, auch er ist …« Abensur biss die Lippen zusammen.

»Zugereist?«, hakte Wrangel nach und achtete auf Abensurs Mienenspiel. »Ein Gesandter?«

Abensur schlug die Augen nieder.

»Ein bedeutender Gesandter?« Durch Wrangels Kopf ratterten alle Gesandten, die er in Hamburg kannte. Doch welcher von ihnen wurde in der Stadt besonders geschätzt? Der preußische Gesandte Burchard. Preußen stärkte Hamburg immer wieder den Rücken gegen die Dänen. Oder der kaiserliche Gesandte Graf Schönborn. Aber beiden Männern traute er keinen Kontakt zu einem Mann wie Rednael zu. Sie waren viel zu bieder und korrekt. Da konnte er sich schon eher diesen Rothlieb vorstellen, den Gesandten von Schweden. Aber der genoss in Hamburg keine besondere Wertschätzung. Vor Wrangels innerem Auge tauchte jenes Mittagessen auf, das der Rat der Stadt für die Gesandten gegeben hatte, um ihre Meinung zum Konfrontationskurs des russischen Generals Menschikow zu hören. Da hatte dieser Rothlieb mit dem Grafen Rantzau und Baron Görtz, dem einäugigen Lebemann im Dienste des Hauses Holstein-Gottorf, zusammengestanden und sich interessiert ausgetauscht. Doch das Herzogtum Holstein-Gottorf war für Hamburg nicht von Bedeutung. Das Herzogtum vielleicht nicht. Aber jener Görtz, der den Hamburgern einen Palast mitten in die Stadt gesetzt hatte, wie man keinen zweiten fand.

»Es ist der Herr mit der Augenklappe, nicht wahr?«

Der Schreck huschte über Abensurs Gesicht. »Woher …?« Dann versteifte er sich erneut. »Wie ich schon sagte, kann ich seinen Namen nicht preisgeben.«

»Das müsst Ihr auch nicht. Fürs Erste reicht es mir, wenn Ihr mir nicht widersprecht.«

Abensur schoss das Blut in die Wangen. Aber er widersprach nicht.

»Hört zu, Herr Abensur. Ihr sagtet mir, Ihr hättet für Meister Rednael Männer gesucht, die gesund, voll Manneskraft und von starkem Willen seien. Nennt mir wenigstens die Namen dieser Männer.«

»Aber diese Männer sind mächtig. Gebe ich ihre Namen preis, bin ich meines Lebens nicht mehr sicher, Prokurator!«

»Das seid Ihr auch jetzt nicht, Herr Abensur. Denn wenn Ihr nicht kooperiert, muss ich Eure Geschichte in Frage stellen und vielmehr Euch für einen von jenen Kuttenmännern halten.«

»Aber das könnt Ihr nicht tun!«

»Doch, und ich kann Euch in gerichtlichen Gewahrsam nehmen, bis die Ermittlungen abgeschlossen sind.«

»Ich bin der Gesandte des Königs von Polen, Herr Prokurator, ich genieße diplomatische Immunität.«

»Dann nehme ich Euch eben nicht in gerichtlichen Gewahrsam, aber verhören werde ich Euch trotzdem. Denn dazu hat das Niedergericht bei berechtigtem Anlass auch bei Diplomaten das Recht. Und die Stadt könnt Ihr zurzeit sowieso nicht verlassen.«

»Aber Eure Frau versicherte mir doch, dass …«

»Ihr versichertet mir, Herr Abensur, dass Ihr meinem Mann helft. Meine Versicherung steht gegen die Eure«, mischte sich Ruth ein.

»Nun gut, wenn Ihr mich dazu zwingt, so bleibt mir nichts anderes übrig.« Abensur setzte eine theatralische Miene auf und sah Wrangel direkt in die Augen.

»Es gibt ein Buch, in dem die Namen stehen.«

Wrangel beugte sich in seinem Stuhl vor und stützte die Hände auf die Knie.

»Ich habe über alle Geschäfte mit Meister Rednael Buch geführt, damit ich meine Anteile korrekt abrechnen konnte. In diesem Buch ist genau vermerkt, wen ich wann für Rednael angeworben habe und wann ich vom Meister dafür mein Honorar erhielt.«

Wrangels Augen fingen an zu leuchten. »Damit ließe sich etwas anfangen. Wo ist dieses Buch?«

»Ich habe es sicher versteckt. Wenn Ihr mir garantiert, dass Ihr mich unbehelligt aus Hamburg ziehen lasst, werde ich es Euch holen.«

»Würdet Ihr denn auch die Freundlichkeit haben und meine Frau wieder sicher aus Hamburg hinausbringen?«

Abensurs Züge entspannten sich. »Es wäre mir eine Ehre.«

»Dann macht Euch auf den Weg, das Buch zu holen. Hein und John werden Euch begleiten, denn allein ist man dieser Tage auf den Straßen nicht sicher. Ich werde inzwischen mit dem Physikus sprechen. Ihr braucht trotz Eurer Papiere ein neues Gesundheitszeugnis. Morgen früh zur neunten Stunde wird Jurek Euch und meine Frau dann aus der Stadt hinaus nach Altona bringen.«

✧ ✧ ✧

So unangenehm es Abensur auch war, dass die Knechte der Wrangels erfahren würden, wo und in welchen Verhältnissen er in Hamburg wohnte, so froh war er doch, sie bei dem Gang durch die aus den Fugen geratene Stadt an seiner Seite zu wissen. Den meisten Menschen, die ihnen entgegenkamen, wäre er nur ungern allein begegnet. Als sie endlich den Herrengraben erreichten, befiehl Abensur ein ungutes Gefühl. Die Häuser sahen verlassen aus, zwei waren komplett von den Schildwachen wegen Pestbefalls abgeriegelt. Eilig lief er auf die Haustür zu. Sie war nicht, wie sonst üblich, verriegelt. Abensur schluckte.

»Wartet hier auf mich, ich bin gleich zurück.«

»Herr, es ist besser, wenn wir Euch begleiten. Man weiß nie, wer sich im Haus versteckt hält. Diese Gegend scheint in keinem guten Zustand mehr zu sein.«

Abensur fühlte sich in seinem Stolz getroffen. Aber sein Verstand sagte ihm, dass der Knecht recht hatte. »Nun gut, dann folgt mir.«

Die drei betraten das dunkle Treppenhaus. Ein modriger Geruch schlug ihnen entgegen. Die Türen im Erdgeschoss waren mit Brettern vernagelt. Die im ersten Stock ebenfalls. Abensur zog sich ob der schlechten Vorahnung der Magen zusammen. Er hatte seine Wohnungstür natürlich nicht vernagelt, als er nach Borstel aufbrach, hatte er doch nicht mit einer längeren Abwesenheit gerechnet. Seine bösen Vorahnungen bestätigten sich wenige Schritte später. Die Tür zu Abensurs Wohnung war aufgebrochen.

»Verflucht!«, zischte der Gesandte. Dann wandte er sich in barschem Ton erneut an seine Begleiter. »Wartet hier. Ich will sehen, was die Schurken angerichtet haben.«

John und Hein nickten und sahen sich ungläubig in dem heruntergekommenen Treppenhaus um.

Abensur verschwand im Inneren seiner kleinen Wohnung. Kaum hatte er die Tür hastig hinter sich geschlossen, eilte er in die Schlafkammer zu seinem Bett, griff darunter und tastete nach der kleinen hölzernen Truhe mit seinen Ersparnissen. Sie war fort. Abensur brach der Schweiß aus. Sein ganzes Vermögen! Er stand auf und sah sich in der Kammer um. Der Kleiderschrank stand offen, Röcke, Hosen und Schuhe waren ebenfalls verschwunden. Auch der weinrote, mit Fuchspelz gefütterte Wintermantel. Abensur zitterten die Knie. Da sah er unter dem Schemel die kleine Holztruhe liegen. Das Schloss war aufgebrochen, die Säcken mit Goldmünzen verschwunden. Aber das Buch lag noch auf dem Boden der Truhe. »Gott sei Dank«, entfuhr es dem Gesandten erleichtert. »So ist wenigstens noch nicht alles verloren.« Er nahm das kleine Buch an sich und steckte es in die Innentasche seines Rocks. Dann sah er sich weiter in der Wohnung um. Auch aus der Stube war alles fort, was sich mitnehmen ließ. Das Geschirr, das Silberbesteck, die in Schweinsleder gebundene Bibel. Unter seinen Füßen knirschte es. Die Karaffe mit französischem Cognac lag zerbrochen auf den Holzdielen.

Kraftlos ließ sich Abensur auf das kleine Sofa sinken, das unter dem Fenster stand. Ohne Geld konnte er kein neues Leben beginnen. Aber wer würde ihm, dem Gesandten eines Königs ohne Reich von schwedischen Gnaden, helfen? Von den Wrangels könnte er vielleicht das Nötigste für seine Reise erbitten. Unter den Umständen, in denen sich die Stadt befand, würden sie Verständnis für seine prekäre Lage haben. Doch mehr konnte er nicht von ihnen erwarten. Und dann? An wen sollte er sich wenden, wohin sollte er reisen? Verzweifelt schlug er mit der Faust auf das kleine Buch in seiner Brusttasche. Einer von den Herren, die darin aufgeführt waren, wäre wohl am ehesten geeignet. Schließlich hatte er über sie Informationen, für die sich inzwischen einer der bekanntesten Prokuratoren des Hamburger Niedergerichts interessierte. Baron Görtz, zum Beispiel. Aber diesen Mann anzugehen war gefährlich. Mit ihm war nicht zu spaßen. Das sah man schon an seinem gezeichneten Gesicht. Sein Auge hatte er bei einem Duell verloren. Der Gegner hatte sein Leben gelassen. Abensur schauderte bei dem Gedanken. Außerdem hatte Görtz Hamburg wohl dauerhaft den Rücken zugewandt. Man sagte, er sei jetzt in Berlin und versuche, eine Allianz zwischen Preußen und Schweden einzufädeln. Man munkelte sogar von einem Vertrag zwischen den beiden Staaten. In dieser Situation dürfte es dem Baron gleichgültig sein, was man in Hamburg über ihn sagte. Zumindest zu gleichgültig, als dass er dafür seine Schatulle für Abensur öffnen würde. Da wäre Graf Vellingk schon ein besser geeigneter Kandidat. Von ihm wusste Abensur, dass er, als die Pest in Hamburg um sich zu greifen begann, nach Bremen gegangen war, wo er schon früher als Generalgouverneur Schwedens gewirkt hatte. Bremen war nicht so weit entfernt, die Elbe flussabwärts, dann über die Nordsee in die Weser. So könnte er sich auch eine Kutsche sparen. Außerdem hatte Vellingk Abensur bereits früher geholfen. Mit einem rechten Druckmittel in der Tasche könnte Abensur ihn womöglich ein weiteres Mal schröpfen. Abensur griff in die Innentasche seines Rockes, holte das Buch hervor und blätterte es geschäftig durch. Als er die Seite fand, auf der die Abrechnung für Mauritz Graf Vellingk stand, drückte er seinen Zeigefinger auf die gegenüberliegende Seite und trennte das Blatt vorsichtig heraus. Dann faltete er es zusammen und steckte es mit einem zuversichtlichen Seufzer in seine Brusttasche.

IRGENDWO IM DÄNISCHEN, IM SEPTEMBER 1713

Das Ruckeln der Tür schreckte Greta aus dem Schlaf auf. Ängstlich zog sie ihre verschrammten Knie an den Körper und umschlang sie fest mit den Armen. Ihr Kopf schmerzte, und ihr Mund war fürchterlich trocken. Die Tür öffnete sich, das einfallende Licht blendete das Mädchen. Die Silhouette des Meisters stach schwarz und böse aus dem hellen Licht hervor.

»Nun, Kind, hattest du hoffentlich genug Zeit, deine Frevel zu bereuen. Eine Chance will ich dir noch geben. Wenn du heute meine Fragen richtig beantwortest, so sollst du schon morgen ein Engelskind werden.«

Greta zitterte.

»Du willst doch ein Engelskind werden, nicht wahr? Du willst mit deinem Brüderchen reden, nicht wahr?«

Der kleine tote Peter. Vor lauter Verzweiflung über ihre eigene Lage hatte Greta kaum an ihn gedacht. Denn eines wusste sie: Er war bei Gott, doch sie beim Teufel.

»Nun, steh auf und komm her!«

Gretas Zähne klapperten, und sie schlang die Arme noch fester um ihre Knie.

»Steh auf, Kind!«

Greta drückte ihre Stirn auf die Knie. Auf einmal spürte sie die trockene, feste Hand des Meisters auf ihrem Arm. Er zog sie auf die Beine und richtete mit den Händen ihre Schultern auf. »Sieh mich an. Du hast bestimmt Hunger und Durst. Aber du weißt, dass du für deinen Ungehorsam bestraft werden musstest. Ich will es dir nicht schwerer als nötig machen, Greta. Beantworte mir nur noch eine Frage, und du sollst die Prüfung bestanden haben.«

Gretas Knie wackelten, und ihr Magen knurrte. Aber sie presste die Lippen aufeinander und starrte an dem großen, dunklen Mann vorbei zu der offenen Tür. Er folgte ihrem Blick, und ein maliziöses Lächeln zeichnete sich auf seinem Gesicht ab.

»Wenn du die Prüfung bestehst, hole ich dich hier heraus. Dann darfst du essen und trinken, ein Bad nehmen und frische, saubere Kleider anziehen. Und dann wirst auch du ein Engelskind.«

Greta senkte ihren Blick zu Boden.

»Nenne mir den 10. Vers des 143. Psalms.«

Greta kaute auf ihren Lippen. *Lehre mich tun nach deinem Wohlgefallen, denn du bist mein Gott.* Die Worte kreisten in ihrem Kopf, legten sich ihr auf die Zunge. *Er schickt die Engelskinder in die Hölle,* klang die dünne Stimme des kleinen Mädchens in Greta nach. Entschlossen presste sie erneut die Lippen aufeinander, damit ja kein Wort aus ihnen entwich.

»Sprich, Kind, du kennst doch den Psalm.«

Greta stand starr wie eine Säule und presste weiter die Lippen aufeinander.

»Ich will dir ein bisschen helfen. Er beginnt mit den Worten: Lehre mich tun …«

Greta schwieg.

Das Gesicht des Meisters verfinsterte sich. »Wenn du nicht redest und mir so die Reinheit deiner Seele beweist, wird dich der Teufel holen mit all seinen Höllenqualen.«

Greta starrte auf die bestrumpften Beine des Meisters. Der Teufel hatte sie längst geholt, auch wenn er nicht mit nacktem Pferdefuß, sondern in flachsfarbenen Strümpfen daherkam.

»Nun denn, so oder so werde ich dich morgen holen. Wenn nicht als Engelskind, dann soll dich der Teufel tanzen lehren!« Er stieß Greta zurück, wandte sich um und verließ mit großen

Schritten den Raum. Als die Tür ins Schloss gefallen und Gretas Gefängnis wieder in tiefer Dunkelheit versunken war, lösten sich ihre aufeinandergepressten Lippen, und ein verzweifeltes Wimmern brach ihr aus der Kehle hervor.

ALTONA, IM SEPTEMBER 1713

Eva legte die Handarbeit zur Seite und sah auf, als es an der Tür klopfte.

»Frau Brachfeld, es ist Besuch für Euch da. Eine Dame wünscht Euch zu sprechen. Sie stellte sich als Ruth Wrangel vor.« Die Wirtin sah Eva erwartungsvoll an.

»Lasst sie eintreten. Ich kenne sie.« Mit gemischten Gefühlen stand Eva auf und ging ihrem Gast entgegen.

»Guten Tag, Frau Brachfeld. Vielen Dank, dass Ihr mich empfangt.«

»Frau Wrangel, welch eine Überraschung, Euch wiederzusehen. Ich hoffe, es geht Euch gut. Was führt Euch zu mir? Aber nehmt erst einmal Platz.«

»Danke.« Die beiden Frauen setzten sich an einen kleinen Tisch beim Fenster. »Wie geht es Eurem kleinen Sohn?«

»Sehr gut. Er entwickelt sich prächtig. Zurzeit ist die Amme mit ihm unterwegs.«

Ruth nickte. »Wie ich sehe, habt Ihr Euch recht gut erholt von den Folgen des furchtbaren Brandes. Eure Wohnung ist schön, und eine Amme habt Ihr auch. So verläuft Euer Leben wohl wieder in ruhigeren Bahnen.«

Nun war es an Eva zu nicken. »Aber was führt Euch zu mir, Frau Wrangel? Doch wohl gewiss nicht die Sorge, ob ich inzwischen wieder Fuß fassen konnte.«

»Wahrlich nicht, Frau Brachfeld. Ihr erinnert Euch vielleicht daran, dass ich, als ich Euch bei der Geburt Eures Sohnes beistand, mit zwei kleinen Mädchen kam. Die eine ist meine Tochter, die andere, Greta, die Tochter einer lieben Freundin von mir.«

Eva nickte. Sie hatte geahnt, was kommen würde. »Ja, ich erinnere mich gut an das Mädchen. Euer Mann, der Prokurator, war auch schon wegen der Kleinen bei mir. Zusammen mit dem Pastor, ihrem Vater. Aber ich konnte den Männern bei ihrer Suche nach dem Mädchen nicht weiterhelfen.«

Nun nickte Ruth. »Mein Mann hat mir davon berichtet.« Sie beugte sich vor und sah Eva direkt in die Augen. »Er sagte, dass Ihr Greta vor ihrem Verschwinden wohl als Letzte gesehen habt, aber nicht wisst, wohin sie nach dem Treffen mit Euch ging.«

»So ist es«, antwortete Eva kühl.

»Erlaubt mir, Euch etwas zu erzählen, was das Niedergericht bisher vor den Menschen geheim hält.« Ruth holte tief Luft.

Eva spürte einen leichten Druck im Magen, nickte aber wieder.

»In den vergangenen Monaten wurden zwei Leichen von kleinen Mädchen gefunden, die nicht an der Pest, sondern eines gewaltsamen Todes starben.« Ruth schluckte und fügte leise hinzu: »Die kleinen Körper zeigten deutliche Spuren, dass sich an ihnen fleischlich vergangen wurde.«

Der Druck in Evas Magen nahm zu, aber in ihrem Gesicht regte sich nichts.

»Der Physikus, ein sehr erfahrener Mann, hat erst vor kurzem die Leiche eines wohl achtjährigen Mädchens mit blonden Haaren untersucht und eindeutig festgestellt, dass die Scham des Mädchens schwer verletzt war.« Ruths Stimme zitterte. »Entschuldigt meine direkten Worte. Aber Ihr werdet sicherlich verstehen, welche Angst uns umtreibt, dass auch die kleine Greta an jemanden geraten ist, der ihr so etwas antun könnte.«

»Was Ihr berichtet, ist erschütternd, Frau Wrangel. Aber Ihr wisst so gut wie ich, dass das Böse überall auf dieser Welt lauert und den Menschen Leid beschert. Nur weil es ein armes Kind so grausam getroffen hat, muss das nicht auch das Schicksal von Greta sein.« Eva faltete die Hände in ihrem Schoß. Sie mochte der Frau, der nun feine Tränen über die Wangen liefen, nicht in die Augen sehen.

Ruth zog ein Taschentuch hervor und tupfte sich die Tränen von den Wangen. »Ihr seid eine Frau mit einem großen, gütigen und liebenden Herzen. Und ich spüre, dass Ihr mir helfen könntet, wenn sich Euer Herz für mich öffnete.«

Was wollte diese Frau? Was sollte Eva ihr sagen? Sie konnte ihr nichts von den Kindern erzählen, die sie für das neue Reich Gottes auf Erden gesucht hatte. Sie konnte ihr nichts von Leanders Plan erzählen, sie nach Amerika zu bringen und dort ein besseres Leben, frei von Niedertracht, Unterdrückung und Verfolgung zu beginnen. Außerdem war Greta nicht bei Leander. Er hatte es ihr ausdrücklich gesagt. So gab es auch keinen Grund, über die anderen Kinder zu sprechen. Eva kniff die Lippen aufeinander und richtete sich auf.

»Ich hätte Euch wohl nicht aufgesucht, wenn nicht noch etwas Schreckliches passiert wäre, was nur zu gut zu den grausigen Leichenfunden passt.«

»Was denn noch, Frau Wrangel? Ihr müsst wissen, dass mich die Verdächtigungen Eures Mannes und des Pastors sehr betroffen gemacht haben und ich es mir nicht antun muss, noch länger über dieses Thema zu sprechen.«

»Ihr braucht nicht zu sprechen. Hört mir nur noch einen Augenblick zu.« Ruth berichtete, was in dem Haus auf dem Frustberg in Borstel passiert war. Eva spürte, wie eine unbarmherzige Kälte nach ihr griff, und es fiel ihr schwer zu schlucken. Ihr war, als ob sie den Schmerz der Kinder am eigenen Leib spüren konnte. Diese Fähigkeit, das Leid anderer nachzufühlen, hatte ihr schon früher oft zugesetzt. Erst in den letzten Tagen wieder, als sie über Anna von Calenberg und ihr unerträgliches Leid angesichts des Verlustes des geliebten Kindes nachgedacht hatte.

»Die Männer, die diese Grausamkeiten verübt haben, konnte man nicht erkennen, da sie Kutten mit Kapuzen über den Köpfen trugen. Aber der Mann, der diese Männer zusammenbrachte unter dem Vorwand, sie mit einem reinigenden Ritual vor der Pestilenz schützen zu können, und ihnen das kleine Mädchen zuführte, nennt sich Meister Rednael. Vielleicht habt Ihr von dem Mann schon einmal gehört? Er könnte hier aus Altona kommen. Ihr seid in Altona doch gut bekannt mit vielen Menschen, und Euer verstorbener Mann hat als Arzt bestimmt doch auch …«

»Nein, ich habe den Namen noch nie gehört. Er klingt ganz fremd.«

»Dieser Rednael soll ein großer, gutgebauter Mann sein mit dunklem Haar und hellen Augen. Er ist streng gekleidet, stets in Schwarz. Versteht Ihr, gute Frau, wenn die kleine Greta diesem Mann in die Hände gefallen ist, dann …«

Ruths Stimme erstickte in ihren Tränen, und Eva wandte den Blick ab und sah aus dem Fenster. Aber ihr Blick hielt nichts. Alles drehte sich. So viel Grauen! Wieder sah sie das von Seelenschmerz verzerrte Gesicht Annas vor sich, hörte, wie sie mit böse zischender Stimme Leander verfluchte, sah Leander vor sich, wie er entrüstet Annas Vorwürfe von sich wies, sie bezichtigte, ihm die Worte im Munde umzudrehen und so seine guten Taten als Frevel erscheinen zu lassen. Die Worte im Munde umzudrehen … im Munde umzudrehen … umzudrehen …

»Leander … Rednael«, flüsterte Eva erschrocken, entsetzt über die eigenen Worte. Es passte alles. Groß und gutgebaut, dunkles Haar und helle Augen, schwarze, strenge Kleider.

»Was habt Ihr, Frau Brachfeld? Ihr seid ganz bleich geworden. Ist Euch nicht gut?« Ruth stand auf und ging auf Eva zu. Die aber starrte ins Leere und flüsterte immer wieder: »Leander … Rednael.«

Ruth legte Eva sanft die Hand auf den Arm. »Ihr kennt also doch jemanden mit diesem Namen? Helft mir, bitte, Frau Brachfeld, helft mir um der kleinen Mädchen willen. Ich bitte Euch.«

Ruths Worte drangen nur bruchstückhaft in Evas Ohren. Ihr Leib zog sich von innen zusammen, sie konnte kaum atmen. All die Kinder, die sie ihm gebracht hatte, die Engelskinder. Blond sollten sie möglichst sein und rein vom Herzen. Der Druck in Evas Magen ließ nach, um im selben Augenblick umso heftiger wiederzukommen. In einem Schwall erbrach sie sich auf ihre Schürze.

»Oh Gott, Frau Brachfeld, was ist mit Euch?« Ruth half Eva auf, löste die Schleife der Schürze, die schwer zu Boden glitt. Ruth raffte sie zusammen und schob sie in die Ecke vor den Ofen.

»Möchtet Ihr etwas trinken? Einen Schluck Tee?«

Eva verneinte mit einer Handbewegung und taumelte an Ruths Arm durch den Raum, unschlüssig, wohin sie mit sich sollte. Wie ein Mosaik fügten sich all ihre Zweifel zu einer furchtbaren Erkenntnis zusammen: Leander hatte sie belogen, betrogen, hintergangen und missbraucht. Er hatte ihre Liebe und ihr Vertrauen für seine dunklen Geschäfte genutzt, sie mit hohlen, wohlfeilen Worten hingehalten und hinter ihrem Rücken teuflische Verbrechen verübt. Und sie war ihm blind gefolgt. Von Anfang an. Aus Liebe zu ihm hatte sie ihren engsten Freund und Vertrauten, Justus Gottfried Winter, eingekerkert zurückgelassen. Mit Schrecken fiel ihr wieder jenes Wimmern ein, das durch den Gang gehallt hatte, als sie mit Leander aus dem feuchten Kerker der Burg Dringenberg floh. Hatte Leander sie auch damals belogen und Justus den Häschern ausgeliefert?

»Setzt Euch wieder hin, Frau Brachfeld. Es geht Euch nicht gut.« Ruth führte Eva zurück zu ihrem Stuhl. Dann setzte sie sich ihr gegenüber und musterte sie aufmerksam.

Eva schluckte. So hatte Anna wohl nicht gelogen. So hatte er vielleicht schon damals einem Kind das Leben genommen. Und sie hatte nichts ahnend diesen Mann geliebt und mit ihm gelebt, von ihm gelebt. Mit Ekel sah sie sich in der Stube um. War alles, was hier stand, von dem Geld bezahlt, das ihm jene Männer für die kleinen Mädchen gaben? Ihre Hände und ihre Füße fingen an zu zittern, dann ihre Schultern und ihr ganzer Körper.

»Was habt Ihr nur, Frau Brachfeld?«, fragte Ruth besorgt.

»Rednael ist Leander«, flüsterte Eva.

»Wie bitte? Was sagt Ihr da? Wer ist Leander?«

»Leander ist mein Mann.«

»Aber Euer Mann ist doch tot.«

»Nein, er lebt.« Eva richtete ihre warmen, braunen Augen auf Ruth. »Und ich fürchte, er hat Greta in seiner Gewalt.«

✧ ✧ ✧

Ruth schwankte, als sie eine knappe Stunde später die Wohnung von Eva von Buttlar verließ. Welch ein perfides Spiel hatte dieser Leander, der sich Meister Rednael nannte, als Doktor Johannes Brachfeld schon im Frühjahr des letzten Jahres beerdigt worden war und ursprünglich als Johann Appenfeller auf diese Welt gekommen war, mit seiner Frau gespielt? Welche Grausamkeit hatte er an den Kindern verübt, die ihm seine gutgläubige Frau naiv und verblendet zugespielt hatte? Und was für Männer waren das, die sich, benebelt von religiösen Heilsversprechen, fleischlich an den Kindern vergingen? Zwei tote Mädchen hatte man bisher gefunden, weit über ein Dutzend hatte die Buttlar ihrem Mann zugeführt. Wo waren die übrigen? Irgendwo leise, still und heimlich in den großen Pestgräbern verschwunden? Ruth dachte an Greta, und Schluchzen schüttelte sie. Das Mädchen durfte einfach nicht tot sein. Sie mussten es finden. Sie mussten diesen Meister Rednael stellen. Die Buttlar hatte berichtet, dass er am 29. September von Altona aus mit dem Schiff nach Amsterdam reisen und von dort weiter über das große Meer nach Amerika wollte. Zusammen mit ihr und den Kindern. Vielleicht hatte er wirklich noch einige der Kinder bei sich. Es gab zumindest eine winzig kleine Hoffnung.

»Fräulein Ruth, was ist mit Euch? Ihr seid ganz bleich. Habt Ihr schlechte Neuigkeiten erfahren?« Jurek kam auf Ruth zu und führte sie sanft zur Kutsche, mit der sie dank Abensurs Immunität die Hamburger Stadttore passiert hatten.

»Ja, Jurek. Ich habe furchtbare Neuigkeiten erhalten. Ich fürchte sehr, dass Greta in der Gewalt jenes Meisters Rednael ist, der auf dem Tieffbrunschen Anwesen sein Unheil getrieben hat. Wir müssen die Kleine finden und befreien, Jurek.«

Der große Mann mit dem feuerroten Haar schaute Ruth ernst an. »Und wie sollen wir das anstellen, Fräulein Ruth? Was wisst Ihr denn über ihn?«

»Ich weiß, dass er tot ist.«

Jurek schnaubte.

»Ich meine, dass er für tot erklärt wurde. Vor über einem Jahr schon. Im März 1712 soll er unter dem Namen Johannes Brachfeld gestorben sein.«

»Brachfeld? So heißt doch die Frau, bei der Ihr gerade gewesen seid.«

»Ja, Jurek, er ist ihr Mann.«

»Bei Gott, Fräulein Ruth. Das ist furchtbar.«

»Ja. Hör zu, Jurek. Ich muss heute noch alles meinem Mann schreiben und den Brief nach Hamburg hineinbekommen, damit er etwas unternehmen kann.«

»Aber was soll er aus dem verschlossenen Hamburg aus unternehmen, Fräulein Ruth?«

Ruth zuckte verzweifelt mit den Schultern. »Ich weiß es auch nicht. Aber ihm wird schon etwas einfallen. Er kann mit dem Prätor sprechen und in Altona um Amtshilfe bitten.«

Jurek nickte. »Dann brechen wir am besten zum Dammtor auf. Dort könnt Ihr einer Stadtwache den Brief geben.«

»Zunächst brauche ich Papier, Feder und Tinte. Und das finden wir wohl am leichtesten in einem Kontorhaus beim Hafen.«

»Steigt ein, Fräulein Ruth. Ich weiß, wohin wir fahren.«

Wenige Augenblicke später zog der Wrangelsche Vierspänner an und rollte zügig in Richtung des Altonaer Hafens.

Bereits im zweiten Kontorhaus, in dem Jurek anfragte, erhielten sie die nötigen Schreibutensilien, und Ruth machte sich sofort daran, ihrem Mann so ausführlich wie nötig und knapp wie möglich die neuen Erkenntnisse aufzuschreiben. Dann versiegelte sie den Brief sorgfältig, dankte dem Kontormeister mit warmen Worten und barer Münze, und wenig später bog die Kutsche auf die Landstraße ein, die im Bogen um den Hamburger Berg herum zum Dammtor, dem nordwestlichen Stadttor Hamburgs, führte.

Eine milde Nachmittagssonne beschien mit trügerischer Freundlichkeit das Stadttor, als Ruth und Jurek zu den Stadtwachen gingen, um ihr Anliegen vorzutragen. Aber sie waren bei weitem nicht die Einzigen, die die Botendienste der Wachen in Anspruch nehmen wollten. Eine lange Schlange hatte sich vor dem Wachhäuschen formiert, und nur sehr langsam ging es voran. Erst als die Glocken hinter der Stadtmauer bereits die fünfte Stunde des Nachmittages verkündeten, kam Ruth an die Reihe. Eine ganze Lübische Mark musste sie für den Botengang zahlen, der zu normalen Zeiten höchstens einen Groschen gekostet hätte. Ruth schaute dem Wachmann fest in die Augen, holte eine zweite Mark aus ihrer Geldbörse, drückte auch die ihm in die Hand und sagte: »Beeilt Euch und stellt den Brief sogleich zu. Es geht um Leben und Tod.«

Der Mann sah sie mit einem frechen Grinsen an. »Hier geht es schon seit Wochen um Leben und Tod, gute Frau.«

»Du sprichst mit der Frau Gemahlin des Prokurators Wrangel, Mann«, raunzte Jurek den Wachmann an. »Tue, was sie sagt. Solltest du trödeln, werden wir es erfahren, und der Brookvogt wird sich deiner annehmen.«

»Nichts für ungut. Ich werde dem Auftrag der Dame schnellstens nachkommen.«

Als die Wrangelsche Kutsche endlich aus dem Getümmel vor dem Dammtor herausgekommen war, tauchte die Sonne bereits in die Baumwipfel, die den nach Nordwesten führenden Fahrweg säumten. Jurek ließ die Peitsche knallen, damit sie noch vor Einbruch der Nacht Borstel erreichten.

HAMBURG, IM SEPTEMBER 1713

Schweißnass wachte Hinrich Wrangel auf. Sein Herz schlug schnell, und Schwindel ergriff ihn, als er sich aufrichtete. Draußen war es dämmrig, aber er fühlte sich, als sei es mitten in der Nacht. Dabei hatte er sich doch nur nach dem Essen einen Moment Ruhe gönnen wollen. Stöhnend ließ er sich zurück auf das Sofa sinken und tastete mit der Hand nach der kleinen Glocke, die für gewöhnlich auf dem Tischchen neben dem Sofa stand.

Kurz darauf betrat Trude die Wohnstube. Verdutzt sah sie auf das bleiche, schweißnasse Gesicht Wrangels.

»Ihr habt geläutet, Herr Prokurator? Geht es Euch nicht gut? Ihr seht, mit Verlaub, ganz elend aus.«

»So geht es mir auch, Trude. Halte dich von mir fern und schick John nach dem Physikus Biester«, murmelte Wrangel tonlos.

Trude schluckte, trat aber einen Schritt näher an Wrangel heran. »Ihr fiebert, Herr, Ihr müsst ins Bett mit kühlen Wadenwickeln.«

Wrangel stöhnte. »Hol den Physikus.«

Trude verließ leise die Stube, nur um wenig später mit einem Stapel Tücher, einer Schale kaltem Wasser und einem kräftigen Kräuteraufguss zurückzukommen. Wrangel sah die Köchin ungläubig an. »Was treibst du da? Ich sagte doch, du sollst dich fernhalten und den Physikus holen.«

»John ist auf dem Weg zu Doktor Biester, und ich mache Euch jetzt einen schönen Wadenwickel, Herr Prokurator.«

»Aber ich … ich bin krank, Trude. Und du darfst dich nicht anstecken. Es … es ist zu gefährlich.« Wrangels Stimme wurde mit jedem Wort kraftloser.

»Wenn Ihr Euch angesteckt habt, Herr Prokurator, dann habt Ihr mich wohl auch schon angesteckt.« Mit energischen Handbewegungen tauchte die dicke Köchin das erste Tuch in das kalte Wasser. »Und wer soll mich pflegen, wenn Ihr bis dahin nicht wieder auf dem Posten seid?«

Wrangel konnte kaum klar denken, so sehr schwindelte ihn. Aber ein Gedanke schob sich bei Trudes Worten durch den Fiebernebel, der ihn umhüllte. Hatte er Ruth womöglich auch angesteckt? Sie war erst heute Morgen gefahren, die Nacht hatten sie innig miteinander vereint verbracht. Wenn er die Pest hatte, hatte er sie dann an Ruth weitergereicht? Und würde sie diese todbringende Krankheit genauso ahnungslos an ihre Kinder weiterreichen?

»Ruth …«, stöhnte er auf.

»Eure Frau ist fort, Herr Prokurator. Sie ist doch schon heute in der Frühe mit dem Herrn Gesandten aufgebrochen.«

»Aber wenn sie …« Ihm blieben die Worte auf der trockenen Zunge kleben.

Trude hob Wrangels schwere Beine an, legte einige Tücher darunter und streifte ihm die Strümpfe ab. »Jetzt wird es etwas kalt, Herr Prokurator.« Mit geübten Handgriffen legte sie ihm den ersten Wadenwickel an. Das nasse, kalte Tuch ließ Wrangel zittern, aber er gab sich der Behandlung hin. Vielleicht war es nur ein Sommerfieber wegen der Anstrengungen der letzten Tage. Er hatte zu wenig geschlafen, zu wenig gegessen, zu viele Sorgen ertragen. Kopf und Schultern sackten schlaff in die Kissen.

»So ist es gut, Herr Prokurator. Ruht Euch aus und werdet gesund. Was soll ich denn ohne Euch machen? Ihr seid schließlich meine Familie«, murmelte Trude vor sich hin, während sie den zweiten Wickel anlegte. »Und nun werde ich Euer Hemd öffnen, denn es ist schon ganz feucht vor Schweiß.« Vorsichtig öffnete die Köchin Wrangel das Oberhemd, fuhr aber sogleich mit einem leisen Aufschrei zurück.

»Der Herr steh uns bei!«

»Was hast du, Trude?« Wrangels Stimme zitterte.

»Da ist ein Fleck an Eurer Achsel, Herr Prokurator.« Trude trat einen Schritt zurück und bekreuzigte sich.

Eine Welle kalter Angst durchflutete Wrangel. Es war also kein Sommerfieber. Es war die Pestilenz. Er hatte nur noch wenige Tage zu leben und keine Möglichkeit, Ruth zu warnen. Sie und die Kinder würden ihm womöglich schon bald folgen. Seine Angst steigerte sich zu einer hilflosen Verzweiflung, zu Todesangst, als er an Ruth und die Kinder dachte. Ach, mochte der Herr sie doch verschonen, mochte der Tod sich doch mit ihm zufriedengeben. Die Gedanken hallten in seinem Kopf wider, nahmen Matthias Claussens Stimme an. Er hatte bei ihrem letzten Treffen verzweifelt darum gebetet, dass der Herrgott seine kleine Greta verschonen und stattdessen ihn zu sich rufen solle. Wrangel hatte versucht, den Freund zu beruhigen. Nun, in diesem Augenblick fühlte er aus tiefster Seele, dass niemand dieser Angst Herr werden konnte.

Leise öffnete sich die Tür, und der Physikus Biester trat in die Wohnstube. Er trug seinen weiten, schwarzen Umhang und eine Seuchenmaske auf dem Gesicht. Die wie ein großer gebogener Schnabel ausladende Spitze war mit einem in spezielles Essigwasser getränkten Tuch gefüllt. Bei dem Anblick des Physikus rannten Wrangel Tränen über die Wangen.

»Nun, Herr Prokurator Wrangel, Ihr habt Fieber, sagte mir Euer Knecht. Erlaubt mir, dass ich Euch untersuche.«

Wrangel nickte kraftlos und ließ den Tränen freien Lauf.

Biester tastete den entblößten Körper geschickt ab, drückte hier und da ein wenig, fühlte den Puls und betrachtete eindringlich den dunklen Fleck an der Achsel. Dann trat er einen

Schritt zurück und sah Wrangel mit traurigen, ernsten Augen an.

»Es steht nicht gut um Euch, Herr Prokurator. Die Anzeichen sprechen dafür, dass die Pestilenz von Euch Besitz ergriffen hat. Wir müssen Euer Haus mit all seinen Bewohnern sofort unter Quarantäne stellen.«

»Ruth«, flüsterte Wrangel mit tränenerstickter Stimme.

»Das gilt auch für Eure Frau Gemahlin, Prokurator Wrangel. Sie muss ebenfalls im Haus bleiben.«

»Sie hat bereits heute früh die Stadt verlassen«, murmelte die Köchin hinter dem Rücken des Physikus.

»Dann möge der Herr mit ihr sein und mit allen, denen sie begegnet«, raunte Biester und schüttelte kraftlos den Kopf.

»Aber ich muss ihr schreiben, Doktor Biester. Ich muss sie warnen und … ihr Lebewohl sagen.« Wrangels Stimme fiel bei den letzten Worten in ein heiseres Krächzen.

»Ihr habt noch nicht einmal die Kraft, eine Schreibfeder zu halten, Prokurator. Und alle Kraft, die Ihr noch aufbringen könnt, müsst Ihr dafür verwenden, gegen die Pestilenz anzukämpfen. Außerdem darf nichts und niemand dieses Haus verlassen, noch nicht einmal ein Blatt Papier. Das wisst Ihr so gut wie ich. Als Ehrenmann und hoher Funktionsträger der Stadt seid Ihr ein Vorbild für die Menschen und müsst Euch umso genauer an die Vorschriften halten. Darum ruht Euch aus und betet zu Gott, dass er Euch beistehe.« Mit milderem Ton fügte er hinzu: »Ihr seid nicht allein, Prokurator. Ich werde Euch mit allen Mitteln helfen, die in meiner Macht stehen. Doch im Kampf gegen die Pest kämpft der Erkrankte in erster Reihe.« Dann drehte sich Biester zu den Bediensteten um. »Helft auch ihr eurem Herrn, so gut ihr nur könnt. Bereitet ihm hier unten ein bequemes Lager, haltet das Fieber so gering wie möglich, fahrt mit den Wadenwickeln fort, wascht ihn mit Fliederessig, gebt ihm verdünnten Wein mit Theriak zu trinken, verbrennt die Kleider, die er am Leibe trägt, und zieht ihm frisches Leinen an. Räuchert das ganze Haus mit Sandelholz und Weihrauch aus, schrubbt die Böden mit Essigwasser, wascht euch selber gründlich mit Fliederessig, salzt eure Speisen gut und würzt sie zusätzlich mit Meerrettich, Senf und Wermutöl.«

Kaum hatte der Physikus das Haus verlassen, traten Schildwachen an die geschlossenen Fensterläden im Erdgeschoss und vernagelten sie kreuzweise mit Brettern, damit niemand sie noch von innen öffnen konnte. Unter dem dröhnenden Schlagen der Hämmer glitt Wrangel in einen fiebrigen Schlaf.

BREMEN, IM SEPTEMBER 1713

Louis Abensur strich mit der Handkante seinen Rock glatt und rückte den Dreispitz zurecht. Seine äußere Erscheinung entsprach nicht ganz dem, was er darzustellen suchte, aber die Zeiten waren schwer, die Umstände ungünstig. Der Rock, den er am Leib trug, war buchstäblich sein letzter. Die Aufschläge glänzten schon ein bisschen, und durch die Sohlen seiner Schnallenschuhe spürte er die spitzen Steine. Aber ihr Leder war frisch poliert und auch seine Perücke frisch gepudert. Mehr war für den Augenblick nicht zu machen. Abensur hatte die Wrangels zwar um etwas Geld gebeten, als er dem Prokurator das Buch mit den Namen der Kunden des Meisters Rednael überließ und ihnen aufgelöst die Plünderung seiner Wohnung schilderte, aber mit diesem Notgroschen musste er sparsam wirtschaften und durfte ihn nicht für Tand zum Fenster hinauswerfen.

Mit Ruth Wrangel war er in ihrer Kutsche dank seiner Papiere nach Altona gefahren. Am Hafen verabschiedeten sie sich, und Abensur besorgte sich eine Passage nach Bremen. Das Schiff lief allerdings erst am folgenden Tag aus. Die Zeit verbrachte Abensur in einer billigen Unterkunft und setzte einen Brief an den König von Frankreich auf. So etwas war natürlich keine Alltäglichkeit, aber Abensurs Situation war ja auch keine alltägliche. Inständig flehte er in dem Schreiben den König um Unterstützung an und erlaubte sich auch darauf zu verweisen, dass er schließlich in den vergangenen Jahren unter dem Deckmantel des polnischen Gesandten so manchen Dienst für die französische Krone geleistet habe.

Der Brief steckte noch in seiner Rocktasche, denn um ihn von Altona aus zu verschicken, brauchte man ein kleines Vermögen. Die Bremer würden hoffentlich weniger habgierig sein.

Gleich neben dem Haus des Hafenmeisters fand er eine Poststation, wo er den Brief aufgeben konnte. Dort erfuhr er auch, dass Graf Vellingk in der Residenz des schwedischen Gesandten wohnte. Abensur machte sich sofort auf den Weg zu seinem langjährigen Geschäftspartner. Als er die Residenz erreichte und dem Diener an der Tür sein Begehr mitteilte, traf ihn dessen unverhohlen abschätziger Blick direkt ins Herz. Aber er schluckte es hinunter und reckte sein fliehendes Kinn nach vorn. So führte ihn der Diener in ein elegant eingerichtetes Antichambre und ließ ihn dort warten.

Im Geiste ging Abensur noch einmal durch, was er Vellingk sagen wollte, und fühlte noch einmal in seiner Brusttasche nach, ob er die aus dem Buch herausgetrennten Seiten auch wirklich bei sich trug. Nach einer demütigend langen Wartezeit trat endlich ein anderer Diener ein und bat Abensur, ihm zu folgen. Sie betraten einen großen Salon, der von exquisitem Geschmack zeugte und ganz in Fliedertönen gehalten war. Am hinteren Ende stand ein beeindruckender Schreibtisch, dessen feine Intarsienarbeiten ihn in verschiedenen Farben changieren ließen. Dahinter saß Graf Vellingk und setzte mit leichter Hand seine Unterschrift unter einige Dokumente. Als Abensur die Mitte des Salons erreicht hatte, blickte der Graf kurz auf.

»Ah, Herr Gesandter Abensur, welch unerwarteter Besuch. Was führt Euch nach Bremen? Ich vermutete Euch in Hamburg oder gar in Stockholm.« Vellingks Stimme war eine gewisse Häme anzumerken.

»Seid gegrüßt, verehrter Graf Vellingk. Welch eine Freude, Euch so wohlauf zu sehen in diesen harten Zeiten.« Abensur räusperte sich und machte einige Schritte auf den Schreibtisch zu und verbeugte sich umständlich. »Ihr wisst ja selber um die schwere Lage in Hamburg. Die Stadt ist geschlossen, der Schwarze Tod hält sie in seinen Klauen.«

»Ich ahnte es, darum verließ ich sie rechtzeitig. Mein König braucht meine Dienste hier dringlicher. Und der Eure? Wie geht es ihm?«

»Danke der Nachfrage. Soweit mich seine Nachrichten noch erreichten, gut«, antwortete Abensur abweisend kurz, setzte aber sogleich wieder ein freundliches Lächeln auf. »Tatsächlich seid Ihr selbst es, verehrter Graf, weshalb ich nach Bremen gekommen bin.«

Vellingk zog eine Augenbraue hoch und wies dann Abensur mit einer knappen Geste einen Stuhl an. »Nun, Ihr habt mich also gefunden.«

»Zum Glück, verehrter Graf und lieber Freund«, antwortete Abensur unterwürfig.

Vellingk lehnte sich zurück und verschränkte die Arme vor der Brust.

»Schon häufig wart Ihr mir ein unentbehrlicher Halt in schwerer Stunde und ein Wegweiser in eine lichtere Zukunft«, schmeichelte Abensur weiter.

»Seid Ihr etwa Eurer Gesandtschaft ledig geworden?«

Abensur schüttelte den Kopf. »Keineswegs, lieber Graf. Doch wisst Ihr als Generalgouverneur des hochverehrten Königs von Schweden doch selbst, wie es um das polnische Königtum steht. Mit einem angemessenen Auskommen ist da für die Gesandten nicht zu rechnen.«

»Aber Ihr wart doch in der Vergangenheit nicht verlegen darum, auch anderen Herren Eure Dienste zur Verfügung zu stellen. Ich denke da nur an die französischen Pässe. Vielleicht war in diesem Zusammenhang ja auch noch die eine oder andere Dienstleistung für König Louis mit in Eurem Repertoire.«

Abensur lächelte freundlich, auch wenn ihm dieser Hinweis auf seine Verbundenheit mit dem französischen König nicht sonderlich gefiel.

»Ich will nicht lange drum herumreden, verehrter Graf. Meine Hamburger Residenz ist Opfer von bösen Plünderungen geworden, die dieser Tage allerorts in der Stadt geschehen. Von Glück kann ich sagen, dass ich selbst mit dem Leben davonkam, da ich zu dem Zeitpunkt des Überfalls nicht zugegen war. Aber so derbe wüteten die Bösewichte, dass mir kaum mehr blieb als das, was ich am Leibe trage.«

»Den Eindruck vermittelt Ihr auch, mein Guter«, murmelte Vellingk, während er seinen abschätzigen Blick an Abensur herabgleiten ließ. Der setzte schnell die Füße auf den Boden, um nicht noch ein Loch in der Schuhsohle in des Grafen Augenmerk kommen zu lassen.

»Ihr seht den Ernst der Lage, lieber Freund, und in dieser wende ich mich an Euch. Womöglich wisst Ihr eine geeignete Verwendung für mich? Schließlich wisst Ihr um meine Tüchtigkeit und meine Fähigkeiten.«

»Wie Ihr schon selber richtig bemerktet, Abensur, sind die Zeiten schwer. Ich fürchte, dass ich Euch nicht weiterhelfen kann.«

Abensur schluckte. »Wenn Ihr keine geeignete Verwendung für meine Dienste wisst, so könntet Ihr mir aber vielleicht finanziell ein wenig zur Seite stehen, da mir, wie ich schon sagte, alles geraubt wurde, was sich forttragen ließ. So komme ich derzeit auch nicht an meine anderweitig plazierten Mittel heran«, schwindelte Abensur in der Hoffnung, Vellingk den Ernst seiner Lage verheimlichen zu können.

»Leider lässt es sich mit meiner Position als Generalgouverneur des Königs von Schweden nicht vereinbaren, einem Gesandten einer anderen Macht Geld zu leihen, lieber Abensur. Aber ich könnte Euch hier in Bremen an einen jüdischen Geldverleiher verweisen, der keinem König außer seinem himmlischen zur Rechenschaft verpflichtet ist.« Vellingk schielte schon wieder auf den Stapel Dokumente neben seinem Arm, als wollte er das Gespräch in Kürze beenden.

»Oh, Ihr versteht mich falsch, lieber Graf«, parierte Abensur geschickt. »Ich dachte nicht daran, etwas von Euch zu leihen, vielmehr wollte ich Euch etwas zum Kauf anbieten.«

Vellingk zog die Augenbrauen zusammen. »Was habt Ihr mir denn zu verkaufen?«

»Erinnert ihr Euch an Meister Rednael? Vor einigen Monaten vermittelte ich Euch an ihn für ein besonderes Geschäft.«

Vellingks Blick verfinsterte sich, und seine Lippen wurden schmal. »Und?«

»Nun, die Geschäfte, die jener Meister Rednael betreibt, sind dem Prokurator Wrangel vom Hamburger Niedergericht ein Dorn im Auge, und man geht inzwischen gegen sie und den Meister selbst vor.«

»Ach ja. Dann dürftet Ihr wohl auch diese geschäftliche Verbindung eingestellt haben, oder?«

»Das seht Ihr richtig, lieber Graf. Ich besitze allerdings noch das Rechnungsbuch, in dem sämtliche Kontakte, die der Meister über mich erwarb, aufgeführt sind.«

Vellingk räusperte sich leise.

»Da man in Hamburg inzwischen um die grauenhaften Praktiken weiß, zu denen Meister Rednael seine Gefolgsmänner brachte, werden wohl auch diese gesucht.«

»Und was wollt Ihr mir nun verkaufen?«, fragte Vellingk ungehalten. »Euer Rechnungsbuch vielleicht?«

»Oh nein, lieber Freund, mein Rechnungsbuch ist mein wichtigstes Vermögen geworden.« Abensur ließ seine Worte auf Vellingk wirken. »Aber was hieltet Ihr von der Seite aus dem Buch, auf der Euer werter Name steht? Schließlich seid Ihr mir seit so vielen Jahren ein Freund gewesen, dass ich es nicht gerne sähe, brächte man Euren guten Namen mit jenem Schurken in Verbindung.«

Graf Vellingk spitzte die Lippen und faltete die Hände.

»Lieber Herr Abensur, zwar habe ich jenen Meister Rednael einmal kontaktiert, mich aber keineswegs weiter geschäftlich mit ihm eingelassen.«

»Das möchte ich Euch nur zu gerne glauben, lieber Graf. Schließlich verlangte der grausame Meister von seinen Gefolgsleuten nichts Geringeres, als sich an unschuldigen Kindern fleischlich zu vergehen. Welch eine Sünde! Euch wirklich nicht zuzutrauen. Doch schon Euer Name in dem Buch könnte zu unangenehmen Verhören führen.«

»Ich bin Diplomat, Herr Abensur. Man verhört mich nicht.«

»Erinnert Ihr Euch an jenen russischen Diplomaten Johann Reinhold Patkul? Für den machte Euer König vor einigen Jahren eine Ausnahme, da er ihn eines Verbrechens für schuldig hielt, das ihm dringlich genug für einen Bruch des Völkerrechts war. Wer weiß, wie dringlich der Hamburger Rat geschändete und ermordete Kinder einstuft.«

»Da müsste sich ja so mancher Ratsherr selbst ans Messer liefern!«, entglitt es Vellingk in seiner aufsteigenden Wut.

»Aber für Euch wäre es ein Leichtes, lieber Freund, jeglichem Verdacht zu entgehen, wenn ich Euch die Seiten aus dem Rechnungsbuch zukommen ließe.«

»Wie viel Geld wäre denn wohl nötig, Herr Abensur, um Euch aus Eurer misslichen Lage zu helfen?«

Abensur überschlug die Situation blitzschnell im Kopf. Er durfte nicht zu gierig sein, sich allerdings auch nicht unter Preis verkaufen. Schließlich musste er mit dem Geld eine Weile auskommen. »Fünfzig Gulden wären wohl eine angemessene Summe, lieber Graf.«

Vellingks Züge entspannten sich sichtlich.

»In Gold natürlich«, setzte Abensur nach.

Über Vellingks Gesicht zuckte ein Schatten, dann öffnete er

ohne ein weiteres Wort eine Schreibtischschublade und zog zwei kleine Lederbeutel heraus und ließ sie vor sich auf den Tisch fallen.

Genauso wortlos zog Abensur die zwei zusammengefalteten Blätter aus seiner Brusttasche und legte sie vor sich. Kurz trafen sich die Blicke der Männer, und ein jeder nahm sich seinen Teil.

Nachdem Graf Vellingk die beiden Seiten genau studiert hatte, faltete er sie zusammen und ließ sie in seiner Schreibtischschublade verschwinden.

»Und wie kann ich sicher sein, Herr Abensur, dass diese die einzigen Seiten in dem Buch sind, die mich erwähnen?«

»Ihr habt das Wort eines Ehrenmanns, lieber Graf«, antwortete Abensur selbstgerecht.

»Und wo ist das Buch?«

»Das, lieber Freund, ist an einem sicheren Ort verwahrt«, antwortete Abensur, nicht ahnend, dass er gerade einen tödlichen Fehler begangen hatte.

BORSTEL, IM SEPTEMBER 1713

Auf das frisch getünchte Haus in der Marsch drückten die Trauer und Sorge seit Ruths Rückkehr aus Hamburg noch mehr. Das Wissen um die Identität dieses Schurken, der sich Meister Rednael nannte und unter dem Deckmantel der Heilkunst Kinder entführen und quälen, ja wohl sogar töten ließ, raubte Ruth nahezu den Verstand. Immer wieder ging sie zum Hoftor und hielt Ausschau, ob nicht ein Bote aus Hamburg mit Neuigkeiten von Hinrich einträfe, auch wenn kaum ein Brief die strengen Kontrollen an den Stadttoren passieren konnte. Und sicherlich hatte ihr Mann auch mehr damit zu tun, diesem Verbrecher nachzuspüren, als ihr hier draußen Nachrichten zukommen zu lassen. Aber in Borstel untätig zu warten, bis das Schicksal entschied, was werden sollte, zerrte über Gebühr an Ruths Nerven. Ihre Kinder bekamen das ebenfalls zu spüren. Ihr fehlte die Geduld für ihre kleinen Sorgen. Sie hatte kein Ohr für ihre Geschichten. So kümmerte sich die Magd Lisbeth möglichst viel um die beiden Kleinen, und Marie trollte sich immer öfter ins Dorf, wo die anderen Kinder mit Murmeln spielten oder einfach nur im Gras saßen, die noch warme Septembersonne genossen und sich Geschichten erzählten. Hauke war mit seinem Vater, dem Scherenschleifer, schon weit herumgekommen und hatte so einiges gesehen. Doch Marie fragte ihn immer nur nach der Teufelsmühle aus. Seit Hauke ihr das erste Mal von diesem gruseligen Ort erzählt hatte, wollte sie ständig mehr darüber erfahren. Jedes Mal, wenn er ihren Bitten nachgab und seine Erzählung über den Teufel und sein unheimliches Haus weiter ausschmückte, schien es Marie, als sehe sie es deutlicher vor sich, ja, als zöge dieser Ort sie an, als müsse sie dorthin, als werde sie von dort gerufen. Sie glaubte beinahe, das alte Gemäuer sehen zu können, und auch sein staubiger Geruch stieg ihr in die Nase. Hauke sagte, der Teufel mahle die Knochen der Toten in der Mühle. Das Mehl, das dabei herauskomme, sei so schwarz wie die Seelen der Menschen, die sich dem Teufel verschrieben hätten. Einmal, als kein anderes Kind auf sie und Hauke achtete, flüsterte Marie ihm ins Ohr, er solle ihr diesen Ort zeigen. Doch Hauke lachte nur und schüttelte seinen Lockenkopf. Marie holte drei wunderschöne Murmeln aus ihrer Tasche, eine rote, so leuchtend wie der Mohn in den Sommerwiesen, eine blaue, die schimmerte wie ein frischer Morgenhimmel, und eine durchsichtige, die Marie besonders liebte, da sich durch sie die Sonnenstrahlen so zauberhaft in allen Farben brachen. Die Murmeln waren ein Geschenk ihres Vaters gewesen. Sie hielt sie Hauke hin. »Sie gehören dir, wenn du mir die Mühle zeigst.« Hauke wollte nach den Murmeln greifen, aber Marie machte ihre kleine Hand schnell zu. »Du bekommst sie erst, wenn du mir die Mühle gezeigt hast.«

»Na gut, Kleine. Wenn du wirklich den Mut hast, mit mir zur Teufelsmühle zu kommen, treffen wir uns in vier Tagen am Dorfteich.«

»Warum erst in vier Tagen? Ich will sie jetzt sehen.«

»Weil ich die nächsten drei Tage mit meinem Vater für eine große Arbeit nach Fuhlsbüttel muss. Aber in vier Tagen sind wir wieder hier.«

»Gut, beim Dorfteich. Hand drauf.«

»Hand drauf.«

HAMBURG, IM SEPTEMBER 1713

»Ihr müsst etwas trinken, Prokurator. Bitte, versucht es noch einmal.«

Geduldig saß Trude an Wrangels Lager, das sie ihm in der Wohnstube eingerichtet hatten, und versuchte, ihm mit Wasser und Theriak versetzten Wein einzuflößen. Aber der Becher war noch fast voll. Trude hob sanft Wrangels Kopf an, so dass er ihr kaum ausweichen konnte, und träufelte ihm das Getränk in den halb geöffneten Mund. Er verschluckte sich, kam dadurch aber etwas mehr zu sich und trank noch einige Schlucke hinterher. Die Wickel um seine Waden waren schon wieder warm, so dass Trude, kaum hatte sie den Wein beiseitegestellt, neue anlegte. Ängstlich achtete sie auf jeden Seufzer. Er durfte einfach nicht sterben. Da die Fenster zur Straße nun vernagelt waren, konnte sie nur noch durch den schwachen Lichtschimmer die Tageszeit erahnen. Wie viele Stunden sie schon neben ihrem Herrn hockte, ihm Stirn und Waden kühlte, sie wusste es nicht mehr. Als sie die Wickel erneut getauscht hatte und gerade wieder mit dem Becher fortfahren wollte, klopfte es laut an der Haustür. Sie hörte Johns schwere Schritte über die Diele schlurfen, und es tröstete sie, dass sie nicht ganz allein mit ihrem Herrn in dem großen Haus eingeschlossen war. Kurz darauf kam John zur Stubentür herein.

»Der Herr Pastor Claussen ist gekommen, Trude. Er darf natürlich nicht herein, möchte aber wissen, wie es dem Herrn Prokurator geht.« John flüsterte, so dass Trude sich anstrengen musste, um alles zu verstehen.

»Sag dem Pastor, dass es unserem Herrn sehr schlechtgeht und das Fieber ihm ordentlich zusetzt. Aber wir tun, was wir können.«

»Gut.«

»Und sag ihm, er möge der Frau Wrangel schreiben, denn wir dürfen hier noch nicht einmal ein Blatt Papier aus dem Haus herausschieben.«

»Gut.« John wandte sich um und schlurfte wieder zur Haustür.

Als Trude gerade aufstand und sich eine Stärkung aus der Küche holen wollte, klopfte es am Fensterladen. Erschrocken trat sie ans Fenster und öffnete es, um hören zu können, wer da klopfte.

»Pastor Claussen will den Prokurator sprechen«, dröhnte die Stimme einer Schildwache durch den Fensterladen.

»Aber der Prokurator kann gar nicht aufstehen, er …«

»Hilf mir hoch, Trude.« Wrangels Stimme zitterte, doch sein Ton war bestimmt.

»Ihr müsst Euch ausruhen, Prokurator Wrangel. So seid doch vernünftig.«

»Vielleicht kann ich mich schon bald bis zum Jüngsten Gericht ausruhen, Trude. Ich will meinen Freund sprechen. Womöglich ist dies meine letzte Gelegenheit. Los, hilf mir auf.«

Seufzend half Trude dem schweißnassen Wrangel, sich aufzurichten. Aber Wrangel schaffte es auch mit ihrer Hilfe nicht, die Schritte bis zum geöffneten Fenster zu gehen.

»John! Komm und hilf uns!«, rief Trude laut in Richtung der Stubentür, und sogleich hörte man wieder Johns schlurfenden Gang. Dann blickte er fragend zur Tür herein.

»Glotz nicht, sondern hilf mir. Schieb den Stuhl dort ganz dicht an das Fenster, so dass unser Herr sich daraufsetzen kann.«

Der kräftige Mann hob den Stuhl mit leichter Hand in die Höhe und trug ihn ans Fenster. Dann half er Trude, den schwachen Wrangel daraufzusetzen.

»Pastor Claussen, hört Ihr mich?«

»Ja, ich höre dich. Wo ist der Prokurator Wrangel?«

»Ich sitze hier, mein Freund.« Wrangels Stimme war leise und brüchig.

»Er sitzt hier am Fenster, Pastor. Aber er ist schwach und kann nur leise sprechen. Kommt so dicht an den Fensterladen wie nur möglich.«

»Gib mir noch einen Schluck zu trinken, Trude. Mein Mund ist ganz trocken.«

»Hinrich, hörst du mich, mein Freund?«

»Matthias … du musst mir einen Gefallen tun … Schreib Ruth, heute noch. Schreib ihr, dass sie in Gefahr ist. Sie kann sich angesteckt haben …«

»Hinrich, du phantasierst. Ruth ist seit Wochen in Borstel. Dort kann sie sich nicht anstecken.«

»Schreib ihr, bitte. Schreib ihr, dass ich sie liebe, dass sie mein Augenstern, mein Leben ist. Und die Kinder … ich liebe sie alle so sehr. Sie muss auf die Kinder aufpassen. Sie muss auf sich aufpassen. Sie muss leben … für die Kinder.«

»Sie wird leben, Hinrich, mach dir keine Sorgen.«

Wrangel spürte eine Wut in sich aufsteigen, weil ihn sein Freund nicht verstehen wollte. Trude lege ihm sanft die Hand auf den Arm und flüsterte: »Er weiß doch nicht, dass die gnädige Frau hier war, Prokurator Wrangel. Beruhigt Euch. Er wird ihr bestimmt schreiben.«

Wrangel nickte erschöpft und trank einen Schluck von dem Wein, den Trude ihm reichte. Dann setzte er mit letzter Kraft erneut zu sprechen an. »Schreib ihr, Matthias … und bete für mich, für uns alle. Bete …«

»Ja, mein Freund, ich bete für dich. Und ich komme gleich morgen früh wieder, um zu hören, wie es dir geht. Ruh dich jetzt aus und schlafe. Sei tapfer und stark.«

Als Claussen gegangen war, sank Wrangel kraftlos vom Stuhl. Mit letzter Kraft hielt Trude ihn, bevor er auf den Boden gefallen wäre, und zog ihn mit Johns Hilfe zurück auf sein Lager. Dabei schimpfte sie die ganze Zeit über seine starrsinnige Unvernunft. Aber wohl eher, um ihre eigene Angst zu übertönen. Als sie ihn wieder ordentlich gebettet und ihm noch einmal den Schweiß von der Stirn gewischt hatte, verließ sie auf Zehenspitzen die gute Stube, um in der Küche eine kleine Stärkung zu sich zu nehmen. Doch als sie die Diele durchquerte, schlug es schon wieder an die Haustür.

»Da ist man nun unter Arrest, aber Ruhe hat man keine«, schnaubte sie und ging zur Tür. Sie konnte sie nicht öffnen, da die Schildwachen sie von außen verriegelt hatten. »Was klopft ihr, wenn wir doch nicht öffnen können?«, keifte sie gegen die verschlossene Tür.

»Ein Bote hat einen Brief für Prokurator Wrangel gebracht. Er sagt, es sei dringend.«

»Was kann ein Brief schon dringend sein, wenn man um das Leben ringt? Aber gebt ihn schon her. Schiebt ihn durch den Briefschlitz. Ich werde ihn dem Prokurator geben.«

Ein kleiner Brief, mit eiliger Hand beschriftet, fiel durch den Schlitz und Trude steckte ihn kopfschüttelnd in ihre Schürzentasche. Zu lesen hatte sie nie gelernt, sonst hätte sie vielleicht die Handschrift ihrer Herrin erkannt.

ALTONA, IM SEPTEMBER 1713

Evas Augen waren rot und verquollen, ihr Gesicht bleich und mager. Seit Tagen hatte sie kaum etwas gegessen, nur ein wenig getrunken, eigentlich hatte sie nur geweint. Über sich und ihr Schicksal, über ihre verratene Liebe, ihre Blindheit, ihre Dummheit, ihr missbrauchtes Vertrauen. Doch langsam versiegten die Tränen, und wie geläutert dachte Eva über ihre nächsten Schritte nach. Am Abend zuvor hatte sie eine Nachricht von Leander erhalten. In wenigen Tagen schon wollte er sie und den Sohn holen kommen, um sich auf die Reise nach Amerika zu machen. Nein, sie würde nicht mit ihm mitgehen. Sie wollte ihn niemals wiedersehen. Und sie wollte nicht, dass er auch nur noch einen einzigen Blick auf ihren Sohn warf. Sie musste handeln. Sie musste fort von hier, raus aus dieser Wohnung, die bezahlt war mit schmutzigem Geld. Warum hatte Gott sie mit solcher Blindheit geschlagen? Langsam trat Eva an das Fenster ihrer kleinen Wohnstube und sah hinaus auf die belebte Straße.

Die Menschen strömten eilig aneinander vorbei, ein jeder seinen eigenen Belangen nachgehend. Wann hatte sie angefangen, sich mehr ihren eigenen Belangen hinzugeben, als sich ganz der Liebe des Herrn zu widmen? Wann war das Leid, wann war die Angst in ihr Leben getreten? Das war nicht, als man sie aus Eisenach hinauswarf. Auch nicht, als ihr damaliger Mann zuerst ihr Geld nahm und, nachdem es aufgebraucht war, die Scheidung einreichte. Nichts davon hatte sie von ihrer Liebe und ihrem Vertrauen zu Gott entfernt. Sie wusste stets, dass Gott sie behütete und lenkte. Auch ihre Liebe zu Justus Winter konkurrierte nie mit ihrer Liebe zu Gott. Vielmehr waren sie wie Kinder, die einander an der Hand hielten, während sie voller Bewunderung etwas Großem, Herrlichem beiwohnten. Erst als Johann in ihr Herz trat, sie entführte in die Tiefen der fleischlichen Liebe und die Weiten der Lust, erst da begann sich ihr tiefes Band der Liebe und des Vertrauens zu Gott zu lockern. Leander wurde das neue Objekt ihrer Liebe, sein entschiedenes Handeln gewann ihr Vertrauen. Und mit Leander kam das Leid. Anna und ihr totes Kind, die dunkle Haft in Saßmannshausen, die lange Flucht mit all ihren Unsicherheiten. Der verlogene Übertritt zum Katholizismus. Und schließlich das Grauen im Kerker des Bischofs von Paderborn. In all der Zeit hatte sie mehr auf Leander gehört als auf Gottes Stimme in ihr. Welch ein Frevel! Aber vielleicht war das die wahre Prüfung, die Gott ihr auferlegt hatte. Sie hatte sich verführen lassen von den Schmeicheleien des Liebhabers, der ihr doch nicht mehr zu bieten hatte, als ihre Wollust zu stillen. Und selbst, als er nicht mehr bei ihr war, als er sie zurückließ mit dem Kind in ihrem Leib, als sie allein durch das brennende Altona fliehen musste, hatte sie mehr an Leander gedacht als an jenen Einen, der sie stets beschützt hatte, auch in diesen dunkelsten Stunden.

Eine große Wärme umhüllte Evas Herz und ließ es freudiger schlagen. Lächelnd legte sie sich die Hände auf die Brust. Genauso hatte es sich vor vielen Jahren angefühlt, als sie die Entscheidung getroffen hatte, ihr altes Leben hinter sich zu lassen und Gottes Stimme zu folgen. Sie wollte es wieder tun. Nicht mehr als das Nötigste für ihren Sohn und sich wollte sie mitnehmen auf ihren neuen Weg, der auch ihr alter war. Alles Übrige sollte Bedürftigen zugutekommen. Von ihnen gab es zu viele. Vor allem Kinder. Sie dachte an all die traurigen Kinderaugen, die sie auf ihren Streifzügen durch Hamburg und Altona gesehen hatte. In der Hoffnung, wenigstens einigen von ihnen zu helfen, hatte sie gerade jenen so schreckliches Leid gebracht. Doch Gott würde sie führen und ihr die gerechte Buße auferlegen. Ihr fiel jene Dame wieder ein, die katholische Waisenkinder zur Adoption an wohlhabende Adelsdamen vermittelte. Ihr Mann war der neue königliche Oberpräsident von Altona und hatte selbst eine Stiftung ins Leben gerufen, die auf städtischem Gelände hinter der Palmaille ein Waisenhaus und Armenwohnungen bauen sollte. Man hatte sogar schon mit den Arbeiten begonnen, und in Altona sprach man häufiger von dem Ehepaar. Reventlow hießen sie, wenn Eva sich recht entsann. Ihrer Stiftung würde sie ihre restliche Habe zukommen lassen, damit sie damit Gutes bewirkte.

Entschlossen ging Eva in ihre Schlafkammer, suchte ein schlichtes Kleid heraus, legte es an und packte dann die nötigen Dinge für ihren Sohn in eine lederne Tasche. Noch heute musste sie fort von hier, aufbrechen in ihr neues, altes Leben. Nur so konnte sie sicher sein, dass Leander sie nicht fand. Denn das wusste sie: Nie wieder wollte sie diesen Mann sehen. Von heute an war sie endlich wirklich jene Witwe, für die die Menschen sie schon so lange hielten.

Als die Amme mit dem kleinen Johann von einem Spaziergang zurückkam, nahm Eva ihr das Kind ab, entlohnte sie überreichlich und entließ sie dann mit warmen Worten und den besten Wünschen aus ihren Diensten. Die junge Frau schaute sie verdutzt an, nahm aber dankend das Geld, das dem Lohn eines ganzen Monats entsprach, und ging.

Nur wenig später verließ auch Eva mit ihrem Sohn auf dem Arm ihre Wohnung. Fast all ihre Habe blieb zurück, wie auch ihr Name Brachfeld. Als Eva von Buttlar begab sie sich voller Hoffnung in die Hand Gottes.

HAMBURG, IM SEPTEMBER 1713

Die Tage verflossen so gleichmäßig, wie das Elbwasser die Hamburger Fleete mit jeder Flut füllte und mit jeder Ebbe den Unrat, der sich angesammelt hatte, aus der Stadt hinaus in den Fluss spülte, von wo aus er seinen Weg zum Meer nehmen konnte.

Hinrich Wrangel hatte die meiste Zeit in einem fiebrigen Dämmerzustand auf seinem Bettlager in der Wohnstube seines Hauses in der Kleinen Johannisstraße verbracht, umhütet und gepflegt von seiner alten Köchin, die ihm in regelmäßigen Abständen fiebersenkende Kräutersude, mit Theriak und Wasser verdünnten warmen Wein sowie kühlende Wadenwickel verabreichte. Ein paarmal war der Physikus Biester vorbeigekommen, seine Pestmaske stets vor Mund und Nase gebunden. Wrangel erkannte ihn nur an seiner Stimme, denn auch seine Hände waren mit ledernen Handschuhen bekleidet, sogar, als er Wrangel zwei Bubonen aufschnitt, die sich nahe der Achselhöhle gebildet hatten. Biester blieb nie länger als nötig und hatte als Medizin hauptsächlich tröstende Worte zu bieten. Auch Pastor Claussen kam öfter vorbei und erkundigte sich durch das geschlossene Fenster nach Wrangels Zustand. Und jedes Mal zog er erleichtert ab, sobald man ihm bestätigt hatte, dass der Freund noch lebte.

Trude und den Knechten John und Hein ging es gut. Sie schienen von der Seuche verschont zu bleiben. Und Trude tat alles dafür, dass sich daran auch nichts änderte. In den Arzneivorräten ihrer Herrin hatte sie eine aus Birkenrinde geflochtene Dose gefunden, auf deren Deckel in Ruths graziler Handschrift vermerkt war »Marusjas Kräutermischung zur Vorbeugung gegen das Sumpffieber«. Trude hatte die Dose dem Physikus gezeigt, der nur mit den Schultern zuckte. So inspizierte sie die Mischung selbst ausgiebig, musste aber feststellen, dass sie kaum eine Pflanze daraus sicher zuzuordnen wusste, da sie mit dem Mörser zu fein zerstoßen waren. Trotzdem entschied sie sich, daraus einen Aufguss zu bereiten und ihn sowohl ihrem Herrn als auch John, Hein und sich selbst zu trinken zu geben. Schließlich sollte es ja vorbeugend wirken. Und wer wusste schon, ob ein Sumpffieber etwas anderes war als ein Pestfieber. Aus den aufgebrühten Kräutern machte sie auch einen Umschlag, den sie auf Wrangels aufgeschnittene Bubonen legte. Er wirkte erstaunlich gut, viel besser als jene Mischung, die der Physikus verordnet hatte.

Es war wohl schon der siebte Morgen, nachdem Wrangel vom Fieber befallen worden war, als ihn kein Schwindel mehr packte, während Trude ihm half, sich aufzusetzen. Tatsächlich spürte er sogar genügend Kraft, nicht nur seinen Becher allein zu halten, sondern aufrecht sitzen zu bleiben und nach einer stärkenden Speise zu verlangen. Trude rannen Freudentränen über die runden Wangen, und sie griff in ihre Schürzentasche, um ein Taschentuch zu finden. Aber es war kein Taschentuch, was ihre Finger ergriffen, sondern der Brief, den sie vor Tagen achtlos eingesteckt hatte und dessen Existenz ihr erst in diesem Moment wieder einfiel. Beschämt über ihr Versäumnis, doch genauso froh, dass ihr Herr ihn nun würde selbst lesen können, reichte sie Wrangel den versiegelten Umschlag.

»Hier, gnädiger Herr, den brachte vor ein paar Tagen ein Bote.«

Wrangel erkannte sofort Ruths Handschrift, brach das Siegel, faltete den Brief ungeduldig auf und flog vor Angst zitternd, dass auch seine Liebsten die Pest getroffen haben könnte, über die Zeilen. Aber nein, der Brief war schon älter. Er datierte von dem Tag, an dem Ruth Hamburg verlassen hatte. Mit jeder der eilig niedergeschriebenen Zeilen stieg Wrangels Anspannung. Ruth hatte bei Eva von Buttlar Erfolg gehabt und herausgefunden, wer dieser Meister Rednael war. Auch war damit zu rechnen, dass der Kerl Greta in seiner Gewalt hatte. Am neunundzwanzigsten September wollte er von Altona aus nach Amsterdam und von dort aus weiter nach Nordamerika reisen und die Kinder mitnehmen. Wrangel schluckte.

»Welchen Tag haben wir heute, Trude?«

»Mittwoch, Herr.«

»Das Datum, Trude, das Datum!«

Die Köchin schüttelte unwirsch den Kopf. »Den siebenundzwanzigsten September im Jahre des Herrn 1713, Herr Prokurator«, antwortete sie spitz.

Wrangel nickte und überflog noch einmal Ruths Worte. Dann fixierte er Trude erneut. »Wann wurde der Brief hier abgegeben?«

»Vor ein paar Tagen?«

»Vor wie vielen Tagen, Trude?« Wrangels Stimme war ungewöhnlich scharf für seinen Zustand.

Trude schnaubte leise. »Wenn ich mich recht erinnere, kam er ein paar Tage, nachdem Ihr ins Fieberdelirium gesunken seid, Herr Prokurator. Darum habe ich ihn in der Aufregung auch nicht gleich an Euch weitergereicht. Ich …«

»Schon gut, Trude. Wie viele Tage ist das jetzt her?«

Trude wischte sich die dicken Finger an ihrer Schürze ab und nahm sie als Zählhilfe. »Acht sind es, Herr. Seitdem hat keiner von uns mehr das Haus verlassen.«

Wrangel nickte. »Danke, Trude. Du bist eine treue und gute Seele. Ohne dich hätte ich diese Tage wohl nicht überlebt.«

Trude schneuzte sich verlegen in das Taschentuch.

»Ist es schlimm, dass Ihr jetzt erst den Brief erhalten habt, Herr Prokurator?«

»Nein, Trude. Ich hätte vorher ohnehin nichts tun können.« Wrangel hielt inne. »Und noch bleibt mir etwas Zeit.«

Die Köchin sah Wrangel fragend an.

»Der Brief ist von meiner Frau, Trude.«

»Oh …«

»Sie hat herausgefunden, wer die kleine Greta festhält.«

»Gott sei es gedankt«, seufzte die Köchin erleichtert. »Wo ist das Kind?«

»Das wissen wir nicht. Aber wir wissen, dass der Mann, der sie wohl gefangen hält, womöglich mit ihr und anderen Kindern die Gegend hier verlassen und in die Neue Welt fahren will.«

»Amerika? Aber ist das nicht sehr weit weg, Herr Prokurator? Das ist ja furchtbar. Was will er bloß mit der lieben Greta?« Erneut schossen der Köchin Tränen in die Augen.

»Nichts Gutes, Trude. Darum müssen wir ihn aufhalten.«

»Aufhalten? Wie denn? Das ganze Haus steht unter Quarantäne, Herr Prokurator. Noch nicht einmal ein Mäuschen käme durch die Tür. Und selbst wenn nun, so Gott uns gnädig ist, keiner von uns mehr erkrankt, dürfen wir erst in zweiunddreißig Tagen hier wieder heraus.«

Ein flaues Gefühl ergriff von Wrangel Besitz, gefolgt von dem Drang, sich zu entleeren. Mühsam stand er auf. »Sei so gut, Trude, und hilf mir. Ich möchte zum Abtritt.«

»Aber nehmt ruhig das Nachtgeschirr, Herr.«

»Nein, ich habe dir in den letzten Tagen schon genug Arbeit bereitet. Dieses Geschäft überlassen wir Ebbe und Flut.«

Der Abtritt, ein hervorstehender Erker, befand sich auf der hinteren Seite des Hauses, die an einem kleinen Seitenfleet des Nikolaifleets lag. In dem Erker war ein hölzernes Gestühl eingebaut, in dessen Sitzfläche ein kreisrundes Loch direkt ins Freie führte. Wrangel verriegelte die Tür hinter sich und blickte gedankenverloren durch das Loch. Keine drei Klafter unter ihm floss träge das braune Elbwasser zurück in Richtung Baumwall und spülte all den Unrat, der sich in den letzten Stunden angesammelt hatte, mit sich fort in den Hauptstrom der Elbe. Die Tide reinigte zweimal täglich zuverlässig die Fleete von all dem, was Mensch und Tier in ihnen hinterließen. Wenn die Ebbe alles Wasser hinausgezogen hatte, stank es allerdings häufig unerträglich in der Stadt, vor allem, wenn es warm war. Darum verließen viele wohlhabende Hamburger auch im Sommer die Stadt, um diesen ungesunden Ausdünstungen zu entkommen. Aber dieser Tage entkam ihnen keiner. Ein Zweig, an dem sich ein kleines Tuch verfangen hatte, glitt unter Wrangels Blick vorbei. Plötzlich kam ihm eine Idee. Sie war verrückt, sie war gefährlich. Und sie war verantwortungslos. Aber vielleicht war sie die einzige Hoffnung, um Greta zu retten.

Als Wrangel den Abtritt verließ, war seine Entscheidung gefallen. Mit langsamen Schritten ging er in die Küche, um sich zu stärken. Trude erschrak, als sie ihn in der Küchentür stehen sah.

»Ich habe Hunger, Trude.«

»Das nenne ich ein gutes Zeichen, Prokurator Wrangel. Ich bringe Euch zurück zu Eurem Lager und bereite Euch dann gleich etwas Stärkendes zu.«

»Nein, ich möchte hier in der Küche essen, Trude.« Ohne ein weiteres Wort setzte sich Wrangel auf die Holzbank vor dem großen Küchentisch und ließ seinen Blick durch den Raum schweifen. Trude beeilte sich derweil, ihm eine kräftigende Suppe in eine Schale zu füllen und zwei dicke Scheiben Brot und ein ordentliches Stück Speck abzuschneiden und alles vor ihn auf den Tisch zu stellen.

»Sag, Trude, hatten wir nicht früher einmal so ein kleines Boot, mit dem man Vorräte von hinten ans Haus schaffen konnte?«

»Ja, Herr Prokurator. Aber das benutzen wir schon lange nicht mehr. Auch den Kran nicht, der noch am hinteren Hausgiebel festgemacht ist. Seitdem wir die Zufahrt über den kleinen Hof haben, schaffen wir die Vorräte lieber über die Straßen hierher. Das ist viel leichter, denn der Markt ist ja nicht weit. Und dieses kleine Fleet …« Trude verzog das Gesicht und hielt sich vielsagend die Nase zu.

Wrangel grinste und nickte. »Aber das Boot haben wir noch, oder?«

»Ja, Herr Prokurator, um die Mehlsäcke darin zu lagern. So stehen sie schön trocken.«

Wrangel stand auf und ging zur Tür der Vorratskammer. Trude sah ihm misstrauisch nach. »Was sucht Ihr denn, Herr?«

»Das Boot, Trude.« Er betrat die geräumige Vorratskammer und sah sich in der dämmrigen Dunkelheit um. Ganz hinten an der Wand entdeckte er die Mehlsäcke, die in einer Art Wanne standen. Es war der winzige Fleetkahn, gerade groß genug für einen Mann und ein paar Lasten. »Und wo sind die Ruder?«, wandte Wrangel sich wieder an die Köchin.

»Was habt Ihr vor, Herr Prokurator?« Trudes Stimme klang ernst, ja streng.

Wrangel klopfte gegen die Planken des Fleetkahns. Sie waren fest und gut verteert. »Ich muss versuchen, Greta zu retten, Trude«, murmelte er, während er das im Boot liegende aufgerollte Tau inspizierte.

»Wir stehen unter Quarantäne, Herr Prokurator.« Trudes Stimme war nun nicht nur streng, sondern scharf.

Wrangel trat zurück in die Küche und setzte sich wieder an den Tisch. »Das weiß ich, Trude. Darum brauche ich deine Hilfe.«

Die Köchin zog missbilligend die Brauen zusammen.

»Du weißt nicht alles, liebe Trude.« Wrangel holte Luft. »Der Mann, der Greta in seiner Gewalt hat, hat auch andere Mädchen in seiner Gewalt. Wir haben hier in der Stadt Leichen von kleinen Mädchen gefunden, denen man furchtbare Gewalt angetan hat.«

Die Köchin hielt sich die Hand vor den Mund und riss die Augen auf. »Ich habe Gerüchte gehört, Herr Prokurator, traute mich aber nicht nachzufragen«, flüsterte sie durch ihre Finger hindurch.

Wrangel nickte. »Ich muss diesen Mann stoppen, Trude, bevor es zu spät ist.«

»Aber wie wollt Ihr das tun?«

»Dafür brauche ich eben deine Hilfe.«

IRGENDWO IM DÄNISCHEN, IM SEPTEMBER 1713

Heftiger Durst quälte Greta und ließ ihre Zunge immer pelziger und dicker werden. Aber sie wagte es nicht, noch etwas von dem Bier im Fass zu trinken. Es machte sie willenlos und müde. Und genau das wollte sie nicht sein, wenn der Meister kam, um sie zu holen. Bei dem Gedanken an den großen, schwarzgekleideten Mann überkam sie eine unbändige Angst. Was hatte der Meister mit ihr vor? Das Mädchen in dem Verlies hatte gesagt, er schicke die Engelskinder zum Teufel. Aber mit dem Teufel hatte er ihr auch gedroht, sollte sie die Prüfung zum Engelskind nicht bestehen. Gretas Mundhöhle wurde immer klebriger, und ihr schwindelte. Es war dunkel in ihrem neuen Gefängnis. Aber etwas hatte sie doch erkennen können, als der Meister sie bei Tageslicht besuchte. Sie war in einem Vorratskeller, vermutlich einem ehemaligen Vorratskeller, denn die Regale waren leer. Nur das Bierfass hatte man wohl übersehen. Vielleicht sollte sie doch noch einen Schluck trinken. Denn lieber war sie müde wegen des Bieres als ohnmächtig vor Durst. In den letzten Tagen hatte sie kaum etwas gegessen. Einmal nur war sie vor ein paar Tagen vom Duft frischen Brotes geweckt worden. Da hatte sie dann einen Korb mit Brot, Käse, drei Äpfeln und einer Flasche Milch in der Nähe der Tür gefunden. Aber von den Köstlichkeiten war schon lange nichts mehr da. Auch das Wasser in dem Eimer, der neben dem Korb stand, war inzwischen aufgebraucht. So blieb ihr nur noch das Bier. Vorsichtig kroch Greta über den Lehmboden zu dem Fass. Sie hatte sich extra weit von ihm weggesetzt, um nicht so leicht in Versuchung zu geraten. Der Boden war kalt und klebrig, fast wie ihr Mund. Endlich hatte sie den Zapfhahn erreicht und legte sich darunter. Sie drehte ihn vorsichtig auf, und das Bier troff ihr schaumig in den Mund. Immer wieder musste sie innehalten, damit sie sich nicht an dem Schaum verschluckte. Es schmeckte bittersüß. Aber nach mehreren umständlichen Schlucken lief das Bier klarer aus dem Zapfhahn direkt in Gretas Mund, und ihr furchtbarer Durst ließ endlich nach. Plötzlich hörte sie etwas und verschluckte sich vor Schreck. Es waren Stimmen. Der Meister redete nie, wenn er kam. Auch waren die Stimmen höher als seine. Verkrampft versuchte Greta, ihr Husten zu unterdrücken, um besser hören zu können, was draußen vor sich ging. Etwas schlug gegen die Holztür.

»Schau mal, Hauke, hier!«

Greta zitterte. Das war doch Maries Stimme! Nein, sie musste phantasieren. Marie war nicht hier. Aber es war kein Mann, es war eine Mädchenstimme. So schnell sie konnte, richtete Greta sich auf, stolperte auf den dünnen Lichtstreifen zu, der durch die Tür drang, warf sich mit beiden Fäusten gegen sie und schrie mit verzweifelter Kraft um Hilfe. Auf der anderen Seite war es plötzlich ganz ruhig. Doch dann ruckelte jemand kräftig an der Tür. Sie gab aber nicht nach. Greta schlug mit aller Kraft auf die Tür ein und schrie weiter, so laut sie konnte: »Hilfe, zu Hilfe, holt mich hier heraus!«

»Nicht so laut, sonst hört dich noch jemand!«

Greta hielt inne. Ihr Herz schlug wie wild, und angespannt horchte sie, was draußen geschah. Es knarrte und knirschte im Türschloss, aber die Tür blieb verschlossen. Dann knackte es.

»So ein Mist, abgebrochen!« Das war eine andere Stimme, die eines Jungen. Gretas Herz schlug immer wilder. Vor Aufregung hielt sie ihre Hände vor den Mund. Ihr Atem stank nach Bier.

»Pass auf!« Dann krachte es kräftig gegen das Holz, und die Tür sprang auf, schlug gegen Greta und warf sie um. Sie knallte mit dem Kopf auf den harten Lehmboden, und ein dröhnender

Schmerz hüllte sie ein. Als sie vorsichtig die Augen öffnete, blendete sie grelles Tageslicht, und die dunklen Umrisse zweier Gestalten hoben sich davor ab.

»Hast du dir weh getan? Los, Hauke, wir müssen ihr helfen.«

Mühsam richtete Greta sich auf und reichte dem Jungen, der sich zu ihr herabbeugte, die Hand.

»Schnell, mach schon, Kleine.«

»Greta! Wie kommst du hierher?«

Greta starrte in das Gesicht des Mädchens vor ihr. Es war Marie!

»Marie …« Sie brach in Tränen aus, und ein gewaltiges Schluchzen erstickte jedes weitere Wort.

»Kennst du sie?«

»Ja doch, ja! Das ist Greta, meine Freundin! Sie wird seit Wochen vermisst. Aber nicht hier, sondern in Hamburg.« Marie nahm Greta in die Arme und drückte das weinende Mädchen an sich. »Los, kommt schon, wir müssen von hier verschwinden, das ist die Teufelsmühle. Wenn der Teufel uns entdeckt, sind wir verloren!« Greta sah sich um. Vielleicht fünfzig Schritte entfernt stand eine alte Wassermühle, deren Mühlrad stillstand. Die Fensterläden waren verschlossen. War sie zuerst dort drüben gefangen gewesen? Waren dort noch andere? Das kleine Mädchen aus dem Verlies neben ihrem? Erneut überkam sie ein heftiger Schwindel. Aber der Junge packte sie und Marie bei den Schultern und schob sie weiter. »Wir müssen zurück in den Wald. Schnell, schnell!«

Marie und Hauke rannten los, und Greta, die noch ganz wackelig auf ihren verschrammten Beinen war, rissen sie einfach mit sich mit. Sie hatten den Waldrand fast erreicht, als Greta über einen Stock stolperte und der Länge nach hinschlug. Marie, die ihren Arm festhielt, stolperte über die Gestürzte und schrie auf.

»Was macht ihr da? Nun kommt schon, auf mit euch!« Hauke lief ein paar Schritte zurück und zog die beiden wieder auf die Beine. Gretas Knie blutete heftig, und auch ihre Hände waren aufgeschürft. Hauke schüttelte nur den Kopf. »Beiß die Zähne zusammen. Wenn der Teufel uns findet, kann uns selbst der Herrgott nicht helfen.«

Wilde Angst packte Greta bei dem Gedanken an den Meister. Vielleicht war er selber der Teufel oder aber sein Gehilfe. Auf keinen Fall wollte sie ihm wieder in die Hände fallen. Sie biss die Zähne zusammen und humpelte weiter.

»Leg deinen Arm um meine Schultern, Greta, ich helfe dir.« Maries Stimme war ganz ruhig. Sie legte ihren dünnen Arm um Gretas Taille und zog sie weiter. Endlich waren sie so tief ins Unterholz gekrochen, dass sie die Teufelsmühle nicht mehr sehen konnten. So schnell sie konnten, rannten die drei Kinder weiter. Hauke sah sich immer wieder ängstlich um. Greta war ganz schlecht vor Schmerz, Angst und Aufregung, aber sie humpelte tapfer weiter. Marie hielt sie fest im Arm und schien am ruhigsten von den dreien.

»Wir müssen über die Borsteler Aue zurück ins Hamburgische. Da vorne ist sie gleich.«

Auf einmal hörten sie hinter sich das Wiehern eines Pferdes und gleich darauf heftiges Hufgetrappel. Hauke drehte sich um, riss die Augen vor Schreck auf, packte die beiden Mädchen und zerrte sie mit aller Kraft zurück in das Unterholz. Dort drückte er sie auf den Boden und zischte nur: »Pscht!«

Drei dänische Soldaten ritten den schmalen Waldpfad ab, den sie eben noch entlanggelaufen waren. Ihre Pferde schnaubten.

»Ich sag dir aber, ich hab was gesehen«, fuhr der erste Soldat seinen Hintermann an. »Die Bauern schleichen sich immer öfter über die Aue und dann weiter nach Niendorf, denn dort ist der Markt stets gut bestückt. Und uns entgeht dabei der Zoll.«

»Aber hier ist niemand, Bjarne. Vielleicht hast du dich von einem Reh täuschen lassen.«

Der erste Soldat spuckte wütend aus.

»Nichts für ungut, Bjarne«, mischte sich der dritte Soldat ein. »Lasst uns weiter zur Furt reiten und dort Rast machen. Wenn einer mit Waren über die Aue will, dann ja wohl dort.«

»Nun gut, wie du meinst. Es wird auch langsam Zeit für eine Rast. Seit heute Mittag schon sitzen wir im Sattel. Und bald geht die Sonne unter. Mir tut der Hintern weh, und Durst hab ich auch.«

»Na, dann trab an.«

Auch als die Hufschläge längst verklungen waren, pressten die Kinder noch immer ihre Körper fest auf den Boden, aus lauter Angst, dass schon die kleinste Bewegung das Gehölz um sie herum knacken lassen könnte und das Geräusch sie so doch noch verraten würde. Dann endlich flüsterte Hauke: »Los, weiter!«

»Aber wir können nicht zur Furt, da sind jetzt die Soldaten.«

»Dann müssen wir entweder warten, bis die wieder weg sind, oder vorher durchs tiefe Wasser.«

»Ich kann nicht schwimmen«, flüsterte Marie.

»So tief ist es nun auch wieder nicht. Aber das Ufer ist recht sumpfig. Da müssen wir aufpassen.« Hauke machte mit den Armen eine Geste zum Aufbruch, und die beiden Mädchen folgten ihm.

»Kennst du denn den Weg?«, flüsterte Marie Hauke zu.

»Ja, ich bin hier schon manchmal mit meinem Vater durch, wenn er keinen Zoll zahlen wollte. Folgt mir einfach.«

Die Sonne senkte sich bereits hinter den Horizont, als die drei die Borsteler Aue erreichten. Das Ufer war steil und matschig, aber es gelang ihnen recht gut, das Wasser, das ihnen bis zur Hüfte reichte, zu durchqueren. Als Greta das andere Ufer endlich durch den tiefen Matsch hochgeklettert war, hätte sie sich am liebsten erst einmal ausgeruht, doch Hauke trieb sie weiter zur Eile an. »Aber ich möchte doch wissen, wie ihr mich gefunden habt, Marie. Nun erzählt doch schon.«

Marie streichelte Gretas Arm und sah ängstlich zu der Anhöhe jenseits der Auenwiesen hinüber, dem Frustberg.

»Das ist eine lange Geschichte, Greta. Das Wichtigste ist, dass wir dich gefunden haben. Hätte Hauke mir nicht die Teufelsmühle gezeigt, weil ich ihn so gedrängt habe, dann wären wir alle jetzt nicht hier.«

»Stimmt. Dafür bekomme ich auch noch die drei Murmeln, Marie. Aber das machen wir später. Jetzt müssen wir weiter, Mädchen, denn mir wird kalt.«

Auch Greta spürte die Kälte, die unter der nassen Kleidung ihren Rücken hinaufkroch.

Die drei stapften so zügig sie konnten dem Dorf Borstel entgegen. Marie griff in ihre Schürzentasche und holte die Murmeln heraus. »Du hast sie dir wirklich verdient, Hauke. Vielen Dank!«

Plötzlich hörten sie lautes Hufgetrappel, und bevor die Kinder wussten, wie ihnen geschah, galoppierte ein gewaltiges schwarzes Pferd mit einem großen Mann im Sattel vom Frustberg herunter direkt auf sie zu. Greta schnürte sich das Herz vor Angst zusammen, und Marie schrie vor Schreck auf. Hauke stopfte die Murmeln in seine Tasche und packte die Mädchen an den Schultern. Aber es war zu spät, um sich wieder in die Auenwiesen zu flüchten. Wie gebannt starrten die Kinder auf den schwarzen Reiter.

HAMBURG, IM SEPTEMBER 1713

Das kleine Seitenfleet hinter der Kleinen Johannisstraße lag tief im Dunkeln. In keinem der daran angrenzenden Häuser brannte nach hinten hinaus Licht. Die meisten standen leer, das der Wrangels unter strenger Quarantäne. Aber die Schildwachen bewachten nur die Straßenseite. Die Fleetseite beobachtete niemand, schließlich gab es von dort keinen Zugang zu irgendeinem Weg. Als von Sankt Petri die elfte Stunde geläutet wurde, öffnete sich leise eine Tür auf der Rückseite des Wrangelschen Hauses, einen guten Klafter über dem Wasserspiegel. Ein winziger Fleetkahn glitt lautlos an zwei Tauschlingen in das dunkle Wasser, über eine Strickleiter kletterte ein schwarzgekleideter Mann hinterher, griff sich die im Boot liegenden Ruder, stieß sich von der Hauswand ab, und der Kahn glitt lautlos mit dem in den Hauptstrom zurückfließenden Wasser fort.

Die Ebbe hatte vor einer guten Stunde eingesetzt. Sechs Stunden würde Wrangel Zeit haben, bis das Wasser mit der gleichen Kraft wieder in das kleine Fleet drängte wie jetzt hinaus. Sein Plan war einfach, und darin lag womöglich seine Chance. Bis zum Baumwall war es über die Fleete nicht weit. Im zweiten Drittel eines jeden Tidenhubs erreichte das Wasser dort für eine kurze Weile einen Stand, dass ein flacher Kahn unter den Brücken hindurch und hinaus aus der Stadt kommen konnte. Wrangel wusste das, weil man über diese winzige Sicherheitslücke beim Ausbau des Baumwalls debattiert hatte, sie aber für zu unbedenklich für die Sicherheit der Stadt hielt, als dass man bereit gewesen wäre, ein aufwendiges Schutzgitter unter die Brücken zu bauen. Als Wrangel das Fleet erreichte, das direkt auf den Baumwall zufloss, zog er die Ruder ein, legte sich flach in den Kahn unter eine Decke, um nicht aufzufallen. Aber die Straßen entlang des Fleets waren leer. Die wenigen Menschen, die durch die Nacht liefen, waren die schlecht bezahlten Männer, welche die Toten vor den Häusern auflasen, die im Laufe des Tages der Pestilenz erlegen waren. Das schlechte Gewissen packte Wrangel, als er die kleine Glocke hörte, die das Kommen der Männer ankündigte. Er stand unter Quarantäne. Diese zu brechen, war ein Verbrechen gegen das Gemeinwohl. Aber er tröstete sich damit, dass er ja nicht fliehen wollte, sondern noch vor Sonnenaufgang zurück in seinem Haus zu sein gedachte. Doch in dieser Nacht musste er nach Altona und dafür sorgen, dass die dortige Obrigkeit diesem Rednael oder Leander oder wie auch immer er heißen mochte das Handwerk legte.

Der winzige Kahn hatte den Baumwall erreicht. Die dicken Baumstämme schwammen teilweise lose, teilweise durch Ketten miteinander verbunden im Wasser. Nun kam der schwierigste Teil. Wrangel musste seinen Weg durch das Gewirr der Stämme finden und dabei aufpassen, dass sie seinen Kahn nicht zerdrückten. Vorsichtig drückte er herantreibende Baumstämme mit einem Ruder aus dem Weg. Es war eine anstrengende Arbeit, und Wrangel spürte, dass ihm die Schwäche nach der schweren Krankheit noch in den Knochen saß. Doch endlich gaben ihn die Baumstämme frei, und der kleine Kahn glitt ruhig und lautlos durch das Wasser. Nur einen kurzen Moment wagte es Wrangel zu verschnaufen, dann griff er in die Riemen und lenkte den Kahn geschickt durch die Dunkelheit flussabwärts in Richtung Altona. Keine halbe Meile entfernt lag der Altonaer Fischmarkt, wo Wrangel seinen Kahn unauffällig vertäuen und an Land gehen konnte. Auch dort herrschte zu dieser nächtlichen Stunde Ruhe. Wrangel hörte den Nachtwächter die erste Stunde ausrufen. Die Boote der Fischer waren schon ausgelaufen und würden erst mit der Flut in den frühen Morgenstunden zurückkehren.

Leise lief Wrangel durch die Hafengassen Altonas. Er trug einen schwarzen Dreispitz, einen weiten Umhang und hohe schwarze Stiefel, deren Absätze auf dem Kopfsteinpflaster hallten. Bis zum Haus des Oberpräsidenten von Altona war es nicht weit.

Christian Detlev Graf von Reventlow hatte das Amt des Oberpräsidenten von König Friedrich IV. nach dem verheerenden Scheitern der alten Stadtführung im Zuge des Schwedenbrands erhalten. Seitdem machte er sich systematisch an eine gründliche Erneuerung des Altonaer Gemeinwesens. Wrangel hatte Reventlow mehrfach im Frühjahr und Sommer getroffen, um mit ihm unerfreuliche Streitigkeiten zwischen Hamburgern und Altonaern auf der Basis von Vernunft und Anstand zu klären. Er hatte einen guten Eindruck von diesem redlichen Mann gewonnen, und so legte er nun seine ganze Hoffnung in ihn, jenen Rednael zu schnappen.

Das Haus lag im Dunkeln, als Wrangel auf die Tür zuging. Er bediente kurz, aber bestimmt den großen Türknauf, und schon kurz darauf sah er ein schwaches Licht durch das Oberfenster.

Ein kräftiger Diener, der genauso gut ein Wachmann hätte sein können, öffnete die Tür einen Spaltbreit und fragte nach seinem späten Begehr. Wrangel reichte ihm ein kleines, versiegeltes Billett. »Gib das deinem Herrn, dem Grafen Reventlow. Es ist von höchster Wichtigkeit.«

Der Diener musterte ihn, wagte aber nicht zu widersprechen, sondern schloss mit einem Nicken die Tür und ließ Wrangel in der Dunkelheit warten.

Nach einiger Zeit öffnete sich die Tür wieder, und derselbe Diener führte Wrangel mit einem Kerzenleuchter in der Hand über einen dunklen Flur in einen kleinen Salon, der ebenfalls von Kerzen erleuchtet wurde.

»Der Herr Oberpräsident bittet um einen Augenblick Geduld. Ihr mögt bitte hier auf ihn warten.«

Tatsächlich dauerte es nicht lange, bis sich die Tür erneut öffnete und Graf Reventlow, eingehüllt in einen wattierten, seidenen Hausmantel, den Salon betrat.

»Prokurator Wrangel, was für eine ungewöhnliche Zeit für einen Besuch.«

»Verehrter Graf Reventlow, fürwahr, große Not treibt mich zu dieser nächtlichen Stunde zu Euch, einen niederträchtigen Verbrecher, ja, wohl sogar Mörder zu fassen.«

Reventlow zog die Brauen hoch. »Ein ungewöhnliches Anliegen, zumal zu dieser Zeit. Woher kommt Ihr, Doktor Wrangel? Doch wohl kaum aus Hamburg, oder?«

Wrangel überging die Frage. »Sagt Euch, Graf Reventlow, der Name Meister Rednael etwas?«

»Nein, Herr Prokurator.«

»Hinter diesem Namen verbirgt sich ein Mann, der sich hier in Altona im März vergangenen Jahres unter dem Namen Johann Brachfeld für tot erklären und offiziell auf dem hiesigen Mennonitenfriedhof bestatten ließ.«

»Ihr jagt einen Toten?«

»Nein, einen Totgeglaubten. Der Mann hat seinen Tod vorgetäuscht, um aus dem Dunkeln heraus und unter dem Deckmantel einer neuen, kaum jemandem bekannten Existenz Kinder zu entführen und diese dann in ketzerischen Ritualen von Männern fleischlich schänden zu lassen.«

»Was redet Ihr da, Doktor Wrangel? Das ist eine wilde Geschichte.«

»Wäre sie nicht auch noch wahr, verehrter Graf Reventlow, so seid sicher, dass ich Euch niemals um diese ungehörige Zeit aufgesucht hätte.« Wrangel holte Luft und ließ seine Worte wirken. »Ihr kennt mich, Graf, Ihr wisst, dass ich nicht zu Übertreibungen neige und niemanden ohne guten Grund beschuldige.«

Reventlow nickte. Er kannte Wrangel aus verschiedenen Verhandlungen als besonnenen und scharfsichtigen Mann. »Dann erzählt mir Eure Geschichte von Anfang an und versäumt nicht, mir mitzuteilen, welche Rolle Ihr mir durch Euren Besuch hier zuzuschreiben gedachtet.«

Das ließ sich Wrangel nicht zweimal sagen und fasste die Ereignisse und grausigen Entdeckungen der letzten Wochen und Monate so knapp wie möglich und ausführlich wie nötig zusammen. Reventlow lauschte schweigend. Seinem Gesicht war mit keiner Regung zu entnehmen, was er von Wrangels Schilderungen hielt. Als Wrangel geendet hatte, räusperte sich der Graf.

»Ihr wollt also, dass ich diesen Meister Rednael festnehmen lasse, wenn er das Schiff im Altonaer Hafen besteigen will, um diese Gegend womöglich für immer zu verlassen? Und begründen soll ich das vorerst damit, dass er unter falschem Namen reist und sich zuvor eine Todesurkunde auf einen Namen erschlichen hatte, der auch falsch war. Verstehe ich Euch richtig?«

»Ja«, erwiderte Wrangel mit Nachdruck, wohl wissend, wie dünn das Eis war, auf dem dieser Tanz vollführt werden sollte. »Ihr wisst so gut wie ich, Graf Reventlow, dass im Moment nicht die Zeit ist, in der das Hamburger Niedergericht handeln kann. Die Stadt ist verriegelt, die Sorgen zahllos. Aber ich verspreche, dass ich Euch so schnell wie möglich mehr in die Hand geben werde, als ich heute hier anführen kann. Auch bedenkt, dass der Mann womöglich entführte Kinder mit sich führen wird, die dann für immer ihren Eltern entrissen werden.«

Reventlow nickte traurig. »Lieber Prokurator Wrangel, ich verstehe Eure Not und ehre Euren unbeirrbaren Einsatz. Und ich werde sehen, was ich für Euch tun kann. Wir werden die Passagierlisten prüfen und sehen …«

»Das reicht nicht, Herr Oberpräsident!«, brach es aus Wrangel heraus. »Der Mann ist ein Kinderschänder, womöglich ein

Mörder, ein abgefeimter und niederträchtiger Betrüger auf jeden Fall.« Wrangel holte Luft und zog seinen letzten Trumpf. »Und er bedient mit seinem schmutzigen Geschäft Männer aus den höchsten gesellschaftlichen Kreisen, auch hier in Altona.«

Der Graf lehnte sich zurück. »Und Ihr wisst, wen?«

»Ja.«

»Habt Ihr dafür Beweise?«

»Ja, aber sie sind in Hamburg. Darum nützen sie im Moment nicht viel.«

»Nennt Ihr mir Namen?«

»Graf Rantzau zählt zu ihnen.«

Reventlow schlug die Augen nieder und nickte unmerklich. »Ihm wird schon länger viel Schlimmes nachgesagt. Aber das …«

»Rudolf Wegener, ein Textilkaufmann, John Mertens, ein hoher Beamter im …«

»Ich kenne Mertens«, unterbrach Reventlow Wrangel. »Wird es noch schlimmer?« Reventlows Stimme drückte tiefste Abscheu aus.

»Bestimmt, wenn ich mir das Rechnungsbuch jenes Louis Abensur genauer ansehe …«

»Abensur? Der ist Eure Quelle?« Reventlow lachte verächtlich auf. »Ein Betrüger, wie er im Buche steht. Hier in der Stadt liegt seit Jahren ein Haftbefehl gegen ihn vor. Aber in Hamburg hofiert man ihn ja als Diplomaten.«

»Wohl eine Frage von Beziehungen, oder was meint Ihr?«, entgegnete Wrangel.

Reventlow rümpfte angewidert die Nase.

Wrangel spürte, wie ihn seine Kräfte verließen. Ihm wurde schwindlig, und sein Kopf fing an zu schmerzen. Er schloss für einen Moment die Augen und atmete tief durch, um Kraft zu schöpfen.

»Ihr seht erschöpft aus, Prokurator.«

»Das bin ich, Graf Reventlow. Und auch drängt die Zeit, ich muss aufbrechen.«

»Ja, es ist spät. Da fällt mir ein, dass Ihr mir noch eine Antwort schuldig seid. Woher kommt Ihr, Prokurator?«

»Auch Ihr schuldet mir noch eine Antwort, Herr Oberpräsident. Werdet Ihr diese außergewöhnliche Amtshilfe leisten und den Mann, der sich Meister Rednael nennt, festnehmen lassen?«

Reventlow schaute Wrangel mit ernstem Gesicht an.

»Ich werde mein Bestes tun, Prokurator. Aber Ihr versprecht mir dafür, dass Ihr mich bei Euren Ermittlungen um die Geschäftspartner dieses merkwürdigen Meisters auf dem Laufenden halten werdet, soweit es sich um dänische Untertanen handelt.«

»Wollt Ihr sie warnen?«

Reventlow sah Wrangel sehr ernst an. »Ich verabscheue Menschen, die sich so tief sinken lassen. Und ich bin in Rechtsfragen erfahren genug, Prokurator, um nur zu gut zu wissen, wie schwer man solchen Menschen beikommt, fehlen einem die rechten Zeugen. Aber es gibt manchmal andere Wege, die zu beschreiten sich lohnen könnte, um wenigstens eine kleine Linderung des verschuldeten Leids zu erreichen.«

Wrangel hob den schmerzenden Kopf, erwiderte Reventlows ernsthaften Blick und nickte ihm zu.

»Ich werde Euch auf dem Laufenden halten. Ich verspreche es.« Dann erhob er sich mühsam. »Habt Dank, Graf Reventlow. Ich wusste in meinem Herzen, dass Ihr ein außergewöhnlicher und mutiger Mann seid. Aber nun muss ich zurück.«

Reventlow lächelte. »Wohin zurück, Prokurator Wrangel?«

»In die Hölle, Graf Reventlow. Lebt wohl!«

Reventlow sah Wrangel erstaunt an, schwieg aber und nickte schließlich sein Einverständnis wohl auch zu diesem Geheimnis.

BORSTEL, IM SEPTEMBER 1713

Aufgeregt lief Ruth im Haus auf und ab. Seit Stunden schon suchten sie Marie. Nach dem Mittagessen hatte sie sich davongeschlichen, niemandem gesagt, wohin sie wollte. Oder vielleicht hatte ihr nur wieder niemand zugehört, denn alle hatten seit Tagen, ja Wochen andere Sorgen, als den Kindern zuzuhören. Ruth hätte sich ohrfeigen können für ihre Nachlässigkeit. Marie hatte normalerweise keine Geheimnisse vor ihr, sagte auch immer Bescheid, wenn sie ins Dorf zum Spielen mit den anderen Kindern ging. Witwe Keten war sie suchen gegangen, als sie nicht, wie verabredet, zurück war, um beim Backen des Hefezopfs zu helfen. Seit Stunden hatte sie niemand mehr im Haus gesehen. Inzwischen ging die Sonne unter, und immer noch war Marie fort. Eigentlich war Ruth nicht so ängstlich. Aber seit sie um diesen Meister Rednael wusste, war es anders. Schließlich hatte Jurek eines der Kutschpferde gesattelt und war losgeritten, um das Kind zu suchen, und Ruth hatte aufgehört, am Gartenzaun Maries Namen zu rufen. Seitdem schlich sie mit gefalteten Händen durch die Räume des Hauses. Noch nie war sie so lange fort gewesen, noch nie hatte sie … Das Geräusch beschlagener Hufe auf dem Kies vor dem Haus riss Ruth aus ihren Gedankenschleifen, und eilig lief sie zur Haustür.

Jurek führte den großen Schwarzen am Zügel, an der anderen Hand hielt er Marie. Hinter ihr ging ein etwas größerer Junge mit einem wilden Lockenkopf, und auf dem Pferd saß zusammengekauert ein Mädchen mit verfilzten Haaren und zerrissenen Lumpen am Leib. Es hielt sich mühsam am Sattel fest und hatte den Kopf vor Erschöpfung gesenkt.

»Marie!,« rief Ruth erleichtert aus.

»Mutter!« Marie löste ihre Hand von Jurek und rannte auf Ruth zu.

»Was ist denn passiert, Kind? Wer sind die anderen bei… Greta!« Ruths Stimme überschlug sich, und sie eilte auf Jurek und das Pferd zu. »Wo kommst du denn her, Liebes? Wir haben uns solche Sorgen gemacht.« Sanft legte sie die Hand auf Gretas Bein, und Tränen rannen ihr über die Wangen.

Greta lächelte erschöpft. Jurek brachte das Pferd zum Stehen, hob das Mädchen vorsichtig aus dem Sattel und reichte es weiter an Ruth, die es schützend in die Arme nahm. Dann musterte sie mit einem erleichterten Lächeln den größeren Jungen. »Und wer bist du?«

»Das ist Hauke, der Sohn des Scherenschleifers, Mutter. Er hat uns geholfen.«

»Euch geholfen? Na, das erzählt mir gleich in Ruhe im Haus.« Sie warf Jurek einen dankbaren Blick zu und flüsterte: »Was würde ich nur ohne dich tun, Jurek.«

Wenig später saßen sie alle in der geräumigen Küche des Hauses, und Lisbeth bereitete einen Schuber mit heißem Wasser für ein Bad vor, während die Witwe Keten die Kinder mit warmem Hefezopf fütterte, eine Köstlichkeit, die sie für das nahende Erntedankfest gebacken hatte. Ihre nassen Kleider hingen am Ofen, und sie saßen in warme Decken gehüllt auf der Ofenbank. Ruth schüttelte immer noch hin und wieder den Kopf und fragte Greta behutsam aus nach dem, was ihr widerfahren war.

Stockend und kauend antwortete Greta ihr und bestätigte dabei Ruths Ahnung, dass tatsächlich dieser Johann Appenfeller alias Leander alias Meister Rednael das Kind entführt hatte. Ihr Herz wurde klamm bei all der Angst, die in Gretas Stimme mitschwang, und als sie von dem Mädchen in dem anderen Verlies hörte, musste sie unwillkürlich an die toten Kinder denken, die man gefunden hatte. Sie streichelte Gretas Arm, während sie ihre Wunden und Schrammen mit einem weichen Tuch reinigte. Ihr Blick glitt hinüber zu Marie. War es eine Dummheit gewesen, dass sie den Jungen des Scherenschleifers dazu angestiftet hatte, zu dieser Mühle zu gehen, oder war es eine innere Stimme gewesen, die ihre Tochter angetrieben hatte? Ruth dachte an Marussja, die alte Heilerin in den Sümpfen vor Sankt Petersburg, die ihr bei Maries Geburt beigestanden hatte. Als sie Marie nach der Geburt untersuchte, sagte sie zu Ruth, ihre Tochter habe eine besondere Gabe zu spüren. Dinge, die andere niemals wahrnehmen würden. Das zweite Gesicht? Wärme umhüllte Ruths Herz bei diesen Gedanken. Ganz gleich, was Marie zu diesem Schritt getrieben hatte, so hatte sie mit ihm viel Gutes bewirkt.

Als Greta in den warmen Schuber stieg, trat Jurek leise an Ruth heran.

»Wir müssen sofort etwas unternehmen, Fräulein Ruth. Der Kerl darf uns nicht entkommen.«

»Du hast recht, Jurek. Er wird bald merken, dass Greta fort ist, und sich dann womöglich selbst aus dem Staub machen. Schließlich wollte er ja nicht mehr lange hier in der Gegend bleiben.«

»Gebt mir den Jungen mit. Wir gehen zusammen ins Dorf und reden mit den Männern.«

Ruth zögerte. »Was hast du vor, Jurek?«

»Das ist Männersache, Fräulein Ruth. Bleibt Ihr hier und kümmert Euch um die kleine Greta.«

»Mach keine Dummheiten, Jurek.«

Der große rothaarige Mann straffte die Schultern und winkte Hauke zu sich, der seine noch feuchten Kleider vom Ofen nahm, sie sich schnell überwarf, und die beiden verließen die Küche.

DIE TEUFELSMÜHLE, IM SEPTEMBER 1713

Die Nacht war bereits weit fortgeschritten, als ein knappes Dutzend Männer lautlos aus dem nahen Waldrand auf die alte Pulvermühle an der Bosteler Aue zuschritten. Kein Licht leuchtete ihnen den Weg. Niemand durfte sie sehen. Heimlich hatten sie die Grenze ins Dänische überschritten, eine Tat, die ihnen übel angerechnet werden konnte, denn sie waren bewaffnet. Sie trugen bei sich, was ihre Häuser hergaben: Piken, Mistgabeln, Äxte und Sensen. Der Schmied hatte ein Schwert dabei. Jurek trug eine lange Lederpeitsche am Gürtel und einen alten Sauspieß in der Hand.

Auch die Mühle lag fast ganz im Dunkeln. Nur eine kleine Lampe brannte über der Eingangstür und eine weitere am Stall, gut fünfzig Schritte von der Mühle entfernt.

Der Ruf eines Käuzchens schallte durch die kühle Nachtluft.

Eine Tür knarrte, und ein schwarzgekleideter Mann trat aus der Stalltür, drückte sich den Dreispitz auf den bereits mit einer Perücke bedeckten Kopf und ging mit zügigen Schritten auf die Mühle zu. Er hatte fast die Hälfte der Strecke zurückgelegt, als die Männer ihn aus der Dunkelheit heraus anriefen und wissen wollten, ob er der Meister Rednael sei. Der Mann verlangsamte seine Schritte.

Die Männer setzten sich in Bewegung und schlugen gegen ihre Sensen, Äxte, Mistgabeln und Piken.

Da drehte sich der Meister um und rannte zurück zum Stall. Jurek lief ebenfalls los, um ihm den Weg abzuschneiden. Der Meister schlug einen Haken wie ein Hase und rannte wieder in Richtung der Mühle. Die anderen Männer verfolgten ihn mit wütenden Flüchen auf den Lippen. Der Schmied war am schnellsten und ergriff den Flüchtenden am Arm. Doch der riss sich den Dreispitz vom Kopf und schlug ihm den Schmied mit aller Kraft ins Gesicht, dass der wütend aufschrie. Der Schrei bremste die anderen Männer, die schon zur Haustür gelaufen waren, und der Meister nutzte seine Chance, stieß zwei von ihnen fort, sprang durch die Tür in die Mühle, und sogleich fiel der schwere Riegel donnernd ins Türschloss.

Über dem Waldrand ging langsam der Mond auf und warf sein fahles Licht auf den Hof.

In einem Halbkreis stellten sich die Männer vor der verschlossenen Tür auf und forderten den Meister lauthals auf, herauszukommen und die Kinder, die er in seiner Gewalt habe, freizulassen. Dabei reckten sie die Fäuste und hoben ihre Waffen in die Luft. Doch in der Mühle blieb es still und dunkel. Nur das Käuzchen rief erneut, und dann war ein Knarren zu hören. Der Lauf eines Steinschlossgewehrs schob sich durch eine kleine Luke neben der Tür. Es zischte, dann folgte der Knall. Jurek schrie auf und fiel auf die Knie, mit dem rechten Arm die linke Schulter fassend. Das Käuzchen war still geworden, und nur die wütenden Beschimpfungen und Flüche der Männer erfüllten die Luft. Sie rannten auf die Tür zu, traten und schlugen mit aller Kraft wieder und wieder auf sie ein, bis das Holz endlich nachgab und splitterte. Niemand hörte bei dem Lärm das erneute Zischen des Pulvers. Erst der folgende Knall und der Aufschrei eines Mannes, der zur Seite fiel, ließ die Männer verwirrt aufblicken. Dann brach die Tür, und sie drängten in die Mühle.

Poltern, Schreie und dumpfes Krachen drangen hinaus in die Nacht, dann ein gellender Aufschrei und noch einer, der in ein Wimmern überging. Danach wurde es ruhig. Einige Männer traten hinaus auf den Hof, ihre Waffen zeigten zum Boden. Sie umkreisten die Mühle, suchten den Eingang zum Keller. Von drinnen erschallte schließlich der erlösende Ruf, die Luke zum Keller gefunden zu haben, und kurz darauf trugen die Männer zwei Kinder, kaum älter als acht, neun Jahre, in Decken gehüllt in die kühle Nacht hinaus.

Sie setzten sie zu Jurek und dem zweiten Verwundeten. Den hatte eine Kugel ins Bein getroffen. Die Kinder, zwei Mädchen mit blondem Haar, zitterten, die nackten Füße waren verkrustet von Dreck und Unrat. Leise sprach Jurek zu ihnen, damit sie sich beruhigten, doch ihr Zittern ließ nicht nach.

Die anderen Männer waren wieder in der Mühle. Es rumpelte, polterte, kurze, knappe Rufe erschallten in der Nachtluft. Dann kam einer nach dem anderen durch die Tür heraus, und durch die Fenster war das Flackern von Feuer auszumachen. Je zwei griffen einem Verletzten unter die Arme und halfen ihnen hinüber zum Stall. Zwei weitere nahmen die Mädchen auf den Arm und trugen sie hinterher.

Im Stall stand ein gesatteltes Pferd mit gepackten Satteltaschen. Einer führte es hinaus, und zwei weitere halfen dem am Bein Verletzten in den Sattel, die beiden Mädchen hinter ihm. Dann führten sie die drei zum Waldrand. Jurek stolperte hinterher, und ein Bursche stützte ihn.

Mit einem lauten Knall barsten die Fensterscheiben in der Mühle, und das Pferd machte einen Satz nach vorn. Die Flammen schlugen durch die Fenster, fraßen sich an den Balken und den hölzernen Fensterläden satt und kletterten immer höher zum Dach hinauf. Am Waldrand hielten die Männer an, drehten sich zur Mühle und warteten. Der Hof war nun nicht mehr in blasses Mondlicht, sondern in grellen Feuerschein getaucht.

Schließlich hatte das Feuer die Pulverkammer erreicht, und eine gewaltige Explosion zerriss die nächtliche Stille und jagte einen Funkenregen in den schwarzgrauen Himmel. Die Männer nickten schweigend und setzten ihren Weg zurück über die Borsteler Aue auf das Hamburger Gebiet fort.

HAMBURG, IM OKTOBER 1713

Kräftiges Husten weckte Wrangel aus einem unruhigen Schlaf. Es kam vom Flur. Trude? John? Wrangel schluckte. Seine abenteuerliche nächtliche Reise nach Altona war gut ausgegangen. Bevor die Sonne aufgegangen war und mit ihr das Leben in der Stadt wieder seinen Lauf nahm, hatte er mit dem winzigen Fleetkahn die Rückseite seines Hauses erreicht und sich unbemerkt durchs Fenster in seine Quarantäne zurückziehen können. Natürlich war er sehr erschöpft gewesen, aber das Fieber war nicht zurückgekehrt. Dafür hustete nun Trude. Die Arme hatte wohl seit beinahe zwei Wochen kaum ein Auge zugetan. So ging es nicht weiter. Da brauchte es kaum die Pestilenz, um jemanden niederzustrecken. Wrangel schlug die Decke zurück und stand auf. Immer noch überkam ihn ein leichter Schwindel, aber er schaffte es allein. Er schlüpfte in seinen Morgenmantel und die schweren Filzpantoffeln und ging hinaus auf den Flur. Da stand Trude ans Treppengeländer gelehnt, das Gesicht rot vor Anstrengung und immer noch gegen den Husten ankämpfend.

Wrangel trat auf sie zu, aber sie winkte ab.

»Steckt Euch bloß nicht an, Herr. Es ist nur ein hartnäckiger Husten.«

»Hartnäckig genug, um dich sofort ins Bett zu schicken, Trude.« Wrangel ergriff die dicke Köchin am Arm und schob sie vor sich her in Richtung Treppe, die nach oben zu den Gesindekammern führte. »Du legst dich jetzt hin, und John, Hein und ich werden uns um dich kümmern.«

Trude schüttelte den Kopf, aber Wrangel schob sie weiter. »Ich will nicht nach oben, Herr. Lasst mich unten in einer Kammer bei der Küche bleiben. Sonst ist der Weg so weit.«

Wrangel fragte sich, welche Kammer Trude wohl meinen könnte. Doch die Stube hatte sich ja als Krankenlager bewährt.

»In keine Kammer, Trude, sondern ab in die Wohnstube mit dir. Das Sofa ist recht bequem, und einer von uns ist immer in deiner Nähe.«

Widerwillig folgte die Köchin Wrangels Anweisungen und ließ sich schließlich auf dem Sofa nieder, während Wrangel zusammen mit Hein und John in der Küche hantierte, um den tägliche Pflichten, die das Haus forderte, wenigstens ein wenig nachzukommen. Am Sonntag war Erntedank gewesen, und so standen auf dem Küchentisch noch ein großes, kräftiges Brot und ein Korb mit Eiern und Speck, den Claussen vorbeigebracht hatte. Er kam immer noch jeden Tag, fragte nach Wrangels Wohlergehen und war zunehmend erleichtert, als er begriff, dass Wrangel wohl das Schlimmste überstanden hatte. Aber in der Stadt ging das Sterben weiter. Auch wenn weder Claussen noch der Physikus Wrangel davon berichtete, so hörte er doch des Nachts den Schinderkarren des Henkers durch die Straßen rollen, um die Leichen einzusammeln. Zwar gehörte diese Arbeit eigentlich nicht zu den Verrichtungen des Henkers, aber die Not war zu groß, als dass Meister Jürgen seine Hilfe verweigern konnte.

Während Wrangel ein paar Eier und einige Scheiben Speck in einer großen Pfanne briet, dachte er an Ruth. Hatte er sie angesteckt? War nun die Pest auch in Borstel? Nichts tun zu können und keine Neuigkeiten zu erfahren, zerrten über Gebühr an seinen Nerven. Wenigstens Claussen musste ihr noch einmal schreiben, wenn er selbst es immer noch nicht durfte. Claussen musste ihr mitteilen, dass es ihm besserging, dass das Schlimmste hoffentlich vorüber war. Von der Stube her hallte Trudes Husten. War es wirklich vorbei? Und wie stand es um diesen Rednael? Hatte Reventlow Wort gehalten und ihn festnehmen lassen? Bisher war keine Nachricht aus Altona eingetroffen. Dabei war der geplante Tag der Abreise schon vier Tage her. Und Claussen? Wie hielt er das nur alles aus? Wrangel hatte seinem Freund nichts erzählt von diesem Meister Rednael und seinen Machenschaften. Er wollte sein Leid nicht noch mehr entfachen. Bisher hielt Claussen sich tapfer. Er war für die Menschen in Not da. Kümmerte sich, wie und wo er konnte. Auch Hanne sorgte sich ohne Pause um die leidenden Menschen. Claussen sagte, es sei die beste Medizin für sie.

Wrangel verteilte die gebratenen Eier und den Speck auf vier Teller und stellte sie auf den Tisch. Ein Klopfen an der Haustür ließ ihn innehalten. Er hörte John zur Tür schlurfen. Wenig später kam der Knecht hinunter in die Küche.

»Herr, ein Diener vom Niedergericht hat bei den Schildwachen vor dem Haus dieses Schreiben für Euch abgegeben.«

Wrangel nahm den Brief und betrachtete neugierig das Siegel. Es gehörte Reventlow. Ohne ein weiteres Wort ging Wrangel hinauf in sein Arbeitszimmer, setzte sich an den Schreibtisch und brach das Siegel.

Hochverehrter Prokurator Wrangel,
Eurer Bitte entsprechend haben sich die Altonaer Behörden bemüht, den von Euch gesuchten Mann namens Meister Rednael aufzuspüren. Das Bemühen war jedoch leider erfolglos. Weder fand sich der Name auf den Passagierlisten der in der vergangenen Woche von Altona ausgelaufenen Schiffe, noch war ein Gast dieses Namens in den Gasthäusern am Hafen untergebracht. Auch eine weitere Überprüfung der Passagierlisten auf den Namen Brachfeld zeigte keinen Erfolg.

Wrangel sah wütend vom Brief auf. Natürlich konnte man keinen Johann Brachfeld auf den Passagierlisten finden. Der galt ja schließlich schon lange als tot. Hatte denn Reventlow nichts begriffen? Oder hatte er nicht begreifen wollen?

Allerdings ereignete sich gestern etwas Merkwürdiges, was mich dazu veranlasste, umgehend an Euch zu schreiben. Einem meiner Obhut unterstellten Armenstift hier in Altona wurde eine großzügige Spende zuteil. Sie stammt von einer gewissen Eva Brachfeld, die wohl laut den Unterlagen Altona verlassen hat und ihr gesamtes Vermögen dem Armenstift zukommen ließ. Sollte die Namensgleichheit kein reiner Zufall sein, mag Euch diese Information bei Euren Untersuchungen hoffentlich weiterhelfen. Vergesst bitte nicht, was Ihr mir bezüglich der dänischen Herren verspracht, sondern seid meiner vollen Unterstützung in Eurem Anliegen gewiss.
Möge Gott Euch und die Stadt Hamburg vor weiterem Unheil schützen.
Hochachtungsvoll,
der Oberpräsident von Altona,
Christian Detlev Graf von Reventlow

Wrangel ließ den Brief sinken. Alles war umsonst gewesen. Der Mann war fort, die Kinder und seine gutgläubige Frau womöglich mit ihm. Ein lautes Husten vor der Tür ließ ihn aufblicken. Es klopfte, und Trude trat ein.

»Trude, du bist krank und gehörst ins Bett.«

»John sagte, eine Nachricht vom Niedergericht sei gekommen …«

Wrangel nickte. »Sie kam aus Altona, Trude. Man hat ihn nicht gefasst. Er ist entkommen. Wir haben verloren.«

Trude zog ein Taschentuch aus ihrer Schürzentasche und schnaubte sich die Nase.

»Wie soll ich das nur Pastor Claussen sagen?«

»Ihr sagt ihm gar nichts, Herr Prokurator. Schließlich seid Ihr unter Quarantäne und könnt noch für mindestens die nächsten vier Wochen das Haus nicht verlassen.« Dann beugte sie sich zu Wrangel vor und flüsterte: »Was immer der Herr aus Altona geschrieben hat. Bedenkt, dass er mit diesem Brief zu erkennen gab, dass er weiß, wo Ihr nicht hättet sein dürfen.«

Wrangel nickte. *Seid meiner vollen Unterstützung in Eurem Anliegen gewiss.* Wenigstens einige jener Männer, die sich Meister Rednaels Dienste erkauft haben, könnte Wrangel vielleicht zu fassen kriegen. Schließlich hatte er das Rechnungsbuch von diesem Abensur. Und das würde er sich jetzt vornehmen.

✧ ✧ ✧

Von Sankt Petri schlug die dritte Stunde, als es erneut an Wrangels Haustür klopfte. Claussen erwartete Wrangel nie vor der fünften Stunde, der Physikus hatte ihm bei seinem letzten Besuch gesagt, dass er nun, da das Schlimmste hinter ihm läge, nicht mehr jeden Tag vorbeischauen würde, und der Prätor hatte seine Genesungswünsche bereits am Morgen dem Gerichtsdiener zusammen mit dem Schreiben mitgeschickt. Trudes heftiger Husten und ihre schnellen Schritte auf der Diele ließen Wrangel zur Tür blicken.

»Herr Prokurator, ein Brief aus Borstel ist angekommen. Von der gnädigen Frau!« Trude war ohne anzuklopfen voller Aufregung in das Kabinett geeilt, nun holte sie der Husten ein, und sie musste sich abwenden.

»Kam ein Bote?«

»Nein, Herr, der Herr Pastor Claussen hat ihn gebracht. Er wartet auf Euch vor dem Fenster in der guten Stube.« Trude reichte Wrangel den Brief, bevor ein neuer Hustenanfall sie zwang, sich abzuwenden.

Von Angst und Freude gleichermaßen getrieben riss Wrangel den Brief auf und überflog mit feuchten Augen die Zeilen. Dann rannte er zur Tür, schob die immer noch hustende Trude zur Seite und stürmte in die gute Stube. Der Fensterladen war von draußen vernagelt, aber die Fensterscheiben öffneten sich nach innen, und Wrangel riss sie ungeduldig auf.

»Matthias! Mein Freund, Greta lebt! Sie ist bei Ruth!«

Wrangels Herz schlug so laut, und sein Blut rauschte mit so viel Kraft durch seinen Körper, dass es in seinen Ohren widerhallte.

»Was sagst du da, Freund, sie lebt?« Ein Aufschrei, gefolgt von einem Schluchzen, drang durch den Fensterladen. »Dem Herrn sei Dank. Oh, großer Vater, wie konnte ich nur an deiner Gnade und Güte zweifeln? Verzeih mir Unwürdigem. Ich danke dir aus vollstem Herzen! Oh, Vater unser im Himmel. Dein Wille geschehe!«

Wrangel hörte seinen Freund noch eine Weile wie im Fieberrausch Dankgebete gen Himmel schicken und wischte sich die Tränen aus den Augen. Dann las er den Brief erneut. Alle waren gesund. Mit keinem Wort erwähnte Ruth Wrangels Erkrankung. Stattdessen berichtete sie, wie die Kinder – Marie und ein Junge aus dem Dorf – Greta auf einem Gehöft nicht weit von Borstel entfernt entdeckt hatten. Die Männer aus Borstel seien sogleich zu dem Gehöft, einer alten Mühle, gelaufen. Nun war Jurek schwer verletzt, jedoch wurden noch zwei weitere Kinder befreit, und die Mühle war samt dem Müller in die Luft geflogen. Wrangel schüttelte ungläubig den Kopf und schneuzte sich in den Ärmel seiner Jacke.

»Hinrich! Hinrich, hörst du mich?«

»Ja, Matthias. Greta lebt, und sie ist wohlauf. Dem Herrn sei Dank!«

»Aber wie kam sie bloß nach Borstel, Hinrich?«

»Das ist eine lange Geschichte, mein Freund. Ich werde sie dir erzählen, sobald wir beide zusammen wieder einen Kaffee trinken können.«

»Das Kaffeehaus am Kattrepel hat geschlossen, Hinrich.« Claussens Stimme zitterte, und ein Schneuzen unterbrach seine Rede.

»Dann trinken wir eben zusammen einen Portwein in unserem kleinen Salon, Matthias, ganz so, wie der alte Abelson es getan hätte.«

»Ja, mein Freund.« Claussens Stimme hatte sich wieder gefangen.

»Und du wirst mir dann erklären, Matthias, warum Ruth nichts von meinem Zustand weiß.«

»Das kann ich schon jetzt, Hinrich. Ich wollte ihr den Schmerz der Ungewissheit ersparen.« Claussen machte eine Pause. »Dein Brief liegt bei mir wohlverwahrt. Und ich bete zu Gott, dass ich ihn niemals Ruth aushändigen muss, sondern dir zurückgeben kann.«

BORSTEL, IM OKTOBER 1713

Nachts war es am schlimmsten. Wenn die Dunkelheit sie einschloss, kam die Angst zurück. Jedes noch so kleine Geräusch ließ Greta dann aufschrecken. Aber zum Glück schlief sie zusammen mit Marie in einem Bett. Sie kuschelte sich an ihre Freundin, lauschte ihrem Herzschlag und versuchte, sich zu beruhigen. Die ersten Nächte hatte Ruth noch ein kleines Licht in der Schlafkammer der Kinder brennen lassen. Aber Kerzen und Lampenöl wurden knapp, und niemand wusste, wann es wieder welche zu kaufen geben würde. Die Herbstnächte waren lang, die Winternächte würden noch länger werden. So musste sich Greta mit Maries Nähe begnügen. Doch tagsüber, wenn die Sonne schien und all die lieben Menschen um sie waren, ging es Greta schon viel besser. Ihre Wunden waren verheilt, sie hatte wieder etwas zugenommen, und alle im Haus kümmerten sich liebevoll um sie. Auch sie half, wo sie konnte. Bei der Apfelernte im Obstgarten, beim Einkochen und bei der Pflege von Jurek. Seine Schulter bereitete ihnen noch Sorgen. Die Kugel hatte den Knochen zertrümmert, und so konnte er den Arm kaum bewegen. Aber wenigstens hatten Ruths Heilkenntnisse einen Wundbrand verhindern können. So saß Jurek viel im Garten in der Herbstsonne und sah den anderen schweigend bei der Arbeit zu. Die Kinder leisteten ihm abwechselnd Gesellschaft, brachten ihm mal einen besonders hübschen roten Apfel zum Kosten vorbei, mal eines der Kätzchen zum Streicheln, oder sie setzten sich auf seinen Schoß, um eine Geschichte erzählt zu bekommen.

Hauke war auch bei ihnen. Ruth hatte ihn über den Winter in Stellung genommen, damit er Jurek bei den Arbeiten half, die der alte Mann mit der verletzten Schulter nicht mehr würde verrichten können. Wenn er sich dabei gut anstellte, würde er als Knecht bleiben und von Jurek das Kutschieren lernen können. Der Scherenschleifer war damit zufrieden und Hauke auch. Er genoss seine kleine Schlafkammer in der Kate der Witwe Keten, gleich hinter dem Ofen, und täglich drei Mahlzeiten. Jurek mochte den Jungen und war nachsichtig, wenn er sich bei manchen Dingen noch nicht ganz so geschickt anstellte. Greta mochte Hauke auch. Er war mit seinen wilden Locken hübsch anzusehen, schon zwölf Jahre alt. Und mutig war er auch.

So verstrichen die goldenen Herbsttage mit den Vorbereitungen auf den nahenden Winter.

In der Mitte des Monats traf ein Brief aus Hamburg von Gretas Vater ein. Ihr Herz schlug ihr vor Freude bis zum Hals, und all die Sehnsucht nach ihrer Familie brach mit voller Wucht hervor. Ruth las ihn laut vor. Sie wurde ganz blass und fing an zu zittern, als sie las, dass Hinrich Wrangel an der Pestilenz erkrankt, doch schon auf dem Wege der Besserung sei. Die anderen im Hause Wrangel seien auch wohlauf, kein weiterer außer Wrangel selbst sei erkrankt und die Vorräte noch immer leidlich vorhanden. Bis zum November sei das Haus allerdings noch unter strenger Quarantäne, weshalb Hinrich Wrangel auch nicht selber schreiben könne. Den Claussens aber ging es allen gut. Die Kinder waren wohlauf, die Eltern zwar müde, doch gesund. Alle freuten sich und dankten täglich mehrfach dem Herrn, dass Greta wohlauf sei. Dieses Wissen beflügele sie alle, die harten Zeiten durchzustehen und sich auf das Wiedersehen mit der geliebten Tochter zu freuen. Doch wie lange sie darauf noch warten mussten, wisse allein der Herr. Immer noch starben die Menschen in der Stadt zu Dutzenden jeden Tag, doch je kälter es wurde, desto weniger Tote kamen hinzu. So hegten alle die Hoffnung, dass schon bis Weihnachten die Epidemie vorbei sein und sie sich alle wieder in die Arme schließen könnten.

Als die erste Freude um die Nachrichten von zu Hause verraucht war, spürte Greta eine tiefe Trauer in sich, denn sie dachte an ihren kleinen Bruder Peter, der mit keinem Wort in dem Brief bedacht wurde. War es so mit den Toten, dass sie einfach fort waren und das Leben ohne sie weiterging, ohne dass sie jemand erwähnte? Was wurde aus den Toten? Wurden sie zu Engeln? Oder hatten die Erwachsenen geschwindelt? Wo war Peterchen? Es mag eine Dummheit gewesen sein, ihn suchen zu wollen. Das hatte Greta inzwischen eingesehen. Aber es war nur rechtens, an ihn zu denken und sich zu ihm zu wünschen, wenigstens für einen Moment.

Auf der Bank hinter dem Haus saß Jurek und rauchte eine Pfeife. Greta setzte sich schweigend zu ihm und ergriff seine knorrige Hand. Das Gute an Jurek war, dass man mit ihm nicht viel reden musste. Er konnte einfach nur so dasitzen. Über ihnen im blauen Herbsthimmel ertönten die quakenden Rufe der Wildgänse, die in Pfeilformationen ihren Flug in den Süden antraten.

»Wohin fliegen sie?«, fragte Greta leise.

»Die meisten in den Süden.«

»Und die anderen?«

»Die reisen durch die Welten.«

Greta musterte den alten Mann neugierig. Der nahm einen Zug von seiner Pfeife und lächelte dem Mädchen neben sich zu.

»Die Gänse?«

»Eine von ihnen heißt Marussja.« Und flüsternd fügte er hinzu: »Und wenn ich eines Tages nicht mehr hier bin, wird sie hoffentlich auch für mich reisen, damit ich weiß, dass es euch allen gutgeht.« Dann drückte Jurek Gretas Hand und nahm noch einen Zug aus seiner Pfeife.

Greta verstand nicht, was Jurek sagte, aber ihr Herz fühlte, dass es wahr war. So blieben sie noch eine Zeitlang auf der Bank sitzen, bis die Rufe der Gänse verklungen waren und der Himmel blau und klar zurückblieb.

HAMBURG, IM NOVEMBER 1713

Aus tiefster Seele dankbar blickte Hinrich Wrangel in den klaren Morgenhimmel, der sich schier endlos über die Stadt Hamburg erstreckte. Vierzig Tage hatte er nicht mehr unter freiem Himmel gestanden und die Sonnenstrahlen auf der Haut gespürt. Die ersten dieser Tage hatte er noch nicht einmal gewusst, ob er jemals wieder die Sonne auf seiner Haut spüren würde. Aber nun war die Quarantäne um, und Wrangel wie auch die anderen Bewohner seines Hauses durften sich wieder frei in der Stadt bewegen.

Wrangels erster Ausgang führte ihn zu Sankt Katharinen, um der morgendlichen Andacht beizuwohnen, die sein Freund Matthias Claussen nun schon seit Monaten jeden Morgen hielt für die Hoffnung und Kraft Suchenden während der schweren Not, in der sich die Stadt befand. Die Kirche war gut gefüllt, und Wrangel setzte sich bescheiden auf eine der hinteren Bänke, lauschte den Worten seines Freundes und dankte Gott im stillen Gebet für seine Gnade, ihm das Leben gelassen zu haben. Als die Andacht vorüber war, wartete Wrangel auf seinem Platz und betrachtete die an ihm vorbeiziehenden Kirchenbesucher. Hauptsächlich waren es arme Menschen, gezeichnet von der Härte des Lebens. Einige erbgesessene Bürger waren unter ihnen, aber kaum einer vom Patriziat der Stadt. Die meisten hatten Hamburg verlassen und weilten auf ihren Landsitzen, bis die Pest endlich abgeklungen war.

Als sich die Kirche nahezu geleert hatte, ging Wrangel auf Claussen zu, der am Altar stand. Die Freunde nahmen einander schweigend in die Arme. Nach den vielen Wochen der Angst waren keine Worte mehr nötig.

Als sich der Abend ankündigte, kam Claussen in die Kleine Johannisstraße, um über all jene Dinge zu reden, die sich die

Freunde nicht durch den Fensterladen hatten sagen können. Inzwischen waren auch die Läden von den Brettern befreit und die Türen von den Schildwachen. Trude hatte zur Feier des Tages einen Braten zubereitet, und weder Wrangel noch Claussen wagten zu fragen, woher sie das Fleisch hatte. Es blieb ihr Geheimnis, und die Männer genossen die selten gewordene Kost zusammen mit einem kräftigen Rotwein. Nach dem Essen weihte Wrangel seinen Freund in all jene Details um das Verschwinden von Greta ein, die er ihm bisher vorenthalten hatte. Claussen brauchte noch zwei weitere Gläser Rotwein, um das Gehörte mit der gebotenen Fassung zu ertragen. Vor allem die Beschreibung der Kinderleichen setzte ihm zu.

»Hat er Greta ... hat er ihr ...?«

»Ruth hat nichts Entsprechendes in ihrem Brief angedeutet, Matthias. Aber wissen wir, was Greta ihr gesagt hat? Hoffen wir auf das Beste.«

Claussen nickte schweigend. Nach einer Weile sah er Wrangel mit dunklem Blick an. »Was wirst du jetzt gegen diesen gottlosen Abschaum unternehmen, Hinrich?«

»Dieser Meister Rednael ist tot. Verbrannt in seiner Mühle.«

»Aber die anderen? Was ist mit den Männern, die sich seine Dienste erkauft haben? Wie wirst du gegen sie vorgehen?«

Wrangel schluckte. »Darüber grübele ich schon seit Wochen, Matthias. Von Rednaels Makler, der ihm die Männer zugeführt hat, habe ich ein Rechnungsbuch, in dem ihre Namen stehen.«

»Dann musst du sie vor Gericht bringen, alle!« Claussens Stimme zitterte vor Wut.

»Aber wie soll ich ihnen ihre Schandtaten beweisen? Rednael ist tot, Abensur, sein Makler, hat Hamburg mit wehenden Fahnen verlassen. Aber auch er könnte nichts Konkretes bezeugen. Er war absichtlich nicht in die Details dieser Séancen eingeführt, wie Rednael die Treffen nannte. Du kennst unser Rechtssystem.

Wir brauchen Zeugen, die vor Gott das begangene Verbrechen beschwören.«

»Und wenn die Kinder … wenn Greta …«

»Die Kinder? Selbst wenn die drei, die aus der Mühle befreit worden sind, etwas sagen könnten, so würden sie doch keinen der Männer beschreiben können. Alle trugen diese Kutten und Kapuzen. Nein, Matthias, so kommen wir nicht an diese Kerle heran.«

»Wer sind sie?«

Wrangel zögerte. Dann stand er auf, ging in sein Kabinett, holte Abensurs Rechnungsbuch und reichte es Claussen. Der blätterte es mit schmerzverzerrtem Gesicht durch.

»Es sind viele.«

»Ja, und nicht alle sind aus Hamburg. Einige von ihnen sind Gesandte anderer Regierungen und haben Hamburg schon lange den Rücken gekehrt. Baron Görtz, zum Beispiel. Er persönlich hat Abensur die Makelei vermittelt. In seinem Palais im Neuen Wall fanden wohl auch die ersten heimlichen Séancen statt. So vermutet es zumindest Abensur. Aber Beweise gibt es keine.«

»Graf Rantzau?«, las Claussen fragend vor.

»Ja. Auch an ihn ist kein leichtes Herankommen. Das heißt …«

»Das heißt was?«, hakte Claussen ungestüm nach.

Wrangel zögerte. Sollte er seinem Freund gestehen, dass er heimlich gegen das Gesetz verstoßen hatte und eines Nachts während seiner Quarantäne nach Altona gerudert war und mit Reventlow gesprochen hatte? Claussen war kein Mann, der so eine Tat gutheißen würde. Andererseits hatte Wrangel es getan, um Claussens Tochter Greta zu finden. »Ich muss dir noch etwas erzählen. Und ich bitte dich um Nachsicht für mein Handeln.«

Claussen hörte schweigend zu. Als Wrangel geendet hatte, stellte er nur eine Frage: »Wie könnte Reventlow dir helfen?«

Wrangel ging erneut in sein Kabinett und kehrte kurz darauf mit dem Brief Reventlows zurück und reichte ihn Claussen. Der las ihn sorgsam durch. »Die Brachfeld hat ihr ganzes Vermögen den Armen von Altona gespendet? Sie war doch selbst bettelarm und ausgebrannt.«

»Nicht, als ich sie ein zweites Mal in Altona besuchte. Da bewohnte sie eine schöne Wohnung und unterhielt eine Amme für ihr Kind.«

»Von welchem Geld?«

Wrangel verzog das Gesicht. »Wohl von jenem, das ihr ihr toter Mann gab.«

»Aber warum schreibt dir Reventlow das?«

Wrangel grübelte. »Vielleicht wollte Reventlow andeuten, dass die Buttlar sich mit dieser Spende von ihrer Schuld freizukaufen suchte. Schließlich hat sie die Kinder, wenn wohl auch unwissend, wofür, so doch mit sich gelockt.«

Claussen griff nach dem Krug mit Wein und schenkte beiden ungefragt nach. Dann nahm er einen kräftigen Schluck. »Und genau das möchte dir Graf Reventlow womöglich als Unterstützung gegen die Dänen aus dem Rechnungsbuch anbieten. Vielleicht will er die Männer für ihre Vergehen zahlen lassen. Wenn nicht am eigenen Leib, dann mit dem eigenen Geld.«

»Wie kommst du darauf?«

»Hast du nicht verfolgt, was in Altona passiert ist, seit Reventlow die Oberpräsidentschaft der Stadt innehat? Mit eiserner Hand geht er gegen die früheren korrupten Beamten vor. Aber nicht jeder von ihnen ist vor Gericht gekommen. Viele haben der Stadt und dem Armenstift große Spenden zukommen lassen und dann die Stadt sang- und klanglos verlassen. Intern wusste jeder, warum, aber der Ruf der Familien dieser von ihrer Ehrbarkeit befreiten Männer blieb so erhalten, und mit ihm die Chance ihrer Kinder, selbst ein ehrbareres Leben als ihre Väter zu führen. Wir

Pastoren haben uns untereinander öfter über Reventlows unorthodoxe Praktiken ausgetauscht. Nicht alle fanden sie richtig. Aber wirkungsvoll sind sie auf jeden Fall.«

Wrangel schüttelte unwirsch den Kopf und trank ebenfalls einen Schluck Wein. »Ich bin ein Mann des Gesetzes, Matthias. Ich habe meinen Eid darauf geleistet, mein Handeln nach dem in Hamburg gültigen Gesetz auszurichten. Ich kann mich nicht mit Verbrechern auf irgendeinen Handel einlassen …«

»Das sollst du auch nicht, mein Freund. Aber ich kann es.« Claussens Augen blitzten auf. »Und du selbst hast mir gezeigt, wie man es macht.«

»Was meinst du damit?«

»Nun, du hast mir von deinem Gespräch mit General Menschikow erzählt, als er unsere Stadt erpresste. Damals hast du ihn darauf hingewiesen, was passieren könnte, wenn er bei seinen überhöhten Forderungen bliebe.«

Wrangel winkte ab. »Ich hatte Glück, mein Freund. Dabei hatte ich noch nicht einmal wirklich etwas gegen ihn in der Hand. Alle Papiere, die ich damals in Russland gegen ihn gefunden hatte, musste ich seinem Erzfeind überlassen, damit er mich und Ruth sicher nach Hause entließ.«

»Das nenne ich nicht Glück, sondern politisches Geschick, mein Freund. Und Menschikow ist Politiker genug, um zu wissen, wann er den Bogen überspannt. Es darauf ankommen zu lassen, ob du wirklich das gegen ihn in der Hand hattest, was du ihm angedroht hast, wäre viel zu gefährlich für ihn gewesen. Denn schon die Gerüchte darüber hätten ihn endgültig die Gunst des russischen Zaren kosten können.«

»Ja, aber was hat das alles mit unserem jetzigen Problem zu tun?«

»Mehr, als du dir vielleicht vorstellen kannst, Hinrich. Hör zu.« Claussen rückte mit seinem Stuhl dichter an Wrangel heran. »Die Männer, um die es hier geht, sind alle wohlhabende Menschen, viele von ihnen bekleiden ehrbare Ämter. Wohlplazierte und geschickt formulierte Gerüchte, die sie direkt mit den entführten und geschändeten Kindern in Verbindung bringen, hätten verheerende Folgen für sie. Wir müssen so viel wie möglich über diese Männer und ihren Anteil an Rednaels verbrecherischen Séancen herausfinden.«

»Ja, natürlich. Aber es wird bei Gericht nicht reichen.«

»Bei Gericht vielleicht nicht. Aber in den Kreisen, in denen diese Menschen verkehren, wäre ihr Ansehen vernichtet. Glaubst du vielleicht, jemand, dem man solche Schandtaten nachsagt, könnte noch Oberalter werden? Oder etwa Ratsherr? Noch nicht einmal einen Handel wollte ein ehrbarer Mann mit so jemandem abwickeln.«

Wrangel schüttelte den Kopf. »Ich bin Prokurator am Niedergericht, Matthias. Ich darf so etwas nicht.«

»Das sollst du auch nicht, mein Freund. Aber ich bin Pastor von Sankt Katharinen. Und als solcher kann ich von der Kanzel herab Verbrechen geißeln, Ketzerei und Götzenanbetung verurteilen, und ich kann meinen Schäfchen ins Gewissen reden.«

»Aber reicht das für den öffentlichen Druck?«

»Du kennst doch sicherlich von Wiering, den Herausgeber des Hamburger Relations-Couriers. Er ist im Kirchspiel von Sankt Katharinen, und wir sind gut miteinander bekannt. Ich bin mir sicher, dass er Interesse daran finden könnte, von diesem furchtbaren Verbrechen, das Meister Rednael verübt hat, in seiner Zeitung zu berichten. Und spätestens dann wird der öffentliche Druck existieren.«

»Du meinst, die Zeitung wäre zu so etwas in der Lage?«

»Bestimmt, Hinrich. Viele gebildete Menschen lesen die Zeitung. In Hamburg vor allem die Kaufleute, zunehmend auch deren Frauen. Und wenn die erst einmal von diesem grauenvollen Verbrechen erfahren, werden sie nicht lockerlassen.«

»Dann müssen wir aber mit dem Prätor reden. Denn bisher hat er absolutes Schweigen über die Leichenfunde verhängt.«

»Das werden wir tun. Und wir werden herausfinden, wer genau diese Männer sind, die jener Abensur in seinem Buch aufgelistet hat. Ich werde mir die Kirchenbücher vornehmen.«

»Und ich die Verzeichnisse der städtischen Verwaltungen.« Wrangels Stimme hatte ihren zweifelnden Unterton verloren. Er schlug mit der Faust auf den Tisch, um seinen Worten Nachdruck zu verleihen. »Da es sich um Männer von Stand handelt, werden sie mit Sicherheit das eine oder andere Amt bekleiden.« Er stand auf und holte aus seinem Kabinett Papier und Feder, damit sie die Namen aus dem Buch herausschreiben konnten. »Und die Dänen lassen wir Reventlow zukommen.«

»Genau, mein Freund.«

»Dies ist zwar nicht das Vorgehen, das ich mir für diese verruchten Männer wünsche, aber du hast recht, Matthias. Wenn wir sie für ihre Verbrechen schon nicht am eigenen Leibe bezahlen lassen können, dann wenigstens mit ihrem Geldsack. Denn die meisten Kinder, an denen sie sich vergingen, gingen nur aus Hunger und Not mit der Buttlar mit.«

Claussen schluckte bitter. Warum war bloß seine Tochter mit ihr mitgegangen?

✧ ✧ ✧

Je kühler die Herbsttage wurden, desto mehr ließ die Pest nach. In der letzten Novemberwoche fragte das Sanitätskollegium bei sämtlichen in der Stadt praktizierenden Doktoren der Medizin an, seit wann sie keine neuen Pestfälle mehr hätten. Bei vielen war dies schon seit Anfang November, bei einigen sogar schon seit Anfang Oktober der Fall. Auch die Toten wurden immer weniger.

Gleichzeitig lebte das Handelsleben langsam wieder auf. Die Niederländer weigerten sich als Erste, sich länger der totalen dänischen Absperrpolitik zu beugen, und die Engländer folgten ihnen auf dem Fuße. So gelangten langsam wieder Güter in die Stadt, natürlich strengsten Sicherheitsvorkehrungen unterworfen, aber den Menschen hinter den Stadtmauern gaben sie Hoffnung. Auch die Hamburger Kaufleute konnten vorsichtig wieder erste Handelskontakte beleben, wie etwa die Moskowienfahrer, die dank der Unterstützung und Fürsprache des russischen Gesandten Böttiger, der all die dunklen Wochen in Hamburg geblieben war, ihre voll beladenen Schiffe gen Russland in See stechen lassen konnten.

Je mehr das Geschäftsleben in der noch immer verschlossenen Stadt wieder aufblühte, desto zahlreicher kehrten die Menschen heim, und die Stadtwachen ließen sie durch die Tore.

Anfang Dezember traf auch der Wrangelsche Vierspänner mit Ruth, den Kindern und Greta in Hamburg ein. Die Wiedersehensfreude nahm kein Ende. Ruth weinte, als sie das abgemagerte Gesicht ihres Mannes liebkoste, der drei Kinder zugleich in den Armen zu halten suchte. Die Claussens kamen in die Kleine Johannisstraße geeilt, Inga und Mate mit fliegenden Zöpfen voran, die Eltern ihnen dicht auf den Fersen. Zum ersten Mal seit Monaten lachte Hanne Claussen und drehte sich mit ihrer ältesten Tochter auf dem Arm im Kreis wie eine Tanzpuppe auf einer Spieluhr. Ruth hatte viele Vorräte aus Borstel mitgebracht sowie auch jene Kiste, die sie auf dem Anwesen der Tieffbruns entdeckt hatten. Beim Anblick der Kutten zuckten Wrangel und Claussen gleichermaßen zusammen. Zugleich keimte eine weitere Idee für ihren Plan auf, wie sie diese grausigen Beweisstücke nutzen könnten.

In den letzten Wochen hatten die beiden bereits akribisch die Verzeichnisse der städtischen Verwaltungen und die Kirchenbücher nach den Namen abgesucht, die sie in Abensurs Rechnungsbuch gefunden hatten. Es war mühsam gewesen, und nur bei knapp der Hälfte waren sie fündig geworden. Sieben der Männer waren dänische Untertanen, neun weitere kamen ebenfalls mit hoher Sicherheit nicht aus Hamburg, sondern waren als Diplomaten oder Handelsvertreter in Hamburg tätig gewesen, hatten die Stadt aber vor dem massiven Ausbruch der Pest verlassen.

Ein gutes Dutzend aber waren Hamburger erbgesessene Bürger. Wrangel machte sich daran, das Eigentum dieser Männer so gründlich wie möglich zu berechnen. Es war nicht ganz leicht, aber die geflissentlichen Aufzeichnungen, die ein jeder erbgesessene Bürger über sein Vermögen dem Rat der Stadt zur Verfügung zu stellen hatte, um ein entsprechendes Mitspracherecht in politischen Fragen zu erhalten, halfen ihm weiter. Nach und nach erlangten die beiden so recht gute Einblicke in die Geschäftstätigkeiten und Vermögensverhältnisse jener Männer.

Claussen übernahm es schließlich, mit dem Herausgeber des Hamburger Relations-Couriers zu sprechen. Er bot ihm an, er könne exklusiv über die Leichenfunde sowie die im Verborgenen praktizierten ketzerischen Rituale des dunklen Meisters berichten. Clausen verschwieg aber nicht die heikle Seite, diesen Vorfällen juristisch beizukommen. Wiering überlegte nicht lange und willigte ein, in Absprache mit Claussen und Wrangel entsprechende Artikel in seiner Zeitung zu veröffentlichen. Eine unabdingbare Voraussetzung dafür war allerdings das eindeutige Einverständnis des Prätors vom Hamburger Niedergericht. Denn ohne ein solches würde die Zensur, die jede Zeitung, die in der Hansestadt erschien, gründlich prüfte, dem Relations-Courier das Haus auf den Kopf stellen.

Den Prätor von ihrem Plan zu überzeugen war Wrangels Aufgabe. Es war nicht leicht, dessen Bedenken auszuräumen. Als er aber die Namen auf der Liste studierte und daneben den Obduktionsbericht vom Physikus Biester zu der aufgefundenen Mädchenleiche liegen sah, den Wrangel wohlweislich zu dem Gespräch mitgebracht hatte, lenkte er schließlich ein. Aber nur unter der Bedingung, dass das Niedergericht zwei Tage vor einer Veröffentlichung zu den Verbrechen im Relations-Courier informiert werde. Denn es galt nicht nur, die Zensoren zu bremsen, sondern auch, den einen oder anderen Ratsherrn auf die Enthüllungen vorzubereiten. Als Wrangel schon gehen wollte, schob ihm der Prätor ein Schreiben des Pinneberger Landdrost über den Tisch.

»Die Pinneberger bitten uns um Amtshilfe, Prokurator Wrangel. In einem Waldstück, das direkt bei dem Dorf Borstel an das Hamburger Umland grenzt, ist vor einigen Wochen eine Pulvermühle bis auf die Grundmauern abgebrannt. Dänische Soldaten, die den Grenzposten in der Nähe bewachten, hatten zunächst Schüsse, dann eine gewaltige Explosion gehört. Als sie zur Mühle kamen, brannte schon alles lichterloh, und jede Löscharbeit war vergebens. Nun bittet der Landdrost darum, dass wir Verhöre in dem Dorf vornehmen lassen, um mögliche Zeugen zu finden und abzuklären, ob es sich womöglich um ein Verbrechen, also Brandstiftung handelte.«

Wrangel schaute den Prätor lange schweigend an. Was wollte der Mann hören? Soeben hatte er ihm doch erzählt, dass drei Kinder aus genau jener Mühle befreit und so jenem Meister Rednael entrissen werden konnten.

»Meines Erachtens, Herr Prätor, müssen sich die Pinneberger so lange mit der Amtshilfe gedulden, bis sich ihr König und seine Armee entscheiden, dass wir uns wieder frei in unseren Landen bewegen können. Denn vorher sind solche Verhöre wohl kaum durchzuführen.«

Ein Schmunzeln umspielte den Mund des Prätors, als er zustimmend nickte. »Ich wollte Euch auch nur von diesem Vorgang in Kenntnis setzen, Prokurator Wrangel, und Euch bitten, die Sache an Euch zu nehmen. Soweit ich weiß, besitzt Ihr in Borstel ein kleines Anwesen?«

»Ja, Herr Prätor.«

»Sehr gut, dann wird es an Euch liegen, dem Landdrost von Pinneberg beizeiten zu antworten.« Nach einer kurzen Pause fügte er hinzu: »Allerdings gehe ich davon aus, dass wir in diesem Fall wohl kaum werden helfen können.«

Erleichtert atmete Wrangel aus und verabschiedete sich. Draußen auf dem Rathausplatz empfing ihn dichter Nebel, durchsetzt vom Rauch der umliegenden Schornsteine und den Ausdünstungen aus dem Nikolaifleet. Hamburg zeigte sich in diesem feuchtkalten Herbst des Jahres 1713 keineswegs einladend. Und doch kamen täglich immer mehr jener zurück, die die Stadt wegen der Pest verlassen hatten. Wrangel und Claussen warteten gespannt auf jene unter ihnen, die auf ihrer Liste standen. Alles war bereit, sie brauchten nur noch ein wenig Geduld.

HAMBURG, IM DEZEMBER 1713

In der ersten Ausgabe des Relations-Couriers nach den Weihnachtstagen erschien ein Artikel, der die Hamburger erschütterte. Von toten Kindern, den geschändeten Leichen zweier Mädchen war die Rede, die man unter den Pesttoten gefunden hatte. Das Niedergericht habe seine Ermittlungen im Geheimen aufgenommen, da in jenen ganz finsteren Tagen der Öffentlichkeit eine weitere so große Aufregung erspart bleiben sollte. Nun aber, da sich die Lage wieder besserte, galt es, auch diesen Verbrechen nachzuspüren. Die Menschen der Stadt wurden aufgefordert, dem Niedergericht bei seinen Ermittlungen zu helfen, sollten sie etwas über diese toten Kinder oder gar die ketzerischen Schändungen an ihnen wissen.

Einen Tag nachdem der Artikel im Relations-Courier erschienen war, machten sich Hinrich Wrangel und Matthias Claussen auf und besuchten ein gutes Dutzend Hamburger Bürger in ihren Häusern. Der Ablauf dieser Besuche war stets der gleiche. Nachdem man sich nach dem werten Befinden erkundigt hatte, übergab Pastor Claussen dem Besuchten ein ordentlich verschnürtes Paket mit den Worten, man habe dem Herrn einen Handel anzubieten. Wrangel hielt sich derweil im Hintergrund, betrachtete das Interieur der eleganten Häuser, manchmal aber auch nur die eigenen Hände, um die innere Ruhe zu wahren. Der Hausherr öffnete meist mit Neugier das Paket, nur um umso entsetzter eine weite weiße Kutte darin vorzufinden. Mit einer Kaltblütigkeit, für die Wrangel seinen Freund bewunderte, ließ Claussen dann verlauten, man überlasse diese Kutte durchaus dem Hausherrn, vorausgesetzt, dieser spende im Gegenzug den Zehnten seines Vermögens für die Armen und von der Pestilenz Getroffenen in Hamburg. Auch habe der Spender künftig von jeglichem öffentlichen Amt in der Stadt Abstand zu nehmen. Einige der Männer zuckten zusammen, anderen traten Tränen in die Augen. Manche verkniffen den Mund zu einer starren Linie und verschränkten abweisend die Arme. Claussen behandelte sie alle gleichermaßen. Er zog ein vorbereitetes Papier aus seiner Mappe, in dem bereits der Name des Spenders sowie die Spendensumme eingetragen waren. Dann deutete er auf Wrangel und wies darauf hin, dass der Herr Advocatus diesen Handel bezeugen werde. Der Anblick des Unausweichlichen in Form des Papiers rief die verschiedensten Reaktionen hervor. Drei der Männer sagten kein Wort, sondern ließen sich einfach nur die Feder reichen, um zu unterschreiben, mit bleichem Gesicht und zitternder Hand ihre Schuld so wortlos eingestehend. Die meisten aber begehrten auf, fragten, was dieser Mummenschanz zu bedeuten habe, was der Herr Pastor sich da für einen üblen Scherz erlaube und ob er sich der Konsequenzen seiner Handlungen bewusst sei. Dann war es an Wrangel, kommentarlos den Artikel des Relations-Couriers aus einer Mappe herauszuziehen und ihn dem Aufbegehrenden zu reichen. Die meisten schlugen ihn in Kenntnis seines Inhalts wütend zurück und stellten sich uneinsichtig. Dann war es wiederum an Claussen, in seine Mappe zu greifen und das Rechnungsbuch von Abensur hervorzuholen. Mit knappen Worten erklärte der Pastor, worum es sich bei diesem Buch handelte und dass er es auch gern dem Herrn Prokurator des Niedergerichts zur Verfügung stellen könne, damit dieser es für die Ermittlungen in den Mordfällen nutzen könne. Einige wenige begehrten auch dann noch auf. In diesem Fall erläuterte Wrangel kurz und deutlich, inwiefern sich eine Zeugenbefragung gegen den Aufbegehrenden wenden könne. Die Schande für den eigenen Namen, die Familie, das Geschäft. Der gute Ruf, den es in der Frohnerei zu verlieren gäbe. Denn ein solches Verbrechen erlaube wohl keinen anderen

Ort für die Verwahrung der Angeklagten. Auch sei mit einer peinlichen Befragung zu rechnen. Solche Aussichten ertrugen die wenigsten. Und selbst die zwei, die hier noch widerstanden, besannen sich, als Claussen von Gottes Geboten, seinen gerechten Strafen, aber auch der Gnade Jesu sprach, der den reuigen Sünder nicht verstoße.

Als das dunkle, harte Jahr des Herrn 1713 am heiligen Silvester zu Ende ging, konnte Pastor Claussen am Ende des Gottesdienstes in Sankt Katharinen verkünden, dass sich in den letzten Tagen dieses Jahres der harten Prüfungen ein Dutzend Spender gefunden hatten, die mit der unbedingten Bitte, ihre Namen ungenannt zu lassen, den Armen und der von der Pest Gebeutelten der Stadt Hamburg mit großzügigen Spenden für den Neuanfang zur Seite stünden.

Ein von Freude getragenes Raunen und Schluchzen ging bei diesen Worten durch die Reihen der Kirchenbänke, und die Menschen verließen voll dankbarer Hoffnung das Gotteshaus.

Auch Hinrich Wrangel trat zusammen mit seiner Frau und seinen Kindern hinaus auf den von Fackeln erleuchteten Kirchplatz. Da gesellte sich Knut Andersen, der persönliche Assistent des Altonaer Oberpräsidenten, zu ihm und wünschte ihm im Namen des Grafen Reventlow alles Gute für das herannahende neue Jahr. Dann räusperte sich Andersen und setzte leise nach: »Der Herr Oberpräsident lässt fragen, ob Ihr womöglich Neuigkeiten in einer bestimmten, ernst zu nehmenden Angelegenheit für ihn habt.«

Wrangel nickte lächelnd und zog aus seinem warmen Wintermantel ein dickes, wohlversiegeltes Kuvert. »Ich hoffte darauf, Herr Andersen, Euch heute hier zu treffen. Bestellt dem Grafen Reventlow meine herzlichen Grüße, verbunden mit den besten Wünschen für das neue Jahr, und übergebt ihm bitte persönlich dieses Kuvert. Keinem anderen Boten würde ich es anvertrauen. Sein Inhalt erfordert größte Diskretion.«

Andersen verbeugte sich und ließ das Kuvert in seiner Manteltasche verschwinden.

✧ ✧ ✧

Das Jahr 1714 war erst wenige Wochen alt, als dem Rat der Stadt Hamburg eine großzügige Spende der Stadt Altona zukam, um die Leiden der von der Pest betroffenen und verarmten Menschen zu lindern.

Am 22. März des Jahres 1714 schließlich feierte die Stadt Hamburg einen großen, feierlichen Dankgottesdienst für das Ende der Pestepidemie. Nachmittags um vier Uhr wurden sämtliche Glocken der Stadt geläutet und aus einundachtzig Kanonen von den Wällen der Stadt und den im Hafen liegenden Kriegsschiffen dreimalige Freudenschüsse abgefeuert. Auf allen Straßen feierte das Volk das Ende des schwarzen Todes und der dunklen Tage.

Fünf Wochen später zogen sich endlich auch die dänischen Soldaten von den Hamburger Grenzen zurück und gaben die Stadt und ihr Umland frei. Man munkelte zwar, der dänische König habe sich mit diesem Schritt schwergetan, doch die Hansestadt habe in dem Oberpräsidenten von Altona einen aufrechten Advocatus für ihre Freiheit vor König Friedrich IV. gefunden.

Für Hamburg begann eine neue Zeit. So manche alte Familie schied aus den öffentlichen Ämtern aus, und in den folgenden Jahren bildete sich eine neue Elite heraus, deren Mitglieder die Geschicke der Stadt für die nächsten zwei Jahrhunderte lenken sollten.

Auch von den ausländischen Gesandten und Gästen kehrten viele Hamburg den Rücken.

Baron von Görtz war bereits im Juni, kurz nach dem Tod seiner Frau, nach Berlin abgereist. Dort verwandte er sein diplomatisches Geschick, um Preußen näher an Holstein-Gottorf zu binden. Im Februar 1714 allerdings wurde offenbar, dass Baron von Görtz ein doppelzüngiges Spiel in dem dänisch-schwedischen Konflikt spielte, dem Altona zum Opfer gefallen war. Preußen verwies den Grafen des Landes. Doch Görtz verstand es, den schwedischen König Karl XII. für sich zu gewinnen. Bald machte er sich als Minister und geschickter Finanzier unentbehrlich und half ihm, den Nordischen Krieg noch weitere Jahre fortführen zu können. Als Karl XII. Ende 1718 in Norwegen fiel, war jedoch auch das Schicksal des Barons von Görtz besiegelt. Zu viele Feinde hatte sich der Baron in den wenigen Jahren gemacht. Er wurde umgehend nach dem Tod des Königs verhaftet und im Februar 1719 in Stockholm durch das Schwert gerichtet.

Louis Abensur kehrte 1714 zunächst nach Hamburg zurück, wohl in der Hoffnung, seine diplomatischen Dienste für König Stanislaus genauso fortsetzen zu können wie seine Geschäfte mit den französischen Pässen. Als Graf Vellingk von ihm jedoch mit aller Nachdrücklichkeit Einsicht in gewisse Papiere verlangte, von denen er vermutete, dass sie seinen Ruf beim schwedischen König schädigen könnten, verweigerte sich Abensur. Vellingk sorgte dafür, dass Abensur mit Unterstützung der Hamburger am 31. Oktober 1714 in aller Stille verhaftet und an die Schweden ausgeliefert wurde. Bis zum April 1716 hielt man ihn zunächst in Stralsund, dann in Wismar fest. Nach seiner Freilassung ging Abensur nach Paris und versuchte von dort aus eine hohe Entschädigung von Hamburg für die Übergabe an die Schweden zu erwirken. Doch sein Leumund war so schlecht, dass es als schädlich für das Ansehen von Ludwig XIV. betrachtet wurde, sollte aus Abensurs Forderungen eine Affäre politischen Ranges werden. So ließ man ihn Anfang 1717 auch in

Paris fallen, was das Ende von Abensurs Karriere bedeutete. Er entschwand in die Vergessenheit.

Graf Vellingk hingegen diente zunächst weiterhin dem schwedischen König als Diplomat. Doch schon bald wurden Gerüchte laut, dass er sich privat bereichere, und der König entzog ihm weitreichende Vollmachten, so dass er nur noch eine untergeordnete diplomatische Rolle spielte. Nach dem Tod Karls XII. konnte Vellingk das Vertrauen von dessen Nachfolger auf dem Thron gewinnen und seine diplomatische Laufbahn fortsetzen. Doch auch der neue schwedische König brauchte nicht lange, um gewahr zu werden, dass der Eigennutz für Vellingks Handeln maßgeblich war. Vellingk wurde wegen Veruntreuung von Staatsgeldern verhaftet und zum Verlust seines Eigentums, der Ehre und des Lebens verurteilt. Zwar begnadigte man ihn schließlich zu lebenslanger Haft und strich lediglich seinen Namen aus der Liste der schwedischen Grafen. Auf dem Weg in die Haft starb Vellingk in einem Gasthaus unter nicht näher bekannten Umständen.

Graf Rantzau reiste 1714 nach Berlin, wo er im darauffolgenden Jahr verhaftet wurde. Die Anklage lautete auf Sodomie. Mehrere Zeugen sagten gegen den Reichsgrafen aus und bestätigten seinen liederlichen Lebenswandel, so dass Rantzau zur Haft in Spandau verurteilt wurde. Für fünfzigtausend Taler hätte er sich von der Haft freikaufen können, doch er brachte diese Summe nicht auf. 1720 wurde Rantzau auf Einspruch des Kaisers aus der Haft entlassen und kehrte nach Barmstedt auf Schloss Rantzau zurück, wo er seinen lasterhaften Lebenswandel fortführte. Allerdings schon 1721 traf den Reichsgrafen während der Schnepfenjagd eine aus dem Unterholz abgefeuerte Kugel tödlich. Rantzaus jüngerer Bruder wurde daraufhin dieses Mordes verdächtigt und schließlich 1726 zum Tode verurteilt und enthauptet. Die Grafschaft und die Güter der Rantzaus wurden vom dänischen König konfisziert.

Eva von Buttlar hatte bereits 1713 den Namen Brachfeld endgültig abgelegt und führte in Altona ein bescheidenes und unauffälliges Leben. Sie geriet nicht mehr mit der evangelisch-lutherischen Kirche in Konflikt, zu der sie sich seit der Geburt ihres Sohnes zumindest nach außen hin bekannte. 1721 starb Eva im Alter von nur fünfzig Jahren. Ihren verwaisten Sohn zogen ihre Brüder und Schwestern im Glauben auf. Er ging später nach Kiel und bekleidete dort von 1766 bis 1790 das Amt des Bürgermeisters.

Die Pulvermühle bei der Borsteler Aue wurde nicht wieder aufgebaut. Die Ursache für den Brand wurde nie aufgeklärt.

HISTORISCHE FAKTEN UND HINTERGRÜNDE

Die Buttlarsche Rotte – eine Gemeinschaft radikaler Pietisten

Der Ausdruck »Buttlarsche Rotte« geht auf ihre charismatische Anführerin Eva von Buttlar zurück, eine 1670 bei Eschwege geborene Adlige. Schon sehr jung kam Eva von Buttlar an den Hof von Eisenach und wurde dort 1687 mit dem deutlich älteren Jean de Vésias verheiratet, einem hugenottischen Flüchtling, der sich als Pagen-, Hof- und Tanzmeister zu Eisenach verdingte. Mit radikaler pietistischer Frömmigkeit kam von Buttlar 1697 durch Gustav Vockeroth in Kontakt. Jener war Anhänger der Philadelphischen Sozietät der Jane Leade in London und hielt in Gotha Hausversammlungen im Stil jener Sozietät ab, die Eva von Buttlar regelmäßig besuchte. 1698 erfuhr sie dort ihre Erweckung zum radikalen Pietismus, was dazu führte, dass sie ihre eigene Lebensführung radikal veränderte. Der Pietismus ist nach der Reformation die wichtigste Reformbewegung des kontinentaleuropäischen Protestantismus. Er entsprang aus einem Gefühl mangelnder Frömmigkeit und einer unzureichenden christlichen Lebensführung, die durch die Verrohungen während des Dreißigjährigen Krieges ausgelöst wurden. Er versteht sich als eine Rückbesinnung auf die wesentlichen Anliegen der Reformation. Das fromme Subjekt steht im Zentrum pietistischen Denkens.

Der radikale Pietismus war eine kirchenkritische Strömung innerhalb der pietistischen Bewegung. Er entstand im späten siebzehnten Jahrhundert in den lutherischen und reformierten Kirchen in Deutschland. Die meisten radikalen Pietisten waren davon überzeugt, dass wahres Christentum nur außerhalb der Kirche gelebt werden konnte. Darum blieben sie den Gottesdiensten und der Feier des Abendmahls fern. Viele verweigerten auch die Taufe und Konfirmation ihrer Kinder. Einige Kreise radikaler Pietisten waren stark mystisch-spirituell inspiriert. Auch Eva von Buttlar und ihre späteren Anhänger, die als »Buttlarsche Rotte« beschimpft wurden, kann man zu ihnen zählen.

Zeitgenossen bestätigen Eva von Buttlar eine hübsche weibliche Gestalt und eine außergewöhnliche Ausstrahlung und Liebenswürdigkeit, von der die Menschen in den Bann gezogen wurden. Wegen ihrer radikal pietistischen Lebensweise und der Verweigerung des Gottesdienstes und des Abendmahls wurde Eva von Buttlar 1699 per Landesverweisung aus Eisenach vertrieben. Im Winter 1699 fand sie schließlich Quartier im Hause einer Apothekerwitwe in Allendorf. Inzwischen hatte sie den vier Jahre jüngeren Justus Gottfried Winter kennengelernt, einen reformierten Kandidaten der Theologie, der ihr begeisterter Anhänger und Geliebter wurde. In Allendorf formte sich die von ihr und Winter inspirierte Gemeinschaft aus, die sich Christliche und Philadelphische Sozietät nannte, später auch Evische Sozietät, direkt nach Eva von Buttlar.

Bald zählte die Gemeinschaft an die vierzig ergebene Leute, sowohl gebildete Männer und Damen von Adel wie auch Handwerker und einfache Leute. Man lebte nach radikalen pietistischen Vorstellungen in einer christlichen Gemeinschaft, die alles teilte, neben Freude und Leid vor allem ihren weltlichen Besitz. Schnell wurden der Gemeinschaft auch sexuelle Ausschweifungen nachgesagt, zumal ihre Leitfigur Eva von Buttlar, die von den Mitgliedern der Sozietät nur Mutter Eva genannt wurde, noch verheiratet war, aber bereits eine sexuelle Beziehung zu Justus Winter unterhielt.

1703 schließlich reichte Eva von Buttlars Ehemann Jean de Vésias in Eisenach die Scheidung ein. Die zunehmenden Gerüchte um von Buttlar und ihre Anhänger führten dazu, dass die Gemeinschaft Allendorf verlassen musste und etwa zwei Jahre von einer Stadt zur anderen zog. 1704 schließlich bekam die Evische Sozietät von dem Grafen Albert zu Sayn-Wittgenstein den Hof Saßmannshausen bei Laasphe zur Pacht angeboten und ließ sich dort nieder.

Im Herbst 1704 stieß auch Johann Georg Appenfeller dauerhaft zur Gemeinschaft. Er hatte Medizin in Jena studiert, musste das Studium allerdings wegen Geldnöten abbrechen und fand in der Evischen Sozietät seine neue Bestimmung. Die sorgenfreie Zeit in Saßmannshausen war allerdings nur von kurzer Dauer. Bereits im Frühjahr 1705 kam es wegen der libertinären Lebensweise der »Buttlarschen Rotte« zu einem Prozess, dessen Anklage auf »Hurerei, Ehebruch, Blutschande und große Gotteslästerung, darunter auch Mord und andere Übeltaten« lautete.

Im Zuge des Prozesses wurde die Lehre der Sozietät aufgerollt. So bezog sich diese angeblich auf die von Jakob Böhme vertretene Auffassung vom paradiesischen Urmenschen, der androgyner Natur gewesen sei. Um die Ursprungsnatur und das Reich Gottes wiederzuerlangen, müssten Frauen und Männer ganz von fleischlicher Begierde gereinigt werden. Die Mittel der mystischen Reinigung wurden nicht symbolisch, sondern konkret materialistisch verstanden und auch angewandt. Angeblich bedeutete das für die Männer Beischlaf mit der von Sünden reinigenden Mutter Eva, die als »Teich Bethesda« verstanden wurde. Inwieweit an diesen im Prozess gemachten Ausführungen etwas dran ist, lässt sich schwer sagen, mit Sicherheit aber wurden sie über die Jahrhunderte als Beweis der Lasterhaftigkeit der »Buttlarschen Rotte« immer wieder bemüht. Verbürgt ist hingegen, dass die Anhänger der Sozietät die göttliche Trinität verehrten, die sie als inkarniert verstanden in den Personen Justus Gottfried Winter als »Gottvater«, Johann Georg Appenfeller als »Sohn« und Eva von Buttlar als »Heiligen Geist«.

Es kam in dem Laaspher Prozess zu keiner Verurteilung, da die Gefangenen vorher die Flucht ergriffen und sich später in Köln sammelten. Von dort aus siedelten sie sich in Lügde im Bistum Paderborn an. Viele Mitglieder der Sozietät konvertierten zum Katholizismus, sicherlich einer vordergründigen Tarnung wegen. Auch Eva von Buttlar und Appenfeller konvertierten, und nachdem von Buttlars Scheidung inzwischen auch förmlich vollzogen war, heirateten die beiden im September 1705.

Damit begann ein neuer Abschnitt im Leben der Sozietät. Mit gestärktem Sendungsbewusstsein verkündeten von Buttlar und Appenfeller das »neue himmlische Reich« und die »Zeit des Sohnes«, den Appenfeller verkörperte. Winter hatte sich wohl aus der Führung zurückgezogen. Appenfeller erließ eine Haus-, Kirchen-, Staats- und Rechtsordnung für die Gemeinschaft. Zum Neujahr 1706 inthronisierte ihn die Sozietät zum »König«, zum »Priester« und »Bischof«. Es folgte die feierliche »Consecratio« der Mutter Eva als »Sophia« im Stil des Hohen Liedes. Alle Mitglieder erhielten hohe Ämter in dem Gottesstaat. Zugleich aber war die Geistlichkeit im Bistum alarmiert, und am 22. Februar wurde die ganze Sozietät wegen Blasphemie verhaftet, peinlich verhört und unter Folter zu Geständnissen vor dem bischöflichen Halsgericht gezwungen. Den verhängten Strafen entzogen sich die Gefangenen allerdings wieder durch Flucht.

Reste der Gemeinschaft sammelten sich schließlich 1708 im dänischen Altona, einer für seine religiöse Toleranz bekannten

Stadt vor den Toren Hamburgs. Unter falscher Identität führten von Buttlar und Appenfeller dort ein unauffälliges Eheleben. Appenfeller nannte sich nun Doktor Brachfeld und arbeitete als praktizierender Arzt. Er starb im März 1712 in Altona und wurde auf dem dortigen Mennonitenfriedhof beerdigt. Die Evische Sozietät blühte in Altona nicht wieder auffallend auf. Einzig die Geburt von Eva von Buttlars erstem Sohn am 8. April 1713 sorgte für Verwirrungen, weil die inzwischen dreiundvierzigjährige Mutter darauf bestand, dass das Kind von ihrem verstorbenen Mann sei, was biologisch unmöglich war. Sie aber bezeichnete die Geburt als göttliches Wunder und Zeichen, dass sie den erwarteten Messias geboren habe. Letztlich aber ließ sie das Kind lutherisch taufen, bekannte sich auch selbst wieder zur lutherischen Konfession und starb acht Jahre später in Altona. Sie wurde ebenfalls auf dem Friedhof der Mennoniten bestattet. Ihr Sohn wurde später Bürgermeister von Kiel.

Mit dem Tod Eva von Buttlars war die Evische Sozietät endgültig erloschen. Die ihr angelasteten Greuel aber wurden immer wieder mit dem Pietismus in Verbindung gebracht und veranlassten schließlich den berühmten Rechtsgelehrten Christian Thomasius dazu, 1725 große Teile der Prozessakten aus dem Laaspher Prozess zu veröffentlichen und sich um ein unparteiisches Urteil über die »Buttlarsche Rotte« zu bemühen. Er kam zu dem Ergebnis, dass die meisten Vorwürfe gegen die Sozietät »von offenbaren Feinden fälschlich erdichtet« worden seien. Den Prozess, den der Graf zu Sayn-Wittgenstein gegen die Sozietät angestrengt hatte, beurteilte Thomasius als ein »illegales Verfahren«.

Der Große Nordische Krieg 1700 bis 1721 und der Brand von Altona im Jahr 1713

Als Großer Nordischer Krieg ging jener Krieg in die Geschichte ein, der von 1700 bis 1721 im mittleren und östlichen Europa von der Allianz aus Russland, Sachsen-Polen und zeitweise Dänemark gegen das Königreich Schweden geführt wurde. In der Folge des Krieges verschoben sich die europäischen Machtverhältnisse: Schweden verlor seine Vorherrschaft im Ostseeraum, und Russland stieg zu einer neuen europäischen Großmacht auf.

Einer der entscheidenden Siege in diesem langwierigen Krieg war die zu Russlands Gunsten entschiedene Schlacht bei Poltawa im Juli 1709. Sie führte zur Vernichtung der schwedischen Armee in Russland. Aber der schwedische König war nicht bereit, mit den Russen einen Frieden abzuschließen, sondern floh mit seinen versprengten Armeeresten in das Osmanische Reich, um von dort aus den Krieg fortzuführen.

Russland eroberte nach diesem Sieg zunächst Estland und Livland, bald darauf auch Finnland und übernahm so die Herrschaft in der Ostsee. Parallel zu diesen baltischen Aktivitäten führte der Zar Krieg gegen das Osmanische Reich, das dem schwedischen König Zuflucht gewährt hatte. Aber dem Sultan fehlten die Mittel für eine ernsthafte Auseinandersetzung mit dem Zaren, und so schlossen die beiden Reiche auf Vermittlung der Seemächte am 14. Juni 1713 den Frieden von Adrianopel, der auch das Ende des türkischen Asyls für den schwedischen König bedeutete.

Weitaus schwieriger als die baltischen Eroberungen gestaltete sich für Russland und seine Verbündeten Dänemark und Polen-Sachsen der Kampf um die schwedischen Besitzungen in Norddeutschland, der zwischen 1711 und 1715 ausgetragen wurde. Ein wichtiger Grund dafür waren die starken Festungsanlagen in Wismar, Stralsund und Stettin. Da die Schweden noch die südliche Ostsee beherrschten, verfügten sie über kurze Nachschubwege über das Meer, während vor allem die Russen, Polen und Sachsen weite Landwege zu meistern hatten.

In diesen Kriegsabschnitt fiel der verheerende Brand von Altona. Im Dezember 1712 gelang es dem schwedischen General Magnus Stenbock in der Schlacht bei Gadebusch, den verbündeten Dänen und Sachsen eine empfindliche Niederlage mit sechstausend Toten beizubringen und sie so zu einem fluchtartigen Rückzug zu veranlassen. Aber auch Stenbocks Soldaten hatten hohe Verluste zu verzeichnen, was den General dazu veranlasste, weiter nach Holstein zu ziehen, da dort eine bessere Versorgungslage zu erwarten war. Sein Weg führte ihn im Januar 1713 über Hamburg und Altona. Die unbefestigte dänische Stadt ließ er ohne Gnade niederbrennen, angeblich als Vergeltung für einen dänischen Angriff im Jahr 1712 auf das von Schweden beherrschte Stade.

In der Nacht vom 8. auf den 9. Januar 1713 brandschatzten die schwedischen Soldaten die hilflose dänische Stadt, nachdem Stenbock die zunächst von den Altonaern angebotenen vierundzwanzigtausend Taler genauso ausschlug wie die daraufhin gebotenen fünfzigtausend Taler. Die von ihm geforderten hunderttausend Taler konnte die Stadt nicht aufbringen. Alles in allem fielen dem Brand 959 Häuser und 274 Buden zum Opfer, nur rund 400 Häuser und 169 Buden konnten gerettet werden, wie auch einige protestantische Kirchen. Diese zu brandschatzen widersprach dem streng gläubigen protestantischen König Karl XII.

Sogar die den Altonaern nicht wohlgesinnten Hamburger halfen angesichts der großen Not der Nachbarn und schickten zwei Spritzen mit dreißig Mann nach Altona. Da Hamburg aber seine Stadttore aus Angst vor der Pest, die in Altona grassierte, nicht öffnen wollte, versorgte der Hamburger Rat die auf dem Hamburger Berg zusammengedrängten obdachlosen Flüchtlinge täglich mit Viktualien im Wert von fünfzig Talern.

Stenbock war mit seinem Heer umgehend weiter nach Tönning gezogen, einer Festung nahe der Nordsee, die zu Holstein-Gottorf gehörte. Das Herzogtum gab sich im Nordischen Krieg neutral, aber Baron Görtz, ein Gottorfscher Diplomat, spielte ein doppeltes Spiel und gewährte dem Schweden unter der Hand Zutritt. Doch die Russen folgten den Schweden auf dem Fuß, und bereits am 31. Januar 1713 drängten russische Truppen, die vom Zaren persönlich angeführt wurden, Stenbocks Soldaten bis in die Festung von Tönning. Nach dreimonatiger Belagerung kapitulierte Stenbock schließlich am 16. Mai 1713. Den Rest seines Lebens verbrachte der schwedische General in dänischer Festungshaft. Die russischen Truppen machten sich unter der Führung von General Menschikow, dem engsten Vertrauten des Zaren, auf den Rückweg, auf dem sie deutliche Spuren der Plünderung und Verwüstung hinterließen.

1714 kehrte Karl XII. schließlich aus seinem türkischen Asyl zunächst nach Stralsund, dann nach Schweden selbst zurück. Dem Krieg konnte er jedoch keine Wendung mehr zugunsten Schwedens geben. Karl XII. starb am 11. Dezember 1718 in vorderster Front bei der Belagerung von Frederikshald durch eine fehlgeleitete Kugel. Damit war der Nordische Krieg mit einem Schlag so gut wie beendet. Zu einem endgültigen Frieden mit Russland kam es nach langwierigen Verhandlungen aber erst 1721 mit dem Friedensvertrag von Nystad, drei Jahre nach dem Tod Karls XII.

Diplomatische Gesandtschaften in Hamburg

Da Hamburg zu Beginn des 18. Jahrhunderts eine freie Reichsstadt war und somit direkt dem Kaiser unterstand, in den meisten seiner politischen Entscheidungen aber ungebunden war, zog es ganz natürlich die Gesandten seiner direkten und weniger direkten Nachbarländer an, wie auch Gesandte der wichtigen Handelspartner. Als bedeutendes Handels- und Wirtschaftszentrum sowie als Knotenpunkt wichtiger Postwege waren viele Mächte daran interessiert, in Hamburg vertreten zu sein. Außerdem war die Hansestadt aufgrund ihrer Handelsinteressen traditionell neutral in kriegerischen Auseinandersetzungen, so auch im Großen Nordischen Krieg. Damit bot die Stadt ein geeignetes diplomatisches Parkett für politische Sondierungsgespräche der verschiedenen Kriegsparteien.

Die Gesandten der ausländischen Mächte waren nicht zwingend auch deren Untertanen. Häufig waren es Adelige, die sich an dem Ort ihrer Gesandtschaft gut auskannten und entsprechende Kontakte unterhielten.

Georg Heinrich von Schlitz, genannt von Görtz, beispielsweise stammte aus Fulda. Er studierte Rechts- und Staatswissenschaft in Jena und Helmstadt und trat 1697 als Kammerjunker in den Dienst Herzog Friedrichs IV. von Holstein-Gottorf. Früh zeigte sich Görtz' politisches Geschick und diplomatisches Talent. Er stieg rasch zu einem leitenden Minister im Herzogtum Holstein-Gottorf auf und übernahm diplomatische Missionen für seinen Herrn. Hamburg war für ihn ein wichtiger Einsatzort, zumal Görtz dort über Grundbesitz, das von ihm ausgebaute Görtz-Palais, verfügte. Nachdem die von Görtz in Hamburg eingefädelten diplomatischen Winkelzüge im schwedisch-russischen Konflikt um General Stenbock und die Gottorfsche Festung Tönning offensichtlich wurden und sich die Pest in Hamburg ausbreitete, verließ er die Stadt und band sein weiteres Schicksal bald eng an das des schwedischen Königs Karl XII.

Ein weniger typisches Beispiel für einen Gesandten war Louis Abensur. Der aus Altona stammende Kaufmann gehörte einer bedeutenden, auch auf dem diplomatischen Parkett tätigen Familie sephardischer Juden an, überwarf sich aber mit ihr und konvertierte zum Katholizismus. Er versuchte sein kaufmännisches Glück über Jahre in Altona, Hamburg und immer wieder auch im baltischen Raum, jedoch ohne durchschlagenden Erfolg. Schließlich brachte ihm 1707 sein Kontakt zu dem schwedischen Diplomaten Mauritz Graf Vellingk die Bestallung als polnischer Resident in Hamburg für den im Nordischen Krieg von schwedischen Gnaden auf den polnischen Thron gebrachten König Stanislaus ein. Es war eine schlecht bezahlte Position, da das Königreich Polen einer der Zankäpfel im Großen Nordischen Krieg war. Alternativen gab es jedoch für den glücklosen Kaufmann kaum, so dass er trotz aller Demütigungen, die er von den Hamburger Kaufleuten, mit denen er noch aus früheren Tagen im Streit lag, erdulden musste, an der Gesandtschaft festhielt. Abensurs emotional enge Bindungen an den französischen Hof, an dem er sich auch hatte taufen lassen, verschafften ihm einen guten Kontakt zu dem französischen Gesandten Etienne Bidal. Der spielte Abensur das Geschäft mit französischen Pässen zu, die im ausklingenden Spanischen Erbfolgekrieg seitens der Hamburger Kaufleute wieder gefragt waren. Ernsthafte diplomatische Lorbeeren konnte Abensur als polnischer Gesandter allerdings nicht erringen. Vielmehr scheint er auch als Gesandter manchen dunkleren Geschäften nachgegangen zu sein. Als Hamburg die Pestepidemie überwunden hatte, wurde Abensur aufgrund eines Komplotts, das Graf Vellingk mit der Stadt Hamburg geschlossen hatte, stillschweigend verhaftet. Dem schwedischen Grafen war nämlich daran gelegen, die Korrespondenz Abensurs nach für ihn kompromittierenden Papieren zu durchsuchen. So endete Abensurs diplomatische Laufbahn durch dieselbe Hand, die sie ins Leben gerufen hatte.

Die Pestepidemie 1713 in Hamburg

Die Pest, lateinisch *pestis,* »Seuche«, ist eine überaus ansteckende Infektionskrankheit, die die Menschheit nachweislich schon mindestens seit der Spätantike immer wieder heimgesucht und jedes Mal unzählige Todesopfer gefordert hat. Erst 1890 entdeckte Alexandre Yersin den Bazillus, der die Seuche auslöst, das nach ihm benannte Bakterium *Yersinia pestis.* Vorwiegend wird das Bakterium durch Flöhe übertragen, insbesondere solche, die auf Ratten leben. Es gibt aber auch die Möglichkeit der Tröpfcheninfektion, die dann zur Lungenpest führt. Heute bekämpft man die Krankheit mit Antibiotika.

1713 war man in Hamburg von diesem Wissen noch weit entfernt und stand der sich ausbreitenden Epidemie der Beulenpest ähnlich hilflos gegenüber wie die Menschen all die Jahrhunderte zuvor. Das einzige Mittel, das sich immer wieder bewährt hatte, waren extreme Reinlichkeit und eine konsequente Isolation der Erkrankten.

Die Pest war nicht plötzlich nach Hamburg gekommen, sondern hatte sich über mehrere Jahre langsam im Schlepptau des Großen Nordischen Krieges von Osteuropa aus entlang der Ostsee ausgebreitet. Es ist anzunehmen, dass die Soldaten die Krankheit im Gepäck hatten beziehungsweise der Tross, der den kämpfenden Truppen hinterherzog. 1709 traf die Seuche Danzig und kostete über zweiunddreißigtausend Menschen das Leben. 1710/11 starben in der Mark Brandenburg über zweihunderttausend Menschen.

Diese Zahlen trieben den Hamburger Rat dazu, Präventionsmaßnahmen zu ergreifen. An den Stadttoren mussten alle Fremden Gesundheitspässe vorzeigen. Auch wurde der Handel mit Altkleidern, Pelzwerk, Lumpen und Ähnlichem möglichst unterbunden, da sie im Verdacht standen, die Infektion zu übertragen. Falsch war das nicht unbedingt, allerdings wusste man damals noch nicht um die Flöhe, die sich in alten Kleidern tummeln konnten. Auch berief der Rat im Sommer 1710 bereits ein Sanitätskollegium und erließ weitere strenge Regeln zur Sauberkeit in der Stadt. Der Schweinemarkt etwa durfte nur noch vor den Stadttoren abgehalten werden, Märkte, Straßen und Gassen mussten täglich von Unrat gesäubert werden. Bald schon musste jeder, der durch die Stadttore wollte, einen Pass vorzeigen, in dem die Behörden des Ortes, aus dem der Reisende kam, bestätigten, dass der Ort pestfrei sei. Mit verseuchten Gebieten wurde jeder Handel, auch der Briefverkehr, verboten. Aber die Maßnahmen nützten nicht genug. 1711 wütete die Pest in Kopenhagen und wurde von dort nach Schleswig und Holstein eingeschleppt. Im Sommer 1712 zeigte sich die Pest in Rellingen, Pinneberg und auch in Altona, das an die tausend Pestopfer zu vermelden hatte. Auch Stade war betroffen und Hamburg somit von allen Seiten von der Pest umzingelt.

Um die Ausbreitung der Infektion in der Stadt zu verhindern, wurde jeder verdächtige Krankheitsfall genau untersucht und an der Pest Erkrankte wurden sofort konsequent isoliert. Die Kosten für ihre nötigste Verpflegung und die ärztliche Behandlung übernahm die Stadt.

Mit der Betreuung der Kranken hatte der Rat der Stadt sechs Pestärzte sowie zwölf Pestchirurgen speziell betraut sowie noch etwa hundertzwanzig Wärterinnen, um die in ihren Häusern Isolierten zu versorgen. Doch als die Pest immer schlimmer wütete, mussten auch die Privatärzte der Stadt bei der Versorgung der Pestkranken helfen, obwohl sich viele von ihnen vermutlich gesträubt haben, nicht zuletzt aus Angst vor Ansteckung.

In der Regel dauerte die Krankheit drei bis sieben Tage, manchmal sogar bis vierzehn Tage. Doch nach dem siebten Tag galt die größte Gefahr als überwunden. Trotzdem wurde jedes befallene Haus für vierzig Tage unter Quarantäne gestellt. Da man den eigentlichen Infektionsherd nicht kannte, konnten die Ratten und ihre Flöhe häufig aus der Isolation entweichen und die Krankheit so weiterverbreiten.

Zur kalten Jahreszeit ließen die Infektionen nach, da die Flöhe in Winterstarre verfielen. Sobald jedoch die Temperaturen wieder stiegen, brachen die Infektionen erneut aus. Bedingt durch die Übertragung durch die Flöhe waren hauptsächlich ärmere Menschen betroffen, die in Holzhäusern und auf engem Raum mit ihren Lebensmitteln und Tieren wohnten. In den großen Steinhäusern der wohlhabenden Bürger waren Ratten deutlich seltener zu finden. Entsprechend wenige Opfer gab es aus diesen Bevölkerungskreisen.

Im Sommer 1713 hatten die Pestfälle in Hamburg ein solches Ausmaß erreicht, dass nichts mehr schönzureden war. Zu Hunderten starben die Menschen, allein in der letzten Septemberwoche 1713 waren es 744 Tote. Die Leichen wurden nachts auf Karren, deren Räder zur Geräuschdämmung mit Filz ummantelt waren, aus der Stadt geschafft, um keine Panik aufkommen zu lassen. Doch bald schon mussten die Stadttore auf Druck der Nachbarn geschlossen werden, und weder Menschen noch Waren gelangten nach Hamburg. So kam zu der Krankheit auch noch der Mangel an Lebensmitteln hinzu. An die elftausend Tote wurden 1713 offiziell in der fünfundachtzigtausend Einwohner zählenden Hansestadt erfasst, wie viele es tatsächlich waren, ist nicht mehr nachzuweisen, ebenso wenig wie die genauen Todesursachen. Im Winter 1713/14 kam die Pest allmählich zum Erliegen und kehrte glücklicherweise im Frühjahr 1714 nicht zurück. Die Pestepidemie von 1713 war die letzte, die Hamburg bis heute zu erdulden hatte. Allerdings keineswegs die letzte Seuche. 1892 brach eine gewaltige Choleraepidemie in der Hansestadt aus, die ebenfalls Tausende Tote forderte. Aber das ist eine andere Geschichte.

Missbrauch und Teufeleien an Kindern in Hamburg

Der sexuelle Missbrauch von Kindern ist so alt wie die Geschichte der Menschheit. Als ein kriminelles Vergehen wird Gewalt gegen Kinder wie auch sexueller Missbrauch von ihnen allerdings erst seit relativ kurzer Zeit betrachtet, und das keineswegs gleichwertig in den verschiedenen Kulturkreisen.

Mit Beginn der Aufklärung zu Beginn des 18. Jahrhunderts verbreitete sich im abendländischen Europa langsam die Vorstellung von einer schützenswerten Kindheit. Man begann, Kinder nicht mehr wie kleine Erwachsene zu betrachten, sondern die Kindheit als eine eigenständige Entwicklungsphase des Menschen zu schätzen. Hierzu gehörte auch zunehmend die Bereitschaft, Gewalt gegen Kinder stärker einzudämmen und sexuellen Missbrauch durch Erwachsene gesellschaftlich zu ächten und zu kriminalisieren.

Eine Grauzone, in der sicherlich viel sexueller Missbrauch verschwamm, waren die insbesondere in der Frühen Neuzeit aufgekommenen Hexenverfolgungen. In einigen Regionen Deutschlands fanden sie noch bis ins 18. Jahrhundert hinein statt, auf jeden Fall spielten sie in den Köpfen der Menschen noch längere Zeit eine Rolle. Viele junge Mädchen fielen dem Hexenwahn zum Opfer, gern aufgrund der Beschuldigung, sie hätten Sex mit dem Teufel gehabt. Ob es nun tatsächlich Satan war, der die jungen Mädchen zum Sex zwang, war gewiss weniger leicht nachzuweisen als die sichtbaren Verletzungen, die die Opfer von solchen Übergriffen davontrugen.

Zu Beginn des 18. Jahrhunderts hatte man in Hamburg schon geraume Zeit der Hexenverfolgung abgeschworen. Aber den Teufel hatte man natürlich nicht abgeschafft. Im Sommer 1711 wurde in Hamburg eine Teufelserscheinung aktenkundig, als die elfjährige Maria Potthusen nach eigenen Aussagen vom Teufel bedrängt und genötigt wurde, wie auch ihre Geschwister den Amtsleuten bestätigten.

Sie berichtete, dass eines Nachts, als ihr Vater abwesend und nur ihre Stiefmutter zu Hause war, ein Mann mit einer weißen Perücke und einem gelben Rock, nur ein Bein bestrumpft, das andere rauh und nackt, zu den Kindern ins Haus gekommen sei und sie gezwungen habe, die Zehn Gebote verkehrt aufzusagen und damit Gott zu lästern. Vor Angst taten die Kinder, was der Mann sagte, knieten auch vor ihm nieder, als er es ihnen befahl, und mussten ihn anbeten. Um sie noch mehr zu beeindrucken, habe der fremde Mann Mäuse aus seinem Ärmel geschüttelt. Ihre Stiefmutter habe dazu nichts gesagt, sondern die Kinder nur ermahnt, gut aufzupassen, damit sie etwas lernten. Tage später habe Maria Potthusen den Mann auf der Straße wieder getroffen, diesmal ganz in Schwarz gekleidet. Er habe das Kind ermahnt, seine Zehn Gebote nicht zu vergessen und nur ihn zu lieben, denn es wäre schon sein Eigen. Seitdem glaubte sie, er müsse der Teufel sein. In einer mondhellen Nacht sei der fremde Mann dann auf einmal in Marias Kammer gewesen, habe sie aus dem Bett gerissen und sie gezwungen, vor ihm zu knien. Schließlich wurde das Kind in einer anderen Nacht, als es zwölf Uhr schlug, von einem Mann, den sie für ihren Vater hielt, aus ihrem Bett gerissen und aus dem Haus fortgebracht. Sie sei zu einem Ort gebracht worden, wo viele Männer und auch Frauen wild zu Flöten und Trommeln tanzten. Auch den schwarzen Mann, den Teufel, habe sie deutlich wiedererkannt und gesehen, wie er mit ihrer Stiefmutter und dann auch mit ihrem Vater herumgesprungen sei. Als der Teufel dann zu ihr kam und ihr sagte, in der nächsten Nacht käme er zu ihr, um mit ihr zu beten und seine Zehn Gebote abzufragen und sie zu zerreißen, wenn sie ihm widersagte, wurde Maria vor Angst ohnmächtig. Sie vertraute sich gemeinsam mit ihren Geschwistern dem Schulmeister der zweiten Neustädtischen Armenschule an, der die Kinder schließlich sogar von einem Hamburger Notar über die Vorfälle befragen ließ. Trotz scharfer Ermahnungen zur Wahrheit und der Androhung von Prügelstrafen blieben die Kinder bei ihren Aussagen, so dass diese schließlich amtlich protokolliert wurden und die Kinder wohl in der Obhut des Schulmeisters blieben.

Dieser dokumentierte Fall der Maria Potthusen diente als Anregung für die fiktive Handlung des Romans »Rattenfängerin«.

GLOSSAR

Brookvogt: oberster Gerichtsdiener oder Polizeiherr. Er unterstand direkt dem Prätor.

Bubonen: Pestbeulen

Buden: Kleinwohnungen und Gewerbestätten, die bis in die frühe Neuzeit kennzeichnend für nord- und mitteldeutsche Städte waren.

Chanukka: jüdisches Lichterfest

erbgesessen: Das war ein Einwohner der Stadt Hamburg dann, wenn ihm unbelasteter, frei vererbbarer Grundbesitz in der Stadt gehörte. Dies war die Voraussetzung, um überhaupt das Hamburger Bürgerrecht zu erwerben.

Frohn/Frohnerei: Als Frohn wurde der Scharfrichter bzw. Henker bezeichnet. Sein Haus, das üblicherweise auch einige Verliese hatte sowie eine Folterkammer und oft vor der Tür den Pranger, bezeichnete man als Frohnerei.

Gan Eden: hebräischer Ausdruck für den Garten Eden

Gehinnom: hebräische Bezeichnung für ein als Strafort gedachtes Totenreich. Im Neuen Testament wird der Ausdruck mit »Hölle« übersetzt.

Karbunkel: Eiterbeule

Konversion: Übernahme von neuen Glaubensgrundsätzen, religiösen Traditionen und Bräuchen durch eine konvertierte Person

Laudanum: Opiumtinktur

Mennoniten: radikal-reformatorische Täuferbewegung, die um die Mitte des 16. Jahrhunderts in Friesland entstand

Mithridat: Rezeptur, die als Universalheilmittel auch gegen Vergiftungen eingesetzt wurde. Sie bestand aus mindestens 54 Ingredienzien, darunter Zutaten wie Entenblut, Schlangen-

und Krötenfleisch, aber auch Anis, Fenchelsamen und Kümmel.

Niedergericht: Das Niedergericht war in Hamburg seit dem 13. Jahrhundert das erstinstanzliche Gericht für Zivil- und Strafsachen. Zwei Ratsherren waren als Prätoren allein für die Urteilsfindung in Bagatellfällen zuständig. Über Kapitalverbrechen konnte hier nicht gerichtet werden. Darüber entschied in Hamburg das Obergericht.

Obergericht: Das Obergericht war die höhere hamburgische Gerichtsinstanz und wurde durch den Rat gebildet. Es urteilte über Delikte, die mit Körper- oder Lebensstrafen zu bestrafen waren, wie etwa Mord, Vergewaltigung, Brandstiftung, Ketzerei oder Zauberei. Die für die Gerichtsverhandlung nötigen Ermittlungen wurden vom Niedergericht durchgeführt.

Pagen-Hofmeister: Hofmeister, welcher die Pagen bei Hofe unter seiner Aufsicht hatte

Petechien: stecknadelkopfgroße Blutungen aus den Kapillargefäßen in die Haut oder Schleimhaut. Sie treten oft als kleinste Blutpünktchen an den Knöcheln oder Unterschenkeln auf.

Pietisten, radikale: Sie gehörten einer kirchenkritischen Strömung innerhalb des Pietismus an. Die meisten radikalen Pietisten waren davon überzeugt, dass wahres Christentum nur außerhalb der verfassten Kirche gelebt werden könne, weshalb sie Gottesdiensten und der Feier des Abendmahls fernblieben.

Plattwerker: Textilhandwerker, der wertvolle und hochpreisige Stoffe herstellte

Prätor: Vorsteher des Niedergerichts in Hamburg. Er war zugleich Ratsherr und auf Zeit gewählt. Darüber hinaus hatte er die Polizeigewalt inne.

Profos: amtlich bestellter Aufseher der Roggenkiste

Prokurator: Anwalt am Niedergericht in Hamburg, ähnlich einem heutigen Staatsanwalt

Quäker: Anhänger einer eschatologischen Erweckungsbewegung, die sich um die Mitte des 16. Jahrhunderts nach dem Ende des Englischen Bürgerkriegs in England herausbildete. Der Begriff Quäker geht auf den früheren Spottnamen »Zitterer« aus dem Englischen »*to quake* – beben, zittern« zurück.

Rat: Der Rat der Stadt Hamburg hatte sich seit Ende des 12. Jahrhunderts als Selbstverwaltungsorgan der Bürger herausgebildet. Er setzte sich im 17. Jahrhundert aus zwanzig bis dreißig ehrenamtlichen Mitgliedern zusammen, die wohlhabende Grundeigentümer oder Kaufleute waren. An seiner Spitze standen zwei Bürgermeister. Zu seinen Aufgaben gehörte u.a. auch die Rechtsprechung als Obergericht. Der Rat wurde als Obrigkeit allgemein anerkannt, repräsentierte aber gemeinsam mit der Bürgerschaft die Stadt und hatte darum keine alleinige exekutive Gewalt inne.

Reeperbahn: lange, teilweise überdachte Bahn, auf der schwere Taue und Seile hergestellt wurden

Reepschläger: Handwerker, die zum größten Teil schweres Tauwerk wie Ankertaue, Seile und Taue für die Takelage von Schiffen aus Hanf oder Flachs herstellten

Reffträger: Hilfskräfte, die in Städten und Seehäfen unentbehrlich waren zum Be- und Entladen von Fuhrwerken, Kähnen oder Schiffen. Unter Reff verstand man in manchen Mundarten einen großen Korb, der auf dem Rücken getragen und mit Schulterriemen gehalten wurde.

Röper: Knechte des Brookvogts, die polizeiliche Hilfsdienste ausübten. Im Nachtwächterdienst oblag den Röpern das Ausrufen der Stunden.

Roggenkiste: So nannten die Hamburger einen mehrstöckigen, viereckigen Turm in der Nähe des Deichtors, der als Gefängnis für Kleinkriminelle aus niederen Schichten diente, die hier oft nur für einige Tage oder Wochen bei Wasser und Roggenbrot gefangen gehalten wurden.

Syndikus: Rechtsanwalt, der aufgrund eines ständigen Dienst- oder ähnlichen Beschäftigungsverhältnisses seine Arbeitszeit und -kraft einem nichtanwaltlichen Arbeitgeber, hier dem Rat der Stadt Hamburg, zur Verfügung stellte

Theriak: ursprünglich als Gegengift entwickelte Arznei, die seit dem Mittelalter als universelles Wundermittel gegen alle möglichen Krankheiten und Gebrechen, so auch gegen die Pest, eingesetzt wurde

Was keiner Frau gestattet ist

CLAUDIA WEISS

Schandweib

ROMAN

Hamburg 1701. Die Stadt ist entsetzt über einen schrecklichen Fund: Am Schweinemarkt hat man eine kopflose Frauenleiche entdeckt. Schnell scheint die Schuldige ausgemacht: Ilsabe Bunk, eine Frau in Männerkleidern. Der junge Advokat Hinrich Wrangel übernimmt ihre Pflichtverteidigung und gerät damit in einen gefährlichen Strudel aus Interessen und Intrigen.

»Claudia Weiss hat die historischen Gerichtsakten des Falls Ilsabe Bunk zu einem faszinierenden Justiz-Thriller verarbeitet.«
Hamburger Morgenpost

KNAUR

Eine verzweifelte Suche in Zeiten größter Gefahr

CLAUDIA WEISS

Das Geheimnis des Scharlatans

ROMAN

Nordeuropa im Jahr 1706: Der Sondergesandte Johann Patkul wird ohne Grund und entgegen dem Völkerrecht am Dresdner Hof verhaftet. Die europäische Diplomatie empört sich. Ein erlesener Kreis Juristen, darunter der Hamburger Advokat Hinrich Wrangel, will ihm zu seinem Recht verhelfen, doch massive politische Interessen sprechen dagegen.
Als Wrangel auf einer geheimen Mission spurlos verschwindet, erklärt man ihn schnell für tot. Nur seine Frau Ruth gibt nicht auf und weckt mit ihrer Suche quer durch das vom Nordischen Krieg erschütterte Europa schlafende Hunde …

»Das ist richtig schöne, prall geschriebene Unterhaltung, die Claudia Weiss hier ganz raffiniert präsentiert.« *NDR Kultur*

KNAUR